KIN

296

Della stessa autrice:

La *Devil's Night Series* comprende:
Il mio sbaglio più grande. Corrupt
Mille ragioni per odiarti. Hideaway
L'errore che rifarei. Kill Switch
Mille ragioni per sfuggirti. Nightfall

La *Fall Away Series* comprende:
Mai per amore. Bully
Da quando ci sei tu. Until You
La mia meravigliosa rivincita. Rival
Non riesco a dimenticarti. Falling Away
Odiami come io ti amo. Aflame
Mai e poi mai. Next to Never

Punk 57. Insieme siamo perfetti
L'amore sbagliato. Misconduct
Birthday Girl
Io ti proteggerò. Credence
Falls Boys
Non siamo brave ragazze. Tryst Six Venom

Titolo originale: *Corrupt*
Copyright © 2015 Penelope Douglas
This edition is published by arrangement
with Dystel, Goderich & Bourret LLC and Donzelli Fietta Agency srls

Traduzione dalla lingua inglese di Laura Lancini
Terza edizione: luglio 2024
© 2017, 2024 Newton Compton editori s.r.l., Roma

ISBN 978-88-227-8387-5

www.newtoncompton.com

Realizzazione a cura di The Bookmakers Studio editoriale, Roma
Stampato nel luglio 2024 presso Puntoweb s.r.l., Ariccia (Roma)

Penelope Douglas

Il mio sbaglio più grande
Corrupt

Newton Compton editori

Tu sei il mio creatore, ma io sono il tuo padrone.
Mary Shelley, *Frankenstein*

Per Z. King

Capitolo 1
Erika

No, no, non c'è.

Non avrebbe motivo di presentarsi alla festa di addio del fratello, non si sopportano, quindi... No, non c'è.

Rimboccandomi le maniche del maglioncino leggero, attraversai di corsa il portone e l'atrio di casa Crist, puntando dritta alle scale.

Con la coda dell'occhio, intravidi il maggiordomo che girava l'angolo, ma non mi fermai.

«Signorina Fane!», mi gridò. «È molto in ritardo».

«Sì, lo so».

«La signora Crist la stava cercando», puntualizzò.

Mi fermai di colpo, con le sopracciglia sollevate, e mi voltai per guardarlo da sopra la ringhiera.

«Ah, davvero?», mi finsi stupita.

Lui strinse le labbra, infastidito. «Direi, visto che ha mandato *me* a cercarla».

Con un sorriso, mi piegai sulla ringhiera per dargli un bacetto rapido sulla fronte.

«Be', adesso sono qui», lo rassicurai. «Può tornare a preoccuparsi di altre cose più importanti!».

Mi voltai e ripresi a salire le scale, mentre dalla terrazza dove si svolgeva la festa proveniva una musica dolce.

Certo, dubitavo fortemente che Delia Crist, la migliore amica di mia madre e matriarca di Thunder Bay, la nostra piccola comunità dell'East Coast, perdesse il suo tempo prezioso cercandomi di persona.

«Il suo vestito è sul letto!», gridò al mio indirizzo mentre voltavo l'angolo.

Feci un sospiro e proseguii lungo il corridoio appena illumina-to, bofonchiando sottovoce: «Grazie, Edward».

Non mi serviva un vestito nuovo. Ne avevo parecchi che avevo indossato una volta sola e, a diciannove anni, ero sicuramente in grado di scegliermi gli abiti da sola. E comunque lui non c'era e, anche se ci fosse stato, non mi avrebbe degnata di uno sguardo.

No. Avrei dovuto essere riconoscente. La signora Crist aveva pensato a me, ed era stato carino da parte sua preoccuparsi di farmi avere un abito da mettere.

Un leggero strato di sabbia mi ricopriva le gambe e i piedi. Mi chinai per afferrare l'orlo degli ampi pantaloncini di jeans e con-trollare scrupolosamente quanto mi ero bagnata giù alla spiaggia. Avrei dovuto fare una doccia?

No, era già tardi. Fanculo.

Non appena entrai nella mia stanza – o perlomeno la stanza che i Crist mi assegnavano quando dormivo da loro – individuai un abito da sera bianco e sensuale e cominciai subito a spogliarmi.

Le spalline sottili non sostenevano affatto il seno, ma l'abito si adattava perfettamente a ogni curva del mio corpo, regalando alla pelle una tonalità più scura. La signora Crist aveva un otti-mo gusto e probabilmente era un bene che mi avesse procurato l'abito, dopotutto. Dovevo partire per la scuola il giorno dopo, ed ero troppo indaffarata con i preparativi per preoccuparmi di cosa avrei indossato per la serata.

Corsi in bagno, mi sciacquai caviglie e piedi per togliere la sab-bia che si era appiccicata strada facendo e mi pettinai rapidamen-te i lunghi capelli biondi, completando l'opera con una passata di lucidalabbra. Schizzai di nuovo in camera, afferrai i sandali con il cinturino e il tacco vertiginoso che erano stati lasciati accanto al vestito, per poi precipitarmi di nuovo in corridoio e giù per le scale.

Ancora dodici ore.

Il cuore prese a battere sempre più forte mentre attraversavo correndo l'atrio, diretta verso il retro della casa. L'indomani, a quell'ora sarei stata completamente sola, niente mamma, niente Crist, nessun ricordo...

E soprattutto, non avrei dovuto domandarmi, sperare, temere

di incontrarlo, o stare in bilico fra esaltazione e agonia quando lo avessi visto. *Basta*. Avrei potuto spalancare le braccia e fare un girotondo senza toccare una sola persona conosciuta. Sentivo un calore nel petto e non sapevo se fosse paura o emozione, ma ero pronta.

Pronta a lasciarmi tutto alle spalle. Almeno per un po'.

Proseguii verso destra, passando accanto alle cucine – quella per tutti i giorni e l'altra, di fianco, riservata al catering – e mi diressi al solarium, in una delle ali della grande villa. Aprii le doppie porte per entrare nell'imponente serra, con le mattonelle di ceramica, i muri e il soffitto completamente di vetro, e lì percepii subito la temperatura più alta. Un calore spesso e umido impregnò la stoffa del vestito, facendolo aderire al corpo.

C'erano alberi tutto attorno e sopra di me, in quella stanza tranquilla e buia, illuminata solo dalla luna che si insinuava dalle finestre soprastanti. Aspirai l'aroma dolce di palma, orchidea, mughetto, viola e ibisco, mi ricordavano l'armadio di mia madre: i profumi delle sue sciarpe e dei suoi cappotti confluivano tutti in quell'unico spazio.

Mi voltai a sinistra, ferma davanti alle porte di vetro che davano sulla veranda, e mi infilai i tacchi fissando la folla.

Dodici ore.

Poi raddrizzai la schiena, sollevando le braccia per portare una ciocca di capelli sulla spalla, a coprire il lato sinistro del collo. A differenza del fratello, di sicuro Trevor sarebbe stato presente quella sera, e a lui non piaceva vedere la cicatrice.

«Signorina?», disse un cameriere porgendomi un vassoio.

Sorrisi afferrando un bicchiere, sicura che fosse un Tom Collins. «Grazie».

Quel cocktail al limone era il preferito dei signori Crist, quindi volevano che i camerieri lo offrissero a tutti.

Il cameriere si spostò verso la folla di ospiti, ma io rimasi piantata lì, partecipando alla festa solo con lo sguardo.

Le foglie si muovevano sui rami nella brezza leggera che conservava ancora il ricordo del calore del giorno, guardavo i presenti, tutti nei loro abiti lunghi e nei completi da sera.

Così perfetti. Così precisi.

Le luci sugli alberi e i camerieri con il gilè bianco. La piscina cristallina con le candele galleggianti. Gli anelli e le collane delle signore che riflettevano la luce.

Era tutto così tirato a lucido. Mentre mi guardavo attorno e osservavo gli adulti e le famiglie con le quali ero cresciuta, tutte piene di soldi e vestiti firmati, spesso avevo l'impressione che fossero coperti da una patina di vernice, simile a quella che si applica sul legno marcescente. C'erano azioni deplorevoli e semi cattivi, ma a nessuno importa se la casa sta cadendo a pezzi fintantoché è bella, no?

L'aria era satura del profumo del cibo e della musica dolce del quartetto d'archi. Mi chiedevo se fosse meglio cercare la signora Crist per farle sapere che ero arrivata oppure andare da Trevor, perché in fin dei conti la festa era per lui.

Invece, strinsi le dita attorno al bicchiere, i battiti sempre più veloci mentre cercavo di reprimere l'impulso di fare quello che volevo davvero. Quello che volevo sempre fare.

Cercare *lui*.

Ma no, no, non c'era. Probabilmente non c'era.

Avrebbe potuto esserci.

Il cuore prese a martellare, mentre sentivo il calore diffondersi sul collo. Contro la mia stessa volontà, cominciai a perlustrare la stanza con lo sguardo. Volti e festeggiamenti, alla ricerca di... *Michael*.

Non lo vedevo da mesi, ma su di me esercitava sempre un'attrazione irresistibile, soprattutto a Thunder Bay, nelle fotografie che sua madre teneva in giro per casa, nel profumo della sua vecchia camera che si insinuava nel corridoio...

Avrebbe potuto esserci.

«Rika».

Sbattei le palpebre e con uno scatto voltai la testa a sinistra, sentendo Trevor che mi chiamava.

Si allontanò dalla folla a passo deciso, con i capelli cortissimi rasati di fresco e un lampo di impazienza negli occhi azzurri. «Ehi, piccola. Cominciavo a temere che non saresti venuta».

Esitai, sentendo una stretta allo stomaco. Ma poi mi sforzai di sorridere, mentre mi raggiungeva accanto alla porta del solarium.

Dodici ore.

Mi passò una mano sul collo, a destra – mai a sinistra – carezzandomi la guancia col pollice, il corpo che rispondeva al mio.

Voltai la testa, a disagio. «Trevor…».

«Non so cosa avrei fatto se non ti avessi vista qui stasera», mi interruppe. «Avrei gettato sassi alla tua finestra, ti avrei fatto una serenata, magari ti avrei portato dei fiori, dei dolci, un'auto nuova…».

«Ce l'ho già un'auto nuova».

«Intendo un'auto *vera*», finalmente sorrise.

Mi divincolai dalla sua stretta, alzando gli occhi al cielo. Se non altro aveva ripreso a scherzare con me, anche se era solo per gettare fango sulla mia Tesla nuova di zecca. A quanto pare le auto elettriche non erano automobili *vere*, ma non sottilizziamo, avrei potuto lasciar andare a segno la frecciata se avesse finalmente smesso di mettermi a disagio per ogni altra cosa.

Io e Trevor Crist eravamo amici dalla nascita, avevamo passato una vita fra gli stessi banchi di scuola, i nostri genitori ci avevano sempre messi uno di fianco all'altra come se fosse inevitabile che finissimo per diventare una coppia. E l'anno prima, finalmente avevo ceduto.

Eravamo usciti insieme per quasi tutto il primo anno di college, avevamo frequentato la Brown insieme – per essere precisi, io mi ero iscritta alla Brown e lui mi aveva seguita – ma era finita nel maggio precedente.

Per *me*, era finita nel maggio precedente.

Era colpa mia se non lo amavo. Colpa mia se non volevo concedere altro tempo a noi due. Colpa mia se avevo deciso di trasferirmi nella scuola di un'altra città, dove lui non sarebbe venuto.

Era anche colpa mia il fatto che avesse ceduto alla richiesta di suo padre di trasferirsi, a sua volta, e che ora frequentasse l'Annapolis. Colpa mia se stavo distruggendo le nostre famiglie.

Era colpa mia se avevo bisogno di spazio.

Feci un respiro, costringendomi a rilassare i muscoli. *Dodici ore.*

Trevor mi sorrise, con un calore nuovo negli occhi, mentre mi prendeva la mano per accompagnarmi nel solarium. Mi spinse dietro il vetro, tenendomi stretta per i fianchi e sussurrandomi all'orecchio: «Sei bellissima».

Mi ritrassi, mettendo tra noi qualche centimetro. «Anche tu non sei male».

Somigliava a suo padre, con i capelli biondo sabbia, la mascella stretta e quel sorriso che ti faceva sciogliere come creta nelle sue mani. Si vestiva anche come il signor Crist, così tirato con il completo blu notte, la camicia bianca e la cravatta argento. Così irreprensibile. Così perfetto. Trevor faceva tutto come si deve.

«Non voglio che tu vada a Meridian City», disse con uno sguardo più tagliente. «Lì non hai nessuno, Rika: se non altro alla Brown c'ero io con te, e Noah era a Boston, a neanche un'ora di macchina. Avevi degli amici vicino».

Certo, vicino.

Proprio per questo avevo bisogno di qualcosa di diverso. Non avevo mai dovuto abbandonare la sicurezza che mi davano le persone che mi circondavano. C'era sempre qualcuno – i miei genitori, Trevor, il mio amico, Noah – ad afferrarmi quando cadevo. Anche quando ero partita per il college e avevo rinunciato alla sicurezza di avere la mamma e i Crist vicino, Trevor mi aveva seguita. E poi avevo gli amici delle superiori che frequentavano alcune università dei dintorni. Era come se non fosse cambiato nulla.

Volevo aggiungere un po' di pepe alla mia vita. Volevo uscire dal guscio, trovare qualcosa che mi facesse battere ancora il cuore, volevo sapere come ci si sentisse a non avere nessuno a cui appigliarsi.

Avevo tentato di spiegarglielo, ma ogni volta che aprivo bocca per parlare, le parole giuste mi sfuggivano. Detto ad alta voce sembrava egoista e poco riconoscente, ma dentro...

Avevo bisogno di scoprire di che pasta ero fatta. Dovevo capire se potevo reggermi sulle mie gambe anche senza la protezione di un cognome, il sostegno degli altri a coprirmi le spalle, o la presenza continua e ingombrante di Trevor. In una nuova città, fra gente nuova che non conosceva la mia famiglia, mi avrebbero dato un'opportunità? Mi avrebbero apprezzata?

Non ero infelice alla Brown, o con Trevor, e anche se la decisione di andare via era stata difficile e aveva deluso le persone che avevo attorno, era quello che volevo.

Sii fedele a te stessa.

Mi batteva il cuore al ricordo delle parole del fratello di Trevor. Non riuscivo più a resistere. Ancora dodici ore...

«Ma che coincidenza, da non credere, vero?», chiese con tono accusatorio nella voce. «Michael gioca nello Storm, sarete vicini adesso».

Con lo sguardo torvo, feci un respiro profondo prima di vuotare il bicchiere. «In una città con due milioni di persone, non credo che ci capiterà spesso di incontrarci».

«A meno che tu non vada a cercarlo».

Incrociai le braccia, sostenendo lo sguardo di Trevor per non lasciarmi scalfire da quelle parole.

Michael Crist era il fratello di Trevor. Di qualche anno più grande, un po' più alto e molto più tenebroso. Non si somigliavano quasi per niente e si odiavano. Per quanto ricordavo, Trevor era sempre stato geloso di lui.

Michael si era appena laureato all'università di Westgate, e subito dopo se l'era accaparrato una squadra dell'NBA. Giocava per i Meridian City Storm, una delle squadre ai vertici dell'NBA. Quindi, sì, conoscevo qualcuno in quella città.

Non era un grande vantaggio, comunque. Michael quasi non mi degnava di uno sguardo e, quando mi parlava, mi riservava la stessa attenzione che avrebbe rivolto a un cane. Non avevo nessuna intenzione di andargli tra i piedi.

No, avevo già imparato la lezione tempo prima.

Stare a Meridian City non aveva niente a che vedere con Michael, comunque. Era più vicino a casa, quindi avrei potuto andare più spesso da mia madre, ma era anche un posto dove Trevor non sarebbe venuto. Odiava le grandi città, e detestava ancora di più suo fratello.

«Scusa», disse Trevor più gentile. Mi prese la mano trascinandomi dentro, accarezzandomi ancora il collo. «È solo che ti amo e odio tutto questo. Siamo una splendida coppia, Rika, lo siamo sempre stati».

Noi? No.

Trevor non mi faceva battere il cuore al punto di farmi sentire come se fossi sopra delle dannate montagne russe. Non si affacciava nei miei sogni e non era la prima persona a cui pensavo quando mi svegliavo.

Non era lui la mia ossessione.

Portai i capelli dietro le orecchie e vidi che mi lanciava una rapida occhiata sul collo. Distolse subito lo sguardo, come se non avesse visto niente. Evidentemente, la cicatrice mi rendeva tutt'altro che perfetta.

«Dài, su», disse posando la fronte sulla mia e afferrandomi per la vita. «Sono buono con te, no? Sono gentile e ci sono sempre».

«Trevor», dissi cercando di divincolarmi.

Ma poi posò la bocca sulla mia, e il profumo del dopobarba mi irritò le narici mentre mi cingeva la vita con le braccia.

Gli puntai i pugni sul petto, respingendolo e allontanando la bocca dalla sua.

«Trevor», brontolai. «Smettila».

«Ti do tutto ciò di cui hai bisogno», tentò di ribattere in tono arrabbiato, sprofondando nel mio collo. «Sai che siamo destinati a stare insieme».

«Trevor!», contrassi i muscoli delle braccia premendo contro il suo corpo e alla fine riuscii ad allontanarlo. Lasciò cadere le braccia e fece un passo indietro.

Mi ritrassi immediatamente, con le mani che tremavano.

«Rika». Allungò una mano verso di me, ma io raddrizzai la schiena, allontanandomi un altro po'.

Lasciò cadere le mani, scuotendo la testa. «Bene», sibilò sarcastico. «Cambia scuola, allora. Fatti dei nuovi amici e lasciati tutto alle spalle, fa' come vuoi, ma i tuoi demoni ti seguiranno comunque. Da quelli non puoi scappare».

Si passò le dita fra i capelli, fissandomi, mentre si sistemava la cravatta, e girandomi attorno usciva dalla porta.

Lo seguii oltre le vetrate, con la rabbia che mi montava nel petto. Che diamine aveva voluto dire? Non c'era niente che mi trattenesse e niente da cui volessi scappare. Volevo solo la mia libertà.

Mi allontanai dalla porta, incapace di rientrare. Non volevo deludere la signora Crist andandomene alla chetichella dalla festa di suo figlio, ma non volevo più passare lì le mie ultime ore. Volevo stare con mia mamma.

Mi voltai per andarmene, ma quando sollevai lo sguardo mi fermai di colpo. Il mio stomaco si capovolse, non riuscivo a respirare.

Merda.

C'era Michael seduto su una delle poltroncine imbottite disposte in fondo al solarium, gli occhi fissi nei miei, con un'aria stranamente calma.

Michael. Quello che non era gentile. Che non faceva il bravo con me.

La gola mi si chiuse in una morsa, volevo deglutire, ma non riuscivo a muovermi. Lo fissavo e basta, paralizzata. Era già lì quando ero scesa? Era stato lì tutto il tempo?

Si distese sulla poltroncina fino quasi a fondersi con l'oscurità e le ombre delle piante soprastanti. Aveva la mano su un pallone da pallacanestro che teneva in equilibrio sulla coscia, l'altra mano sul bracciolo, con una bottiglia di birra che gli penzolava dalle dita.

Il cuore prese a battere così forte da farmi male. Cosa stava facendo?

Si portò la bottiglia alle labbra senza smettere di guardarmi. Io abbassai gli occhi per un secondo, mentre l'imbarazzo mi infiammava le guance.

Aveva visto tutto quello che era successo con Trevor. *Cazzo.*

Alzai di nuovo lo sguardo sui suoi capelli castani, acconciati come se dovesse posare per la copertina di una rivista, gli occhi nocciola che assomigliavano al colore del sidro caricato di riflessi speziati. Sembravano più scuri del solito, e sebbene fossero nascosti nell'ombra riuscivano comunque a trafiggermi da sotto le sopracciglia lunghe, leggermente curvate verso l'interno, che lo rendevano straordinario come solo lui sapeva essere. Sulle labbra piene nemmeno l'ombra di un sorriso, il profilo alto quasi divorava la poltroncina.

Indossava dei pantaloni neri e una giacca elegante nera, sotto una camicia bianca con il colletto sbottonato. Niente cravatta perché, come al solito, faceva come pareva a lui.

Ed ecco quello che tutti avrebbero potuto criticare di Michael. Il suo *aspetto*. Il suo atteggiamento. Non penso che i suoi genitori abbiano mai saputo cosa accadesse dietro quegli occhi.

Lo guardai sollevarsi dalla sedia, lasciar cadere sul cuscino la palla, poi iniziare a camminare, tenendo gli occhi fissi su di me.

Mano a mano che si avvicinava, sembrava più alto del suo metro e novantacinque. Michael era snello, ma muscoloso, e mi faceva sentire piccola. Non solo bassa. Sembrava che stesse puntando dritto verso di me, e io sentivo il cuore martellarmi nel petto; socchiusi gli occhi, tenendomi forte.

Ma lui non si fermò.

Mentre mi passava accanto, mi colpì un leggero sentore di bagnoschiuma, voltai la testa, avvertendo un dolore al petto, quando uscì dalle porte del solarium senza dire una parola.

Mi morsi le labbra, combattendo contro la sensazione di bruciore agli occhi.

Una sera, mi aveva notata. Una notte, tre anni prima, Michael aveva visto in me qualcosa che gli era piaciuto. E proprio quando il fuoco stava cominciando ad ardere, pronto a divampare in un tripudio di fiamme, aveva fatto marcia indietro. Aveva rivolto altrove il proprio sguardo, insabbiando la rabbia e il calore.

Schizzai via, rientrai in casa, attraversai l'ingresso, poi uscii dal portone, con la rabbia e la frustrazione che pervadevano ogni circuito nervoso del corpo mentre correvo verso la mia auto.

A parte quella sera, mi aveva ignorata per quasi tutta la mia vita e, quando mi parlava, lo faceva a monosillabi.

Ingoiai il nodo alla gola e salii in macchina. Speravo di non vederlo a Meridian City. Speravo che le nostre strade non si incrociassero mai e che non avrei più dovuto sentir parlare di lui.

Mi chiesi se sapesse che mi stavo trasferendo lì. Non aveva importanza comunque. Anche vivendo nella stessa casa, avrei potuto essere su un altro pianeta rispetto a lui.

Avviai la macchina e dalle casse si diffuse *37 Stitches* dei Drowning Pool, accelerai percorrendo il lungo vialetto, e premetti sul telecomando per aprire il cancello. Mi precipitai in strada. Casa mia distava solo pochi minuti, pochi passi a piedi che avevo percorso migliaia di volte nella mia vita.

Mi costrinsi a respirare a fondo, cercando di calmarmi. *Dodici ore.* Il giorno dopo mi sarei lasciata tutto alle spalle.

Le alte mura in pietra della tenuta dei Crist cedettero il posto agli alberi sul ciglio della strada e meno di un minuto dopo comparvero i lampioni a gas di casa mia a illuminare la notte. Voltando a sinistra, premetti un altro pulsante sull'aletta e lentamente portai la Tesla oltre il cancello. I fari gettavano una luce fioca sul vialetto, che aveva un andamento circolare e un'ampia fontana di marmo al centro.

Poi, però, sollevai lo sguardo e restai senza parole notando una candela accesa sulla finestra di camera mia.

Cos'era?

Ero uscita di casa nella tarda mattinata ed ero sicura di non aver lasciato nessuna candela accesa. Era color avorio, posata su un bicchiere da cocktail.

Mi diressi verso il portone di ingresso, lo aprii ed entrai.

«Mamma», chiamai.

Mi aveva mandato un messaggio poco prima, dicendo che stava andando a letto, ma avrei potuto trovarla ancora sveglia. Non era insolito che facesse fatica a prendere sonno.

L'odore familiare dei gigli, i fiori freschi che teneva in casa, mi raggiunse. Feci correre lo sguardo sull'ampio ingresso, il pavimento di marmo bianco sembrava grigio nell'oscurità.

Mi affacciai sulla scalinata e guardai su: c'erano solo tre piani di silenzio lugubre sopra di me. «Mamma?», chiamai di nuovo.

Seguii la curva del corrimano bianco e percorsi le scale fino al piano superiore, poi voltai a sinistra, dove il rumore dei miei passi fu attutito dai tappeti blu e avorio che coprivano i pavimenti di legno massello.

Aprii lentamente la porta della stanza di mia madre ed entrai senza far rumore. La camera era avvolta nella penombra, rischiarata solo dalla luce del bagno che lasciava sempre accesa.

Mi avvicinai al letto allungando il collo per vedere il suo viso, rivolto verso le finestre.

Aveva i capelli biondi sparpagliati sul cuscino. Allungai la mano per scostarli dal suo volto.

Il corpo che si sollevava e si abbassava mi fece capire che stava dormendo. Poi guardai il comodino, dove giaceva una mezza dozzina di flaconi di pillole. Mi chiesi quali pillole avesse preso e in quali dosi.

Tornai a guardarla aggrottando la fronte.

Medici, disintossicazioni, terapia... negli anni successivi alla morte di mio padre si era rivelato tutto una perdita di tempo. Mia madre voleva solo lasciarsi consumare dal dolore e dalla depressione.

Grazie al cielo i Crist mi avevano aiutato molto, ed era quello il motivo per cui avevo una stanza a casa loro. Il signor Crist era l'amministratore del patrimonio di mio padre, e doveva occuparsi di tutto fino alla mia laurea, mentre la signora Crist era diventata per me come una seconda mamma.

Ero immensamente grata per tutto il sostegno e le cure che mi avevano offerto nel corso degli anni, ma adesso... ero pronta a spiccare il volo. Non avevo più bisogno che tante persone si occupassero di me.

Mi voltai e uscii, chiudendo la porta senza far rumore, diretta alla mia stanza, due porte dopo.

Entrando, vidi subito la candela accesa vicino alla finestra.

Il mio cuore perse un battito mentre perlustravo la stanza con lo sguardo, sollevata che non ci fosse nessuno all'interno.

L'aveva accesa mia madre? Doveva averlo fatto lei. La domestica era di risposo quel giorno e lì non c'era stato nessun altro.

Mi avvicinai alla finestra a occhi socchiusi, poi lo sguardo cadde su una cassetta di legno sottile appoggiata al tavolino accanto alla candela.

Cominciavo a provare un senso di inquietudine. Che fosse un regalo di Trevor?

Ma poteva anche essere stata mia madre o la signora Crist, supposi.

Tolsi il coperchio per metterlo da parte, spostai la paglietta e vidi del metallo griglio ardesia con un'elaborata incisione.

Spalancai gli occhi e mi tuffai senza indugio sulla parte superiore della scatolina. Sapevo cosa avrei trovato. Strinsi le dita attorno all'impugnatura e sorrisi, estraendo una pesante lama di acciaio di Damasco.

«Wow».

Scossi la testa, incredula. Il pugnale aveva un'impugnatura nera con un guardamano a croce di bronzo, attorno al quale strinsi la mano, tenendo alta la lama per osservare le linee e le incisioni.

Da dove diavolo arrivava?

Adoravo spade e pugnali da quando avevo cominciato a tirare di fioretto, a otto anni. Mio padre amava ripetere che le arti non solo erano senza tempo, ma anche necessarie. Gli scacchi mi avrebbero insegnato la strategia, il fioretto mi avrebbe parlato della natura umana e dello spirito di autoconservazione, e la danza mi avrebbe istruita sul mio corpo. È tutto necessario per formare una persona completa.

Strinsi l'elsa, ricordando la prima volta che lui mi aveva messo in mano un fioretto. Era la cosa più bella che avessi mai visto. Sollevai la mano, passai un dito sulla cicatrice che avevo sul collo, e per un attimo ebbi l'impressione di avere ancora vicino papà.

Chi l'aveva lasciato lì?

Sbirciai nella scatola e vidi un pezzettino di carta con una scritta nera. Lessi le parole in silenzio, leccandomi le labbra. *Temi la furia di un uomo paziente.*

"Che significa?", mi domandai, con le sopracciglia aggrottate, confusa.

Cosa significava?

Poi sollevai lo sguardo e spalancai la bocca, lasciando cadere a terra il pugnale e il biglietto.

Smisi di respirare, il cuore batteva come se volesse uscirmi dal petto.

Fuori da casa mia, fianco a fianco, c'erano tre uomini che mi osservavano attraverso la finestra.

«Cosa cazzo è?», sospirai, cercando di capire cosa stesse succedendo.

Si trattava di uno scherzo?

Gli uomini erano completamente immobili. Le mie braccia furono attraversate dai brividi quando mi resi conto che se ne stavano lì semplicemente a fissarmi.

Cosa stavano facendo?

Indossavano tutti e tre i jeans e degli anfibi neri. Strinsi forte i denti per impedirmi di tremare mentre fissavo la cavità nera dei loro occhi.

Le maschere. I cappucci neri e le maschere.

Scossi la testa. *No*. Non potevano essere loro. Era uno scherzo.

Il più alto era sulla sinistra, indossava una maschera grigio ardesia che sembrava fatta di metallo, il lato destro del volto era deformato da quelli che parevano graffi di artigli.

Quello in mezzo era più basso, mi osservava attraverso una maschera bianca e nera con una striscia rossa che correva lungo il lato sinistro della faccia, coperta a sua volta di graffi e lacerazioni.

Ma quello che mi fece sobbalzare fu l'uomo sulla destra, con la maschera completamente nera, in tinta con il cappuccio, di cui era impossibile distinguere gli occhi.

Mi ritrassi, allontanandomi dalla finestra, e mi precipitai ad afferrare il telefono mentre cercavo di riprendere fiato. Composi il numero 1 dal telefono fisso, aspettando che rispondesse la sicurezza, a pochi minuti di strada.

«Signora Fane?», rispose un uomo.

«Signor Ferguson?», sospirai, avvicinandomi cautamente alle finestre. «Sono Rika. Potrebbe mandare una macchina...?».

Mi fermai vedendo che ora il vialetto era vuoto. Se n'erano andati.

Che diamine...

Spostai lo sguardo da sinistra a destra, salii sopra il tavolo e mi sporsi per vedere se fossero vicini alla casa. Dove diavolo erano finiti?

Rimasi in silenzio, tesa a cogliere qualunque rumore potesse rivelare una presenza lì attorno, ma tutto era immobile e silenzioso.

«Signorina Fane?», chiamò Ferguson. «È ancora lì?».

Aprii la bocca e farfugliai. «M... mi pare di aver visto qualcosa... Fuori dalle finestre».

«Mandiamo subito una macchina».

Annuii. «Grazie», e riattaccai, continuando a guardare fuori dalla finestra.

Non potevano essere loro.

Ma quelle maschere. Erano gli unici a indossare quelle maschere. Perché erano venuti? Dopo tre anni, perché erano venuti?

18

Capitolo 2
Erika

Tre anni prima

«Noah?». Arretrai, appoggiandomi al muro accanto all'armadietto del mio migliore amico, che stava prendendo un libro durante l'intervallo. «Hai già degli impegni per Winterfest?».

Lui fece una smorfia. «Mancano due mesi, Rika».

«Lo so. Mi faccio avanti adesso finché sono in tempo».

Sorrise, chiudendo con un tonfo l'armadietto e avviandosi per il corridoio. «Quindi mi stai chiedendo un appuntamento?», mi canzonò con fare presuntuoso. «Lo sapevo, hai sempre avuto un debole per me».

Strabuzzai gli occhi e presi a seguirlo, perché la mia classe si trovava nella stessa direzione. «Potresti semplificarmi le cose, per favore?».

Ma tutto quello che sentii fu un grugnito.

Al ballo di Winterfest erano le ragazze a invitare i ragazzi, e io volevo andare sul sicuro invitando un amico.

Attorno a noi c'era un viavai di studenti che entravano in classe. Mentre lo afferravo per il braccio nel tentativo di fermarlo, tenevo la mano stretta alla tracolla della borsa.

«Per favore», implorai.

Ma lui socchiuse gli occhi con aria preoccupata. «Sei sicura che Trevor non verrà a prendermi a calci? Vedendo come ti sta addosso tutto il tempo, mi chiedo perché non ti abbia messo addosso un GPS».

Era una buona obiezione. Trevor sarebbe impazzito sapendo che non avrei invitato lui, ma io volevo solo amicizia e lui desiderava qualcosa in più e mi dispiaceva alimentare le sue false speranze.

Pensavo di poter attribuire il mio disinteresse per Trevor al fatto che lo conoscevo da tutta la vita, mi era troppo familiare, come se fosse un parente... ma conoscevo anche suo fratello maggiore da una vita e quello che provavo per lui non era affatto un sentimento fraterno.

«E dài, comportati da amico», lo incitai, dandogli un colpetto sulla spalla. «Ho bisogno di te».

«Non è vero».

Si fermò vicino alla mia aula, che era più vicina della sua, e si voltò inchiodandomi con sguardo duro. «Rika, se non vuoi invitare Trevor invita qualcun altro».

Feci un sospiro e distolsi lo sguardo, non mi piaceva la piega che stava prendendo quella conversazione.

«Lo chiedi a me perché vuoi andare sul sicuro», disse per dissuadermi. «Sei bella e qualunque ragazzo sarebbe entusiasta di uscire con te».

«Certo, come no», dissi con un sorriso sarcastico. «Allora dimmi di sì».

Aveva la faccia stralunata e mi guardava scuotendo la testa.

A Noah piaceva trarre conclusioni sul mio conto. Stabilire perché non uscivo mai con nessuno o perché mi tiravo indietro da questa o quella cosa. Era un ottimo amico, ma avrei voluto che la piantasse. Non mi faceva sentire a mio agio.

Sollevai la mano per tormentarmi il collo con le dita nervose. Toccai la cicatrice sottile e sbiadita che mi ero procurata a tredici anni.

Nell'incidente stradale che aveva ucciso mio padre.

Vidi che mi guardava, così lasciai cadere la mano, indovinando a cosa stesse pensando.

La cicatrice correva in diagonale, per cinque centimetri circa, lungo il lato sinistro del collo, e anche se col tempo stava sbiadendo, sembrava che fosse la prima cosa che gli altri notavano di me. Facevano sempre domande, poi c'erano le espressioni contrite di parenti e amici, senza contare i commenti idioti che ricevevo alle medie da parte delle ragazze che mi prendevano in giro. Dopo un po', aveva cominciato a sembrare un'appendice, qualcosa di enorme, di cui dovevo essere sempre consapevole.

«Rika», abbassò la voce, coi suoi gentili occhi castani. «Ascolta, tu sei molto attraente. Capelli biondi e lunghi, gambe che nessun ragazzo della scuola può ignorare e gli occhi azzurri più belli di tutta la città. Sei meravigliosa».

In quel preciso istante suonò la campanella, e io spostai il peso da un piede all'altro nelle scarpe basse, stringendo più forte la tracolla della borsa.

«E tu sei il mio preferito, in assoluto», replicai. «Voglio andarci con te. Va bene?».

Sospirò, un'espressione di resa attraversò il suo viso. Avevo vinto, e faticai a trattenere il sorriso.

«Bene», borbottò. «Abbiamo un appuntamento». Poi si voltò, diretto alla classe di inglese 3.

Sorrisi, sentendomi subito più rilassata. Senza ombra di dubbio stavo impedendo a Noah di trascorrere una serata promettente con un'altra ragazza, quindi dovevo fare qualcosa per ricambiare.

Entrai nell'aula di matematica, e agganciai la borsa allo schienale della sedia in prima fila. Estrassi il libro e lo posai sul banco. La mia amica Claudia si piazzò nel posto di fianco, sorrise quando i nostri sguardi si incrociarono, io mi sedetti e cominciai immediatamente a scrivere il mio nome sul pezzo di carta bianca che il professor Fitzpatrick aveva già predisposto su tutti i banchi. Il venerdì iniziava sempre la lezione con un quiz a sorpresa, e noi avevamo colto l'antifona.

Gli studenti sciamarono nell'aula, le ragazze indossavano delle ondeggianti gonne scozzesi a pieghe verdi e blu, mentre i ragazzi portavano per lo più cravatte già allentate. La giornata volgeva ormai al termine.

«Avete sentito?», disse qualcuno dietro di noi. Voltai la testa e vidi Gabrielle Owens che si sporgeva oltre il banco.

«Che cosa?», chiese Claudia.

Abbassò la voce fino quasi a sussurrare, il viso acceso per l'entusiasmo. «Sono qui», rispose.

Guardai prima Claudia, poi ancora Gabrielle, perplessa. «Chi è che è qui?».

Ma poi entrò il professor Fitzpatrick, che tuonò con la sua voce grossa: «Tutti a posto, sedetevi!». Io, Claudia e Gabrielle ci voltammo immediatamente verso la porta d'ingresso e ci raddrizzammo sulla schiena, interrompendo la conversazione.

«Per favore, si sieda, signor Dawson», ordinò l'insegnante a uno studente delle ultime file che era ancora in piedi dietro il banco.

Sono qui? Mi abbandonai contro la sedia, cercando di capire cosa intendesse dire. Poi alzai lo sguardo e vidi una ragazza con un biglietto per il professor Fitzpatrick fare il suo ingresso nell'aula.

«Grazie», rispose lui aprendolo.

Mentre leggeva, notai che la sua espressione, da rilassata, diventava nervosa, aveva le labbra strette e le sopracciglia aggrottate.

Cosa stava succedendo?

Sono qui. Ma che cosa…?

E poi i miei occhi si spalancarono e il mio stomaco andò sottosopra.

SONO QUI. Aprii la bocca, inspirando rapidamente, la pelle mi bruciava, come in preda a fuoco e febbre. Con lo stomaco aggrovigliato, strinsi i denti per tenere a freno un sorriso che voleva esplodere.

Lui è qui.

Sollevai lentamente lo sguardo, guardai l'orologio e vidi che erano quasi le due del pomeriggio.

Era il trenta ottobre, il giorno prima di Halloween.

La Notte del Diavolo.

Sono tornati. *Ma perché?* Si sono diplomati più di un anno fa, perché proprio adesso? «Per favore, accertatevi di aver scritto il vostro nome sul foglio», disse il professor Fitzpatrick, con una punta di nervosismo nella voce. «E risolvete i tre problemi scritti sulla lavagna». Accese il proiettore e in un attimo i problemi comparvero sulla lavagna interattiva di fronte a noi.

«Quando avete finito, voltate il foglio», disse. «Avete dieci minuti».

Afferrai la matita con il corpo che fremeva per la tensione e l'ansia, cercando di concentrarmi sul primo problema, funzioni quadratiche.

Ma era un'impresa dannatamente difficile. Guardai ancora l'orologio. *Da un momento all'altro…*

Chinai la testa cercando di focalizzare l'attenzione sul problema, mentre con la matita scavavo un buco nel banco di legno e intanto sbattevo le palpebre, cercando di tenere lo sguardo fisso sul compito. «Trova il vertice della parabola», sussurrai a bassa voce.

Finii rapidamente il problema, un passaggio dopo l'altro, sapendo che la distrazione di un minuto mi sarebbe stata fatale.

"Se il vertice della parabola ha come coordinate...", continuai.

"Il grafico della funzione quadratica è una parabola, che si apre se...".

Continuai a lavorare, finii l'uno, poi il due e arrivai al tre.

A quel punto sentii una musica leggera che mi paralizzò immediatamente.

Tenevo la matita a mezz'aria, mentre quel leggero riff di chitarra si diffondeva dagli altoparlanti. Il volume continuava a salire, guardai il foglio con il cuore che mi si agitava nel petto.

L'aula si riempì di mormorii, poi qualche risatina eccitata, poi la canzone che all'inizio si sentiva appena esplose dagli altoparlanti in un assalto di percussioni e chitarre, con un ritmo veloce, forte, martellante. Strinsi le dita attorno alla matita.

The Devil in I degli Slipknot invase l'aula, e forse anche tutto il resto della scuola.

«Ve l'avevo detto!», tuonò Gabrielle.

Sollevai la testa, e vidi gli studenti alzarsi dai banchi e correre alla porta.

«Sono davvero qui?», disse qualcuno quasi urlando.

Tutti premevano contro la porta dell'aula, sbirciavano dalla finestrella in alto, cercando di intravedere almeno uno spiraglio di ciò che succedeva in corridoio. Io però rimasi al mio posto, il corpo invaso dall'adrenalina.

Il professor Fitzpatrick invece distolse lo sguardo, incrociando le braccia al petto che si sollevava per un enorme sospiro. Di certo era in attesa che finisse.

La musica pompava e la stanza era satura del chiacchiericcio eccitato degli altri studenti.

«Dove... oh, eccoli qui!», gridò una ragazza. Sentii dei tonfi in corridoio, sembrava che qualcuno stesse prendendo a pugni gli armadietti, sempre più vicino.

«Voglio vedere», si intromise uno dei ragazzi, spingendo via gli altri.

Una ragazza si sollevò sulle punte dei piedi. «Spostati», intimò a qualcun altro.

Ma poi improvvisamente tutti si ritrassero. Le porte si spalancarono e gli studenti si dispersero come increspature sull'acqua di un lago.

«Oh, cazzo», sentii dire a un ragazzo.

Lentamente tutti si sparpagliarono, qualcuno ricadde sul banco, altri rimasero in piedi. Mi aggrappai alla matita con entrambe le mani, lo stomaco rivoltato come se fossi sulle montagne russe, mentre li guardavo entrare in classe, con una strana calma, senza fretta.

Eccoli. I Quattro Cavalieri.

Erano i ragazzi d'oro di Thunder Bay, avevano frequentato qui le superiori e si erano diplomati quando io ero al primo anno. In seguito erano andati in quattro università diverse. Avevano qualche anno di più e, anche se nessuno di loro sapeva della mia esistenza, io sapevo quasi tutto di loro. Entrarono tutti e quattro nell'aula, adagio, riempiendo lo spazio fino a quando i raggi del sole lasciarono il posto a un'ombra nera sul pavimento.

Damon Torrance, Kai Mori, Will Grayson III, e – fissai lo sguardo sulla maschera rosso sangue che copriva il volto di quello che era sempre un passo avanti rispetto agli altri – Michael Crist, il fratello maggiore di Trevor.

Voltò la testa a sinistra e indicò con il mento il fondo dell'aula. Gli studenti si girarono mentre uno dei ragazzi avanzava, cercando di trattenere il sorriso che gli increspava le labbra.

«Kian», esclamò un ragazzo con voce carica di umorismo, prima di dargli una pacca sulla schiena e passargli di fianco per raggiungere i Cavalieri. «Divertiti. Usa il preservativo».

Alcuni ragazzi risero, mentre alcune ragazze si agitarono nervose, scambiandosi sussurri e sorrisetti.

Kian Mathers era al penultimo anno, come me, ed era uno dei migliori giocatori di pallacanestro della scuola. Si avvicinò ai ragazzi e quello con la maschera bianca con la striscia rossa lo aguantò per il collo spingendolo fuori dalla porta.

Presero un altro studente, Malik Cramer, e quello con la maschera tutta nera lo spinse nel corridoio e uscì dietro i due designati, probabilmente per andare in cerca di giocatori nelle altre classi.

Guardai Michael, pensando che le sue dimensioni non avessero niente a che fare con il modo in cui riusciva a riempire lo spazio. Sbattei a lungo le palpebre, lottando contro il calore che mi bruciava la pelle.

I Cavalieri in ogni loro aspetto mi facevano sentire come se stessi camminando in equilibrio su un filo. Se sposti il peso di un millimetro dalla parte sbagliata o tiri con troppa forza – oppure con troppo poca forza – sarai scagliata tanto lontano dai loro radar da non riapparire mai più.

Il loro potere stava nel fatto che avessero un seguito, e nel fatto che di quel seguito non gliene importasse nulla. Tutti li idolatravano, me compresa.

Ma a differenza degli altri studenti, che li ammiravano, li seguivano o fantasticavano su di loro, io mi chiedevo soltanto come ci si sentisse a essere come loro. Erano intoccabili, affascinanti e non facevano mai niente di sbagliato. Era quello che volevo io.

Volevo guardare il cielo dall'alto in basso.

«Professor Fitzpatrick», saltò su Gabrielle Owens, seguita dalle sue amiche, entrambe cariche di libri. «Dobbiamo andare in infermeria. Ci vediamo lunedì!», poi passarono accanto ai Cavalieri, scomparendo oltre la soglia.

Guardai l'insegnante, chiedendomi perché le avesse lasciate andare. Era chiaro come il sole che non sarebbero andate in infermeria. Stavano andando via con i ragazzi.

Ma nessuno – tantomeno il professor Fitzpatrick – mosse un dito per fermarle.

Quando studiavano qui, i Quattro Cavalieri non solo comandavano il corpo studentesco e la città, ma erano anche autorità indiscusse sul campo di basket: avevano giocato per quattro anni e non avevano quasi mai perso una partita.

Da quando se n'erano andati, però, la squadra ne aveva risentito e l'anno prima era stato un disastro umiliante per Thunder Bay. Dodici sconfitte su venti partite, e ne avevano tutti abbastanza.

C'era qualcosa che mancava.

Immagino che fosse quello il motivo della comparsa dei Cavalieri, richiamati dalla scuola per il fine settimana perché incoraggiassero la squadra o facessero tutto il necessario per spronarli e rimetterli in carreggiata prima dell'inizio del campionato.

Sebbene insegnanti come Fitzpatrick disapprovassero le loro sbruffonate, di certo, nel periodo in cui erano stati qui, avevano contribuito a rendere compatta la squadra. Perché non vedere se poteva funzionare di nuovo?

«Tutti seduti! E voi, ragazzi, sbrigatevi!», disse ai Cavalieri.

Chinai la testa, con il corpo pervaso dall'esultanza e lo stomaco che mi saliva in gola. Azzardai un'occhiata più da vicino, mi sentivo leggera e spensierata.

Sì, era questo che mancava.

Quando riaprii gli occhi, davanti al banco c'erano due gambe lunghe coperte da un paio di jeans scuri slavati, che poi proseguirono fino alla finestra, dove si fermarono.

Tenni gli occhi bassi, temendo che dal mio viso trapelasse quello che avevo nel cuore. In ogni caso, forse stava solo passando in rassegna l'aula, per vedere se ci fossero altri giocatori.

«Qualcun altro?», chiese uno degli altri ragazzi.

Ma lui non rispose all'amico. Continuava a indugiare sopra di me. Per fare cosa?

Tenendo il mento basso, sollevai appena gli occhi, per guardargli le mani, leggermente chiuse a pugno, sospese lungo i fianchi. Vidi la vena in cima a quella mano possente, e improvvisamente mi sembrò che in tutta l'aula fosse calato un silenzio così profondo che il mio stomaco si riempì di paura e il mio respiro si arrestò.

Che cosa ci faceva, lì immobile sopra di me?

Lentamente sollevai lo sguardo, tesa come una corda di violino, e incontrai due pupille nocciola che mi fissavano dall'alto.

Guardai a destra, poi a sinistra, domandandomi se per caso mi fossi persa qualcosa. Perché stava osservando proprio me?

Da dietro la sua abominevole maschera rossa – una replica delle maschere deformi e piene di cicatrici del videogioco *Army of Two* – Michael stava guardando giù, facendomi tremare le ginocchia.

Mi aveva sempre fatto paura. Quel particolare mix di paura ed esaltazione che mi eccitava.

Strinsi i muscoli delle cosce, sentendo qualcosa che mi pulsava fra le gambe, quello spazio che sembrava riempirsi solo quando lui era vicino, ma non abbastanza vicino.

Mi piaceva. Mi piaceva avere paura.

Erano tutti seduti in silenzio dietro di me. Lo vidi chinare appena la testa mentre continuava a fissarmi. Cosa stava pensando?

«Ha solo sedici anni», si fece sentire il professor Fitzpatrick.

Michael sostenne il mio sguardo per un altro secondo, poi voltò la testa per guardare il professore.

Avevo solo sedici anni – se non altro per un mese ancora – quindi non potevano portarmi con sé. Non contava l'età dei giocatori di pallacanestro, ma le ragazze che li seguivano dovevano avere diciotto anni per poter lasciare il territorio scolastico di propria spontanea volontà.

Ma comunque non mi avrebbero presa. Il professor Fitzpatrick aveva frainteso.

L'insegnante aveva uno sguardo truce, anche se non vedevo gli occhi di Michael, perché era girato dall'altra parte. Immaginai che quello che vi si leggeva innervosisse il professor Fitzpatrick, perché il suo sguardo vacillava. Chinò gli occhi, ritraendosi e sbattendo le palpebre.

Michael voltò nuovamente la testa, guardandomi ancora una volta, mentre una goccia di sudore mi scorreva lungo la schiena.

Poi uscì dall'aula, con Kai al seguito, sapevo che c'era lui dietro la maschera d'argento. La porta si richiuse oscillando alle loro spalle.

Che diavolo significava tutto questo?

L'aula si riempì di mormorii. Con la coda dell'occhio vidi che Claudia era rivolta verso di me. La guardai e lei sollevò le sopracciglia con aria interrogativa, ma io la ignorai e tornai al mio compito. Non sapevo perché avesse guardato proprio me. Non lo vedevo da quando in estate era tornato per qualche giorno dal college e anche allora mi aveva ignorata, tanto per cambiare.

«Bene, ragazzi!», tuonò il professor Fitzpatrick. «Torniamo al lavoro adesso!».

Il chiacchiericcio eccitato si ridusse a qualche sussurro, mentre tutti tornavano lentamente al compito. La musica, che era solo un mormorio sommesso e lontano, si interruppe e, per la prima volta da quando ero entrata nell'aula, mi concessi il sorriso che avevo trattenuto fino a quel momento.

Quella notte sarebbe esploso il caos. La Notte del Diavolo non era soltanto un momento in cui dare libero sfogo agli scherzi. Era speciale. Avrebbero prelevato alcuni giocatori da ogni aula, per portarli in una località segreta, spaccargli un po' le gambe e farli ubriacare, ma poi... i Cavalieri avrebbero anche fatto un po' di casino, trasformando l'intera città nel loro terreno di gioco.

L'anno prima, quando loro non c'erano, era stata una notte come qualunque altra. Ma tutti sapevano cosa sarebbe successo quella sera. A cominciare da quel momento, nel parcheggio, dove tutti i ragazzi e qualche ragazza stavano senza dubbio montando in macchina.

Afferrai la matita, con il fiato corto, mentre con il ginocchio destro facevo su e giù.

Volevo andare.

Il calore nel petto stava cominciando a placarsi e la mia testa, che fino a un minuto prima aveva fluttuato fra le nuvole, stava lentamente scendendo per tornare al suolo.

Ancora un minuto e avrei ripreso a sentirmi come mi sentivo prima che lui entrasse in classe: normale, fredda, e banale.

Dopo la lezione, sarei andata a casa per controllare mia mamma, cambiarmi e poi recarmi alla festa dei Crist, sui binari di una routine che si era fissata poco dopo la morte di mio padre. A volte mi fermavo a cena da loro, a volte tornavo a casa a mangiare con mia madre, se lei se la sentiva.

Poi sarei andata a letto, cercando di non preoccuparmi perché uno dei due fratelli faceva il possibile per piegare la mia volontà ogni giorno di più, e di negare quello che l'altro fratello risvegliava dentro di me quando mi era vicino.

Dalle finestre provenivano risate e ululati, e io vacillai, smettendo di fare su e giù con il ginocchio.

Vaffanculo.

Presi il mio libro di matematica da sotto il banco e mi chinai per passarlo a Claudia insieme alla mia borsa, sussurrandole: «Portali a casa tu, li passo a prendere nel fine settimana».

Lei aggrottò le sopracciglia, con un'espressione perplessa. «Ma che…».

Ma non aspettai che finisse la frase, stavo già sgusciando fuori dal banco, le mani strette dietro la schiena. «Posso andare al bagno, per favore? Ho finito il compito», mentii con voce pacata.

Lui mi fece segno di uscire annuendo senza nemmeno alzare gli occhi. Sì. Ero la studentessa giusta. *Oh, Erika Fane? Quella riservata, che si veste sempre come si deve e si offre gratis per i piccoli lavori agli eventi sportivi? Brava ragazza.*

Andai dritta verso la porta, e senza esitare un secondo uscii dall'aula.

Prima o poi avrebbe capito che non sarei rientrata, ma a quel punto sarei già stata lontana. Con ogni probabilità mi sarei ficcata in un bel guaio, ma sarebbe stato troppo tardi per fermarmi. Era fatta. Avrei affrontato le conseguenze il lunedì successivo.

Mentre correvo fuori dalla scuola, sulla sinistra scorsi un assembramento di automobili, furgoni e SUV che voltavano l'angolo della costruzione. Non avrei certo chiesto il permesso di andare, nessuno doveva accorgersi della mia presenza. Mi avrebbero derisa, oppure rispedita in classe dandomi una pacca sulla testa.

No. Non mi avrebbero nemmeno vista.

Correndo verso le auto, vidi la Mercedes classe G nera di Michael e mi accovacciai lì dietro, per poterli spiare di nascosto.

«Fateli salire nelle macchine!», gridò qualcuno.

Notai subito Damon Torrance. Aveva la maschera nera sopra la testa e camminava fra le auto. Lanciò una birra a un ragazzo seduto sul pianale di un pick-up. Aveva i capelli neri tirati indietro, nascosti sotto la maschera. Riuscii a scorgerne gli zigomi alti e i singolari occhi neri. Damon era proprio un bel tipo.

Ma non c'era altro che mi piacesse in lui. Non avevo avuto modo di conoscerlo bene, visto che ero in prima quando loro stavano per diplomarsi, ma l'avevo visto spesso a casa Crist, abbastanza spesso da sapere che aveva qualche rotella fuori posto. Michael gli lasciava il guinzaglio lungo, ma era comunque un guinzaglio e doveva esserci un buon motivo se c'era. Mi incuteva timore.

Ma non aveva niente a che vedere con la paura piacevole che mi incuteva Michael.

A quel punto c'erano circa venticinque persone, contando i giocatori di pallacanestro e qualche ragazza, ma la scuola sarebbe finita in meno di un'ora, quindi altre auto piene di gente li avrebbero cercati per unirsi alla baldoria.

«Dove andiamo?», chiese uno dei ragazzi, guardando Damon.

Ma fu Will Grayson ad avvicinarsi e dare una pacca sulle spalle a Damon. «Dove nessuno vi sentirà urlare», rispose.

Con un ghigno, aprì la portiera della sua Ford Raptor nera e rimase in piedi fra la portiera aperta e il furgone, a ispezionare il cofano.

Will aveva in mano la maschera bianca con una striscia rossa, i capelli castani formavano una finta cresta, i suoi seducenti occhi verdi ridevano. «Ehi, avete visto Kylie Halpern?», chiese guardando qualcuno oltre la testa di Damon.

Sbirciai da dietro la macchina, vidi Kai con la maschera d'argento sopra la testa e Michael con il volto ancora coperto.

«Porca vacca, che gambe!», continuò Will. «Quest'anno le ha fatto un gran bene».

«Sì, mi mancano le ragazze delle superiori», disse Damon, aprendo la porta della Raptor sul lato del passeggero. «Non se la tirano per niente».

Guardai Michael, a meno di un metro e mezzo di distanza, mentre apriva la portiera del guidatore della sua classe G e vi gettava dentro un borsone. Quando ebbe finito, richiuse la portiera.

Strinsi i pugni, sentendo improvvisamente le braccia indebolirsi. *Cosa cazzo stavo facendo?* Non avrei dovuto comportarmi così, mi sarei cacciata nei guai o avrei finito per vergognarmi.

«Michael?», questa era la voce di Will. «Sarà una serata lunga. Hai visto qualcuno di tuo gradimento?»

«Forse», lo sentii rispondere con voce roca.

Poi sentii qualcun altro ridere sommessamente, Kai forse. «Bel coraggio, amico mio», sembrava volesse insinuare qualcosa. «È bella, ma ti arrestano se te la fai».

«Ci proverò», disse Michael. «Un anno ha fatto un gran bene anche a lei. È sempre più difficile non notarla».

«Di chi state parlando?», si intromise Damon.

«Nessuno», ribatté Michael, tagliando corto.

Scossi la testa per liberarmi da quelle parole. Dovevo levarmi di torno prima che qualcuno mi vedesse.

«Tutti in macchina», ordinò Michael.

Il mio petto si sollevava e si abbassava sempre più rapidamente, trattenni un respiro e afferrai la maniglia del portellone. La tirai e si aprì con un click.

Dando una rapida occhiata ai ragazzi e tenendo le orecchie tese, aprii il portellone e mi tuffai dentro in un lampo, lo chiusi e sperai che non mi notassero, nella confusione di gente che saliva nelle macchine.

Non dovrei farlo.

Certo, negli anni avevo studiato ogni loro mossa. Avevo assimilato i loro discorsi e le loro stravaganze, notando dei particolari che gli altri non notavano, ma non li avevo mai seguiti.

Era la fase uno o la fase due dello stalking? Oddio. Strabuzzai gli occhi, non volevo nemmeno pensarci.

«Andiamo!», gridò Kai, e le portiere cominciarono a chiudersi.

«Ci vediamo là!», sentii gridare a Will.

L'auto sotto di me prese a vibrare, e io spalancai gli occhi vedendo la gente che montava nell'auto di Michael.

E poi, una dopo l'altra, le quattro portiere si chiusero, mentre l'abitacolo, che prima era silenzioso, si riempì di voci maschili che ridevano e scherzavano.

Il SUV prese vita ruggendo e vibrando sotto di me. Rotolai supina, lasciando cadere la testa sul pavimento. Non sapevo bene se dovessi congratularmi con me stessa perché non mi avevano vista o preoccuparmi perché non avevo idea del guaio in cui mi ero cacciata.

Capitolo 3
Erika

Oggi

«Da questa parte, signorina Fane». L'uomo sorrise, afferrò un mazzo di chiavi e mi accompagnò all'ascensore. «Sono Ford Patterson, uno dei direttori».

Tese la mano e io la strinsi.

«Lieta di conoscerla», risposi.

Mi guardai attorno nell'ingresso del mio nuovo condominio, il Delcour, mentre insieme camminavamo. Era un grattacielo di ventidue piani a Meridian City, costruito per ospitare appartamenti e attici, e si faceva notare, anche se non raggiungeva le altezze degli edifici circostanti. Era completamente nero, con finiture dorate, l'esterno era un'opera d'arte e l'interno non era da meno. Non riuscivo a credere che avrei abitato lì.

«Il suo appartamento è al ventunesimo piano», mi disse fermandosi accanto all'ascensore e premendo il pulsante. «C'è una vista mozzafiato da lassù. Le piacerà».

Strinsi la tracolla della borsa sul petto, impaziente. Non c'era niente di tanto allettante quanto svegliarsi al mattino e vedere la città dall'alto, una distesa di edifici che toccano il cielo e un sacco di gente che vive e lavora.

Alcune persone si sentono perse nelle grandi città – troppo dense di luci, rumori, attività – io invece non riuscivo a trattenere l'emozione di far parte di qualcosa di più grande. L'energia mi galvanizzava.

Controllai di nuovo il telefono, per essere sicura di non aver perso nessuna chiamata di mia madre. Mi preoccupavo ancora per lei. E in un certo senso pure per me, anche se questo non mi aveva impedito di lasciare Thunder Bay quella mattina.

Dopo che il signor Ferguson se n'era andato da casa mia la sera prima, senza trovare niente né dentro i locali né nei dintorni, mi ero rannicchiata nel letto con mia mamma, fissando il biglietto che avevo trovato nella scatola contenente il pugnale.

Guardati dalla furia di un uomo paziente.

Grazie a Google avevo scoperto che si trattava di una citazione di John Dryden. Ne conoscevo il significato. Le persone pazienti pianificano. Stai attenta a chi ha un piano.

Ma un piano per cosa? E chi erano quelli con le maschere indosso la sera prima, vicino a casa mia? Possibile che fossero i Cavalieri? Che mi avessero fatto avere loro il pugnale?

Quando mi ero svegliata quella mattina, avevo ignorato un messaggio seccato di Trevor, che ce l'aveva con me perché me n'ero andata presto dalla festa. Avevo chiesto spiegazioni a mia madre e a Irina, la domestica, ma nessuna delle due sapeva nulla del misterioso dono né sapeva chi l'avesse lasciato.

Il biglietto non era firmato, e come fosse arrivata lì quella scatola, restava un mistero.

Avevo colto un fugace lampo di preoccupazione sul viso di mia madre, quindi avevo nascosto il biglietto e il pugnale minimizzando l'accaduto e dicendo che probabilmente me l'aveva lasciato Trevor per farmi una sorpresa. Non volevo che si spaventasse per me.

Io, però, me la facevo sotto.

Qualcuno era stato a casa mia, proprio sotto il naso di mia madre.

Nella fretta di mettermi in marcia quella mattina, avevo fatto scivolare nella mia auto la scatoletta con il pugnale, ed ero partita senza sapere perché l'avessi preso. Avrei dovuto lasciarlo a casa.

Sentii suonare il campanello, con un *ding* discreto, e seguii il signor Patterson nell'ascensore, lo vidi premere il tasto "ventuno". Socchiusi gli occhi, notando che non c'erano altri piani più in alto.

«Pensavo che i piani fossero ventidue», dissi mentre salivamo uno di fianco all'altra.

«Infatti», fece un cenno di assenso. «Ma quel piano ospita solo una residenza e il proprietario ha un ascensore privato dall'altra parte dell'ingresso».

Mi voltai di nuovo. «Ho capito», annuii.

«Sul suo piano ci sono solo due appartamenti», continuò, «dato che sono un po' più spaziosi. E al momento l'altro appartamento del piano è sfitto, quindi godrà di molta privacy».

Gli appartamenti sul mio piano erano un po' più spaziosi? Non ricordavo che nessuno me ne avesse parlato quando avevo contattato la direzione via e-mail per concordare l'affitto.

«Eccoci arrivati», cinguettò lui facendo un passo avanti con un sorriso quando le porte si aprirono. Tese un braccio per farmi passare. Uscendo dall'ascensore, guardai a destra e a sinistra, vidi un corridoio stretto e ben illuminato, con i pavimenti di marmo nero e muri del colore del tramonto. Voltò a sinistra per accompagnarmi fino alla porta di un appartamento, ma io diedi una rapida occhiata dietro di me e vidi un'altra porta, imponente e di colore nero, che recava il numero 2104.

Doveva essere l'appartamento sfitto.

Ci avvicinammo alla porta dell'altro appartamento – che a rigor di logica era il mio – e il direttore infilò immediatamente la chiave nella toppa, aprì ed entrò senza esitazione.

Lo vidi varcare la soglia dell'appartamento con noncuranza, mentre io rimasi lì, basita.

«Um...». *Okay.*

Non aveva alcun senso. Era un appartamento enorme.

Entrai lentamente, con le braccia molli lungo i fianchi, mentre appuravo che c'erano soffitti alti, un soggiorno ampio e una parete tutta a vetrate, che svelava un bel cortile con tanto di patio, dotato di una fontana e di erba vera all'esterno. I pavimenti di marmo erano identici a quelli del corridoio, ma le pareti dell'appartamento erano color crema.

«Come vede», esordì il signor Patterson mentre andava alla vetrata e apriva la porta, «la cucina è completamente attrezzata e dotata di ogni comfort, con elettrodomestici di prima categoria, e la struttura a pianta aperta le piacerà, perché offre una vista panoramica della città».

Guardai la cucina, l'isola di granito splendeva alla luce del sole che si riversava dalle finestre. Gli elettrodomestici cromati erano imponenti come quelli di casa mia, il lampadario a bracci in ferro battuto della cucina – semplice, sofisticato e bellissimo – era abbinato a quello del soggiorno, appeso sopra la mia testa.

L'uomo continuò illustrandomi le tre camere da letto, il riscaldamento a pavimento e la doccia effetto pioggia, e io cominciai a scuotere la testa, sopraffatta. «Aspetti...».

Ma lui mi interruppe. «C'è una palestra comune al secondo piano e una piscina interna. Entrambe sono aperte ventiquattro ore su ventiquattro, sette giorni su sette, e dal momento che lei ha un attico, ha diritto anche al cortile privato».

Aggrottai le sopracciglia, confusa. *Io ho un attico? Cioè?* «Aspetti», risi, un po' spaventata.

Ma lui continuava a parlare. «Nel suo appartamento ci sono due entrate», disse tornando serio. «La seconda porta dà su una scala antincendio, ma si assicuri di tenerla sempre chiusa». Indicò l'estremità dell'ingresso e io allungai il collo per vedere la porta di metallo nel corridoio buio. «Teniamo molto alla sicurezza qui, ma mi premeva farle sapere che dispone di un accesso alternativo».

Portai la mano alla fronte, per asciugare un filo di sudore. Cosa diavolo stava succedendo? L'appartamento era già completamente ammobiliato, con divani dall'aria costosa, tavoli e ammennicoli elettronici. Vidi il direttore prendere un tablet e cominciare ad azionare il vetro oscurato della parete a vetri che dava sulla città.

«Ora vorrei mostrarle...».

«Aspetti», sbottai interrompendolo. «Scusi, ma credo che ci sia un errore. Sono Erika Fane. Ho affittato un bilocale, non un attico. Non so proprio di chi sia questo appartamento, ma pago l'affitto per qualcosa di molto, molto più piccolo».

Sembrava perplesso, quindi estrasse la cartellina, probabilmente per controllare le informazioni in suo possesso.

Era un attico da paura e lo adoravo, ma non avevo nessuna intenzione di spendere migliaia di dollari ogni mese per qualcosa di cui non avevo bisogno. Fece un sospiro e poi una risata, studiando i documenti. «Ah, sì, me n'ero dimenticato», alzò di nuovo lo sguardo. «Quell'appartamento purtroppo è stato dato in affitto».

Le mie spalle ricaddero in avanti, ero sopraffatta dalla delusione. «Ma come?»

«È stato commesso un errore e ci dispiace molto. Tuttavia, in segno di scusa i proprietari hanno voluto comunque che fosse rispettato il contratto che lei ha firmato. C'erano due attici liberi, quindi non c'era motivo perché non ne dessimo uno a lei. Il suo contratto dura comunque un anno e il prezzo dell'affitto rimarrà invariato per tutta la durata dello stesso». Mi porse le chiavi. «Non l'ha contattata nessuno?».

Lo fissai, allungando la mano per prendere le chiavi.

«No», risposi. «E sono ancora piuttosto perplessa. Perché dovreste darmi un appartamento che vale il doppio allo stesso prezzo?»

«Come le ho già detto», tentò di rabbonirmi, «siamo molto dispiaciuti per questo disguido. La preghiamo di accettare le nostre più sincere scuse. Spero che questo attico soddisfi le sue esigenze mentre si dedicherà ai suoi studi quest'anno», chinò la testa. «Se ha bisogno di qualcosa, signorina Fane, non esiti a chiamarmi. Sono a sua disposizione».

Poi mi passò accanto sfiorandomi appena mentre usciva dall'appartamento e si chiudeva la porta alle spalle.

Rimasi lì, sentendo lo stomaco aggrovigliato come se mi avessero appena messo al tappeto. Non potevo crederci. Com'era potuto succedere?

Feci un giro su me stessa, lentamente, per assimilare i particolari della stanza, la realtà, e soprattutto il silenzio. Ero completamente sola lassù.

E anche se era bello, mi sarebbe piaciuto dormire su un materasso gonfiabile, per poi uscire a comprare i mobili l'indomani. Mi elettrizzava l'idea di avere un appartamento piccolo e accogliente e dei vicini.

Ma la scuola sarebbe cominciata due giorni dopo. Non avevo tempo per cercare un altro posto. «Merda», sussurrai.

Percorrendo con calma il corridoio, girovagai tra le stanze, ispezionandole tutte, entrai nel bagno spazioso dotato di un doppio lavabo e di una doccia con le piastrelle di ardesia. Aprii gli armadietti accanto al lavello e vidi che erano già pieni di asciugamani e salviette, c'era perfino la spugna.

Proseguii entrando nella camera principale, e vidi che era già fornita di un letto matrimoniale e di mobili abbinati alla biancheria da letto e ai tendaggi bianchi. Sul comodino c'era addirittura un orologio già impostato.

Incredibile. Avevano predisposto tutto per me. Proprio come a casa.

Lo stile poteva essere leggermente differente e il panorama decisamente cambiato, ma la mia vita non lo era affatto. Avevano già pensato a tutto. Avrei scommesso di trovare anche il frigorifero già pieno.

Dovevo complimentarmi con le mamme di Thunder Bay per essersi assicurate perfino di rimboccare le coperte a una delle loro principesse. Non era certamente il genere di comitato di benvenuto che si limita a un cesto di frutta.

Scossi la testa, sentendomi inghiottire dalle pareti.

Le donne di Thunder Bay erano donne impegnate. Erano potenti, influenti, e scrupolose, e noi, in qualità di figli, ce ne stavamo comodamente protetti sotto la loro ala. Io più degli altri, perché mio padre era morto e mia madre era… debole.

Da bambina mi piaceva la sicurezza che mi offriva il loro schermo protettivo, ma adesso volevo fare le cose da sola. Spazio, lontananza e magari qualche problema. Ecco cosa andavo cercando.

Mi lasciai andare a un sospiro infilando le chiavi nella tasca dei pantaloncini di jeans. Afferrai il maglione nero per il bordo, lo sollevai sopra la testa e rimasi con la T-shirt grigia a maniche corte.

Ripercorsi l'appartamento e uscii dalla porta del soggiorno aperta per vedere il patio. L'erba mi accarezzava le dita dei piedi che spuntavano dai sandali. Guardando il perimetro del cortile, notai che era rettangolare, con uno dei lati lunghi aperto per offrire una vista della città.

A sinistra c'erano altre finestre, probabilmente quelle dell'appartamento sfitto con cui condividevo il piano. E poi, voltandomi a destra, lasciai salire lo sguardo sempre più su, inarcandomi per riuscire a scorgere il piano superiore, una residenza che curvava seguendo il fianco della costruzione, in modo che le finestre erano parzialmente visibili dal punto in cui mi trovavo.

Sembrava che avesse più di un balcone, perfettamente affacciato sul cortile. Mi chiesi se ci vivesse una famiglia, per avere bisogno di tanto spazio, ma poi ricordai che il signor Patterson aveva parlato di un "proprietario".

Lasciai correre lo sguardo sulle finestre, sentendo, in fondo, di non essere poi così sola lassù.

Sbattei le palpebre, ero sveglia, sdraiata sulla pancia, abbracciavo il cuscino avvertendo il peso schiacciante del sonno come una coperta.

Tesi le orecchie e sentii un picchiettio provenire da un punto lontano.

Toc, toc, toc... toc... toc

Mi sollevai sulle braccia, tentando di mettere a fuoco.

Qualcuno bussava alla porta? Ma chi avrebbe potuto bussare? Lì non conoscevo nessuno, non ancora, se non altro. Ero arrivata solo quel giorno e non avevo nessun vicino...

E poi – sollevai lo sguardo alla sveglia sul comodino – era l'una di notte passata.

Mi voltai, mi misi a sedere stropicciandomi gli occhi per svegliarmi, mentre la sensazione di ottundimento se ne andava lentamente.

Ero abbastanza certa di aver sentito bussare. Un picchiettio costante.

Mi guardai attorno, la luce della luna entrava dalla finestra e cadeva sulle lenzuola bianche, cercavo di captare anche il minimo rumore nel silenzio dell'appartamento immobile e buio.

Ma poi udii un *tonfo* sordo che mi fece sussultare togliendomi il respiro. Gettai via le coperte e presi il telefono dal comodino.

Non stava bussando nessuno.

Con il telefono stretto nella mano, attraversai la camera in punta di piedi, tesa a sentire ogni suono e spremendomi le meningi nel tentativo di ricordare se avessi chiuso tutte le porte. Quella principale, la porta-finestra che dava sul cortile e...

Avevo chiuso a chiave l'ingresso di servizio? *Sì*, certo che l'avevo chiuso.

Ma poi sentii ancora un tonfo e mi paralizzai. *Che diamine?*

Era un rumore soffocato e pesante, come se qualcosa fosse caduto a peso morto. Non riuscivo a capire se provenisse da sopra, da sotto o di fianco a me.

Scivolai lungo il corridoio, arrivai in soggiorno e oltrepassai gli attrezzi da pittura che avevo comprato in giornata. Potevo anche non aver ottenuto l'appartamento minuscolo che volevo, né aver acquistato le pentole che preferivo, ma sicuro come l'oro avrei potuto personalizzare l'ambiente con un tocco di colore.

Entrai in cucina senza far rumore, afferrai un coltello dal ceppo e impugnai il manico, con la lama rivolta all'indietro, e mi avvicinai alla porta d'ingresso. Non avevo ancora capito da dove provenisse quel rumore, ma il buon senso mi diceva di controllare le entrate.

Sbirciai dallo spioncino, con ogni singolo pelo del braccio irto. Avevo desiderato vivere per conto mio con tutte le mie forze, ma adesso la cosa mi spaventava un po'.

Mi sollevai sulle punte dei piedi, sbirciai dallo spioncino e vidi l'ascensore a qualche metro di distanza lungo il corridoio e le applique che emettevano una luce fioca. Ma non c'era niente, non si vedeva nessuno. Sembrava che l'ingresso fosse vuoto.

Voltai la testa per guardarmi alle spalle, mentre ancora sentivo gli stessi tonfi.

Scesi dalle punte dei piedi per ispezionare l'appartamento, il picchiettio diventava una raffica costante. I piedi mi portavano in direzione del suono, mi ci avvicinavo senza volerlo, finché riuscii ad accostare l'orecchio al muro che portava all'ingresso, con il cuore che batteva all'impazzata mentre le vibrazioni raggiungevano la mia pelle.

Con la guancia appoggiata al muro, inghiottii il nodo che avevo in gola, mentre il battito si faceva sempre più veloce.

C'era qualcuno di là, nell'appartamento vuoto.

Presi il telefono per comporre il numero dell'ufficio al piano terra, ma nessuno rispose. Sapevo che c'era un responsabile notturno di nome Simon qualcosa, ma non pensavo che ci fossero molte persone in servizio di notte. Doveva aver lasciato la scrivania.

Continuavo ad ascoltare, chiedendomi se sarei riuscita a ignorare il rumore e aspettare il mattino prima di chiedere chiarimenti al direttore, ma via via che percorrevo il corridoio, il rumore si intensificava, finché raggiunsi l'entrata posteriore.

Aprii la porta quel tanto che bastava perché riuscissi a sporgere la testa nel corridoio, tenendo aperta la pesante anta di metallo.

Guardai a destra e vidi una porta come la mia, poi sentii il grido acuto di una donna che riecheggiava attorno a me, e il mio respiro si fece più pesante.

Poi un altro grido. E un altro, un altro, e...

Che stesse facendo sesso? Rimasi a bocca spalancata tentando di reprimere una risata.

Oddio.

Pensavo che l'appartamento fosse vuoto.

Uscii, coltello alla mano – non si sa mai – e mi incamminai in silenzio verso l'altra porta, con lo sguardo rivolto verso l'alto. Vidi delle piccole telecamere di sicurezza lungo il muro, probabilmente erano state installate quando gli appartamenti erano stati costruiti.

Premetti l'orecchio contro la porta, restando in ascolto: sentii ancora il *tump tump tump* prodotto da qualcosa che colpiva il muro, le grida e i sospiri incessanti della ragazza.

Mi morsi le labbra coprendo il sorriso con la mano libera.

Ma poi la donna prese a gridare: «Oh! Ah, Oddio! Non così!».

E la paura che sentivo nella sua voce mi spense il sorriso. Adesso quelle grida brevi e stridule erano diverse. Vi si distinguevano spavento e panico, come se la ragazza stesse lottando per liberarsi. All'improvviso la gola mi si seccò mentre restavo ferma in ascolto.

«Ah!», gridò ancora. «Ti prego, basta!».

Mi allontanai dalla porta, non c'era più niente da ridere.

Ma poi qualcosa colpì l'uscio dall'altro lato, con un tonfo sonoro, e io balzai all'indietro. «Oh, merda!», bisbigliai senza fiato.

Sollevai subito lo sguardo verso le telecamere, chiedendomi se le immagini finissero sui monitor della vigilanza al piano inferiore o di chiunque si trovasse all'interno dell'appartamento. Sapevano che ero lì fuori?

Mi voltai per correre verso la porta, afferrai la maniglia tentando di aprirla.

Ma era bloccata. «Merda!», mimai con le labbra. Quella dannata porta doveva essersi chiusa automaticamente.

Seguì un altro tonfo contro la porta, a pochi metri da me – così vicino – e i miei occhi saettarono in quella direzione, mentre il mio respiro diventava più veloce e affannoso. Tirai di nuovo la maniglia, girandola e strattonandola, ma non si aprì.

Seguì ancora un altro tonfo contro la porta. Trasalii lasciando cadere il coltello.

«Merda».

Mi chinai per riprenderlo, ma proprio in quel momento sentii l'altra porta aprirsi, quindi mi precipitai giù dalle scale e corsi a nascondermi dietro il muro, dimenticando il coltello.

Cazzo.

Fanculo. Chiunque fosse la persona che stava uscendo dall'appartamento sfitto, non avevo la minima voglia di incontrarla. Scesi di corsa le scale, un piano dopo l'altro, con un grido soffocato in gola per la paura che mi stringeva il petto.

Sentii un tonfo sopra di me, lanciai un'occhiata in alto e scorsi una mano che scivolava lungo il corrimano, come se quella persona, chiunque fosse, avesse saltato alcune rampe.

Oddio. Presi a correre a perdifiato, un piano dopo l'altro, mentre una goccia di sudore mi scivolava lungo il collo. Sentivo i tonfi sempre più vicini, le gambe stavano per cedere, mentre i muscoli esausti lavoravano a più non posso. Annaspai vedendo la porta con la scritta INGRESSO. La spalancai e mi precipitai all'interno, guardandomi alle spalle per sapere se lui – o lei – fosse dietro di me.

Ma a quel punto andai a sbattere contro un muro e mi lasciai scappare un grido, mentre un paio di mani mi afferravano i polsi.

Sollevai lo sguardo riprendendo finalmente fiato e vidi Michael Christ che torreggiava sopra di me, gli occhi socchiusi.

«Michael?», sospirai, basita per l'imbarazzo.

«Cosa diavolo ci fai tu qui?», sollevò un sopracciglio e mi respinse, allontanandomi da sé per lasciarmi andare. «È l'una del mattino passata».

Aprii la bocca, ma non uscì alcun suono. Perché si trovava lì?

Era davanti a un ascensore, ma non quello che avevo preso

41

quella mattina, e indossava un completo nero, come se fosse appena rientrato da un club o qualcosa del genere. Di fianco a lui c'era una giovane coi capelli castani, bellissima nel suo abito da sera blu marino aderente che arrivava a metà coscia.

Improvvisamente mi sentii nuda, con addosso i pantaloncini di seta e la canotta nera del pigiama, i capelli in disordine, probabilmente aggrovigliati.

«Io…», mi guardai di nuovo alle spalle, notando che chiunque mi avesse seguita giù per le scale non era ancora uscito dalla porta.

Poi mi voltai, sollevando lo sguardo su Michael. «Ho sentito qualcosa su al mio piano», gli dissi.

E poi scossi la testa, ancora confusa. «Cosa ci fai tu qui?»

«Io vivo qui», ribatté, e immediatamente riconobbi l'immancabile tono di fastidio che adottava ogni volta che parlava con me.

«Vivi qui?», chiesi. «Pensavo che vivessi nel palazzo della tua famiglia».

Infilò una mano in tasca e abbassò lo sguardo su di me con aria di superiorità, come se fossi una stupida.

Chiusi gli occhi, sospirando. «Ma certo», dissi riprendendo il respiro, mentre tutto si faceva chiaro nella mia mente. «Ma certo. Sei tu che vivi al ventiduesimo piano».

Cominciavo a collegare i pezzi: lui e la ragazza accanto all'ascensore privato, il signore solo che viveva sopra di me, la signora Crist che mi suggeriva di andare al Delcour e mi mandava i recapiti, ma si guardava bene dal dirmi che il palazzo era di loro proprietà…

E quell'appartamento di lusso tutto per me, lì pronto ad aspettarmi.

La signora Crist – e molto probabilmente anche il marito – si era assicurata che finissi lì. Per tenermi vicina e sotto controllo.

«E questa chi sarebbe?».

Posai gli occhi sulla ragazza, che aveva i capelli color cioccolata e gli occhi penetranti, tutta tirata come una star del cinema a una prima. Michael guardava di fronte a sé, le labbra leggermente increspate. «La ragazza del mio fratellino».

«Ah…», rispose lei.

Distolsi lo sguardo, irritata.

La ragazza del mio fratellino. Non riusciva nemmeno a pronunciare il mio nome.

E poi non ero più la ragazza di Trevor. Non ero sicura che lo sapesse, ma era così da mesi. Probabilmente era saltato fuori in qualche discorso di famiglia.

«Che cosa hai sentito?», mi chiese. Sollevai gli occhi: mi stava fissando.

Esitai, non ero certa di potergli raccontare dei rumori o delle grida di donna. A quel punto non mi sentivo sicura lassù, avrei voluto che ci fosse il portiere, ma Michael a stento mi degnava della sua attenzione. Probabilmente non avrebbe sentito una parola di quello che volevo dirgli.

«Niente», dissi alla fine, con un sospiro. «Non ha importanza».

Mi scrutò per un momento, poi allungò una mano per passare una schedina bianca davanti a un sensore sulla parete. Immediatamente le porte del suo ascensore privato si aprirono. Si voltò verso la ragazza. «Non metterti troppo comoda. Arrivo fra un minuto».

Lei annuì con un sorriso leggero impresso sulle labbra, mentre entrava nell'ascensore e premeva il pulsante. Subito le porte si chiusero davanti a lei.

Michael mi ignorò e andò dritto al banco per parlare con l'addetto alla sicurezza. L'uomo fece un cenno d'assenso e gli consegnò qualcosa – doveva essere un mazzo di chiavi – poi Michael tornò lentamente verso di me. La sua altezza e il suo fisico atletico mi lasciarono di nuovo senza fiato.

Dio, com'era bello.

Dopo tutti quegli anni, un'intera vita passata a seguirlo con lo sguardo, in sua presenza mi scioglievo ancora come burro al sole.

Incrociai le braccia sul petto, cercando di placare il battito del mio cuore colmo di eccitazione. Non avrei dovuto desiderare di stargli vicino. Non dopo che mi aveva respinta per quasi tutta la vita, non dopo come mi aveva trattata anni prima.

Mi portai la mano al collo, facendo scorrere distrattamente un dito lungo la riga ruvida.

«Simon ispezionerà le scale e il tuo piano», mi disse. «Vieni, ti riaccompagno».

43

«Ho detto che non importa», protestai senza spostarmi. «Non mi serve aiuto».

Ma lui era già vicino all'altro ascensore, e io vidi l'addetto alla sicurezza che apriva la porta delle scale e scompariva all'interno.

Seguii Michael riluttante, entrai nell'ascensore a piedi nudi e vidi che premeva il tasto "ventuno".

«Sai a che piano vivo?», chiesi.

Ma non mi rispose.

L'ascensore cominciò a salire e io ero lì, accanto a lui, e cercavo di restare immobile. Non volevo respirare troppo forte né dare segni di agitazione. Ero sempre stata fin troppo attenta a Michael, e temevo che lo scoprisse. Forse, se avessi saputo che per lui non ero semplicemente un oggetto insignificante, non mi sarei preoccupata tanto di quello che pensava.

Ma quando lasciai cadere le braccia e presi a fissare di fronte a me, con il soffio d'aria che proveniva dal bocchettone facendomi volare i capelli sul seno, mi leccai le labbra, percependo il richiamo di lui, che era lì, a soli pochi centimetri da me. Il mio petto si sollevava e si abbassava, il calore scendeva dal collo; sentivo i capezzoli indurirsi, mentre il fuoco che mi bruciava la pelle si estendeva alla pancia, incanalandosi fra le gambe.

I pantaloncini del pigiama tutt'a un tratto mi sembrarono troppo stretti. Sentii un vuoto allo stomaco, che bruciava come se non mangiassi da giorni.

Cristo.

Sollevai una mano per portarmi i capelli dietro le orecchie. Avevo la sensazione che lui mi stesse guardando.

Ma non mi azzardai a sollevare lo sguardo. Dopo aver visto la modella da copertina che si era portato a casa per la serata, non potevo fare altro che raddrizzare la schiena, buttare il petto in fuori e giocare le mie carte.

Come avevo fatto per anni.

L'ascensore si fermò e le porte si aprirono. Michael uscì per primo, chiaramente non aveva la galanteria del signor Patterson. Andò dritto alla porta del mio appartamento, io lo seguii parlando con la sua schiena.

«Quando il signor Patterson mi ha accompagnata qui oggi, mi

ha detto che l'altro appartamento era vuoto». Mi voltai a guardare la porta dell'appartamento che si supponeva fosse sfitto. «Ma poco fa ho sentito dei rumori».

Si voltò a guardare la porta dietro di me. «Che genere di rumori?».

Testate che colpivano la parete, grida, urli, gemiti, persone che ci davano dentro...

Scossi la testa, preferivo restare sul vago. «Solo dei rumori».

Sbuffò con il naso, sembrava contrariato. Mi scansò, diretto all'altro appartamento, girò la maniglia, bussò diverse volte vedendo che la porta non si apriva.

Poi, però, la porta si aprì e io spalancai gli occhi per la sorpresa, ma ne uscì solo lo stesso addetto alla sicurezza del piano terra.

«Qui non c'è niente, signore. Ho controllato le scale, non c'è nulla di insolito».

«Grazie», replicò Michael. «Chiuda bene l'appartamento e poi torni pure al piano terra».

«Sì, signore».

Guardai l'addetto chiudere il portoncino e poi restare in attesa dell'ascensore, mentre Michael tornava verso di me, le chiavi in mano e gli occhi nocciola sempre più carichi di impazienza.

Mi sfiorò oltrepassandomi, poi aprì la porta del mio appartamento.

«Come facevi a sapere che mi ero chiusa fuori?».

Lo seguii all'interno.

«Non lo sapevo». Fece scivolare le chiavi in tasca. «Ma ero quasi certo che fosse andata così. Non avevi le chiavi con te e l'ingresso posteriore che affaccia sulle scale si chiude in automatico. Ricordatelo».

Alzai gli occhi al cielo, vedendolo perlustrare l'appartamento. Tre anni prima – diamine, cinque giorni prima – se mi fosse stato accanto, sarei stata al settimo cielo. Se mi avesse parlato. Se si fosse occupato di me...

Ma non era quello che stava facendo in quel momento. Per lui ero ancora invisibile, come l'aria che respirava. E molto meno importante.

Una sola sera. Era ancora nitida nei miei ricordi, vividi e selvaggi, e speravo che anche lui la ricordasse. Ma alla fine era andata di merda comunque, perché era esattamente così che lui mi trattava.

Incrociai le braccia al petto e mi irrigidii, tenendo lo sguardo fisso nel vuoto. Aspettavo solo che si levasse di torno.

Controllò tutte le stanze, l'entrata posteriore e tornò fuori, premendo contro le porte a vetri per assicurarsi che fossero ben salde.

«A volte capita che qualcuno del personale faccia una pausa in uno degli appartamenti vuoti», spiegò con voce incolore. «In ogni caso, adesso non c'è nulla che non vada».

Annuii, sforzandomi di non dargli troppo corda. «Come ho detto, non mi serve aiuto».

Fece una risata soffocata, e quando sollevai lo sguardo notai un'espressione accondiscendente nei suoi occhi.

«Non ti serve, eh?», rispose, maligno. «Tutto al sicuro, tutto sotto controllo?».

Sollevai leggermente il mento, senza rispondere.

Tornò a incombere su di me, guardandomi con aria divertita e arrogante. «Che bell'appartamento», commentò guardandosi intorno. «Devi aver lavorato sodo per guadagnarti i soldi necessari per pagarlo. O per pagare i conti delle carte di credito che hai nel portafogli, o per quella bella macchinina che hai appena comprato».

Strinsi i denti, in preda a un fiume di emozioni che non sapevo come gestire. Sentirgli dire quelle cose mi mandava in bestia. Non era facile come la dipingeva lui, non era giusto.

Fece un passo avanti, gli occhi erano due fessure. «Sei scappata da mio fratello, dalla mia famiglia, da tua madre, perfino dai tuoi amici», rimarcava. «Ma cosa succederebbe se un giorno ti trovassi col sedere a terra senza tutte le sicurezze che davi per scontate, la casa, i soldi, le persone che ti amano? A quel punto avresti bisogno di una mano? Capiresti finalmente quanto sei fragile senza tutte quelle comodità di cui credi di non aver bisogno?».

Lo fissai, contraendo tutti i muscoli per non tradire alcuna emozione.

Sì, certo, mi piacevano i soldi. E forse, se fossi stata veramente intenzionata a cavarmela da sola, avrei buttato tutto al vento. Le carte di credito, l'auto, la retta pagata dell'università.

Quindi ero veramente come mi dipingeva lui? Una vigliacca che si riempie la bocca di parole, ma non conoscerà mai davvero il dolore o la fatica di combattere per conquistare qualcosa?

«No, penso che staresti bene lo stesso», continuò con voce bassa e voluttuosa, prendendomi una ciocca di capelli e rigirandosela fra le dita. «Le ragazze carine hanno sempre qualcosa da offrire in cambio, giusto?».

Alzai lo sguardo e incrociai il suo, prima di allontanare la sua mano. Cosa gli era preso?

Mentre mi aggirava per andare alla porta aveva un mezzo sorriso stampato sulle labbra. «Buonanotte, Mostriciattolo».

Mi voltai di scatto, appena in tempo per vederlo scivolare oltre la porta e chiudersela alle spalle.

Mostriciattolo. Perché mi aveva chiamata in quel modo? Non sentivo quel nomignolo da tre anni.

Da quella sera.

Capitolo 4
Michael

Oggi

Non *restare da sola con lei.*

La mia unica regola. L'unica promessa che mi ero fatto e che avevo giurato di mantenere. Ma ecco che i buoni propositi andavano a farsi fottere.

Respirai a fondo, le braccia incrociate sul petto mentre fissavo davanti a me i numeri crescenti sul pannello dell'ascensore. *Nessun altro la conosceva.* Non come me. Io la conoscevo meglio di chiunque altro. Sapevo quanto valeva.

Erika Fane recitava bene la sua parte. Era la figlia diligente che si sacrifica per la madre, la ragazza accondiscendente e piacevole di mio fratello, la studentessa brillante e bella che cresceva nella nostra comunità in riva al mare. Amata da tutti.

Pensava di non valere niente per me, di essere insignificante e invisibile. Voleva con tutte le sue forze che io aprissi gli occhi e la vedessi davvero, ma non aveva capito che l'avevo già fatto. Sapevo di cos'era capace la donna che si nascondeva sotto quell'aria da perfettina, e non riuscivo a dimenticarla.

Perché cazzo l'avevo accompagnata in casa? Perché avevo dovuto accertarmi che fosse al sicuro? Starle vicino mi aveva fatto vacillare. Mi aveva fatto dimenticare.

Si era precipitata giù per le scale, spaventata e scarmigliata, sembrava piccola e fragile, e immediatamente avevo ceduto all'istinto.

Sì, aveva recitato bene la sua parte.

Non stare sola con lei. Non stare mai sola con lei.

Le porte dell'ascensore si aprirono direttamente sull'ingresso, girai l'angolo spedito per entrare nel soggiorno scuro, ma poi rallentai notando la ragazza che avevo mandato su e che avevo quasi dimenticato. Era seduta in mezzo alla stanza, a cavalcioni su una sedia di legno.

Completamente nuda.

Trattenni un sorriso, sorpreso dalla sua intraprendenza. Quasi tutte le donne aspettavano istruzioni.

Socchiusi gli occhi e, avvicinandomi alla sedia, la vidi accennare un sorriso. Aveva le braccia appoggiate allo schienale, le gambe spalancate e i tacchi vertiginosi puntati sul pavimento ai due lati della sedia.

Mi fermai a un passo da lei, lasciando vagare lo sguardo sul corpo esibito: maturo, aperto, pronto per me. Aveva seni rotondi e perfetti, sopra un ventre piatto e abbronzato, che non copriva il pube nudo. Mi chiesi se fosse già bagnata.

Sollevai una mano per carezzarle la guancia col dorso, lei si abbandonò al mio tocco, lo sguardo birichino e i capelli lunghi e setosi che le accarezzavano il seno. Poi si mosse di scatto, prendendomi il pollice fra i denti in un morso delicato.

La guardai, aspettando la mossa successiva. Succhiarlo? Leccarlo? O mordere più forte? Mi piaceva ricevere tanto quanto davo, mi piaceva quando una donna mostrava ardore e non se ne stava seduta in modo passivo.

Ma lei mollò la presa, con uno sguardo timido che lasciava la palla nel mio campo. Ora toccava a me attaccare e lei doveva essere la vittima compiacente, immagino. Dio, era tutto così prevedibile e palloso.

Le sollevai il mento, dicendole con voce gentile: «Resta lì».

Mi serviva un attimo di respiro per calarmi nell'atmosfera di qualcosa che non volevo più.

La aggirai per salire le scale, e intanto mi tolsi la giacca. Mi infilai nell'ampia camera con il letto matrimoniale king-size e tanto spazio per rilassarsi, e mi avvicinai alla doccia, che si trovava fra la camera da letto e il bagno principale. Era perfettamente visibile dal letto. A volte si rivelava utile quando invitavo una o due ragazze e volevo guardarle giocare.

Mi tolsi i vestiti lanciandoli sul pavimento ed entrai nella doccia. Non avevo alcuna fretta di tornare di sotto.

Il getto scrosciò dall'alto, bagnandomi i capelli e infondendo calore alle mie spalle e alla mia schiena. Avrei voluto poter dire che il corpo e la testa erano tesi per tutte le ore di fatica che avevo trascorso in palestra, con il personal trainer che mi voleva pronto per il campionato, oppure per via del costante esercizio a cui mi sottoponevo da quando il mio programma di allenamento era stato incrementato. Ma sapevo che non era quello il motivo. Avevo ventitré anni, non ero mai stato tanto in forma, tuttavia dovevo affrontare gli interrogativi con i quali avevo vissuto per quasi tutta la vita.

Non era la pallacanestro. Era lei.

Dopo tre lunghi anni, lei era lì, loro erano lì, e a malapena riuscivo a pensare a qualcos'altro.

Mi chiedevo se mi avrebbe voluto ancora, una volta che tutto fosse stato detto e fatto. Dopo tutti quegli anni passati a osservarmi, probabilmente desiderando che la toccassi, non sarebbe stato dannatamente beffardo se l'avessi finalmente avuta tra le mie mani, con il suo corpo premuto contro il mio, e lei mi avesse detestato?

Sì, entrerai nel mio letto, piccola, ma solo quando mi odierai.

Mi abbandonai a un sospiro, chinando la testa e chiudendo gli occhi.

Gesù. Mi presi il cazzo in mano, sentendolo spingere e pulsare, mentre si inspessiva e si induriva solo a pensarla. Passai un dito sulla grossa punta, per spazzare via una piccolissima parte di quello che stava per esplodere.

Oddio.

Bastava il pensiero, e per poco non mi ero tradito prima, in ascensore con lei.

Era stato divertente. Il modo in cui aveva tentato con tutta se stessa di non mostrare che avermi lì vicino la stava mandando fuori di testa. Il respiro affannoso che le faceva salire e scendere il seno, con i capezzoli che spuntavano da quella magliettina stretta e mi facevano venire voglia di prenderne uno tra i denti e insegnarle a urlare il mio nome così tante volte che avrebbe finito per gridarlo anche nel sonno.

Aveva la pelle dorata dal sole di Thunder Bay, era una gioia per gli occhi, e quei capelli biondi e lisci che le carezzavano il viso, il collo, la schiena... erano così morbidi che non ero riuscito a trattenermi e avevo afferrato delle ciocche luminose.

Ero stato molto bravo a ignorarla per tutta la vita, prima perché era troppo giovane perché mi potesse interessare e poi perché dovevo essere paziente.

Ma il momento perfetto era arrivato. Lei era lì, io ero lì.

Però non ero solo.

E qual era la cosa migliore? Lei non sapeva che noi sapevamo. Stavamo per presentarle il conto e lei era all'oscuro di tutto.

Chiusi l'acqua, respirando a fondo, il pene dolente che sporgeva in fuori in cerca di sollievo. Mi avvolsi un asciugamano attorno alla vita passandomi le mani fra i capelli, uscii dalla camera e scesi le scale.

Alex, la ragazza che avevo portato alla festa della squadra quella sera, era ancora seduta ubbidiente, e ora che ce l'avevo duro, il suo culetto a forma di cuore mi attraeva un po' di più.

Ma non ero ancora pronto. Mi versai da bere e mi avvicinai alle finestre che davano sulla città. La notte era accesa di luci e movimento, sembrava di avere davanti un mare di stelle. Queste erano le prime cose che avevo imparato di quel posto quando ci andavo da bambino. Meridian City era sicuramente più bella se la si guardava da lontano. E lo stesso valeva per molte altre cose, come avrei scoperto in seguito.

Più ti avvicini alle cose belle, più perdono fascino. Il fascino è nel mistero, non nell'esibizione.

Lasciai cadere lo sguardo e vidi Rika attraverso le vetrate. I due appartamenti erano su due piani sovrapposti, ma leggermente sfalzati, così dalle mie finestre godevo di una splendida vista sul cortile e sull'appartamento. Socchiusi gli occhi: vidi che si muoveva rapidamente per la stanza, e mi chiesi cosa stesse facendo.

Aveva steso un telo impermeabile accanto a una parete e sul pavimento del soggiorno c'erano delle latte di vernice. Salì sulla scala in punta di piedi, per trovare il punto dove il muro incontrava il soffitto e spianare qualcosa con le mani.

Forse aveva steso del nastro adesivo. Erano quasi le due del mattino. Perché mettersi a dipingere?

51

Aveva il culetto proteso e il pizzo nero della maglietta si era sollevato scoprendo la pelle.

Sentii il calore nel petto e nel basso ventre, mentre il cuore accelerava i suoi battiti. Rika aveva un corpo da paura, anche se non aveva idea di come usarlo.

Sentii mani morbide e fresche carezzarmi le spalle, la ragazza mi si era avvicinata, era nuda di fianco a me. Non avevo azionato il vetro oscurato, ma le luci erano spente, quindi Rika non avrebbe potuto vedere niente se avesse alzato gli occhi.

Alex guardava fuori, probabilmente seguendo la direzione del mio sguardo, poi si voltò e fece scivolare la mano sotto l'asciugamano.

«Mmm...», mugolò, sentendo l'erezione. «Sembra che ti piaccia».

Restai immobile a guardare Rika mentre la ragazza mi accarezzava. «No».

Una volta avevo pensato che fosse possibile. Per qualche ora, molto tempo prima, avevamo guardato la vita con gli stessi occhi e avevo sentito di potermi fidare di lei.

Quell'errore era costato la libertà ai miei amici.

«Ma la vuoi», incalzò, e prese a strofinarmi più velocemente. Sapeva esattamente da dove veniva l'erezione.

La lasciai fare, ma purtroppo non avevo alcun desiderio di allungare le mani e toccarla. Guardavo giù, vedevo Rika scendere dalla scala e mettersi a gattoni per passare il nastro adesivo sopra il battiscopa, e inarcare la schiena come per invitarmi.

Mugugnai, mentre i movimenti della ragazza si facevano più veloci.

«Oh, sì...», mi stuzzicava. «Non è tanto dolce e innocente?».

Deglutii anche se avevo la bocca secca e guardavo giù, guardavo Rika. «Nessuna delle due cose», sbottai fra i denti.

«Forse no», mi provocò lei. «Dopotutto sono le acque chete che spaccano i ponti».

E poi si chinò affondando le labbra nel mio collo. Sussurrò: «Scommetto che tuo fratello può dirti quanto è birichina».

Gesù.

Piantai le mani contro la finestra e mi chinai, mentre Rika si inginocchiava e sollevava lo sguardo per osservare il muro che probabilmente voleva dipingere.

Speravo che non fosse vero. Volevo solo due cose... che mio fratello non l'avesse domata, come diceva di aver fatto, e che Rika avesse in sé tutta la combattività che avevo creduto di vedere in lei.

«Sì», sospirava la ragazza, mentre percorreva la mia mascella con i baci. «Scommetto che sa esattamente come le piace».

Mi raddrizzai immediatamente, voltando la testa per afferrarle il viso con la mano, tenendola stretta. «Mio fratello è l'ultima persona che può permettersi di parlare di lei», sibilai, guardandola. «Ora vai a casa. Non sono dell'umore giusto».

La allontanai con una spinta, e un respiro scioccato le sfuggì dalle labbra mentre aggrottava le sopracciglia con aria confusa.

«Ma lui...», protestò indicando l'asciugamani nero teso davanti a me.

«Non è per te, e lo sai bene».

Strinsi l'asciugamani in vita, continuando a guardare dalla finestra Rika che si raccoglieva i capelli in una coda di cavallo e poi si chinava per sollevare una latta di vernice.

Ma poi sentii dietro di me il *ding* dell'ascensore, a indicare che stava scendendo a prendere chi l'aveva chiamato, e mi guardai in fretta alle spalle. C'era ancora una ragazza nuda in mezzo alla stanza.

«Farai meglio a muoverti», l'avvisai. «Sta salendo qualcuno che sarebbe molto felice di trovarti lì così». Abbassai lo sguardo sul suo corpo nudo.

Guardò a destra e a sinistra, esitando con fare dispiaciuto. Non sapevo se fosse più delusa o più offesa.

Ma non me ne fregava niente. Dopotutto l'avevo già pagata.

Alla fine si voltò e corse a cercare i vestiti, e io sentii dei fruscii mentre se li rimetteva. Tornai a guardare giù, e vidi Rika versare la vernice in un vassoio e immergerci un rullo, che si impregnò di rosso.

Il mio colore preferito.

Era segno di coraggio e sicurezza in se stessi, ma anche aggressivo e violento. Non sapevo perché mi piacesse, ma era così da sempre.

Il campanello dell'ascensore suonò ancora. Mi sollevai, raddrizzai la schiena sentendo delle voci profonde diffondersi nell'attico.

Quando mi voltai, vidi la ragazza, Alex, che si infilava l'ultima scarpa e afferrava la borsetta per correre verso l'ascensore.

Vestita oppure no, non sarebbe passata inosservata.

Damon, Will e Kai emersero da dietro l'angolo. Indossavano tutti degli abiti simili, di colore nero, e stavano rientrando da una serata passata fuori. Li sentii sghignazzare per una battuta che avevano fatto tra loro.

Alex camminava svelta, sperando di passarla liscia, ma Damon le cinse la vita con un braccio per non farsela scappare.

«Wow, dove credi di andare?», la canzonò, stringendo la presa incurante dei finti tentativi per liberarsi. «Michael ha già usufruito della sua ora?».

Will rise, scuotendo la testa, mentre lui e Kai entravano nell'appartamento.

Damon la riportò nel salotto, strizzandole il sedere con una mano.

Mi chinai sulla sedia a prendere i pantaloni da casa che avevo abbandonato lì quella mattina. Infilai le gambe, li tirai su, poi mi tolsi l'asciugamano gettandolo a terra.

«Lasciala stare», gli dissi.

Ma nei suoi occhi scuri, quasi neri, posati su di me, c'era quella sottile aria di sfida che mi ero dannatamente stufato di vedere.

Con un sorriso a increspargli le labbra, si portò una mano alla tasca, estraendone un rotolo di banconote.

«Sarò buono», le sussurrò ancora contro la guancia, sbandierandole sotto i soldi il naso.

Lei si voltò a guardarmi, forse si chiedeva quale fosse il protocollo. Avrebbe dovuto cogliere l'opportunità se c'era un altro cliente ancora presente nella stanza?

Non mi importava cosa avrebbe fatto. Era disponibile, e per dirla tutta, quello che faceva lo faceva per lavoro, non per divertimento. Io avevo semplicemente avuto bisogno di qualcuno da appendermi al braccio per una festa privata, e Will la conosceva abbastanza bene da sapere che era una tipa discreta e non si faceva paranoie.

Ero solo stufo marcio delle pagliacciate di Damon.

Ma lei tornò a voltarsi verso di lui e prese lentamente i soldi.

E lui non perse tempo. Le abbassò il vestito fin sotto la vita, le sollevò le gambe perché lo stringesse in vita.

«Ho mentito», disse, mostrandole i denti vicino all'orecchio. «Non sono mai gentile».

Si avventò su di lei, coprendole la bocca con la sua e portandola lungo il corridoio fino a una camera libera.

Espirai forte con il naso, irritato per il perenne braccio di ferro fra me e lui. Non era mai stato così.

Io e i miei amici ci eravamo accapigliati per i più svariati motivi nel corso della nostra amicizia. Niente di strano. Ognuno di noi aveva carattere, vizi, idee proprie su cosa fosse giusto o sbagliato.

Ma quelle differenze ci avevano dato forza allora. Come individui avevamo delle debolezze, ma come Cavalieri eravamo invincibili. Ognuno aveva messo sul tavolo qualcosa di diverso, dove uno era carente, gli altri lo supplivano. Eravamo tutt'uno, sul campo e fuori.

Non ero certo che fosse ancora così. Le cose erano cambiate.

Kai si sedette sul divano, mentre Will si avviava al frigorifero per prendersi un sandwich da un piatto pieno di avanzi e una bottiglia di acqua.

Mi voltai per afferrare la palla che mi avevano assegnato dopo la vittoria dei campionati statali alle superiori e la lanciai contro Will, colpendolo al braccio.

Sussultò lasciando cadere la bottiglia d'acqua e guardandomi con la bocca piena di sandwich.

«Ahia!», abbaiò, stendendo le mani. «Ti sei rimbecillito?»

«Siete andati voi nel 2104?», replicai, ma sapevo già la risposta.

C'era un motivo per cui avevamo spostato Rika al ventunesimo piano. Così restava isolata dai vicini. Ma sapevo altrettanto bene che con ogni probabilità i miei amici non si sarebbero lasciati scappare l'attico sfitto di fronte al suo, o l'opportunità di farsela.

Non vivevano nel palazzo, tuttavia erano riusciti a reperire una chiave dell'appartamento.

Will distolse lo sguardo, ma io colsi un sogghigno. Ingoiò il boccone e si girò a guardarmi, scrollando le spalle. «Forse abbiamo portato un paio di ragazze dalla discoteca», ammise. «Sai com'è Damon. Ha fatto un po' di bordello».

Lanciai un'occhiata a Kai, sapevo che lui non c'entrava niente, ma mi seccava che non li avesse fermati.

Mi passai le dita fra i capelli umidi e inchiodai Will con lo sguardo. «Erika Fane sarà pure giovane e inesperta, ma non è stupida», rimarcai, guardando alternativamente lui e Kai. «Vi divertirete con lei, giuro. Ma se la fate scappare prima che riusciamo a portarla dove vogliamo noi, non se ne farà più niente».

Will si chinò per riprendere il pallone da pallacanestro. Con il suo metro e ottanta, era il più basso del gruppo, ma aveva una costituzione robusta.

«Io e Kai siamo fuori da mesi», attaccò, premendosi la palla fra le mani davanti al petto e avanzando con gli occhi puntati su di me. «Ero d'accordo sul fatto di aspettare, in modo che potesse esserci anche Damon, ma mi sono rotto di lasciar passare acqua sotto i ponti, Michael».

Stava perdendo le ultime briciole di pazienza, e io lo sapevo da un po'. Lui e Kai avevano scontato una pena minore per i loro reati, ma volevamo essere onesti con Damon e ci eravamo astenuti dal fare qualunque cosa nell'attesa che uscisse anche lui.

«Come la trovata dell'altra sera?», ribattei. «Farsi vedere a casa sua con le maschere?».

Sogghignò fra sé, tutto compiaciuto. «Era un tributo ai vecchi tempi. Dacci un taglio».

Ma io scossi la testa. «Abbiamo aspettato fino a questo momento».

«No», ribatté. «*Siamo noi* che abbiamo aspettato. Tu te ne sei andato all'università».

Mi avvicinai – lo superavo di dieci centimetri buoni – e gli tolsi la palla dalle mani. Mantenni lo sguardo fisso su di lui portandola prontamente di lato e facendola rotolare fra le dita. Vidi Kai riprenderla con un unico movimento fluido.

«La volevamo a Meridian City», dissi a Will. «E adesso è qui. Senza amici né coinquilini. La volevamo in questo palazzo con tutti noi, ed è qui», chinai la testa a indicare con un gesto la finestra dietro di me. «Tutto quello che ci separa da lei è una porta. È un bersaglio facile, e lei nemmeno sa di esserlo».

Il suo sguardo si fece più tagliente, mentre continuava ad ascoltare.

«Sappiamo perfettamente cosa vogliamo da lei prima di prenderla», gli ricordai. «Quindi non mandare tutto a puttane. Andrà secondo i piani, a meno che lei senta di essere in pericolo prima del tempo e non ci permetta di arrivare fino in fondo».

Socchiuse gli occhi e distolse lo sguardo, ancora infastidito, ma ovviamente aveva deciso di lasciar perdere. Si sfilò la giacca facendo un profondo sospiro e la lanciò sul divano, prima di uscire dalla stanza, diretto al piano di sotto, al campo da pallacanestro privato di fianco al soggiorno.

Pochi secondi dopo si sentiva già il rumore della palla che rimbalzava sul pavimento di legno massello.

Kai si alzò dal divano diretto alle finestre, guardando fuori a braccia incrociate.

Mi avvicinai a lui. Aveva le mani piantate sulle finestre. Seguii il suo sguardo e vidi Rika che passava il rullo su e giù, il muro che una volta era bianco diventava rosso sangue.

«È sola», dissi a voce bassa. «Completamente sola adesso. E presto per mangiare dovrà mettersi in coda e chiedere la carità».

Spostai gli occhi su Kai, che la guardava fisso, la studiava con la mascella tesa, e a volte riusciva a fare più paura di Damon. Se non altro Damon era un libro aperto.

Ma con Kai e i suoi occhi scuri e seri, e l'espressione indurita, cosa stesse pensando era sempre un'incognita. Raramente parlava di sé.

«Ci stai ripensando?», chiesi.

«E tu?».

Continuai a guardare dalla finestra, ignorando la domanda. Nessuno si era mai preoccupato di chiedermelo, se lo volessi o no, se mi piacesse o no.

Tre anni prima la piccola, curiosa Erika Fane aveva voluto giocare con i ragazzi, così noi l'avevamo accontentata e lei ci aveva traditi. Non l'avremmo mai dimenticato. Una volta reso pan per focaccia, i miei amici avrebbero avuto pace.

Mentre parlava, Kai teneva gli occhi fissi su di lei. «Damon e Will agiscono senza pensare, Michael. Sono passati tre anni e non

57

è cambiato niente. Agiscono e reagiscono d'istinto, con l'unica differenza che quei due una volta credevano che soldi e potere potessero tirarli fuori da ogni guaio, oggi sanno che non è così».

Voltò la testa, incrociando il mio sguardo. «Là dentro non c'erano partite. Non avevamo nessun vero amico. Non ti potevi permettere nessuna esitazione. Dovevi solo agire e reagire. Ecco cosa hanno imparato».

Volsi ancora lo sguardo alla finestra. *Là dentro*. Era tutto quello che ero riuscito a tirare fuori a Kai sulla prigione da quando ne era uscito.

Non che io avessi fatto domande, in effetti. Forse sapevo che ne avrebbe parlato una volta che fosse stato pronto, forse mi sentivo in colpa sapendo che era successo tutto a causa mia. Dopotutto l'avevo portata io con noi quella sera. Mi ero fidato di lei. Era stata colpa mia.

O forse, solo forse, era perché non avevo mai voluto sapere come fossero stati quegli ultimi tre anni per i miei amici. Cosa si fossero persi. Come avessero ingannato l'attesa.

Quanto fossero cambiati.

Scossi la testa, cercando di dimenticare l'avvertimento. «Sono sempre stati così», replicai.

«Ma sono sempre stati controllabili», ribatté. «Potevi tenerli buoni. Adesso non hanno limiti, l'unica cosa che capiscono davvero è che possono contare solo su se stessi».

Quindi cosa stava dicendo? Che potevano avere dei progetti indipendenti?

Lasciai cadere lo sguardo su di lei, che lavorava di buona lena con il rullo e la vernice rossa.

E dentro di me qualcosa si ribellava, si contorceva e stringeva fino a farmi male al petto.

Cosa avrei fatto se avessero abbandonato la nave? Se avessero deciso di agire secondo altri piani tutti loro? Non volevo nemmeno provare a immaginarlo.

Ma per tre anni ero stato costretto a vederla in casa mia, sentir parlare di lei, ad attendere il momento opportuno, mentre tutto quello che volevo era essere il suo incubo. Lei adesso era lì e noi eravamo pronti.

«Non possiamo fermarci», dissi con un filo di voce. Avremmo potuto controllare Will e Damon. C'eravamo sempre riusciti.

«Non voglio fermarmi», rispose, con gli occhi scuri fissi su di lei. «Merita tutto quello che sta per capitarle. Ma sto dicendo che le cose non vanno mai secondo i piani. Ricordatelo».

Presi il bicchiere di bourbon che mi ero preparato e lo sollevai, buttandolo giù in un sorso. Sentii bruciare in fondo alla lingua, la gola stretta mentre posavo il bicchiere.

Me lo sarei ricordato, ma senza preoccuparmene troppo. Era finalmente ora di divertirsi un po'.

«Perché dipinge alle due del mattino?» chiese, come se avesse finalmente capito cosa stava facendo.

Scossi la testa, guardandola là sotto, senza avere idea del perché. Forse non riusciva a dormire dopo l'incursione di Damon e Will nell'appartamento a fianco.

Kai espirò, guardandola con un sorriso leggero che gli increspava le labbra. «È venuta su bene, che ne dici?», aveva un tono più morbido, ma sempre con un fondo minaccioso. «Bella pelle, occhi e labbra ipnotici, corpo snello…».

Sì.

La madre di Rika, una sudafricana di origini olandesi, si era sposata uno coi soldi facendo leva su un viso e un corpo che non erano belli la metà di quelli della figlia. Rika forse aveva ereditato dalla madre i capelli biondi e gli occhi azzurri, le labbra carnose e il sorriso ipnotico, ma il resto era tutta roba sua.

La pelle lucente, baciata dal sole, le gambe forti e toniche dopo anni di fioretto, quel suo essere tutta dolce e seducente, ma con una punta di malizia negli occhi.

Come un vampiretto.

«Ehi!», chiamò Will dal basso. «Cosa cazzo state facendo, ragazzi? Giochiamo!».

Kai sorrise, lasciando cadere le braccia lungo i fianchi e puntando verso il campo.

Ma io tentennavo, pensavo ancora al suo avvertimento.

Aveva ragione. Damon e Will tenevano d'occhio la preda, aspettavano il momento buono per lanciarsi avanti e spaccare tutto. E Kai invece? Fino a che punto si sarebbe spinto con lei?

Avevamo delle regole, un metodo che in teoria doveva funzionare. Non dovevamo farle del male. Dovevamo rovinarla. Sapevo che Damon e Will avrebbero cercato di infrangere le regole, ma Kai? Si sarebbe intromesso per riportarli nei ranghi, come aveva sempre fatto?

O stavolta voleva unirsi a loro?

«E tu invece?», chiesi infine, costringendolo a fermarsi. «La prigione ti ha cambiato?».

Si voltò a guardarmi con una calma strana. «Staremo a vedere».

Capitolo 5
Erika

Tre anni prima

Quando l'auto svoltò, rotolai avanti e indietro sul fondo della classe G. La guida che prima era fluida era diventata un susseguirsi di sobbalzi. Improvvisamente il terreno sembrava stridere sotto gli pneumatici, così capii che eravamo sulla ghiaia.

All'esterno gli impianti stereo delle auto urlavano, i clacson strombazzavano, segno che c'era tutto il corteo in fila. Ci fermammo e, prima che potessi rendermi conto di cosa stava succedendo, le portiere si aprirono, i motori si spensero e il vociare di tutti i passeggeri che erano scesi insieme riempì l'aria.

Rimasi ferma, soffocando l'istinto di sbirciare fuori dal finestrino e sperando che Michael non dovesse aprire il baule per prendere qualcosa. Nel giro di pochi minuti, però, le chiacchiere e le risate cominciarono ad affievolirsi, fino a scomparire del tutto.

Lentamente mi sollevai, tenendo la testa bassa, e cominciai a sbirciare dal finestrino.

Mi guardai attorno: c'erano alberi alti che punteggiavano la radura dove tutte le auto, i furgoni e i SUV erano fermi in un assembramento. Strinsi gli occhi, notando che ci trovavamo in un bosco.

Perché diavolo eravamo qua fuori?

Poi mi voltai e individuai subito davanti a me un'imponente struttura in pietra.

Piegai la testa all'indietro, seguendo le guglie della vecchia chiesa abbandonata che facevano capolino fra i rami spogli degli alberi autunnali; se ne stava lì distrutta, morta e silenziosa fra i boschi.

St. Killian. Non c'ero mai stata, ma la riconoscevo dalle fotografie che spesso avevo visto sui giornali. Era un vecchio punto di riferimento, che risaliva al Settecento, ai primi insediamenti di Thunder Bay.

Tuttavia, nel 1938 aveva subito dei danni strutturali in seguito a un uragano, ed era stata chiusa per non riaprire mai più.

Dovevano essere entrati tutti.

Azzardai ancora un'occhiata nei dintorni, per accertarmi che non ci fosse nessuno in giro, scavalcai rapidamente il pianale per raggiungere il sedile posteriore, poi aprii una delle portiere posteriori e saltai fuori.

L'aria pungente di ottobre mi colpì alle gambe, sentivo le foglie secche cadute a terra frusciare contro le mie caviglie. Indossavo la gonna e le scarpe basse della scuola, avevo le gambe nude e brividi di freddo percorrevano tutto il mio corpo.

Attraversai la spianata di corsa, vedendo che le massicce porte di legno della cattedrale erano sbarrate, quindi girai l'angolo per portarmi sul fianco. L'erba era invasa dalla vegetazione, alcune pietre angolari erano spostate e rotte, e giacevano abbandonate lungo le mura.

Dalle vetrate dipinte, ormai in frantumi, proveniva della musica. Mi aggrappai al davanzale e salii su uno degli archi in rilievo, alti circa un metro, sul fondo del muro. Mi sollevai, sbirciai dentro la chiesa e un sorriso lieve si dipinse sulle mie labbra.

Merda.

C'erano amplificatori sparpagliati ovunque, musica a tutto volume, due ragazzi – uno era Kai, senza maglia e senza maschera – combattevano a mani nude al centro del pavimento, circondati da studenti maschi e femmine, che incitavano l'uno o l'altro.

A giudicare dalla rilassatezza della platea e dal ghigno sul viso di Kai mentre colpiva il suo avversario, supposi che non fosse una *lotta* vera.

Più che altro un'esibizione sportiva.

Mentre la musica rimbombava e gli studenti passeggiavano a piccoli gruppi parlando, ridendo e bevendo birra dalle bottiglie, vidi alcune persone sparire dietro l'altare e scendere una scala.

Edifici vecchi come questo avevano degli scantinati? Oppure –

no – pensai tra me e me, St. Killian aveva le catacombe. Ne avevo sentito parlare.

Sollevai lo sguardo e notai l'ampio spazio sovrastante; la sezione balconata dell'antica chiesa formava un semicerchio che si affacciava nel punto in cui una volta c'era stato il tabernacolo. Quasi tutte le panche di legno erano state fatte a pezzi e ammucchiate in giro per la stanza, mentre gli antichi candelabri di ferro battuto con i portacandele e i decori elaborati, un lascito del periodo medievale, erano ancora appesi, testimoni della dissolutezza profana che si svolgeva lì sotto, fra scazzottate e alcol a fiumi.

Individuai Miles Anderson su una panca che ci dava dentro con la sua ragazza e chinai immediatamente la testa. Quei due non mi piacevano e non volevo che mi vedessero.

«Non dovresti essere qui».

Spalancai gli occhi e mi voltai a destra, con lo stomaco stretto in una morsa.

Michael era a pochi metri da me, il mento alto, mi fissava da dietro la maschera.

Mi aggrappai al davanzale, con il cuore che cominciava a galoppare. «Io...», feci per rispondere, ma mi sentivo troppo stupida per dire qualunque cosa. Sapevo che non sarei dovuta venire. «Volevo vedere».

Inclinò la testa, ma non avevo idea di cosa stesse pensando. Avrei voluto che si togliesse quell'odiosa maschera.

Trattenni il respiro mentre si arrampicava dietro di me, afferrando il davanzale ai lati delle mie mani e piantando gli stivaloni neri sugli archi posti a destra e sinistra dei miei piedi.

Cosa stava facendo?

Il calore del suo corpo si propagava sulla mia schiena. Azzardai un'occhiata e vidi che stava guardando attraverso la finestra rotta della chiesa. Vedeva quello che avevo visto io.

Ingoiai il nodo che mi stringeva la gola e infine parlai. «Se vuoi che me ne vada...».

«Ho detto questo?».

Chiusi la bocca di scatto, osservando le sue dita stringersi attorno alla bottiglia di birra che reggeva in mano. Michael aveva mani molto grandi, come quasi tutti i giocatori di pallacanestro, ma quelle non erano niente in confronto all'altezza. Mi superava di quasi trenta centimetri, e speravo che avesse smesso di crescere. Dovevo già sollevare la testa per guardarlo.

Chiusi gli occhi per un momento, desiderando solo di lasciarmi andare all'indietro e abbandonarmi contro il suo petto, ma mi trattenni dal farlo. Invece affondai le unghie nella pietra, costringendomi a guardare davanti. Vidi Kai buttare a terra l'altro ragazzo. Quello che si svolgeva sul pavimento di pietra aveva tutta l'aria di essere un combattimento di arti marziali miste.

Michael portò la birra alle labbra, doveva aver sollevato la maschera perché sentii che ne beveva un sorso. Alzai le sopracciglia quando vidi la bottiglia lì davanti al mio petto.

Ero confusa, ma l'esitazione durò solo un attimo, poi la afferrai, la inclinai e bevvi, nascondendo un sorriso. Trattenni il liquido fra le labbra, lasciando che il gusto amaro si depositasse sulla lingua, poi deglutii.

Quando provai a restituirgli la bottiglia, mi fece cenno di lasciar stare. Mi rilassai e buttai giù qualche altro sorso, felice che non mi stesse cacciando. Non ancora.

«Da quella porta si va alle catacombe, vero?», chiesi indicando gli studenti che, all'interno, si stavano dirigendo verso l'oscuro passaggio dietro l'altare.

Tenni la bottiglia al petto, voltandomi a guardare Michael.

Annuì.

Mi voltai di nuovo, e osservai i due ragazzi e la ragazza scomparire oltre la porta. «Che cosa fanno laggiù?»

«Si divertono in un altro modo».

Strinsi la mascella, frustrata per la risposta laconica e criptica. Volevo entrare.

Poi lo sentii ridere sommessamente, mentre con la maschera mi sfiorava l'orecchio e sussurrava: «Nessuno sa che sei qui, vero?».

Aggrottai la fronte, chiedendomi cosa volesse dire. Mi tolse di mano la bottiglia per metterla sul davanzale.

«Sei una così brava ragazza, vero, Rika? Una brava ragazza per la mamma, brava per gli insegnanti…». Lasciò la frase in sospeso prima di continuare. «All'esterno sei una brava ragazza, ma nessuno sa chi diavolo sei dentro, o sbaglio?».

Strinsi i denti, fissando il nulla davanti a me.

Mentre parlava sentivo il suo respiro caldo sul collo. «So cosa vuoi guardare, Rika», biascicò. «So che vuoi guardare me. Le studentesse non dovrebbero essere così birichine».

I miei occhi si spalancarono, feci un bel respiro per liberarmi dalla sua morsa e saltare a terra.

Con il volto in fiamme per l'imbarazzo, schizzai verso il parcheggio, ma all'improvviso una mano afferrò la mia trascinandomi nella direzione opposta.

«Michael», sospirai, con la gola stretta per la paura. «Lasciami andare».

Si fece più vicino. «Come sai che sono Michael?».

Sbattei le palpebre, abbassai la testa senza riuscire a guardarlo. Gli occhi caddero sulla mano che teneva la mia. La pelle mi bruciava, non avrei saputo dire se stesse andando a fuoco o congelando.

Ingoiai il nodo in gola. «Sembri tu».

Ma lui si chinò, facendomi battere ancora più forte il cuore impazzito, e sussurrò: «Tu non sai come sembro».

Poi si rimise in piedi, afferrò la cravatta della mia divisa scolastica e strattonandomi la tirò verso di sé per allentarla e farmela passare sopra la testa.

«Cosa stai facendo?», sospirai.

Ma lui non rispose.

Socchiusi le palpebre e lo osservai mentre andava a mettersi dietro di me, srotolava la cravatta e con quella mi copriva gli occhi.

Ma io la abbassai, e mi voltai a guardarlo. «Perché?».

Perché doveva bendarmi?

«Perché vedrai meglio a occhi chiusi», rispose.

Rimasi immobile mentre fissava la cravatta sui miei occhi e con le dita sfiorava i miei capelli.

Lasciò la cravatta, ma sentivo ancora il suo corpo contro la schiena. Oscillai appena, avvertendo un lieve spostamento del baricentro. Avrei quasi sorriso per le farfalle che sentivo nello stomaco.

«Michael?», dissi piano.

Ma lui rimase in silenzio.

Presi a respirare più in fretta, sopraffatta dalle sensazioni. Il profumo delle conifere e degli aceri rossi si mescolava con l'aria fresca che saliva dal mare; le foglie morenti volteggiavano tutt'intorno nella brezza che mi gelava le guance.

Sentii i capezzoli indurirsi, i peli della nuca rizzarsi. Cosa stava facendo?

«Michael?», chiamai piano. Le parole cominciavano a mancarmi.

Ma lui continuava a tacere. Il cuore iniziò a martellare. Strinsi l'orlo della gonna, cercando di respingere il calore che percepivo in mezzo alle gambe.

Deglutii, mi voltai lentamente e sollevai le mani. Quando trovai il suo petto, le posai lì.

«Non riuscirai a spaventarmi», gli dissi.

Sentii che mi afferrava le mani e le allontanava dal suo petto. «Lo sto già facendo».

Poi mi girò attorno, invitandomi a seguirlo. Feci qualche rapido passo per mettermi al suo fianco e sorreggermi al suo braccio. Cercavo di non inciampare mentre procedevamo fra erbacce e pietre su un terreno accidentato.

Con le dita strinsi la sua mano, la pelle ruvida del suo palmo mi regalava sensazioni meravigliose. Come sarebbe stato sentirle su tutto il corpo?

«Ci sono i gradini», mi avvertì interrompendo il flusso dei pensieri. Rallentai per salire e trovare stabilità.

«Andiamo», incitò, facendomi strada. Salimmo qualche gradino, poi la luce che filtrava attraverso la benda cominciò a sbiadire, e io capii che eravamo entrati.

Sentivo odore malsano di pioggia e di marciume, l'odore che si era accumulato in anni di abbandono. Girai la testa tentando di individuare gli echi delle voci attorno a noi. Continuavo a seguire Michael, ma procedevo con molta cautela, sospettando che i pavimenti fossero coperti di detriti.

Da sinistra mi giungevano grida maschili e incitamenti. Tesi le orecchie e sentii risate e applausi. Poi grugniti e gemiti, e intuii che la lotta dovesse essere ancora in corso.

Seguii Michael, restando ancora aggrappata a lui, ma sollevai l'altra mano per toccare la benda. Detestavo il fatto di non poter vedere, di non sapere se qualcuno si stesse avvicinando a me oppure no. Mi sembrava di avere addosso gli occhi di tutti.

«Non mi permetti di guardare?», chiesi fermandomi accanto a lui.

«Sarebbe più eccitante per te?».

Voltai la testa verso di lui, anche se non riuscivo a vederlo. «E avermi bendata è più eccitante per te?».

Ma poi raddrizzai il capo, sorpresa dal suono civettuolo della mia stessa voce. Ero sempre turbata quando c'era Michael nei paraggi ed ero scioccata – e forse anche un po' orgogliosa – che quelle parole mi fossero uscite in modo così naturale.

Lo sentii respirare più in fretta. Pensai che stesse ridendo, anche se non avrei saputo dirlo con certezza.

«Voglio che tu faccia qualcosa per me». Lasciò andare la mia mano, e sentii il suo corpo sfiorarmi la spalla mentre andava a mettersi dietro di me. «Voglio che tu tenga la benda e non la tolga. Torno subito».

«Torno subito? Ma…?», aggrottai le sopracciglia. Sentii brividi freddi risalire lungo le mie gambe e lo stomaco chiudersi in una morsa per la paura.

Mi toccò a metà schiena, sussurrandomi contro la tempia: «Fammi vedere di che pasta sei fatta».

E poi mi spinse avanti.

Sussultai incespicando, le scarpe strisciavano sul pavimento di pietra sporco e corroso dalla polvere, mentre le braccia scattavano in alto, cercando di impedirmi di cadere. Avevo il fiato corto.

«Che…», cominciai. «Michael?», chiamai, voltando la testa da una parte all'altra.

Dove cavolo si era cacciato? Sollevai la mano per prendere la benda. Vaffanculo.

Ma poi mi bloccai, sentendo le sue parole risuonare nel fondo della mia mente. *Fammi vedere di che pasta sei fatta.*

Mi stava mettendo alla prova. O stava giocando con me. Feci un respiro profondo, per farmi forza.

Potevo aspettare ancora un po'. *Coraggio, puoi farlo.* Non era il momento di darsi per vinti.

I grugniti e i mugugni della lotta erano a pochi metri da me, la gente parlava e rideva. Non sapevo se ridessero per me o per il combattimento, ma avevo comunque il viso in fiamme, avrei voluto sprofondare per la vergogna. Sentivo di avere mille occhi addosso, a controllare ogni mia mossa.

Il mio labbro inferiore tremava. Allungai le braccia, il petto che saliva e scendeva a mille all'ora, mentre cercavo di capire se ci fosse qualcuno accanto a me. Mi sentivo esposta, e questo non mi piaceva.

Avanzai a tentoni, facendo piccoli passi, ma tutt'intorno sentii solo aria sotto le dita.

«Michael?», chiamai ancora, un grido mi premeva sulla gola, ma mi rifiutai di farlo uscire.

«Ah, cazzo!», gridò qualcuno, e io mi misi in ascolto, pensando che l'urlo provenisse dal combattimento.

Udii rumori di baruffa, un pugno che andava a segno. Poi grida esultanti si diffusero nell'aria, seguite dall'eco che si ripercuoteva nell'ampio spazio sovrastante.

«Wow!», gridò una voce maschile, mentre altri ridevano.

Sentii un paio di ragazze ridacchiare a poca distanza e trattenni il respiro, avvertendo un rumore di passi vicini.

«Non so cos'abbiano in serbo per te, cara», mi schernì una voce femminile. «Ma sono gelosa».

Un'altra ragazza rise, e io aggrottai le sopracciglia, la pelle in fiamme per la rabbia.

Raddrizzai la schiena e toccai ancora la benda, volevo solo tirarla via.

Ma strinsi i pugni attorno al tessuto, resistendo alla tentazione. Se l'avessi tolta, avrebbe vinto lui. Michael l'avrebbe tenuta, la benda, perché a lui non importava. Chi mi stava guardando? Stavano parlando di me? Stavano ridendo di me? Michael non ci avrebbe dato alcun peso.

Potevo farcela.

Lasciai cadere le mani e raddrizzai le spalle, il battito ancora accelerato.

Non c'era niente che non andasse. Ero intimidita, insicura e a disagio, ma era tutto nella mia testa.

Finché qualcuno mi sfiorò la spalla e io mi immobilizzai, sentendo una mano toccarmi il sedere.

«Mmm, ti conosco», disse la voce maschile. «Rika Fane, la ragazza di Trevor, giusto?».

"No, non è vero", fu il mio primo pensiero.

Ma poi mi bloccai, riconoscendo quel tono minaccioso che sembrava avere sempre un doppio senso nascosto, indipendentemente da quello che diceva.

Damon.

«Che cosa ci fai senza il tuo uomo?», disse con aria di sfida. «E chi ti ha conciata in questo modo?».

La pelle delle mie braccia pulsava, volevo togliere la benda. Non mi piaceva che mi guardasse mentre io non riuscivo a vedere lui. A Damon mancava qualche rotella.

Ingoiai il nodo in gola, restando sulle mie. «Trevor non è il mio ragazzo».

«Peccato. Mi piacciono i giocattoli che non sono miei».

E poi sentii le sue dita sfiorarmi il labbro inferiore e voltai la testa. «Piantala», ordinai.

Strinse una mano attorno alla mia nuca e mi attirò a sé. «A volte dormi dai Crist, eh?», sussurrò. Sentivo il suo alito sulle labbra. «Hai una stanza tutta per te a casa loro?».

Gli piantai le mani sul petto, cercando di respingerlo, ma lui mi appoggiò l'altra mano sul fianco per tenermi ferma.

«Damon!», sentii ruggire dietro le sue spalle. «Vai a farti fottere e lasciala in pace!».

Non era la voce di Michael.

Damon sospirò e rilanciò in tono annoiato: «Mi prendo quello che voglio e quando voglio, Kai. Non siamo più a scuola».

Strinsi i denti, lottando per liberarmi, ma Damon mi teneva stretta per la vita con tutt'e due le braccia, come in una morsa di ferro. Sentii il suo sussurro sopra l'orecchio.

«Che ne diresti se venissi a fare un giro nella tua stanza stanotte, eh?». Fece scivolare le sue mani sul mio sedere, e io gridai opponendo resistenza, ma lui era troppo forte.

«Mi aprirai la porta?», mormorò contro le mie labbra. «Aprirai qualcos'altro per me?». E poi insinuò una mano fra i nostri corpi, fra le mie gambe, palpandomi da sopra la gonna. Mi lasciai sfuggire un grido, ma lui lo soffocò tappandomi la bocca con la sua. Non riuscivo a respirare. Mi divincolavo lanciando grida che morivano tra le sue labbra.

Michael, dove cazzo sei?

Gli assestai un pugno nel petto, mordendogli il labbro inferiore, strinsi forte finché non lasciò la presa catapultandosi all'indietro.

«Brutta stronza!», gridò lui. Col fiato corto, tenevo le mani tese in avanti, perché non sapevo dove fosse o se sarebbe tornato alla carica.

Sentii un lieve spostamento d'aria, segno che qualcun altro si stava avvicinando.

«Ho detto di starle alla larga», gridò Kai. Sembrava che mi stesse davanti.

«Mi ha morso!», si infuriò Damon.

«Allora ti è andata bene, meritavi di peggio!», ribatté Kai. «Vai di sotto a farti passare i bollenti spiriti. La notte è ancora giovane».

Alzai le mani per prendere la benda. Volevo guardare. Invece lasciai cadere le braccia e strinsi i pugni per la rabbia.

«Stai bene, Rika?», chiese Kai.

Feci un respiro profondo dopo l'altro. Il mio corpo ondeggiava, la mia testa galleggiava.

L'ho morso.

Tutt'a un tratto avevo voglia di ridere. Le mani mi prudevano. Raddrizzai la schiena, sentendomi un po' più gagliarda.

«Vorrei poter dire che can che abbaia non morde, ma...». Kai lasciò la frase a mezz'aria, il resto era sottinteso.

Sì. Sapevamo entrambi che non era vero.

Inspirai e sentii il profumo inebriante del suo bagnoschiuma, con una traccia di sudore appena percettibile. «Tutto a posto», risposi. «Grazie».

Mi liberai dalla presa e feci per voltare a destra, stanca di starmene lì a fare il bersaglio.

«Dove credi di andare?»

«Alle catacombe», risposi.

«Non puoi».

70

Strinsi le labbra e mi girai verso di lui. «Non sono una bambina, hai capito?»

«Sì, l'ho capito». C'era una sfumatura di ironia nella sua voce. «Ma stai andando nella direzione sbagliata».

Feci un rapido respiro. Lo sentii afferrarmi per le spalle e ruotare il mio corpo un po' più a destra.

«Oh», mormorai, il viso accaldato per l'imbarazzo. «Be', allora grazie».

«Nessun problema, piccola», disse. Dalla voce capivo che stava tentando di trattenersi dal ridere.

Allungai le mani solo un po', non volevo ancora darla vinta a Michael togliendo la benda. Feci un passo avanti, esitante. Ma poi mi fermai e voltai ancora la testa.

«Sai come mi chiamo», dissi, ricordando che mi aveva chiamato Rika. In effetti, anche Damon aveva detto il mio nome.

«Sì». Kai si avvicinò alla mia schiena. «Perché non dovrei saperlo?».

Perché non dovrebbe saperlo?

Perché dovrebbe saperlo? Non avevo mai parlato con questi ragazzi. Era probabile che Michael avesse sentito parlare *di* me, magari perché mi fermavo spesso a casa sua. Ma ero sicura che gli altri non mi avessero mai notata.

«Fai fioretto», cominciò Kai. «Stai per ereditare un patrimonio in diamanti e da quando sei nata sei nell'elenco della gente che conta».

Sorrisi fra me, trovando molto più facile gestire il suo sarcasmo anziché le mani di Damon.

«E poi», continuò da dietro le mie spalle, a voce più bassa, «avevi un bikini nero mozzafiato in spiaggia durante il pranzo del Quattro luglio, l'estate scorsa. Ho guardato più di quanto avrei dovuto».

Avvampai all'istante. Cosa aveva appena detto?

Kai Mori era bello come Michael e altrettanto ambito dalle donne. Poteva avere chiunque. Perché mai avrebbe dovuto degnarmi di uno sguardo?

Non che avessi mai sperato lo facesse. Ovviamente non era Michael.

«Michael non avrebbe dovuto farti entrare qui», avvertì Kai. «E penso che tu non debba scendere».

Sentii che le mia labbra si aprivano a un sorriso. «Lo so. È quello che mi direbbero tutti».

Mi voltai, aggiungendo sottovoce: «Tranne Michael».

Allungai le mani di qualche centimetro, allargando le dita per avanzare lentamente, diretta verso la musica sorda e gli ululati che si alzavano dalle profondità.

Non dovrei scendere da sola.

Kai aveva mandato giù Damon, e anche se non credevo che avrebbe tentato di avvicinarmi un'altra volta, sapevo di non essere al sicuro con lui. Michael mi aveva detto di aspettare – mi avrebbe portata giù lui – ma…

Ma qualcosa dentro di me odiava l'idea di sottostare alle direttive di qualcun altro. Non volevo seguirlo, non volevo aspettare e non volevo farmi domande. Erano tutte cose che mi mettevano a disagio, come se qualcuno mi stesse comandando a bacchetta, e a me non piaceva fare la parte del burattino.

Era quello che ammiravo dei Quattro Cavalieri. Erano sempre al comando, sempre in prima linea. Perché aspettare Michael se potevo farcela da sola?

Una ventata d'aria fredda si insinuò fra le mie gambe nude. Inspirai l'odore di terra, acqua e legno vecchio che si levava dalla porta delle catacombe. C'ero quasi.

Ma poi qualcuno afferrò la mano che tenevo tesa in avanti e io inspirai profondamente, piantando entrambe le mani sul petto dello sconosciuto e stringendo il cotone morbido della sua felpa.

«Michael?», sollevai le mani, notando che le sue spalle erano pressappoco al livello della mia testa. «Sei rimasto qui tutto questo tempo?».

Ma lui rimase zitto.

Respiravo a fondo, tentando di calmare i battiti del cuore. Le gambe e il torso di lui aderivano a ogni centimetro del mio corpo e mi scaldavano la pelle.

Feci un passo indietro.

«Perché l'hai fatto?», chiesi. «Se sei stato qui per tutto que-

72

sto tempo, perché hai permesso a Damon di trattarmi in quel modo?».

«E tu avresti potuto togliere la benda e dartela a gambe, perché non l'hai fatto?».

Raddrizzai la schiena, rigida. Era quello che voleva? Che mi dessi per vinta e corressi via? Perché mi stava mettendo alla prova? Non importava. Come poteva starsene lì – a vedere quello che succedeva – senza intervenire? Kai aveva messo fine al gioco, e io pensavo che Michael...

Abbassai la testa, temendo che vedesse il mio volto in fiamme. Immagino che avessi di Michael un'opinione più alta del dovuto. Sollevai il mento, cercando di eliminare dalla voce ogni traccia di emozione. «Non avresti dovuto permetterlo».

«Perché?», ribatté. «Chi sei tu per me?».

Strinsi il pugno.

«Fatti forza», replicò in un soffio, il respiro che mi carezzava le guance. «Non sei una vittima e non sono il tuo salvatore. Te la sei cavata. Fine della storia».

Ma che cosa gli era preso? Cosa voleva da me? Pensavo che si sarebbe mostrato preoccupato. *Gesù.*

Tutti gli uomini della mia vita – mio padre, Noah, il signor Crist e anche Trevor – mi stavano col fiato sul collo, come se fossi una bimbetta ancora incapace di camminare con le proprie gambe. Non mi era mai importato molto che si preoccupassero per me, anzi a volte lo trovavo soffocante, ma se fosse stato Michael a farlo... mi sarebbe piaciuto. Anche solo per una volta.

Posò un dito sotto il mio mento e lo sollevò. Notai una nota più morbida nella sua voce quando disse: «Sei stata brava. Non ti ha fatto bene? Difenderti?».

Colsi una traccia di divertimento nel suo tono. Sentivo le farfalle nello stomaco.

Michael aveva ragione. Non ero una vittima, e anche se il pensiero che lui si facesse avanti per salvare la situazione mi avrebbe fornito qualche indizio sui sentimenti che provava per me – ammesso che li provasse – restava il fatto che non avevo mai voluto essere quel tipo di persona che non è in grado di combattere le proprie battaglie.

Diamine, sì, mi aveva fatto bene.

Lo sentii staccarsi da me e far scivolare le dita fra le mie.

«Allora vuoi scendere?», chiese a bassa voce.

Le mie labbra ebbero un fremito di eccitazione, nonostante fossi nervosa.

Lo lasciai andare avanti mentre procedevamo nella direzione che aveva indicato Kai. Dalle profondità risalivano degli ululati. Ero parecchio in ansia per quello che ci aspettava.

Dall'altro lato della benda scomparve ogni traccia di luce e tutto si fece nero, l'aria attorno divenne sempre più fredda, spessa e densa di odori di terra e acqua, come se fossimo in una grotta.

«Ci sono i gradini», avvertì.

Rallentai subito il passo. «Allora posso togliere la benda?»

«No».

Ricacciai in gola la rabbia che mi ribolliva e allungai l'altra mano verso destra. Sotto le dita sentii le rocce ruvide e sporgenti della parete in pietra. Michael rallentò, per consentirmi di avanzare a tentoni lungo le scale, che scendevano a spirale.

La fanghiglia si rompeva in granelli scricchiolanti sotto le mie scarpe e brividi freddi risalivano le mie cosce, ricordandomi che faceva sempre più freddo ed era sempre più buio...

E che non avevo idea di ciò che mi stava attorno.

Non sapevo chi ci fosse là sotto, né cosa stessero facendo, e, in base alla profondità alla quale ci saremmo addentrati nel labirinto, era possibile che non fossi nemmeno in grado di ritrovare la strada per uscire.

Michael aveva chiarito molto bene che, anche se in quel momento mi teneva per mano, non voleva farmi da babysitter. Allora perché tutto questo non mi spingeva a fermarmi?

Scivolavo con cautela lungo i gradini, scendendo sempre più in profondità. Avevo la sensazione che le pareti mi stessero divorando. Inspirai profondamente, l'aria rarefatta del sottosuolo mi gravava sulla pelle come una coperta pesante. Michael fece un altro passo e io lo seguii. Quando si fermò, gli fui accanto.

Love the Way You Hate Me dei Like a Storm risuonava nell'aria. Immaginai che in tutti i cunicoli ci fossero degli altoparlanti, probabilmente la musica si diffondeva in ogni stanza.

Un grido risuonò e voltai la testa di scatto verso destra, udendo il gemito acuto che si avvicinava sempre di più.

Sembrava che dai muri provenissero dei sospiri ovattati, dei mugugni, dei respiri. Voltai la testa dall'altra parte: a sinistra, grida e incitamenti.

Feci scivolare un piede in avanti, sul terreno. Il terriccio aveva sostituito la pietra. Ero pronta a captare ogni suono che giungesse alle mie orecchie.

Dal cunicolo provenivano gemiti femminili, che vibravano contro le pareti. Passai la lingua sulle labbra, mentre il mio petto si sollevava e abbassava più in fretta.

Un altro genere di divertimento.

Michael fece scivolare ancora una volta la sua mano nella mia, dandomi i brividi. «Fino a che punto sei disposta ad arrivare?», chiese con voce profonda e roca.

La ragazza gridò di nuovo, sembrava euforica e ubriaca. Seguirono risa e mugugni.

Strofinai il palmo su e giù lungo la coscia, cercando di distrarmi dal calore che mi saliva fra le gambe. Dio, cosa le stava succedendo?

Tolsi la mano da quella di Michael. *Fino a che punto ero disposta ad arrivare?*

Tesi le mani in avanti, procedendo nella direzione dei rumori, e poi scossi la testa, chiedendomi se mi sarei mai fermata.

Sapevo, per averlo visto in alcune fotografie, che le catacombe erano costituite da un piccolo insieme di cunicoli e volte, o stanze, sotto la chiesa, e non volevo certo aspettare che fosse lui a invitarmi o a darmi il suo beneplacito. Mi aveva portata lì sotto, voleva farmi fare quello che voleva lui, ma io non ci stavo più. Volevo fare a modo mio.

E sembrava che finalmente lui l'avesse capito. Mi afferrò per il gomito trascinandomi indietro. Incespicai, lasciandomi sfuggire un piccolo sussulto.

«Stai vicino a me qui sotto, hai capito?».

Mi paralizzai incapace di replicare, ingoiando il nodo che avevo in gola. Improvvisamente era diventato protettivo come non era mai stato quando ci trovavamo in superficie. Perché?

75

Afferrò la mia mano, sospingendomi delicatamente lungo il cunicolo. Le mie gambe tremavano dal freddo, ma il mio collo e il mio viso erano in fiamme. Intanto, gemiti e profonde voci maschili si facevano sempre più vicini.

Michael giunse a un bivio, e mentre svoltava l'angolo – o oltrepassava una soglia, non avrei saputo dirlo con esattezza – mi trascinò con sé, rallentando per l'improvviso cambiamento dell'aria, che adesso odorava di sudore, di desiderio, di uomo. Avevo il cuore che batteva tanto forte da farmi male e non riuscivo a smettere di ansimare.

L'aria era satura dei gemiti e degli ansiti di piacere di una giovane donna. Portai subito le mani alla benda, sentendo forte l'istinto di toglierla.

Ma mi trattenni. Non volevo dare a Michael un pretesto per rispedirmi al piano di sopra.

Abbassai la mano e lasciai che Michael mi conducesse più dentro la stanza. O perlomeno, quella che pensavo fosse una stanza. Ci fermammo, entrambi rivolti verso il punto da cui provenivano i suoni. Avevo tutto il viso in fiamme per l'imbarazzo. Girai la testa, sfiorando con il naso la manica della sua felpa.

«Ah, Cristo», mugugnò un ragazzo. «Cazzo, se mi piace. A te piace, non è vero, piccola?».

La sentivo ridere, sensuale e lussuriosa, mentre inspirava a fondo. Mi venne il voltastomaco udendo i mormorii di approvazione e le risate correre per tutta la stanza.

Erano quelli degli uomini. *Oddio.*

Aprii la bocca sciocccata e sussurrai a Michael: «Le stanno facendo del male?», sapendo che lui vedeva tutto.

«No».

Mi leccai le labbra, ascoltando i grugniti e i baci, i gemiti e i mugugni. Era lei l'unica ragazza presente?

Tesi ancora l'orecchio verso i rumori. «Ma stanno…?», mi bloccai, incerta su come chiedere quello che volevo sapere.

«Stanno cosa?», mi canzonò Michael a bassa voce.

Aprii e richiusi la bocca. Odiavo la nota divertita che avevo colto nel suo tono. Stava ridendo di me.

Mi schiarii la voce. «Stanno…», azzardai. «Stanno scopando?».

Non usavo mai quella parola, ma in quel momento mi sembrò appropriata.

Il rumore della pelle che colpiva la pelle, con forza e rapidamente, riempiva la stanza, i gemiti della ragazza seguivano lo stesso ritmo. Strinsi i denti per fermare il mugolio che mi saliva in gola, e intanto avvertivo il calore diffondersi fra le mie cosce.

«Michael?», dissi, dato che non rispondeva.

Ma continuava a tacere. Sentivo il suo sguardo bruciarmi la guancia sinistra, così mi girai verso di lui.

«Mi stai fissando?», sussurrai.

«Sì».

Cominciai a respirare con affanno. Sistemai la mano nella sua, senza riuscire a capire se il sudore che sentivo appartenesse a lui o a me.

«Perché?», chiesi.

Ebbe un attimo di esitazione prima di rispondere. «Mi hai sorpreso», replicò piano. «Usi spesso la parola "scopare"?».

Le mie spalle cedettero. Ero stata troppo diretta?

«No», ammisi distogliendo lo sguardo. «Io…».

«Suona bene detto da te, Rika», mi interruppe mettendomi a mio agio. «Dillo più spesso».

Sentivo l'eccitazione scorrermi nelle vene. Non ero sicura che avrei ascoltato la sua richiesta, ma feci comunque un mezzo sorriso. Non mi importava che lo vedesse oppure no. Gli uomini nella stanza cominciarono a ruggire. Non sapevo cosa stesse accadendo, ma erano sempre più eccitati.

«Lo stanno facendo, vero?», chiesi di nuovo, ma non avevo certo bisogno della conferma di Michael.

Se non fossero bastati i mugolii e le parole sporche per spiegare tutto, non si poteva fraintendere il piacere racchiuso nei gemiti della ragazza. Quei gemiti acquistavano ritmo, erano più veloci e più acuti, in sincronia con l'ondata di eccitazione che travolgeva gli astanti attorno a me. Potevo solo immaginare cosa le stesse accadendo.

«Perché gli altri li guardano?», chiesi.

«Per la stessa ragione per cui vorresti guardare anche tu», ribatté. «Ci eccita».

Mi fermai a riflettere su questo punto. Volevo guardare?
No.

Non volevo vederla lì in vetrina davanti a tutti quelli che volevano ammirarla. Non volevo vedere tutti quei ragazzi – e qualche ragazza, dalle voci che sentivo – che la guardavano fare qualcosa che dovrebbe essere privato. E no, non volevo sapere chi fosse lei o il ragazzo che si stava scopando, così non sarei stata costretta a pensare a quello che avevo visto ogni volta che li avrei incontrati nei corridoi della scuola.

Ma...

«Spingi», sussurrò lei, sembrava implorante e su di giri. «Oh, così, più forte».

Ma forse Michael in fondo aveva ragione. Forse volevo vedere com'era e leggerle in volto quello che sentiva. Forse volevo vedere gli uomini che la guardavano, perché volevo sapere cosa li eccitasse, vedere il desiderio nei loro occhi, poter capire quello che provavano guardandoli.

E forse volevo vedere Michael mentre la guardava, per sapere se vi avrei visto bramosia e desiderio, e come sarebbe stato eccitante essere al suo posto e avere lo stesso sguardo su di me.

Avrei voluto essere scopata in una stanza sotto gli occhi di tanta gente? No. Mai.

Ma volevo sciogliere la benda e vedere una parte di ciò che dovevo ancora sperimentare. Vivere attraverso di lei e immaginare quello che provava.

Immaginare di avere su di me le mani di Michael.

Il clitoride cominciò a pulsarmi. Mi morsi il labbro inferiore per resistere alla tentazione di appoggiarmi a lui.

«Il sesso è un bisogno non necessario, Rika», disse Michael accanto a me con un filo di voce. «Sai che cosa significa?».

Scossi la testa, troppo provata per riuscire a fare più di questo.

«Non abbiamo bisogno del sesso per sopravvivere, ma ci serve per vivere», spiegò. «È un bonus, una delle poche attività della vita in cui tutti e cinque i sensi arrivano al picco massimo».

Sentii che mi sfiorava il braccio e seppi che si era spostato dietro di me, sentivo il calore del suo petto avvolgermi la schiena.

«Loro la vedono», mi sussurrò all'orecchio, sempre senza toccarmi, «ha un bel corpo che si muove e ansima sotto di lui, mentre la scopa».

Respirai più a fondo, stringendo le dita attorno all'orlo della gonna.

«La sentono gemere», continuò, «ed è come una musica, perché dimostra che ama tutto quello che le sta accadendo in questo momento. Lui sente l'odore della pelle di lei, del suo sudore, assaggia la sua bocca».

Appoggiai la schiena contro Michael, spingendo il suo petto contro di me, ma non riuscivo ancora a sentire le sue mani. Strizzai gli occhi, chiusi dietro la benda.

Toccami.

«È una festa per il suo corpo», mi sussurrò la voce voluttuosa di Michael appena sopra l'orecchio, «ed esattamente il motivo per cui, dopo il denaro, è il sesso che muove il mondo, Rika. Ecco perché guardano. Ecco perché vuoi guardare. Non c'è niente che si possa paragonare all'essere posseduti in quel modo, anche se è solo per un'ora».

Voltai lentamente la testa. «E l'amore invece?», lo sfidai. «Non è meglio del sesso?»

«Hai mai fatto sesso?»

«Sei mai stato innamorato?», rilanciai.

Rimase in silenzio, e mi chiesi se stesse giocando ancora con me o se semplicemente non volesse dirmi di sì. Ignorai la seconda opzione, preferivo credere che fosse la prima. *Per favore, dimmi che non ti sei mai innamorato di nessuna donna. O che non ami qualcuno adesso. Questo sarebbe anche peggio.*

Si rimise al mio fianco, e io avvertii i brividi corrermi lungo tutto il corpo, orfano del suo calore.

«Non ha paura che la gente lo scopra?», chiesi piano. «Per esempio a scuola?»

«Secondo te dovrebbe averne?».

Be', io me ne sarei preoccupata. Forse sarò inesperta, ma non innocente. Le cose fatte nelle ore buie della notte, dietro una porta chiusa, o sull'onda di un'emozione passeggera sembravano tanto diverse il mattino dopo, con la luce del giorno e la mente lucida. Sì, c'erano cose che volevamo, impulsi che provavamo, ma assecondare questi desideri comportava delle conseguenze che non sempre eravamo disposti ad accettare. E forse erano conseguenze che non avremmo dovuto accettare, e che tuttavia esistevano.

La ragazza, chiunque lei fosse, stava agendo in base alle proprie regole, ma avrebbe sofferto in base a quelle di chiunque altro.

Che schifo.

Forse era quello che Michael voleva che io *vedessi*. Quaggiù, al buio, in una tomba sotterranea in sua compagnia, avevo potuto assaggiare una realtà diversa. Una realtà nella quale le uniche cose proibite erano le regole, e in cui si potevano vedere tutte le cose che le persone osano fare in un ambiente nel quale hanno la libertà di farle.

Alzai le mani per far passare le dita sotto la cravatta fissata sui miei occhi, pronta a slegarla, ma lui me le afferrò allontanandole dal mio viso.

Voltai la testa per dirgli: «Voglio vedere».

«No».

Feci un sospiro e riportai lo sguardo di fronte a me. Sentivo i gemiti della ragazza farsi più veloci e più acuti. «Tu pensi che io sia troppo giovane», affermai, voltando la testa di fianco per parlargli. «Ma non è così».

«Ho forse detto questo?», ribatté lui, con un tono improvvisamente duro. «Continui a mettermi in bocca parole che non dico».

«Allora perché mi hai permesso di scendere fin qui?».

Fece una pausa, poi rispose asciutto: «Chi sono io per negarti qualcosa?».

Feci un profondo respiro, con la rabbia che mi tendeva ogni muscolo del corpo. «Sono stanca delle tue risposte vaghe», ribattei. «Perché mi hai fatta scendere fin qui?».

Cosa voleva da me? Perché mi incitava dicendo che potevo fare quello che volevo e badare a me stessa, per poi tenermi sotto controllo, ancora legata al guinzaglio?

E *lui*, lui sapeva cosa stava facendo?

Vaffanculo. Non mi serviva il suo permesso.

Sollevai le braccia e tolsi la benda. Ma invece di controllare la stanza e lo spettacolo che vi si svolgeva, come avrei voluto fare all'inizio, mi voltai subito a guardarlo.

I suoi occhi nocciola – l'unica parte di lui visibile dietro quella maschera cremisi che mi faceva battere il cuore all'impazzata per la paura – erano fissi nei miei. Non batteva ciglio né lasciava trapelare alcuna reazione.

«Perché mi hai portata quaggiù?», lo incalzai di nuovo, cercando una traccia di emozione nei suoi occhi. «Pensavi che sarebbe stato divertente? Volevi divertirti a vedere quanto saresti riuscito a provocarmi prima che me la dessi a gambe?».

Ma lui si limitava a starsene lì, senza parlare, senza muoversi, sembrava che neppure respirasse. Era una macchina.

Scossi la testa, avrei voluto piangere. Per anni avevo desiderato disperatamente che mi guardasse, e alla fine ecco che mi aveva concesso qualcosa – un unico frammento di un unico giorno – ma ora me lo portava via, come se di fronte a lui ci fosse il vuoto.

Ero trasparente, non contavo nulla.

Non sapevo che cosa stesse accadendo nella sua testa, ma alla fine capii che non l'avrei mai saputo.

«Me la caverò da sola», gli dissi, andando dritta alla porta prima che potesse vedere che le mie labbra tremavano.

Ma a quel punto, mi afferrò per il gomito e mi risospinse verso di sé. Rimasi a bocca aperta quando la mia schiena urtò il suo petto.

«Non andartene». La sua voce vacillava.

I miei occhi si riempirono di lacrime. Mi cinse la vita con un braccio tenendomi stretta al petto, e cominciò a spostarsi a destra, per raggiungere un'altra stanza che, a differenza di quella in cui ci trovavamo, era vuota.

Mi guardai intorno, senza riuscire a scorgere granché. La luce proveniva solo da alcune candele accese in una camera vicina.

«Michael, fermati», ansimai. Stava succedendo tutto troppo in fretta, cosa diavolo stava facendo?

Iniziò a percorrere la stanza, e io affondai i talloni nel terreno per impedire che mi trascinasse con sé, ma ormai era troppo tardi. Mi spinse contro il muro, con il petto contro la pietra; sentii subito qualcosa colpirmi al piede. Abbassai lo sguardo e vidi la sua maschera rossa per terra, mentre lui premeva contro la mia schiena.

Aprii la bocca per protestare, ma poi mi bloccai quando il suo braccio mi cinse la vita e il suo respiro mi accarezzò il collo, la cicatrice.

Smisi di respirare, abbassai lo sguardo mentre la mia pelle bruciava e la testa ondeggiava per il piacere. Avvertivo il suo viso e le sue labbra sulla pelle, mentre mi teneva prigioniera fra il proprio corpo e il muro. Ma non si spinse oltre. Nessun bacio, nessuna carezza, si limitava a tenermi stretta, e io sentivo il suo respiro su di me.

«Vuoi sapere perché sei qui?», mi chiese, ma il suo tono sembrava forzato. «Sei qui perché ti piaccio, Rika. Sei qui perché ci sono persone che cercano di dirci cosa fare e cercano di tenerci in gabbia».

Mentre parlava, le sue labbra mi sfioravano il collo. «Ci dicono che quello che vogliamo è sbagliato e che la libertà è sporca. Vedono caos, follia e sesso come cose brutte, ma più cresci, più la gabbia ti va stretta. Ti senti già soffocare, vero?».

I miei polmoni si tesero, e alla fine mi obbligai a respirare. Tolse la mano dalla parete e mi afferrò per il collo, piegandolo verso di sé.

«Ho fame, Rika», disse premendo tutto il corpo contro la mia schiena, le labbra a un millimetro dalle mie. «Voglio tutto quello che mi dicono che non posso avere, e vedo anche in te la stessa brama».

Sbattei le palpebre, cercando di distinguere il profilo del suo viso nella semioscurità. Ma non vidi altro che il setto nasale e l'angolatura forte della mascella.

«Ci sono troppe persone che cercando di cambiarci», proseguì. «E non ci sono abbastanza persone che vogliono permetterci di essere chi siamo veramente. Una volta qualcuno mi ha permesso di capirlo, e volevo che anche tu avessi la stessa possibilità».

Lo fissai, con mille pensieri per la testa. Ero così felice che avrei voluto piangere.

Lo sapevo. Capiva quello che volevo più di ogni altra cosa. La libertà.

«Sii te stessa», mi ordinò. «E non chiedere scusa. Hai capito? Sii te stessa, altrimenti ti diranno chi devi essere».

Una sensazione di sollievo mi travolse. Per la prima volta in vita mia, qualcuno mi aveva detto che era giusto quello che desideravo: mettermi nei casini e buttarmi senza paracadute.

Divertirmi un po' prima di morire.

Lasciai cadere le mani dalla parete e lentamente mi voltai, sentendo la presa attorno alla vita allentarsi, per consentirmi di muovermi.

«È tutto quello che volevi darmi?», chiesi in modo sommesso.

Chinò la testa, il suo calore e il suo profumo erano così vicini.

«Non sono sicuro che tu sia pronta per avere di più», replicò a bassa voce.

Il mio respiro vacillò quando le sue dita presero a risalire la mia coscia e a sollevarmi la gonna. Poi indugiarono sulla curva tra il fianco e la gamba, e a quel punto io gemetti afferrandogli la felpa.

Dammi tutto quello che hai.

«Rika!».

Inspirai e mi raddrizzai, sentendo chiamare il mio nome.

Chi... cercai di sbirciare oltre Michael, ma era troppo alto e il suo corpo mi faceva da schermo.

Nemmeno lui accennò a muoversi, rimase immobile di fronte a me continuando a far correre il dito sulla pelle del mio fianco.

Ma dopo un momento, abbassò la mano, si alzò e, voltandosi, mi lasciò spazio sufficiente perché riuscissi a vedere chi c'era dietro di lui.

Nella luce del corridoio che divideva le due stanze vidi Trevor. Probabilmente aveva assistito alla dimostrazione pubblica che si era svolta nell'altra stanza, prima di raggiungerci.

Aveva ancora addosso l'uniforme della scuola, i pantaloni cachi, la camicia chiara e la cravatta blu e verde.

Fece irruzione nella stanza dicendo: «Rika, cosa diavolo credi di fare?». Mi prese per mano e mi trascinò accanto a sé, facendomi incespicare. «Tua madre è preoccupata da morire. Ti porto a casa».

Ma prima che avessi la possibilità di dire qualunque cosa, si rivolse a Michael: «E tu stai alla larga da lei», gli ordinò. «Ci sono decine di altre sciacquette qui, lei non è un tuo giocattolo».

E senza attendere la risposta di Michael, Trevor mi strinse forte la mano e mi trascinò verso la porta. Gettai uno sguardo oltre le mie spalle e di sfuggita riuscii a scorgere gli occhi di Michael che mi guardavano andare via.

Capitolo 6
Erika

Oggi

Il telefono vibrò. Mugolai senza volerlo, mentre aprivo gli occhi per cercarlo a tastoni sul comodino dietro la mia testa. Lo afferrai, scollegandolo con forza dal cavo; con la bocca spalancata in uno sbadiglio, guardai lo schermo e vidi che avevo perso una chiamata.

Tre chiamate, in realtà. Di Trevor, di Noah e della signora Crist.

Gesù. Perché chiamavano all'alba? Ma poi sbattei di nuovo le palpebre per leggere l'orario nell'angolo in alto a destra.

Le dieci!

«Merda!», annaspai, sollevando la testa dal divano. «Cazzo!».

Saltai in piedi, sapendo di non avere tempo per una doccia. Avrei dovuto essere all'incontro con la mia tutor già in quel momento.

Porca puttana! Odiavo essere in ritardo.

Sfrecciai verso il corridoio, ma poi mi guardai nello specchio e mi fermai, vedendo la grande chiazza rossa che avevo davanti. All'improvviso ricordai cosa avevo fatto la notte precedente.

Ecco perché ero rimasta alzata fino a tardi. Raddrizzai la schiena, guardando il muro che avevo dipinto e decorato.

Dopo che Michael se n'era andato, ero così fuori di me che mi era venuta una crisi. Ma invece di fare come i bambini, piangere, gridare e spaccare tutto, avevo dipinto il muro, lavorando fino allo sfinimento. Non ero nemmeno sicura di essere autorizzata a cambiare il colore delle pareti, ma non mi importava.

L'insinuazione di Michael secondo cui nella vita io ero alla mercé di altre persone e l'accenno alla mia fragilità avevano colpito nel segno. Dovevo cambiare qualcosa. Forse pensava che fossi

85

ancora una scolaretta, innocente e inesperta, ma non mi aveva inquadrata bene come credeva.

Speravo di non vederlo quel giorno. Anzi, di non rivederlo mai più.

Guardai il colore che mi ricordava il Natale e le mele, le rose e le file di aceri rossi che avevo visto da bambina, il fuoco, i nastri per capelli e gli abiti da sera di mia madre.

Avevo anche appeso al muro alcune fotografie che avevo portato con me, oltre al pugnale di Damasco. Non riuscivo a liberarmi dal sospetto che a farmelo avere di nascosto fosse stato uno dei Cavalieri. O tutti loro. Quel dono misterioso, comparso così all'improvviso a Thunder Bay, era una coincidenza troppo strana.

Ma perché lasciarlo per me? E Michael c'entrava qualcosa?

Il telefono fece *bip* segnalandomi che avevo ricevuto un messaggio. Sbattei le palpebre ricordando che ora fosse.

Merda.

Corsi nella mia stanza, mi buttai addosso dei vestiti e raccolsi i capelli in una coda di cavallo. Presi la cartella di pelle marrone, il portafogli e il telefono, mi precipitai fuori dall'appartamento e mi infilai nell'ascensore, lanciando un'occhiata veloce alla porta dell'altro attico lungo il corridoio.

Non avevo sentito altri rumori dopo che Michael se n'era andato la notte precedente, ma c'era stato qualcuno nell'appartamento. Dovevo provare a incontrare il direttore quel giorno. Non mi sentivo al sicuro, soprattutto non dopo essere stata seguita sulle scale.

«Buongiorno, signorina Fane», mi salutò Patterson mentre uscivo dall'ascensore.

«'Giorno», gridai, con un sorriso rapido, mentre correvo oltre il banco della reception e mi fiondavo al di là delle porte girevoli.

Mi ritrovai direttamente sul marciapiedi; il trambusto e i rumori della città mi travolsero non appena fui fuori. La gente andava o tornava dal lavoro, oppure si occupava delle faccende della giornata, dribblando frettolosamente i pedoni più lenti e tenendosi alla larga dalla strada, con la baraonda dei clacson dei taxi e delle sirene.

86

Sopra di me, le nubi erano basse e sembravano colore del fumo, con un tocco di viola scuro. Soffiava un venticello fresco, nonostante fosse agosto inoltrato. Inspirai l'odore della terra, anche se tutto attorno c'erano solo mattoni e cemento. Girai a destra, in direzione del Trinity College.

Dopo essermi profusa in scuse, convinsi la tutor a inserirmi fra altri due appuntamenti, così riuscimmo finalmente a confermare il mio orario, oltre al piano di studi annuale. Le lezioni sarebbero iniziate un paio di giorni dopo, e fu un sollievo per me incontrarla e cominciare l'anno con il piede giusto.

Più tardi, feci un salto in libreria per acquistare qualche testo che si era aggiunto alla lista dei libri da leggere, presi un caffè e passeggiai nei dintorni, godendomi le vetrine dei negozi, la giornata insolitamente fresca e la bellezza di quella città ombrosa.

La adoravo.

Questa metropoli brulicante non era seconda a nessuna per arte, cultura, biblioteche e musei. La varietà di cibo che i ristoranti offrivano riusciva a soddisfare anche i palati più esigenti, e non potevo non apprezzare gli alberi che costeggiavano i marciapiedi, le piante e le siepi nelle aiuole fuori dagli edifici. Era davvero impressionante e unica.

Ma c'era anche un lato oscuro.

I grattacieli alti bloccavano la luce. Il tetto di rami che gli alberi del parco gettavano tutt'intorno ti circondava come la volta di una caverna, facendo sembrare l'erba quasi nera. Le vie silenziose immerse nella nebbia del primo mattino, che ti spingeva a domandarti cosa celasse, perché sapevi che non avresti mai avuto il coraggio di scoprirlo da sola. Pensavo che il lato oscuro di Meridian City fosse quello che mi era piaciuto di più quando c'ero stata da bambina.

Mentre passeggiavo lungo il marciapiede, il telefono iniziò a vibrare contro la mia gamba, così frugai nella borsa per prenderlo.

Vidi un numero che non conoscevo, feci un profondo respiro perché avevo una mezza idea di chi stesse chiamando.

Trevor non poteva tenere un telefono cellulare in accademia, quindi immaginai che il numero sconosciuto fosse quello di una nuova scheda telefonica. Un altro numero che sia aggiungeva alla lista di tutti quelli che aveva usato durante il suo addestramento estivo a Plebe.

«Sei tu, Allievo dell'accademia della Marina?», risposi, cercando di essere spiritosa. Probabilmente mi sarebbe capitato di incrociare Trevor qua e là per il resto della vita – visto che le nostre famiglie erano tanto legate – e volevo restare in buoni rapporti con lui.

«Come va il primo giorno nella grande città?», chiese. Sembrava molto più rilassato che alla festa.

«Bene», gettai il caffè nel cestino accanto a me, continuando a camminare. «In questo momento sono in libreria a prendere i libri che mi mancano».

«Bene, e com'è l'appartamento?».

Sospirai ridendo e scossi la testa. «Grande. E sono sicura che lo sapessi già. Adoro tua mamma, Trevor, ma stavolta avrebbe anche potuto darsi un freno, non credi?»

«Di cosa stai parlando?»

«Dell'appartamento nel palazzo dei tuoi…», cominciai.

Doveva saperlo, dal momento che aveva insinuato che avrei visto Michael.

«Cosa significa il palazzo dei miei?». La sua voce era tagliente.

«Il Delcour», gli dissi. «Non sapevo che fosse un palazzo dei Crist».

«Merda», imprecò. «Stai al Delcour? Perché non me l'hai detto prima?».

Non risposi, prima di tutto non erano fatti suoi. Durante l'estate avevo solo detto di aver trovato un appartamento, senza fornire altri dettagli. E lui non aveva approfondito l'argomento.

C'era qualcosa che non andava nel Delcour? Oltre al fatto che mi avevano un po' raggirata perché andassi a vivere lì?

«Rika», esordì Trevor in tono severo. «Trovati un altro posto».

«Perché?»

«Perché non ti voglio lì».

«Perché?», insistetti.

I suoi genitori mi avevano ingannata facendomi affittare l'appartamento senza dirmi che il palazzo era loro, e ora Trevor mi ordinava di smammare. Ne avevo abbastanza di gente che mi diceva cosa fare.

«E c'è anche bisogno di chiederlo?», ribatté. «Prendi le tue cose, vai in un albergo finché non trovi un altro posto. Dico sul serio. Non devi vivere al Delcour».

Rimasi con la bocca leggermente aperta, senza sapere che diavolo di problema avesse. Il Delcour apparteneva alla sua famiglia. Se mai, perché *non* voleva che stessi lì? E cosa pensava di fare dandomi ordini? Doveva sapere che era meglio non farlo.

«Senti», dissi mantenendo un tono di voce calmo. «Non ho idea di cosa stia succedendo, ma ha un ottimo servizio di sicurezza e, anche se non è quello che avevo programmato, le lezioni iniziano fra due giorni. Non voglio traslocare durante le lezioni».

Non se non fossi stata costretta a farlo, in ogni caso.

«Non ti voglio lì», ripeté l'ordine sbraitando. «Hai capito?».

Strinsi i denti. «No», ghignai. «Quanto meno dovresti darmi delle spiegazioni. E l'ultima volta che ho controllato, non eri mio padre».

Lo sentii ridere amaramente dall'altro capo. «Probabilmente avevi già architettato tutto, vero? Sapevi esattamente cosa stavi facendo».

Scossi la testa, chiudendo gli occhi. Non avevo idea di cosa stesse parlando, ma non mi importava più. «Non mi trasferisco. Non voglio».

«No, certo che non vuoi».

«Che cosa vorresti dire?», gridai.

Ma poi il telefono fece un altro *bip*, lo scostai dall'orecchio e lessi "Chiamata interrotta". Lasciai ricadere la testa all'indietro, esasperata. Cosa diavolo voleva?

Perché Trevor non voleva che stessi al Delcour? Odiava Meridian City, ma cosa c'entrava il Delcour?

Sollevai il mento e chiusi gli occhi, mentre i pezzi del puzzle andavano al loro posto.

Michael. Trevor odiava Michael e Michael era al Delcour. Non voleva che mi ronzasse attorno.

Ma se Michael non mi degnava di uno sguardo a casa, non sarebbe stato diverso qui. Che diamine, quasi certamente non avrebbe nemmeno saputo che stavo al Delcour se non me lo fossi trovata di fronte per caso la sera prima. Non avevo motivo di pensare che l'avrei visto spesso.

Sospirai, facendo correre le dita sulla fronte per togliere un velo di sudore. Il litigio mi aveva animata.

Avevo energia da vendere. Afferrai il telefono, sentendo l'elsa di una spada nel pugno e il fuoco muovermi le gambe.

Sollevai il cellulare e inserii nel motore di ricerca: "club di fioretto".

«Salve», mi avvicinai alla segreteria dello Hunter-Bailey e vidi la testa dell'impiegato sollevarsi. «Ho visto su internet che siete un club per fiorettisti, e mi chiedevo se avete delle serate aperte per le esercitazioni».

Lui aggrottò le sopracciglia, come se avesse visto un marziano. «Come dice?».

Spostai il peso del corpo da un piede all'altro, a disagio. Lo Hunter-Bailey aveva fama di esser uno dei club del fioretto più attivi dello Stato, con lezioni private e tanto spazio per esercitazioni di gruppo. Era anche l'unico luogo della città dove si praticasse il fioretto.

Tuttavia, era una struttura un po' più seria del centro ricreativo di Thunder Bay al quale ero abituata. I pavimenti di legno massello erano ricoperti di spessi tappeti, le scale e i mobili erano di legno scuro, la tappezzeria giocava sui toni scuri del verde, del nero e del blu notte. Era un posto vecchio, cupo e molto virile. Entrando, avevo anche notato il bel soffitto di marmo e le finestre di vetro colorato.

«Fioretto», scandii, guardando il giovanotto con il completo elegante. «Sto cercando un club. Pagherò la tassa di associazione, se è necessario».

Non avevo veramente bisogno di lezioni, le prendevo da tutta la vita. Ma avevo voglia di stare con altri fiorettisti, mettermi alla prova con delle esercitazioni e trovare nuovi amici.

Ma il ragazzo mi guardava come se stessi parlando giapponese.

«Rika», chiamò una voce profonda. Mi voltai e vidi Michael che entrava dalla porta d'ingresso e poi attraversava l'atrio.

Cosa ci faceva lì?

Si avvicinò, con i jeans larghi e una T-shirt blu marino. Tutto quello che indossava accentuava i pettorali, le braccia e l'altezza.

Dalla spalla gli penzolava una sacca da palestra, su cui era appoggiato un maglione nero.

«Che cosa vuoi?», disse in tono secco.

Aprii la bocca. «Io... ehm...».

«Conosce questa ragazza, signor Crist?», chiese l'impiegato, intromettendosi.

Michael mi fissò, non sembrava molto felice di avermi incontrata. «Sì».

L'impiegato si schiarì la gola. «Be', le interessa il fioretto, signore».

L'angolo della bocca di Michael si increspò in un sorriso. Fece un cenno di assenso all'impiegato. «Me ne occuperò io».

Vidi l'impiegato sparire nel retro, lasciandoci soli in quello spazio tranquillo, mentre voci in lontananza filtravano dalle porte chiuse.

Afferrai la tracolla della borsa che mi pendeva sul petto. «Non sapevo che tu tirassi di fioretto».

«Che cosa ti fa pensare che mi interessi il fioretto?».

Mi guardai attorno, indicando il luogo. «Be', sei in un club per fiorettisti».

«No», disse strascicando le parole. «Sono in un club per soli uomini».

Un club per soli uomini. Come uno strip club?

Mi guardai attorno, ma non vidi nulla che indicasse la presenza di ballerine appese a un palo, stanze private o lap dance in svolgimento.

Lo Hunter-Bailey era lindo, elegante e vecchio, come un museo in cui ti dicono di fare silenzio e non toccare niente.

Scossi la testa, perplessa. «Sono confusa. Cosa vuoi dire?».

Fece un sospiro, inclinando il mento per guardarmi, come se stesse esaurendo la pazienza. «Questo è lo Hunter-Bailey, un club esclusivo per soli uomini, Rika», mi spiegò. «Un posto dove i ragazzi si trovano per esercitarsi, nuotare, sfogarsi, bere e stare al largo dalle persone che gliele fanno girare».

Gliele fanno girare?

«Come le donne?», tirai a indovinare.

Si limitò a fissarmi, stringendo la tracolla della borsa, con la testa leggermente inclinata.

91

«Quindi...», mi guardai attorno e poi lo fissai di nuovo, «vuoi dire le donne qui non sono ammesse?»

«No».

Strabuzzai gli occhi. «È assolutamente ridicolo».

Non c'era da stupirsi che l'impiegato mi avesse guardata in modo tanto strano. Allora perché non mettevano un cartello fuori dalla porta che diceva "Vietato l'ingresso alle donne"?

Ma... immaginai che probabilmente in quel modo avrebbero attirato ancora di più le esponenti del gentil sesso.

Michael mi si avvicinò. «Quando le donne si godono delle serate speciali *per sole donne* o delle aree riservate in palestra va bene, ma se i ragazzi vogliono un po' di spazio per sé è anacronistico?».

Sostenni i suoi occhi nocciola, con le pagliuzze ambrate che giocavano e mi sfidavano come un gatto col topo. Aveva fatto centro e lo sapeva. Andava bene che anche gli uomini volessero uno spazio tutto per sé. Niente di male. Niente rotture.

Ma mi irritava che offrissero qualcosa che mi piaceva e mi tagliassero fuori.

Mi strinsi nelle spalle. «Volevo solo tirare di fioretto e in questa città non si può fare da molte parti, quindi...».

«Quindi mi dispiace che non ci siano altre donne tanto interessate da permettervi di avere un club tutto per voi», rispose asciutto. Sembrava che non gli dispiacesse nemmeno un po'. «Sta piovendo. Ti serve un passaggio per tornare al Delcour?».

Abbassai lo sguardo notando dei piccoli schizzi scuri sulle sue spalle. Doveva aver cominciato a piovere poco dopo che ero entrata.

Scossi la testa. Era chiaro che stesse cercando di liberarsi di me.

«Bene». Mi girò attorno per raggiungere le doppie porte di legno, e io feci per andarmene. Ma poi notai una coppola di tweed appoggiata sopra una pila di libri antichi in cima a una vetrinetta.

Sorrisi, mordendomi il labbro inferiore, perché non riuscivo a trattenermi. Senza esitare, lasciai cadere a terra la borsa, mi avvicinai lesta e agguantai il cappello, poi corsi su per le scale, due gradini alla volta. Me lo calcai sulla testa, infilandoci la coda di cavallo per nascondere la chioma fluente.

«Erika», la voce di Michael risuonò dietro di me.

Ma io non mi fermai. Il cuore mi batteva forte. Strinsi i pugni, con l'adrenalina che mi faceva formicolare le mani. Quando raggiunsi il piano superiore, sfrecciai dietro l'angolo, nascondendo tutte le ciocche di capelli sotto il berretto e affrettandomi lungo il corridoio.

Sentii i gradini scricchiolare dietro di me, così mi guardai alle spalle. Non vidi Michael, ma udii i suoi passi che mi seguivano.

Merda. Per poco non scoppiai a ridere, ricordando quando anni prima mi aveva sorpresa alle catacombe. Allora gli piaceva la mia curiosità, credo, e si era anche divertito ad assecondarmi. E poi, subito dopo quella notte, si era tirato indietro come se non fosse successo niente.

Forse se ne ricordava.

Percorsi il corridoio a falcate. Oltrepassai numerose porte aperte, sentendo attorno a me il suono di battute e risa. Ma non mi fermai a guardare.

Due uomini in completo elegante, uno dei quali con un sigaro in mano, venivano nella mia direzione, ridendo delle reciproche battute. Chinai la testa, sapendo che il mio profilo non avrebbe rivelato che ero una donna.

Passai accanto a loro, e uno dei due mi lanciò più di uno sguardo con la coda dell'occhio, senza però fare nulla per fermarmi.

Quando raggiunsi la fine del corridoio, aprii la porta ed entrai, chiudendomela rapidamente alle spalle. Mi lasciai sfuggire un sospiro. Non sapevo se Michael avesse visto dov'ero andata, ma non mi importava comunque che mi trovasse. In fondo, era quello il punto.

Voltandomi, notai un ring per il pugilato al centro della stanza. Era circondato da vari attrezzi e sacchi per la boxe. Una quindicina di uomini si esercitavano, combattevano e chiacchieravano. In tutta fretta mi nascosi dietro una delle colonne disseminate per la stanza, sbirciando da dietro l'angolo per accertarmi che nessuno mi avesse vista.

La porta si aprì alle mie spalle, sollevai di scatto la testa, vedendo Michael entrare con la rabbia dipinta sul volto.

Chiuse la porta, raddrizzando la schiena, e mi inchiodò con un'occhiata che voleva dire che ero nella merda.

Scrocchiò le dita mimando con le labbra "Vieni qui". Lentamente mi si avvicinò, forse tentando di impedirmi di fare altre pagliacciate e di metterlo in imbarazzo.

Cercai di trattenere il sorriso, ma ero sicura che l'avesse visto.

Decisi di giocare. Mi voltai e presi a camminare lungo il perimetro della stanza, stando attenta a restare nascosta dietro le colonne. Poi scivolai dentro un'altra porta e vidi che mi seguiva a labbra strette, però io gliela chiusi in faccia.

Ma non appena abbassai lo sguardo, notando le mattonelle di ardesia e l'acqua che scorreva, capii di essermi impelagata in un bel guaio.

«Merda», sospirai.

Esitai, pensando a come fare per tornare indietro. Sapevo che Michael sarebbe arrivato da quella parte, quindi a testa china seguii un breve tunnel, oltrepassai un bagno turco, una sauna, e due grandi Jacuzzi, sentendo molte paia di occhi addosso; passai accanto ad alcuni ragazzi che bighellonavano sui divani attorno alla spa trattenendo il respiro.

Mi intrufolai nella stanza accanto, uno spogliatoio, ma una volta dentro sollevai lo guardo: un ragazzo biondo veniva nella mia direzione, quindi piegai a sinistra, lungo un corridoio vuoto, e sentii altre voci. Mi fermai e decisi di nascondermi alla fine di una fila di armadietti.

A sinistra sentii sbattere delle porte, a destra due uomini chiacchieravano; Michael mi avrebbe scovata da un momento all'altro.

Mi appoggiai all'acciaio freddo, guardandomi attorno per cercare di capire dove fosse l'uscita. Ammesso che ce ne fosse un'altra.

Ma poi l'anta di un armadietto si chiuse con un tonfo facendo vibrare la mia schiena, e io ebbi un sussulto.

«Signor Torrance», chiamò un uomo. «Qui dentro non si può fumare».

«Frega un cazzo».

All'istante fui percorsa da brividi freddi e il mio cuore perse un battito. Rimasi immobile, temendo di compiere anche il minimo movimento.

Conoscevo quella voce. *Signor Torrance.*

Prima voltai lentamente la testa, poi girai tutto il corpo di trecentosessanta gradi, spostandomi appena oltre il bordo degli armadietti. Sbirciai di lato quel tanto che bastava perché riuscissi a vedere quello che speravo di non vedere.

Sentii un nodo stringermi alla gola. «Oh, merda», sussurrai.

Damon Torrance.

Era seduto su una poltrona imbottita, con la testa buttata indietro e gli occhi chiusi, e gocce d'acqua gli scendevano dal collo, dalle braccia, dal torace… era nudo, fatta eccezione per un asciugamano stretto attorno alla vita.

Reggeva fra le dita una sigaretta, che portò alle labbra. Aspirò, e la cenere all'estremità si accese d'arancione. Poi, proprio come ricordavo, buttò fuori il fumo con calma e, anziché spingerlo davanti a sé, lasciò che venisse risospinto verso l'alto. Sembrava quasi nebbia mentre si disperdeva nell'aria sopra di lui.

Il puzzo mi fece venire il voltastomaco, riportando a galla i ricordi di quella notte. Avevo dovuto fare due docce per liberarmi di quell'odore.

Forse negli anni mi ero dispiaciuta un po' per quello che era accaduto ai suoi amici, ma a lui… non molto.

Improvvisamente, una mano scese a coprirmi la bocca. Feci un rapido respiro, rimbalzando contro un petto duro.

«Non ho tempo per giocare a nascondino», mi avvertì Michael all'orecchio.

Quando mi lasciò andare, mi voltai, sollevando lo sguardo su di lui. Aveva gli occhi accesi di rabbia, e immaginai che il mio piano fosse andato a rotoli. Non era affatto divertito.

«Come mai nessuno mi ha detto che i tuoi amici erano stati scarcerati?», chiesi piano.

«E a te cosa importa?».

A me cosa importa? In effetti, mi importava parecchio. Ero stata con tutti loro la notte prima che fossero arrestati. E anche quando quella notte accaddero altre cose di cui forse Michael era completamente all'oscuro.

«Pensavo che la notizia avrebbe destato scalpore», dissi tenendo la voce bassa. «Se non altro a Thunder Bay. Non sapevo niente del rilascio, mi sembra strano».

«La cosa strana è che io sia ancora qui a perdere tempo con te».
Chinò la testa, facendosi più vicino. «Hai finito adesso?».

Tenevo gli occhi fissi davanti a me, e il suo petto era in linea
con il mio sguardo. Mi massaggiai le sopracciglia, tentando di
impedirmi di piangere.

Aprii la bocca, continuando ad accarezzarle piano. «Non
devi...», mi fermai, non riuscivo a guardarlo.

«Non devo cosa?».

Sollevai lo sguardo, stringendo la mascella per impedire al mento di tremare. «Parlarmi in quel modo. Non devi essere così cru-
dele».

Continuava a fissarmi dall'alto, il volto duro e impassibile.

«C'è stato un momento», proseguii con un'espressione più
morbida, «in cui ti piaceva parlare con me. Ricordi? Quando mi
hai notata e guardata e...».

Ma mi fermai, vedendo il suo volto avvicinarsi al mio e le sue
mani appoggiarsi alla colonna dietro la mia testa.

«Ci sono posti che non sono adatti a te», disse lentamente,
sottolineando ogni parola come se parlasse con un bambino.
«Quando sei la benvenuta, ti invitano. Se non ti invitano, non sei
la benvenuta. Mi sono spiegato?».

Si chinò alla mia altezza, come se mi stesse spiegando perché
dovevo mangiare la verdura prima del dessert.

*È un concetto semplice, dopotutto, Rika. Perché non riesci a ca-
pirlo?* Stava dicendo che gli ero tra i piedi e rompevo le palle.
Non mi voleva intorno.

«Questo posto non è per te e non sei la benvenuta. Non capi-
sci?», domandò di nuovo.

Strinsi i denti, inspirando ed espirando dal naso, ogni muscolo del corpo teso nel tentativo di non crollare. Vidi un lampo
davanti agli occhi, che cominciarono a farmi male e a bruciare.
Non ricordo di essermi mai sentita così. Mi aveva ignorata, trattata con sufficienza, a volte anche insultata, ma la crudeltà faceva
male oltre ogni dire.

«Sto parlando la tua lingua, Rika», mi abbaiò contro, facendomi sussultare. «Un cane capirebbe meglio di te».

Gli occhi mi si riempirono di lacrime, il mento tremava. Ingoiai il nodo in gola, avvertendo una fitta allo stomaco. Avrei voluto sprofondare in una voragine nel pavimento, sparire e dimenticare tutto.

Affinché non potesse godersi la soddisfazione di vedermi andare a pezzi, mi precipitai fuori, allontanando le sue braccia con una spinta, prima di scoppiare in lacrime e mettermi a correre per tornare da dove ero venuta. La vista si annebbiò mentre passavo di nuovo nella spa, aprivo la porta dello spogliatoio e lottavo contro i singhiozzi che premevano sulla gola.

Il cappello mi scivolò dalla testa e, cadendo al suolo, sciolse i capelli che avevo raccolto in una coda di cavallo. Attraversai di corsa la stanza della boxe, fregandomene che qualcuno potesse vedermi, spalancai la porta, asciugandomi le lacrime, infine mi precipitai all'ingresso e poi giù dalle scale.

Ma a metà scalinata urtai un'altra persona. Mi fermai, sollevai la testa e rabbrividii.

«Kai?», dissi quasi in un sussurro, sorpresa di vederlo.

E perplessa.

Damon era lì. Kai era lì. C'era anche Will? Erano tutti a Meridian City? Non ero sicura che Michael fosse rimasto in contatto con loro mentre erano in prigione, ma evidentemente era così.

Kai inclinò la testa, levò una mano dalla tasca dei pantaloncini neri e mi afferrò per il braccio per tenermi equilibrio, ma io lo allontanai con uno strattone.

Mi fissava. La camicia bianca e la giacca nera ben stirate gli conferivano un'aria affascinante, come sempre, anche se era molto più muscoloso dell'ultima volta che l'avevo visto.

Sentii un rumore pesante di passi alle spalle, così voltai di scatto la testa e vidi Michael svoltare l'angolo.

Erano di nuovo tutti insieme.

Come un fulmine aggirai Kai e ripresi a scendere, poi afferrai la borsa da terra prima di sfrecciare fuori dalla porta. Michael era una cosa, ma avere attorno i suoi amici tutt'altra faccenda.

«Rika!», sentii Michael gridare dietro di me.

Ma la porta si chiuse, zittendolo, e io corsi giù dai gradini, con la pioggia fredda che tamburellava sui miei capelli, sul viso, sulle braccia.

Portai la borsa sopra la testa ignorando il concierge che mi porgeva un ombrello. «Le serve un taxi, signorina?».

Feci segno di no con la testa e girai a destra, camminando lungo il marciapiede, con le gocce di pioggia che mi imperlavano le braccia.

«Mi porti la macchina!», urlò Michael dietro di me e, quando mi voltai, vidi che sbraitava in direzione del concierge.

A quel punto mi vide, gli occhi nei miei, ma io distolsi lo sguardo e mi allontanai.

«Ferma!», mi ordinò.

Girai sui tacchi. Camminavo e piangevo. «Me ne sono andata! Va bene? Che cos'altro vuoi?».

Mi voltai di nuovo e ripresi a correre lungo il marciapiede.

Ma a quel punto, Michael mi afferrò per la tracolla della borsa, la fece passare sopra la mia testa e, tirando per impadronirsene, per poco non mi torse il collo.

Lo affrontai. «Cosa cazzo credi di fare?».

Lui si limitò a tornare sui suoi passi, portandosi dietro la mia borsa, mentre il concierge gli porgeva le chiavi dell'auto.

Spalancò una delle portiere posteriori e lanciò sul sedile la mia borsa, dove avevo messo il cellulare e le chiavi di casa. Poi fece un passo verso il sedile del passeggero e aprì la portiera.

«Entra!», ordinò, con la rabbia scritta in faccia.

Feci un profondo respiro, scuotendo la testa. Cosa cazzo voleva? Ero quasi tentata di chiedere alla direzione un altro mazzo di chiavi e di andarmi a comprare un fottuto cellulare nuovo, solo per non cedere al suo ricatto.

Ma lì dentro c'erano anche i miei libri e l'orario delle lezioni, per non parlare del certificato di nascita e del libretto delle vaccinazioni di cui, dopo aver salutato la tutor, avevo dovuto richiedere delle copie alla segreteria per inoltrare la domanda di iscrizione.

Mi accigliai, le lacrime avevano lasciato il posto alla rabbia.

Salii in macchina, saltai sul sedile del passeggero, gli strappai di mano la portiera e la chiusi da me. Non appena lo vidi passare davanti all'auto per prendere posto dietro il volante, mi voltai per afferrare la borsa dal sedile posteriore, aprii la portiera e schizzai fuori.

Non andai lontano.

Non avevo nemmeno avuto il tempo di sollevare il sedere dal sedile che la mano di Michael si era già avventata sulla mia spalla per afferrarmi il colletto. In un istante mi fece tornare a sedere.

Gridai, ma lui mi tolse la borsa dalle mani per gettarla di nuovo sul sedile posteriore.

«Signor Crist, devo chiamare aiuto?». Davanti alla mia portiera aperta si materializzò il concierge, con aria preoccupata.

Michael teneva la mano stretta al mio colletto per trattenermi sul sedile. Stavo per crollare ancora, e intanto altre lacrime salivano agli occhi.

«Signore». Il concierge fece per allungare una mano verso di me, allarmato. «La signorina…».

«Non la tocchi», grugnì Michael. «Chiuda la portiera».

Il concierge rimase a bocca aperta per un momento, come se volesse ribattere. Invece si limitò a guardarmi prima di farsi da parte, obbedendo all'ordine che gli era stato impartito.

«Ti ho detto che non mi serve un passaggio fino a casa», sibilai. «Volevi che me ne andassi, allora lasciami andare!».

Avviò il motore, i muscoli del collo tesi e i capelli lucenti di pioggia. «L'ultima cosa che mi serve è che mia madre mi faccia la predica perché vai a frignare da lei», sbottò.

Il mio petto si sollevava e si abbassava, mentre la rabbia ribolliva sotto la pelle. Mi voltai piegando le gambe sotto il sedere e mi allungai verso di lui.

«Ho più coraggio di quanto credi», gridai. «Quindi vai a farti fottere».

Con uno scatto repentino mi cinse il collo con una mano e mi attirò a sé. Gemetti, sentendo la testa bruciare nel punto in cui le sue dita tiravano i capelli.

«Che cosa vuoi da me? Eh?», chiese respirando a fondo con lo sguardo fisso nei miei occhi. «Che cosa vedi in me che ti affascina tanto?».

Tremai, sostenendo il suo sguardo. *Cosa* ci trovavo in lui? La risposta era troppo semplice, non dovevo nemmeno pensarci. Era la stessa cosa che lui aveva visto in me parecchi anni prima giù alle catacombe.

La bramosia.

Il bisogno di scappare, il desiderio di trovare quell'unica persona sul pianeta in grado di capirmi, la tentazione di ottenere tutte le cose che ci dicono che non possiamo avere...

Lui mi aveva guardata dentro, e ogni volta che, crescendo, mi ero sentita sola o come se stessi cercando qualcosa che non riuscivo tradurre in parole, mi ero sentita meno persa sapendo che lui c'era.

Era solo in quei momenti che non mi sentivo persa.

Scossi la testa, abbassando lo sguardo, mentre una lacrima silenziosa mi solcava il viso. «Niente», risposi in un sussurro, e un senso di disperazione mi strinse la gola. «Sono solo una bambina stupida».

Mi ritrassi, mentre lui lentamente allentava la stretta sui miei capelli. Tolsi i piedi da sotto le cosce, mi accomodai di nuovo sul sedile e ingoiai il nodo in gola, sistemandomi meglio il colletto della camicia scozzese per coprire il lato sinistro del collo.

Non voleva conoscermi. Non gli piacevo, e io volevo che tutto questo smettesse di far male. Ero così stanca di sognare.

Stanca di sforzarmi di avere una relazione con Trevor perché pensavo che mi avrebbe rimessa in riga, e stanca di desiderare una persona che per me era solo un incubo e mi trattava come un cane.

Stanca di entrambi.

Raddrizzai la schiena e presi a fissarmi il grembo, cercando di reprimere la nota di stanchezza dalla mia voce.

«Voglio tornare a casa a piedi», gli dissi, dopodiché prelevai la borsa dal sedile posteriore e afferrai la maniglia.

Poi mi fermai, sempre senza guardarlo. «Mi dispiace di essermi infilata lì dentro. Non succederà più».

Aprii la portiera, e subito mi accolse una pioggia scrosciante. I tuoni esplodevano sopra la mia testa mentre mi avviavo verso casa.

Capitolo 7
Michael

Oggi

Dio, cosa mi stava facendo?

Pensava veramente di essere una bambina stupida? Davvero non capiva che anche l'ultimo degli stronzi a Thunder Bay l'adorava?

Respirai a fondo, aprendo il colletto perché il collo mi bolliva. Dannazione, avevo persino sorpreso quel pezzo di merda di mio padre a guardarla un paio di volte. Tutti stravedevano per Rika, e allora perché si comportava come se la mia opinione fosse l'unica che valesse qualcosa per lei?

Mi fiondai nel Realm, un nightclub buio del centro, alzai lo sguardo e subito intercettai i miei compagni di squadra che bighellonavano attorno al balcone nel salotto vip al piano di sopra. C'era un evento per la stampa, ma quella era l'ultima cosa su cui sarei riuscito a concentrarmi, anche se avrei dovuto farlo. Avevo bisogno di focalizzarmi su qualcos'altro.

Raggiunsi il bar, appoggiai le mani sul bancone e chiamai il barista con un cenno del mento. Quello fece segno di aver capito, sapeva cosa preparare. Damon, Will e Kai erano già lì. Il Realm era uno dei nostri locali preferiti.

Chinai la testa e chiusi gli occhi cercando di recuperare la calma. Stavo perdendo il controllo. Quando lei era nei paraggi, tutto il resto diventava insignificante. Non vedevo che lei. Il tormento che per tanti anni aveva inflitto ai miei amici all'improvviso non contava più. Non riuscivo più a essere lucido, stavo perdendo di vista quello che aveva fatto e quello che loro avevano sofferto per causa sua.

E ora dovevo presentarle il conto.

La odiavo.

Dovevo odiarla.

Non avrei dovuto costringerla a salire in macchina oggi. Non mi importava che avesse le lacrime agli occhi o che non riuscisse a guardarmi mentre scendeva.

Non volevo spazzare via il dolore, non volevo toccarla e non volevo costringerla di nuovo a gridarmi contro, perché non ero mai stato tanto eccitato.

Era scesa dall'auto senza più degnarmi di uno sguardo e, stando a quello che diceva il portiere, non si era allontanata dal Decour per tutto il pomeriggio dopo essere rientrata a casa.

Dio. Fa' che si abitui a quella gabbia.

Il barista si avvicinò, portando una bottiglia nuova di Johnny Walker etichetta blu e un bicchiere con il ghiaccio, che posò davanti a me. Me ne versai una dose doppia, sollevai il bicchiere e buttai giù tutto insieme.

«Dove cazzo sei stato?».

Mi irrigidii sentendo la voce di Kai accanto a me.

Mi versai un altro doppio whisky, senza rispondergli.

Sono solo una bambina stupida. Il mio petto saliva e scendeva più in fretta, così buttai giù ancora un po' d'alcol.

Posai il bicchiere, strizzando gli occhi.

«Gesù, ma ti senti bene?», chiese. Sembrava più preoccupato che arrabbiato.

«Sto bene».

Posò entrambe le mani sul bancone, inclinando il viso per guardarmi. «Cosa ci faceva lei là oggi?».

Mi scolai un terzo bicchiere. Cominciai ad avvertire un bruciore allo stomaco, che si propagò alle vene come un caldo formicolio. I contorni sfumavano, i polpastrelli formicolavano.

Scossi la testa, posando il bicchiere. Di tutte le persone della mia vita – mio padre, mio fratello, i miei amici – era lei che finiva per farmi bere. Quei maledetti occhi, che passavano dallo sfuggente al dispettoso, dal dolente al rabbioso, e poi, infine, all'affranto.

Non restare da solo con lei.

«Michael?», mi chiamò Kai.

Un sospiro mi sfuggì mentre passavo le dita tra i capelli. «Per favore, potresti…», biascicai, «chiudere quella cazzo di bocca per cinque minuti e lasciarmi schiarire le idee?»

«Vorresti dire che non le hai già chiare?», chiese. «Perché, sai, noi abbiamo un piano. Prendere tutti i suoi soldi, poi prendere lei. Ma a quanto vedo, tu stai solo cazzeggiando».

Mi ricomposi all'istante, poi allungai la mano per afferrargli il colletto.

Lui allontanò il mio braccio con una spinta, scuotendo la testa con fare sarcastico. «Non ci provare. Voglio il nostro mostriciattolo, con gli occhioni da cerbiatta, in ginocchio ai miei piedi, e non voglio lasciar passare altra acqua sotto i ponti. Vorrei che anche tu fossi dei nostri, ma ce la possiamo cavare benissimo da soli».

Basta aspettare. Ma è appena arrivata! È a Meridian City per merito mio. Al Delcour per merito mio. Isolata per merito mio.

E ci restavano solo un paio di altre cose da toglierle. Non è che avessero aspettato poi così tanto, in fondo.

Ma poi distolsi lo sguardo. *Sì, loro invece sì.* Loro avevano atteso troppo a lungo.

Spinsi via la bottiglia e il bicchiere. «Dove sono?», gli chiesi.

Kai rimase zitto, sembrava ancora scocciato, ma poi si voltò per farmi strada.

Lo seguii, sentendo i bassi della musica vibrare sotto i piedi mentre camminavamo in direzione del privé sul retro.

Io e Kai non avevamo mai litigato in passato. Non avrei dovuto cercare di colpirlo.

Ma per qualche motivo continuava a pungolarmi, e io mi sentivo più lontano da lui in quel momento di quando era in prigione. Cosa diavolo stava succedendo? Pensavo che Damon e Will mi si sarebbero rivoltati contro. Ma non Kai.

Per molti versi, era lo stesso di sempre. Il pensatore, quello ragionevole, il fratello che si occupava sempre di noi… ma per altri versi era cambiato, era diventato quasi irriconoscibile. Non sorrideva più, sceglieva linee d'azione che non avrebbe scelto alle superiori, pur essendo consapevole delle conseguenze, e da quando era uscito non l'avevo visto nemmeno una volta fare una cosa per il puro piacere di farla. Nelle prime due settimane di libertà Damon e Will erano andati alle feste, avevano bevuto, fumato e rimorchiato a più non posso.

Kai, invece, non si era fatto un solo bicchiere e non si era portato a letto nemmeno una donna. Che io sapessi, almeno. Diamine, pensavo che non ascoltasse nemmeno più la musica.

Doveva perdere il controllo, perché cominciavo a preoccuparmi per quello che gli ribolliva dentro.

Lo seguii in una zona semi-privata con un divano a L e un tavolo. Vidi la nuca di Will, stravaccato sul divano, e vidi Damon in atteggiamento rilassato dall'altro lato del tavolo, con la mano appoggiata sulle cosce di una ragazza.

Damon era l'esatto opposto di Kai. Raramente pensava prima di agire e se qualcuno gli faceva muro – giusto o meno che fosse – gli si scagliava contro senza esitazioni né rimpianti. Era una qualità utile nella squadra di pallacanestro delle superiori. La sua fama lo precedeva, e al solo vederlo gli avversari se la facevano sotto.

Era ben felice di concedersi anche tutti gli stravizi di cui Kai si privava.

Mi fermai accanto al divano, facendo un cenno con il mento in direzione di Damon per lasciargli intendere che doveva liberarsi della ragazza. Lui si spostò e tolse la mano dalle gambe di lei, pizzicandole la coscia per mandarla via.

Kai si mise a sedere e Will si raddrizzò, poi tutti puntarono lo sguardo su di me. Nelle espressioni dei loro volti si leggevano impazienza e agitazione scritte a chiare lettere. Io incrociai le braccia al petto, sentendo improvvisamente un muro fra loro e me.

Perché, dopo tre anni, loro avevano un legame dal quale io ero escluso. Era andato tutto a puttane, per colpa sua.

Guardai Kai con gli occhi ridotti a fessure. «Ti sta bene guidare?»

«Perché dovrebbe darmi fastidio?».

Annuii mettendomi la mano in tasca per prendere le chiavi. «Procediamo, allora», dissi. «Siete pronti, ragazzi?».

Will si sollevò, guardandomi sorpreso. «La madre?».

Annuii ancora.

Scoccò un'occhiata a Damon, sorridendo.

«Quanto dobbiamo andarci pesante con lei?», chiese Kai, che tutto d'un tratto si era rimesso in gioco.

«Falla sparire del tutto», risposi. «Non voglio che Rika abbia nessun Fane da cui tornare. Andremo a Thunder Bay stasera».

«Andate voialtri», scherzò Damon, abbandonandosi all'indietro e portando le mani alla nuca. «Io resto qui a tenere d'occhio Rika. È più divertente guardare lei».

«Hai visto sua madre?», alzai le sopracciglia, accennando un sorriso divertito. Christiane Fane era ancora giovane, un bel pezzo di donna. Non bella come Rika, ma comunque aveva un suo perché. «Tu vieni con noi».

Non c'era alternativa, non mi fidavo a lasciarlo lì da solo con Rika.

Frugai nel taschino della giacca nera, da cui estrassi una bustina, lanciandola a Damon. Lui alzò la mano libera e la prese al volo, guardandosi attorno per accertarsi che nessuno lo vedesse.

La sollevò per esaminarne il contenuto. Anche Kai e Will sembravano interessati.

Improvvisamente, le labbra di Damon si tesero in un enorme sorriso. Mi guardò come se gli avessi dato il lasciapassare per una serata da sballo.

Sì, immaginavo che Damon sapesse cosa fosse. Depravato.

Il Roipnol era conosciuto come la droga dello stupro, veniva usato per rendere compiacenti le vittime e indebolirle in meno di quindici minuti. Sorprendentemente, non avevo avuto problemi a procurarmelo. Alcuni dei miei compagni di squadra si calavano sostanze illegali, per sballare o per pomparsi i muscoli, e mi era bastato entrare in contatto con qualcuno dei loro trafficanti per ottenere quelle pasticche.

Se non avessimo trovato la madre di Rika ubriaca come al solito, con una di quelle pasticche ci avrebbe lasciato fare senza metterci i bastoni fra le ruote.

«Dalle a me», Kai guardò intensamente Damon, tendendo la mano per farsi consegnare il sacchettino.

Damon sollevò un sopracciglio senza fare nulla.

«Adesso», insistette Kai, tenendo ancora la mano tesa.

Damon sorrise e aprì il sacchetto, mettendo una pasticca nella mano di Kai.

«Te ne serve solo una per la mamma. Queste cose sono piuttosto efficaci».

Will rise, scuotendo la testa, ma sembrava che non fosse divertito dalla battuta. Anche lui aveva dei limiti.

Non che Damon non ne avesse, era solo che non eravamo sicuri che ci fossero. Se l'avessimo visto usare una di quelle cose l'avremmo ucciso, ma in effetti non ci aveva mai dato l'impressione di non essere a tal punto fuori di testa.

Per il momento, avevamo adottato un atteggiamento del tipo "finché non lo vediamo, il problema non esiste".

Kai rimase con la pasticca in mano a fissare Damon, poi con uno scatto improvviso gli strappò il sacchetto dalle mani.

Damon rise, alzandosi per sistemare la giacca nera. «Era uno scherzo», grugnì. «Pensi davvero che abbia bisogno di violentare le donne?».

Kai si alzò in piedi facendosi scivolare in tasca il sacchettino.

«Be', è per quello che ti hanno sbattuto dentro».

«Oh, Gesù», sussurrai, passandomi la mano fra i capelli. «Ma cosa cazzo vi prende stasera?». Guardai Kai con tanto d'occhi, mentre Damon si preparava a colpirlo, la mascella tesa, gli occhi scuri pronti a farlo a pezzi.

Ma Kai non si ritrasse. Rimasero testa a testa, alla stessa altezza, a guardarsi fisso.

«Non l'ho violentata», sbottò Damon.

Scossi la testa. Perché diavolo Kai si metteva a fare sparate del genere?

«Lo sappiamo», risposi per Kai, allontanando Damon.

La ragazza era minorenne e Damon aveva diciannove anni. Non avrebbe dovuto farsela, ma non l'aveva nemmeno costretta.

Purtroppo la legge la pensava diversamente. I minori non potevano acconsentire a niente e Damon aveva solo fatto un gran casino. Ma non era violenza.

Kai fissò Damon e poi cedette, abbassando lo sguardo. «Scusa», disse senza fiato. «Sono solo nervoso».

Ero felice che l'avesse notato.

«Bene. Risparmiati per stanotte», dissi, afferrandolo per il collo e tirandolo a sé. «Il vostro incubo è finito, il suo sta per cominciare».

Il getto caldo della doccia mi colpì sulle spalle e sulla schiena. Chiusi li occhi cercando di annullare con lo scroscio dell'acqua i rumori degli altri giocatori nello spogliatoio.

Gli ultimi giorni erano stati uno schifo. Avevo fatto tutto il possibile per stare lontano dal Delcour, ci andavo solo per dormire. Ma era stata dura. Non avrei voluto essere in nessun altro posto.

Ci eravamo occupati della madre e non ci sarebbe voluto molto perché Rika se ne accorgesse. Ma incontrarla allo Hunter-Bailey quel giorno mi aveva fatto vacillare. Sapevo di dover mantenere le distanze per il momento.

L'unica cosa che avevo imparato su quello che serviva per essere forti era riconoscere e ammettere le proprie debolezze, e poi correggere il tiro. Non potevo starle vicino.

Non ancora.

Quando ero partito per il college, non era stato così difficile. Lontano dagli occhi, lontano dal cuore. Quantomeno non era più stata il mio chiodo fisso.

Ma sapere che adesso potevo incontrarla in ogni momento, abbassare gli occhi e osservarla dentro il suo appartamento, incrociare il suo sguardo mentre passavamo per l'ingresso… non avevo programmato come sarebbe stato vederla tutti i giorni. Averla vicina era una tentazione irresistibile.

Non aveva più sedici anni, e gli sforzi che avevo compiuto con me stesso per trattenermi non erano più necessari. Era una donna adesso, nonostante gli occhi nervosi, le labbra tremanti, nonostante facesse ben poco per dimostrarlo. Aspettare era un tormento.

Era solo a un piano di distanza e avevo le chiavi del suo appartamento che mi bruciavano nella tasca. Volevo metterla in ginocchio mentre mi prendevo quello che volevo, quando e con quanta *forza* volevo io. Stavo impazzendo.

«Merda».

Mi accorsi che mi stava venendo duro, abbassai lo sguardo e lo vidi dritto e pronto all'azione.

Oddio. Mi lasciai scappare un sospiro e chiusi la doccia, grato di essere solo lì dentro.

C'erano vari giocatori che bighellonavano nello spogliatoio. Uno degli assistenti dell'allenatore aveva programmato degli allenamenti straordinari con alcuni di noi, ma io me l'ero presa comoda, non avevo fretta di tornare a casa.

Mi avvolsi un asciugamano attorno alla vita, poi ne presi un secondo per asciugarmi il petto e le braccia mentre andavo all'armadietto. Dato che c'erano altri giocatori nei dintorni e che ce l'avevo ancora duro, mi misi l'asciugamano davanti. Non volevo attirare occhiate indiscrete.

Frugai nell'armadietto per prendere il telefono. C'erano alcuni messaggi dei ragazzi. Adesso che la madre di Rika era sistemata, scalpitavano in attesa del passaggio successivo.

Gettai l'asciugamano sul pavimento e mi infilai i boxer e i jeans, poi presi l'orologio e lo misi al polso. Il telefono cominciò a suonare. Risposi, dopo aver letto il nome sullo schermo. La mascella mi si contrasse per il fastidio. Parlare con mio fratello me le faceva sempre girare. Tuttavia, chiamava di rado, quindi la curiosità mi stuzzicava. Passai il dito sullo schermo per rispondere.

«Trevor», dissi, portandomi il telefono all'orecchio.

«Sai, Michael...», esordì senza nemmeno un "ciao". «Ho sempre pensato che questo legame fraterno che abbiamo prima o poi dovesse farsi sentire».

Socchiusi gli occhi, fissando il vuoto davanti a me mentre lo ascoltavo.

«Pensavo che forse crescendo avremmo avuto qualcosa di più in comune o ci saremmo scambiati più di qualche monosillabo», continuò. «Prima credevo fosse colpa tua. Eri freddo e distante e non mi hai mai dato una possibilità di fare il fratello».

Afferrai il telefono con la mano, impassibile. Le voci dei giocatori attorno a me sbiadirono.

«Ma poi sai che?», chiese, con durezza nella voce. «A sedici anni ho capito qualcosa. Non era colpa tua. Ti odiavo sinceramente come tu odiavi me. Per una... e una sola... ragione».

Strinsi i denti, sollevando il mento.

«Lei».

«Lei?», chiesi.

«Sai di chi sto parlando», disse. «Ha sempre avuto occhi solo per te, lei vuole te».

Sogghignai, scuotendo la testa. «Trevor, la tua ragazza è un problema tuo».

Non che fosse più la sua ragazza – avevo sentito che avevano rotto – ma mi piaceva pensare a lei come se fosse sua. Avrebbe reso la vendetta più dolce.

«Ma non è vero, no?», rispose. «Perché quando ero adolescente ho capito che non era solo lei a volere te. Anche tu volevi lei».

Mantenni lo sguardo fisso davanti a me.

«Tu la volevi», continuò, «e ti infastidiva che ci fossi io a metterti i bastoni fra le ruote, e ti faceva ancora più rabbia che fosse destinata a me. Non potevi essere mio fratello, perché avevo l'unica cosa che volevi tu». Fece una pausa e poi proseguì: «E io ti odiavo, perché l'unica cosa che avevo voleva te».

Il cuore prese a martellare.

«Quando è cominciata?», chiese, con tono incurante, mentre il mio stomaco si contorceva. «Quando eravamo bambini? Quando le sono venute le tette ti sei reso conto di quanto cazzo fosse bella? O forse… l'anno scorso quando ti ho detto che aveva la figa più stretta in cui mi fossi mai infilato?».

Strizzai il telefono nella mano.

«Non importa…», mi provocò. «In quello sarò sempre arrivato per primo».

Strinsi il pugno, sentendo dolore in ogni osso della mano.

«Quindi adesso ce l'hai lì al Delcour», proseguì, «finalmente è tutta per te e puoi prenderti tutte le libertà che vuoi. Ma ricorda che me la riprenderò, sarò io a metterle un anello al dito e ad averla per sempre».

«Pensi che questo mi faccia male?», sibilai.

«Non è a te che voglio far male», rispose. «Se quella zoccola apre le gambe per te, mi accerterò che il nostro matrimonio trasformerà la sua vita in un incubo».

Capitolo 8
Erika

Tre anni prima

Trevor non mi aveva detto una parola dopo essere venuto a recuperarmi alle catacombe. Aveva anche fatto lo stronzo in macchina, e l'unico motivo per cui me n'ero andata con lui era che avevo paura che lo dicesse a mia madre.

O peggio. Che lo dicesse alla signora Crist e mettesse Michael nei guai.

Michael. Sentivo ancora il calore della mano che mi aveva stretto quel giorno. Mi trovavo nella cucina dei Crist, intenta a sistemare il cibo sul vassoio, e intanto le immagini del pomeriggio scorrevano nella mia mente. Pensava veramente le cose che aveva detto quel giorno? Cosa sarebbe successo se non fosse entrato Trevor?

Feci un profondo respiro. Lo stomaco mi bruciava. Cosa sarebbe successo? Avrebbe voluto portare a termine quello che aveva cominciato?

Per la casa si diffusero le note di *The Vengeful One* dei Disturbed, forse provenivano dal campo di pallacanestro interno in cui Will, Damon, Kai e Michael giocavano e facevano i cretini. Era già buio, nel giro di poco sarebbero usciti per la serata.

Sentii vibrare il telefono, appoggiato sul bancone, lo guardai e lessi "mamma" sul display.

«Pronto», risposi, avvolgendo dell'alluminio attorno a un piatto che la signora Crist mi faceva portare a mia madre quando mangiavo da lei.

«Ciao, tesoro», disse sforzandosi di imprimere una nota di brio alla voce. Sapevo che la verità era un'altra, ma lei cercava di fingere che andasse tutto liscio, per il mio bene. Fra i tranquillanti che la rincitrullivano e il fatto che non usciva mai di casa, sapevo

110

che il senso di colpa che cresceva dentro di lei stava diventando più forte della depressione.

«Fra poco arrivo a casa», le dissi, ringraziando con un cenno la signora Haynes, la cuoca dei Crist, e posando il vassoio sul bancone, mentre uscivo dalla cucina. «Ti va un film stasera? Potremmo riguardare *Thor*. So che ti piace il suo martello».

«Rika!».

Feci una risata nasale, entrando in sala da pranzo, dove il tavolo era già apparecchiato per la cena. «Be', allora scegli un nuovo film da scaricare», le proposi. «Non abbiamo ancora mangiato, ma finita la cena, mi cambio e vengo a casa. Ti porto un piatto».

Anche se sapevo che non l'avrebbe quasi toccato. Mangiava come un uccellino.

Trevor mi aveva lasciata a casa nel primo pomeriggio, ma dopo aver controllato la mamma, ero uscita di nuovo diretta a casa Crist per la cena. Mia madre era sempre la benvenuta, ovviamente, ma io ero l'unica che si unisse a loro. Nessuno voleva che mangiassi da sola, quindi mia mamma, per senso di colpa, mi permetteva di mangiare lì, fra chiacchiere e risate. I Crist potevano darmi qualcosa che lei non riusciva a darmi.

O che si rifiutava di darmi.

Col tempo, però, il bisogno di stare lì si era fatto più forte, non tanto per la cena o per giocare ai videogiochi con Trevor.

Era più che altro per il rumore lontano del pallone da pallacanestro che rimbalzava sul pavimento in un angolo della casa, o per il modo in cui il mio corpo vibrava e veniva percorso dai brividi ogni volta che lui entrava in una stanza. Mi piaceva stare lì solo quando c'era lui, nonostante Trevor fosse sempre più possessivo.

Sentivo mia madre sospirare, mentre mi avvicinavo allo specchio appeso al muro.

«Sto bene», finse. «Non mi serve del cibo stasera. Esci con i tuoi amici, per favore».

Aprii la bocca per parlare, ma poi il pulsare monotono della musica improvvisamente si spense. Guardai verso la porta della sala da pranzo: da un altro angolo della casa proveniva il suono di voci e risate, che si faceva sempre più vicino.

Guardai nello specchio, poi mi sistemai il colletto dell'uniforme della scuola, assicurandomi che la cicatrice fosse in gran parte coperta.

«Non voglio uscire», dissi andando verso il tavolo e sedendomi.

«*Io* voglio che tu esca».

Mi allungai per prendere un panino e metterlo nel piatto prima che se li prendessero tutti i ragazzi. «Mamma...», feci per protestare.

Ma lei mi interruppe. «No», disse, sembrava insolitamente severa. «È venerdì sera. Vai a svagarti un po'. Sarà divertente».

«Ma...», lasciai la frase in sospeso, scuotendo la testa. Tutt'a un tratto stava cercando di comportarsi da mamma? Sapeva fin troppo bene che uscivo, solo non quanto avrebbe voluto lei.

«Va bene», biascicai. «Chiamo Noah e vediamo...», poi mi fermai, sentendo un rombo di tuono lungo il corridoio.

Il cuore prese a battermi più forte. Voltai la testa in direzione del rumore. Voci, risate, un paio di ululati, il pavimento sotto i miei piedi vibrava.

Strinsi il telefono nel palmo della mano, parlando in fretta. «Bene», risposi. «Vedo cos'ha in programma Noah, ma se sarai costretta a tirarmi fuori di prigione o se torno a casa incinta, è solo colpa tua».

«Mi fido di te», rispose, divertita. «E ti voglio bene».

«Anch'io ti voglio bene», e riattaccai, posando il telefono sul tavolo.

Trevor fu il primo a entrare nella sala da pranzo. Era stato nella stanza della TV, probabilmente si aspettava che andassi da lui, come facevo spesso. Pensava di avere tutte le ragioni per arrabbiarsi, ma nonostante quello che credeva ci fosse fra di noi, eravamo ancora solo amici. Non aveva il diritto di portarmi via di lì quel pomeriggio, ed ero stanca che facesse sempre delle scenate con tutti, come se gli appartenessi.

Prese posto accanto a me, come sempre, scostando una sedia e lasciandosi cadere sopra. Subito cominciò a riempirsi il piatto di cibo.

Poi entrò la signora Crist, con una gonna da tennista e una polo bianca. Probabilmente veniva direttamente dal club. Mi sorrise e mi toccò la spalla prendendo posto. «Come sta Christiane?», chiese.

Annuii, sistemando il tovagliolo sulle gambe. «Bene, ci stiamo guardando tutti i film di Chris Hemsworth».

Rise e cominciò a servirsi, mentre delle voci squillanti riempivano la stanza.

Sentii Will che diceva: «È già buio fuori». Sembrava a corto di fiato.

Sollevai lo sguardo e vidi Michael e tutti i suoi amici invadere la sala da pranzo. Il mio cuore perse un battito. Ero tesa, come se quell'enorme stanza si fosse ridotta a un decimo della superficie con i loro possenti corpi a riempire lo spazio.

Erano sudati e avevano il respiro affannoso. Venivano dal campo interno, che era stato aggiunto alla casa per il quattordicesimo compleanno di Michael, quando sua madre aveva capito che non scherzava con la pallacanestro e suo padre aveva ceduto. Adorava giocare, con gran disappunto del signor Crist.

«Non correre tanto». Damon spinse in avanti la testa di Will mentre camminava dietro di lui. «Voglio godermi la serata».

Si avvicinarono al tavolo, torreggiando su di noi, poi presero i piatti – Michael lasciò cadere la palla sul pavimento, e quella rotolò fino alla parete accanto al camino – e li caricarono di cibo come lupi, dimenticandosi di tutti noi che aspettavamo di vedere quante briciole avrebbero lasciato.

«Rika, prendi il latte», sussurrò in modo perfettamente udibile la signora Crist. Io la guardai, poi entrambe sorridemmo. Era uno scherzo fra di noi: diceva alla cuoca di comprare il latte al cioccolato per me, ma finiva sempre per sparire prima che riuscissi a prenderne un bicchiere.

Allungai il braccio, con gesto rapido stappai la confezione e mi versai un bicchiere di latte, prima di rimetterla a posto.

«Dov'è papà?», chiese Trevor.

«Ancora in città, purtroppo», rispose la madre.

«Sì, certo».

A quelle parole, sollevai lo sguardo: Michael svettava come un grattacielo mentre afferrava la bottiglia di latte al cioccolato davanti a me.

Non era un segreto che il loro padre avesse più donne. Be', era il segreto di Pulcinella. Qualcosa che tutti sapevano, ma di cui nessuno parlava. Compreso Michael. Sua madre era l'unica persona che di certo non avrebbe mai voluto ferire, ed ecco il motivo per cui quel commento sarcastico l'avevo sentito solo io.

«Oh, sì», Will si avventò sul vassoio di patate dolci che la signora Haynes aveva preparato cacciando nel piatto un mucchio di cibo molliccio.

«Passamene due». Damon porse il piatto a Kai che prese le uova alla diavola.

Non avevano intenzione di sedersi, quindi probabilmente volevano portarsi i piatti nella stanza della TV per stare da soli. Di sicuro dovevano decidere cosa fare per la serata.

Ma non andarono lontano.

«Michael? Adesso vi sedete tutti», ordinò la signora Crist puntando il dito.

I ragazzi si fermarono scambiandosi dei sorrisi, poi si misero a sedere, ubbidienti. Michael prese il posto di suo padre, a capotavola, gli amici alla sua destra, Trevor e io a sinistra.

Tutti si sistemarono.

«Voglio essere sicura di non dovermi preoccupare stasera», avvertì la signora Crist, poi afferrò la forchetta e fece correre lo sguardo su tutti i ragazzi.

Michael scosse le spalle, stappò il mio latte al cioccolato e bevve dalla bottiglia senza risponderle.

«Non abbiamo altra scelta se non quella di tenere un profilo basso», si intromise Kai, con una vena di umorismo nella voce. «Michael perderebbe il posto nella squadra se finissimo sui giornali».

«Un'altra volta», commentò Will, con l'orgoglio negli occhi verdi, prima di portare alla bocca una forchettata di patate.

Mentre altri ragazzi di solito passavano la Notte del Diavolo avvolgendo le case di carta igienica, infilando chiodi negli pneumatici e spaccando zucche nelle strade, si diceva che i Cavalieri andassero un po' oltre con i loro scherzi.

Incendi, irruzioni, vandalismo e distruzione di proprietà: giravano leggende di ogni genere sul loro conto, anche se non c'erano mai prove dei loro misfatti, visto che avevano sempre il volto coperto dalle maschere.

Ma noi sapevamo chi erano i colpevoli. E forse questo valeva anche per i poliziotti. Ma quando nasci con la benedizione di avere il nome giusto, e i soldi, li usi.

Damon Torrance, figlio di un magnate della stampa.

Kai Mori, figlio di una signora dell'alta società e di un banchiere.

Willam Grayson III, nipote del senatore Grayson.

E Michael Crist, figlio di un imprenditore del settore immobiliare.

I ragazzi odiavano la rigidità e le aspettative dei genitori, ma di certo stare protetti sotto la loro egida era una bella comodità per loro.

«È bello tornare a casa?», chiese la signora Crist mentre infilazava una foglia di insalata. «So che dev'essere difficile stare divisi al college».

«È difficile», le rispose Will, pensieroso. «Ma mi basta chiamare uno dei ragazzi quando ho bisogno di farmi consolare».

Strinsi le labbra per nascondere il sorriso, mentre Damon grugniva dall'altra parte del tavolo.

«In realtà», esordì Kai, accasciandosi sulla sedia. «Sto pensando di trasferirmi alla Westgate. Mi annoio a Braeburn. La Westgate ha una squadra di nuoto molto più valida, quindi…».

«Benissimo», si intromise Trevor, «così tu e Michael potrete continuare la vostra storia d'amore».

«Ah», tubò amorevolmente Will guardando Trevor oltre il tavolo. «Ti senti escluso? Vieni qui, bel faccino. Ti darò tutto il mio affetto», e con queste parole allontanò la sedia battendosi la coscia per farsi segno a Trevor di andare a sedersi in braccio a lui.

Risi, chinando la testa e sentendomi un paio di occhi addosso. Probabilmente erano quelli di Trevor.

Presi la forchetta per cominciare a mangiare, ignorando Trevor, che non sopportava gli amici di Michael più di quanto tollerasse il fratello.

Sollevai lo sguardo e vidi la signora Haynes dalla porta della cucina con il telefono in mano, intenta a comunicare silenziosamente con la signora Crist.

«Scusate un momento», la signora Crist si alzò, spinse via la sedia e si allontanò dal tavolo per sparire oltre la porta.

Non appena fu uscita, Trevor si alzò dalla sedia e, quando sollevai lo sguardo, vidi che stava guardando il fratello in tralice.

«Stai lontano da lei», ordinò.

Rimasi a occhi chiusi, col mento abbassato. Avevo le guance in fiamme per l'imbarazzo, sentivo tutti gli occhi puntati su di me.

Gesù, Trevor.

Per qualche istante nessuno disse niente e io tornai a fissare il piatto, ma a giudicare dall'immobilità e dal silenzio che regnavano nella stanza, tutti erano in attesa che Michael replicasse.

«Lei chi?», lo sentii domandare infine.

Io deglutii, sentendo un paio di risatine levarsi dal tavolo.

«Rika», ringhiò Trevor. «È mia».

Michael inspirò e rise. Poi, con la coda dell'occhio, lo vidi tirare indietro la sedia per alzarsi. Gettò il tovagliolo sul piatto e prese il latte.

«Chi?», chiese di nuovo.

Will chinò la testa e le risate furono più forti stavolta, gli facevano vibrare tutto il corpo. Sollevai lo sguardo, vedendo Damon con un largo sorriso e l'aria compiaciuta.

Avrei voluto ripiegarmi su me stessa e scomparire. Mi sentivo punta sul vivo.

Forse dovevo averli fatti ridere quel giorno. Ero stata una distrazione momentanea per Michael, e poi ero tornata a essere nient'altro che un ostacolo da rimuovere quando ci incontravamo in giro per casa.

La rabbia di Trevor era palpabile. Fissai tutti loro, mentre si alzavano dalle sedie, ridendo e gongolandosi, e uscivano dalla sala da pranzo dietro a Michael.

Non sapevo con chi fossi più arrabbiata: se con Trevor o con loro. Se non altro sapevo cosa voleva Trevor. Non mi faceva lambiccare il cervello.

Trevor tornò a sedere, con il petto che si alzava e si abbassava per il respiro affannoso.

Allontanai il piatto, non avevo più fame. «Trevor...», esordii, mi sentivo in colpa, ma non sapevo quali carte giocare con lui.

«Non sono tua, non sono di nessuno».

116

«Te lo scoperesti in un batter d'occhio se solo ti degnasse di uno sguardo».

Mi accigliai e strinsi la mascella. Ero stufa di essere comandata a bacchetta. Spostai la sedia, mi alzai di scatto e volai fuori dalla sala da pranzo.

Gli occhi mi bruciavano dalla rabbia. Oltrepassai l'ingresso notando la porta del garage aperta. Alzai lo sguardo e vidi Michael lanciare a Kai una sacca nera, che venne prontamente sistemata sulla Classe G.

Mi guardò di sottecchi, ma distolse subito lo sguardo, continuando a caricare l'auto come se io non fossi presente.

Salii di corsa le scale fino alla mia camera. Sbattendomi la porta alle spalle, respirai a fondo, tremante. Passai le dita fra i capelli e intanto mi sforzavo di non piangere.

Dovevo uscire di lì.

Casa Crist stava diventando una gabbia. Dovevo costantemente respingere un fratello e al tempo stesso ostentare indifferenza verso l'altro. Avevo bisogno di svagarmi.

Noah... con ogni probabilità avrebbe fatto un salto al magazzino quella sera. L'avrei chiamato per sapere a che ora ci sarebbe andato.

Mi sfilai le scarpe basse e la divisa della scuola, aprii un armadio e prelevai dei vestiti che tenevo lì. Mi slacciai il reggiseno lasciandolo per terra.

Brividi di freddo percorsero la mia pelle, così mi misi addosso in tutta fretta una canotta e un paio di jeans. Avrei solo voluto mettermi a urlare a pieni polmoni.

Stronzi. Tutti quanti.

Infilai un paio di scarpe da ginnastica e presi la felpa nera col cappuccio dal gancio dell'armadio, poi scesi di corsa le scale, sentendo lo scroscio della doccia nel bagno mentre passavo lì accanto. Probabilmente i ragazzi si stavano preparando per uscire.

Prelevai il telefono e le chiavi dal tavolino dell'ingresso e uscii dalla porta principale, sollevando il cappuccio e infilando le mani nella tasca davanti della felpa.

Era solo il 30 ottobre, ma il freddo era già pungente. Quasi tutti gli alberi erano spogli e le foglie marroncine, arancio, gialle e ros-

117

se erano cadute a formare un tappeto sul prato. La signora Crist non le faceva mai rimuovere ai giardinieri, perché quello sarebbe stato l'ultimo accenno di colore prima che la neve cadesse, il che sarebbe successo nel giro di qualche settimana.

Il freddo mi investì e, mentre camminavo lungo il vialetto, mi calmai a poco a poco.

I rami si piegavano su di me, come vene che attraversavano il cielo, e si fondevano a creare un tetto spoglio, secco, su un vialetto che sembrava appena uscito da un film di Tim Burton. Mi aspettavo quasi che dal suolo si levasse una nebbia inquietante, pronta a divorarmi.

Le zucche di Halloween che costeggiavano il vialetto gettavano una luce fioca tutt'intorno. Respirai l'odore di legno bruciato che veniva da chissà dove. C'erano molti falò accesi quella sera; tutti i ragazzi si divertivano, vittime o artefici di qualche scherzo.

C'erano anche delle feste, e sperai che Noah avesse qualcosa di divertente in programma per la serata. Avevo bisogno di distrarmi.

Quando raggiunsi l'imponente cancello, infilai le chiavi nella porta adiacente, dalla quale si poteva entrare o uscire a piedi senza bisogno di disturbare Edward, il maggiordomo. La usavo spesso, perché casa mia era abbastanza vicina da poterci andare a piedi. Anche Michael la utilizzava per uscire a correre.

Chiusi il cancellino – che si bloccò automaticamente alle mie spalle – voltai a sinistra e proseguii verso casa tenendomi a bordo strada.

I capelli scivolarono fuori dal cappuccio, e mentre correvo sull'asfalto nero, presero a ciondolare da una parte all'altra del petto. L'oscurità era profonda, ma le strade non erano completamente buie. Dalla parte opposta del muro di pietra c'erano le lanterne di villa Crist e, di lì a poco, le luci di casa casa avrebbero alleviato la paura di trovarmi lì fuori da sola. E lo sconforto di sapere che sull'altro lato della strada, a destra, c'era solo una foresta.

Quando hai paura, i sensi si fanno più acuti. Le lucciole nella notte potrebbero sembrare un paio d'occhi, e il vento fra gli alberi potrebbe essere scambiato per un sussurro. Accelerai il passo, sentendo la morsa del freddo attraverso i jeans.

Con lo sguardo fisso sulla strada buia, vidi delle luci illuminare l'asfalto. Mi voltai. Un'auto rallentò, prima di fermarsi alle mie spalle.

Aggrottai le sopracciglia, con il cuore che batteva sempre più forte nel petto, e cominciai a indietreggiare.

Cosa stavano facendo? Erano dal lato sbagliato della strada.

Mi morsi il labbro inferiore, tenendo la mano sugli occhi per ripararli dalla luce accecante dei fari. Continuai a indietreggiare, pronta a scattare in caso di necessità, ma mi bloccai vedendo la portiera del conducente aprirsi e un paio di stivali neri piombare sull'asfalto.

Michael si fermò davanti ai fari, con indosso i jeans e la stessa felpa con il cappuccio che avevo notato nel pomeriggio.

Cosa stava facendo?

«Sali in macchina», ordinò.

Lo stomaco mi si strinse di fronte a quell'ordine. *Entrare nella sua macchina?*

Portai lo sguardo sui finestrini e all'interno riconobbi le sagome scure di Kai, Will e Damon.

Mi preparai a dare battaglia. Quel giorno Michael mi aveva già strapazzata abbastanza. Finalmente mi aveva detto più di due parole, poi però aveva cambiato atteggiamento e a tavola si era comportato come se non sapesse nemmeno come mi chiamavo.

«Non preoccuparti», dissi senza fare nulla per celare l'astio. «Torno da sola».

E gli voltai le spalle, diretta a casa.

«Non abbiamo intenzione di portarti a casa», disse con voce cupa.

Smisi di camminare e mi girai verso di lui, con il cuore che batteva all'impazzata. I suoi capelli castano chiaro, ancora umidi per la doccia, brillavano sotto la luce. Nei suoi occhi c'era un lampo di sfida.

Girò sui tacchi, si avvicinò alla portiera del passeggero dietro il posto del conducente e la aprì.

Mi voltai del tutto per guardarlo negli occhi.

La sua voce era morbida e sensuale. «Sali».

Conficcai le unghie nelle cosce, cercando di non dare a vedere quanto mi rendesse nervosa la presenza di quattro uomini, tutti oltre il metro e ottanta, nell'abitacolo scuro del SUV di Michael.

Lui era davanti a me e guidava, mentre Kai gli stava di fianco sul sedile del passeggero. Will era seduto alla mia destra. Sentivo il suo sguardo addosso.

Ma era Damon, dietro di me, che mi faceva rizzare i peli del collo. Cercai di ignorare la tensione, senza riuscirci. Quindi portai appena il mento sulla spalla e lo guardai, accomodato nel posto aggiuntivo dietro di me.

Provai subito il desiderio di nascondermi.

Aveva gli occhi smorti fissi su di me, mentre il fumo usciva lentamente dalle sue labbra restando sospeso sopra di lui. Mi faceva gelare il sangue con la sua calma. Le sue braccia ricadevano libere oltre la parte posteriore del sedile. Abbassò il mento per sostenere il mio sguardo.

Mi voltai subito, vedendo Will di fianco a me che masticava una gomma e mi sorrideva come una merda arrogante, perché sapeva che stavo per farmela addosso.

Mi chiesi se sapessero perché Michael mi avesse fatta salire.

Le casse diffondevano le note di *Let the Sparks Fly* dei Thousand Foot Krutch. La musica mi straziava i timpani, ma mi costrinsi a stare calma e respirare profondamente.

Continuammo la corsa oltre i ristoranti e i locali dove si riunivano gli adolescenti del luogo, e proseguimmo in direzione della campagna. Dopo venti minuti di silenzio rotto solo dalla musica, Michael spense la radio e risalì una buia strada sterrata, il SUV che si inclinava leggermente per farsi strada fra gli alberi.

Dove diavolo stavamo andando?

Non eravamo più a Thunder Bay, ma non eravamo nemmeno tanto lontani dalla città. Non ero mai stata lì, non avevo mai frequentato le comunità al di fuori della nostra.

Will si chinò ad armeggiare fra le sue gambe, dov'era posata una sacca nera, estraendo le maschere dal suo interno.

Lo vidi lanciare a Damon quella nera, poi toccò Kai sulla spalla per passargli quella color argento, infine appoggiò quella rossa di Michael sul cruscotto fra sé e Kai.

Will mi sorrise, con un lampo diabolico negli occhi, prima di mettersi l'orrida maschera bianca sul viso.

Gesù, cosa stavamo facendo?

Pregai di non essere costretta a guardare mentre attaccavano qualche povero ragazzo che aveva fatto l'errore di offenderli o di non essere costretta ad assisterli mentre rapinavano un negozio di gioielli. Non che mi avessero mai raccontato cose simili, ma proprio non avevo idea di cosa avessero in mente.

Però sapevo con certezza che non si sarebbero limitati a coprire un'auto di carta igienica o un cartello stradale di vernice.

Ma forse non c'era nessun "noi", forse non volevano che facessi proprio niente insieme a loro. Chi sapeva perché ero lì? Forse ero il loro lasciapassare. Forse il palo.

Forse la preda.

«Ehi, Michael», disse la voce velata di Will. «Lei non ha la maschera».

Sollevai di scatto gli occhi sullo specchietto retrovisore, incrociando lo sguardo di Michael, che sfoggiava un sorrisetto sul viso.

«Oh-oh», sfotté lui, e Kai al suo fianco rise. Incrociai le braccia al petto, cercando di non lasciar trasparire la tensione.

Ci fermammo su quella che sembrava una via abbandonata. Sbirciai fuori dai finestrini e vidi delle vecchie casette – diroccate, cadenti, buie – con le finestre rotte e i tetti che andavano a pezzi.

«Che posto è questo?», chiesi mentre Michael usciva dall'auto.

Il corpo massiccio di Damon sbucò da dietro, per seguire Will fuori dall'auto, e prima che potessi capire cosa stava succedendo, mi ritrovai sola.

Quando mi voltai, li vidi entrare nel prato abbandonato antistante a una casa, e notai che anche Michael aveva indossato la maschera.

Dov'era la gente del posto? Quella sembrava solo una piccola comunità disabitata, allora perché indossare le maschere?

Esitai un momento, prima di fare un sospiro e aprire la portiera. Avevo il cappuccio sulla testa, ma lo tirai ancora un po' più giù per coprire gli occhi, non si sa mai.

Una leggera brezza mi soffiò fra i capelli mentre giravo attorno all'auto, a quel punto sollevai lo sguardo e vidi Will trascinare la sacca dentro una casa, seguito da Damon e Kai.

Non c'era la porta.

Infilai le mani nella tasca centrale della felpa e mi fermai accanto a Michael, intento a guardare la costruzione fatiscente. Aveva il cappuccio tirato a coprirgli i capelli e il profilo rosso della maschera si intravedeva solo grazie alla pallida luce della luna. Dall'interno della casa provenivano scintille di luce. I ragazzi dovevano avere delle torce.

Strinsi la scatolina che avevo in tasca, sentendo i fiammiferi tintinnare. Avevo dimenticato di averceli messi l'ultima volta che avevo indossato quella felpa.

Michael voltò la testa e chinò lo sguardo su di me, gli occhi ridotti a cavità nere che si distinguevano a malapena. Avevo il cuore in gola. Avevo la sensazione di essere stata rivoltata come un calzino.

Quella maledetta maschera.

Infilò la mano nella mia tasca e io tolsi la mia, chiedendomi cosa intendesse fare. Prese i fiammiferi e li tenne sul palmo.

«Perché hai portato questi?», chiese. Doveva aver sentito che stavo armeggiando con qualcosa dentro la tasca.

Mi strinsi nelle spalle, riprendendomi la scatola. «Mio padre portava a casa le scatole di fiammiferi dei ristoranti e degli alberghi quando andava via per lavoro», gli dissi aprendo la scatola e portandola al naso. «Ha cominciato a piacermi l'odore. È come...».

Senza pensarci, chiusi gli occhi e inalai profondamente, l'odore di zolfo e fosforo mi fece immediatamente sorridere.

«Come cosa?».

Chiusi la scatola e sollevai lo sguardo, sentendomi inspiegabilmente sollevata. «Come la mattina di Natale e i fuochi d'artificio insieme. Ho conservato con cura la sua collezione dopo che...».

Dopo che è morto.

Avevo conservato in una scatola da sigari tutte le scatolette di fiammiferi, ma avevo cominciato a portarne una con me dopo che era morto.

La riposi nella tasca, e mi accorsi che non l'avevo mai detto a nessuno prima.

Sbirciai il suo viso, socchiudendo gli occhi. «Perché hai portato anche me stasera?».

Lui guardava davanti a sé, continuando a fissare la casa. «Perché dicevo sul serio oggi alle catacombe».

«Stasera a cena non sembrava affatto così», gli feci notare. «Ti conosco da una vita e ti comporti come se sapessi a malapena il mio nome. Cos'avete tu e Trevor? Ho la sensazione che...».

Fissava avanti, immobile. «Che?».

Abbassai lo sguardo, sovrappensiero. «Che abbia qualcosa a che fare con me».

Michael finalmente quel giorno mi aveva notata. Mi aveva detto cose che avevo solo sognato di sentirmi dire, e le sue parole avevano espresso tutto ciò che sentivo io.

E poi a cena, con Trevor, si era ritirato di nuovo nel suo guscio. Proprio come il vecchio Michael. Era come se per lui io non fossi nemmeno lì. Forse questo aveva a che fare con il motivo per cui lui e Trevor non erano mai andati d'accordo?

Ma poi scossi la testa. *No.* Sarebbe stato ridicolo. Non ero così importante per Michael. I problemi che aveva con Trevor derivavano da qualcos'altro.

Rimase zitto, senza rispondere. Avevo le guance in fiamme per l'imbarazzo. Non avrei dovuto dire quelle cose. Dio, ero una ragazzina stupida.

Non aspettai che mi rispondesse o continuasse a ignorarmi. Percorsi la breve salita fino al cortile e salii sulla veranda, che sentii gemere come un animale agonizzante sotto il nostro peso quando anche Michael mi seguì. Non indugiai prima di entrare in casa. Vidi i ragazzi che muovevano le torce ed esploravano le stanze.

Un acre odore di marcio mi colpì le narici. Sbattei le palpebre mentre facevo correre lo sguardo sulla vecchia casa.

Era un posto invivibile.

Mobili antiquati, macchiati e rotti, sparsi ovunque. Frammenti di legno ammassati negli angoli. Forse un tempo erano stati delle sedie e mobilio d'altro genere, ma ora sembravano buoni solo come legna da ardere.

Tutte le finestre che riuscii a scorgere erano spaccate. Abbassai

123

lo sguardo e vidi spazzatura e pozze sul pavimento, fra fialette di vetro, tubicini e aghi.

Strinsi le labbra, odiavo già quel posto.

Perché Michael avrebbe desiderato venire lì? Non potevo negare che tutto ciò che era cupo e pericoloso esercitasse un certo fascino su di me, ma che dire di quei vecchi materassi lerci sul pavimento, macchiati con chissà che fluido, e degli aghi sporchi in ogni angolo? Quel posto era orrendo. Non volevo restarci.

Inclinai la testa, guardando davanti a me. Vidi una porta aperta più avanti. Quando la torcia di uno dei ragazzi danzò per la stanza, intravidi della vernice a spruzzo su un muro bianco oltre la soglia. Somigliava all'entrata di una cantina.

Ero assolutamente certa di non voler andare nemmeno lì.

Ma poi avanzai piano e un corpo mi passò accanto sfiorandomi la spalla.

«Non dovresti stare qui dentro», avvertì Will, oltrepassandomi e guardandomi da sopra una spalla. «Non è un posto sicuro, questa casa. Qui una ragazza è stata aggredita qualche mese fa».

«Violentata», mi informò Damon, voltandosi per guardarmi negli occhi. Indietreggiai all'istante.

«L'hanno drogata e portata al piano di sotto», piegò la testa a indicare lo scantinato, con gli occhi che brillavano.

Il mio respiro vacillava mentre ingoiavo il nodo in gola.

Una ragazza era stata violentata lì? Aggrottai le sopracciglia, la paura mi fece accelerare il respiro.

«Sì», sentii la voce di Kai alle mie spalle. «L'hanno legata, spogliata... non ti so dire quanti ragazzi se la sono fatta. Si mettevano in fila aspettando il loro turno».

Mi voltai di scatto e arretrai nella direzione opposta, mentre Kai si avvicinava con una strana espressione negli occhi.

Poi, però, urtai contro qualcun altro alle mie spalle e mi bloccai. Era Will, con gli occhi verdi accesi come braci e la testa inclinata verso di me a mo' di sfida.

Che cazzo stavano facendo?

Mi girai di nuovo alla velocità della luce e mi accorsi che anche Damon si stava avvicinando, gli occhi scuri ridotti a due buchi neri dietro la maschera.

Kai distolse lo sguardo da me e chiese a Will: «Non credo nemmeno che li abbiano presi tutti, vero?»

«No», replicò Will con fare scherzoso, «penso che qualche stupratore sia ancora a piede libero».

«Per essere precisi, ce ne sono in giro ancora quattro».

Udii la minaccia di Michael, e di colpo mi concentrai su di lui, spalancando gli occhi. Anche lui mi venne incontro. La gabbia era al completo.

Merda. I polmoni si svuotarono, il cuore prese a battermi all'impazzata nel petto. Con la coda dell'occhio colsi il materasso sporco sul pavimento.

Fui sopraffatta da un senso di nausea.

Ma poi, all'improvviso, tutti scoppiarono a ridere; sollevai lo sguardo e vidi i loro corpi scossi dalle risa mentre insieme si allontanavano da me.

«È solo una casa di drogati, Rika», mi rassicurò Michael, «non ci hanno violentato nessuno, stai calma».

Mi stavano prendendo in giro? Incrociai le braccia al petto, guardandoli in tralice.

Che stronzi.

Avevo lo stomaco annodato. Inspirai profondamente un paio di volte per calmare i nervi.Li vidi spruzzare cherosene sulle pareti e sui pavimenti, tutto attorno ai detriti, e anche se non ci voleva un genio per capire cosa avessero in mente, tenni per me la preoccupazione. Non ero sicura che mi sarei divertita, ma non volevo piantare grane o cercare di fermarli, perdendo quello spazio che mi ero in qualche modo ritagliata.

Non ancora, se non altro.

«Fuoco», gridò Michael. «È arrivato il momento di fare piazza pulita di tutta questa spazzatura».

Ciascuno di loro venne a mettersi accanto a me, ciascuno con il viso rivolto verso l'interno della casa. Li vidi accendere i fiammiferi. Il bagliore delle fiammelle illuminò le loro maschere.

Quelle scintille si riflettevano negli occhi nocciola di Michael, e il mio cuore perse un battito.

Scavai nella tasca intermedia e ne estrassi la scatola. Accesi un fiammifero, e la fiamma consumò subito la punta.

Sorrisi tra me, quando guardandomi attorno vidi la sporcizia sparsa sul pavimento; pensai a tutte le brutte cose che probabilmente erano accadute in quella casa. Data la quantità di residui di farmaci sparpagliati tutt'intorno, immaginavo che si fosse consumata anche della violenza. Abusi sulle persone. Forse sui bambini.

Voltai la testa a destra e vidi Michael che mi guardava. A sinistra, vidi che anche Kai e Damon mi stavano fissando. Will aveva un cellulare, chiaramente voleva filmare quello che stava per succedere.

Avevo lo sguardo fisso davanti a me, sapevo cosa stavano aspettando.

Lanciai il fiammifero, e la fiammella si trasformò in una fiammata alta più di un metro che andò a colpire la parete. Feci un grosso respiro sentendo il calore contro il corpo.

Tutti i ragazzi lanciarono i fiammiferi, e la casa divenne un inferno di giallo e rosso. Il calore mi inondò le vene. Sorrisi.

«Spettacolo!», ululò Will sommessamente, filmando ogni centimetro del salotto avvolto dalle fiamme.

Lentamente, ci voltammo tutti per uscire dalla casa. Damon reggeva la sacca che aveva portato dentro Will, che ora aveva le mani troppo occupate a filmare lo spettacolo.

Avrebbe dovuto farlo? Non è proprio una grande idea registrare delle prove quando infrangi la legge.

«Fai quella telefonata».

Sollevai lo sguardo e vidi Michael passare a Kai un telefono mentre scendevamo le scale.

Kai lo prese e si allontanò, io mi guardai rapidamente attorno, tenendo la testa bassa per accertarmi che non ci fossero testimoni.

Il quartiere sembrava ancora privo di vita.

Vidi Kai avanzare di qualche metro e sollevare la maschera parlando al telefono.

«Sai già cosa vuoi fare?», chiese Michael a Will.

Lui spense il telefono e interruppe le riprese, poi se lo mise in tasca. «Non ancora», rispose mentre Damon lo oltrepassava e buttava la sacca nell'auto di Michael.

«Bene, faremo Kai, poi Damon», gli disse Michael, «nel frattempo scegli».

Scegli?

E poi capii. Kai, Damon e Will. Questo significava che Michael aveva già fatto il suo scherzo.

Mi voltai a fissare la casa, le fiamme erano già visibili dalle finestre del piano superiore.

«Quindi ognuno di voi sceglie uno scherzo per la Notte del Diavolo e questo era il tuo», affermai quando finalmente capii di cosa stessero parlando. «Perché?».

I suoi occhi incontrarono i miei attraverso la maschera e mi chiesi perché non la togliesse mai. Gli altri l'avevano levata adesso che la bravata era stata portata a termine.

«Non mi piacciono le droghe o le case dei drogati», ammise. «Le droghe sono una stampella per gente troppo ignorante per autodistruggersi in modo autonomo».

Mi accigliai. «Che cosa vuoi dire? Prima di tutto, perché una persona vorrebbe autodistruggersi?».

Michael sostenne il mio sguardo e pensai che stesse per rispondere alla mia domanda, invece mi girò attorno per salire in macchina.

Scossi la testa, delusa, perché, a quanto pareva, non avevo capito cosa volesse dire.

«Andiamo», tuonò, e tutti risalirono in macchina. Gettai un'ultima occhiata alla casa, vedendola stagliarsi luminosa contro il cielo notturno e sorrisi, sperando che Kai al telefono avesse chiamato i vigili del fuoco.

Montò al posto del conducente e io aprii la portiera dietro di lui, pronta a sedermi al mio posto, ma fui sospinta all'indietro mentre la portiera veniva chiusa davanti ai miei occhi.

Il respiro si bloccò in gola. L'ultimo mio ricorso sarebbe stato che ero andata a sbattere con la schiena contro l'auto.

«Perché ha portato anche te?».

Damon mi guardò torvo e io tentai di leggere l'espressione del suo viso, con il cervello in confusione.

«Come dici?», balbettai.

«E perché ti ha portata alle catacombe oggi?».

127

Ma che problemi aveva?

«Perché non lo chiedi a lui?», ribattei. «Forse si annoia».

Mi fissava, gli occhi come due fessure. «Di cosa avete parlato oggi?».

Cosa cazzo voleva?

«Metti sotto torchio tutti quelli con cui parla Michael?», attaccai.

Le sue parole mi colpirono al viso come pallottole quando ringhiò con un filo di voce: «Non l'ho mai visto tenere la manina a qualcuno durante un'orgia, né portare un intruso alla Notte del Diavolo. È una cosa nostra, quindi tu cosa ci fai qui?».

Rimasi zitta, i denti stretti. Non avevo idea di cosa dire o cosa pensare. Avevo l'impressione che Damon, Will e Kai fossero stati d'accordo quando Michael mi aveva fatta salire a bordo poco prima.

Anche Will e Kai se l'erano presa?

«Non credere di essere speciale», mi schernì. «Sono in molte a piacergli. Nessuna riesce a tenerselo stretto».

Sostenni il suo sguardo, accertandomi che non mi vedesse vacillare.

«Rika», chiamò Michael. «Vieni qui».

Damon tenne gli occhi inchiodati ai miei ancora per un momento, poi indietreggiò per farmi passare. Trattenni il respiro, avevo il cuore che batteva a più non posso. Passai dietro l'auto per raggiungere Michael dal lato passeggero.

Lui aprì la portiera e salì in macchina, gettò la maschera a Will e poi mi guardò.

Non guidava lui?

«Vieni qui», mi tese la mano.

Mi avvicinai. Trasalii quando, dopo avermi trascinata dentro la macchina, mi fece sedere su di sé, con le gambe sulle sue.

Cosa? Feci passare un braccio attorno al suo collo per tenermi, con il sedere premuto sulle sue cosce.

«Che cosa fai?», chiesi, allibita.

«Ci serve spazio dietro», spiegò, chiudendo la portiera.

«Perché?».

Fece un sospiro. «Non la chiudi mai quella cazzo di bocca, vero?».

128

Sentii Kai grugnire, sollevai lo sguardo e lo vidi ridere mentre girava la chiave.

Perché avevano cambiato posto a sedere? Avrei anche potuto stare in braccio a Kai.

Non che mi stessi lamentando.

Lasciai che Michael mi attirasse a sé, con la schiena contro il suo petto; sbattei a lungo le palpebre, in balia di ciò che sentivo scorrermi nelle vene.

Teneva una mano appoggiata sulla mia coscia, mentre con l'altra mandava messaggi al cellulare, il pollice che correva a velocità supersonica.

«Andiamo», disse a Kai. «Sbrigati».

Quando Kai partì avevo la mascella indolenzita, tanto avevo sorriso. Non avevo la più pallida idea di cosa aspettarmi dopo, ma all'improvviso capii che mi stavo divertendo molto.

Capitolo 9
Erika

Oggi

Antropologia della cultura giovanile.

Entrai alla mia prima lezione di questo corso così stufa dell'argomento che di sicuro non avrei passato l'esame. Mi sarei immedesimata troppo oppure troppo poco.

Senza dubbio nei miei pochi anni di vita avevo visto una buona dose di cultura giovanile. I Cavalieri alle superiori e la gerarchia che avevano stabilito. La cultura da bulli che si rifletteva nei riti di iniziazione a cui venivano sottoposti i giocatori della squadra di pallacanestro e in quello che era successo giù alle catacombe, di qualunque cosa si fosse trattato.

Avevo capito che i ragazzi erano bravi a tessere intrighi quanto le ragazze, e che in un certo senso noi siamo lo specchio dei nostri genitori. Ci sono pochi leader e molte pecore, puoi essere forte solo se non sei solo.

E poi c'era stata la Notte del Diavolo, una zona franca in cui le regole della città sembravano essere state sovvertite, l'unica notte che i ragazzi potevano dedicare agli scherzi.

La cultura giovanile a Thunder Bay era simile alla tana di un serpente. Dovevi muoverti con calma, evitando gli spostamenti bruschi per non rischiare di essere attaccato. A meno di non essere uno dei Cavalieri, ovviamente.

Ma questo non significava che conoscessi davvero la cultura giovanile. Gli abitanti della mia città erano perlopiù ricchi e dotati di una rete di conoscenze influenti. Non erano certo nella media. Che pericolo avrebbero rappresentato per la comunità se non avessero potuto contare su denaro, conoscenze altolocate e

130

un padre importante? Senza quei bonus sul terreno di gioco, la partita sarebbe stata più equa?

Era quello che stavo cercando di scoprire. Senza il cognome e i soldi della mia famiglia, senza la rete di conoscenze e la protezione che mi offrivano, cosa sarei stata capace di fare?

Ecco perché avevo lasciato la Brown e Trevor, e la cultura alla quale mi ero abituata. Per scoprire se ero una gregaria o una leader. E dubitavo che sarei riuscita a fermarmi prima che fossi stata in grado di dimostrare che rientravo nella seconda categoria.

Percorsi le scale ricoperte di moquette fino all'auditorium, passai in rassegna le poltroncine marroni in cerca di un posto libero. Ardua impresa.

L'aula era stata progettata per ospitare almeno un centinaio di studenti, con le poltroncine disposte su varie file come in un cinema, ma era piena zeppa.

Quando mi ero iscritta a questo corso, mi avevano detto che lo proponevano solo una volta ogni due anni, quindi sembrava che in molti scegliessero di frequentarlo quando si presentava l'occasione.

Il mio sguardo cadde su un paio di sedie vuote qua e là, poi mi bloccai vedendo una ragazza bruna con lunghi capelli setosi che portava un leggero cardigan beige. Feci un passo avanti, la guardai di profilo e mi fermai: l'avevo riconosciuta.

Esitai, stringendo la tracolla della borsa. Non avevo molta voglia di sedermi vicino a lei.

Ma mi guardai attorno, vidi che i posti si stavano riempiendo e ne erano rimasti alcuni vuoti nella sua fila, quindi immaginai di non essere costretta a starle proprio di fianco.

Percorsi la fila sfiorando le gambe di altri studenti e presi posto su una sedia, tenendo uno spazio vuoto fra me e il ragazzo che avevo a destra e fra me e la bruna a sinistra.

Lei guardò nella mia direzione con un sorrisetto.

Le sorrisi di rimando. «Ciao, eri tu con Michael, l'altra sera, vero?», ruppi il ghiaccio. «All'ascensore. Non ci siamo più viste».

Tesi la mano e lei socchiuse gli occhi, sembrava perplessa.

Poi si rilassò, annuì e mi strinse la mano. «Ah, è vero. La ragazza del fratellino».

Feci una risatina senza preoccuparmi di correggerla. Non dovevo raccontarle la storia della mia vita.

«Rika», le dissi. «In realtà mi chiamo Erika, ma mi chiamano tutti Rika».

«Ree-ka?», ripeté lei, stringendomi la mano. «Piacere, io sono Alex Palmer».

Annuii lasciandole la mano e voltandomi di nuovo verso la cattedra.

Il professor Cain entrò, coi capelli brizzolati, un completo marrone e un paio di occhiali, e subito cominciò a estrarre dalla borsa dei fogli e alcuni oggetti, e ad allestire il proiettore. Lasciai cadere a terra la borsa, presi l'iPad e lo appoggiai in modo da poter usare comodamente la tastiera per prendere appunti.

Mi sforzavo di tenere lo sguardo fisso davanti a me, ma non riuscivo a evitare di guardare Alex con la coda dell'occhio. Era veramente bella. Aveva degli occhi verdi esotici e penetranti e indossava dei jeans aderenti e una canotta sotto il cardigan aperto. Aveva un corpo perfetto, sensuale, la pelle abbronzata e lucente.

Portai i capelli dietro l'orecchio e osservai il mio abbigliamento: leggings neri con gli stivali di pelle marrone al ginocchio, una camicia bianca oversize con una sciarpa bordeaux legata morbidamente al collo.

Non riuscii a fare a meno di sospirare. Pazienza. Anche se avessi indossato abiti più sensuali, non avrei avuto quell'aspetto.

«Spostati», ordinò una voce perentoria.

Sollevai di scatto la testa e il mio cuore sobbalzò all'istante quando vidi Damon Torrance sopra di me.

Cosa era venuto a fare lì?

Fissava Alex, i capelli corvini pieni di gel, la T-shirt nera, come i capelli e gli occhi.

La sentii armeggiare e voltai la testa in tempo per vederla prendere le sue cose e scalare di qualche sedia.

Spalancai la bocca stringendo gli occhi. «Che cosa ci fai qui?», chiesi.

Ma lui mi ignorò, e oltrepassandomi per andare a sedersi al posto di Alex alla mia sinistra, mi sfiorò le gambe.

«Ciao, Rika», salutò un'altra voce. Mi girai verso destra: Will

Grayson stava prendendo posto sulla sedia vuota dall'altro lato. «Cosa ci racconti di bello?».

Non appena entrambi si furono accomodati, cominciai a sentirmi stretta fra due muri. Non ci parlavamo da tre anni, perciò mi limitai a tenere lo sguardo fisso davanti a me, senza capire che diavolo stesse succedendo in quel momento.

Déjà vu. Eccoli lì. Sapevano che ero lì. I peli delle braccia mi si rizzarono, fu come se il tempo non fosse passato. Proprio come tre anni prima.

Strinsi i pugni, notando che il professore si alzava di fronte alla classe.

«Buongiorno a tutti», salutò, passandosi la cravatta fra le dita. «Benvenuti al corso di antropologia della cultura giovanile. Sono il professor Cain e...».

Spostai lo sguardo. La voce del professore sbiadì quando avvertii il braccio di Damon distendersi sullo schienale della mia sedia.

Cain continuava a parlare, ma io sentivo il terrore gravarmi come un macigno sullo stomaco. «Come state, ragazzi?», chiesi tenendo la voce bassa. «Perché siete qui?»

«Veniamo a lezione», rispose Will.

«Studiate qui?», chiesi, guardandolo incredula prima di voltarmi verso Damon.

Aveva gli occhi gelidi e caldi al tempo stesso, fissi su di me, come se il professore e la classe non ci fossero neppure.

«Be', ammazziamo il tempo», rifletté Will, tenendo la voce bassa. «Devo dire che ci hai spezzato il cuore, neanche una lettera in tutti questi mesi di lontananza. Nella nostra ultima serata da uomini liberi ci siamo divertiti un sacco, no?».

No. Non ci eravamo divertiti un sacco. Respirai a fondo dal naso e chiusi in fretta l'iPad mentre prendevo la borsa, apprestandomi a levare le tende.

Ma Will mi afferrò per il polso, rimettendomi a sedere. «Resta», suggerì in tono leggero, ma si intuiva che quello era un ordine. «Un'amica in classe fa sempre comodo».

Sfilai il polso dalla sua presa, la pelle bruciava dove l'aveva stretta. Spostai il banco di lato, presi la mia roba e come un fulmine mi allontanai dalla sedia.

Ma Damon mi agguantò per la camicia, e il mio cuore perse un battito. Mi costrinse a sedermi intimando: «Alzati un'altra volta e uccido tua madre».

Spalancai gli occhi, il respiro affannoso, la paura che mi faceva accapponare la pelle. *Cosa voleva dire?*

Un ragazzo nella fila davanti voltò la testa, probabilmente aveva sentito, e aggrottò le sopracciglia con espressione preoccupata.

«Che cazzo hai da guardare?», lo aggredì Damon.

Il ragazzo era sgomento. Si affrettò a girarsi.

Oddio.

Lasciai cadere le mie cose e rimasi lì, cercando di elaborare un piano d'azione. Stava scherzando? Perché aveva detto una cosa del genere?

Ma poi mi bloccai, ricordando che mia madre non era a casa. Era via. Avevo tentato di chiamarla più volte nel fine settimana, e un paio di giorni prima avevo finalmente ricevuto un messaggio in cui diceva che sarebbe partita con la signora Crist per una crociera in yacht che sarebbe durata un mese. Era in viaggio verso l'Europa e la nostra governante avrebbe colto l'occasione per andare a far visita alla sua famiglia fuori città. La casa era completamente vuota.

Feci un sospiro di sollievo, rilassandomi. Non avrebbe potuto mettere le mani su di lei nemmeno se avesse voluto. Non subito, se non altro. Mi stava prendendo in giro.

Il suo braccio scivolò ancora sul mio collo come un serpente, costringendomi a restare seduta. Mi irrigidii mentre mi attirava a sé.

«Non hai mai fatto parte del nostro gruppo», mi sussurrò, arrabbiato, all'orecchio. «Eri solo carne fresca».

Poi insinuò l'altra mano tra le mie cosce, e la strinse.

Gemetti per lo shock afferrandogli la mano per spostarla. Ma lui la allungò di nuovo, imperterrito. Digrignai i denti, allontanandolo con uno schiaffo.

«Cosa sta succedendo lassù?».

Sentii la voce del professore e mi bloccai. Mi rimisi a sedere composta, tenendo lo sguardo fisso davanti. Avevo tutti gli occhi puntati addosso, ma mi rifiutai di rispondere.

134

«Scusi, professore». Vidi Damon lisciarsi la maglietta nera stravaccandosi sulla sedia. «Le ho dato una bella ripassata stamattina, ma la ragazza non riesce proprio a tenere le mani a posto vicino a me».

La classe esplose in una risata e io sentii Will sogghignare soddisfatto dall'altro lato.

Avevo la faccia in fiamme per l'imbarazzo, ma non era niente rispetto alla rabbia che mi ribolliva sotto la pelle.

Cosa diavolo volevano? Tutto questo non aveva senso. *Quelle* erano cose mie: la scuola, il corso, la nuova opportunità di essere felice... che fossi maledetta se avessi permesso loro di cacciarmi.

L'insegnante ci lanciò uno sguardo rabbioso, poi tornò alla sua lezione sulla tecnologia e sul suo impatto sui giovani. Will e Damon si rimisero a sedere, in silenzio.

Ma io non riuscivo a concentrarmi.

Dovevo stringere i denti solo fino alla fine della lezione. Poi non avrei dovuto fare altro che uscire di lì, tornare nel mio appartamento e...

E poi cosa?

Lamentarmi con chi? Con Michael?

Michael. Lui viveva al Delcour, un piano soltanto sopra il mio. I ragazzi sarebbero stati lì. Probabilmente spesso.

Merda.

Dopo anni in prigione, dopo aver perso per tanto tempo la libertà, mi sarei aspettata che decidessero di starsene ben lontani dalla città.

Invece, eccoli lì. Immaginai che volessero solo divertirsi ancora.

Il mio sguardo cadde sul tatuaggio che scendeva lungo il braccio sinistro di Will. Non c'era, l'ultima volta che l'avevo visto. Lanciai uno sguardo di sottecchi a Damon e vidi che le sue braccia non erano coperte d'inchiostro. Non sapevo perché m'importasse sapere se i ragazzi erano cambiati oppure no, ma una cosa era certa: erano molto simili a prima.

I minuti passavano e alla fine Damon portò di nuovo il braccio sullo schienale della sedia. Rimasi immobile cercando di concentrarmi su quello che avevo davanti e sforzandomi di seguire la lezione, che cominciava a sembrare più una paternale.

135

«Il problema della vostra generazione», pontificava il professore, tenendo le mani in tasca, «è un senso di legittimità gonfiato. Pensate che tutto vi sia dovuto e lo volete subito. Perché soffrire la dolce agonia di guardare una serie televisiva se poi – sorpresa! – scoprite che avete atteso per anni, mentre potevate semplicemente aspettare che la serie fosse disponibile su Netflix e guardare cinquanta episodi in tre giorni, giusto?»

«Esatto», esplose un ragazzo dall'altro lato dell'aula. «Fatti furbo e fai meno fatica».

Senso di legittimità gonfiato? Cosa?

«Ho sognato quelle labbra», sussurrò Damon al mio orecchio, riportandomi al presente. «Sai succhiarlo adesso, Rika?».

Balzai indietro, col voltastomaco. Ma lui mi tirò di nuovo a sé.

Sta solo cercando di distrarti. Ignoralo.

«Ma lavorare duro forma il carattere». Il professore continuava la discussione con lo studente. «Voi non siete nati con il senso di rispetto e reverenza. Solo con la fatica, si imparano la pazienza e il valore».

Mi costrinsi ad ascoltare, ma poi il respiro si strozzò nella gola quando la mano di Damon mi afferrò per i capelli tenendomi immobile.

«Perché quando te lo ficcherò in gola», mi sussurrò sulla guancia, «farai bene a saperlo prendere e fartelo piacere».

Voltai la testa di scatto, lasciandomi scappare un grugnito sommesso. *Pervertito.*

«Niente che vale la pena di possedere si conquista facilmente», continuò una ragazza, che sosteneva la tesi del professore.

«Esattamente», concordò lui eccitato, puntando il dito per rimarcare il concetto.

Gesù. Mi strofinai le mani sulla faccia, non riuscivo a seguire. C'era qualcosa che volevo dire, ma non ricordavo più cosa fosse. *Merda, di cosa stava parlando il professore?*

Sospirai scuotendo la testa.

«Signorina?», sentii chiamare il professore.

Mi accorsi che nessuno diceva niente e che Will e Damon si erano paralizzati, così sollevai lentamente gli occhi e vidi Cain che mi guardava.

«Io?», chiesi. Non avevo detto niente.

«Mi sembra infastidita. Vorrebbe contribuire alla discussione anziché continuare a disturbare la classe con i suoi filarini?».

Il mio cuore sprofondò. Will, di fianco a me, fece una risata soffocata, ma Damon, dall'altra parte, restò in silenzio.

Potevo solo immaginare cosa pensassero tutti.

Voltai la testa a destra e a sinistra, cercando di ricordare di cosa diavolo stesse parlando il professore, poi ricordai il punto che mi era venuto in mente prima che Damon cominciasse a sussurrare al mio orecchio.

«Lei…», feci un profondo respiro e fissai il professore dritto negli occhi, «ha parlato di una generazione ingrata la cui vita ruota attorno alla tecnologia che voi ci avete dato. Solo che non…», feci un pausa, «non penso che sia un punto di vista costruttivo».

«Si spieghi meglio».

Mi raddrizzai sulla sedia, portando il peso del corpo più avanti, lontano dalle mani di Damon.

«Be', è come portare un figlio a un concessionario per fargli comprare un'automobile e poi arrabbiarsi se sceglie la macchina», spiegai. «Non penso che sia giusto irritarsi con qualcuno perché utilizza le comodità che gli vengono messe a disposizione».

Aveva parlato di un "senso di legittimità esasperato", ma aveva affondato molto di più il coltello.

«Ma in tal modo non apprezzano pienamente le comodità della vita», sostenne il professor Cain.

«Perché per i giovani non sono comodità», ribattei, sentendomi più forte. «Per loro è normale, perché hanno una cornice di riferimento diversa da quella che avete avuto voi durante l'adolescenza. E poi saremo noi a definire comodità le cose che i nostri figli avranno e che noi non abbiamo avuto. Ma ancora, per loro non sarà comunque una comodità. Sarà la *loro* normalità».

Damon e Will rimasero immobili di fianco a me.

«E inoltre», proseguii, «questa discussione non è utile, perché non porterà a nulla. Voi siete arrabbiati perché la vostra generazione ha consegnato alla mia dei progressi tecnologici, e poi ci condannate se viviamo in una realtà alterata? Di chi è la responsabilità?».

Will fece una risatina di fianco a me, mentre il resto dell'aula, Damon compreso, rimase in silenzio, come se fosse in attesa della mossa successiva.

Il professor Cain mi guardò con gli occhi ridotti a fessure, e un silenzio pesante avvolse la stanza come un elastico di gomma, rendendola sempre più piccola.

Avevo la sensazione che tutti gli occhi fossero puntati su di me.

Pensavo che sarei avvampata dalla vergogna, invece non successe. Ero piena di adrenalina. Dovetti trattenere a forza un sorriso mentre fissavo il professore.

Che bella sensazione.

Forse erano state le cazzate di Damon e Will o l'incontro con Michael, ma ce l'avevo io il coltello dalla parte del manico e avrei potuto affondarlo. Avevo deciso di essere me stessa.

Non abbassai lo sguardo, non arrossii, non chiesi scusa.

Andai dritta per la mia strada.

Incrociando le braccia al petto, mi sedetti.

«Le ha fatto una domanda», intervenne Damon, facendo cambiare espressione a Cain.

Sbattei le palpebre per la sorpresa. Cosa stava facendo?

Ma Cain non rispose, si limitò a raddrizzare la schiena e tornare dietro la cattedra.

«Pensiamoci tutti per la prossima volta», disse, stampandosi un sorriso sulla faccia ed evitando il dibattito. «E non dimenticate la lettura che ho segnalato sul mio sito. Leggete il testo entro mercoledì».

Gli studenti cominciarono ad alzarsi e io non persi tempo. Presi l'iPad, decisa a fuggire via, ma Damon si alzò dalla sedia, mi bloccò e mi si piazzò di fronte.

«Nessuno può trattarti di merda, solo noi», mi mise in guardia con un sorriso sinistro.

Contrassi la mascella, infilai le mie cose nella borsa e mi allontanai con gesto repentino dalla sedia.

Erano stati lontani per tanto tempo, avevano perso un sacco di cose, e adesso che erano tornati, su che cosa si concentravano? Su di me?

Mi gettai la borsa sulla spalla e lo fissai. «Hai un senso dell'umorismo che fa veramente pena», mormorai furente di rabbia. «È un po' presto per le bravate della Notte del Diavolo. Se minacci ancora mia madre, anche solo per scherzo, chiamo la polizia».

Feci per andarmene, ma lui mi afferrò per la nuca mandandomi a sbattere contro il suo petto. Il mio respiro si mozzò, mentre gli studenti continuavano ad avviarsi all'uscita, ignari di cosa stesse succedendo.

«Chi ha detto che stavo scherzando?», sussurrò contro il mio zigomo.

Sentii un corpo premere contro la mia schiena e capii che era Will che mi teneva in trappola.

Sollevai lo sguardo su Damon, dura. «Che cosa vuoi?», lo sfidai. «Eh?».

Si leccò le labbra. Sentivo il respiro di Will sul collo.

«Qualunque cosa sia», mi sfidò, «la otterrò».

Ma io scossi la testa, fingendomi annoiata. «Anche un bambino riesce a staccare le zampe a un ragno», sibilai. «Cos'altro sai fare?».

Mi guardò socchiudendo gli occhi. «Ci divertiremo un mondo, Rika».

Mollò la presa e io immediatamente lo allontanai con una spinta da me. Mi voltai e spinsi via anche Will. Poi mi precipitai giù dalle scale, oltrepassai gli altri studenti e come una saetta varcai la soglia, raggiungendo il corridoio.

Cosa diavolo stava succedendo?

Will, Kai e Damon erano usciti tutti di prigione, erano tutti a Meridian City; di sicuro, almeno Will e Damon mi davano la caccia. Perché?

Non gli era bastato quello che era successo tre anni prima? Non avevano imparato la lezione allora? Avevano avuto quello che si meritavano e non potevo dire che la cosa mi dispiacesse. Avevano fatto una cazzata mandandomi fuori di testa, quindi quel poco di empatia che mi avevano ispirato negli anni si era ridotta ai minimi termini.

Volevo solo che la piantassero finché erano in tempo. Pensavano che fossi un bersaglio facile, perché avevano scambiato la mia tranquillità per debolezza. Ma non ero più un giocattolo nelle loro mani.

Era tempo che voltassero pagina.

Non avevo altre lezioni per quel giorno, quindi lasciai in tutta fretta il campus e corsi fino al mio appartamento, a qualche isolato dal trafficato centro cittadino.

Quando arrivai al Delcour, incrociai Alex, la ragazza che avevo incontrato in classe, la stessa che un paio di sere prima aspettava accanto all'ascensore.

«Ciao», salutò voltandosi e portando gli occhiali da sole sulla testa. «Tutto bene?».

Probabilmente lo chiedeva per via di Damon e Will.

Sorrisi appena, chiudendo gli occhi. «Penso di sì. Andavo a scuola con loro e allora mi incuriosivano molto. Ora, invece, vorrei tornare a essere invisibile».

Portai lo sguardo dall'altra parte, vedendo la luce blu dell'ascensore che scendeva.

«Be', non conosco molto bene Damon e Will», disse. «Ma posso assicurarti che per loro non sei mai stata invisibile».

Le lanciai un'occhiata. Mi stava squadrando da capo a piedi.

Li conosceva?

Be', era comprensibile. Se frequentava Michael, doveva incontrare i suoi amici, immagino.

E questo mi ricorda…

«Non prendi l'ascensore per l'attico?», le chiesi puntando il pollice oltre la mia spalla a indicare l'ingresso privato di Michael.

«Quale attico?»

«Quello di Michael».

L'ascensore suonò e le porte si aprirono. Lei entrò e io la seguii senza pensare.

«No, non vado da lui», rispose. «Io vivo al sedicesimo piano».

La vidi premere il tasto "sedici", e le porte lentamente si chiusero.

Viveva in quell'edificio.

«Oh», risposi. «Be', immagino che sia comodo per incontrarlo».

«Vedo molti uomini».

Sollevai le sopracciglia. *Ooookay.* Qualunque cosa volesse dire.

Sollevai la mano per schiacciare il tasto "ventuno", tenendo stretta la tracolla della borsa appoggiata alla mia spalla. Intanto l'ascensore si fermò.

«Anche donne», aggiunse, in tono civettuolo.

Mi paralizzai, sentendo il calore del suo sguardo sul collo.

«Ti piacciono le donne?», chiese sbrigativa.

Spalancai gli occhi e una risata restò bloccata in gola. «Oh», per poco non mi strozzai. «Non ci avevo mai pensato seriamente».

Accidenti. Avrei dovuto lasciar fare a lei. Avrebbe saputo come togliermi di mente i ragazzi.

Girò il capo verso la porta dell'ascensore e con un sorrisetto disse: «Se mai decidessi che ti piacciono, fammi un fischio».

Le porte si aprirono e lei uscì, dicendo da sopra la spalla con voce suadente: «Spero di vederti in giro, Rika».

Poi sparì nel corridoio, mentre le porte si chiudevano alle sue spalle.

Scossi la testa per riordinare i pensieri. Che diamine era successo?

Le porte si aprirono di nuovo e io mi affrettai a uscire, diretta al mio appartamento. Una volta dentro, chiusi la porta e tolsi il cellulare dalla borsa, prima di gettarla sul divano.

Nessuna chiamata persa.

Riuscivo a parlare con mia madre solo a giorni alterni. Ammesso che il segnale non raggiungesse il punto in cui si trovava, lo yacht era pur sempre dotato di un telefono satellitare. Allora perché non mi richiamava? La minaccia di Damon mi aveva fatto preoccupare e volevo essere sicura che stesse bene.

Di solito il *Pithom*, lo yacht a motore dei Crist, restava ormeggiato a Thunder Bay. Negli anni ero stata a molte feste lì sopra; lo yacht, tuttavia, era anche perfettamente in grado di affrontare lunghe escursioni nell'oceano. In autunno e in inverno, il signore e la signora Crist spesso lo usavano al posto dell'aereo per il solito viaggio annuale nell'Europa del Sud. Immaginai che la signora Crist fosse partita prima del marito con un po' di anticipo, questa volta, e che avesse portato con sé mia madre.

Composi il numero e fui reindirizzata direttamente alla casella vocale.

141

«Okay, mamma», dissi in tono inequivocabilmente seccato. «Sono passati ormai alcuni giorni, ho lasciato parecchi messaggi, mi stai facendo preoccupare. Se sei in vacanza, perché non mi chiami?».

Volevo urlare, ma ero già a pezzi. Riattaccai e riposi il cellulare.

Mia madre era instabile e per nulla autosufficiente, ma per me era sempre stata disponibile. Si teneva sempre in contatto.

Mentre camminavo verso il frigorifero, composi il numero del signor Crist tenendo il telefono fra la spalla e l'orecchio. Presi un Gatorade e tolsi il tappo.

«Ufficio di Evans Crist», rispose una donna.

«Salve, Stella». Feci una rapida sorsata e riavvitai il tappo della bottiglia. «Sono Erika Fane. Il signor Crist è lì?»

«No, mi dispiace, Rika», rispose. «Per oggi ha già finito. Vuoi il suo numero di cellulare?».

Sospirai, appoggiando la bottiglia sul tavolo. Stella lavorava per i Crist ed era la segretaria personale del signor Crist da tutta la vita. Ero abituata a parlare con lei, perché gestiva anche la maggior parte delle questioni finanziarie della mia famiglia per conto del signor Crist. Almeno finché non io avessi finito il college.

«No, ce l'ho il suo numero. Solo che non vorrei disturbarlo fuori dall'ufficio. Potrebbe chiedergli di chiamarmi a questo numero quando lo vede, per favore? Non è un'emergenza, ma è piuttosto importante».

«Ma certo, cara», rispose lei.

«Grazie».

Riattaccai e presi il mio Gatorade, spostandomi alla finestra per guardare il cortile e la città in lontananza.

Stava calando la sera. Gli esili raggi del sole che tramontava si insinuavano fra i grattacieli. Guardai il cielo terso e le sfumature viola all'orizzonte. D'un tratto le luci del giardino si accesero: il sensore doveva aver recepito la mancanza di luce solare. Sollevai lo sguardo verso le finestre dell'attico di Michael.

Era buio. Non lo vedevo da parecchi giorni, dall'episodio dello Hunter-Bailey. Mi chiesi se fosse impegnato con gli allenamenti oppure fuori città. Il campionato di pallacanestro sarebbe iniziato entro un paio di mesi, ma non era insolito che si tenessero

142

delle manifestazioni o delle amichevoli prima delle partite importanti. Senza dubbio era molto occupato e con ogni probabilità sarebbe stato parecchio lontano da casa fra novembre e marzo.

Accesi la musica – *Silence* dei Delirium –, sfilai la sciarpa dal collo e mi tolsi gli stivali e le calze. Poi accesi il computer sull'isola della cucina per lavorare ai compiti della giornata.

Oltre al corso di antropologia, quella mattina avevo iniziato anche statistica e psicologia cognitiva. Non avevo ancora idea di quale professione avrei voluto svolgere in futuro, ma siccome fra la Brown e il Trinity avevo già seguito molti corsi nell'ambito della psicologia e della sociologia, ero abbastanza certa che presto avrei saputo scegliere un indirizzo preciso.

L'unica cosa che sapevo con certezza era che mi piaceva imparare a conoscere le persone. Il modo in cui funzionava il cervello, quanto vi influisse la chimica e quanto la società. Volevo capire cosa ci spinge a comportarci in un certo modo e perché prendiamo determinate decisioni.

Conclusi la lettura, dopo aver sottolineato più righe di quante non ne lasciassi sgombre, e passai ai problemi di statistica che mi erano stati assegnati. Da ultimo mi preparai una Caesar salad di pollo, terminando nel frattempo qualche capitolo per la lezione di storia del giorno dopo.

Quando riposi il computer e i libri, il sole era già tramontato. Preparai la borsa per le lezioni dell'indomani e collegai l'iPad al caricabatteria. Mi avvicinai alla finestra e composi ancora il numero di mia madre, osservando la città sfolgorante di vita.

La chiamata fu nuovamente inoltrata alla casella vocale, così premetti il tasto "Fine". Subito dopo composi il numero della signora Crist.

Nemmeno lei rispose. Lasciai un messaggio nella sua segreteria telefonica, chiedendole di richiamarmi, poi lanciai il cellulare su una sedia, assalita da un senso di frustrazione. Perché non riuscivo a parlare con mia madre? L'anno prima, quando ero alla Brown, mi chiamava quasi ogni giorno.

Alzai di nuovo lo sguardo e vidi che nell'appartamento di Michael tutte le luci erano accese. Era in casa.

Storsi la bocca, pensierosa. Non riuscivo a contattare la signora

Crist e suo marito era un uomo molto impegnato. Odiavo disturbarlo o avere a che fare con lui più dello stretto necessario. Michael era leggermente meno snervante, e forse aveva il numero del telefono satellitare del *Pithom*.

Mi voltai e a piedi nudi andai alla porta, poi presi l'ascensore per raggiungere la hall del palazzo.

Non l'avrei chiamato, altrimenti mi avrebbe evitata. Se mi fossi presentata di persona, avrei avuto qualche chance in più.

Uscendo dall'ascensore, vidi Richard, il portiere, in piedi fuori dall'edificio, così mi guardai rapidamente intorno in cerca di un impiegato. L'orario di lavoro era già passato, e raramente c'era un addetto in servizio nella hall, ma ero sicura che servisse una carta per accedere all'ascensore di Michael.

Andai dritta alle porte d'ingresso, pronta a corrompere Richard perché mi lasciasse salire, quando l'ascensore si fermò con un *ding* alle mie spalle; mi voltai e vidi due uomini uscire dall'ascensore di Michael: erano enormi, di una decina di centimetri più alti di lui, e lui non si poteva certo definire basso. Stavano ridacchiando fra loro armeggiando con i cellulari. Attraversarono l'atrio, e uno dei due mi rivolse un sorriso al suo passaggio.

Dovevano essere giocatori di pallacanestro. Probabilmente compagni di squadra di Michael.

Il mio sguardo saettò fino all'ascensore: la porta era ancora aperta. Senza esitare entrai in azione: in un attimo lo raggiunsi, mi tuffai al suo interno, premendo il bottone per far chiudere le porte. Non mi accertai neppure che Richard non mi avesse vista, ero troppo preoccupata che potessi *dare l'impressione* di aver fatto qualcosa di sbagliato.

Le porte si chiusero e l'ascensore cominciò subito a salire. Strinsi le mani dietro la schiena, lasciandomi sfuggire un gran sorriso per l'adrenalina che avevo in corpo.

La salita sembrò durare un'eternità. Avevo lo stomaco sottosopra, il cuore che batteva a mille. Ma quando l'ascensore finalmente si fermò, fu come se il tempo non fosse passato affatto. Ero arrivata.

Le porte si aprirono e io sollevai lo sguardo, radrizzando le spalle.

Era buio. Come dentro una caverna.

Proprio di fronte a me c'era una parete grigia. Il cuore mi martellava nel petto, ma posai lo stesso il piede sul pavimento di legno nero e svoltai silenziosamente a sinistra, l'unica direzione possibile.

Sa di lui. Spezie, legno e pelle e qualche altro profumo che non riuscivo a identificare. Un profumo che apparteneva a lui soltanto.

Percorsi adagio il breve corridoio. Sentii *Inside Yourself* dei Godsmack riecheggiare nell'attico. Entrai in un ampio soggiorno, notando la bellezza e l'oscurità che mi circondavano.

Erano accese solo delle luci soffuse e il neon blu emanava un bagliore da dietro le assi nere montate lungo le pareti. Il soggiorno aveva un controsoffitto e una fila di finestre, come il mio, ma era grande due volte tutto il mio appartamento. Le migliaia di luci della città si stendevano davanti a me e, da quell'altezza, si poteva vedere ancora più lontano, fino all'infinito.

Tutto l'interno era nero e grigio, lucente.

Entrai nel soggiorno, accarezzai la superficie di un lungo tavolo di vetro nero che aveva disposto contro un muro e sentii un brivido percorrermi il corpo.

Mi bloccai al suono dei rimbalzi del pallone da pallacanestro. Quel suono mi scaldava il sangue, riportando a galla tanti ricordi. Nel corso degli anni avevo sempre visto Michael intento a palleggiare. I rimbalzi risuonavano per tutta la casa.

Seguii il rumore, che mi portò alla ringhiera dall'altro lato del soggiorno.

Ma certo.

C'era un campo da pallacanestro in-door privato, collocato in una stanza posta più in basso. Anche se non era grande come un campo regolamentare o come quello che aveva a casa, ero sicura che svolgesse bene la sua funzione. C'erano i due canestri, un pavimento di legno lucente e immacolato, un sacco di palloni nelle reti.

Era all'ultimo grido, come tutto il resto dell'appartamento, e pensai di essere stata sciocca a non aver mai immaginato che Michael avesse un campo privato. Anche quando non stava giocando a pallacanestro, quello sport era sempre nei suoi pensieri. Sorrideva veramente solo quando giocava.

Il mio sguardo cadde su di lui: lo vidi scartare, dribblare e poi lanciare la palla esattamente nel canestro. Indossava dei pantaloncini lunghi da basket, ma era senza maglietta, così, osservandolo piroettare, prendere un'altra palla dal carrello e continuare a palleggiare, potei ammirarne il petto ampio, tonico, imperlato di sudore, e gli addominali tesi.

I muscoli della sua lunga schiena si tendevano nello sforzo. Guardai le sue braccia flettersi, e ogni singola fascia muscolare sembrava scolpita mentre portava ancora le braccia in alto e lanciava la palla facendola volare in aria.

Un *ding* risuonò dietro di me. Distolsi lo sguardo e, quando mi resi conto che non avrei dovuto essere lì, lanciai un'occhiata alle mie spalle.

Merda.

Tesi le gambe, pronta a scappare... ma era troppo tardi. Kai, Will e Damon entrarono a passo leggero nella stanza e, vedendomi, rallentarono di colpo. I loro occhi presero a fissarmi, e io trasalii.

«Tutto bene, Rika?», chiese Kai. I suoi occhi, che tre anni prima erano gentili, erano diventati freddi e duri.

Deglutii. «Sì».

Ma da come aveva piegato le labbra sembrava che la sapesse lunga. «Non mi pare che tu stia bene».

Continuò ad avanzare verso di me. Vidi Damon e Will prendere posto sul divano. Si misero comodi e agganciarono le braccia allo schienale. Damon soffiò una nuvola di fumo e io mi aggrappai al corrimano, sentendomi improvvisamente come un topo in trappola.

Era passato così tanto tempo da quando li avevo visti tutti insieme. Avevo voglia di darmela a gambe.

Mi ero fatta l'idea che negli anni le loro strade si fossero divise, invece eccoli lì, tutti insieme, come se non fosse successo niente. Tutti vestiti di nero, sembravano in procinto di uscire per una serata. Portai i capelli dietro l'orecchio, cercando di ritrovare l'uso della parola.

«Sono solo sorpresa, ecco tutto», gli dissi raddrizzandomi contro la ringhiera. «È passato tanto tempo».

Kai annuì. «Sì, è passato tanto tempo da quella sera».

Sbattei le palpebre, tentando di distogliere gli occhi, ma non serviva a nulla nascondere la tensione: già sapeva che ero a disagio. «Dovevo solo parlare con Michael», mi affrettai a dire.

Kai si avvicinò, appoggiò le mani alla ringhiera, una accanto a ciascuno dei miei fianchi, e urlò da sopra la mia testa: «Michael! Hai visite».

La sua voce profonda mi fece accapponare la pelle. Non occorreva che mi guardassi alle spalle per sapere che Michael mi aveva vista. Sentii la palla atterrare sul pavimento, rimbalzando sempre più in fretta, finché non si fermò smettendo di fare rumore.

Kai riportò lo sguardo su di me, il volto a pochi centimetri dal mio, e cominciò a osservarmi.

«Non sapevo che foste tutti a Meridian City», dissi, cercando di alleggerire la tensione.

«Be', come puoi immaginare», disse, staccandosi dalla ringhiera e andando a unirsi ai suoi amici sui divanetti, «non volevamo suscitare molto clamore o attirare l'attenzione. Avevamo bisogno di un po' di privacy per rientrare nella normalità».

Sembrava ragionevole. Tutta la città si era rammaricata per il loro arresto e la loro successiva incarcerazione. In effetti, a dispetto delle prove che potevano testimoniare ciò che avevano fatto, nessuno li odiava veramente. Nel giro di poco tempo, le bravate erano finite nel dimenticatoio e tutti avevano sentito la loro mancanza. Be', quasi tutti.

«Vieni. Siediti», insistette Will. «Non vogliamo farti del male».

Damon buttò indietro la testa. Dalla sua bocca, oltre al fumo, uscì una risata cupa e imperturbabile. Probabilmente gli erano tornate alla mente le minacce che mi aveva rivolto in classe quella mattina.

«Sto bene qui», dichiarai, incrociando le braccia sul petto.

«Sei sicura?». Il volto di Will fu attraversato da un guizzo divertito. «Vedo che ti stai allontanando da noi».

Cambiai espressione e smisi di camminare: in effetti aveva ragione lui. Centimetro dopo centimetro, stavo scivolando lungo la ringhiera in direzione del muro.

Merda.

Michael risalì le scale del campo da pallacanestro, detergendosi il viso e il petto con un asciugamano. Aveva i capelli imperlati di sudore e il suo addome si fletteva per assecondare i movimenti. Strinsi le braccia al petto.

«Cosa vuoi?», sibilò.

Immaginavo che non avesse ancora mandato giù il recente battibecco allo Hunter-Bailey.

Feci un profondo respiro. «Non sono riuscita a parlare con mia madre e mi chiedevo se potessi darmi il numero del telefono satellitare del *Pithom*».

Michael, ancora ansimante per lo sforzo compiuto in campo, gettò l'asciugamano su una sedia ed entrò in cucina.

«Sono in mezzo all'oceano, Rika. Lasciala respirare».

Prese una bottiglia di acqua dal frigorifero e la sollevò, scolandosela d'un fiato.

«Non ti avrei disturbato se non fossi preoccupata». Lanciai un rapido sguardo a Damon che mi aveva messo la pulce nell'orecchio. «Che io non riesca a raggiungerla è un conto, ma che lei non mi abbia chiamato è strano».

Michael finì di bere l'acqua e posò la bottiglia sull'isola, poggiando le mani sul bancone davanti a sé; poi sollevò la testa e mi guardò con gli occhi ridotti a fessure, come se stesse pensando a qualcosa.

«Vieni a una festa con noi», ordinò.

Sentii una risata soffocata alle mie spalle e aggrottai la fronte, perplessa.

Si stava prendendo gioco di me?

«No», risposi. «Vorrei avere il numero del telefono satellitare».

Udii dei rumori alle mie spalle: uno dopo l'altro, i ragazzi si avvicinarono all'isola e si strinsero attorno a me, per osservarmi.

Michael mi stava di fronte, mentre Kai e Will avevano gli avambracci appoggiati sul bancone alla mia destra e alla mia sinistra. Lanciai un'occhiata di lato e vidi Damon con le braccia incrociate e le spalle contro il muro fra il soggiorno e la cucina, intento a fissarmi.

Ti stanno solo provocando. Ecco cosa fanno. Ti mettono sotto pressione, ti intimidiscono, ma hanno imparato la lezione. Non supereranno il limite.

«Vieni alla festa», si intromise Kai. «E potrai avere il numero». Scossi la testa, con una risata amara. «Vengo alla festa per avere il numero?», ripetei. «D'accordo, ma questa non è Thunder Bay e non è facile portarmi in giro come una volta, capito?». Poi tornai a guardare Michael. «Vaffanculo. Chiederò il numero a tuo padre».

Mi voltai e marciai fuori, svoltando a sinistra verso l'ascensore. Le porte si aprirono non appena spinsi il pulsante. Mi precipitai dentro, cercando di calmare i battiti del cuore.

Erano ancora capaci di intimidirmi.

E di eccitarmi, di sfidarmi, di mandarmi in confusione.

Per quanta voglia avessi di andare a una festa, non volevo andarci con loro.

Le porte cominciarono a chiudersi, ma proprio in quell'istante una mano si infilò nell'ascensore, e io sussultai, quando le porte si riaprirono. Trattenni il respiro e guardai Michael a occhi spalancati infilare la mano, agguantarmi per il colletto e tirarmi fuori.

«Michael», strillai.

Piombai addosso a lui e, prima che avessi il tempo di rendermi conto di quello che stava succedendo, mi afferrò per i polsi e me li cacciò dietro la schiena. Spingendomi mi costrinse a tornare in casa e ad avanzare lungo il corridoio, fino alla cucina.

«Lasciami andare», gli ordinai, le labbra che gli sfioravano il mento.

«Non lo so, ragazzi», mi schernì da sopra la mia testa, «sembra che sia ancora piuttosto facile portarla in giro. Voi cosa ne dite?».

Fui accolta dalle risate mentre venivo risospinta in soggiorno.

Ogni muscolo del mio corpo era in fiamme e le punte dei piedi continuavano a urtare contro le sue scarpe da ginnastica.

Mi divincolai, tentando di allentare la presa. «Cosa credi di fare?».

Spinsi le mani contro il suo petto e mi buttai a sinistra, cercando di liberarmi dalla morsa con tutte le forze.

Inciampai perdendo l'equilibrio, e caddi sul pavimento. Avvertii un dolore scendere dal fondoschiena alle gambe. La caduta mi mozzò il respiro nel petto.

Merda.

Feci leva sulle mani, mi sollevai piegando le ginocchia, e vidi Michael avanzare verso di me.

Quando mi fu accanto, si fermò. Il suo possente corpo mi incombeva addosso. D'istinto presi a muovere mani e piedi, per scivolare all'indietro, lontano da lui. Ma poi sentii qualcosa dietro di me e mi bloccai. Girai la testa e vidi un pantalone scuro, ma non capii se appartenesse a Damon, Will o Kai. Non importava, però. Ero in trappola.

Oh, no. Sollevai lentamente lo sguardo, e vidi che il volto di Michael si apriva in un sorriso diabolico. Smisi di respirare non appena, chinandosi su di me, si inginocchiò tra le mie gambe, con le braccia tese accanto ai miei fianchi.

Inarcai il capo all'indietro quando il suo viso sovrastò il mio. Con ogni mezzo tentai lo stesso di non ritrarmi, incurante di quanto si sarebbe avvicinato col suo corpo.

«Pensavo che fossi una di noi», sussurrò, accarezzandomi le labbra col respiro. «Pensavo che sapessi giocare».

Smisi di muovermi e lo fissai negli occhi.

Sei una di noi. Me l'aveva detto Will quella notte, tanto tempo prima.

Gli occhi color ambra di Michael frugarono nei miei, poi scesero sulla mia bocca; aveva il respiro affannato mentre mi fissava come se volesse azzannarmi.

Volevo piangere. *Cosa diavolo stava succedendo?*

Quella notte di tre anni prima era stata tra le più felici della mia vita, prima di trasformarsi nella peggiore di sempre. E da allora, non solo Michael si comportava come se non esistessi, ma a volte sembrava che *desiderasse* che non esistessi.

Ora che i ragazzi erano tornati a piede libero e avevano riunito il gruppo, come avrei dovuto gestire la situazione? Cosa voleva fare con me?

«Non conosco le regole di questo gioco», gli dissi in un sussurro impercettibile.

Mi scrutò con gli occhi ridotti a fessure, come se mi stesse studiando. «Tutto quello che devi sapere», replicò infine, «è che non puoi chiamarti fuori».

A quel punto il suo corpo scivolò sul mio. Catturò le mia labbra e cominciò a muoversi tra i miei fianchi.

Gridai, ma il grido si spense nella sua bocca. *Oddio.*

Sentivo ogni nervo percorso da scariche elettriche, il suo cazzo sfregare forte fra le mie cosce. Riuscivo a sentire la sua eccitazione, e non potei impedire al mio corpo di reagire.

Chiusi gli occhi, il clitoride pulsava mentre lui dimenava il bacino con strafottenza. Le sue labbra premevano più forte, mangiando le mie, i suoi denti stuzzicavano, mordevano, prendevano quello che volevano.

Ansimai fra un bacio e l'altro, godendo al contatto della mia lingua con la sua. Gemendo, puntai le braccia dietro di me e mi sollevai dal pavimento per sfidarlo al suo stesso gioco; ricambiai il bacio, prendendogli il labbro inferiore fra i denti, desiderando di più.

Michael mi afferrò per i capelli, mi tirò la testa all'indietro e cominciò a percorrere il mio collo con i baci.

Aprii lentamente gli occhi e mi immobilizzai. Kai mi stava fissando con sguardo compiaciuto.

Ebbi paura. Come avevo potuto dimenticare che c'erano anche loro?

Ma prima che potessi allontanare Michael, lui sollevò la bocca dal mio collo e rimase col capo sospeso sopra di me, facendo scomparire Kai e tutti gli altri.

«Andiamo a una festa in piscina», ordinò. La sua voce, un attimo prima piena di desiderio, era gelida. «Passiamo a prenderti fra dieci minuti, mettiti il costume».

Avevo la gola secca e non riuscivo a deglutire.

«Se non sei pronta, veniamo a vestirti noi. Tutti e quattro», minacciò. «E poi, forse, quando la serata sarà finita, se ne avrò voglia, ti darò una ripassata».

Si scostò e si rimise in piedi; a quel punto, sentii delle mani attorno alle mie braccia che mi sollevavano da terra.

Poi trasalii quando una mano, cingendomi il collo, mi attirò verso un petto duro e una voce sussurrò al mio orecchio: «Sei una puttanella ninfomane», sibilò Damon. «L'hai quasi scopato qui sotto i nostri occhi».

Strinsi forte i denti e portai lo sguardo di fronte a me.

«La lotta che avete inscenato non era male», disse, sarcastico. «Cos'altro sai fare?».

E poi mi piazzò una mano sulla schiena e mi spinse in avanti. Io inciampai, ma non caddi.

Feci un respiro profondo dopo l'altro, con lo stomaco sottosopra e i nervi scossi.

Cos'altro sai fare? Aveva usato contro di me le stesse parole che avevo pronunciato io quella mattina. *Figlio di...*

Raddrizzai le spalle e andai dritta all'ascensore, senza guardarmi indietro.

Il gioco era cambiato. Non sapevo perché e non sapevo quale sarebbe stata la mia prossima mossa, ma dovevo pensare in fretta. Molto più in fretta.

Capitolo 10
Erika

Tre anni prima

«Come sta la piccina lì sopra, fratello?», gridò Damon dal sedile posteriore. «Può venire a sedersi qui con me, se vuole».

Sentii la risata soffocata di Will e la mano di Michael stringermi attorno alla vita mentre sedevo sulle sue gambe.

Ma Michael non rispose, non era il tipo. Per quello che avevo potuto vedere, rispondeva raramente alle provocazioni infantili di Damon.

Kai guidava, e di tanto in tanto mi lanciava un'occhiata. «Non so, ma ho l'impressione che stia abbastanza comoda lì dov'è», rispose lui a Damon.

Io mi limitai a tenere lo sguardo fisso fuori dal parabrezza e a portare gli occhi al cielo. Non mi piaceva essere oggetto di scherno. In fondo, non avevo chiesto io di essere messa a sedere lì.

Di sicuro, non morivo dalla voglia di tornare sul mio sedile. Sentivo le farfalle nello stomaco, avvertivo il suo calore sul collo, e non desideravo essere da nessun'altra parte. Il mio cuore batteva tanto forte che quasi mi faceva male.

Ogni centimetro del mio corpo implorava di sentire il suo. Avrei voluto voltarmi, mettermi a cavalcioni su di lui e vedere cosa si provava ad averlo fra le gambe.

Afferrai la maniglia di sostegno accanto al finestrino, mi appoggiai al suo petto e lo sentii sollevarsi e abbassarsi dietro di me.

Con la mano sinistra, Michael continuava a mandare messaggi dal cellulare, comportandosi come se non ci fossi, ma la tensione del braccio che mi teneva attorno alla vita diceva il contrario.

Vidi Kai lanciare occhiate oblique, con un'espressione indecifrabile negli occhi.

«Hai deciso cosa ti piacerebbe fare?».

Inarcai la testa all'indietro per guardare Michael. «Io? Cosa vuoi dire?».

Finì di scrivere il messaggio e abbassò gli occhi su di me, il suo respiro caldo accarezzava la mia faccia. «Anche tu devi fare uno scherzo».

Will comparve da dietro, sbirciando sopra il sedile di Michael. «Pensa al film *Il corvo*», precisò. «Potremmo rapinare dei negozi, bruciare la città, assassinare una giovane coppia...».

Aggrottai le sopracciglia: non lo trovavo affatto divertente.

Dal sedile posteriore Damon disse: «Questa qui è una mezza calzetta. Non mi sono fatto tanti chilometri per tornare a casa questo fine settimana e lanciare uova alle macchine».

Will socchiuse gli occhi facendomi una smorfietta. «Fa tanto 2010. Sono sicuro che riuscirà a escogitare qualcosa di meglio».

«Di certo non sarà difficile», scherzai. «Non avete standard molto elevati». Poi li fissai a uno a uno, con un sorriso divertito sulle labbra. «È questo che fanno i Cavalieri nella Notte del Diavolo? Perché, devo dirlo, non rendete giustizia alle leggende».

«Oh, non l'ha detto davvero!», ululò Will, sorridendo.

Il sorriso sensuale di Michael raccolse il guanto della sfida. «Bene, bene, bene, sembra che Erika Fane non sia colpita, signori».

Damon rimase zitto, ma vidi una luce provenire da dietro, segno che si stava accendendo una sigaretta; Kai, invece, sorrise. Era concentrato sulla strada, ma ascoltava.

«Non ti è piaciuto il fuoco?», mi provocò Michael, con una punta di malizia negli occhi.

«Quello non era male», mi strinsi nelle spalle. «Ma avrebbe potuto farlo chiunque. A cosa è servito?».

Facevo l'indifferente. Mi piaceva partecipare alla conversazione, anche se ci stavamo solo provocando. Ovviamente, non era mia intenzione insultarlo.

Michael socchiuse gli occhi e mi fissò. «A cosa è servito?», chiese, ma si capiva che stava solo pensando ad alta voce.

«Ehi», gridò Michael. «Vuole sapere perché l'abbiamo fatto».

Sentii delle risate e mi voltai verso Kai, che aveva il braccio teso sul volante mentre sfrecciavamo sulla strada.

Mi guardò, ammiccando, ma poi girò di colpo il volante a destra. Io strillai, mentre tutti sobbalzavano sui sedili. Allungai le braccia per reggermi con entrambe le mani alla maniglia: i nostri corpi ondeggiavano e l'auto slittava su una stretta stradina ghiaiosa.

Aprii la bocca per parlare, ma non sapevo cosa dire. Cosa diavolo stava facendo?

Prima che potessi scoprirlo, frenò, spense il motore e i fari. Dentro l'auto calò un silenzio di tomba.

«Questo cosa significa?», sbottai. «Cosa vuoi fare?»

«Cosa *vogliamo* fare», mi corresse Michael.

Kai voltò la testa verso di me, portandosi le dita alle labbra. Avevo paura di respirare.

Restammo fermi per qualche secondo. Ero confusa, ma non volevo seccarli con altre domande. Cosa ci facevamo lì al buio, nascosti su una strada sterrata? E non riuscivo ancora a capire perché fossi seduta in braccio a Michael.

Poi sentii un rumore e rizzai le orecchie.

Sirene.

Tutti voltarono la testa per guardare fuori dal lunotto posteriore e, nel giro di pochi secondi, su quel poco di strada che si vedeva sfrecciarono dei lampi rossi, blu e bianchi. Due camion dei pompieri e cinque volanti della polizia.

Will cominciò a ridere, la sua era una risata profonda e chiassosa, come se fosse la mattina di Natale.

I veicoli ci superarono proseguendo per la superstrada, poi il bosco tornò scuro e silenzioso.

Guardai Kai. «Li hai chiamati tu? Era quello che facevi al cellulare».

Sorrise, annuendo. «Ovviamente pensano che ci siano cinque incendi anziché uno».

Cinque? Perché aveva dovuto mentire quando li aveva chiamati?

Michael doveva aver visto la mia espressione perplessa, perché spiegò: «Dobbiamo concentrare qui il maggior numero di poliziotti possibile».

«Perché?».

Si limitò ad alzare gli occhi al cielo, voltandosi verso Kai. «Falle vedere».

Kai avviò il motore e io afferrai di nuovo la maniglia quando fece retromarcia per uscire dal vialetto a velocità sostenuta. Saltellai sulle ginocchia di Michael, finché lui non mi cinse di nuovo la vita, tenendomi ferma.

Kai ingranò la prima e premette sull'acceleratore per divorare la strada buia a tutto gas. Intanto nell'abitacolo si diffondevano le note di *Bullet with a Name* dei Nonpoint. Ingranò la terza, la quarta e poi la quinta e, una manciata di secondi dopo, vidi quattro grosse luci davanti a noi. Mi avvicinai al parabrezza, e capii che si trattava di camion.

Due. Della spazzatura.

Dal sedile posteriore provenivano i versi eccitati di Will, mentre Michael e Kai avevano abbassato il finestrino.

Lanciai un'occhiata nervosa a Michael.

Non riuscii a interpretare quello che vidi nei suoi occhi. Calore. Emozione. Ansia.

Abbassò gli occhi sulle mie labbra e mi strinse la mano attorno alla vita.

«Tieniti forte», disse dolcemente.

Distolsi lo sguardo, stringendo la barra di sostegno, e vidi il muso dell'auto spingersi sulla strada.

Cosa stava facendo Kai?

Cominciai ad annaspare. Alzai lo sguardo e vidi i due camion slittare sui fianchi, finendo per metà sulla carreggiata e per metà sul ciglio della strada.

I loro fari diventavano via via più luminosi. Respirai a fondo, quando mi accorsi che si stavano avvicinando sempre di più.

Poi all'improvviso, spalancai gli occhi sentendo il dito di Michael accarezzarmi la pancia, avanti e indietro, lentamente, delicatamente.

Oddio.

Non seppi trattenermi. Inarcai la schiena spingendo il sedere contro di lui, e intanto continuavo a fissare i camion che ci venivano incontro.

Lo sentii gemere, poi il suo telefono mi colpì alla caviglia. Allontanò la mano dalla mia pancia e con un braccio mi cinse il collo, attirandomi a sé, mentre con l'altra mano mi stringeva la vita.

«Smettila», mi sussurrò all'orecchio, sembrava senza fiato. «Mi stai facendo impazzire».

Aumentò la stretta attorno al mio collo e io mi morsi il labbro inferiore sentendo il cuore pulsare nella gola e nelle orecchie.

Cazzo. Cominciai a muovermi contro di lui, nonostante l'avvertimento.

I camion presero a suonare e lampeggiare nella nostra direzione. Guaii, con la paura che correva sotto la mia pelle e lo stomaco sottosopra.

«Gesù», mi sussurrò Michael all'orecchio, infilando di nuovo una mano sotto la felpa, per toccarmi la pancia. «Stai per venire, vero?», ansimò nel mio orecchio; chiusi gli occhi, vidi delle luci lampeggiare dietro le palpebre, poi trattenni il respiro e i camion ci passarono accanto, strombazzando, mentre l'aria entrava dai finestrini aperti facendomi svolazzare i capelli.

«Cazzo sì!», gridò Will, tenendo sollevato il telefono e registrando tutta la scena.

Damon rise e Kai rallentò. Michael allentò la presa sul collo, e tutti ci girammo a guardare fuori dal lunotto posteriore.

Kai fermò l'auto in mezzo alla strada e io inspirai; osservai confusa i camion che puntavano verso il centro della strada e poi arrestavano la loro corsa uno di fronte all'altro, cofano contro cofano.

I fari si spensero e un attimo dopo i due conducenti scesero dai loro mezzi e si precipitarono nella nostra direzione.

I camion bloccavano la strada per intero, anche il ciglio era impraticabile. Non c'era spazio sufficiente perché qualcuno riuscisse a passare. Entrambi i lati erano costeggiati da fossati, quindi era impossibile guidare fuoristrada, a meno che non si avesse un veicolo adatto.

Le portiere posteriori si aprirono e due ragazzi entrarono nell'auto di Michael, ridendo e ansimando, con il fiato corto.

«Figlio di puttana, è stato forte», disse ridendo quello castano, prendendo posto sul sedile posteriore accanto a Damon.

Mentre saliva, Will gli diede una pacca sulla schiena. Poi fu la volta di un biondino, che andò a occupare il posto dove prima ero seduta io. Si tolse i capelli dalla fronte e toccò Kai sulla spalla, passandogli due mazzi di chiavi.

«Ho inserito l'allarme, quindi tuo zio non saprà che mancano i camion fino a domani mattina», disse ansimando.

Riconobbi i due ragazzi: erano Simon Ulrich e Brace Salinges, giocavano entrambi a pallacanestro nella squadra della mia scuola.

Quindi era quello che intendeva Michael quando aveva detto che c'era bisogno di spazio. Dovevamo far salire altra gente.

Abbassai lo sguardo, socchiudendo gli occhi mentre pensavo a quello che aveva detto Brace. I camion appartenevano alla famiglia di Kai. Suo zio possedeva una ditta di costruzioni e loro avevano preso i camion per piazzarli in mezzo alla strada. Era lo scherzo di Kai per la serata.

Ma...

Alzai gli occhi su Michael, che aveva le sopracciglia inarcate in segno di sfida.

«State bloccando la strada», dissi, finalmente avevo capito. «Così i pompieri e i poliziotti non possono tornare indietro».

Sollevò gli angoli della bocca. «Sei colpita, ora?».

Quando Brace e Simon scesero dall'auto nei pressi di un locale della zona, tornai al posto di prima. Non c'era alcun motivo logico per cui dovessi restare in braccio a Michael. Anche se allontanarmi da lui era l'ultima cosa che volevo.

Sfortunatamente, avevo più paura che lui mi chiedesse di smammare, e a quel punto mi sarei sentita in imbarazzo per averlo messo nella condizione di domandarmelo.

Michael riprese il posto di guida e lentamente tornammo nel nostro quartiere; seguì la strada che costeggiava il parcheggio buio e silenzioso a circa un chilometro da casa mia. Parcheggiammo fuori da un enorme cancello di ferro. Guardai l'alto muro in pietra, sapendo che dall'altro lato c'era la casa del sindaco.

Thunder Bay era una piccola comunità, con non più di ventimila abitanti, se non si contavano gli studenti che facevano i pendolari dalle zone limitrofe per frequentare la scuola privata di Thunder Bay. Il nostro sindaco aveva conservato il suo ruolo per molto tempo, e dato che le cose raramente cambiavano nella nostra città, il motivo era evidente.

Damon era sceso dall'auto più di mezz'ora prima, mentre noi eravamo rimasti nell'abitacolo con il motore ronzante e il riscaldamento acceso. Mi sforzavo con tutte le forze di non fare domande. Ad esempio, perché ce ne stavamo lì fermi ad aspettare? Cosa stava facendo Damon? E se avesse fatto qualcosa di male, noialtri avremmo dovuto restare fermi come facili bersagli sapendo che la polizia poteva già essere in arrivo?

Ovviamente, molti poliziotti erano stati trattenuti sul luogo dell'incendio, dove li avevamo dirottati all'altro capo della città, ma ce n'erano altri nella zona.

«Eccolo, arriva».

Kai sbirciò dal finestrino di Michael e io seguii il suo sguardo. Vidi Damon saltare giù da un albero dall'altra parte del muro di cinta e cadere con i piedi a terra.

Sollevò il cappuccio della felpa e corse alla macchina, aprì la portiera dal lato di Will e, dopo aver scavalcato le gambe dell'amico ed essersi lasciato cadere sul sedile posteriore, scoppiò a ridere.

La sua felpa fredda mi carezzò la guancia, ma aveva un profumo delicato al posto del puzzo di sigaretta che sentivo di solito.

«Com'era?», chiese Will a Damon da sopra la spalla.

«Più dolce di una caramella».

Feci una smorfia. *Davvero?* Avevamo aspettato tutto questo tempo che si facesse una scopata?

Negli anni, avevo capito che ai ragazzi piacevano molto le donne e non facevano nulla per nasconderlo.

Considerato chi erano e il potere che esercitavano, non avevano alcuna difficoltà a trovare delle ragazze che volessero divertirsi con loro, anche se odiavo sentire accidentalmente i commenti, le discussioni e il modo crudo in cui parlavano delle loro conquiste; tuttavia, un po' li invidiavo, perché potevano fare quello che volevano senza essere giudicati.

Mi avrebbero aspettata se avessi voluto scopare? Mi avrebbero presa a pacche sulle spalle chiedendomi com'era stato?

No, certo che no.

Loro – o perlomeno Will e Damon – si aspettavano che fossi vergine, che aprissi le gambe solo per loro e che poi non mi lamentassi o piangessi se non avessero richiamato.

E purtroppo, in quello Michael era molto simile a Damon.

Mai una ragazza, mai un impegno, mai delle aspettative. L'unica differenza era che Michael non parlava delle sue porcate. Damon, invece, appendeva i manifesti.

«Ragazzi, avreste dovuto esserci», disse Damon. «Ti piace la figa, Rika?».

La rabbia mi infiammò. Rimisi la cintura di sicurezza, senza guardarlo mentre gli rispondevo: «Preferirei la figa al tuo cazzo».

Will grugnì, piegato in due dalle risate. Udii Kai ridere sommessamente sul sedile davanti. Michael non diede segni di vita.

Sentii un brivido correre sul lato destro del viso: sapevo che Damon mi stava fissando.

«Allora chi era?», chiesi ignorando la sua rabbia.

«La moglie del sindaco», rispose Will. «È una zoccola di moglie trofeo, ma un gran pezzo di donna».

Cristo. Una donna più anziana e sposata? Damon non aveva limiti.

«In realtà, lei non era a casa», si intromise Damon.

Io e Will voltammo la testa, perplessi. «Allora con chi sei stato?», sparò Will.

Damon ghignò, portò due dita al naso e se le annusò. «Mi piacciono le verginelle. Così dolci».

Kai si girò per lanciargli un'occhiataccia. «Non ci credo», ruggì. Sembrava che sapesse qualcosa di cui io non ero al corrente.

«Vaffanculo», rimbeccò Damon.

Aggrottai le sopracciglia, guardando i ragazzi. «Di chi state parlando?».

Damon prese lo stesso telefono che Will aveva usato per registrare l'incendio e lo passò a Will. «Ho un video», lo stuzzicò. «Vuoi vederlo?».

Raddrizzai la schiena, guardandomi attorno. *Fottuta carogna.*

«Sei davvero un idiota del cazzo», disse Kai a denti stretti continuando a fissare davanti a sé.

160

Lo osservai, chiedendomi perché fosse tanto arrabbiato. Damon aveva irritato anche me con i suoi commenti stupidi, ma perché Kai ce l'aveva così tanto con lui? Cosa poteva esserci di peggio della moglie del sindaco?

Poi strabuzzai gli occhi, realizzando finalmente di chi stessero parlando. L'unica persona che abitava in quella casa oltre alla servitù.

Winter Ashby, la figlia del sindaco.

Merda. Era quello il suo scherzo? Scoparsi la figlia del sindaco? Non c'era da meravigliarsi che Kai fosse così inviperito.

Ma prima che potessi ottenere conferma che stessero parlando di lei, Damon afferrò il pacchetto di sigarette e si mise a gridare ai due seduti davanti: «Andiamo a mettere qualcosa sotto i denti», propose. «Ho una fame da lupi».

Michael, che era rimasto zitto per tutto il tempo, esitò solo un momento prima di mettere in moto e riportare il SUV sulla strada.

Accompagnati dalle note di *Jekyll and Hyde* dei Five Finger Death Punch, trasmessa alla radio, tornammo in città. Michael parcheggiò proprio davanti a Sticks, uno dei nostri ritrovi preferiti, un bar con sala da biliardo che quasi tutti i ragazzi al di sotto dei ventun anni frequentavano abitualmente. Servivano anche alcolici, ma a meno che non fossi maggiorenne – o un fenomeno della pallacanestro – restavi a becco asciutto.

Ma non aveva importanza. La musica era bella, l'atmosfera dark, ed era abbastanza grande da ospitare un sacco di gente. Era il posto dove andare se volevi un po' di movimento il venerdì o il sabato sera. Ogni volta che avevo provato ad andarci con i miei amici, però, era arrivato Trevor a mettermi il fiato sul collo, quindi ci venivo raramente.

Scendemmo dalla macchina. Girai attorno al SUV per raggiungere gli altri sul marciapiede, passandomi le dita fra i capelli. Damon scosse la cenere della sigaretta per strada, mentre stringevo le braccia al petto per riscaldarmi.

«C'è quel cretino di Anderson», disse Kai sottovoce. «Mi sta sulle palle».

Seguii il suo sguardo oltre le vetrate, distogliendolo immediatamente quando vidi di chi stava parlando.

Miles Anderson.

Guardai per terra, lasciando che i capelli mi ricadessero sul volto, nascondendolo. Nemmeno io potevo soffrirlo.

Avevo i muscoli duri e contratti, tanto mi sentivo a disagio. Pensai che sarebbero esplosi.

«Quel cretino che spara cazzate da quando ci siamo diplomati», aggiunse Damon.

Capii che a nessuno di loro piaceva il nuovo capitano della squadra di pallacanestro di Thunder Bay.

Quel ruolo era stato assegnato a Miles dopo che Michael si era diplomato, e fu felice di non dover più vivere all'ombra del predecessore. Gli mancavano il potere, il carisma e la capacità di far presa sugli altri che avevano i Cavalieri. Dopo che quelli erano partiti per il college, non aveva perso tempo a cercare di accaparrarsi ciò che una volta era appartenuto a loro.

L'unico problema era che come capitano faceva pena. La squadra aveva giocato un campionato disastroso l'anno prima, e più perdeva, più lui faceva di tutto per dimostrare che uomo fosse.

Rabbrividii, sforzandomi di allontanare dalla mia mente quello che era successo in primavera. Forse solo lui poteva essere peggiore di Damon.

Guardai Michael, cercando di nascondere la preoccupazione. «Non entriamo, vero?»

«Perché no?».

Mi strinsi nelle spalle e distolsi lo sguardo, ostentando indifferenza. «È solo che non ne ho voglia».

«Be', io ho fame», intervenne Will. «E c'è figa dentro, quindi muoviamoci».

Guardai il marciapiede, sbattendo a lungo le palpebre, in parte per il suo commento triviale, in parte perché mi rifiutavo di spiegare perché non mi andasse di entrare.

Ero già costretta a sopportare la presenza di Miles a scuola, non lo volevo tra i piedi nel tempo libero.

Sentii Michael avvicinarsi. «Che problema c'è?».

Il suo tono duro tradiva impazienza. Perché non avrebbe dovuto? Non mi aveva mai tenuta sotto una campana di vetro, lui.

162

Lo guardai con aria di sfida, scuotendo la testa. «Non voglio entrare. Vi aspetto qui fuori».

Damon scosse la testa guardando Michael. «Te l'avevo detto», si lamentò. «È fottutamente complicata».

Sospirai, ma non mi mossi da dove mi trovavo. Non mi importava quello che Damon aveva da dire sul mio conto. Mi importava di più che non fossi costretta a vedere quel cretino di Miles Anderson tutto fiero di esserne uscito senza un graffio.

Aveva sempre quel potere su di me.

Ma quando Michael mi afferrò per il braccio trascinandomi a forza dietro la sua macchina, mi lasciai sfuggire un gemito e trattenni il respiro. Poi si fece da parte mollando la presa; lui avanzava, io arretravo contro l'auto.

«Che ti prende adesso?», ruggì.

Con il groppo alla gola, mi morsi il labbro. Non volevo che gli altri lo sapessero.

Come no...

Ci avevano seguiti dietro l'auto, si erano messi di fianco a Michael e ora mi stavano fissando, in attesa che vuotassi il sacco.

Perfetto.

Sospirai, raddrizzando le spalle, poi buttai fuori la verità d'un fiato: «La scorsa primavera, a una festa, Miles Anderson ha messo della droga nel mio drink».

Avevo lo sguardo fisso a terra, e loro se ne stavano tutti lì, senza dire una parola.

Nel marzo precedente ero andata alla festa di San Patrizio a casa di un tipo dell'ultimo anno e, ovviamente, non ero sola. C'erano Noah e Claudia con me.

Ci stavamo divertendo, ballavamo; io avevo bevuto un drink soltanto. Poi non ricordo più nulla. So solo che mi svegliai nel bagno, con Noah che mi schiaffeggiava tenendo un dito piantato in fondo alla mia gola.

Forse per i ragazzi non era questa grande rivelazione. A chi importava se un'idiota veniva drogata?

Michael si fece più vicino. «Che cazzo hai appena detto?».

Sollevai lo sguardo di scatto, il sangue mi ribollì nelle vene quando vidi la rabbia nei suoi occhi color cannella. Sembrava

163

che mi volesse fare a pezzi. «In realtà è stata la sua ragazza, Astrid Colby», spiegai. «Mi ha dato lei quel bicchiere, ma c'era lui dietro la cosa».

Sì, probabilmente tutta la fiducia che Michael aveva riposto in me se n'era andata. Ero debole, stupida, una perdita di tempo.

«Cosa è successo?», chiese.

Ingoiai il nodo che avevo in gola. Con voce tremante proseguii: «Mi ha messo subito k.o. Non ricordo quasi niente. So solo quello che mi ha detto Noah. Ha buttato giù la porta di una camera della casa dove si teneva la festa. Mi avevano messa sul letto e avevo…», mi fermai, lo stomaco mi si rivoltò al solo pensiero, gli occhi mi bruciavano. «Avevo la camicetta aperta».

Michael esitò per un momento, poi mi esortò a continuare. «E poi?»

«E poi basta», assicurai, benc consapevole di cosa volesse sapere.

No, non mi avevano violentata.

«Noah aveva visto che mi stavano portando al piano di sopra», spiegai, «quasi non mi reggevo in piedi, e grazie al cielo è arrivato prima che succedesse qualcos'altro».

«Perché non l'hai detto a nessuno?», ribatté, in tono d'accusa.

Il mio petto fu scosso dai sussulti. Sbattei più volte le palpebre per ricacciare indietro il pianto.

Ma fu tutto inutile. Scoppiai a piangere e non riuscii a guardare nessuno di loro mentre le lacrime mi rigavano il viso.

«Che cazzo hai che non va?», mi gridò in faccia, e io trasalii. «Perché non l'hai detto a nessuno?»

«L'ho fatto», gridai, guardandolo con gli occhi annebbiati. «L'ho detto a tutti! Mia madre ha chiamato a scuola e…».

Lasciai la frase in sospeso, stringendo i pugni.

«Che il Cielo mi aiuti…», mi ammonì per spingermi a concludere la frase.

Riempii i polmoni e con uno sforzo immane rivelai il resto. «E tuo padre è socio degli Anderson in tre imprese immobiliari, quindi…».

«Ma cazzo!». Michael si allontanò imprecando e si voltò di spalle.

164

Kai scosse la testa, con gli occhi castani in fiamme. «Incredibile», sibilò.

Non dovetti dare altre spiegazioni.

Sì, avevo cercato di difendermi, di dirlo a mia madre, ai Crist, alla scuola, anche a Trevor... ma alla fine, nonostante le proteste di mia madre e della mamma di Michael, le relazioni d'affari fra il padre di Michael e i genitori di Miles erano più preziose del mio onore.

A Miles avevano detto di stare alla larga da me, mentre a me non avevano permesso di andare in ospedale per sottopormi al drug-test che avrei potuto usare come prova. L'incidente non era mai stato denunciato alla polizia e non era mai nemmeno uscito dalle nostre case. Ero stata costretta a vederlo ogni giorno a scuola, sapendo quello che mi aveva quasi fatto e chiedendomi se avrei avuto giustizia qualora lui e la sua ragazza mi avessero violentata.

Chinai la testa, cercando di trattenere i singhiozzi silenziosi. Dio, avrei voluto ucciderlo.

«Smetti di piangere», ordinò Damon guardandomi.

Poi fissò Michael, con gli occhi socchiusi. «Che cosa facciamo?».

Che cosa facciamo? Cosa avremmo potuto fare? Anche se i Cavalieri esercitavano un certo potere in questa città, erano impotenti con i loro genitori. Evans Crist aveva convinto mia madre a insabbiare l'accaduto, e quel che era fatto, era fatto. Astrid e Miles non sarebbero stati indagati e, anche in caso contrario, a quel punto non c'era più alcuna prova.

A meno che...

A meno che non fosse quella la vendetta di cui parlava Damon.

Michael fece un profondo respiro, oscillando avanti e indietro, poi posò lo sguardo su di me.

Lo vidi sollevare il mento e assumere un'espressione decisa negli occhi. «Chiedi a lei».

Mi bloccai. *Cosa?*

Inclinò il viso, come per incitarmi a rispondere, mentre tutti gli altri lentamente si voltarono a guardarmi, restando in attesa.

Che diavolo? Cosa avrei dovuto fare?

Poi capii quello che Damon aveva appena chiesto. *Cosa dobbiamo fare noi.* La decisione spettava a me.

Si erano coperti le spalle a vicenda quella sera, e adesso avrebbero fatto lo stesso per me, ma non avrebbero agito al posto mio.

No, Michael non l'avrebbe mai fatto. Non mi aveva mai trattata con delicatezza, e adesso voleva che affrontassi la situazione. Se mi fossi rifiutata, mi avrebbero riportata a casa in quello stesso istante.

Strinsi i denti, portando nuovamente lo sguardo oltre le vetrate di Sticks. Miles si stava chinando sulla sua ragazza. Lei prese posto su uno sgabello; poi lui la baciò toccandole il seno. Astrid ridacchiò, e Miles si ritrasse con un sorrisetto compiaciuto sulla faccia, come se niente al mondo potesse scalfirlo. Andò al bar e si prese una pacca sulla schiena da un compagno di squadra.

Guardai di nuovo Astrid, la vidi ridere con gli amici, ravviarsi i lunghi capelli rossi.

Pensavano di aver vinto. Non avevano paura di me.

Strinsi i denti tanto forte da farmi male.

Non sapevo cosa stessi facendo, ma fanculo.

Con i pugni chiusi tamponai gli angoli degli occhi, cancellando ogni lacrima residua, e mi assicurai di non aver fatto colare il mascara.

Afferrai la mia felpa dall'orlo, la portai sopra la testa, infine la sfilai dalle braccia gettandola a Kai. Sollevai la canotta grigia aderente mostrando l'ombelico, poi mi raccolsi i capelli, tentando di dargli un po' di volume, anche se temporaneo, o di creare un disordine sensuale... qualcosa del genere.

«Quando vedete che lo porto nel bagno», dissi, controllandomi i vestiti, «datemi un minuto, poi raggiungetemi».

Ma non appena alzai lo sguardo per avere conferma che avessero capito, mi paralizzai.

«Cosa c'è?», chiesi a bassa voce.

Quattro paia di occhi mi fissavano. I loro sguardi intensi scivolarono sul mio corpo come se non avessero mai visto una ragazza.

Kai cercò di distogliere lo sguardo, ma finì per guardarmi di sottecchi, come se fosse quasi arrabbiato, mentre Damon mi squadrava come se fossi nuda.

Will aggrottò le sopracciglia e lanciò un'occhiata a Michael, formando una "o" con la bocca. Poi fece un lungo sospiro.

Ma quando mi voltai a guardare Michael, vidi che aveva la mascella tesa e il pugno stretto. Non sapevo cosa stesse pensando, ma sembrava arrabbiato. Come sempre.

Alzai gli occhi al cielo.

Suppongo fosse una bella sensazione. In effetti, non avevo pensato alla cicatrice nemmeno una volta da quando ero uscita con loro. Non mi ero mai sentita sexy, ma quello che mi piaceva più di tutto era che non avevo fatto proprio niente per attirare loro attenzione. Niente minigonna, niente trucco, niente giochetti. Mi ero tolta la felpa e, come per magia, non ero più una bambina.

Di certo non era facile far finta di niente, visto che la canotta che indossavo aveva una scollatura profonda che lasciava poco spazio all'immaginazione. E vista la temperatura esterna, non volevo nemmeno sapere cosa potessero immaginare che ci fosse oltre la stoffa.

Cercai di farmi coraggio ostentando un enorme sorriso, poi strappai di mano la fiaschetta a Will prima di voltarmi verso la porta.

«Ehi», lo sentii abbaiare.

Ma prima che potesse protestare ancora, io ero già dentro. La porta si chiuse alle mie spalle lasciandoli fuori.

Quando entrai, mi accolsero il calore della sala da biliardo e l'odore di cibo e di hamburger. Nonostante l'aria fosse più calda, il cambiamento di temperatura mi fece accapponare la pelle sensibile. Sentii i capezzoli inturgidirsi, mentre le mie mani tremavano.

Forse era solo la tensione.

Mi guardai attorno, cercando di non dare l'impressione di aver individuato la mia preda al bancone del bar. Mi sforzai di essere naturale. Molte persone distolsero gli occhi dai tavoli da biliardo e dai gruppetti in cui erano raccolte per vedere chi fosse appena entrato. Alcuni mi sorrisero, altri fecero un cenno di saluto con il mento, prima di tornare alle loro conversazioni.

Le casse diffondevano le note di *Corrupt* dei Depeche Mode; portai i capelli da un lato, inclinai la fiaschetta e buttai giù un sorso. Il liquido mi bruciò la gola, ma mi sforzai di non battere ciglio. Vidi Miles voltare la testa verso di me e guardarmi di sottecchi.

Mentre percorrevo il corridoio che separava il bar dai tavoli da biliardo, costringendomi a sorridere e ancheggiare, con una mano reggevo il liquore, l'altra, invece, era infilata nella tasca posteriore dei jeans. Cercavo di sembrare civettuola, anche se avevo il cuore in gola e la nuca sudata.

Voltai la testa e finsi di interessarmi a quello che accadeva a un tavolo e di non guardare dove mettevo i piedi.

Poi urtai il braccio di Miles e mi girai di scatto. Sentii la vodka della bottiglia di Will scivolarmi sul braccio e vidi gli schizzi sulla camicia di Miles.

«Oddio», dissi, pulendolo con gesti enfatici. «Scusami tanto. Non...».

«Tutto a posto», mi interruppe lui, passandosi una mano sulla camicia e poi fra i capelli, per darsi una rassettata. «Cosa beviamo qui, bella?».

Colse la palla al balzo, mi afferrò alla vita con una mano, mentre con l'altra prese la fiaschetta e ne fece un sorso.

Aggrottò le sopracciglia, probabilmente sorpreso dal fatto che fosse vero alcol e non succo di frutta. Il vantaggio di essere una ragazza tranquilla era che in pochi ti conoscevano davvero, con il beneficio accessorio dell'effetto sorpresa se decidevi di cambiare marcia in situazioni come quella.

Inarcai le sopracciglia, tentando di sembrare preoccupata e vulnerabile.

«Ti prego, non dirlo a nessuno», lo blandii. «Io e Trevor abbiamo litigato, ho solo bisogno di rilassarmi un po'».

Non pensavo veramente che potesse dire a qualcuno che stavo bevendo. Tutti bevevano, ma volevo che mi vedesse come una preda facile. Miles e Astrid sapevano che ero a conoscenza dell'episodio di San Patrizio, anche se io non ricordavo niente. Ma speravo che lui mi credesse troppo ubriaca in quel momento perché potessi dare peso alla cosa.

Strinse le labbra restituendomi il liquore. «Per cosa avete litigato?».

Buttai indietro la testa, come se l'alcol stesse facendo effetto, e mugugnai: «Pensa che io sia sua e io non sono d'accordo». Recitai bene la mia parte, riportando lo sguardo su di lui in un modo che diceva "scopami".

Vidi uno strano calore accendergli gli occhi mentre appoggiava le mani sui miei fianchi con fare possessivo.

«Ti vuoi buttare su qualcun altro?», sussurrò avvicinando la bocca alla mia.

Mi leccai le labbra posando languidamente un braccio sulla sua spalla, la mano penzolante dietro di lui. «Forse», lo provocai, sforzandomi di ciondolare fra le sue braccia.

«Come biasimarlo, Rika», replicò in tono sommesso, stringendomi contro di sé. «Voglio dire… guardati».

Sorrisi, sforzandomi di ingoiare la bile che mi saliva dallo stomaco.

Incespicando all'indietro, biascicai come se fossi ubriaca: «Sta girando tutto. Credo di aver bisogno di rinfrescarmi la faccia. Dov'è il bagno?».

Mi prese la mano, facendomi strada, e sussurrò: «Andiamo».

Non mi preoccupai di controllare se la sua ragazza o gli amici avessero visto qualcosa. Sapevo che era così e speravo che da un momento all'altro Astrid ci avrebbe raggiunti.

Lasciai che mi guidasse oltre il bar, e insieme girammo l'angolo diretti ai bagni. Miles mi spinse in quello dei maschi; io andai subito al lavandino e aprii l'acqua. Per fortuna la stanza era vuota.

Appoggiai una mano accanto al lavandino, bagnai l'altra e mi tamponai il petto e il collo, fingendo di inarcare la schiena e spostare i capelli di lato.

Andiamo, ragazzi, entrate.

«Così va meglio», mugugnai, continuando a passare la mano bagnata sulla nuca e lasciando che l'acqua mi scendesse lungo il petto.

Miles non perse tempo. Si mise alle mie spalle, mi afferrò per i fianchi e cominciò a spingere contro il mio sedere.

«Scommetto che scopi da Dio», sussurrò, sollevando una mano per stringermi la spalla e il collo, mentre con l'altra cercava di prendermi il seno.

Avevo il respiro sempre più affannoso e la bocca asciutta.

Michael.

Andai avanti comunque, facendo una risatina forzata. Spostai la sua mano e cinguettai: «Che cosa fai?».

Mi afferrò di nuovo il seno, ringhiandomi all'orecchio: «Lo so cosa vuoi». Poi la sua mano scese a cercare il bottone dei pantaloni.

Il cuore mi batteva nelle orecchie. Guardai la porta.

Non sei una vittima e io non sono il tuo salvatore. Gli occhi mi bruciavano, ogni centimetro della mia pelle era percorso da brividi di paura.

Dov'erano? Dove diavolo erano?

Strinsi i denti facendo un profondo respiro. Espirai tutta l'aria che avevo nei polmoni e riuscii a calmarmi.

«Pensi che sia quello che voglio?», dissi cercando di sembrare meno nervosa di quanto fossi.

Avevo il telefono in macchina e le chiavi nella felpa. Ero nuda lì dentro. Completamente disarmata. L'unica speranza era che riuscissi a lasciare il bagno.

Mi voltai, appoggiando le mani ai lati del lavello. Poi la mia mano si immobilizzò cadendo su qualcosa di piccolo e aguzzo.

Afferrai l'oggetto, mentre Miles si chinava a baciarmi il collo e palparmi il sedere. «So esattamente di cosa hai bisogno», rispose.

Strinsi il metallo nella mano e capii che era il dispenser del sapone sul piano di granito. Aveva un lungo becco di metallo sottile e acuminato. Tesi il braccio, rimuovendolo lentamente dalla sede finché non lo estrassi del tutto. Con un rapido gesto lo nascosi dietro la schiena.

«Togliti di dosso», ordinai, smettendo di recitare.

A quel punto, però, lui mi afferrò per i capelli e cominciò a tirarmi indietro la testa. Cacciai un urlo. «Non prendermi in giro».

Fece scivolare l'altra mano sulla mia canotta e mi strizzò il seno, mentre con la bocca mi copriva il collo. «Però puoi gridare, se vuoi. Basta che ti togli queste mutande del cazzo».

Finsi di accondiscendere, e intanto mi aggrappai al dispenser del sapone sollevando il braccio per abbassarlo sul suo viso. Ma in quel momento la porta si spalancò ed entrambi sollevammo di scatto la testa. Provai un immediato sollievo.

Ma non durò a lungo.

Astrid.

Mi sentii morire. Con gli occhi spalancati, nascosi velocemente l'arma dietro la schiena. Astrid oltrepassò la porta e se la chiuse alle spalle, come se cercasse guai.

«Allora credi di poterti fare il mio ragazzo, puttanella?», disse con gli occhi fissi nei miei. Il suo sguardo era per metà divertito, per metà intimidatorio.

Allentai e poi strinsi di nuovo la presa attorno all'arma improvvisata che reggevo tra le mani, mentre il sudore, simile a un fluido incandescente, mi correva sotto sul collo e sul petto.

Cristo se avevo paura. *Michael.*

Astrid si avvicinò, strinse un braccio attorno al collo di Miles e tirò fuori la lingua per leccargli le labbra. Lui si chinò a baciarla, aumentando la stretta su di me; feci una smorfia e riuscii a liberarmi dalla morsa per precipitarmi verso la porta.

Ma lui mi riacciuffò ributtandomi contro il lavello. Avevo i brividi su tutto il corpo. Cominciai a respirare più a fondo e rapidamente. *No.*

Volevo andarmene di lì. Volevo tornare a casa. Volevo mia madre.

Astrid si fece da parte e disse a Miles: «Vuoi lei?».

Lui si morse il labbro inferiore, aggrappandosi a me come se fossi la sua cena. «Cazzo, sì», ruggì e io mi lasciai sfuggire un piccolo grido, sentendo che sfregava la punta del cazzo contro di me.

«Piegala in avanti e prendila da dietro», gli ordinò Astrid. «E non essere gentile. Non mi piace».

Mi fece voltare, e gemetti mentre la stanza girava e lui mi costringeva a chinare la testa sul ripiano.

Astrid si accomodò sul lavello accanto a me, sussurrandomi all'orecchio: «Mi piace vederlo scoparsi altre ragazze».

Non riuscivo a respirare. Cercavo di inspirare, ma il petto mi tremava sempre di più.

Miles riuscì a slacciarmi i jeans e io gridai, la gola secca mentre la rabbia mi inondava i muscoli. Mi risollevai.

Mi raddrizzai di colpo, tirai indietro entrambe le braccia e le scagliai contro il viso di Astrid, che finì contro lo specchio alla mia destra.

Andò a sbattere col lato sinistro della testa contro il vetro, che si frantumò subito in decine di schegge e frammenti.

Mi voltai per colpire Miles in viso, affondando il beccuccio del dispenser nella sua pelle e procurandogli un lungo graffio che dalla guancia scendeva fino al collo.

«Cazzo!», guaì, portandosi una mano al volto e incespicando all'indietro.

«Stronza», gridò Astrid. «Mi hai tagliato la faccia!».

In un attimo fui in piedi. Tenevo l'arma tesa davanti a me e intanto indietreggiavo verso il muro. Ero un bagno di sudore.

«E adesso come la mettiamo, stronzi pervertiti?», gridai, e una rabbia cieca mi deformava il volto.

«Vieni qui!», gridò Miles. Lanciai un urlo quando mi torse il braccio e per poco non mi slogò una spalla; poi mi scaraventò a terra.

«No!», strillai.

Miles mi si avventò contro, e io presi ad agitare gambe e braccia, mentre cercava di tenermi bloccata.

«Cazzo, piccolina», disse una voce sopra di me. Vedendo Miles che si fermava e alzava gli occhi, mi lasciai sfuggire un gemito.

Col fiato ridotto a brevi respiri superficiali e il cuore che mi martellava nel petto, lo osservai guardare la porta che si era appena aperta.

Will lo fissava da dietro la sua maschera bianca, con Michael, Kai e Damon al fianco. «Sembra che tu li abbia conciati per bene anche senza il nostro aiuto», disse guardando Astrid col il sangue che le colava dal lato della faccia rivolto verso il lavello.

I Cavalieri entrarono lentamente nella stanza, riempiendo tutto lo spazio circostante e chiudendosi la porta alle spalle. Guardai Michael, che teneva gli occhi socchiusi e fissava i miei pantaloni sbottonati.

«Ragazzi, cosa ci fate qui?», sbottò Miles, alzandosi. «Uscite. È una cosa fra noi tre».

Nessuno ebbe la minima esitazione.

Michael tirò indietro il gomito e assestò un pugno sul viso di

Miles. Lui cadde sul fianco e perse i sensi. Damon e Will lo seguirono a ruota, afferrandolo per le braccia, trascinandolo contro il muro e tenendolo bloccato lì.

Kai mi aiutò a rimettermi in piedi e io con uno scatto mi avventai su Astrid che cercava di infilare la porta. La afferrai per i capelli e la trascinai contro il muro, accanto al suo ragazzo, mentre lacrime di sollievo lottavano per uscire.

«Non provate mai più a toccarmi!», le gridai. Poi mi avvicinai al muro allungando il collo per sputare in faccia a Miles. «Mai più!».

Lui sbatté le palpebre, mentre il sangue sgorgava dal taglio che gli avevo fatto e colava sulla sua guancia.

Mi allontanai con il corpo scosso dai fremiti. La furia sanguinaria con cui avevo reagito alla paura mi aveva squassato il volto. Sentivo un dolore sordo al petto. Abbassai lo sguardo e vidi sulla maglietta il sangue di Miles.

«Vai in macchina», ordinò Michael; Miles era sempre immobilizzato al muro davanti a lui. «Noi arriviamo subito».

Tirai su con il naso, con il dispenser del sapone ancora in mano. Presi la mia felpa dalle mani di Kai e me la infilai per coprire il sangue.

«Ragazzi, voi cosa fate?».

Michael tornò a guardare Miles anziché me. «Ci assicuriamo che abbiano capito», rispose.

Capitolo 11
Erika

Oggi

Entrammo in una mastodontica villa bianca alla periferia della città, i quattro ragazzi davanti, io dietro. Non si preoccupavano che potessi scappare.

Dopotutto nell'auto ci ero salita.

Quando ero tornata a casa dopo l'incontro con loro, avevo lasciato sbollire la rabbia per un paio di minuti, mentre un miliardo di paure mi attraversava la mente. I ragazzi amavano andarsene in giro a fare dei giochetti, e per un motivo inspiegabile quella sera ero io il topo appeso per la coda.

Perché?

L'orologio dell'appartamento scandiva i minuti e io non riuscivo a calmarmi. Stavano venendo a prendermi, e chi sapeva fino a che punto si sarebbero spinti. Non volevo vederli mai più. Mai più.

Ma era evidente che stessero architettando qualcosa. Mettevano le persone sotto torchio. Ecco cosa facevano. E avrebbero continuato a mettermi sotto pressione finché non mi fossi armata di coraggio e non avessi smesso di scappare.

Cos'altro sai fare?

Cos'altro sapevo fare? Avevo imparato da mio padre a essere coraggiosa. A immergere il piede in ogni oceano e a provare qualunque cosa. Imparare, esplorare, sfidare il mondo…

E da mia madre, avevo imparato a essere autosufficiente. Certo, me lo aveva insegnato per omissione: osservare lei mi aveva mostrato esattamente cosa non volevo essere.

E da Michael – oltre che da Damon, Will e Kai – avevo imparato a sputare fuoco. A camminare come se la strada fosse stata scavata solo perché io potessi percorrerla, e a trattare il mondo come se dovesse sapere che stavo arrivando.

Avevo messo in pratica quegli insegnamenti? Ovviamente no. Ero un topo, ecco perché avevo messo il bikini ed ero salita su quella macchina del cazzo. Volevo essere diversa.

Questa volta non mi sarei sottratta.

Fu un viaggio tranquillo. Trascorsi tutto il tragitto concentrata a guardare fuori dal finestrino, ben felice che la musica ad alto volume uccidesse ogni possibilità di fare conversazione.

Dopo aver consegnato l'auto al parcheggiatore, i ragazzi entrarono in casa e io li seguii con i sandali di pelle nera ai piedi; quando vidi tutte quelle persone, mi rilassai all'istante.

Non sarei stata in pericolo lì dentro.

La villa sfoggiava un'architettura moderna: finestre e vetro in abbondanza, angoli acuti e bianco ovunque. Era disposta su vari livelli e dotata di balconi che sporgevano dall'edificio a varie lunghezze e larghezze. Non appena entrai, capii che era una festa degli Storm.

La squadra di pallacanestro di Michael.

C'erano oggetti sportivi in ogni angolo, e molti degli ospiti, compresi quelli con cui ero arrivata, erano più alti della media.

Per un attimo andai nel panico notando che tutti i ragazzi indossavano dei completi eleganti senza cravatta, ma poi recuperai la calma guardando le donne: alcune portavano l'abito da sera, altre erano in tenuta da piscina, come me.

«Jake». Michael strinse la mano a un ragazzo di qualche centimetro più alto di lui, poi si rivolse a me: «Erika, lui è Jake Owen. Un compagno di squadra. Questa è casa sua».

Feci un mezzo sorriso, stringendogli la mano.

«Lieto di conoscerti», disse con sguardo gentile. «Che bella ragazza». Poi guardò Michael. «Sei sicuro di volere che il resto della squadra la veda prima che tu le abbia messo l'anello al dito?».

Lo sguardo di Michael si adombrò e scosse la testa come per sminuire lo scherzo dell'amico.

«In realtà uscivo con suo fratello», gli dissi. «Siamo cresciuti insieme».

«Davvero?». Si ricompose, guardandomi con più interesse.

«Be', mi piacerebbe che mi raccontassi qualche aneddoto sui suoi esordi nella pallacanestro. Michael, come sicuramente saprai, non è uno di molte parole».

Sorrisi: l'aveva inquadrato perfettamente. Ma poi qualcosa catturò il mio sguardo: Alex. Will la stava portando di sopra, con un sorriso stampato in faccia.

Alex era qui? E perché si appartava con Will?

Poi vidi Kai e Damon prendere da bere e uscire nel patio.

Mi voltai di nuovo verso Jake, sbattendo le palpebre e ricordandomi dov'ero. «Io...», balbettai. «Temo di non avere molto da raccontarti. Non guardavo le partite a scuola. Mi dispiace».

Lo sguardo di Michael era affilato come una lama.

Sì, ero stata a tutte le partite che aveva giocato alle superiori. Ma no, non ne ricordavo nemmeno una, né tanto meno sapevo quali squadre avesse sconfitto. Non era a quello che prestavo attenzione.

Mi congedai con un mezzo sorriso e li lasciai soli. Ero sicura che Michael non mi volesse tra i piedi tutta la sera, e avevo bisogno di spazio per me.

E forse anche di qualcosa da bere.

Per la mezz'ora successiva mi aggirai per il piano inferiore, fingendomi interessata alle opere d'arte e alle sculture, prima di decidermi finalmente a raggiungere il bar e prendere un drink.

Fortunatamente i ragazzi mi avevano lasciata sola e non li vedevo da quando eravamo arrivati. Uscii con un bicchiere di coca e rum e sentii l'alcol che mi scaldava lentamente il sangue; fu allora che notai tutta la gente ammassata nell'enorme piscina. Nessuno nuotava, ma era abbastanza spaziosa per potersi rilassare e godersi gli ultimi scampoli della tiepida aria estiva.

All'estremità della piscina c'era una piccola scogliera con una cascata. Piegai la testa, aguzzando la vista per osservare quella che, dietro il getto d'acqua, sembrava una grotta segreta.

Mi guardai attorno e notai che i ragazzi non erano nei paraggi, quindi mi tolsi velocemente la maglietta e i pantaloncini. Riposi gli abiti e i sandali su una poltroncina, posai il bicchiere e scivolai nella piscina.

L'acqua mi arrivava alla vita. Mi ravviai i capelli, portandoli sopra la spalla sinistra, e mi appoggiai al bordo per sorseggiare il drink.

Chiusi gli occhi e piegai la testa all'indietro, sentendo finalmente la tensione scivolare via dal mio viso.

Era ora.

«Ciao», disse una voce.

Aprii gli occhi e quando li alzai vidi Alex, con in mano una bottiglia di Patron e un paio di bicchierini da liquore. Indossava un bikini rosso con molte catenelle d'oro attorno al collo e grandi orecchini tondi alle orecchie.

«Sembri più felice dell'ultima volta che ci siamo viste», notò.

Annuii, sollevando il bicchiere verso di lei. «Questo aiuta».

«Pff», disse lei in tono di scherno, posando le sue cose per entrare in piscina. «Quello non è alcol».

Versò velocemente due bicchieri di tequila, ne tenne uno per sé e mi passò l'altro.

Cercai di non storcere il naso: il liquore puro, non diluito, era una tortura per me.

Ma volevo rilassarmi – per una volta – e non avevo paura che i ragazzi si prendessero delle libertà se mi fossi ubriacata. In quattro, non avevano bisogno dell'alcol per assoggettarmi, se era quello che volevano: ci sarebbero riusciti in ogni caso, che io fossi ubriaca fradicia o perfettamente sobria.

Buttai giù il bicchiere. Il liquido mi bruciò la gola. Strinsi gli occhi e continuai a deglutire per liberarmi del saporaccio in bocca. Purtroppo era alquanto improbabile che avesse dei limoni.

Dio, ero una femminuccia.

Feci un bel respiro cercando di non pensare al sapore pungente del liquore, poi posai il bicchiere, ma lei lo riempì di nuovo.

«Allora te lo devo chiedere», esordii, sempre cercando di togliermi di bocca il gusto della tequila, «Mi spieghi la storia del "mi vedo con molti uomini"?».

Sollevò un angolo della bocca che si aprì in un sorriso malizioso, poi si voltò per passarmi il bicchierino, di nuovo pieno.

«Prima so che sei salita di sopra con Will, mentre l'altra sera sei stata con Michael», continuai con sguardo audace.

Si strinse nelle spalle. Avevo l'impressione che si sentisse in colpa. «Conosco un sacco di uomini, cioè vengo *pagata* per fare la loro conoscenza».

Pagata? Era pagata per incontrare degli uomini e passare del tempo con loro?

Finalmente capii, e spalancai gli occhi. «Ah, ma certo».

Sorrise, arrossendo, e mandò giù la sua tequila.

Era una escort. Una prostituta. Wow.

Decisi di seguire il suo esempio e tracannai il mio drink cercando di raccapezzarmi su quel punto. Michael era con lei quella sera, quindi l'aveva ingaggiata?

«Però non puoi dirlo a nessuno», mi ammonì, la voce strozzata dal bruciore provocato dall'alcol. «I miei clienti sono quasi tutti ricchi e conosciuti».

Posai il bicchiere, allontanandomi di qualche centimetro dal bordo, e presi ad accarezzare la superficie dell'acqua con le dita.

Faceva sesso con gli uomini – e con le donne, ricordai quello che aveva detto in ascensore – e la pagavano. E viveva nel mio palazzo.

Forse sarebbe stato meglio continuare a credere che fosse la ragazza di Michael.

Ero sempre stata un po' gelosa quando Michael aveva delle ragazze intorno. Anche quando ero piccola. Lo volevo per me.

Ma con il tempo, le abitudini di Michael non erano mai cambiate: le rimorchiava, si divertiva un po', a volte usciva con loro. Ma non c'era mai una relazione stabile.

Però, sapere che da lei voleva solo sesso mi disturbava comunque. Viveva a pochi piani di distanza: in qualunque momento poteva chiamarla, se ne sentiva il bisogno.

«Non preoccuparti. Non sono stata con Michael», disse come se mi leggesse nel pensiero.

Strinsi le labbra, scuotendo le spalle. «Perché dovrebbe importarmi?».

Lei sbuffò. «Dal modo in cui parlavi a monosillabi l'altra sera, quando eri in pigiama, ho immaginato che ti importasse».

Abbassai lo sguardo, sentendo l'acqua scivolarmi fra le dita.

Avrei potuto chiederle perché non era stata con lui, dato che l'avevo vista salire nel suo appartamento, ma non volevo dare importanza alla cosa. Era una sensazione strana quella di averla nel mio stesso palazzo e così vicina, ma Michael non era mio e quindi non erano affari miei.

«E non sono stata nemmeno con Kai», aggiunse buttando giù un altro bicchiere.

«E Damon e Will allora?», chiesi. «Non offenderti, ma non sapevo che dovessero pagare le donne per portarsele a letto».

«Gli uomini che ingaggiano delle accompagnatrici non pagano per fare sesso», mi corresse. «Pagano perché tu te ne vada una volta che hai finito».

Carino. Distolsi lo sguardo, dispiacendomi per lei.

«Alcune persone non hanno interesse a formare dei legami o avere degli obblighi, Rika», spiegò. «Sono solo una professionista che fa passare un po' di tempo piacevolmente e non si aspetta niente dopo».

Annuii, ma non le credevo davvero. Le donne come lei potevano anche essere un momento di felicità, ma rimanevano pur sempre un segreto sporco che gli uomini tenevano nascosto.

Doveva aver intravisto l'ombra del giudizio nei miei occhi, perché si affrettò a spiegare: «Mi pago il college e l'affitto e – no – non voglio farlo per più tempo del necessario. Ma ho fatto una scelta. Vorrei non doverlo fare sempre, ma non mi pento. E a volte», mi lanciò un sorriso malizioso, «è divertente».

Capivo quello che diceva e non volevo darle l'impressione che la stessi giudicando.

Aveva fatto le sue scelte e ne era padrona. In un certo senso, invidiavo la sua sicurezza in se stessa.

Ma all'improvviso mi resi conto di quanto fossi felice di essere una Fane, con tutte le sicurezze che quel cognome comportava.

Nei venti minuti successivi, Alex si riempì un'altra volta il bicchiere, mentre io finivo il mio. Notai che tutti lentamente si rilassavano per effetto dell'alcol. Gli abiti eleganti cadevano a terra, altre persone entravano in piscina, e io e Alex ci perdemmo fra musica e risate.

La tequila mi scorreva nelle vene, scaldandomi lo stomaco e il petto. Era una sensazione così piacevole quella di sorridere e perdere un po' il controllo. La mia pelle pulsava e la mia testa fluttuava mentre ci muovevamo al ritmo di *Pray to God*. A malapena mi accorsi delle coppiette che pomiciavano di fianco a noi.

«Devo andare al bagno», gridò sopra la musica passandomi la bottiglia di tequila. «Bevi ancora, torno fra un minuto».

Scossi la testa, ridendo.

La vidi saltare fuori dalla vasca e sparire dentro casa. Ma poi notai Michael, Will e Kai all'altro lato della piscina intenti a osservarmi, e il sorriso mi morì sulle labbra.

Da quanto tempo erano lì?

Erano in piedi, in semicerchio, coi bicchieri in mano, e mi chiesi se fossero rimasti lì per tutto il tempo a guardare me e Alex.

Sollevai un sopracciglio, lanciando loro uno sguardo provocatorio. Mi voltai, posando la bottiglia, e mi incamminai verso l'estremità della piscina.

Raggiunsi la grotta dietro la cascata, in parte per scappare ai loro occhi indagatori, in parte perché ero curiosa.

L'acqua scendeva a cascata dalle rocce. Mentre avanzavo verso l'estremità destra della piscina, mi bagnai le braccia e il petto. Notai uno scorcio buio dietro le cascate, così cominciai a muovermi sotto il getto scrosciante, scivolando sull'acqua senza inzupparmi.

Non appena oltrepassai le cascate, sentii le farfalle allo stomaco e sorrisi.

Era enorme.

Dietro le cascate, c'era una piscina nascosta, l'acqua brillava sotto il bagliore delle luci azzurre al neon, proprio come quelle che avevo visto nell'attico di Michael. A destra c'era una specie di riva, dove potersi sdraiare o sedere; da lì le persone che non nuotavano potevano entrare e godersi la bellezza della piscina senza bagnarsi.

Quel posto era proprio simile a una grotta. Le pareti rocciose e il soffitto erano tempestati di lucine bianche, probabilmente perché simulassero la luce delle stelle. Allungai le gambe e non riuscii a trattenere un mugolio di piacere.

Ero eccitata.

180

Non sapevo se fosse per il luogo, per quello che avevo bevuto, o per Michael. Per tutto il giorno i miei sensi erano stati all'erta.

Continuai a addentrarmi, godendomi l'oscurità, crogiolandomi in una sensazione di benessere assoluto. Ma poi vidi Damon entrare nella grotta e mi paralizzai.

Aveva camminato proprio sotto le cascate, avanzando dalla parte opposta, ed era bagnato fradicio. Si ravviò i capelli neri; il petto imponente, le spalle e le braccia erano lucidi per effetto dell'acqua. Doveva essersi portato il costume, oppure l'aveva preso in prestito. Arretrai subito di un passo, vedendolo avanzare proprio verso di me.

«Vorrei poter dire che di solito non provoco questa reazione nelle donne», osservò ironico notando la mia ritirata.

Strinsi i pugni e mi leccai le labbra secche. «No, certo», stetti al gioco. «Penso che la cosa ti piaccia».

Le sue labbra si incresparono, e io cercai di non retrocedere ancora. Voleva spaventarmi. Ci contava.

«Non ho paura di te». Piegai la testa, il mio cuore martellava nonostante l'espressione risoluta.

La musica risuonava a tutto volume e, fra quello e la cascata, dubitavo che qualcuno mi avrebbe sentita se avessi urlato.

Si fermò proprio di fronte a me, solo pochi millimetri ci separavano. «Invece sì».

Strinse le braccia attorno alla mia vita come una morsa di metallo e mi sollevò da terra.

Grugnii, piantandogli le mani sulle spalle per tentare di spingerlo lontano da me. «Damon».

«Potrei strapparti gli arti uno dopo l'altro», minacciò, il suo respiro sul mio viso. «Non verserei nemmeno una goccia di sudore».

Premendo le mani contro il suo petto, spinsi sempre più forte, ruotando il busto a destra e a sinistra. «Smettila, lasciami andare».

«Sai a cosa pensavo quando ero in prigione?». Mi afferrò per i capelli, e io annaspai quando, tenendomi stretta, mi fece reclinare il collo all'indietro; le sue labbra erano a pochi centimetri dalle mie. «A te... e alla nostra ultima notte insieme», finì.

Mi baciò, un bacio delicato ma possessivo, tirandomi il labbro inferiore con i denti. Mi ritrassi, conficcandogli le unghie nel braccio, mentre il cuore mi martellava nel petto.

«Damon, vaffanculo», sibilai.

Ma per tutta risposta, lui strinse i miei capelli nel pugno, sfiorandomi le labbra con le sue. «Ogni volta che ero solo, me lo menavo immaginando che lo prendevi come una brava bambina».

Allungai di scatto la mano, lo afferrai per il collo e cominciai a stringere più che potevo nel tentativo di allontanarlo dalla mia bocca.

Rise come se non se ne fosse neppure accorto. «Non hai mai detto a Michael cos'è successo quella sera, vero?»

«Come sai che non gliel'ho detto?», ruggii, mostrando i denti.

Avvicinò la testa ancora di più. «Perché mi avrebbe già ucciso».

Strinsi le dita attorno al suo collo, affondandovi le unghie. «Allora forse glielo dico», minacciai. «Adesso toglimi le mani di dosso, coglione».

«Basta».

Michael.

Trattenni il respiro. Sentendo quell'ordine perentorio, Damon guardò oltre di me.

Respirai a fondo, vedendolo sogghignare, probabilmente indeciso se sfidare l'amico oppure no.

Non riuscivo a raccapezzarmi: due ore prima sembravano d'accordo e adesso Michael gli faceva abbassare la cresta.

Damon infine mi lasciò andare, allontanandomi con una spinta. Fu allora che vidi i segni a mezzaluna che gli avevo lasciato sul collo. Sanguinava e non riuscii a evitare di sentirmi un po' soddisfatta.

Bene. Forse non sarebbe stato un deterrente, forse la cosa l'avrebbe solo eccitato di più, ma almeno sapeva che ero pronta a difendermi. Valeva la pena di correre il rischio di provocarlo.

Damon uscì dalla grotta e io mi voltai. Non c'era bisogno che mi sforzassi di rilassare i nervi: mi sentivo già più forte.

«Ti piace essere al centro dell'attenzione, vero?». Michael mi inchiodò con uno sguardo duro. «Quanto ti piace il cazzo, Rika? Ti va bene proprio chiunque?».

Risi fra me, salendo i gradini che portavano al bordo di pietra. «Chiedi a Trevor», lo provocai, raccogliendo i capelli in una coda di cavallo, consapevole dei suoi occhi che percorrevano il mio corpo bagnato. «Persino lui non riusciva a starmi dietro. Lo volevo tutto il tempo. Dio, se mi piace scopare».

Abbassò il mento, e un ghigno distorto gli comparve sul viso. Si avvicinò, costringendomi a indietreggiare contro il muro della caverna, senza mai distogliere lo sguardo dal mio.

«Apri la bocca», disse, sollevando il bicchiere.

Esitai un istante. Non volevo che mi vedesse vacillare. La piccola Rika timida e spaventata che non riusciva a fare un passo senza permesso? Se n'era andata.

Buttai indietro la testa e aprii la bocca.

Michael versò un po' del liquido marrone nella mia bocca aperta e io deglutii, facendo attenzione a nascondere il fastidio che il bruciore mi provocava scendendo lungo la gola.

«Continua a raccontare», mi incoraggiò, con un'aria di sfida negli occhi.

Sostenni il suo sguardo. Mi appoggiai al muro e, fissandolo, soddisfeci la sua curiosità. «La mattina glielo succhiavo», dissi tenendo la voce bassa e ferma. «Lo prendevo tutto fino in fondo alla gola, finché diventava tanto duro da poterlo cavalcare prima di andare a scuola».

«Davvero?». Michael mi incitava, mentre un fuoco avvampava nel suo sguardo. Sollevò di nuovo il bicchiere. «Continua».

Inclinai ancora la testa, aprendo la bocca per prenderne un altro sorso.

Deglutii e ripresi addolcendo il tono. «Mi faceva venire alla grande», tubai. «Le sue mani erano dappertutto. Mi strizzava le tette e intanto mi faceva chinare sul divano, con tua madre nella stanza di fianco». Socchiusi gli occhi, vedendo che abbassava lo sguardo sulla mia bocca mentre mi leccavo le labbra. «Doveva coprirmi la bocca con la mano quando venivo, perché ero così eccitata da non riuscire a smettere di urlare».

«Mmm…», rispose inclinando di nuovo il bicchiere per farmi bere ancora. Poi lo ripose.

«E il suo cazzo sembrava fatto su misura per il mio culo», continuai, increspando le labbra e giocando con lui. «Quando mi entra dentro, sono completamente sua».

«Davvero?», chiese Michael con leggerezza, socchiudendo gli occhi mentre con un braccio mi stringeva la vita e con l'altro mi teneva la faccia. «Continua a raccontare». Sentivo il suo respiro sulle labbra. «Voglio sentire tutto quello che mio fratello non ti fa, piccola bugiarda».

Il mio petto tremava sentendolo tanto vicino. Riuscivo quasi a percepire il sapore della sua bocca. Aprii le labbra, mentre incombeva su di me. Sapevo che stava per mordermi, e lo volevo da morire.

Michael.

«Prima viene», sussurrò, «e dopo se ne va, e ti lascia lì a desiderare di più, a desiderare tutto quello che sai che solo io posso darti». Strinse il mio labbro inferiore fra i denti, poi lo lasciò andare. «È al mio cazzo che pensi quando ti infili le dita nella figa?».

Mugugnai, sentendo un calore improvviso tra le cosce; il clitoride mi pulsava così forte che dovevo essere bagnata.

«A volte», ammisi in un sussurro, sforzandomi di sostenere il suo sguardo.

Inclinò la testa. «A volte?».

Annuii.

Il suo sguardo si indurì e capii che si sentiva messo alla prova.

Il cuore mi batteva sempre più forte. Mi chiesi se giocare d'azzardo non fosse un terribile errore.

Pensavo sempre solo a lui. Ogni fantasia, ogni orgasmo...

Ogni volta che ero sola e mi toccavo, vedevo solo lui, i suoi occhi meravigliosi, il suo corpo che mi inchiodava a un letto.

O a un divano, a un tavolo, al pavimento. Era sempre Michael.

Ma era stato al centro della mia attenzione per troppo tempo, era ora che lo prendessi un po' in giro. Voleva giocare? Sapevo giocare anch'io.

«Perché hai mentito a Jake?», chiese, cambiando improvvisamente argomento. «Le guardavi le partite alle superiori. Quando giocavo io c'eri sempre».

Ero tesa. «Lo sapevi?».

Non riuscivo a credere che sapesse che assistevo a ogni partita.

Anche quando lui era alle superiori e io alle medie, ci andavo con la signora Crist, non mi ero mai persa una partita finché non era andato al college.

«Perché hai mentito?».

Aprii la bocca, cercando di trovare le parole giuste. «Non ho mentito», ammisi infine. «Ho detto di non aver mai guardato le partite, ed era vero, io…».

Ingoiai il nodo che avevo in gola e tornai a guardarlo, abbassando la voce finché non fu che un sussurro. «Guardavo solo te».

Sostenne il mio sguardo, con un'espressione più dura. Respirava più in fretta adesso, e il suo profumo speziato mi inebriava. Chiusi gli occhi.

«Rika», sussurrò, sembrava disperato mentre mi accarezzava il labbro con la punta della lingua.

Dei brividi di piacere mi percorsero la schiena. Mi sentivo più eccitata che mai.

«Quando pensi a me… "qualche volta"», aggiunse con una punta di divertimento nella voce – sapeva che stavo mentendo –, «fammi vedere cosa ti fai».

Sbattei le palpebre, vedendo il fuoco nei suoi occhi. Il mio cuore nervoso batteva più forte, ma lottai per contenere l'eccitazione.

Non avevo mai fatto *quello* davanti a nessuno, perciò esitai, preoccupata al pensiero di tutte le donne che aveva avuto. Non sapevo quanto fossero esperte né se lui avrebbe riso di quello che io…

Poi sentii la voce di Michael nella mia testa, le parole che mi aveva detto secoli prima, in una stanza buia, la prima volta che si era avvicinato…

Sii fedele a te stessa. Non chiedere scusa per chi sei. *Sii fedele a te stessa.* Non puoi vincere se non partecipi, giusto?

Sostenni il suo sguardo, intenso, fermo, mentre mi facevo scivolare una mano sotto il costume, fra le gambe.

Michael passò una mano sul lato sinistro del mio collo e io sussultai. Non ero abituata a essere toccata in quel punto.

Ma sembrava che non notasse niente. Poi intrecciò le dita fra i miei capelli, sostenendo il mio corpo mentre abbassava lo sguardo per guardarmi muovere la mano dentro il costume nero.

185

Il suo petto si sollevava e si abbassava sempre più rapido, il suo sguardo duro rimase inchiodato al mio bacino, mentre mi toccavo.

La mia figa prese a pulsare con più energia. Cominciai a gemere mentre il piacere si diffondeva tra le mie cosce e lui mi guardava.

«Toglilo», sospirò, senza mai perdere di vista la mia mano.

Scossi la testa.

«Fallo». Mi diede una scrollata e io ansimai.

Gesù. Un impeto di eccitazione mi colpì come un pugno allo stomaco e il clitoride prese a pulsarmi ancora più forte.

Mugugnai.

«Per favore, Rika», implorò baciandomi le labbra e mordicchiandomele prima di ritrarsi. «Voglio vedere».

Mi leccai le labbra, infilai le dita sotto il bordo del costume e lo feci scivolare giù per le gambe, fino a toglierlo del tutto.

Vidi che tratteneva il respiro e, senza esitare, riportai la mano fra le gambe. Mi appoggiai al muro e chiusi gli occhi. Cominciai a muovere le dita dentro e fuori, facendole ruotare attorno al clitoride.

Inarcai la schiena e sollevai la gamba, lasciando che Michael la prendesse all'altezza del ginocchio per allacciarsela attorno alla vita.

Molto meglio adesso.

Inarcai i fianchi un poco per volta e, quando gli sfiorai il costume, sentii che ce l'aveva duro, perciò continuai a toccarmi e a infilare le dita, mentre il suo respiro diventava sempre più affannoso. Doveva piacergli quello che vedeva.

«Era questo che volevi?», sussurrai, penetrandomi con due dita.

«Sì», sospirò.

Sorrisi. Non mi importava che mi considerasse sensuale o solo una bambina sciocca: Michael Crist stava perdendo il controllo.

«A volte faccio altre cose», lo stuzzicai.

Mi guardò con occhi socchiusi. «Quali altre cose?»

«Non posso dirtelo», mi leccai le labbra. «Magari una volta ti faccio vedere, oppure lo farò stasera, dopo che mi sarò spogliata e sarò rimasta sola nel mio letto». Mi avvicinai, sussurrandogli a fior di labbra: «Nuda, calda, bagnata e sola».

Espirò, svuotando i polmoni. «Cazzo».

E prima che potessi rendermi conto di cosa stava succedendo, si inginocchiò, mi allacciò la gamba alla sua spalla e iniziò a leccarmela, insistendo sulla mia figa con veemenza, con la lingua e con i denti.

Gridai. «Michael!». *Oddio.*

Mi succhiò il clitoride con la bocca, poi lo lasciò andare, poi fece scivolare la lingua sulla pelle sensibile, ancora e ancora. Chiusi gli occhi.

«Oh, merda», ansimai. «Cazzo».

Si tuffò fra le mie gambe, come se morisse dalla voglia di mangiarmi.

Strinsi i suoi capelli nel pugno, inarcando il collo, mentre lui titillava, succhiava e leccava facendo roteare la lingua, ancora e ancora, per farmi sua.

«Cazzo, che bella fighetta», sussurrò contro la mia pelle, guardandomi mentre mi sfiorava il clitoride con la lingua. «Sei uno schianto, Rika, così morbida e stretta».

Inspirai a fondo, premendo contro la sua bocca, e lo guardai che mi leccava fissandomi negli occhi.

Dopo un momento, andò più a fondo infilando dentro la lingua, facendomi fremere più forte.

«Oddio!», gemetti. «Michael, voglio di più».

«Vuoi il cazzo?», chiese, stringendo il clitoride fra i denti, provocandomi una fitta profonda e intensa.

Annuii freneticamente.

«Il mio o quello di qualcun altro?»

«Il tuo», gridai.

«Vuoi dire l'unico a cui pensi quando ti masturbi, vero?», chiese, infilandomi due dita dentro mentre continuava a girare attorno al clitoride con la lingua.

«Sì!», gemetti di nuovo, sentendo che stavo per venire.

«Quindi sei una maledetta bugiarda, eh?», ringhiò, succhiandomi sempre più forte il clitoride, senza smettere di usare le dita.

«Sì». Strinsi i suoi capelli con più forza.

Avvertii un formicolio ai muscoli, un senso di debolezza, e il mio respiro si fece sempre più affannoso. Ero vicina all'orgasmo.

Aprii gli occhi, fissando il soffitto, mentre lui continuava a divorarmela. Poi voltai la testa a sinistra e vidi Kai.

Spalancai gli occhi, e il cuore mi balzò nel petto. «Che co...!», ansimai, l'orgasmo saliva e saliva, la testa mi girava.

Kai se ne stava lì, con le spalle appoggiate alla parete rocciosa, le braccia incrociate sul petto, e ci osservava con fare impassibile, come se stesse guardando il telegiornale.

Scossi la testa. Volevo dirgli di uscire, e invece cominciai a gemere, contraendo ogni singolo muscolo del mio fottuto corpo, mentre l'orgasmo esplodeva dentro di me.

«Oddio!», gridai, mentre il mio corpo urlava di piacere, e io ancheggiavo e spingevo contro la lingua di Michael. «Cazzo!».

Il clitoride pulsava come una batteria, e io sentivo il calore dell'orgasmo diffondersi in mezzo alle gambe.

Mi sollevai, cercando di riprendere fiato, mentre ondate di piacere crescevano e si propagavano dal ventre e dalle cosce, finché lentamente cessarono.

Avevo il petto ancora scosso dai sussulti quando la lingua di Michael iniziò a rallentare il ritmo, leccando dolcemente, sempre più adagio.

Poi baciò delicatamente il clitoride e mi guardò con maligna soddisfazione.

«È buona come sembra?», chiese Kai. Sollevai la testa di scatto, ricordandomi che ci stava guardando.

«Anche meglio», rispose Michael con calma, fissandomi come se sapesse che Kai era stato lì per tutto il tempo.

Guardai Michael, poi lo allontanai con una spinta, abbassando la gamba.

Presi lo slip del bikini e lo infilai in tutta fretta, prima di guadagnare l'uscita.

Tira e molla, tira e molla... Michael mi aveva sfidata e io non mi ero tirata indietro, ero stata al gioco tutto il tempo.

Ma nell'euforia del momento, mi aveva strappato una confessione: adesso sapeva di essere l'unica fantasia nella mia testa, l'unico che volevo.

Ma quel che era peggio, era che anche Kai mi stava sfidando.

Il loro gioco era cambiato. Pensavo più in fretta, ma non abbastanza.

Passai di fianco a Kai e lui si voltò per seguirmi con lo sguardo. «Corri quanto vuoi, mostriciattolo», disse a mo' di minaccia. «Noi siamo più veloci di te».

Capitolo 12
Michael

Oggi

Mi strinsi il labbro inferiore fra i denti, ogni nervo della mia bocca la voleva ancora. *Merda, che buon sapore aveva.*

Mi alzai, vedendo che spariva dall'altra parte della cascata, e Kai tornò a concentrarsi su di me.

«Stai mangiando dal piatto di tutti, fratello», accusò, «e ti stai prendendo più di quello che ti spetta».

Lo raggiunsi sollevando l'angolo della bocca. «Sai», dissi, duro, «il guinzaglio che stai cercando di mettermi sta diventando stretto. Il giorno in cui sentirò il bisogno di darti delle spiegazioni, sarò morto. Hai capito?»

«Queste parole me le ricorderò». Si allontanò dal muro, continuando a tenere le braccia conserte. «Io, Will e Damon stiamo lottando insieme».

«Che cosa vorresti dire?».

Lui si limitò a guardarmi con un sorriso sinistro negli occhi.

E per la prima volta, non mi fidai di Kai. Sì, l'avevo toccata quando avevo detto a tutti loro di lasciarla stare. Sapevo che si era indispettito, e aveva ragione.

Ma lei mi aveva sorpreso. Ero entrato per toglierle di torno Damon e mi ero ritrovato a perdere il controllo non appena aveva aperto la bocca. Era diventata brillante, non si tirava indietro.

Avevo rivisto il mostriciattolo. Quello che sputava fuoco e faceva vedere alla gente chi era. Avevo bisogno di toccarla. Non riuscivo a pensare ad altro.

Ma anche se Kai si meritava la sua vendetta, per nessun motivo al mondo mi sarei scusato con lui. Comunque, cominciavo a temerlo, non per me, ma per Rika. Non riuscivo a smettere di pensare che fosse fondato l'avvertimento che aveva espresso la prima notte che Rika aveva trascorso a Meridian City, e che quell'avvertimento valesse non solo per Will e Damon, ma anche per Kai.

Le cose non vanno mai secondo i piani.

Stavano escogitando qualcosa di cui non ero a conoscenza?

«Cosa mi dici della casa?», chiese Kai. «A che punto siamo con quella?»

«Me ne occupo io».

«E a che punto siamo?», chiese ancora.

Ma io lo affrontai a muso duro, tenendogli testa. «È a Meridian City grazie a me», sibilai. «È al Delcour grazie a me ed è isolata grazie a me. Dobbiamo pensare alla casa adesso».

E poi uscii, dimostrandogli una cosa: forse lui, Damon e Will erano cambiati, ma io no.

Io non davo spiegazioni.

Quando uscii dalla grotta, i vestiti di Rika non erano più accanto alla piscina. La cercai in giro e notai che non c'era nemmeno Alex, quindi immaginai che le avesse chiesto uno strappo e che fosse andata via senza di noi.

Will e Damon erano rimasti alla festa e, dopo il confronto nella grotta, non riuscivo a trovare Kai.

Dovevamo affrontare la questione per poter andare avanti con le nostre vite.

Ero costantemente distratto dalla pallacanestro, Kai si stava chiudendo sempre più in se stesso, Damon era una bomba pronta a esplodere, e io ero abbastanza certo che Will non riuscisse più a stare un giorno senza bere.

Pensavo che avrebbero cominciato lentamente a riabituarsi alla vita e alle possibilità che il futuro riservava loro, ma le cose, anziché migliorare, peggioravano.

Questo schifo doveva finire, dovevano rimettersi in carreggiata. E in fretta. Quei tre anni di lontananza sarebbero rimasti solo un brutto ricordo.

Da conoscenti di famiglia avevano ricevuto delle offerte di lavoro, delle buone posizioni, che avrebbero potuto ridare slancio alle loro vite, ma nessuno voleva parlarne. Non esisteva niente oltre a Rika e al presente. Non volevano nemmeno vedere i familiari o passare del tempo a Thunder Bay.

I miei amici – i miei fratelli – erano morti dentro, e più pensavo a quello che lei aveva fatto loro – che ci aveva fatto – più volevo farla a pezzi. Speravo solo che quello che stavamo per fare li facesse tornare come ai vecchi tempi.

«Signor Crist», mi salutò Stella quando entrai nell'ufficio di mio padre all'ultimo piano del palazzo di sua proprietà.

Annuii e le passai accanto concedendole un mezzo sorriso. Non cercava mai di fermarmi, nemmeno se era in riunione o al telefono. Io e mio fratello passavamo raramente, ma la verità è che pensavo che avesse paura di noi come ne aveva di nostro padre. Non interferiva con le faccende di famiglia.

Anche se a mio padre non piaceva che andassimo lì.

Io, mia madre e Trevor avevamo imparato presto che la sua vita in città, con noi nascosti a Thunder Bay, era esattamente il modo in cui lui voleva che andassero le cose. Avere i familiari sul posto di lavoro era una scocciatura per lui. Manteneva le due vite separate e non ci coinvolgeva.

E per quanto adorassi mia madre, la rispettavo sempre di meno, perché restava sposata con un coglione simile.

Per loro, però, quella era una buona soluzione. Lui le dava i soldi per comprare qualunque cosa desiderasse, per avere la casa che voleva e un posto nella società che adorava. In cambio, lei godeva di una solida rispettabilità e gli aveva dato due figli.

Erano entrambi bugiardi e vigliacchi. Mia madre non era abbastanza coraggiosa da pretendere la vita che meritava e mio padre non si apriva con nessuno. Nemmeno con la moglie e i figli. E non aveva amici. O comunque, non veri amici.

Nella ragnatela di Thunder Bay, con tutte le sue bugie e i suoi segreti, con i sorrisi falsi e le stronzate, credevo di aver trovato una persona diversa. Che voleva tutto quello che volevo io, e lo voleva con me.

Mio fratello aveva ragione. Avevo visto quello sguardo nei suoi occhi ancora prima di notare il suo viso o il corpo. L'ombra di qualcosa che aveva dentro e che lottava con le unghie e con i denti per uscire allo scoperto.

Io e Rika avevamo sempre gravitato l'uno nell'orbita dell'altra, anche prima che ce ne rendessimo conto. E il suo tradimento era stata la cosa più vicina a un pugno nello stomaco che avessi mai ricevuto.

Andai dritto alla porta e la aprii senza bussare.

Mio padre era seduto alla scrivania. L'odore della cera per i mobili sui tavoli e sulle librerie di mogano scuro, che mi faceva pensare a un museo, mi colpì alle narici.

Il suo avvocato, Monroe Wynn, era seduto di fronte a lui e mi dava le spalle.

«Michael». Mio padre sollevò lo sguardo, tamburellando con le dita sulla scrivania con un sorriso che non arrivava agli occhi. «Che sorpresa insolita».

Mi chiusi la porta alle spalle, sentendo già l'aria penetrarmi nei polmoni come olio. Non era felice di vedermi, e io odiavo essere al suo cospetto. Il nostro rapporto era morto da molto tempo, da quando avevo cominciato a reggermi sulle mie gambe, quindi il falso piacere che mostrò vedendomi era solo a beneficio del suo avvocato.

«Monroe, questo è mio figlio», mi presentò, indicandoci con la mano.

Monroe si alzò in piedi tendendo una mano. «Ciao, Michael».

La strinsi e annuii una volta. «Signore».

Lasciai la sua mano e incrociai le braccia al petto.

«Ci aspettiamo grandi cose da te quest'anno», disse Monroe. «Mia moglie ha fatto una scenata, ma ho comprato dei posti in tribuna per il campionato, quindi fai in modo che ne valga la pena. Non deluderci».

«No, signore».

«Farà bene il suo lavoro», assicurò mio padre. Come se avesse un grammo di controllo sulla cosa. Odiava la mia carriera e non mi aveva mai sostenuto.

Monroe annuì, e io posai lo sguardo su mio padre.

Di fronte al silenzio imbarazzante, Monroe raccolse i documenti e la valigetta, e con le braccia cariche si voltò per andarsene.

«Ci aggiorniamo presto», disse a mio padre.

Uscì dalla stanza e mio padre si accomodò sulla poltrona, guardandomi contrariato con i suoi occhi azzurri. Lui e mio fratello erano identici, con i capelli biondo scuro, la pelle chiara e la mandibola lunga e stretta. Erano entrambi più bassi di me di dieci centimetri. Avevo ereditato l'altezza dal ramo materno della famiglia.

«Mi sorprende che tu abbia ricordato l'indirizzo del palazzo», disse con sarcasmo.

«Ma senti», ribattei, appoggiando la spalla alla libreria. «Sto qui quanto tu stai a casa».

Posò lo sguardo su di me, non sembrava divertito. «Hai parlato con tua madre?».

Annuii. «Ieri. È a Parigi a fare shopping per qualche giorno, poi andrà in Spagna. La raggiungi questa settimana, giusto?»

«Come al solito», rispose. «Perché me lo chiedi?».

Alzai le spalle, scuotendo la testa. «Nessun motivo particolare».

In realtà c'era un ottimo motivo. Volevo accertarmi che partisse. E presto. Rika credeva che sua madre fosse con la mia a bordo del *Pithom*, al largo dell'Europa meridionale.

No. Il *Pithom* era sempre rimasto ancorato a Thunder Bay e mia madre non vedeva la signora Fane da quando era partita per l'Europa in aereo, più di una settimana prima.

Rika non sapeva dove fosse realmente sua madre. Ma io lo sapevo.

E quando mio padre avrebbe raggiunto mia madre, Rika non avrebbe avuto nessuno a cui aggrapparsi.

I miei genitori partivano sempre in autunno per incontrare amici e partner d'affari fuori dal Paese. Mio padre viaggiava molto da solo durante tutto l'anno, ma facevano sempre questo viaggio insieme, in autunno. Mia madre era utile per lo charme, l'intelligenza e la bellezza, quindi lui insisteva perché lo accompagnasse quando faceva il giro autunnale dell'Europa. Era l'unica cosa su cui sapevo di poter contare.

La casa di Thunder Bay al momento era vuota, mia madre era già partita e mio padre stava in centro, nell'appartamento che aveva all'altro capo della città.

Se non altro, aveva avuto la decenza di non sistemarsi al Delcour e di esibire le sue puttane in uno degli edifici di sua proprietà.

«Hai parlato con Trevor?», chiese.

Ma io mi limitai a guardarlo.

Lui rise, capiva da sé che era una domanda stupida.

Una giovane donna entrò nell'ufficio con le braccia cariche di documenti. Mi sorrise, era sexy con il vestito blu acceso e i capelli biondi perfettamente acconciati.

Andò dietro la scrivania di mio padre, su cui ripose i documenti, e allungò una mano in cerca di un post-it su cui scrivere un rapido appunto.

Mio padre non cercò nemmeno di nascondere l'occhiatina che lanciò al sedere della donna reclinandosi sulla sedia, mentre quella si chinava di fianco a lui.

«Allora perché sei qui?», esordì. Non mi sfuggì il gesto della sua mano, che sparì sotto il vestito della donna.

Lei si morse il labbro per frenare il sorriso.

Strinsi i pugni sotto le braccia incrociate. Dio, quanto lo odiavo.

«Per parlare del mio futuro», risposi.

Piegò la testa, guardandomi con gli occhi socchiusi.

Odiavo tutto questo. Non volevo avere a che fare con lui un secondo di più dello stretto necessario, ecco qual era il motivo per cui mi ero fatto tanti scrupoli prima di affrontare quello che avremmo dovuto sistemare da tempo. Non avrei voluto essere costretto a venire qui.

Piegò le labbra. Ritraendo la mano, diede una pacca sul didietro alla ragazza. «Chiudi la porta quando esci».

Lei girò attorno alla scrivania, lanciandomi un'ultima occhiata prima di uscire dalla stanza.

Mio padre fece un profondo respiro, guardandomi. «A quanto ricordo, abbiamo affrontato questo argomento molte volte. Non volevi frequentare l'Annapolis. Hai accettato la borsa di studio a Westgate».

«Avevano un programma di atletica molto valido», gli rammentai.

«Non volevi un futuro in questa società», continuò. «Volevi giocare a pallacanestro».

«Sono un atleta professionista», gli risposi. «Sono finito sui giornali più volte di te».

Fece una risatina. «Non si tratta di fare scelte migliori, Michael. È che ti ostini a sfidarmi. Se io voglio una cosa, tu fai il contrario».

Si alzò dalla sedia e prese un bicchiere, che immaginavo contenesse il suo solito Scotch. Si mise di fianco a me, accanto alla finestra a tutta altezza che affacciava sulla città. «Quando sei cresciuto e ti sei fatto uomo, pensavo che saresti stato più malleabile, invece non hai cambiato atteggiamento. In ogni occasione tu…».

«Torniamo al nostro argomento», lo interruppi, raddrizzando la schiena. «Il mio futuro».

Avevamo avuto questa conversazione – o discussione – varie volte. Non mi serviva un ripasso.

«Bene», concesse. «Che cosa vuoi?»

«Avevi ragione», ammisi, ingoiando la bile che avevo in bocca. «Fra dieci o quindici anni dovrò cercare un posto come coach nelle università e non è una prospettiva allettante, la mia carriera perderà prestigio. Non ha futuro».

Fece un profondo respiro, guardandomi come se gli piacesse quello che sentiva. «Ti ascolto».

«Fammi fare qualcosa per mettermi alla prova», suggerii. «Vediamo cosa sono in grado di fare con alcuni dei tuoi affari».

«Per esempio?».

Alzai le spalle, come se ci stessi pensando, come se non fossi arrivato con qualcosa in mente. «Cosa ne dici del Delcour e cinquantamila azioni della Ferro?».

La mia audacia lo fece ridere, e questo era esattamente ciò che avevo immaginato. Sapevo che non me l'avrebbe concesso.

«Cinquantamila azioni ti renderebbero un socio», rimarcò, posando il bicchiere e prendendo nuovamente posto alla scrivania. «Figlio o non figlio, non puoi aspettarti questi benefit sull'unghia».

Si sistemò la giacca, appoggiandosi allo schienale e inchiodandomi con uno sguardo. «E non farai niente a Meridian City», disse. «Se mi metti in imbarazzo, vorrei che la cosa non fosse così plateale».

«Bene», concordai. «E… la Fane allora?».

I genitori di Rika avevano dato il nome di famiglia a una gioielleria che avevano aperto alcuni anni prima che lei nascesse.

Aggrottò le sopracciglia, con aria sospettosa. «La Fane?».

Merda. Ero stato troppo precipitoso. Avrebbe detto di no.

Alzai le spalle, cercando di sminuire la proposta. «È tutto nascosto a Thunder Bay, no? Lontano dallo sguardo del mondo che conta. Vediamo cosa riesco a fare con il negozio, la casa e il pacchetto azionario della Fane».

«Assolutamente no», rispose. «Un domani andrà tutto a tuo fratello».

Mi bloccai. *A Trevor?* Non a Rika?

Nel suo testamento, Schrader Fane aveva nominato la figlia erede universale. Rika avrebbe ereditato tutto al compimento dei venticinque anni oppure il giorno della laurea, se l'avesse conseguita prima. Il signor Fane aveva nominato mio padre padrino di Rika, oltre che tutore fino a quel momento, e la cosa andava bene per la madre di Rika, che non si interessava agli affari e non era nemmeno capace di gestire casa sua, figurarsi un patrimonio multimilionario.

Se andava tutto a Trevor, allora voleva dire che...

«A questo punto dovresti aver capito che prima o poi si sposeranno», disse mio padre vedendo che tacevo.

Matrimonio.

I muscoli cominciarono a farmi male, erano tutti tesi fino allo spasimo mentre fissavo mio padre e lottavo con me stesso per non perdere il controllo.

Dopotutto, cosa mi importava? Rika e Trevor si meritavano, ed ero sicuro che ci saremmo liberati di lei prima che arrivasse l'eredità.

«Probabile», concordai, tentando di sciogliere il nodo allo stomaco.

«Ci vorrà del tempo, perché prima devono laurearsi», disse. «Non possiamo aspettare che allarghi troppo le ali e prenda il volo. La sposerà, le metterà in grembo un piccolo Crist e tutto il pacchetto Fane sarà nostro, compresa la piccola Rika. Questo è il piano».

E avrei scommesso tutto quello che avevo sul fatto che lei non ne sapesse assolutamente niente. Certo, sapevamo tutti che la famiglia aveva cercato di spingere Rika e Trevor l'uno nelle braccia dell'altra, anche se lei aveva scombinato i loro piani.

Ma una persona può reggere solo fino a un certo punto. Tutti quanti avrebbero continuato a farle pressioni, Trevor compreso, e alla fine Rika avrebbe ceduto.

«Lei non lo ama», gli feci notare. Volevo far scoppiare la sua bolla di sapone.

Mio padre sollevò lo sguardo, cogliendo il mio tono di sfida. «Se lo riprenderà e lo sposerà».

«E se non riuscisse a farle fare un figlio?», lo provocai.

Rika non voleva Trevor. Poteva riuscire a portarla all'altare, ma non ero sicuro che a letto fosse accondiscendente.

«Se non ci riesce lui», disse guardandomi fisso, «forse ci riuscirai tu. Basta che sia un Crist, il resto non mi importa».

Alzò il bicchiere e fece un altro sorso. «Diavolo», continuò. «Lo farò io se devo».

Bastardo. La vita di Rika era già bell'e finita.

Lo fissai con un sorriso sarcastico. «Allora hai bisogno di me».

«Sì, ma non mi fido», replicò.

«Peccato che sono tuo figlio», rilanciai. «E mi rendo conto che questo ti spaventa, perché non puoi controllarmi, ma sai perché? Perché siamo identici». Abbassai il mento, con aria di sfida, restando fermo sulle mie posizioni. «Le stesse qualità che odi in me sono quelle che ami di te stesso. E anche se non vuoi ammetterlo, rispetti molto più me che Trevor».

Mi allontanai dalla parete tenendo le braccia incrociate sul petto e mi avvicinai alla sua scrivania.

«È ora che mi interessi agli affari di famiglia. Non terrò niente per me. La Fane appartiene a Rika e finirà nelle sue mani, come tutti i suoi immobili e i suoi soldi, quando si sarà laureata. Questa clausola è scritta nel testamento di suo padre e nessuno può cambiarla. Lascia che me ne occupi io finché lei e Trevor saranno pronti».

Socchiuse gli occhi, come se stesse soppesando mentalmente i pro e i contro.

Cosa aveva da perdere? Non potevo tenere nulla per me. La legge proteggeva Rika e, per quanto ne sapeva mio padre, non avevo motivo di mandarla sul lastrico. Perché avrei dovuto portarle via la sua casa, mandare a rotoli i suoi affari, congelare i suoi conti…?

«La Fane», disse, come se avesse finalmente accettato l'idea.

«Gli immobili e tutto il pacchetto», gli ricordai. «E se mi comporto bene, mi dai il Delcour e cinquantamila azioni». Non me ne fregava niente del Delcour e delle azioni, ma volevo continuare a fingere che il pacchetto Fane non fosse l'obiettivo vero.

Fece una pausa prima di annuire. Aveva accettato. «Farò cambiare la procura a Monroe e ti manderò le carte via fax nel tardo pomeriggio».

Poi mi guardò severo e rimarcò: «Ti do una possibilità perché c'è un legame di sangue, Michael, e solo per quello. Se fossi in te, dimostrerei di valere senza fare casini, altrimenti potresti non avere una seconda possibilità».

Tenni per me il sorriso. Non avrei avuto un'altra possibilità.

Mi voltai, diretto alla porta. Stavo per andarmene quando mi fermai.

«Perché non io?», mi voltai a guardarlo. «Perché non hai pensato che potessi sposarla io?»

«Ci ho pensato», rispose. «Ma tu sei troppo volubile, e a me serve che lei sia felice e compiacente. Tu la renderesti triste».

Sollevai un sopracciglio, distogliendo lo sguardo. Bene, aveva ragione, no? Avevo tutte le intenzioni di farle tanto male che non si sarebbe mai più ripresa.

Ma lui non lo sapeva, conosceva un'altra versione. Non sapeva niente del cattivo sangue fra me e Rika. Mio padre pensava che non andassi bene per lei.

Uscii dall'ufficio, sbattendomi la porta alle spalle con un tonfo sordo. Avevo la mascella contratta per la rabbia. Non aveva importanza. *Non aveva affatto importanza*, ricordai a me stesso.

Pensava che i soldi delle Fane e le loro proprietà fossero al sicuro e di poter controllare tutto tramite Trevor. Non aveva idea che avrei mandato tutto in rovina.

E non aveva idea del fatto che io avessi appena cambiato i miei piani. Lui e Trevor non avrebbero mai messo le mani su di lei. L'avrei voluta morta, piuttosto.

Entrai nell'ascensore, premetti il pulsante per il piano terra e sentii il cellulare vibrare nella tasca della giacca.

Lo estrassi dal taschino e vidi un messaggio di Will.

"La casa non c'è più".

Spalancai gli occhi, immaginando l'ingresso di casa Fane avvolto dalle fiamme.

Che cazzo hanno fatto! Il cuore mi salì in gola e smisi di respirare. Avevano agito senza di me.

Avevamo programmato di portarle via la casa, non di mandarla a fuoco!

Agii in fretta, chiamando la sicurezza locale.

L'agente rispose immediatamente.

«Ferguson!», gemetti. «Villa Fane!».

«Sì, signore», si affrettò a rispondere. «Ho già chiamato i soccorsi. I vigili del fuoco stanno arrivando».

Riagganciai e come una furia mi voltai di lato, battendo il pugno contro l'ascensore. «Porca puttana!».

Capitolo 13
Erika

Tre anni prima

Avrei dovuto picchiarli a sangue. Miles e Astrid erano degli orrendi vigliacchi e non riuscivo a credere a quello che avevano tentato di farmi là dentro.

Seduta nell'auto di Michael, strinsi i pugni, aspettando che i ragazzi uscissero da Sticks.

Astrid e Miles meritavano di più di quello che avevano avuto. Lacrime amare mi salirono agli occhi mentre mi mordevo l'unghia del pollice guardando fuori dal finestrino, sforzandomi di non piangere.

Erano stati a un passo dal violentarmi nel bagno. E se la sarebbero cavata.

La rabbia mi bruciava sotto la pelle. Volevo rientrare e colpirli finché non avessero capito. Volevo dimostrare a tutti che non ero una vittima.

Feci per aprire la portiera, ma alzai gli occhi e mi fermai, vedendo i ragazzi uscire dalla sala del biliardo.

Indossavano ancora le maschere. Molte persone all'interno del locale li seguivano con gli occhi.

Tutti sapevano chi erano i Cavalieri e probabilmente non avevano dubbi sul putiferio che si sarebbe scatenato quella sera. Sebbene interessati, i presenti non sarebbero intervenuti.

Michael e Kai salirono davanti, Damon dal lato di Will, sistemandosi dietro come al solito. Seguì Will, che venne a sedersi di fianco a me e chiuse la portiera. Notai che aveva la manica della felpa strappata. Doveva esserci stata una rissa.

Stavo quasi per preoccuparmi che si fosse fatto male, quando lui scoppiò a ridere a crepapelle.

«Che cosa avete fatto, ragazzi?», chiesi.

Tutti si tolsero le maschere, mettendole da parte. Will mi strizzò l'occhio indirizzandomi un ghigno birichino.

«Allunga la mano», mi disse.

Mi si strinse lo stomaco. *Merda*. E adesso che fa?

Con riluttanza, allungai la mano e lo vidi depositare sul mio palmo qualcosa di morbido e rosso, con dei fili legati attorno come una sciarpa.

Quando tolse la mano, strabuzzai gli occhi.

«Oddio», esclamai, e un senso di orrore mi fece gelare il sangue.

«Ma è...», cercai di raccapezzarmi, «è roba loro?».

Tenevo in mano un dente insanguinato e una ciocca di lunghi capelli rossi.

Rabbrividii, e un sapore acido mi bruciò la gola mentre quello che avevo in mano, che prima non pesava nulla, all'improvviso era diventatato un macigno.

«Abbiamo preso un ricordino da ciascuno dei due», spiegò Will.

Kai parlava da sopra la spalla dal sedile davanti. «Non si azzarderanno mai più a toccarti».

«Non si azzarderanno mai più a guardarti», corresse Damon da dietro.

«Ma non lo diranno in giro?». Sapevo che la mia preoccupazione traspariva, tuttavia la mano mi tremava e volevo solo liberarmi di quella merda.

«A chi vuoi che lo dicano?». Michael avviò il motore e, ridendo, mi guardò dallo specchietto retrovisore. «Mio padre è in tre imprese immobiliari con gli Anderson».

Mi paralizzai. All'improvviso tutto era chiaro. *Porca puttana.* Aveva ragione.

Forse la legge non mi aveva protetta, ma funzionava anche al contrario. A chi lo avrebbero riferito Miles e Astrid per ottenere giustizia?

Mi lasciai scappare un sorriso. *A nessuno.*

«Un "grazie" sarebbe gradito», disse Damon dietro di me.

«Io...», fissai ancora il dente, la radice insanguinata era gelida sulla mia mano. «Sono solo un po' scombussolata», feci una risatina nervosa.

«Saresti molto più scombussolata se ti svegliassi nuda con la sbor-ra di dieci ragazzi che ti esce dal culo dopo una festa», rispose. «Per non parlare di quello che volevano farti in quel bagno».

Abbassai lo sguardo, colpita dall'orrore che traspariva dalle sue parole mentre guardavo il dente e i capelli.

«Sì», sussurrai, su quello non c'erano dubbi.

La primavera passata, quando giacevo priva di sensi su quel letto, avrebbero potuto abusarmi, e dopo cosa mi sarebbe suc-cesso? Avrebbero invitato altre persone ad approfittare di me, una dopo l'altra? Avrebbero scattato delle fotografie? Girato dei video? Quante persone mi avrebbero toccata?

Strinsi i denti, improvvisamente volevo far loro altro male. Vo-levo ucciderli. Nessuno doveva avere il potere di cambiare la tua vita per sempre.

Chiusi il pugno attorno ai trofei e li fissai, duro. «Grazie».

Udii il rumore dell'accendino di Damon e poi lo sentii espellere il fumo della sigaretta. «Però il tuo tentativo di vincere a braccio di ferro non era male».

Strabuzzai gli occhi, aprii la portiera con rapido gesto e gettai il dente e i capelli nel ruscelletto che scorreva fino alla grondaia. I resti di quel combattimento scomparvero nel nulla.

Non c'era niente di sbagliato in quello che avevo fatto. Magari non avevo mutilato nessuna parte del corpo, ma mi ero difesa. Cos'altro volevano?

Chiusi la portiera e strofinai la mano sulla felpa nera, pensando che dopo quella sera avrei sicuramente bruciato i miei vestiti.

Come se avesse ascoltato le mie domande, Kai sbirciò da sopra la spalla e mi disse: «Quando vuoi lasciare il segno e pensi di es-serti spinta già abbastanza in là, spingiti ancora un po' più in là. Lasciali sempre nel dubbio che tu sia un po' pazza, così la gente non ti darà più fastidio».

Annuii, avevo capito. Non ero sicura di poter fare quello che avevano fatto loro, ma capivo cosa volesse dire. Quando i tuoi nemici credono che non ti fermerai davanti a niente, non ti met-tono alla prova.

Michael si allontanò dal marciapiede e svoltò l'angolo in Baylor Street.

«Perché ci avete messo tanto?», chiesi infine, ricordando che per raggiungermi dentro il locale avevano impiegato molto più tempo di quanto avessi chiesto loro di fare.

«Aspettavamo che arrivasse la sua ragazza», rispose Will.

«Non preoccuparti», rassicurò Kai. «Non avremmo atteso oltre. Sei stata brava».

Guardai fuori dal finestrino: mentre passavamo, vidi dei ragazzini ridere e scherzare sul marciapiede fuori dal teatro. Le decorazioni di Halloween – fantasmi con la garza bianca fluttuante – ondeggiavano nel vento, appese ai lampioni della strada, le foglie arancioni cadevano dagli alberi. Sentivo l'odore della pioggia imminente.

«Andiamo a cercare qualcosa da mangiare lontano dalla scena dell'ultimo crimine», scherzò Will, allungandosi per mettere *Bodies* dei Drowning Pool.

Cominciò a suonare una chitarra immaginaria, mentre Michael svoltava a destra su Breckinridge, aggirando la piazza cittadina. Diedi un'occhiata fuori, mi piaceva sempre guardare il parco del centro città. C'era un laghetto che brillava illuminato dalle luci appese agli alberi circostanti. Nelle lanterne, lampadine di colore arancione avevano sostituito quelle che di solito erano bianche, conferendo alla piazza un'atmosfera festiva. Le bandiere di Halloween danzavano sui pali, appese fuori dai negozi insieme alle zucche intagliate e ad altre decorazioni.

«Ehi, fermati!», gridò Will. «Fermati!».

«Perché?», chiese Michael, premendo il piede sul freno e facendoci sobbalzare tutti sui sedili.

Will aprì il finestrino e Michael abbassò il volume della musica, restando in attesa.

«Ha finito», disse guardando il parco.

Inclinai la testa, cercando di vedere quello che stava guardando lui, ma non riuscii a determinare la direzione del suo sguardo. Guardai a destra, dove vidi l'insegna di FANE, il negozio della mia famiglia, dall'altro lato della strada. Tutte le luci delle vetrinette erano accese, e anche da quella distanza riuscivo a vedere i gioielli luccicanti.

Mi voltai di nuovo e vidi Will ancora intento a guardare fuori, in silenzio. Poi piegò la testa, tendendo una mano oltre la spalla in direzione di Damon.

«Dammi una bottiglia», ordinò.

«Perché?»

«Lo sai perché», ribatté Will, e io sbattei le palpebre, sorpresa dal tono improvvisamente brusco. «Dammela».

«Non sotto gli occhi di tutti», ribatté Kai.

«Chi se ne frega». Will agitò la mano in direzione di Damon, mettendogli fretta. «Adesso!».

Cosa diavolo stava succedendo? Vidi Damon lanciare una rapida occhiata a Michael dallo specchietto retrovisore, come se non fosse ancora sicuro.

«Dagli una bottiglia», disse Michael, pacato.

Il mio cuore perse un battito. Mi chiesi cosa avesse intenzione di fare. Se Kai era nervoso, non poteva certo essere una buona idea. E se Damon era nervoso, allora sicuramente non era una buona idea.

Will rimise la maschera sul viso e sollevò il cappuccio scuro sui capelli prima di allungare la mano, infilarla nella tasca davanti della mia felpa ed estrarne la scatola di fiammiferi. Poi afferrò una bottiglia di liquore e il panno che Damon gli passava, aprì la portiera e saltò giù.

«Gesù», disse Damon, tutt'a un tratto preoccupato, poi gridò: «Lascia perdere quella stronza. Non so nemmeno cosa ci trovi in lei!».

Ma sembrava che Will non lo sentisse. Continuava a camminare, giocherellando con quello che aveva in mano.

Di chi stavano parlando?

«Andiamo», disse Michael, aprendo la portiera e uscendo.

Indossarono le maschere e sollevarono i cappucci chiudendo le portiere.

Strinsi la maniglia, indecisa se seguirli o meno. Non sembrava approvassero quello che voleva fare Will, e poi io non avevo la maschera.

«Vieni». Michael si affacciò al finestrino aperto di Will. «Andiamo tutti, è la regola».

Oookay. Tutti per uno e uno per tutti allora? In realtà le cose non stavano proprio così. Damon era andato a fare il suo scherzo da solo, e io pensai che, trattandosi di una cosa privata, non avrei avuto alcuna voglia di assisterlo.

Esitai un momento, prima di tirare su il cappuccio con un sospiro.

Uscii dal lato di Will e a passo svelto raggiunsi Michael, infilando le mani nella felpa.

Mi guardai attorno e vidi che c'era molta gente in giro, adolescenti e coppiette. Stavano tutti fissando gli uomini con le maschere. Tenevo la testa bassa, cercando di rendermi invisibile.

Individuai Will. Aveva infilato uno straccio nella bottiglia di alcol, mentre insieme a Damon e Kai si dirigeva verso un gazebo nel parco a forma di cappello di strega.

Cosa?

«Perché vuole andare al gazebo?», chiesi a Michael.

«Perché è innamorato della ragazza che l'ha costruito», rispose. «Ma lei non lo sopporta».

Aggrottai le sopracciglia, confusa. Non aveva più importanza il fatto che qualcuno potesse vedermi in volto.

«Emmy Scott?», chiesi. Per poco non scoppiai a ridere.

«Cosa c'è?». Michael mi guardava, senza condividere la mia ilarità.

«Be', non è…», lasciai la frase in sospeso, pensando alla piccola Emery Scott, con gli occhiali dalla montatura nera e la salopette, senza un filo di trucco. «Be', non mi sembra che sia il suo tipo, o sbaglio?».

Non riuscivo a crederci. Doveva esserci un errore. Will era sempre stato assieme a ragazze super-femminili, con le minigonne e i capelli perfetti. Ragazze che sapevano flirtare. Emmy Scott era… a detta di tutti, lei compresa, una specie di nerd. Ci fermammo vicini al gazebo.

Mi voltai sentendo gli occhi indagatori di Michael puntati nei miei.

«Vogliamo quello che vogliamo». Il peso di quell'affermazione, fatta con dolcezza, aveva un significato che andava oltre le parole che aveva pronunciato.

Il cuore prese a battermi più forte.

Guardai i ragazzi, più avanti: Damon teneva la bottiglia e Will incendiava la stoffa. Scossi la testa.

«Non mi piace questa cosa», sussurrai, abbassando nuovamente la testa. «Emmy è una brava persona e si è fatta il mazzo per quel gazebo. Era il suo progetto per il laboratorio di scienze sociali dell'ultimo anno. È stato quello a farla entrare a Berkeley».

Aveva costruito il gazebo un anno prima, durante l'estate, e anche se era eccitata al pensiero di andarsene e partire per il college, di certo si era impegnata anima e corpo per portare a termine quel progetto, e lo stesso si poteva dire di altri piccoli progetti sparsi per la città.

«Sistemerà tutto lui», assicurò. «Lasciamo che la faccia finita con questa merda».

E poi, prima che potessi proferire parola, vidi un lampo attraversare il cielo. Trattenni il fiato quando la bottiglia andò a infrangersi contro il gazebo. Poi ci fu un'esplosione e le fiamme divorarono ogni più piccola scheggia di legno.

«Gesù». Portai la mano alla fronte, piena di sensi di colpa. «Non voglio guardare. È uno scherzo da idioti!».

Mi voltai dall'altra parte, ma Michael mi afferrò per il braccio. «O sei con noi o puoi andartene a casa», mi ammonì.

Sfilai il braccio dalla sua mano, guardandolo in tralice.

Non volevo andare a casa.

Ma non potevo fingere che fosse divertente.

Si stavano comportando da stronzi e, se non fossi rimasta ferma sulle mie posizioni, mi avrebbero sempre considerata una debole. Guardai dietro di me, nel punto in cui l'auto era parcheggiata.

Fanculo. Avrei trovato un locale aperto e chiamato Noah per farmi venire a prendere.

Aprii la portiera, infilai la mano nella tasca dietro il sedile di Kai, dove avevo messo il cellulare, lo estrassi, poi richiusi la portiera.

Il fuoco ardeva poco lontano. Tutt'intorno si levarono parecchie voci concitate.

«Oh, merda!», gridò qualcuno, notando le fiamme.

Seguirono altre esclamazioni e qualche risata eccitata. Alcuni sapevano cosa doversi aspettare per la Notte del Diavolo e forse avevano sperato di assistere a qualcosa di simile.

Li ignorai e presi il telefono per chiamare il 911. Magari i camion erano riusciti a tornare indietro.

Esitai un momento per non mettere nei guai i ragazzi, ma poi ricordai che loro non si mettevano mai nei guai.

Al diavolo. Premetti il tasto "Chiama".

«Fermatevi!».

Sollevai la testa, vedendo l'agente Baker all'altro lato della strada, dentro il parco. Sentii una fitta allo stomaco.

Oh, no.

Andò dritto verso i ragazzi. Con le mani sull'arma di ordinanza, avanzò lentamente verso il punto in cui si erano raggruppati.

«Mani in alto. Adesso».

Terminai la chiamata, sapendo che probabilmente aveva già dato lui l'allarme.

«Merda», sentii gridare a Will. «Maledizione!».

«Mani in alto! Adesso!», ordinò ancora Baker. «Brutte canaglie, per stasera avete chiuso! Vi porto dentro!».

«Figlio di puttana!», ansimai, ricacciando il cellulare nella felpa.

Michael sollevò le mani per primo, tutti gli altri lentamente lo seguirono.

«Ecco come rovinarsi la serata, Baker», lo schernì Will, e gli altri ragazzi scoppiarono a ridere.

«Tutti a terra!», gridò il poliziotto, ignorando la battuta. «Lentamente».

«Mio padre mi taglia la testa», mugugnò Kai.

Il mio cuore galoppava. Li vidi chinarsi tutti a terra, mentre attorno a loro si radunava una piccola folla di curiosi.

Non era la prima volta che fermavano i ragazzi. Con ogni probabilità Baker li avrebbe solo trattenuti per la notte, perché non facessero altri danni, e li avrebbe rilasciati il mattino dopo.

Ma poi lanciai un'occhiata davanti e dietro di me, e vidi che in molti estraevano i cellulari per filmare.

«Toglietevi le maschere», ordinò il poliziotto.

Restai a bocca aperta, col respiro mozzato. *No.*

Non adesso, con tutta la gente che riprendeva! Michael sarebbe stato scoperto, avrebbe perso il posto nella squadra. Non che mi importasse, comunque.

Okay, mi importava. Mi importava, eccome.

Mi guardai attorno, da una parte e dall'altra, in cerca di qualcosa – qualunque cosa – da fare. Qualcosa per distrarre lo sbirro.

Poi restai paralizzata, vedendo le finestre del negozio FANE.

Avevo il cuore in gola, agii senza pensare.

Fallo e basta.

Mi precipitai verso il baule dell'auto, lo aprii e ne estrassi un palanchino. Richiusi il portellone e abbassai il cappuccio sugli occhi, corsi alla vetrina, dov'era in bella mostra una parure scintillante di orecchini di rubini con collana e anello abbinati, che probabilmente valeva un quarto di milione di dollari.

Sì, la mia famiglia non scherzava quando si parlava di gioielli.

Noi valevamo tanto quanto i Crist, se non di più.

Sollevai il braccio, tremando per la paura di quello che stavo per fare. «Merda», gemetti.

E poi colpii.

La sbarra infranse il vetro, facendo scattare subito luci e allarmi, che riempirono la piazza con un fragore improvviso.

Feci per scappare, sapendo che il poliziotto avrebbe preferito inseguire me anziché loro, ma capii subito che così avrei lasciato i gioielli alla mercé di chiunque.

Li afferrai dalla vetrina tenendoli stretti nel pugno, e con le pietre che mi tagliavano la pelle, mi misi a correre.

«Oh, cazzo, l'ha fatto davvero?», sentii la voce eccitata di Will, e poi una grassa risata chiassosa.

«Vai! Sali in macchina!», gridò qualcun altro, ma ero ormai troppo lontana per distinguere la voce.

Sfrecciai dietro l'angolo, percorsi la strada come un fulmine, poi svoltai a sinistra e sbucai in un quartiere più tranquillo e meno pretenzioso tentando di seminare il poliziotto.

Non sapevo se mi stesse seguendo ma, se ero fortunata, magari avrebbe pensato che continuassi lungo Breckinridge.

Correvo più forte che potevo, tendendo tutti i muscoli delle gambe, la mazza in una mano e i gioielli nell'altra.

Noah viveva poco lontano da lì, forse sarei riuscita ad arrivare a casa sua.

Merda! Cosa diavolo avevo fatto?

Per quanto potessi coprirmi il viso, qualcuno mi avrebbe riconosciuta di certo, per non parlare delle telecamere fissate intorno al negozio; a ogni modo, avrei dovuto restituire quella roba e mia madre sarebbe venuta a saperlo.

Corsi a perdifiato, l'aria fredda entrava e usciva dai polmoni, il sudore correva lungo la mia schiena.

«Rika! Sali!», gridò una voce dietro di me.

Mi voltai e vidi Kai, la testa che sporgeva dal finestrino mentre Michael correva con la classe G lungo la via buia.

Rallentò quando mi fu di fianco. Con un balzo in avanti, riuscii ad afferrare la maniglia e ad aprire la portiera. Saltai dentro e la richiusi con un rumore secco. Michael diede gas e schizzò via lungo la strada.

«Uhhhhh!!!!». Kai si sporse dal finestrino fino al busto, gridando nella notte.

«Hai rubato nel tuo negozio, Rika, cazzo!». Will rise, tirandomi per la felpa, e mi gridò in faccia: «Sei il re degli sballati, bella!».

Mi lasciò andare, fra risate e sorrisi isterici.

Sollevò di nuovo la testa, ululando dal tettuccio dell'auto. Non riusciva a contenere la scarica di paura e adrenalina.

Respirai a fondo, mentre una sensazione di calore mi pervadeva. Avevo l'impressione che da un momento all'altro avrei vomitato. Guardai lo specchietto retrovisore, passandomi la mano fra i capelli, con i nervi a fior di pelle, e vidi Michael che fissava la strada con un sorriso sul volto. Sollevò lo sguardo, come se sapesse che lo stavo guardando e che avrei potuto scorgere nei suoi occhi qualcosa di diverso.

Forse rispetto, o forse ammirazione.

O forse finalmente pensava che valessi qualcosa.

Abbassai lo sguardo e mi sforzai di riacquistare la calma, abbandonandomi finalmente a un sorriso.

«Grazie», disse una voce sommessa dietro di me.

Voltai la testa e vidi Damon, con il braccio appoggiato al poggiatesta del sedile e gli occhi fissi su di me.

Annuii, sapendo che probabilmente non era una parola che pronunciava spesso.

«Ehi, alza il volume!», gridò Will. «Questa è lei. Mostriciattolo».

Mentre le note di *Monster* degli Skillets riempivano l'auto, pompando nelle mie vene, mi fece un sorriso.

Poi cominciò a cantare e si alzò dal sedile per mettersi a cavalcioni sopra di me. Quando iniziò a ballare una lap dance a ritmo di musica, scoppiai a ridere.

«Al magazzino», ordinò, agitando il pugno. «Andiamo a sballarci».

Capitolo 14
Erika

Oggi

Strinsi forte il volante mentre percorrevo l'autostrada scura a tutta velocità, con il telefono appoggiato all'orecchio.

«Mamma, dove diavolo sei?», sbottai con il cuore che mi martellava nel petto.

Il telefono continuava a suonare e suonare a vuoto. Le avevo telefonato parecchie volte da quando mi avevano chiamata per la faccenda della casa, ma lei non aveva mai risposto.

Avevo anche provato a contattare la governante, ma non ero riuscita a parlare nemmeno con lei.

Maledizione, perché la sera prima non mi ero fatta dare il numero del satellitare da Michael? Invece, tutto quello che mi era riuscito di fare era stato agguantare Alex pregandola di portarmi a casa, anche se poi mi era toccato guidare, perché aveva alzato un po' troppo il gomito.

Svoltai a destra e seguii la curva della strada premendo "Fine della chiamata", poi gettai il cellulare sul sedile del passeggero.

«Ti prego», mormorai in un soffio, con il viso stravolto, lottando per trattenere le lacrime.

Ti prego, fa' che stia bene.

I vigili del fuoco erano arrivati in tempo. Doveva essere così.

Ferguson mi aveva chiamata più di un'ora prima dicendo che la casa dei miei genitori era in fiamme e che avevano già allertato i pompieri.

Loro erano già lì, ma non era riuscito a mettersi in contatto con mia madre né con la governante, che a quanto pareva erano fuori città.

Non persi tempo. Salii in macchina e lasciai il centro, sfrecciando sull'autostrada. Alla fine, dopo aver guidato per un'ora, entrai nelle vie buie e tranquille di Thunder Bay.

Erano le dieci di sera passate, dopotutto.

Arrivando da sinistra, individuai l'accesso al quartiere. Suonai il clacson una volta, e un'altra e un'altra ancora.

Ferguson aprì il cancello e io mi precipitai all'interno, senza rallentare nemmeno per parlargli. I fari illuminavano la strada nera, mentre mi inoltravo nella foresta sconfinata vedendo cancelli e case, lanterne e vialetti che si mescolavano al paesaggio.

Non diedi nemmeno un'occhiata a casa Crist, quando ci passai davanti. Proseguii a velocità sostenuta, cercando il telecomando del cancello a mezzo chilometro di distanza.

Svoltai a sinistra, entrai nel vialetto e frenai all'istante.

Spensi l'auto, saltai fuori a bocca aperta, con il petto che mi tremava.

«No, no, no...». Guardai la casa con gli occhi umidi.

Della fuliggine fuoriusciva dai telai delle finestre, le tende delle camere ai piani superiori penzolavano a brandelli dalle riloghe.

La porta d'ingresso era ormai solo un lontano ricordo, il tetto era nero e la vegetazione attorno alla villa era tutta bruciacchiata. La casa era lì, buia e distrutta, mentre l'odore del fuoco saturava l'aria e dai pochi tizzoni rimasti si levava del fumo nero.

Non distinguevo niente dell'interno, ma sembrava sventrato.

Passai le mani tra i capelli, le lacrime presero a rigarmi la faccia. Singhiozzavo, annaspando in cerca d'aria, ma tutto quel che volevo fare era entrare in casa.

«Mamma!».

Ma un paio di braccia mi strinsero, trattenendomi.

«Lasciami andare!», lottai e mi divincolai, girando il gomito per liberarmi dalla morsa.

«Non puoi entrare!», gridò.

Michael.

Ma non mi importava. Mi liberai dalla stretta, allontanando le sue mani e mi precipitai dentro casa.

«Rika!».

Mi lanciai oltre la porta, quasi non vidi il pavimento, i tappeti, i muri neri. Seguii il corrimano e sentii dei granelli di fuliggine sotto il palmo della mano quando mi aggrappai per non cadere.

«Signorina!», urlò un uomo e con una rapida occhiata mi accorsi che alcuni vigili del fuoco si aggiravano per la casa.

Li ignorai e salii le scale. Le assi del pavimento coperte da un tappeto ormai fradicio scricchiolarono sotto il mio peso, ammonendomi che avrebbero potuto rompersi, ma non mi importava niente.

Poteva anche cadermi addosso, tutta quella cazzo di casa.

«Mamma!».

Ma aspetta... non è qui. È via, ricordi? Mentre raggiungevo il ballatoio del piano superiore, un senso di sollievo mi pervase. *Non è qui.* Entrai in camera mia, l'odore acre del fumo mi riempì i polmoni. Andai dritta alla cabina armadio. Mi inginocchiai, tossendo, e cominciai a frugare nell'angolo alla ricerca di una scatola.

Gocce d'acqua mi colavano sulla schiena. Provenivano dai vestiti bagnati appesi sopra di me. L'incendio era arrivato anche lì. *Ti prego, no.*

Sollevai il coperchio di un contenitore per rovistare al suo interno, la mano si strinse attorno a un'altra scatola di legno duro, più piccola della prima. La estrassi.

Dall'angolo fuoriuscì subito un rivolo d'acqua.

Avevo il cuore spezzato. *No.*

Stringendola fra le mani, la portai al petto e mi chinai sul mio tesoro, singhiozzando. Era rovinata.

«Alzati».

Sentii la voce di Michael alle mie spalle, ma non mi mossi.

«Rika», mi esortò ancora.

Sollevai di nuovo la testa, cercando di respirare, ma all'improvviso fui assalita da un senso di vertigine. Non riuscivo a respirare. L'aria era troppo densa.

Avrei dovuto portare con me la scatola. Era stato stupido da parte mia lasciarla lì. Forse pensavo che sarei stata forte, che avrei voltato pagina, che mi sarei lasciata il passato alle spalle. Ma non me ne sarei dovuta andare senza di lei.

Aprii gli occhi, ma nella foschia non riuscivo a distinguere quasi nulla.

Perché Michael era lì? C'era già quando ero arrivata, il che significava che aveva saputo dell'incendio prima di me.

Lentamente, tutto il controllo che avevo creduto di avere sulla mia vita veniva spazzato via. Mi avevano attirata con l'inganno al Delcour, avevo incontrato Will e Damon a lezione, gli amici di Michael erano una spada di Damocle perennemente sospesa sopra la mia testa, e poi c'era Michael. In sua presenza non avevo alcun controllo.

E adesso casa mia?

Sentivo un macigno gravarmi sul petto e facevo respiri brevi e affannosi. Alzai lo sguardo su di lui. «Dov'è mia madre? Perché non riesco a mettermi in contatto con lei?».

Senza distogliere lo sguardo, ricominciai a tossire. L'aria mi intossicava come veleno ogni volta che tentavo di respirare.

«Dobbiamo uscire di qui». Si chinò e mi fece alzare da terra, accorgendosi che il fumo mi dava fastidio. «Torneremo domani, quando i vigili del fuoco avranno fatto una stima dei danni e confermato che è agibile. Staremo a casa dei miei per questa notte».

Un nodo mi serrava la gola, ma non avevo nemmeno la forza di mandarlo giù. Strinsi al petto la scatola. Avrei solo voluto affondare.

Non opposi resistenza mentre uscivamo dalla stanza. Non opposi resistenza quando mi fece salire sulla sua macchina né quando lo vidi oltrepassare casa dei suoi genitori e portarmi in città.

Non potevo combattere contro di lui quella sera.

«Sono questi i fiammiferi di cui mi hai parlato?», chiese indicando con il mento la scatola appoggiata sul tavolo. «Quelli che tuo padre portava dai suoi viaggi?».

Abbassai lo sguardo sul legno fradicio della scatola da sigari e annuii. Ero ancora troppo affranta per riuscire a parlare.

Dopo che avevamo lasciato i vigili del fuoco ancora al lavoro dentro casa mia, Michael non era andato dritto alla villa dei suoi. Aveva proseguito verso la città e si era fermato da Sticks. Non volevo vedere nessuno, però avevo voglia di bere qualcosa.

L'avevo seguito all'interno e, per fortuna, era riuscito a ottenere un tavolo appartato e aveva ordinato un paio di birre. La cameriera mi aveva lanciato una rapida occhiata: sapeva bene che non avevo ventun anni, ma non voleva discutere con lui.

Nessuno voleva discutere con lui.

Il bar era quasi vuoto, probabilmente perché era una sera infrasettimanale, e tutti i ragazzi del college avevano già lasciato la città per tornare all'università. Qualche cliente più vecchio di me era seduto al bancone, alcuni giocavano a biliardo, altri bighellonavano, bevevano, parlavano e mangiavano.

Lentamente mi abbandonai contro lo schienale. Sfiorai la scatola con mani tremanti e sollevai il fermaglio sul davanti per alzare il coperchio.

Gli occhi mi si riempirono di lacrime. Distolsi lo sguardo.

Rovinato. Era tutto rovinato.

Quasi tutte le bustine di fiammiferi e le scatoline erano fatte di carta e, anche se i fiammiferi potevano asciugarsi, i contenitori erano schiacciati, lacerati e raggrinziti. Il cartoncino era fradicio, grondante d'acqua, scolorito e rotto.

Allungai la mano per prendere un vasetto di vetro. I fiammiferi al suo interno avevano la punta verde. Ricordai che mio padre era tornato dal Galles dicendo che li aveva trovati a Cardiff, in un negozio in riva al mare.

Feci un sorriso amaro, sollevando il vasetto. «Questi sono i miei preferiti», dissi a Michael, allungandomi sul tavolo. «Senti il rumore».

Agitai il vasetto vicino al suo orecchio, ma la mia espressione si rabbuiò sentendo un rumore pesante invece del suono familiare e leggero dei bastoncini di legno che colpivano il vetro.

Mi raggomitolai di nuovo sulla sedia. «Ovviamente adesso non fanno lo stesso suono».

Michael mi fissava. Grande e grosso com'era, occupava quasi per intero la panca al suo lato del tavolo.

«Sono solo fiammiferi, Rika».

Inclinai la testa, gli occhi socchiusi per la rabbia. «Sono solo fiammiferi?», sibilai. «E a te cosa importa? C'è qualcosa di importante per te?».

Non disse nulla, e l'espressione sul suo viso divenne impassibile.

«Certo, sono solo fiammiferi», continuai con la voce rotta dal pianto. «E ricordi e odori e suoni e una stretta allo stomaco ogni volta che sentivo la portiera sbattere nel vialetto, perché voleva dire che era a casa. E poi sogni, di tutti i posti che un giorno avrei visitato», feci un profondo respiro posando le mani sul coperchio della scatola. «Sono speranze e desideri e memorie, che mi strappavano sempre un sorriso, perché sapevo che si era ricordato di me mentre era via».

Poi lo guardai intensamente. «Tu hai soldi, ragazze, auto e vestiti, ma per me quello che c'è in questa scatolina vale più di tutto ciò che possiedi tu».

Mi girai verso i tavoli da biliardo, e con la coda dell'occhio vidi che mi guardava. Pensava che fossi una stupida. Probabilmente si chiedeva perché fosse ancora seduto lì con me. Avevo la mia macchina. Avrebbe potuto farmi sistemare a casa dei suoi per quella notte e poi tornarsene in città da solo per recarsi all'appuntamento – o dedicarsi all'attività – per cui si era vestito in modo tanto elegante.

Ma la verità era che non ero stupida. Sì, erano solo fiammiferi, ma erano insostituibili. E le cose insostituibili nella vita sono le uniche cose che abbiano valore.

Quando ci pensavo, non c'erano molte persone o cose al mondo che amavo. Perché li avevo lasciati lì?

«Pensano che l'incendio sia divampato vicino alle scale», disse Michael, facendo un sorso di birra. «Ecco perché si è propagato così in fretta al piano superiore. Ne sapremo di più domani».

Rimasi in silenzio. Intanto le cameriere portarono da bere.

«Non ti interessa?», mi incalzò Michael, vedendo che non dicevo niente.

Alzai le spalle: la rabbia superava la tristezza. «La casa non significa niente», dissi a bassa voce. «E comunque non sono mai stata felice lì senza mio padre».

«Eri felice a casa mia?».

Sollevai lo sguardo per incrociare il suo. Perché mi faceva quella domanda? Gli importava veramente? O forse conosceva già la risposta.

No. Non ero felice a casa sua. Non quando lui non c'era.

Alle medie e alle superiori, l'avevo adorato. Sentire il pallone

217

rimbalzare per casa mentre si aggirava per le stanze, sentire che era in una stanza e non riuscire a concentrarsi su nient'altro, incontrarlo per caso all'ingresso...

Adoravo l'idea di averlo semplicemente intorno.

Ma quando era partito per il college e non era quasi mai a casa, villa Crist era diventata una gabbia. Trevor mi ronzava sempre intorno e Michael mi mancava moltissimo.

Essere a casa sua quando non c'era lui mi faceva sentire più sola che mai.

Lasciai cadere di nuovo il vasetto nella scatola e la chiusi, poi voltai la testa verso il jukebox accanto alle vetrine.

«Mi dai dei soldi?», chiesi, girandomi di nuovo verso di lui.

Avevo lasciato la borsa in macchina.

Lui si frugò in tasca e sfilò alcune banconote da un fermasoldi. Allungai la mano, senza esitare, e presi i cinque dollari che avevo visto, poi scivolai fuori dalla panca portandomi dietro la birra.

Sentii i brividi lungo le braccia e solo in quel momento ricordai che avevo ancora indosso i jeans e la maglietta bianca che mi ero messa poco prima tornando a casa da scuola. Ero salita in auto in tutta fretta senza nemmeno prendere una giacca.

Michael indossava un abito nero e una camicia bianca aperta al collo, e mi chiesi se stesse rientrando da qualche parte o se fosse pronto per uscire.

Non importava. Poteva anche andarsene. Sapevo badare a me stessa.

Feci un sorso di birra, inserii i cinque dollari nel jukebox e cominciai a scegliere la musica.

Dietro di me sentii ridere una ragazza e, quando mi voltai a guardare, riconobbi Diana Forester.

Era ferma accanto al nostro tavolo, le mani sul fianco e un sorriso civettuolo, e parlava con Michael.

Gesù.

A scuola erano usciti insieme, anche se non proprio ufficialmente. Kai e Michael se la dividevano. La conoscevo solo perché una sera li avevo visti entrambi baciarla nella sala TV. Ero scappata via prima che riuscissi a vedere qualunque altra cosa, ma indovinai senza difficoltà quello che stava accadendo.

218

La sua vita dopo le superiori non era stata molto eccitante. L'ultima cosa che avevo sentito dire di lei era che dava una mano ai genitori nel bed and breakfast che avevano in città.

Michael annuiva mentre lei parlava, qualunque cosa stesse dicendo, con un mezzo sorriso sulle labbra, ma forse cercava solo di assecondarla.

Finché lei si chinò. Mi parve di cogliere lo sguardo fugace di Michael posarsi su di me per una frazione di secondo, poi il suo sorriso si allargò e le sue mani accarezzarono i capelli biondi di Diana.

Mi voltai di scatto dall'altra parte, con il collo e il viso in fiamme.

Stronzo.

Per quanto mi fossi sforzata di evitarlo, avevo pur sempre delle aspettative sull'uomo che pensavo lui fosse, ma dovevo piantarla.

Avrei fatto il terzo incomodo quella sera, una volta rientrati a casa, se avesse deciso di rimorchiarla? Sarei dovuta restare seduta in silenzio, sentendomi a disagio, in qualche altra camera?

Avevo smesso di fingere e di comportarmi come se non mi importasse di lui. Ero fuori di me. *Sii te stessa.*

Premetti i pulsanti e selezionai una canzone sola, anche se ne avevo pagate venti. Scolai il resto della birra e tornai al tavolo.

Quando posai la bottiglia sul tavolo, vidi Diana sussultare, come se non sapesse che ero lì.

«Oh, ciao, Rika», cinguettò. «Come sta Trevor? Ti manca molto?».

Io e Trevor non stavamo più insieme. Immaginai che nessuno l'avesse informata.

Mi sedetti a gambe accavallate, incrociai le braccia e le posai sul tavolo. Ignorai la domanda e presi a fissare Michael. Mi stava prendendo in giro. Inclinai la testa, sostenendo il suo sguardo divertito. Non avevo chiesto io di venire da Sticks, mi ci aveva portata lui. Non si sarebbe fatto la sua botta e via con me a rimorchio. Non quella notte.

Il silenzio imbarazzato divenne più pesante, ma più tenevo duro, sfidandolo con lo sguardo perché si sbarazzasse di lei, più mi sentivo forte.

Dirty Diana dei Shaman's Harvest si diffuse dalle casse, e io sorrisi.

«Be'...», disse Diana, toccando la spalla di Michael. «Mi ha fatto molto piacere incontrarti. Non torni quasi mai a casa».

Ma Michael la ignorò, restando inchiodato ai miei occhi.

Si schiarì la gola e disse: «Scelta interessante».

Mi sforzai di non ridere. «Sì, ho pensato che potesse piacere a Diana», risposi ridendo e poi la guardai. «Parla di una donna che salta nel letto di uomini che non sono i suoi».

Michael abbassò lo sguardo ridendo sotto i baffi.

Diana si accigliò, sollevando un sopracciglio, e si allontanò. «Stronza».

Poi si voltò e se ne andò.

Incrociai di nuovo lo sguardo di Michael. Il mio corpo fu travolto da un'ondata di calore. Era una bella sensazione stare al pari con lui e le sue buffonate.

«Perché hai sempre voglia di provocarmi?»

«Perché è divertente», ammise. «E tu stai imparando a cavartela molto bene».

Strinsi gli occhi. «Perché i tuoi amici mi provocano?».

Ma stavolta non rispose.

C'era un'aria di sfida nei suoi occhi. Sapeva che si prendevano gioco di me, e l'istinto mi diceva che avrei dovuto aver paura, ma per qualche motivo...

Non ne avevo.

Tutto quel tira e molla, quel braccio di ferro mentale e le schermaglie... erano cose che mi stravolgevano e mi mortificavano, fino a quando arrivavo al punto in cui ero stanca di incespicare e cadere e indietreggiare, e scoprivo che mi piaceva molto giocare.

Michael si accomodò sulla panca, appoggiandosi contro l'angolo, e si mise a guardare verso il bar.

«Allora se Diana è *Dirty Diana*, Sam che cos'è?», sollevò il mento. «Il barista. Qual è la sua canzone?».

Voltai lo sguardo, e vidi Sam Watkins dietro il banco, che lavorava da solo. Stava prendendo delle bottiglie di liquore, le puliva e poi le rimetteva a posto.

«*Closing time*», azzardai. «Dei Semisonics».

Michael fece una risatina, guardandomi. «Così è troppo facile». Fece un sorso di birra indicando col capo un'altra persona. «Drew, al bancone».

Inspirai a fondo, cercando di rilassarmi. Stava guardando Drew Hale, un giudice di mezza età che poteva contare su una rete di conoscenze influenti, ma non era particolarmente ricco. Aveva le maniche arrotolate e i pantaloni stazzonati. Veniva spesso qui.

«Hinder. *Lips of an Angel*», sparai, voltandomi verso Michael. «Amava una donna, si sono lasciati, lui ha sposato la sorella per capriccio». Abbassai lo sguardo. Il mio cuore solidarizzava con lui. «Ogni volta che lo vedo ha un aspetto peggiore».

Non riuscivo a immaginare quanto fosse difficile vedere la donna che hai sempre amato e non poterla avere perché hai sposato quella sbagliata.

Sbattei le palpebre e, quando sollevai lo sguardo, vidi Michael. A un tratto, non era più così difficile da immaginare.

«Lui», continuò, indicando un uomo d'affari tracagnotto seduto al tavolo con una donna più giovane. Aveva i capelli color platino e il trucco pesante. Lui portava una fede, lei no.

Strabuzzai gli occhi. «*She's Only Seventeen*, Winger».

Michael rise, i denti bianchi brillavano nella penombra del tavolo.

Continuò indicando con il mento un paio di studenti che giocavano a biliardo. «E loro invece?».

Mi misi a studiarli, passando in rassegna i capelli corvini che ne coprivano gli occhi, le magliette e i jeans neri e gli inquietanti stivali dello stesso colore, con le suole spesse dieci centimetri.

Sorrisi. «Fan di Taylor Swift in incognito. Ci scommetto».

Il suo petto era scosso dalle risa. «E lei?», chiese facendo un altro cenno.

Mi voltai e vidi una bellissima ragazza china sul bancone. La sua gonna lasciava scoperto un bel pezzo di coscia. Quando tornò ad appoggiarsi allo schienale, la vidi allontanare la bocca dal bicchiere, afferrare la cannuccia, affondarla nel milkshake e poi estrarla.

Non riuscii a trattenermi dal ridere quando, riportando lo sguardo su Michael, intonai la canzone di Kelis. «My milkshake brings all the boys to the yard...».

A Michael andò di traverso la birra. Mentre si sforzava di non ridere, una goccia di birra fuoriuscì dalle sue labbra.

Afferrai il bicchiere di whiskey che la cameriera aveva portato e feci ruotare il liquido ambrato.

La birra non mi aveva lasciato nessuna sensazione ma, a dire il vero, per qualche ragione non sentivo davvero il bisogno di bere. Il mio corpo era caldo adesso. Ero rilassata, nonostante quello che era successo a casa mia, e sentivo qualcosa crescere dentro di me. Un senso di calore che mi faceva sentire alta tre metri.

Michael si avvicinò e con voce bassa e intensa chiese: «E cosa mi dici di me?».

Deglutii, e cominciai a fissare il bicchiere. Quale canzone lo descriveva? Quale band?

Era come cercare di scegliere un solo cibo da mangiare per il resto della vita.

«Disturbed», dissi, pronunciando il nome del gruppo senza smettere di guardare il bicchiere.

Lui non disse niente. Si limitò a restare immobile per un momento, prima di tornare a mettersi comodo sulla panca portando il bicchiere alle labbra.

Sentivo le farfalle nello stomaco mentre mi sforzavo di respirare lentamente.

«Drowning Pool, Three Days Grace, Five Finger Death Punch», continuai. «Thousand Foot Krutch, 10 Years, Nothing More, Breaking Benjamin, Papa Roach, Bush…». Feci una pausa per espirare a fondo, lentamente, nonostante il cuore mi martellasse nel petto. «Chevelle, Skillet, Garbagem, Korn, Trivium, In This Moment…». Lasciai l'elenco in sospeso e, alzando lo sguardo su di lui, mi sentii invadere da un senso di pace. «Sei in tutte le canzoni».

Il suo sguardo restò inchiodato al mio. I miei occhi socchiusi lasciavano solo intuire il dolore che avevo provato desiderandolo per tutti quegli anni. Non sapevo a cosa stesse pensando né se sapesse cosa pensare, ma ora sapeva.

Avevo nascosto e represso quel sentimento, comportandomi come se non esistesse, ma adesso l'avevo accettato e non mi importava cosa ne pensasse lui. Non avevo paura di quello che c'era dentro di me.

Adesso lo sa.

Sbattei le palpebre, sollevando il bicchiere fino alle labbra e buttai giù. Allungai una mano per prendere anche il suo e buttai giù pure quello.

Avvertii a stento il bruciore alla gola. L'adrenalina era più forte.

«Sono stanca», annunciai solenne.

Poi mi alzai e scivolai fuori dalla panca, sapendo che mi avrebbe seguita.

Capitolo 15
Erika

Oggi

Quella casa mi faceva paura di notte. Era sempre stato così. Fuori soffiava un vento leggero e i rami spogli degli alberi grattavano contro le finestre mentre mi aggiravo tra le stanze del piano di sotto e passavo accanto all'orologio del nonno che ticchettava nell'ingresso.

Il suono riecheggiava nella grande casa. Mi rammentava sempre che la vita continua mentre noi dormiamo. *Tic toc tic toc tic toc...*

In effetti era un pensiero da far rizzare i capelli. C'erano creature fuori, alberi in paziente attesa nel bosco, il pericolo era in agguato appena oltre la porta d'ingresso, a pochi metri dai noi, così vulnerabili nei nostri letti caldi.

E casa Crist suscitava lo stesso senso di mistero. C'erano troppi angoli bui. Troppe nicchie in cui nascondersi e troppi armadi scuri che le camere dormienti celavano dietro le porte chiuse.

La casa era piena di segreti e sorprese, e questo mi faceva paura. Probabilmente era per quello che di notte mi ritrovavo a vagare tra le sue stanze.

Mi piaceva la paura dell'oscurità silenziosa, ma c'era anche dell'altro. Venivi a conoscenza delle cose celate sotto il mantello della notte, che non si vedevano alla luce del giorno. Le cose che la gente teneva nascoste. Ma quanto perdeva il controllo sui segreti quando pensava che tutti gli altri stessero dormendo...

A casa Crist, le ore più interessanti spesso erano quelle che seguivano la mezzanotte. Avevo imparato ad amare i rumori della casa che si chiudeva, delle serrature. Era come se stesse per aprirsi un nuovo mondo.

Non feci alcun rumore entrando nella cucina buia a piedi nudi, diretta alla dispensa.

Era qui che avevo scoperto per la prima volta che il signor Crist aveva paura di Michael. Eravamo nel cuore della notte e Michael aveva sedici anni. Era entrato in cucina a prendere qualcosa da bere e non si era accorto che ero sulla veranda. Mi ero alzata per guardare la pioggia sotto una coperta con un motivo di frutti stampati che la signora Crist mi aveva comprato. Ricordo benissimo quella notte, perché era stata la prima che avevo trascorso nella camera che lei aveva decorato apposta per me, per quando dormivo da loro.

Suo padre era entrato in cucina. Non riuscivo a distinguere quello che si dicevano, ma i toni si erano fatti concitati e il signor Crist aveva assestato un ceffone in faccia a Michael.

Era odioso quello a cui avevo assistito, ma purtroppo non era la prima volta. Il signor Crist e suo figlio non andavano d'accordo, e non era infrequente che Michael venisse picchiato.

Ma quella volta era stato diverso. Michael non era rimasto in silenzio, ma aveva reagito all'istante afferrando il padre per il collo. Fissavo inorridita il signor Crist che faceva a botte col figlio. Qualcosa si era impossessato di Michael, non l'avevo mai visto comportarsi in quel modo prima.

I secondi passavano, uno dopo l'altro. Era chiaro che Michael ormai era troppo grande perché il padre lo comandasse a bacchetta, e ora il signor Crist lo sapeva.

Vedevo suo padre che cominciava a soffocare e tossire.

Michael infine aveva lasciato la presa e suo padre era uscito di corsa dalla cucina. L'incidente era costato a Michael l'auto e la paghetta, ma non penso che il signor Crist dopo quella volta gli abbia più messo le mani addosso.

Aprii la porta della dispensa, accesi la luce soffusa e mi diressi alla terza fila di scaffali e presi il burro d'arachidi.

Tenendolo appoggiato al petto, mi guardai attorno e individuai la scatola mezza piena di mini-marshmallow sullo scaffale più in alto, vicino all'angolo.

Sorrisi, mi avvicinai e sollevai le punte dei piedi per cercare di prendere il sacchetto fra due dita, come una pinza, e tirarlo giù.

Ma un braccio spuntò da dietro le mie spalle e afferrò il sacchetto. Abbassai la mano di scatto, inspirando rapidamente.

«Pensavo che fossi stanca», disse Michael, porgendomi il bottino.

Deglutii e mi voltai a guardarlo. Indossava dei pantaloni comodi di colore nero, senza maglietta. Mi parve che avesse i capelli bagnati, forse aveva fatto la doccia.

Avrei voluto gemere, tanto era forte il desiderio che sentivo pulsare tra le gambe. *Dio, mi faceva impazzire.*

Con tutto quello che era successo quella sera, non ero ancora riuscita a riprendere fiato, perciò non mi era ancora venuto in mente, ma...

L'ultima volta che avevo visto Michel eravamo nella grotta della piscina. Al solo ricordo i muscoli delle mie cosce si contrassero, il clitoride cominciò a pulsare e a desiderare molto più di quello che mi aveva fatto là dentro.

Grazie al cielo, non aveva accennato a quello.

Dopo che eravamo tornati a casa da Sticks, ci eravamo separati. Io ero andata in camera mia e avevo subito composto il numero del telefono satellitare che mi aveva dato mentre rientravamo in macchina, ma, purtroppo, senza ottenere risposta.

Dopo aver chiamato altre volte senza successo, avevo deciso di riprovare il mattino dopo. Mamma stava bene. Damon voleva solo spaventarmi con quella minaccia, probabilmente non aveva mai avuto intenzione di farle niente.

Poi mi ero fatta un bagno caldo e avevo indossato i pantaloncini di un pigiama e un corpetto bianco.

Non ero più stanca. Non mangiavo dalla colazione che avevo fatto nel mio appartamento, quindi ero scesa a cercare qualcosa da mettere sotto i denti.

Passai accanto a Michael, uscii dalla dispensa e disposi il cibo sull'isola, cercando di mantenere le distanze.

Non ebbi fortuna.

Venne a mettersi di fianco a me, poi si girò, afferrò una pagnotta e ne tagliò due fette per me e due per sé.

Immaginai che anche lui avesse fame.

Sospirai, seccata, e mi voltai a prendere due piatti da un armadietto, intanto lui aprì il frigorifero e rovistò in un cassetto.

Mentre eravamo impegnati a imbottire i panini, non dicemmo una sola parola. Frugai nel sacchetto dei marshmallow e ne presi una manciata da mettere sul burro d'arachidi che avevo già spalmato, mentre lui stappava un vasetto di sottaceti. Interruppi quello che stavo facendo e arricciai le labbra quando vidi che ne metteva alcuni sul panino col burro di arachidi.

Che schifo.

«Ti avviso che hai perso gran parte del tuo fascino», gli dissi con una smorfia.

Sbuffò, chiuse il sandwich con l'altra fetta di pane e afferrandolo se lo portò alla bocca.

«Prima prova, poi giudica». Ne staccò un grosso morso, prese il piatto e venne verso di me.

Scossi la testa, divertita.

«Guardiamo un film», disse uscendo dalla cucina.

Sollevai la testa. *Un film?*

«Prendi due bottiglie d'acqua mentre vieni», gridò dal corridoio.

Sollevai un sopracciglio. Le uniche volte che io e Michael avevamo guardato dei film insieme c'era anche Trevor con noi. Da sola, avrei avuto troppa paura di invadere lo spazio di Michael.

Con un sospiro, andai verso il frigorifero per prelevare due bottiglie di acqua. Raccolsi il resto del cibo e uscii dalla cucina con le braccia cariche.

La sala della TV era scura, illuminata solo dalla luce dello schermo piatto da settanta pollici appeso alla parete in pietra davanti a me.

Tutta la casa era bella, ma quella era la stanza che preferivo.

Non c'erano finestre, perché era sepolta al centro della villa e i muri erano tutti rivestiti di pietra. Questo particolare faceva sembrare la stanza una grotta. Era in questo locale che di solito Michael incontrava gli amici quando ancora viveva lì.

Al centro della stanza c'era un divano di pelle marrone disposto su tre lati, enorme e comodo. Lo completavano alcuni cuscini e una grande ottomana nello spazio libero al centro.

227

Michael portò il piatto al divano, gettò da parte il telecomando e si sedette dandomi la schiena.

Il sangue cominciò a scaldarsi nelle vene, la mano che teneva il piatto a tremare.

Sembrava quasi una cosa semplice: una tranquilla serata di relax davanti alla TV.

Troppo facile. Non potevo rilassarmi con lui. Sapevo che era meglio stare in guardia.

Entrai nella stanza, aggirai il divano e lanciai la bottiglia d'acqua accanto a lui, poi mi accomodai nel lato destro del divano, in senso perpendicolare rispetto a lui.

Sedetti a gambe incrociate, rivolta verso il televisore, e cominciai a mangiare, mentre lui faceva zapping.

«Sembra bello», dissi vedendo *Alien vs Predator*.

«Sembra bello?», mi fece il verso e io mi voltai verso di lui.

Era steso sul divano, con il braccio sinistro dietro la testa e il torace muscoloso liscio e stupendo. Una volta avevo visto una ragazza che stava a cavalcioni sopra di lui mentre era sdraiato così, perciò distolsi lo sguardo da quella visione, per scacciare l'onnipresente desiderio.

«L'hai già visto, Rika», ribatté. «Ti ho vista qui dentro che guardavi quel film alle superiori. Almeno due volte».

Ventuno, per la precisione.

Mi piacevano i film horror, ma anche la fantascienza, quindi tutte le serie di *Alien* e *Predator* per me erano un invito a nozze.

E poi quando li avevano uniti per creare *Alien vs Predator*? Che figata.

«Per me va bene», cedette Michael selezionando il canale; il film cominciò proprio nel punto in cui il gruppo di archeologi arriva sull'Antartide.

I peli delle braccia si rizzarono. Arricciai le dita dei piedi. Tenevo il panino con entrambe le mani, sbocconcellandolo piano mentre fissavo lo schermo. Sentivo Michael mangiucchiare e stappare l'acqua; quando la regina Xenomorfa cominciò a deporre le uova, ormai mi ero messa a pancia in giù appoggiata ai gomiti, iniziando a ruminare.

Quando sentii il respiro pesante della regina i miei addominali si tesero. I sibili che emetteva riecheggiavano con il surround e, quando il gruppo di scienziati entrò nella camera sacrificale, senza sapere di tutte le uova di alieno che c'erano nella stanza e che stavano per schiudersi, misi da parte il panino. Presi un cuscino, mi nascosi dietro a quello per lanciare occhiate furtive allo schermo.

Con le caviglie sollevate, sbattei le palpebre quando le uova cominciarono ad aprirsi. Dalla fessura sbucarono delle lunghe gambe e, mentre la musica accelerava il ritmo, la creatura strisciò fuori, librandosi nell'aria per avventarsi sul viso di una donna.

Chinai la testa, seppellendola nel cuscino, quando il primo piano si focalizzò sulla scena successiva.

Voltai la faccia di lato e cominciai a ridere, senza distogliere lo sguardo. «Quella scena mi fa sempre morire di paura».

Ma lui non stava guardando la televisione. Aveva lo sguardo fisso sulle mie gambe.

All'istante mi eccitai. Ma aveva visto qualcosa del film?

Era ancora seduto sul divano, rilassato, ma il suo sguardo correva sul mio corpo. Potevo solo immaginare a cosa stesse pensando. Poi, come se avesse finalmente realizzato che avevo detto qualcosa, portò lo sguardo sui miei occhi, prima di girarsi nuovamente verso lo schermo e fingere di ignorarmi.

Lentamente mi girai a mia volta verso la TV. Nonostante mi chiedessi se mi stesse ancora guardando, non accennai affatto a mettermi composta o a prendere una coperta.

Per tutta l'ora successiva, rimasi abbracciata al cuscino, mentre i Predatori cacciavano gli Alieni e a poco a poco tutti gli archeologi venivano eliminati come un danno collaterale della loro guerra. Di tanto in tanto sentivo gli occhi di Michael su di me, ma non sapevo se fosse davvero così o solo frutto della mia immaginazione.

Ma ogni volta che un Predatore strisciava nell'ombra o un Alieno faceva capolino da dietro un angolo, sentivo il calore del suo sguardo e stringevo il cuscino sempre più forte, tanto che, alla fine del film, le dita mi facevano male.

«Ti piace aver paura, vero?», sentii la sua voce dietro di me. «È una tua perversione».

Voltai la testa di lato, socchiudendo gli occhi mentre scorrevano i titoli di coda.

Ti piace aver paura? Mi piacevano i film di paura, ma non era una perversione.

Appoggiò le mani sulle cosce, inclinando la testa all'indietro, e da quella posizione cominciò a fissarmi. «Le dita dei piedi ti si arricciavano ogni volta che gli Alieni e i Predatori comparivano sullo schermo».

Abbassai lo sguardo, tirai giù le gambe e con movimenti lenti tornai a sedere. Mi vennero in mente tutti i film che mi piacevano di più – le pellicole più violente, come *Halloween* e *Venerdì 13* – e notai quanto avessi contratto i muscoli della pancia. Feci un respiro profondo, costringendoli a rilassarsi.

Sì, era vero. Mi piaceva sentire il cuore battermi forte, mi piaceva il fatto che tutti i miei sensi fossero allertati quando avevo paura e che ogni tic-toc dentro casa si trasformasse in un passo misterioso. Mi piaceva la sensazione di essere perfettamente consapevole dello spazio vuoto dietro di me quando ero seduta sul divano e il timore che qualcuno stesse strisciando alle mie spalle.

Mi piaceva la paura di non sapere cosa stesse per arrivare e da dove.

«Quando indossavamo le maschere», disse Michael, abbassando la voce fin quasi a un sussurro, «ti piaceva, non è vero? Ti faceva paura, ma allo stesso tempo ti eccitava».

Sollevai gli occhi, esitante, sforzandomi di non ridere. Cosa avrei dovuto dire? Che vederli come mostri mi mandava su di giri?

Scossi la testa per schiarirmi le idee e mi alzai, dicendo con voce pacata: «Vado a dormire».

Afferrai il cellulare e feci un passo, ma la voce di Michael mi fermò.

«Vieni qui», disse piano.

Voltai la testa, socchiudendo gli occhi. *Vieni qui?*

Si mise a sedere, con gli avambracci sulle ginocchia, in posizione di attesa, e io cominciai a spostare il peso da un piede all'altro.

Non la smetteva mai di fare i suoi giochetti. Non mi fidavo di lui.

La tentazione di giocare, però, era troppo grande. Aveva ragione. Stavo diventando brava, e per certi versi la cosa mi piaceva.

Avanzai lentamente, tenendo il mento in alto, per farmi coraggio.

Quando lo raggiunsi, appoggiò una mano sul mio fianco e mi attirò fra le sue gambe. Quando ricadde sul divano, trascinandomi con sé, ebbi un sussulto. Sollevai le mani e le piantai ai lati della sua testa, sullo schienale del divano, cercando di restare dritta mentre mi abbandonavo su di lui.

«Dillo», sospirò, tenendomi i fianchi con entrambe le mani. «Che ti eccitava».

Chiusi la bocca e scossi la testa, guardandolo in segno di sfida.

«So che era così», continuò lui, il fuoco negli occhi. «Pensavi che non riuscissi a vedere come ti irrigidivi, o come i tuoi capezzoli fossero turgidi sotto la maglietta quando mi vedevi con quella indosso? Sei un po' deviata. Ammettilo».

Mi strinsi le labbra fra i denti, distogliendo lo sguardo.

Ma poi lui sollevò il mento per stringermi il capezzolo fra i denti da sopra la canotta. Chiusi gli occhi, lasciandomi scappare un gridolino.

Oddio!

Il calore della sua bocca mi penetrò nello stomaco quando lasciò il capezzolo per riprenderlo subito dopo, tirandolo con i denti.

«Ho la maschera di sopra», mi stuzzicò, baciando e mordicchiando attraverso la stoffa. «Posso andare a prenderla se vuoi».

No. No, io non ero fatta così.

Tentai di respingerlo, ma lui mi teneva stretta.

«Michael, lasciami andare».

A quel punto sentii il telefono vibrarmi nella mano. Lanciai un'occhiata allo schermo, ma il numero era sconosciuto. Poi mi accorsi che era quello di sua madre. *Che strano.* Pensavo di aver salvato il numero fra i miei contatti.

Ma non diedi peso alla cosa. Quello che importava era che mia madre fosse con lei. Dovevo rispondere alla telefonata.

Piantai i pugni sul petto di Michael, allontanandolo con una spinta. «Lasciami. È tua madre al telefono».

Lui si limitò a ridere, però, e il sorriso scomparve dalle mie labbra.

Mi afferrò per il braccio e mi fece sdraiare a pancia in giù. Poi si sedette sulla mia schiena, inchiodandomi al divano.

Avevo il respiro affannoso. Cominciò a premere il cazzo contro il mio sedere, e intanto sfilava il telefono dalle mie mani.

Lo fissai a occhi sbarrati mentre avvicinava il cellulare al mio viso, con le dita sospese sul bottone verde "Rispondi".

«Michael, no», dissi in fretta, con il panico che gravava sui miei polmoni come un macigno.

Ma lui fece correre il dito sullo schermo. Il telefono smise di suonare, e capii che sua madre aspettava in silenzio che io dicessi qualcosa.

«Dille pronto», mi sussurrò lui all'orecchio.

Scossi la testa. Nello stato in cui mi trovavo, avevo troppa paura che sentisse la mia voce.

Ma poi lui appoggiò una mano sulla mia bocca, infilò l'altra fra me e il divano, si insinuò nei pantaloncini del pigiama, facendo scivolare la dita dentro la mia figa. Un grido soffocato mi sfuggì dalle labbra.

Cazzo!

Mi divincolai cercando di allungare le braccia per riattaccare, ma lui mi schiacciava col suo peso spingendomi verso il basso. Facevo fatica persino a respirare.

«Shhh…», disse dolcemente.

Sfilò le dita da dentro di me e cominciò ad accarezzare il clitoride, così lento e delicato che non riuscivo a smettere di tremare.

Sentii sua madre dall'altra parte dire «Pronto?» esitante, ma non riuscivo a prendere fiato per rispondere.

«Di' ciao», sussurrò di nuovo, ma questa volta la sua voce era roca e impastata, come se mi stesse scopando.

Tolse la mano dalla mia bocca e io mi leccai le labbra e deglutii per schiarire la gola secca, cercando di recuperare la voce. Il cuore mi martellava nelle orecchie. Sbattei le palpebre, tentando di ricacciare in gola il gemito che avrei voluto emettere per quello che mi stava facendo.

«Sa… Salve, signora Crist», riuscii a dire.

Oddio. Il piacere delle sue dita che disegnavano piccoli cerchi sul clitoride risaliva lentamente fino alla pancia, cresceva e cresceva... Sapevo che non sarei riuscita a mantenere il controllo ancora a lungo.

«Rika!», cinguettò lei, sembrava felice. «Scusa se ti chiamo così tardi, ma c'è il fuso orario. Volevo fare un saluto prima di mettermi in marcia oggi. Come sta andando lì?».

Aprii la bocca per rispondere, ma Michael strinse i miei capelli nel pugno, tirò la mia testa di lato e affondò i denti nel mio collo. *La cicatrice.* Mi bloccai, aspettando che la sentisse o la vedesse, e decidesse di cambiare lato. Ma non lo fece. Succhiava e mordeva, passandomi la punta della lingua sulla nuca, senza tralasciare nemmeno un centimetro.

«Rika?», mi incalzò la signora Crist.

Oh, certo. Mi aveva fatto una domanda. Cosa voleva sapere? No, aspetta. Dovevo farle io una domanda. Avevo cercato di mettermi in contatto con lei. Ma per cosa...?

«Sì, ecco...». Ma persi il filo dei pensieri quando Michael infilò due dita dentro di me e cominciò a premere con forti spinte regolari.

«Hai paura?», mi sussurrò Michael all'orecchio. «Scommetto di sì e scommetto che ti piace. Scommetto anche che non hai mai goduto così tanto, e non te l'ho ancora messo dentro».

«Rika?», esclamò ancora la signora Crist, questa volta più incalzante.

Ma io ansimai. Il calore dell'eccitazione scorreva sulla mia pelle mentre lui si avventava di nuovo sul mio collo, scatenando ondate di piacere su tutto il mio corpo.

«Sei così bagnata». Tolse le dita, tracciando piccoli cerchi attorno al clitoride. «Così morbida e stretta».

Mugugnai, cominciando ad assecondare le sue mani.

«Sì», mormorai. «Sì, signora Crist. Grazie di aver controllato. Per il momento qui va tutto bene».

Sentii Michael ridere contro il mio orecchio, forse perché dovevo sembrare ridicola.

«Oh, bene cara», rispose lei. «Hai incontrato Michael al Delcour? Gli ho detto di tenerti d'occhio nel caso ti servisse qualcosa».

«Ti serve qualcosa?», mi canzonò con voce lieve, strofinando il suo pene duro e spesso contro il mio fondoschiena. «È questo che la tua fighetta stretta implora di avere?».

«Sì», mormorai in un sospiro, mentre il clitoride pulsava sempre più forte e il mio ventre fremeva di desiderio.

Spalancai gli occhi, realizzando che l'aveva sentito anche lei.

«Ehm, sì!», mi affrettai a dire, cercando di rimediare. «L'ho incontrato un paio di volte».

«Bene», rispose. «Non farti mettere i piedi in testa. So che può sembrare antipatico, ma sa anche a essere gentile quando vuole».

Tempestava il mio collo e la mia guancia di baci e morsi, facendomi tremare. «Sono gentile con te, vero?», sussurrò, passandomi i denti sulla mascella. «Sì, mi taglierebbe le mani se sapesse come sono gentile in questo momento».

E con quelle parole riportò le dita dentro di me e prese a muoverle, spingendo i fianchi contro il mio sedere, strofinando l'inguine contro di me mentre con tutto il corpo premeva sulla mia schiena.

Cazzo! Avevo le cosce in fiamme. Mi aggrappai ai cuscini del divano, in cerca di sollievo.

«Non si preoccupi, signora Crist», biascicai, chiudendo gli occhi. «Riuscirò a gestirlo».

«Ne sei sicura?», mi sussurrò all'orecchio.

Ma la signora Crist continuò: «Mi fa piacere saperlo. Ora pensa a studiare e io tornerò con un sacco di regali prima del Ringraziamento».

Non riuscivo a impedirmi di continuare a dimenare i fianchi contro il divano.

«Stai per venire, vero, monellina?», mi canzonò Michael. «Dimmi quanto ti piace. Dimmi che la maschera ti faceva bagnare».

Girai la bocca verso di lui, sussurrando disperata: «Per favore, riaggancia».

Lui sorrise, abbassando le labbra piene a sfiorare le mie. «Non preoccuparti», sospirò sulla mia bocca. «Non si accorge mai di niente. Mio padre è fedele, Trevor è bravo e tu ti puoi fidare di me. Terrò d'occhio la ragazza del fratellino perché sia al sicuro alla luce del giorno e non la scoperò di brutto col favore delle tenebre».

Avrei dovuto impazzire per il commento sulla *ragazza del fratellino*, ma in quel momento non me ne fregava niente.

Poi chiuse gli occhi, gemendo quando cominciò a strusciarsi addosso a me. «Mia madre non scosta mai la tenda, Rika».

Lasciai cadere la fronte contro il divano, sentendo salire l'orgasmo. Ogni singolo pelo del mio corpo era rizzato e il cuore martellava nel mio petto, mentre il respiro accelerava sempre di più.

«Dillo», pretese.

Ma io scossi la testa, stringendo i denti per non urlare. Oddio, *sto venendo.*

«Mi dispiace molto, signora Crist», mugugnai. «Suonano alla porta. Devo andare, va bene?».

Liberai il braccio e con tutta l'energia che avevo in corpo mi affrettai a premere il tasto "Termina chiamata".

Inarcai la testa all'indietro, esclamando: «Oddio». Mi strusciai più forte contro la sua mano, avevo un bisogno disperato di venire.

Ma a quel punto lui tolse le dita dalle mie mutande, e io sollevai la testa, confusa.

Cosa diavolo sta facendo?

Mi fece voltare e poi si chinò nuovamente su di me, portandomi le mani sopra la testa.

Fra le gambe avvertivo un dolore pulsante, l'orgasmo era in arrivo. Merda!

«Michael, no». Gridai, agitandomi sotto di lui. «Oddio, perché ti sei fermato?».

Il peso del suo corpo fra le mie gambe aperte era così dolce. Agitai i fianchi, inseguendo l'orgasmo.

«Non provare a strusciarti contro di me», ringhiò. «Non puoi venire finché non mi dici la verità».

«Quale verità?», esclamai. «Intendi quella che vuoi sentirti dire?».

Gesù! Non la piantava mai?

«La paura ti eccita, non è vero?», insisteva.

No. Fanculo. Doveva sapere che non poteva più sballottarmi e trattarmi così.

Strinsi i denti e aggrottai le sopracciglia, scuotendo la testa.

No, Michael. La tua maschera non mi fa paura. Non mi eccitava e odiavo quando la mettevi.

I suoi occhi penetranti si caricarono di rabbia, la mascella si contrasse. Si scostò da me abbassando lo sguardo con disprezzo. «Vai a letto», mi ordinò.

Lottai per nascondere un sorriso mentre mi sollevavo dal divano. Avevo il corpo teso e irrigidito e un bisogno così irrefrenabile di venire che stavo male.

Ma avevo vinto. Non gli avevo dato quello che voleva.

Mi precipitai fuori dalla stanza della TV, poi correndo percorsi il corridoio e salii le scale fino al piano superiore. Non stavo cercando di scappare da lui, ma ero fottutamente incazzata, compiaciuta ed eccitata, e in quel momento avevo energia da vendere.

Mi chiusi alle spalle la porta della camera sbattendola con forza, saltai sul letto seppellendo il volto nel cuscino. Ma la stoffa fresca delle lenzuola fredde non riusciva a placare il bruciore della pelle.

Ero devastata.

Lo volevo dentro di me, volevo sentirlo, assaggiarlo, e vedere che per una volta era lui a perdere la testa per me.

Volevo che mi usasse, mi scopasse e mi prendesse, disperato, come non era mai stato per niente e nessuno.

Come riusciva a fermarsi in un momento del genere? Non era una macchina. Non mi ero sbagliata: quello che avevo visto nei suoi occhi e sentito dalla sua bocca era desiderio. Mi voleva, vero?

Mi abbandonai a un sospiro, cercando di calmare il respiro.

Non facevamo che girare in tondo... Lui tirava, io tiravo. Lui spingeva, io spingevo. Lottavamo e giocavamo, predatore e preda, ma lui non mollava mai. Non eravamo mai insieme, per fonderci e prendere quello che avevamo da dare.

Ero così stanca. C'era qualcosa che lo tratteneva.

Fissavo la sveglia, chiedendomi se valesse la pena di impostarla. Avevo lezione l'indomani, ma non ce l'avrei mai fatta ad andare, lo sapevo. Erano già le due del mattino passate e ancora non ero andata a dormire.

Fissai i numeri rossi, chiedendomi cosa dovessi fare. L'indomani si sarebbe comportato come se niente fosse successo?

Ma poi sbattei le palpebre, e il cervello si allertò. I numeri sullo schermo erano scomparsi, l'orologio si era spento. Sollevai di scatto la testa, aggrottando le sopracciglia.

Ma perché...?

Mi voltai a guardare le lucine lungo le pareti del bagno – una sorta di luce notturna – ma erano tutte spente.

Mi misi a sedere, premendo l'interruttore dell'abat-jour, ma nemmeno quella funzionava.

«Merda».

Mi girai per guardare fuori dalla finestra. Una brezza leggera soffiava nella notte. Non era niente di che, ma immaginai che potesse essere saltata la corrente.

Scesi dal letto per andare alla porta e socchiuderla. Il corridoio ero avvolto quasi per intero dall'oscurità. Non riuscivo a vedere a un metro di distanza.

Il mio cuore cominciò a battere forte. Aprii ancora un po' la porta e cacciai fuori la testa. «Michael?».

Ma non sentii alcun suono, a parte l'ululare del vento. Arricciai le dita dei piedi sul tappeto.

Uscii dalla camera e avanzando lentamente lungo il corridoio, guardandomi attorno e tenendo le orecchie tese.

«Michael?», chiamai ancora. «Dove sei?».

Strinsi i pugni. Il buio agghiacciante in cui era avvolta la casa faceva vibrare ogni centimetro della mia pelle. Avevo la sensazione che qualcuno fosse dietro di me e che mi stesse fissando.

L'orologio del nonno batté il quarto d'ora. Funzionava a batterie, quindi non si era spento. Scesi cauta le scale fino all'ingresso, senza smettere di girare la testa da un lato e dall'altro e sforzandomi di respirare a fondo.

Ma poi qualcuno mi afferrò per il braccio e io trasalii con un respiro soffocato.

Una grande sagoma scura mi sollevò da terra, portò le mie gambe attorno alla vita tenendomi stretta.

«No!», gridai.

Mi scaraventò contro la parete accanto a un tavolino, lo specchio soprastante tremò. Mi aggrappai alle sue spalle e l'uomo affondò le dita nelle mie cosce.

Lo fissai a occhi spalancati, ritrovandomi faccia a faccia con un'inquietante maschera rossa.

Michael.

Quei solchi scuri, disumani, mandavano brividi lungo la mia schiena, i suoi occhi che facevano capolino dai buchini sembravano gli occhi di un mostro imbrigliato. Smisi di respirare.

La paura mi attanagliava, surriscaldava le mie viscere, faceva pulsare ogni muscolo. Strinsi le cosce attorno alla sua vita, sentendo fremere in mezzo alle gambe e i capezzoli sfregare contro la canotta.

Oddio. Aveva ragione.

I miei occhi bruciavano, volevo piangere. *Cazzo, aveva ragione.*

Allacciai le caviglie dietro la sua schiena sorreggendomi sulle sue spalle, mentre quegli occhi nocciola mi fissavano. Portava i jeans e una felpa nera col cappuccio, proprio come una volta. Guardandolo negli occhi, feci scivolare lentamente le braccia attorno al suo collo. Ogni muscolo del mio corpo era teso, sincronizzato con il battito martellante del mio cuore, e questo che mi rendeva più forte.

«Sì», sospirai, portando le labbra vicino alla maschera per provocarlo. «Sì, mi eccita».

E poi mi chinai per affondare le labbra nel suo collo e divorarlo.

Si lasciò scappare un sospiro, affondando le dita nelle mie cosce, mentre io mi avventavo su di lui, stuzzicandolo e mordendolo. Presi la sua pelle bollente fra i denti, succhiai e baciai prima di sollevarmi a titillargli il lobo dell'orecchio con la punta della lingua.

Gli feci piegare il collo e cominciai a tracciare morbidi baci focosi e a sfiorare la sua pelle con il naso, per annusare il suo bagnoschiuma. Odorava di spezie e di maschio; chinai la testa perché volevo di più. Lo costrinsi a inarcare il collo per baciargli la gola e leccargliela con la punta della lingua, risalendo fino alla mascella.

«Rika», mi ammonì con voce cupa.

Ma non lo ascoltai.

Sentivo il suo respiro pesante attraverso la maschera, e per un momento pensai che volesse fermarmi, ma poi trattenni il fiato, colta di sorpresa, quando mi sollevò di nuovo per spingermi contro il muro, serrando la stretta attorno al mio corpo.

«Cazzo», disse fra i denti.

Fece scivolare una mano fra i nostri corpi e io mi abbandonai a un gemito, appiattendo la schiena contro il muro e facendogli spazio, perché potesse slacciarsi la cintura e i jeans.

Dannazione, sì.

Abbassai una mano per sollevare la canotta e farla passare sopra la testa, poi la gettai sul pavimento. Strinsi la presa attorno al suo collo e premetti i seni nudi contro la felpa nera.

Si muoveva con frenesia, le sue mani bramose scivolarono sotto il pizzo dei pantaloncini rosa, li tirò per strapparmeli di dosso.

Poi si prese il cazzo in mano, lo tirò fuori dai jeans, e sistemò i fianchi contro i miei.

«Allora ti piace la maschera. Sei un po' perversa, cazzo, non è vero?», mi stuzzicò.

Annuii, con un sorriso. «Sì».

Mi sfiorò con la punta del pene là dove lo volevo, si mosse su e giù sopra di me.

«Proprio come me», sussurrò.

E poi mi spinse i fianchi fra le cosce e io gridai sentendo che si sollevava e poi, centimetro dopo centimetro, affondava dentro il mio corpo.

«Oddio», ansimai, inarcando la schiena. «È così duro».

La pelle tesa della mia figa mi provocava un leggero dolore, ma al tempo stesso ero in preda a un piacere travolgente. Era affondato dentro di me a tal punto che lo sentivo nella pancia.

Gli piantai i talloni nella schiena premendo il corpo contro il suo, tenendolo stretto e muovendo le anche, per assecondare le sue spinte, ancora e ancora.

«Eccolo, bimba», ringhiò a bassa voce.

Cominciò a spingere sempre più forte facendomi sbattere con maggior veemenza contro la parete; mi strinsi a lui come se ne andasse della mia vita, e intanto lui stabiliva il ritmo giusto e mi faceva sua.

Gemetti, stringendo la sua felpa fra le mani. «Michael».

Mi attirò a sé, e spingeva sempre più veloce, sempre più veloce. Sentirlo scivolare dentro e fuori di me, sentire che finalmente mi faceva sua non placava affatto il mio desiderio. Anzi, ne volevo ancora.

Affondai nel suo collo, respirando contro la sua pelle e feci scorrere le labbra avanti e indietro, sussurrando: «Pensavano tutti che fossi una brava ragazza, Michael». Tirai il lobo del suo orecchio con i denti. «Ma ci sono così tante cose proibite che voglio fare. Fammene qualcuna».

«Gesù», ansimò lui, allacciando un braccio sotto il mio ginocchio e tirandomi per le natiche. Prese a spingere ancora più forte mentre lasciava cadere la testa all'indietro.

«Sì!», gridai, sentendo che affondava di più nel mio corpo. La coscia mi faceva male nel punto in cui la sua mano la stringeva.

Cominciai a sentire il fuoco nella pancia, l'orgasmo che montava.

«Michael», gemetti, muovendo i fianchi per assecondarlo, grugnendo e ansimando. La casa si riempì dei nostri aneliti e dei nostri gemiti e del rumore della sua pelle che colpiva la mia.

Sentivo il piacere fra le gambe, i muscoli in fiamme, poi strinsi forte gli occhi, lasciando che mi scopasse mentre l'orgasmo si apriva e si diffondeva, esplodendomi in grembo, invadendomi il corpo e il cervello con calore ed euforia.

«Ancora!», gridai. «Michael!».

I miei gemiti riecheggiarono nel grande ingresso. Il clitoride pulsava, la carne stretta attorno a lui, e intanto cercavo di trattenerlo lì dov'era. Mentre mi sbatteva, portai di nuovo le braccia attorno al suo collo, continuando a dimenarmi.

Avevo la sensazione che la mia testa fosse avvolta in una nuvola. Sentii le gambe cedermi e, quando l'orgasmo mi squassò il corpo, abbandonai la testa sulla sua spalla.

«Che bel mostriciattolo», sussurrò, con il petto pesante.

Si voltò, afferrò la maschera e, dopo essersela tolta, la lasciò cadere a terra. Le sue spinte si fecero più deboli e le sue braccia cinsero con più energia il mio corpo, che nel frattempo era diventato un peso morto.

Sbattei le palpebre, esausta, ma quando lo guardai negli occhi, mi accorsi che erano ancora pieni di desiderio.

Lentamente mi rimise giù, lasciando che i miei piedi si appoggiassero di nuovo per terra; poi si tolse la felpa e la gettò sul pavimento.

Aveva i capelli madidi di sudore. Quando vi fece correre la mano, si drizzarono, rendendolo ancora più sexy. L'ampio petto luccicava, coperto da un leggero strato di sudore. Abbassai gli occhi e mi accorsi che aveva ancora il cazzo duro e dritto puntato verso di me.

«Non sei venuto», dissi piano.

Mi sorrise, minaccioso. «Questo è solo l'inizio, preparati».

Capitolo 16
Michael

Oggi

Avevo fatto un casino.

La volevo, la volevo tutta per me quella sera. Ormai era fatta, era troppo tardi per tornare indietro, quindi fanculo. Volevo godermela.

Le passai le mani sul sedere e strinsi, portando il suo corpo contro il mio.

Premette i seni morbidi contro il mio petto e sentii i capezzoli inturgiditi che mi sfregavano contro la pelle.

Dio, aveva un corpo splendido.

Pelle liscia e tonica, ancora abbronzata dopo un'estate al mare, i seni pieni e rotondi, dritti verso di me, come se chiedessero un po' di attenzione.

Mi chinai per passare la punta della lingua lungo la cicatrice, sentendo la linea leggera e frastagliata curvare verso l'alto, per lasciare il posto alla pelle liscia dietro l'orecchio.

Non sfuggiva mai alla mia attenzione il fatto che quando c'era mio fratello la nascondesse, come se la rendesse meno bella.

No, i graffi, le bruciature, i tatuaggi, le cicatrici, i sorrisi e le rughe raccontavano la nostra storia. Non volevo un pezzo di tappezzeria immacolata. Volevo lei e tutto quello che lei era. Almeno per quella notte.

Alla fine gettò indietro la testa, rilassandosi e lasciandomi fare quello che volevo.

Mi corse un brivido lungo la schiena. Era stato così difficile non venire prima.

Mi aveva mandato troppo su di giri, per troppo tempo, e avevo

242

quasi perso il controllo. In fondo, non avevo pianificato tutto questo.

O almeno, avevo pianificato solo di spaventarla a morte e indisporla con la maschera.

Ma poi, quando l'avevo afferrata, lei mi aveva stretto le gambe attorno alla vita, e nei suoi occhi la paura aveva lasciato il posto alla lussuria. E così mi aveva stregato.

Ed era stata al gioco, roba da non crederci. Non avevo mai incontrato un'altra come lei. Accettava qualunque sfida.

Si ritrasse fissandomi con sguardo indagatore: «Adesso non vorrai scaricarmi fuori di casa, vero?».

Sbuffai. «Non ti fidi di me?»

«Mi hai mai dato ragione di fidarmi?», ribatté in tono improvvisamente serio. «Hai sempre un asso nascosto nella manica».

Socchiusi gli occhi, guardandola divertito. Certo. Avevo sempre un asso nella manica. Delle idee.

Forse negli anni avevo cercato di ignorarla, ma una fantasia o due si erano comunque insinuate dentro di me, purtroppo. Forse rendevano ancora più difficile starle vicino, però mi avevano tenuto eccitato. Sempre arrabbiato e pronto.

Tenendo il mento sollevato, abbassai lo sguardo su di lei. «Hai ancora qualche uniforme della scuola qui in casa?».

Inclinò appena la testa. Annuì, sospettosa.

«Mettine una». Sollevai le mani, facendole correre sulle sue braccia. «Tutto. Cravatta, gilet, gonna, tutto».

«Perché?».

Sorrisi fra me, facendomi da parte per permetterle di salire le scale. «Perché se non giochi non puoi vincere». Era raggiante. Le diedi una piccola pacca sul sedere, incitandola a salire le scale.

Più parlavamo, più tornavo in me. Ma più ce l'avevo davanti agli occhi mezza nuda, più desideravo prenderla proprio lì, sul pavimento.

Invece avevo in mente qualcosa di meglio.

«Che cosa facciamo?», chiese, sbirciando fuori dal parabrezza. «Perché siamo qui?».

Mi fermai davanti a St. Killian. I fari spezzarono l'oscurità posandosi sulle vetrate colorate in frantumi e sul buio inquietante dell'interno. Attorno al rudere di pietra c'era un tappeto di foglie autunnali e l'unico suono era il vento che ululava fra gli alberi sovrastanti.

Avevo lo stomaco chiuso in una morsa al pensiero di quello che sarebbe successo. Una goccia di sudore mi scivolò lungo la schiena.

Era il mio posto preferito.

Così carico di storia e pieno di mille angoli e anfratti. Da bambino, entravo lì dentro e ci restavo per ore, a esplorare ogni recesso.

Chiusi la macchina, presi la maschera e vidi Rika scendere dalla classe G. Continuava a guardare nervosa la chiesa scura e silenziosa, il petto che saliva e scendeva più rapidamente.

Aveva paura. *Bene.*

Lasciai indugiare ancora una volta lo sguardo sulla sua uniforme. L'avevo guardata bene anche prima di uscire di casa.

Indossava la gonna scozzese blu e verde scuro, una camicetta bianca aderente con una cravatta scozzese abbinata sotto il gilet dello stesso tono di blu della gonna. Aveva le scarpe basse. Si era anche pettinata i capelli e rinfrescata un po' il trucco.

Penso che avesse idea di quello che avevo in serbo quando le avevo chiesto di vestirsi così, ma chiaramente si era sorpresa quando le avevo detto di salire in macchina.

E ora... era un po' spaventata.

Le guardai le gambe, e sentii una fitta all'inguine per quanto fossero lisce e per quanto calore si sprigionasse dall'interno delle sue cosce.

Il mio cuore cominciò a galoppare.

«Scendiamo alle catacombe». Indicai la chiesa. «Senza benda, questa volta».

Sorrisi compiaciuto, mantenendo un'espressione dura. Non volevo che si sentisse al sicuro.

Abbassò il mento, per cercare a terra una via d'uscita. Avrebbe detto di no? Avrebbe fatto altre domande alle quali non volevo rispondere?

O sarebbe stata al gioco?

Sollevò lo sguardo e deglutì, e un'espressione di sfida le attraversò il viso. Trattenni un sorriso quando si voltò per dirigersi verso l'entrata laterale.

Sollevai la maschera e la riportai sul viso, camminando lentamente dietro di lei. O piuttosto, pedinandola.

Le fissavo la schiena, un passo dopo l'altro, lento e calmo, mentre lei camminava svelta, incespicando sui sassi e sul terreno sconnesso. Girò la faccia, lanciandomi un'occhiata da sopra la spalla, e quando notò la maschera cambiò espressione.

Ma si affrettò a riportare lo sguardo davanti a sé e continuò ad avanzare, senza fare domande.

Il mio alito riempiva l'interno della maschera. Sentii un leggero strato di sudore depositarsi sulla mia fronte.

Le sue cosce, viste da dietro – o almeno, quei pochi centimetri che riuscivo a intravedere – mi fecero stringere i pugni. Avrei voluto far scivolare le dita sotto la gonna per toccare quella pelle della consistenza del burro, che ora avevo assaggiato.

I suoi capelli brillavano nella pallida luce della luna. Ogni volta che si guardava nervosamente alle spalle, mi faceva battere più forte il cuore.

Ti farò gridare.

Si portò lentamente dentro la chiesa, attraversando una porta che penzolava dai cardini, e si fermò per far spaziare lo sguardo attorno a sé.

Ma non stavamo facendo una gita turistica. Appoggiai una mano sulla sua schiena per spingerla ad avanzare.

«Mich...», sussurrò, ansimante. Prese a girare la testa da una parte all'altra e a scuoterla, annaspando. «Non credo che dovremmo...».

Ma io allungai subito la mano per agguantarle il collo. La interruppi e con una spinta la costrinsi a proseguire.

«Michael!».

Aveva il respiro affannato, pesante e veloce. Si allontanò rapidamente da me, con gli occhi spalancati per la paura. Deglutì, sostenendo il mio sguardo. A quel punto capii che era spaventata a morte. Poi socchiusi gli occhi, vedendo che inavvertitamente si passava la mano tra le cosce.

Gesù. Era dannatamente eccitata, e per poco non si toccò proprio lì sul posto. Scostò subito la mano, probabilmente rendendosi conto che stava assecondando l'impulso.

Indicai con la testa l'ingresso delle catacombe, restando in silenzio. Lei esitò, guardando da un lato e dall'altro, ma poi si voltò e riprese a camminare.

Non si fidava di me, ma avrebbe voluto fidarsi.

Arrivammo all'ingresso. Un'aria fredda saliva dal fondo, insinuandosi attraverso i jeans e la felpa.

Si fermò. «Non c'è...», voltò la testa di lato e disse: «Non c'è luce».

Stavo dietro di lei e fissavo la sommità della sua testa, aspettando. Non mi importava che non ci fosse un filo di luce.

Lei parve intuirlo, perché non disse niente. Con un sospiro, cominciò a scendere, cercando lentamente i gradini a tastoni. Con una mano si reggeva alla parete di destra, che le faceva da guida e la teneva in equilibrio.

A ogni passo che faceva, mi diventava più duro.

Quando arrivammo in fondo alle scale, si voltò di nuovo verso di me e mi guardò con aria interrogativa. L'oscurità era quasi assoluta, fatta eccezione per la luce pallida della luna che si infiltrava dalle crepe del soffitto.

Il silenzio gelido dei tunnel a destra e a sinistra ci imprigionava come se fossimo chiusi tra due mura. Mi chiesi se non ci fossero altre persone lì sotto.

La raggiunsi e la costrinsi a passare sotto la volta che avevo davanti camminando all'indietro. Era la stessa stanza dove l'avevo portata tre anni prima.

Avanzò più spedita, finché non fu dentro la stanza di fronte a me. Nell'oscurità riuscivo a intravedere solo i suoi capelli chiari.

«Michael?», chiamò. «Dove sei?».

Presi un accendino, schiacciai il bottone e accesi la candelina adagiata nella sporgenza del muro accanto all'ingresso.

Il lumicino a malapena rischiarava la stanza, ma era sufficiente perché riuscissi a vederla.

Mi avvicinai a lei, notando che il materasso che era lì l'ultima volta era sparito, qualcuno l'aveva rimpiazzato con un tavolino di legno.

«C'è gente qui sotto?», sospirò. «Sento qualcosa».

Mi avvicinai sempre di più a lei, poi presi la cordicella del cappuccio e la estrassi dalla felpa.

Il vento soffiava fra le crepe e le fenditure, producendo rumori che dentro i tunnel assomigliavano a sussurri. Ma lei non si accorse che si trattava solo di quello. Tutti i suoi sensi erano allertati dalla paura.

«Michael?».

Le presi le mani. Gemette quando le legai i polsi con la corda nera, che strinsi e annodai.

«Michael, che cosa stai facendo?», chiese. «Dimmi qualcosa!».

Afferrai le braccia legate e le portai sopra la sua testa, ancorandole a un'altra sporgenza del muro. L'avevo costretta in punta di piedi, e il suo corpo era teso e allungato.

«Michael!». Prese a contorcersi e a dimenarsi.

Premetti il mio corpo contro di lei e la guardai negli occhi. Poi allungai la mano per prendere l'orlo del suo gilè e la camicia bianca che sporgeva oltre il bordo. Li sollevai entrambi e, insieme al reggiseno, li tirai fin sopra il seno, sotto il collo.

«Michael, no!», protestò lei. «Ho sentito qualcosa e ho freddo».

Abbassai lo sguardo per osservare i seni perfetti, un po' più grandi della mia mano, e i capezzoli duri come proiettili. «Lo vedo». Mi chinai per togliermi la maschera e le presi un seno fra le labbra, tenendolo in mano e coprendo il capezzolo con la bocca.

Le passai un braccio attorno e la tenni stretta accanto a me, mentre lei si agitava tra le mie braccia.

Iniziai a titillare il bocciolo duro con la lingua, a indugiare sul capezzolo, a mordicchiare la pelle morbida e più scura, a divorarla, crogiolandomi nel piacere di poterla toccare e accarezzare in tutta libertà.

Gemetti.

Portai la testa dall'altro lato e afferrai l'altro seno, posando baci appassionati e famelici dappertutto, prendendolo con la bocca e trattenendo con i denti la sua pelle delicata.

Lei si spostò e gemette, lasciando ricadere la testa all'indietro.

Raddrizzai la schiena, le strinsi i capelli nel pugno e con l'altro mano infilai le dita nelle mutandine.

Passandole la lingua sulle labbra, la guardai negli occhi azzurri. «Non hai così freddo adesso», la provocai, con le dita affondate nel suo calore. «Si sente un bel calduccio là sotto».

Non riusciva a trattenersi, era così bagnata.

Sollevai le mani dal suo corpo e mi allontanai per guardare le sue splendide forme.

Aveva perso una scarpa, l'altra penzolava a mezz'asta. Aveva la pancia liscia e piatta e i seni in bella vista. Era completamente inerme, solo per me.

Mi inginocchiai davanti a lei e sollevai lo sguardo per incontrare il suo. Poi infilai le mani sotto la gonna. Mi venne duro sentendo le mutandine di pizzo rosa. Rosa chiaro.

Così dolce.

Le alzai la gonna e cominciai ad accarezzarle il clitoride con la lingua attraverso la biancheria. Percepii il piccolo rigonfiamento duro oltre la stoffa.

«Oddio», gridò.

Spostai il pizzo, esitando per un istante. Volevo guardare la carne nuda e la pelle perfetta, prima di prenderla con la bocca, succhiarle il clitoride e farla godere con la lingua.

Le afferrai le cosce, facendole sollevare i piedi dal suolo, e mi tuffai con la lingua dentro il suo corpo.

«Ti prego!», implorava, ansimando, mentre cercava di liberarsi dalla mia stretta. «Michael no!».

Le strofinai il clitoride ancora una volta, poi mi ritrassi prendendole le mutandine e facendole scivolare lentamente lungo le gambe.

«Mi hai detto di no?», sfidai. «Non ti piace il gioco che sta facendo la mia lingua?».

Il suo corpo tremava. Aveva il respiro corto.

Mi alzai per gettare da parte le mutandine, poi allungai una mano per prenderle i polsi e spostarli dalla sporgenza. «Sì, lo so che ti è piaciuto», sibilai. «E ne avrai ancora, non temere».

Mi toccai il pube attraverso i jeans, provando dolore per la soddisfazione che non avevo ancora avuto. Il collo mi pulsava. La afferrai per le braccia, la feci voltare e la spinsi a terra.

«Michael!», squittì, cadendo sul sedere, con le braccia ancora legate davanti a sé.

Mi inginocchiai, a cavalcioni sopra di lei, e mi tolsi la felpa e la maglietta. Poi estrassi un preservativo dalla tasca e lo aprii.

«Forse pensi che io mi stia divertendo a farti impazzire», dissi chinando lo sguardo su di lei, mentre slacciavo la cintura e i jeans. «Ma non sai che cosa mi hai fatto tu in tutti questi anni».

Mi avventai su di lei, aprendole le gambe con la forza. Spinsi le sue braccia sopra la sua testa, poi con una mano le tenni ferme.

Infilai il preservativo e le passai il cazzo sulla figa, fino ad arrivare al punto di massima eccitazione.

Feci un profondo respiro, poi le sussurrai sulle labbra: «No che non lo sai».

E spinsi i fianchi, entrando nella carne bagnata.

«Oddio», mugolò.

Mi chinai e, appiattendomi su di lei, cominciai a scivolare dentro e fuori, acquistando velocità.

«Sei così dannatamente calda lì dentro», grugnii, prendendole le labbra per baciarla avidamente, con forza. La sua lingua accarezzava la mia, mandando scosse direttamente al mio cazzo.

Così maledettamente stretta. Le feci scivolare una mano sotto il sedere, tenendola ferma, mentre la guidavo verso il fango e la scopavo.

«Oddio», ansimai, spingendo con i fianchi ancora e ancora e ancora, spingendo dentro di lei più velocemente e con più energia.

I suoi seni andavano avanti e indietro mentre la penetravo con vigore, affondando ogni volta la spada fino all'elsa.

Lei gemeva sempre più forte. La sentii stringersi attorno a me e strizzarmi come una fascia di metallo.

Contrassi gli addominali, sentendo il sangue che affluiva all'inguine e il calore che si diffondeva nel pene.

«Rika, cazzo», gemetti. Stavo venendo.

Le affondai la testa nel collo continuando a spingere, mentre le dicevo all'orecchio: «Andiamo, piccola zoccola», mugolai. «Scopi da dio. Apri le gambe per me».

Strinse gli occhi, inspirando forte e gettò la testa indietro. Le parole sporche la mandavano su di giri.

«Oh, Michael. Oddio!», gridò, fermandosi mentre spingevo sempre più forte.

Strinsi il suo sedere fra le mani mordendole la mascella. «Oddio, Rika, sono in paradiso, cazzo!».

Mi sollevai a guardare il suo splendido viso mentre affondavo più e più volte nel suo calore umido. Un rossore si diffuse sulle sue guance, mentre si mordeva il labbro inferiore, godendosi ogni istante.

Avevo il membro gonfio. Diedi un'ultima spinta prima di uscire da lei, togliere il preservativo e prendermelo in mano, strofinandolo su e giù fino a farlo zampillare.

Una cascata bianca le si rovesciò sulla pancia e sui seni nudi, strinsi gli addominali, sopraffatto dal piacere.

Non avevo mai provato niente di così dannatamente eccitante.

Ogni muscolo del mio corpo bruciava. Il piacere raggiunse la testa e si diffuse in ogni centimetro della mia pelle.

Cercai di riprendere fiato sedendomi sul talloni, poi richiusi i jeans.

La guardai e per un attimo fui tentato di ricominciare. Aveva ancora le mani legate dietro la testa, i seni troppo invitanti, la gonna da scolaretta sollevata.

Sbatté le palpebre, con un sorrisetto sul volto. «Possiamo rifarlo?».

Allungai la mano per prendere la felpa e ripulirla ridendo sommessamente.

Che mostriciattolo.

Ero seduto sulla sedia di fianco al letto, con i gomiti sulle ginocchia, intento a guardarla dormire. Dall'iPod sul comodino le note di *Deathbeds* dei Bring Me The Horizon si diffondevano a basso volume. Serrai i pugni uno dentro l'altro, mentre le immagini della notte appena trascorsa continuavano a scorrere nella mia mente.

Si era addormentata in macchina mentre tornavamo dalle catacombe. L'avevo portata a casa, svestita e messa nel mio letto.

Perché l'avevo messa nel mio letto?

Le gambe sbucavano dalle lenzuola grigie in cui era avvolta. Era sdraiata sulla pancia, con la testa rivolta verso di me. I capelli sparpagliati sul cuscino le coprivano gli occhi, il corpo nudo era silenzioso e immobile. Capivo che respirava solo perché si alzava e si abbassava.

Era esausta. Ed era comprensibile. L'avevo messa sotto torchio la sera prima.

Girai la testa e con la coda dell'occhio vidi il sole che filtrava dalle finestre. Strinsi i denti, mi voltai di nuovo verso di lei. Non ero pronto per il nuovo giorno. Non ero pronto a lasciar terminare la notte.

Sui suoi piedi e sulle sue caviglie c'erano tracce di sporcizia. Aveva i capelli impregnati della terra scura delle catacombe, e sapevo che aveva dei lividi sui fianchi per il nostro secondo round là sotto.

Farla piegare in avanti su quel tavolo era stato bello.

Il laccio con cui le avevo legato i polsi le aveva lasciato un solco sulla pelle. Nel punto in cui le avevo morso la mandibola c'erano dei segni rossi. Non credevo di aver premuto tanto forte, ma le prove del contrario erano lì a dimostrarlo.

Non era mai stata tanto sexy. Mai.

I suoi vestiti sporchi erano ammucchiati sul pavimento, comprese le mutandine di pizzo rosa che avevo tolto tanto volentieri. Abbassai lo sguardo, avrei solo voluto che il tempo si fermasse.

Non ero mai stato con una donna capace di alimentare il mio desiderio come lei. Non avevo mai fatto giochi di ruolo, indossato la maschera, giocato, né fatto niente di simile con nessuna. Scopare, divorare, baciare, leccare, gemere, spingere, venire e poi ancora, daccapo. Da perderci la testa.

Ma Rika era…

Mi abbandonai sulla sedia, passandomi le dita fra i capelli, senza riuscire a distogliere lo sguardo da lei.

Diceva di non fidarsi di me, ma sapevo che era una bugia. Sarei stato pronto a scommettere che ero la persona di cui si fidava di più.

Io e lei eravamo uguali, in fondo. Combattevamo la vergogna ogni giorno, lottavamo contro chi non ci permetteva di mostrare la nostra vera natura, e finalmente ci eravamo trovati.

Purtroppo… eravamo spacciati.

Il telefono vibrò nel caricatore sul comodino. Chiusi gli occhi nel tentativo di ignorarlo.

Non ero pronto.

Volevo tirare le tende, sollevarla dal letto, farle il bagno. Volevo vederla mentre mi cavalcava in piscina, giocare ancora con lei. Volevo fingere che non ci fossero gli allentamenti, che i miei amici non mi stessero aspettando... e che il mondo di Rika non stesse per andare completamente a puttane.

Ma il telefono ronzava ancora. Chinai la schiena, affondando la testa fra le mani.

Rika.

Stavamo entrando in un vicolo cieco.

Non avrei dovuto guardarla. Non avrei dovuto provare piacere nel toccarla e non avrei dovuto sentire il bisogno di prenderla ogni secondo dal primo momento in cui, la sera prima, avevo posato lo sguardo su di lei.

Non era mia. Non sarebbe mai stata mia.

E non dovevo desiderarla.

Mi alzai, mi avvicinai al letto e chinandomi cominciai a studiare il suo bel volto.

Fanculo, Rika.

Fanculo. Non posso scegliere te. Perché mi fai questo?

Mi girai verso il comodino e afferrai il telefono. C'erano molte chiamate perse, ma non mi preoccupai di ascoltare la segreteria, né di controllare i messaggi.

Invece ne mandai uno a Kai.

"Gran finale".

Raddrizzai le spalle e la guardai mentre riponevo il telefono.

Ormai era fatta. Non si poteva tornare indietro.

Capitolo 17
Michael

Tre anni prima

Svoltai e infilai il parcheggio di ghiaia. La notte era illuminata dai fari delle auto di altri ragazzi che raggiungevano la festa. Il magazzino era stato abbandonato da tempo, ma siccome non era stato destinato a nuovo uso e nemmeno abbattuto, ce ne impossessavamo ogni volta che potevamo per spassarcela e fare un po' di casino.

La gente portava birra e alcolici e gli aspiranti DJ della città disponevano la loro attrezzatura e riempivano la notte di rabbia e rumore a tal punto che, anche se lo avessimo voluto, non saremmo riusciti nemmeno a pensare.

Era quello che aspettavo.

Certo, volevo vedere come stava con i miei amici. Sarebbe riuscita a stare al passo? Sarebbe riuscita anche a lasciare un segno nel nostro mondo?

Ma quello che volevo realmente era allontanarmi dalla mia famiglia, da sua madre, da Trevor e vederla rilassarsi. Volevo vedere chi fosse e quando avrebbe smesso di preoccuparsi di quello che gli altri pensavano o si aspettavano da lei.

Quando avrebbe finalmente capito che la mia opinione era l'unica che contasse. E anche se negli anni era sempre stata lei a guardarmi, questo non significava che io non fossi altrettanto consapevole della sua presenza.

Ricordavo ancora il giorno in cui era nata. Sedici anni, undici mesi e diciotto giorni prima. Una fredda mattina di novembre, mia madre mi aveva permesso di cullarla e mio padre me l'aveva subito tolta dalle braccia per stenderla accanto a Trevor, che all'epoca era solo un neonato.

253

Anche a tre anni avevo capito. Apparteneva a Trevor.

Ed ero rimasto lì, desiderando di averla indietro, volevo vedere il bebè e volevo essere parte del divertimento, ma non osavo avvicinarmi a mio padre. Mi avrebbe mandato via.

Così me ne fregai. E feci tutto il possibile per ostentare disinteresse.

Col passare degli anni, avevo distolto così tante volte lo sguardo da lei. Badavo bene a non pensarci quando lei e Trevor uscivano o andavano a scuola insieme perché avevano la stessa età e stavo attento a non notarla quando era in una stanza o avvertivo la sua presenza. Mi assicuravo di non parlare troppo, di non essere eccessivamente gentile e di non includerla.

Era troppo giovane.

Non frequentavamo le stesse compagnie.

Mio padre mi teneva lontano da lei. Mi portava via tutto quello che mi rendeva felice. Perché avrei dovuto curarmene?

E quando quelle scuse mi divorarono dentro e trasformarono la rabbia in risentimento e il risentimento in odio, finalmente venne il giorno in cui non mi importò più.

Tuttavia, sembrava che lei non ne fosse turbata. Più mi allontanavo e la trattavo con insofferenza e distacco, più lei si avvicinava.

Quindi cominciai a starle lontano. Partii per il college, tornando a casa di rado. Era da mesi che non la vedevo quando entrai in quella classe quel giorno e la vidi seduta lì. Mi era parsa tanto più adulta e bella, come un angelo maledetto. Non ero riuscito a trattenermi. Mi ero avvicinato a lei, desiderando di trascinarla via e portarla con noi, ma lei aveva alzato lo sguardo e, incrociando il mio, avevo capito che non avrei potuto farlo.

Altrimenti non mi sarei fermato. Non sarei riuscito a riportarla indietro.

Perché lei? Perché, nonostante mia madre, che mi aveva sempre amato, e i miei amici, che mi avevano sempre coperto le spalle, era Erika Fane che mi faceva respirare e mi scaldava il sangue nelle vene. Mi faceva soffrire.

E poi, quando si era presentata alla cattedrale quel giorno, avevo smesso di negare il bisogno di averla vicino e di respingerla. Al diavolo. Forse l'avrei fatta entrare nel gruppo, o forse no, una volta che tutto fosse stato detto e fatto. Prima, però, volevo vedere dove ci avrebbe portati la notte.

Non ero deluso.

Aveva fegato e piaceva ai miei amici, anche se intuivo che Damon stava ancora cercando di ignorarla. Era una di noi.

«Cazzo, spero che qualcuno stia facendo una grigliata lì dentro», si lamentò Will mentre entravo in un parcheggio libero. «Ho ancora una fame da lupi».

Trattenni il sorriso. Ogni volta che aveva tentato di mangiare quella sera c'erano stati dei contrattempi, e adesso eravamo troppo pompati e volevamo bere.

Spensi il motore e tutti scesero dall'auto. Damon e Kai si tolsero le felpe e le lanciarono sui sedili, mentre Will prese le maschere e le mise dentro il baule, avvolte in una sacca.

Lanciai un'occhiata a Rika e vidi che stava nascondendo i gioielli sotto il sedile, probabilmente pensava che fossero più al sicuro dentro la macchina. Poi chiuse la portiera e ci venne incontro.

«Vieni, mostriciattolo». Will la trascinò con sé dietro l'auto.

Guardando da sopra la spalla, lo vidi allungare la mano verso il suo viso. Sembrava che ci stesse mettendo sopra qualcosa.

Le passò le dita sulla pelle. Poi vidi cosa aveva in mano. Lucido da scarpe. Lo tenevamo nella sacca, nel caso in cui una maschera si fosse rotta durante una delle incursioni e avessimo dovuto improvvisare.

Terminò di cospargerle il viso e le sorrise. «Pittura di guerra», spiegò. «Sei una di noi adesso». Lei si voltò con un mezzo sorriso stampato sul volto. Aveva una striscia nera di sporco che le correva sul lato sinistro della fronte e scendeva in diagonale per tutto il viso, passando per il naso e terminando sul lato destro della mascella. Incrociai le braccia al petto. Le dava un'aria da dura.

Qualche goccia di pioggia cadde sulla mia faccia. Sentii risate eccitate e gridolini attorno a noi, mentre la gente attraversava il parcheggio di corsa, cercando di entrare prima che iniziasse a diluviare.

Rika gettò indietro la testa. Le gocce fredde brillavano sulle sue guance e sulla sua fronte, mentre le labbra si aprivano in un sorriso.

«Andiamo!», gridò Kai.

Mi voltai per avviarmi verso il magazzino. Kai e Damon erano al mio fianco, Will e Rika più indietro.

Entrare in quella costruzione imponente era come accedere a un mondo parallelo. Il magazzino era stato sventrato anni prima: i pali di metallo, alti quindici metri, svettavano sopra le nostre teste, la vernice era stata scrostata dal passare del tempo e dalle intemperie. A malapena uno dei muri era rimasto in piedi e il tetto dilaniato era costellato di ampi buchi, che lasciavano entrare con facilità la pioggia, sempre più intensa a ogni minuto.

Entrammo lentamente. Il caos che vi trovammo faceva somigliare il posto a una piccola città sotterranea post-apocalittica.

Tuttavia, nonostante l'oscurità, nonostante la crudezza del metallo sporco e freddo e nonostante il falò che crepitava sulla sinistra mentre i ragazzi ballavano al ritmo di *Devil's Night* dei Motionless in White, c'era follia. Era meglio di qualunque festa delle confraternite studentesche che avevo frequentato al college.

Nessuno si curava del proprio aspetto. Si sarebbero sporcati comunque. Tutti, comprese le ragazze, indossavano jeans e Converse e non si preoccupavano nemmeno di fare conversazione, perché c'era troppo rumore per parlare. Niente arie, niente pose, nessuna maschera. Solo musica, rabbia, rumore. E, infine, quando eri sballato per bene, trovavi una ragazza, o era lei che trovava te, e salivate di sopra per un po'.

La gente ci salutò mentre entravamo. Senza nemmeno bisogno di chiedere, quattro boccali di birra si materializzarono: ce li passò una ragazzina, sorridendo.

«Ce ne serve un altro», le dissi passando il mio a Rika.

Ma prima che lei potesse afferrarlo, due braccia la agguantarono per i fianchi sollevandola da terra.

Trasalì facendo un verso strozzato, poi esplose in una risata, quando il suo amico Noah, che le ronzava intorno quando eravamo alle superiori, la fece saltellare su e giù.

Mi irrigidii, volevo che le togliesse di dosso quelle mani del cazzo. Ma poi ricordai che non solo erano amici, ma che era anche grazie a lui se Rika non aveva subito di peggio per mano di Miles e Astrid alla festa quella primavera.

Per il momento, mi fidavo di lui.

«Be', da dove sbuchi, Rika?», gridò, rimettendola in piedi. «In settimana avevi detto che non saresti uscita stasera». Poi ci guardò e socchiuse gli occhi come se avesse capito. «Sei con loro? Va tutto bene?».

Per poco non sbuffai. Mi voltai e li lasciai parlare, mentre io e i ragazzi andammo a cercare il nostro tavolo. Alcuni ragazzini erano già seduti lì, ma quando ci videro arrivare, si affrettarono a liberare il séparé semicircolare disposto proprio di fronte al palco improvvisato, che offriva una visuale perfetta.

Damon afferrò il ragazzo che era rimasto, l'ultimo in coda agli amici, e lo buttò fuori, facendolo incespicare in avanti.

Agganciai le braccia al retro del séparé, e quattro birre fresche comparvero al nostro tavolo con un tempismo perfetto, dato che Will aveva appena finito la sua.

La pioggia brillava sulle luci di fortuna sparse per la stanza, cadeva piano attraverso il tetto, bagnando lentamente i capelli dei ballerini sul palco.

Lanciai una rapida occhiata alle mie spalle e vidi Rika e Noah insieme a un'altra persona – una ragazza – di cui non ricordavo il nome. Poi le mie sopracciglia precipitarono in picchiata quando notai che Noah stava passando da bere a Rika.

Ma lei rifiutò con un cenno della mano.

Tornai a guardare davanti a me, accigliato. *Bene.* Se la piccola lezione con Miles e Astrid non le aveva insegnato a prendersi da bere da sola – o almeno a prendere da bere solo da me – l'avrei sculacciata. L'ultima cosa a cui volevo pensare era quello che stava per succederle mentre ero al college.

Bevemmo le nostre birre, rilassati sui divanetti, osservando quello che accadeva attorno a noi. Damon si accese una sigaretta fissando il palco, su cui una ragazza stava ballando. Lei se lo stava scopando con gli occhi e continuava a guardarlo con aria provocante. Will si tolse la felpa e tranguiò una birra dopo l'altra, mentre Kai non faceva che voltare la testa in direzione della porta da dove eravamo entrati. Sapevo che stava guardando Rika.

I muscoli delle mie braccia si irrigidirono. Presi a fissare il vuoto davanti a me, cercando di non darci peso. *Nessuno si intromette fra due amici.* Men che meno una donna.

Sentii una risata leggera e sollevai lo sguardo in tempo per vedere Rika girare attorno al séparé e togliersi la felpa sfilandola dalla testa.

Con un ampio sorriso, la lanciò nello spazio vuoto di fianco a me, poi seguì gli amici che la stavano trascinando verso la pista per ballare.

Cominciai a respirare più in fretta.

Quella canotta mi stava uccidendo.

Riuscii a distinguere qualche macchiolina di sangue – il sangue di Miles – sul tessuto, ma nella penombra si vedevano appena.

La canotta grigia lasciava scoperti un paio di centimetri del suo ventre piatto, e le spalline sottili sostenevano ben poco il seno. Non lasciava quasi niente all'immaginazione, mettendo in mostra il petto generoso e il corpo dannatamente sexy.

Aveva i capelli sciolti che le ricadevano lungo la schiena e il sedere tondo era perfetto nei jeans. Riuscivo quasi a sentirla a cavalcioni su di me.

Cazzo. Avvertii una forte fitta al bassoventre, e mi diventò duro. Grugnii sottovoce, cercando di mettere a fuoco le idee.

Fire Breather di Laurel iniziò a diffondersi dalle casse, e lei e i suoi amici si portarono verso il centro del palco, proprio sotto la fenditura del tetto da dove entrava la pioggia.

La melodia lenta e sonora avvolgeva il mio cazzo, lo eccitava, e intanto la guardavo muoversi al ritmo della musica, dimenando i fianchi e inarcando la schiena, come se sapesse esattamente come accendere la scintilla dentro di me e farmi prendere fuoco.

Espellendo una nuvola di fumo, Damon distolse lo sguardo dalla ragazza sul palco e lo posò su Rika. Lei rideva, lasciando che quei suoi amici le si strofinassero addosso mentre si muovevano in sincronia, persi nella musica.

Avrei potuto essere geloso se non fossi stato tanto eccitato. Ma Noah non avrebbe avuto comunque nessuna possibilità con lei. I timidi sguardi che Rika mi aveva lanciato a tavola durante la colazione erano più caldi del modo con cui gli sorrideva.

Will posò i gomiti sul tavolo e prese a fissarla a sua volta. Non sprecai neppure un'occhiata per accertarmi che anche Kai la se stesse guardando. Sapevo che era così. Chi non l'avrebbe guardata?

La stanza era invasa dai bassi ritmici che correvano fino nelle travi. La guardai ruotare il bacino con un movimento perfetto e lento, poi passare un braccio attorno al collo dell'amico, mentre l'amica le stava di fronte; a quel punto, i tre cominciarono a ballare insieme.

Cambiai posizione sulla sedia, sentendo il calore diffondersi all'inguine.

«Porca puttana», sospirò Damon, voltandosi a guardarci.

Anche Will ci fissava con gli occhi fuori dalle orbite, e avrei giurato che fosse eccitato quanto me.

«Trevor non sarà mai capace di gestirla», affermò Kai.

Un ghigno premeva sulla mascella per uscire, ma lo trattenni. *No*. Mio fratello non aveva la più pallida idea di cosa fare con un peperino come quello. Non avrebbe mai potuto darle ciò di cui aveva bisogno.

La fissai: i suoi fianchi oscillavano compiendo piccole rotazioni sensuali. Poi Rika rise, interrompendo il movimento per scambiarsi di posto con la ragazza. La pioggerella che cadeva dal tetto le faceva brillare la pelle. Chiuse gli occhi, portando le mani in aria, e tornò a perdersi nella musica.

«Michael?», sentii la voce di Kai. «La stai guardando come se non avesse sedici anni, amico».

Gli lanciai un'occhiata, con un'aria piuttosto divertita, prima di tornare a guardare Rika.

Non era un avvertimento: voleva solo prendermi un po' in giro. Questo quartiere di periferia non offriva nulla di eccitante, e gli adolescenti non avevano molto altro da fare se non scopare a ogni occasione possibile. Avevamo tutti fatto sesso ben prima dei diciotto anni.

E *tutti* la guardavamo come se non avesse sedici anni.

«Be', sai che ti dico?», si intromise Damon, espellendo il fumo. «Se sono abbastanza grandi per gattonare, sono nella posizione giusta».

Will fece una smorfia. «Mah, tu sei malato!», disse ridendo.

Scossi la testa, ignorando il commento stupido. Damon era fuori di testa.

Certo, stava scherzando.

Ma c'era anche sempre un fondo di verità in tutto quello che diceva. Le donne per lui erano inanimate, come sassi. Oggetti che si possono usare.

Will e Damon si scolarono delle altre birre; qualcuno venne a salutare e a fare due chiacchiere. Ero stato lontano da casa tutta l'estate, fra allenamenti e viaggi, perciò era da molto tempo che non vedevo nessuno. Fortunatamente eravamo tutti di buonumore: i festeggiamenti per la Notte del Diavolo ci avevano riempito di energia, ricordando ai membri della squadra com'eravamo una volta.

Posai il bicchiere, ascoltando Will e Kai parlare con alcune persone che ciondolavano attorno al séparé, ma quando sollevai lo sguardo per controllare Rika in pista, vidi che era scomparsa e mi agitai all'istante.

Feci correre lo sguardo sulla pista: i suoi amici stavano ancora ballando, sembravano parecchio infervorati. Voltai la testa e finalmente la vidi: stava salendo le scale, diretta al piano superiore.

Solo allora si girò appena, incontrando i miei occhi, mentre continuava a salire. Mi alzai dalla sedia e con un balzo scavalcai il séparé, atterrando sul pavimento.

Tenendo lo sguardo fisso sulla sua schiena la seguii su per le scale, passando accanto ad alcune persone che bighellonavano lì attorno. Poi girai a destra e salii un'altra rampa. Adesso non c'era più nessuno, niente occhi indiscreti.

Il pavimento non era altro che una grata di metallo che conduceva a un'ampia finestra accanto all'angolo di sinistra. La vidi lì in piedi, nel buio, che guardava la notte fuori, con la musica e il caos due piani più sotto, lontani da noi.

Cosa diavolo stavo facendo?

«Mi piace vedere casa mia da qui», disse piano. «Si scorgono le lanterne. Sembra quasi magica».

Mi avvicinai, guardando fuori, nel buio. Le nostre case in lontananza si distinguevano eccome, essendo in posizione rialzata. Le ville non si vedevano, perché erano nascoste fra gli alberi, ma le tenute erano ben illuminate e visibili. Circa ottocento metri separavano le nostre case, ma da quel punto sembravano solo pochi centimetri.

«Grazie per stasera», disse. «So che non significa nulla, ma sono stata bene per la prima volta dopo tanto tempo. Ero anche emozionata, spaventata, felice...». Lasciò la frase in sospeso, poi terminò in tono più pacato: «Potente».

Abbassai lo sguardo su di lei. La pioggia danzàva sui suoi capelli chiari creando giochi d'ombra sulla sommità della sua testa.

Rika era molto simile a com'ero io alcuni anni prima. Confuso, in gabbia, corruttibile. La lezione più importante che si impara nella vita andrebbe appresa il prima possibile. Che non devi vivere nella realtà che qualcun altro ha inventato. Non devi fare niente che non vuoi fare. Mai.

Ridefinisci la normalità. Nessuno di noi conosce pienamente il proprio potere finché non comincia a estendere i propri confini e a sfidare la fortuna. Più lo facciamo, meno ci importa di cosa pensano gli altri. La libertà ha un sapore troppo buono.

Respirai l'accenno di profumo che emanava dal suo corpo, sentendomi pieno di desiderio. Dio, volevo toccarla. Il desiderio era cresciuto per tutta la serata.

«A volte mi chiedo come sia essere te», ammise. «Entrare in una stanza e suscitare immediato rispetto. Essere amato da tutti». Poi si girò di lato, sollevando su di me quegli occhioni azzurri imploranti. «Volere una cosa e prendersela».

Gesù.

«Mi stavi guardando ballare in pista», sussurrò. «Non mi guardi mai, ma stasera mi stavi guardando».

Il suo profumo mi fece torcere le budella. Mi sforzai di resistere, ma non ci riuscii: feci correre una mano sul suo collo e la attirai sul mio petto, tenendola più stretta di quanto avrei dovuto.

«Come potrei non guardarti?», le sussurrai all'orecchio, chiudendo forte gli occhi. «Diventa sempre più difficile non notarti».

Gemette, inarcando la schiena e premendo il suo sedere contro il mio cazzo. Quando aprii gli occhi, vidi le sue tette fuori dalla canotta, ma non potevo prenderle.

Feci scivolare le dita tra i suoi capelli, ne afferrai una ciocca alla base del collo e le feci reclinare il capo all'indietro. Aveva socchiuso le labbra piene, come se cercasse le mie.

Ansimò, facendo convergere tutto il sangue che avevo in corpo verso il cazzo.

Dovevo andare via. Aveva solo sedici anni.

Fanculo.

Posai le labbra sulle sue, portando l'altra mano sul suo petto. Quando le afferrai un seno, ebbe un sussulto.

«Michael», gemette, respirando forte e strizzando gli occhi.

«È così morbido», le sussurrai a fior di labbra, sentendo il calore del suo respiro mentre la palpavo. «Mio fratello pensa che tu sia sua… così io non ho fatto altro che cercare di reprimere il desiderio di volerti per me».

Si leccò le labbra, cercando di raggiungere le mie, ma io mi tirai indietro, per gioco, nascondendo un sorriso.

«Michael», esclamò in un lamento. Sembrava disperata.

«È vero?», la incalzai. «Sei sua?».

Lei si morse il labbro inferiore, scuotendo la testa. «No».

Con uno slancio improvviso afferrai il suo labbro inferiore e lo strinsi fra i denti risucchiandolo nella mia bocca. Espirai forte, mentre l'erezione cresceva sotto i jeans, facendomi impazzire. Percorsi il breve tratto tra la guancia e l'orecchio con una scia di baci, perdendomi nel suo profumo e nel suo calore.

Ma non appena le sfiorai il collo, lei si scostò e mi coprì le labbra con le sue, posandovi un bacio rovente e profondo. Dio, che buon sapore aveva.

«Sei una così brava ragazza», mugugnai in un sospiro, leccandole le labbra con la lingua. «Dillo, Rika».

«Sono una brava ragazza», ansimò, la voce tremante.

«E sto per farti diventare cattiva», terminai io, sollevando le mani dai suoi seni per stringerle ai suoi fianchi.

Mi chinai per prenderle le labbra con le mie, la mangiai, la assaggiai, la sua lingua incontrò la mia, con un calore e una passione che non avevo mai provato per nessuna.

Il mio corpo era in fiamme, ero perso. Completamente perso nella sua bocca, nel formicolio che mi accarezzava il viso e il collo, scaldandomi il petto.

Quante volte avevo desiderato di starle vicino, parlarle, vedere che mi sorrideva; adesso che l'avevo fra le braccia, non avrei mai voluto lasciarla andare.

Niente, niente mi aveva mai fatto stare così bene.

Premette il proprio corpo contro il mio, succhiandomi il labbro inferiore, offrendosi a me.

«So come ti senti adesso», disse in tono scherzoso, parafrasando quello che le avevo detto nel pomeriggio dentro la chiesa.

Sorrisi, spingendo il suo sedere contro di me. La sentii gemere. «Non hai ancora provato niente».

Si voltò di spalle e io la sollevai tenendola per le cosce. Lei si appoggiò alle mie spalle e io guidai le sue gambe attorno alla mia vita.

Mi spostai verso l'angolo e la feci sedere sulla ringhiera. Il muro alle sue spalle non era molto distante.

Strinse le sue braccia attorno ai miei fianchi, e intanto io premevo fra le sue gambe.

Cominciò a strusciare il proprio corpo contro il mio, leccando il mio labbro superiore, poi si allontanò dalla bocca, posando baci e morsetti tra la mascella e il collo.

«Gesù», esclamai, portando ancora una mano sul suo seno, il cuore che batteva come un tamburo impazzito.

Infilò le mani sotto la mia felpa e sotto la camicia e prese a far correre le dita sugli addominali. Tremai di piacere.

«La macchina», ansimò, cercando la fibbia della cintura, decisa ad aprirla. «Per favore?».

Le strinsi i fianchi con più forza, sbattendo le palpebre. «Rika». Lottai con me stesso, togliendo le sue mani dai miei jeans.

Merda.

«Voglio sentirti», implorò, prendendomi il viso fra le mani e baciandomi ancora.

Ma io scossi la testa. «Non in macchina».

Premette il petto contro il mio, sussurrando appena contro le mie labbra: «Non posso aspettare. Non voglio perdere questo momento. Non importa dove».

No, non importava. Ma era qui che le cose si complicavano.

Sarei rimasto a casa solo per il fine settimana, poi sarei tornato a scuola. Se avessimo fatto sesso, il momento in cui ci saremmo separati sarebbe stato molto più difficile per lei.

E anche se non avrei mai voluto toglierle le mani di dosso, non era giusto che mi spingessi così in là. Non ancora. Era troppo giovane.

«Dài...», mi stuzzicò, e un sorriso fece capolino mentre mi mordicchiava le labbra.

Scossi la testa. «Cosa devo fare con te?», domandai.

Lei sorrise. «Non vedo l'ora di scoprirlo».

Feci una risata sommessa, prendendole il sedere fra le mani e posando tanti piccoli baci sulle sue guance, fino ad arrivare alle labbra.

«Dobbiamo darci una calmata», le dissi.

«Quanto?».

Feci un passo indietro, in modo che potesse vedere che il mio sguardo era serio. «Non ti tocco finché non compi diciotto anni».

Spalancò gli occhi. «Non dirai sul serio! Manca ancora più di un anno», rimarcò. «E adesso mi stai toccando».

Inclinai la testa, imprimendo le dita sul suo fondoschiena. «Sai cosa intendo».

Ma lei mi fermò, chiuse gli occhi e appoggiò la fronte sulle mie labbra. Sembrava disperata come me.

«Ma tu hai fatto sesso con delle sedicenni, Michael!».

«Quando avevo sedici anni», specificai. «E non paragonarti a loro». Presi il suo volto fra le mani. «Tu sei diversa».

Le nostre labbra si incontrarono ancora. Le sue mani e il suo corpo mi cercavano con prepotenza, mi stuzzicavano, mi sfioravano, mi stringevano. Tenendomi stretto il bacino, cominciò a spingermi fra le sue cosce calde. Per poco restai senza respiro al pensiero di quello che avrei provato muovendomi dentro di lei.

«Cristo», ansimai, spostando la bocca. «Fermati».

Non sarei riuscito a starle lontano per un anno. Aveva quasi diciassette anni. Forse andava già bene?

«Non riuscirai a fermarti», sussurrò sulla mia guancia, guardandomi con occhi pensosi. «Siamo fatti per questo Michael. Io e te».

Si spostò con la bocca lungo il tratto di pelle tra la mia mascella e il mio collo, posandovi dei baci leggeri. Le mie braccia furono percorse dai brividi.

L'abbracciai, tenendola stretta, e guardandola negli occhi dissi: «Dobbiamo tenerlo per noi, d'accordo?», le dissi. «Solo per adesso. Non voglio che la mia famiglia lo sappia».

Mi guardò, perplessa. «Perché?»

«Vivi ancora in casa, ti tengono d'occhio come falchi, Rika», spiegai. «Mio padre mi odia. Io sono lontano da casa per via del college, e se sapesse che ti voglio, sfrutterebbe la mia assenza a proprio vantaggio per farti cambiare idea». Poi le passai le dita fra i capelli mettendomi naso a naso con lei. «E io ti voglio da morire».

Giocai con la sua bocca, mordicchiandole le labbra. «Ma lui ti vuole per Trevor, o qualcosa del genere», proseguii. «Se non sanno di noi, non interferiranno. Dobbiamo aspettare che tu ti diplomi e poi potrai sottrarti al loro controllo».

Si scostò, togliendosi di dosso le mie mani. Era ferita. «Manca ancora un anno e mezzo», protestò. «Non ti sto chiedendo una relazione impegnativa, ma…», si fermò, cercando le parole giuste. «Non voglio nemmeno nascondere i miei sentimenti».

«Lo so».

Anch'io odiavo tutto questo. Se fosse andata all'università, con la libertà di andare e venire come voleva e lontana dall'influenza e dalle pressioni di mio padre e di Trevor, non ci sarebbe stato alcun problema.

Certo, l'avrebbero saputo. Ma non me ne sarebbe fregato niente di quello che avrebbero avuto da ridire.

Invece due giorni dopo sarei stato a mille chilometri di distanza, con il campionato di pallacanestro alle porte, e non sarei tornato a casa fino alle vacanze invernali. Poi sarei ripartito, per rientrare probabilmente solo in estate. Non volevo metterle troppa pressione addosso e non mi fidavo di mio padre e di Trevor. Soprattutto di Trevor.

«Che tu ci creda o no, è la soluzione migliore», dissi tentando di rassicurarla. «Mio padre ti starebbe con il fiato sul collo e io non voglio che tu debba averci a che fare, con o senza di me qui».

Nei suoi occhi riuscivo a leggere la delusione, ma anche la rabbia. Doveva capire che non stavo cercando di sbarazzarmi di lei. La sua età era un problema e complicava tutto quanto.

E la cosa mi spaventava, perché non avevo la più pallida idea di cosa fossimo io e lei.

Però sapevo che eravamo fatti della stessa pasta. Questo voleva dire che mi sarei innamorato di lei, l'avrei sposata, per esserle fedele sempre, per vivere giorni tutti uguali in questa periferia del cazzo?

No. Lei e io eravamo fatti per qualcosa di diverso.

L'avrei fatta incazzare, sarei stato scontroso con lei, sarei stato per lei un incubo tanto quanto un sogno. Ma dopo quasi diciassette anni di attrazione per lei, una cosa la sapevo.

Le avrei sempre girato intorno.

Era una cosa impossibile da fermare. Anche quando eravamo bambini, se lei si muoveva, volevo muovermi anch'io. Se lei usciva da una stanza, io volevo seguirla. Il mio corpo sapeva sempre dov'era.

Ed era lo stesso per lei.

Mi chinai su di lei e abbassai la spallina della canotta, per coprire la sua pelle di baci.

«E voglio che tu smetta di dormire a casa mia quando non ci sono», le chiesi. «Non voglio che Trevor ci provi con te».

Strinsi tra i denti il lobo del suo orecchio, e tirai, ma smisi di tirare quando mi accorsi che non rispondeva. La sentii raffreddarsi, non si muoveva e non fiatava.

Mollai la presa, sollevai la testa per guardarla. Aveva la mascella contratta, il dolore scritto in faccia a chiare lettere.

«Qualcos'altro?», ribatté piccata. «Devo tacere e starmene tranquilla mentre tu ti comporti come se non esistessi quando siamo nella stessa stanza, perché nessuno deve sapere? Prima vuoi dirmi quando dobbiamo fare sesso e adesso dove devo dormire?».

Raddrizzai la schiena, tendendo i muscoli. Aveva ragione, ma era così che doveva andare. Volevo tenere la mia famiglia all'oscuro perché non le stessero con il fiato sul collo, e di certo non potevo fare affidamento sul fatto che mio fratello non sarebbe scivolato nel suo letto di notte. Proprio non potevo.

Abbassò il mento, lanciandomi uno sguardo provocatorio. «Insomma, devo restare ad aspettare e a struggermi di desiderio in attesa che arrivi il raro fine settimana in cui non hai una partita e capiti a casa», continuò. «Nel frattempo, quando non ci sei, mi fai spiare a scuola, così sei informato di ogni mossa che faccio».

Tesi la mascella in un sorriso che non riuscivo a trattenere. Era stata una rivelazione costante quella sera. Era molto più intelligente di quanto pensassi.

Okay, forse avevo pensato di chiedere a Brace e Simon di darle un'occhiatina. Per accertarsi che nessuno la infastidisse.

O che si prendesse quello che era mio.

«E cosa mi dici di te?», proseguì. «Dormirai in un letto vuoto come il mio quando sarai via: feste universitarie, trasferte, vacanze di primavera con i ragazzi a Miami Beach...».

Socchiusi gli occhi, cercando i suoi. «Pensi che le altre siano importanti quanto te?».

Lei scosse la testa, sorridendo sarcastica. «Non è una risposta».

Con un salto scese dalla ringhiera e mi passò accanto.

Ma io allungai una mano per afferrarle il braccio. «Che cosa vuoi?», chiesi con voce improvvisamente dura. «Eh?».

Tutt'a un tratto si rattristò. Abbassò lo sguardo e di colpo disse: «Voglio te. Ti ho sempre voluto, e adesso mi sento...».

Sollevò lo sguardo, aveva gli occhi lucidi.

«Come?»

«Sporca», rispose infine. «Stasera mi sono sentita un'amica per te. Mi hai vista, ti sono piaciuta, mi hai rispettata... Adesso, invece, mi sento una ragazzina stupida e ingenua, un'amante segreta che deve starsene buona in un angolo ad aspettare una parola da parte tua per poter parlare o muoversi. Non mi sento più una tua pari».

La lasciai andare, con una risata amara, e mi voltai. «Sei una bambina, una bambina del cazzo».

Maledette insicurezze e maledetti capricci. *Era solo un anno.* Non poteva aspettare un cavolo di anno?

«Non sono una bambina», dichiarò. «Sei tu che sei solo un vigliacco. Se non altro Trevor vuole me più di ogni altra cosa».

Respirai a fondo, e mentre la fissavo ogni muscolo della pancia era in tensione e bruciava.

Il sangue mi andò al cervello. La afferrai per le braccia e la spinsi contro la ringhiera davanti alla finestra, incombendo su di lei, il mio viso contro il suo, i nostri nasi quasi si toccavano.

Cambiò espressione, tentando di divincolarsi. «Così mi fai male».

Mi accorsi che le mie mani le tenevano bloccate le braccia. Allentai la presa, cercando di calmarmi, ma senza riuscirci. Aveva ragione. Ero un vigliacco. Volevo tutto e non volevo rinunciare a niente.

Volevo che lei volesse me e solo me. Non volevo gestire la tensione che la mia famiglia avrebbe esercitato su di lei o su di me. Non volevo che mio fratello potesse conquistarla mentre ero via.

Ma lei cosa avrebbe ricevuto in cambio? Le sarei bastato?

Oppure mio padre aveva ragione? Non valevo un bel niente? Anche se l'avevo appena ammesso con me stesso, le avrei fatto del male.

Era troppo giovane. Io ero sempre lontano da casa, e per la prima volta da molto tempo non mi piacevo. Non mi piaceva quello che vedevo riflesso nei suoi occhi.

Rika aveva troppo potere su di me.

Mi staccai da lei e indietreggiai. «È stato un errore», dissi, guardandola accigliato. «Sei bella, hai la figa. Ma dietro l'apparenza, non sei niente di speciale. Sei solo un bel culo».

Aggrottò le sopracciglia, i suoi occhi si riempirono di lacrime. Sembrava affranta.

Nessuno mi aveva mai fatto sentire una merda per quello che ero. Spezzarle il cuore non sarebbe stato sufficiente. Doveva essere dilaniato, così non avrebbe più potuto dire quelle stronzate.

La afferrai per le spalle, scuotendola. Piangeva. «Hai sentito?», le ringhiai addosso. «Non sei niente di speciale. Non sei nessuno!».

Poi la lasciai andare, mi voltai e marciai giù per le scale, con lo stomaco stretto in una morsa. Una sensazione di vuoto gravava sul mio petto, perciò ispirai, cercando di non soffocare.

Non riuscivo a guardarla. Non riuscivo a vederla soffrire e ad affrontare tutto questo.

Quindi scappai. Andai al séparé, presi le chiavi dalla tasca e le lanciai sul tavolo.

«Portate voi Rika a casa», dissi ai ragazzi, senza riuscire a nascondere la rabbia. «Io vado a piedi».

«Cosa cazzo è successo?», chiese Damon, vedendo che ero sconvolto.

Ma io mi limitai a scuotere la testa. «Devo solo andarmene da qui. Portatela a casa».

E li lasciai tutti e tre al tavolo, portai il cappuccio sopra la testa e uscii sotto la pioggia.

269

Capitolo 18
Erika

Oggi

"**S**ono dovuto tornare in città. La tua auto è fuori".

Guardai il messaggio che Michael mi aveva mandato quattro giorni prima, quando mi ero svegliata da sola nel suo letto.

Sporca, piena di lividi, dolorante e sola.

Da quel giorno non avevo ricevuto neanche un cenno da parte sua, e neppure l'avevo visto. Dopo la nostra gita alle catacombe doveva essere stato a casa mia a prendere la macchina, prima di andarsene e mandarmi un messaggio mentre era per strada.

Come poteva lasciarmi in quel modo?

Avevo appreso dai telegiornali che la sua squadra era a Chicago per un'esibizione prima dell'inizio del campionato, ma avevo visto le luci accese nell'attico quella mattina, quindi sapevo che lui era a casa.

Per quanto mi rendessi conto che non ne valeva la pena, faceva ancora male. Averlo finalmente per me, sentirlo dentro di me era una sensazione che non riuscivo a togliermi dalla testa da quattro giorni. Era meglio di quanto avessi mai immaginato.

Avrebbe potuto svegliarmi per salutarmi. O almeno chiamare per vedere come stavo. Avevo appena perso la casa, non riuscivo ancora a mettermi in contatto con mia madre anche se la chiamavo da giorni e non ero riuscita nemmeno a contattare il signore o la signora Crist al cellulare. Se non avessi sentito nessuno l'indomani, sarebbe giunto il momento di andare alla polizia. Mia madre non stava mai via tanto a lungo senza telefonare.

Riposi il cellulare nella borsa, prendendo una delle scatoline di fiammiferi che vi avevo messo quando avevo portato con me la

270

scatola da Thunder Bay. Tolsi il coperchio per respirarne l'odore, un fugace momento di sollievo che sparì prima ancora che avessi il tempo di gustarlo.

La rimisi nella borsa e continuai a percorrere il corridoio della libreria dell'usato, scorrendo vecchi tascabili di fantascienza e cercando di distrarmi.

Che fossi maledetta se lo avessi cercata per prima.

«Ciao», sentii.

Mi voltai e vidi Alex che si avvicinava, una mano nella tasca dei jeans e un sorriso in volto. «Ti ho vista dalla vetrina e ho pensato di passare a salutarti. Come stai?».

Annuii. «Bene. E tu?».

Sollevò le mani e alzò le spalle. «Ogni giorno è un'avventura».

Risi tra i denti, voltando la schiena ai libri. Immaginavo che con una professione come la sua non ci fosse mai da annoiarsi.

Mi girai di nuovo verso di lei e la guardai. «Ah, grazie di avermi dato uno strappo l'altra sera. So che ci siamo appena incontrate e tutto, ma…».

«Non preoccuparti», mi interruppe. «Grazie a te di aver guidato. Di solito non bevo così tanto».

Abbassò gli occhi e passò in rassegna i libri con aria distratta, stringendo la tracolla della borsa. Proprio come me, doveva aver finito le lezioni.

«Tu stai bene?», le chiesi.

Lei scosse la testa. «Come al solito. Ho una cotta per un tipo, ma non mi tocca perché vado a letto con gli altri per sbarcare il lunario». Alzò gli occhi al cielo. «Che bambino».

Le sorrisi, ma in realtà mi rattristava.

«Allora sa cosa fai?»

«Sì», rispose. «C'era anche lui alla festa, ecco perché bevevo. Non mi guarda nemmeno».

«Be', devi conoscere molta gente», immaginai. «Con il tuo genere di lavoro avrai molti contatti, no? Amici? Forse qualcuno ti può trovare un lavoro diverso».

«Non c'è niente di sbagliato in quello che faccio», ribatté, la voce si era raggelata.

Mi fermai e mi voltai a guardarla, mentre uno strisciante senso di colpa si insinuava nel mio petto. Non intendevo dire quello, ma probabilmente l'avevo lasciato intendere. Stavo solo cercando di trovare una soluzione al suo problema.

Inclinò la testa, socchiudendo gli occhi come per lanciare una sfida. «Un giorno, avrò un palazzo come il Delcour e guiderò una macchina alla moda come la tua», mi disse. «E avrò ottenuto tutto da sola. E a quel punto mostrerò il medio a tutti quelli – lui compreso – che mi hanno guardata dall'alto in basso».

La sua voce era dura, grintosa. Non capivo come facesse a fare quello che faceva, ma sapevo anche che io non ne avrei mai avuto bisogno. Non mi rendevo conto di cosa volesse dire trovarsi a fare scelte difficili.

Increspò le labbra e proseguì: «Scoperò per tutta la durata della scuola e, se a qualcuno non piace, può andarsene all'inferno».

Le mie labbra si schiusero in un sorrisetto. «Bene», dissi per solidarietà, e colsi l'occasione per chiudere l'argomento. «Ma prima che la macchina alla moda ti annebbi la vista, sappi che nemmeno la mia vita è stata tutta rose e fiori».

Il suo sguardo si ammorbidì. Si chinò in avanti e allungò una mano per accarezzare la cicatrice che avevo sul collo.

«Era quello che pensavo», concordò.

La fissai, con la sensazione che sapesse senza che avessi bisogno di spiegarle niente. Era strano. La prima volta che l'avevo vista con Michael, l'avevo giudicata. L'avevo considerata una nullità. Una bambolina senza cervello, in cerca di fama e soldi.

Ma ero stata io la stupida. Non eravamo poi così diverse.

È curioso constatare come nessuno sia mai davvero umano con noi finché non parliamo e capiamo che non c'è differenza fra chi siamo noi e chi sono gli altri. Forse lei voleva quello che avevo io, e forse io volevo di meno, ma stavamo comunque lottando entrambe, a prescindere dalla marca delle scarpe che indossavamo.

«Bene», fece un sospiro e sorrise. «Devo scappare. Passa un bel fine settimana, se non ci vediamo, d'accordo?».

Annuii. «Sì, anche tu».

Si voltò e percorse il corridoio, per sparire dietro l'angolo.

Pensai di essermi fatta la mia prima amica a Meridian City e per la prima volta da cinque minuti non pensavo a Michael.

Evviva.

Presi il telefono dalla borsa per controllare l'ora. Anche il capo dei vigili del fuoco di Thunder Bay per tutta la settimana aveva ignorato le mie chiamate riguardo alla causa dell'incendio. Dovevo tornare a casa e cercare di mettermi di nuovo in contatto con lui.

Presi i tre libri che avevo già scelto e mi diressi verso l'ingresso del negozio, diretta alla cassa.

La cassiera batté i titoli e li mise in una busta. «Sono trentasette e cinquantotto, prego».

Presi la carta di credito e gliela passai insieme al documento d'identità per la verifica.

Ma lei non la accettò.

«Oh, mi dispiace», fissava il monitor con aria confusa. «La sua carta non funziona. Non ne ha un'altra?».

Chinai lo sguardo, leggendo "Transazione negata" anche sul mio display.

Il cuore prese a martellarmi e arrossii fino alla punta dei capelli per l'imbarazzo. Non mi era mai capitato prima.

«Oh, ehm...», balbettai. Cercai il portafogli nella borsa e ne estrassi un'altra carta. «Ecco, questa dovrebbe funzionare», sorrisi. «Probabilmente c'è qualcosa che non va».

Era una constatazione ridicola. Ero una compratrice esperta e mi ero diplomata alla prestigiosa Università delle Spese Folli di Christiane Fane e Delia Crist. Sapevo come usare una cavolo di carta di credito.

La passò e attese un momento prima di restituirmela e scuotere la testa. «Mi spiace, cara».

Avevo il cuore in gola. «Ma come? È sicura che il terminale funzioni?».

Alzò gli occhi al cielo, guardandomi come se avesse sentito quelle parole altre mille volte.

«Mi dispiace», mi affrettai a dire, completamente disorientata. «È solo che è così strano».

«Capita», sollevò le spalle. «Studenti squattrinati e così via. Abbiamo un bancomat laggiù, se vuoi ti tengo da parte i libri».

Indicò la vetrina alle mie spalle e vidi lo sportello automatico nell'area bar della libreria.

«Grazie», dissi lasciandole la busta e andando dritta al bancomat.

Com'era possibile che non funzionassero le carte di credito? Le usavo da quando avevo preso la patente, a sedici anni. Una volta partita per il college, mia madre mi aveva permesso di averne una a nome mio per costruirmi un futuro. Avevo anche un bancomat, ma il nostro commercialista preferiva che lo usassi solo per il cibo e la benzina, per tracciare meglio le spese.

Non avevo mai avuto problemi con nessuna delle due carte. Mai. Deglutii, avevo la gola secca. Infilai la carta nella macchina e digitai il PIN. Stavo per premere il tasto "Ritira", ma mi fermai, ripensandoci. Selezionai "Saldo" e all'istante il cuore prese a martellarmi nel petto.

Zero.

«Ma come?», esplosi. Guardavo l'estratto conto con le lacrime che mi bruciavano gli occhi, pronte a sgorgare. «Non è giusto, non può essere». Cominciai a schiacciare tasti all'impazzata, con le mani tremanti. Poi uscii a controllare l'estratto conto dei miei risparmi.

Anche quello era zero.

Scossi la testa, gli occhi ormai pieni di lacrime. «No. Cosa sta succedendo?».

Estrassi la carta dallo sportello, sfrecciai fuori dalla libreria, dimenticandomi dei libri, e mi precipitai in strada. Corsi spedita fino a casa, con migliaia di nodi a stringermi lo stomaco.

Una carta che non funziona? Ci sta. Ma nessuna delle mie carte che funziona e il conto corrente prosciugato? La mente galoppava in cerca di una risposta.

La gioielleria aveva dei problemi? Il commercialista non aveva pagato le tasse e ci avevano congelato i conti? Avevamo dei debiti?

Per quanto ne sapevo, era sempre andato tutto bene. Il signor Crist si era occupato dei nostri affari e delle proprietà immobiliari; ogni volta che avevo parlato con il commercialista, mi aveva assicurato che le nostre finanze godevano di ottima salute.

Ripresi il telefono e chiamai il commercialista di famiglia, che gestiva anche i conti dei Crist, ma l'unica risposta che ottenni fu il messaggio che mi informava della sua assenza nel fine settimana.

Proseguii lungo la strada, con il sudore sulla schiena, mentre cercavo di chiamare mia madre, la signora Crist e persino Trevor. Dovevo sapere come mettermi in contatto con qualcuno che potesse darmi una mano.

Ma non rispondeva nessuno. *Cosa diavolo sta succedendo? Perché non riesco a mettermi in contatto con nessuno?*

Richard, il portiere, vide che mi stavo avvicinando e aprì immediatamente il portone del Delcour. Mi precipitai all'interno come una saetta, ignorando il suo saluto e correndo dritta all'ascensore.

Quando arrivai al piano e poi nel mio appartamento, gettai la borsa a terra e accesi il computer portatile per accedere ai miei conti. Non potevo aspettare che rientrassero tutti in ufficio il lunedì dopo. Dovevo scoprire subito cosa stava succedendo.

Mentre avviavo la connessione, composi il numero dell'ufficio del signor Crist. Sapevo che lavorava fino a tardi e con ogni probabilità c'era ancora anche la sua segretaria. Erano passate da poco le sei.

«Pronto?», esplosi, interrompendo la donna che rispose al telefono. «Stella, sono Rika. Il signor Crist c'è? È urgente!».

«No, mi dispiace, Rika. È partito per l'Europa qualche giorno fa per raggiungere la signora Crist. Devo lasciargli un messaggio?».

Mi abbandonai allo sconforto con la testa fra le mani, in preda alla frustrazione. «No, io...». Le lacrime presero a scorrere. «Devo sapere cosa sta accadendo. È successo qualcosa ai miei conti. Non ho più un soldo. Non funziona nessuna delle mie carte!».

«Oh, poverina!», esclamò. Sembrava un po' più preoccupata a questo punto. «Ne hai parlato con Michael?»

«Perché dovrei parlarne con Michael?»

«Perché il signor Crist ha ceduto a lui la procura alla fine della settimana scorsa», spiegò come se dovessi saperlo. «Al momento è lui che si occupa di tutto, finché non ti sarai laureata».

Mi bloccai, gli occhi spalancati.

Michael? Adesso era lui che gestiva tutto?

Scossi la testa. *No.*

«Rika?», chiamò Stella vedendo che tacevo.

Ma io allontanai il telefono dall'orecchio e interruppi la chiamata.

Strinsi le dita attorno al cellulare, socchiusi gli occhi e serrai la mascella tanto forte che i denti mi fecero male.

Tutti i soldi che ci aveva lasciato mio padre. Tutti i soldi che avevamo guadagnato con i nostri terreni e il negozio. Aveva i documenti in regola per mettere le mani su tutto!

Con uno scatto d'ira diedi una manata al portatile sull'isola e lo scaraventai sul pavimento, dove cadde e si ruppe.

«No!», gridai.

Il mio stomaco si contorceva. Stavo male. Cosa diavolo stava facendo? Sapevo che era stato lui, ma perché?

Mi asciugai le lacrime, la rabbia che pulsava nelle mie vene. Non m'importava. Qualunque cosa stesse tramando e perché lo facesse, non aveva importanza.

Scesi dallo sgabello, facendo scivolare il cellulare nella tasca, afferrai le chiavi che entrando avevo lasciato cadere a terra e corsi fuori dall'appartamento. Non mi curai nemmeno di prendere la borsa prima di chiudere la porta. Entrai come un fulmine nell'ascensore diretta al piano terra.

Non appena le porte si riaprirono, corsi fuori, dritto al bancone. «Il signor Crist è rientrato?».

Il signor Patterson sollevò la testa dal computer e mi guardò. «Mi spiace, signorina Fane, non sono autorizzato a dirglielo», disse. «Vuole lasciargli un messaggio?»

«No», scossi la testa. «Devo sapere subito dove si trova».

Ma lui si accigliò, con aria desolata. «Mi dispiace. Non ho il permesso di darle questa informazione».

Feci un sospiro. Afferrai il cellulare per selezionare l'album fotografico. Cliccai su una foto scattata a maggio, in cui comparivo insieme a Trevor e al signor Crist, e gli mostrai lo schermo.

«Riconosce l'uomo nel mezzo, quello che mi sta abbracciando?», chiesi. «È Evans Crist. Il padre di Michael». Il tono della mia voce era tagliente. «Il *suo* capo. Il *mio* padrino».

Cambiò espressione e vidi che aveva il pomo d'Adamo che si alzava e si abbassava. Non avevo mai giocato prima la carta del "ti-faccio-licenziare", ma in quel momento era tutto quello che avevo. Adesso sapeva che conoscevo i Crist, quindi perché non doveva dirmi dov'era Michael?

«Lui dov'è?», chiesi, infilando il cellulare in tasca.

Si drizzò nelle spalle, chinando la testa senza guardarmi. «È uscito circa un'ora fa», confessò. «Lui e i suoi amici hanno preso un taxi per andare a cena allo Hunter-Bailey».

Schizzai via dal bancone, correndo verso le porte principali.

Svoltai a destra e presi a correre a perdifiato lungo i marciapiedi della città, scartando gli altri pedoni e superando a tutta velocità gli incroci per raggiungere il club per soli uomini a vari isolati dal Delcour.

Avevo il respiro pesante, uno strato di sudore mi bagnava la pancia e la schiena quando finalmente salii a due a due le scale del vecchio edificio di pietra, con le gambe che bruciavano per la corsa.

Avevo smesso di pensare. Di farmi domande e lambiccarmi il cervello. Aveva derubato me e la mia famiglia, avevo il cuore in fiamme.

Vaffanculo, stronzo.

Entrai nell'edificio e mi avvicinai alla reception. «Dov'è Michael Crist?», chiesi.

L'addetto, con il completo nero perfettamente stirato e la cravatta blu notte, raddrizzò le spalle e mi guardò di sottecchi.

«Be', sta cenando al momento, signorina», mi disse e poi vidi che lanciava uno sguardo alla porta di legno a doppio battente alla mia destra. «Posso aiutarla...».

Ma mi ero già allontanata. Marciai verso le porte, senza aspettare che mi cacciassero né che mi dicessero cosa fare.

Afferrai entrambe le maniglie e le girai, spalancando i due battenti.

«Signorina!», esclamò il receptionist. «Signorina! Lei non può entrare!».

Ma non ebbi un attimo di esitazione. Fanculo la loro stupida regola del "Vietato l'ingresso alle donne". Entrai, con il sangue che mi ribolliva nelle vene e il cuore che batteva come un tamburo. Voltai la testa a destra e a sinistra, senza curarmi troppo della stanza gremita di uomini, con i loro completi eleganti, il tintinnio dei bicchieri e il fumo di sigaro sospeso nell'aria sopra le loro teste.

Alla fine mi fermai, dopo aver individuato Michael, Kai, Damon e Will attorno a un tavolo defilato. Piombai nella stanza, oltrepassando gruppi di curiosi e camerieri che portavano i vassoi.

«Scusi, signorina!», mi chiamò uno di loro mentre gli sfrecciavo accanto.

Ma non avevo nessuna intenzione di fermarmi.

Mentre marciavo dritta verso di loro, vidi Michael posare gli occhi su di me, finalmente consapevole della mia presenza. Ma prima che potesse proferire parola, mi chinai per prendere l'orlo della tovaglia e la tirai, facendola piombare a terra insieme a tutti i bicchieri, i piatti e l'argenteria.

«Merda!», gridò Will.

Cadde tutto sul pavimento di legno massello. Kai, Will e Damon saltarono sulle sedie, tentando di evitare il guazzabuglio di cibi e bevande disseminati a destra e a manca.

Lasciai cadere la tovaglia e contrassi la mascella, fissando gli occhi divertiti di Michael mentre mi raddrizzavo e richiedevo la loro attenzione senza giri di parole.

Il chiacchiericcio nella stanza si era smorzato. Sapevo di avere addosso gli occhi di tutti i commensali.

«Signorina?», disse una voce maschile che si stava avvicinando. «Deve andarsene».

Ma io non feci una piega. Fissavo Michael, sfidandolo.

Alla fine guardò l'uomo che avevo accanto e gli fece cenno di andarsene.

Non appena se ne fu andato, mi avvicinai al tavolo, senza curarmi di chi mi avrebbe guardata o sentita.

«Dove sono i miei soldi?», ululai.

«Sul mio conto».

Ma non era stato Michael a rispondere. Guardai Kai, che aveva le labbra increspate in un sorriso.

«E sul mio».

Voltai a testa posando gli occhi su Will e il suo ghignetto stronzo.

«E sul mio», aggiunse Damon.

Scossi la testa, cercando di impedire al corpo di tremare. «Stavolta avete davvero passato il segno», mormorai fra i denti, scioccata.

«Niente affatto», rispose Kai. «Si fa semplicemente quel che si può».

«Perché?», esplosi. «Che cosa vi ho fatto?»

«Se fossi al posto tuo», intervenne Damon, «mi preoccuperei piuttosto di quello che noi faremo a te».

Perché? Perché mi stavano facendo questo?

Michael si inclinò sulla sedia posando le braccia sul tavolo.

«Non hai più una casa», affermò. «I soldi e le proprietà? Liquidati. E dov'è tua madre?».

Spalancai gli occhi. Improvvisamente capii, leggendo nel suo sguardo quello che non diceva a parole.

Mia madre non era sullo yacht. Mi avevano raggirata.

«Oddio», mormorai a mezza voce.

«Adesso appartieni a noi», disse Michael. «Avrai i soldi quando penseremo che tu te li meriti».

Strinsi gli occhi, ingoiando il nodo che avevo in gola. «Non la passerete liscia!».

«E chi ci fermerà?», chiese Damon.

Ma io guardavo Michael, trattavo solo con lui. «Chiamerò tuo padre», minacciai.

Fece una risata, scuotendo la testa mentre si alzava dalla sedia. «Spero che tu lo faccia», rispose. «Vorrei vedere la sua espressione quando scoprirà che la fortuna dei Fane è scomparsa, e Trevor ti avrà», abbassò gli occhi per guardare il mio corpo, «in condizioni tutt'altro che immacolate».

Sentii Will ridere sottovoce, mentre tutti si alzavano aggirando lo scempio sul pavimento.

Michael girò attorno al tavolo e si piazzò di fronte a me. «Abbiamo degli spettatori adesso, e non mi piace». Fece balenare lo sguardo sulla stanza piena di uomini, ancora intenti a fissarci. «Noi torniamo a casa dei miei a Thunder Bay per il fine settimana. Ti aspettiamo lì entro un'ora».

E perché mi fosse chiaro che non era una richiesta, mi lanciò un'occhiata di avvertimento.

Smisi di respirare e lo seguii con lo sguardo mentre attraversava la sala da pranzo, con gli amici al seguito. Nessuno di loro si voltò a guardare.

A Thunder Bay? Sola con loro?

Scossi la testa. *No*. Non potevo. Dovevo chiedere aiuto. Dovevo chiamare qualcuno.

Ma strizzai gli occhi, cercando di respingere le lacrime e passandomi le mani fra i capelli.

Non c'era nessuno. Nessuno a cui potessi rivolgermi.

Chi li avrebbe fermati?

Capitolo 19
Erika

Oggi

Scesi dalla macchina, presi la mazza da baseball dal sedile del passeggero e chiusi la portiera. Avevo il cuore che batteva all'impazzata, ogni millimetro del corpo pervaso dal calore, il sudore che mi imperlava la fronte. Respiravo a fatica.

Non mi succederà niente. Michael e Kai a volte andavano un po' sopra le righe, ma non mi avrebbero fatto del male. *Non mi succederà niente.*

Mia madre era lì dentro, da qualche parte, Dio solo sapeva dove, e questo era l'unico motivo per cui mi trovavo in quella casa.

Quando varcai la soglia, mi accorsi che non c'era nessuna luce accesa, né dentro né fuori. Le finestre erano buie. Mi avvicinai alla porta, entrando nel cono d'ombra degli alberi che eclissavano la luce della luna.

Le mie mani tremavano. Era tutto così buio.

Mia madre. *Non tirarti indietro e non andartene finché non avrai ottenuto delle risposte.*

Se avessi chiamato la polizia, ci sarebbero volute delle settimane per dipanare la matassa e mettersi sulle sue tracce. Era sullo yacht. Non era sullo yacht. Era all'estero, quindi ovviamente sarebbe stato difficile rintracciarla. *Ci dia un po' di tempo, signorina, torni a scuola, lasci tutto nelle nostre mani capaci.*

No.

Girai la maniglia della porta, con tutti i muscoli in tensione, e sentii il nastro adesivo frusciare sulla parte interna del polso.

La mazza da baseball era un'esca. Se mi avessero sottratto l'arma, probabilmente non avrebbero pensato che io ne avessi un'altra. Nascosto sotto la manica, c'era il pugnale di Damasco che

281

mi ero legata al polso poco prima, quando ero tornata al mio appartamento per prendere la macchina.

Mi costrinsi a respirare a fondo e socchiudere la porta, mettendo un piede nella casa buia.

Una mano fredda mi afferrò per il polso e mi trascinò dentro. Gridai, la porta si chiuse dietro di me, mentre mi toglievano di mano la mazza da baseball.

«Sei venuta».

Will. Trattenni il respiro vedendo il suo braccio che si abbassava davanti a me per cingermi il collo e stringermi in una morsa.

«È stata una mossa veramente stupida», mi sussurrò all'orecchio.

Mi lasciò andare spingendomi avanti. Mi girai di scatto, annaspando in cerca d'aria.

Oddio. Indietreggiai subito, per allontanarmi da lui.

Indossava una felpa nera col cappuccio tirato su e una maschera. Ma non era come le maschere che si mettevano di solito. Questa era bianca e non l'avevo mai vista prima.

Mi chinai appena tenendo le mani tese in avanti, pronta per l'attacco successivo.

Will avanzò lentamente verso di me, tenendo la mazza sollevata. «Cosa vuoi fare con questa, eh?». La teneva sul pube e cominciò a strofinarla come se fosse un pene. «Ah, è questo che ti piace, vero?».

Poi allungò il braccio lanciando la mazza sul lato dell'ingresso. Il legno fece un rumore sordo colpendo il pavimento di marmo.

Mi guardava da dietro la maschera e intanto si avvicinava minaccioso.

Indietreggiai. «No».

Ma all'improvviso qualcuno mi afferrò da dietro. Gridai, sentendo due braccia stringermi.

«Forse lui non ce l'ha grosso come quella mazza, ma io sì», minacciò una voce nel mio orecchio.

Damon.

Tutti i muscoli si irrigidirono. Iniziai a dimenarmi, a lottare contro di lui, cercando di tenere l'avambraccio stretto al petto. Non volevo che trovassero il pugnale e non volevo usarlo, a meno di non essere costretta a farlo.

Solo se non avessi avuto la possibilità di scappare, perché non sarei riuscita ad affrontarli tutti insieme.

«Taci, stronzo», esplose Will. «Sarò io a piacere di più a Rika».

Boccheggiavo, facendo brevi respiri affannosi, e avevo gli addominali in fiamme mentre lottavo per liberarmi dalla sua presa. «Vaffanculo e lasciami andare!».

Afferrandomi per il dietro della camicia, Damon mi scagliò lontano, ma io finii dritta nelle braccia di Will.

Will mi raccolse da terra e mi prese il sedere fra le mani, tenendomi stretta a sé. «Farai la brava con me, Rika?», mi provocò. «Oppure vuoi provare prima lui?».

Sollevò la testa dietro di me, indicando Damon, prima di allontanarmi di nuovo con una spinta e passarmi al suo amico.

La stanza girava. «Basta!», gridai. «Lasciatemi!».

Dove diavolo era Michael?

Damon impugnò il colletto della mia camicia e avvicinò la mia faccia alla sua. Sentivo il respiro pesante dietro la maschera bianca, identica a quella di Will. «Io sono stato dentro per più tempo. Dovrebbe provare me per primo», disse a Will, poi guardò alla sua destra, rivolgendosi a qualcun altro. «Tu cosa ne pensi?».

Chi...?

Ma prima che potessi girare la testa per vedere con chi stava parlando, mi passò di mano a un altro uomo con la maschera bianca. Annaspai, andai a sbattere contro il suo petto, il piede nudo intrappolato sotto il suo stivale. Non mi ero accorta di aver perso un sandalo.

«Basta», gemetti, scuotendo la testa.

Ma il terzo uomo mi cinse con un braccio e con l'altra mano impugnò i miei capelli alla base del collo. Gridai. Il cuoio capelluto bruciava.

«Ragazzi», gridò. «Dopo un po' non riuscirà nemmeno a distinguerci».

E poi mi gettò a un altro. Incespicai sul pavimento, tentando in ogni modo di non cadere.

Kai. Come poteva farmi questo?

«Reggila», ordinò quando Will mi prese per il braccio e mi spinse con la schiena contro di sé.

Avevo le gambe e le braccia pesanti, la testa che ondeggiava. Non riuscivo a riprendere fiato a sufficienza.

«Basta!», implorai, lottando per liberarmi dalla stretta di Will.

Kai si chinò davanti a me e, sollevando lo sguardo, cominciò a far correre lentamente le mani sulle mie gambe, attorno alle caviglie poi su fino alle cosce.

«No!», inveii scalciando con quel poco di forza che mi rimaneva.

Ma lui mi afferrò per le caviglie stringendo tanto forte che le ossa mi fecero male. «Devo accertarmi che tu sia pulita», spiegò con un tono di voce insolitamente calmo.

«Mollami», urlai. «Dov'è Michael?».

Piegai la testa a sinistra e a destra, guardai sulle scale e dappertutto, senza riuscire a vederlo.

Ma era lì. Doveva essere lì.

Damon sbirciò da dietro Kai, guardandomi con la testa inclinata, come se fossi un animale che stavano vivisezionando davanti ai suoi occhi. Will mi teneva a filo del suo corpo e strofinava il volto mascherato sul mio collo.

«Hai nascosto qualcosa qui?», chiese Kai, infilando la mano nell'interno coscia.

Ma io scattai in avanti e grugnii: «Vaffanculo!».

Will rise, strinse le dita attorno al mio braccio e, trascinandomi indietro, mi sospinse di nuovo contro il proprio petto.

«Perché non le togli i vestiti e la fai finita?», propose Damon. «Così lo sapremo con certezza».

«Buona idea, perché non ci ho pensato prima?», disse Will dietro di me.

All'istante mi ritrassi, vedendo Kai che si alzava, gli occhi cupi come profonde pozze scure dietro la maschera.

«Prima creiamo l'atmosfera». Prese un telecomando dalla felpa e lo sollevò, premendo un bottone.

Azionò un motore e io ebbi un sussulto; voltai la testa in direzione del rumore, lo stomaco scosso da singulti silenziosi, e vidi le grate di metallo calare su tutte le finestre.Scossi la testa, non sapevo come fermare tutto questo. La luce della luna che filtrava dentro casa andava via via diminuendo, mentre il pavimento diventava sempre più scuro. In breve tempo fu buio pesto. Guardai Kai e Damon sparire davanti ai miei occhi. La stanza era buia come pece. Le mie gambe cominciarono a tremare.

«Perché mi fate questo?», chiesi. «Che cosa volete?»

«Perché ti facciamo questo?», mi fece il verso Will.

E poi si unirono anche gli altri.

«Perché ti facciamo questo?»

«Perché ti facciamo questo?»

«Non lo so. Perché ti *facciamo* questo?», rise Damon.

E poi gridai, quando Will mi scaraventò in avanti, gettandomi fra le braccia di Damon. O almeno, quelle che pensai fossero le sue braccia. Damon si avventò su di me, premendo il corpo contro il mio, palpandomi il sedere con le mani.

Gli piantai le mani sul petto cercando di allungare le braccia e divincolarmi, ansimante, tra grugniti e spasmi.

«Lasciami!», gridai, il volto bruciante di rabbia.

Ma lui si girò e mi lanciò fra un altro paio di braccia. Incespicavo nel buio, stordita, incapace di mantenere l'equilibrio.

L'altro ragazzo mi strinse le braccia attorno. Mi aggrappai alla sua felpa per rimanere in piedi. Un rigurgito acido mi stringeva la gola.

«Perché?», ansimai, cercando di tenere a freno quelle maledette lacrime. «Cosa volete da me?»

«Cosa volete da me?», fece il verso Kai, seguito dagli altri.

«Cosa volete da me?»

«Cosa volete da me?».

E poi fui scagliata di nuovo lontano e un altro paio di braccia mi afferrò.

«Basta!», gridai.

Sollevai il braccio, e subito dopo lo abbassai per colpire quello che mi teneva prigioniera, assestandogli un pugno sul fianco della maschera.

«Oh, ha del fegato!», provocò Will e mi spinse verso qualcun altro.

Le mie gambe molli cedettero. Piangendo, portai le mani nei capelli e ci affondai le dita, le unghie scavavano nel cuoio capelluto graffiando la pelle.

Gettai la testa all'indietro. «Michael!».

«Michael?», chiamò qualcuno facendomi il verso.

E poi qualcuno canticchiò. «Michael, dove seiiii?»

«Mi-chael!», gridò il terzo, e la voce riecheggiò sulle scale e nell'ingresso.

«Probabilmente non verrà».

«Oppure è già qui», scherzò Will.

«Basta!», gridai. «Perché fate così?».

Una testa mi colpì all'orecchio, facendomi sussultare. «Vendetta», disse in un sussurro violento.

«Un piccolo rimborso», aggiunse Will.

«Ci restituisci il tempo perso», concluse Kai.

Le lacrime mi scorrevano lungo le guance. *Di cosa stavano parlando?*

Dov'era Michael?

Ma poi qualcuno mi afferrò per i fianchi da dietro tirandomi a sé e con le braccia mi strinse la vita.

«Appartieni a noi, Rika», mi sospirò all'orecchio. «Ecco cosa succede».

Spalancai gli occhi, mentre un fuoco si diffondeva nel mio stomaco. Mi abbandonai alla disperazione.

Era la voce di Michael. *No.*

«Sei di proprietà dei Cavalieri adesso», sentii dire da Kai. «E se vuoi i soldi per mangiare, devi essere gentile con noi come lo sei stata con Michael lo scorso fine settimana».

«Ha detto che è stata una scopata quasi decente», si intromise Damon, «ma noi ti faremo migliorare».

«Con un po' di esercizio!», si vantò Will, e un divertimento perverso traspariva dalla sua voce.

«Ma non ti piacerà», ringhiò Kai di fianco a me. «Te l'assicuro».

«E se vuoi i soldi per l'università, o per l'affitto», minacciò Damon, «allora dovrai essere particolarmente carina».

Mi piegai in avanti. Mi sentivo male. Volevo lasciarmi cadere.

Ma che cazzo?

«Ehi, cosa faremo quando ci saremo stancati di lei?», chiese Will da un punto imprecisato alla mia destra. «Non possiamo pagarla per non fare niente, vero?»

«Certo che no».

«Forse possiamo passarla a qualcun altro», propose Will. «Abbiamo degli amici».

«Sì, cazzo», si intromise Damon. «A mio padre piacciono giovani».

«Una volta ti passava lui quelle usate», scherzò Kai. «Puoi restituirgli il favore».

Le braccia di Michael si strinsero attorno a me, e io inspirai faticosamente, cercando di contrarre lo stomaco per cacciare indietro il vomito.

Sollevai la fronte, stringendo il manico del pugnale.

«Dài, Rika», ringhiò qualcuno, prendendomi per le braccia.

Mi scagliarono sul pavimento, la mia spalla urtò il marmo duro e io smisi di respirare. Lanciai un urlo.

«Damon!», sentii gridare una voce profonda.

La mia faccia era bagnata, avevo perso entrambe le scarpe, tossivo e sputacchiavo e intanto cercavo di voltarmi per vedere cosa stesse succedendo.

Ma un corpo pesante si abbatté sopra di me, e io brancolai, tentando di allontanarlo a spintoni e di strisciare all'indietro.

Mi aveva in pugno. Premeva la bocca sul mio collo, le mani sotto il sedere, muovendosi sopra di me.

«Sai che doveva succedere fra di noi», ansimò Damon, mordendomi l'orecchio mentre cercava di aprirmi le gambe con l'altra mano. «Apri le gambe, bella».

Gridai con tutto il fiato che avevo in corpo, finché la gola non mi fece male.

Sollevai le braccia, andai dritto verso il pugnale e lo staccai dal braccio. Dopo averlo impugnato, lo portai sul fianco, poi con uno scatto improvviso mi avventai su di lui, affondando l'arma nel suo corpo, dentro il fianco.

«Merda!», ululò, togliendo subito le mani dal mio corpo e scattando all'indietro. «Merda! Vaffanculo! Mi ha pugnalato!».

All'istante mi preparai a fuggire, muovendomi il più velocemente possibile sulle gambe e sulle mani per allontanarmi da loro. La lama mi cadde dalle dita e la maglietta mi scivolò via dalle braccia, lasciandomi solo con la canottiera. Mi voltai e mi alzai.

E cominciai a correre.

Senza guardarmi indietro, senza esitare. Attraversai la casa, entrai nel solarium e spalancai le porte, lanciandomi fuori nella notte. Il cuore batteva in petto tanto forte da farmi male. Sentivo i loro occhi su di me.

Mi precipitai sull'erba, oltrepassai come un fulmine l'ampio giardino e mi fiondai fra gli alberi.

Qualcosa di bagnato mi impregnava la maglietta. Non dovevo abbassare lo sguardo per sapere che era sangue.

Gocce di pioggia caddero sulla mia pelle, i piedi scivolarono sull'erba bagnata. Correndo, caddi in ginocchio un paio di volte. Non avevo idea di dove diavolo stessi andando.

Mia madre era in pericolo e non avevo soldi. A chi avrei potuto rivolgermi?

All'improvviso il capanno del giardino comparve davanti ai miei occhi. Rallentai, sentendo che la disperazione si stava impossessando di ogni parte di me.

Mia madre.

Loro avevano moltissimo denaro e altrettanto potere, avrebbero potuto insabbiare tutto. Stavolta non c'erano video delle loro imprese per farli arrestare.

Non avrei mai trovato mia madre e non avrei mai riavuto tutto quello che mi aveva lasciato mio padre. A Michael non importava nulla di suo padre né di Trevor. Non li avrebbe ascoltati quando alla fine sarebbero tornati a casa e, a quel punto, per mia madre forse sarebbe stato troppo tardi.

Non avevo un posto dove andare. Non c'era nessuno a cui poter chiedere aiuto.

Feci correre le mani sul viso, su e giù, e asciugai e lacrime. Avrei voluto urlare per la rabbia.

Cosa dovevo fare? Cercare un telefono e chiamare Noah? L'unica persona che con ogni probabilità sarei riuscita a raggiungere?

E poi? Dove sarei andata? Come avrei trovato mia madre?

Non c'era nessuno ad aiutarmi.

Non c'era nessuno ad aiutarmi, eccetto me stessa. Le sue parole mi tornarono alla mente: *Non sei una vittima e io non sono il tuo salvatore.*

Mi voltai a guardare la casa alle mie spalle. Lentamente le luci all'interno si stavano accendendo. Erano lì dentro.

E una volta... ero stata una di loro. Una volta avevo corso insieme a loro, ero stata al passo con loro, avevo camminato al loro fianco. Non ero la loro vittima, avevo la loro attenzione. Avevo imparato a combattere.

Ora toccava a me, gliel'avrei fatta pagare, non mi sarei tirata indietro.

Non sarei scappata.

Ero fatta per questo.

Capitolo 20
Michael

Oggi

«Cazzo!», grugnì Damon. «Pensavo che l'avessi controllata tu!».

«Vai in cucina e taci!», abbaiò Kai. «Porca puttana».

Rimasi sul pianerottolo del piano superiore, le braccia incrociate al petto, la maschera bianca posata sul tavolino di fianco a me. Guardavo il grande prato fuori dalla finestra, osservando la casetta di legno nascosta fra gli alberi.

Era lì.

Sapevo che non sarebbe andata lontano. Rika era una ragazza intelligente. Aveva paura ed era in modalità sopravvivenza, ma non era stupida.

Dopo che era scappata, avevamo sollevato Damon dal pavimento e l'avevamo messo su una sedia. Avevo riavvolto gli oscuranti per far entrare di nuovo la luce della luna, poi ero salito al piano superiore per vederla correre.

Era fuggita via, scomparendo fra gli alberi, ma non poteva essersene andata. Laggiù c'erano solo scogliere e poi uno strapiombo affacciato su una spiaggia bagnata dall'oceano Atlantico. Era a piedi nudi, al freddo, sola e senza cellulare.

Cosa avrebbe potuto fare?

E proprio in quel momento, probabilmente se ne stava rendendo conto.

«Vado a prenderla». Kai apparve al mio fianco, ansimante.

Ma io feci segno di no con la testa. «Lasciamola lì. Non ha nessun posto dove andare».

«Sarebbe pazza a tornare qui!», se ne uscì. «Dopo che l'abbiamo terrorizzata in questo modo?»

«Calmati», gli dissi. «La conosco meglio di te».

Con la coda dell'occhio vedevo che scuoteva la testa.

Abbassò la voce, ma era ancora carica di rabbia. «Michael, potrebbe arrivare a un telefono», mi fece notare. «Potrebbe chiamare un amico e alla fine mettersi in contatto con tua madre o tuo padre, per quel che ne sappiamo. I soldi non sono un incentivo sufficiente per renderla docile. L'abbiamo sottovalutata».

Feci un profondo respiro portando le mani dietro la testa, sfilai la felpa e la maglietta e le feci cadere a terra. Uno strato di sudore mi copriva la schiena.

«Se non torna indietro, tenere i soldi dovrebbe essere un incentivo sufficiente per te e gli altri per accettare la sconfitta. Eravamo d'accordo che doveva essere consenziente».

Fissavo fuori dalla finestra, il cuore in gola, il corpo accaldato. *Non tornare indietro, Rika.* Sapevo che non sarebbe potuta scappare lontano, ma volevo che lo facesse. Avevo mandato tutto a puttane. Non era così che doveva andare.

Dovevamo farla nostra. Era quello il piano. Dovevamo farle sentire quello che avevano provato loro quando aveva distrutto le loro vite e ci aveva divisi. Sarebbe stata sola, senza controllo. Dovevamo farla soffrire.

Ma quando Damon era saltato su di lei, nel giro di un secondo ero alle sue spalle per strappargliela dalle mani.

Non potevo farlo. Non potevo permettere che la prendesse.

E poi lei l'aveva pugnalato ed era scappata. L'avevo lasciata andare, pur sapendo che non aveva un posto dove rintanarsi. Sapevo che avrebbe capito di non avere via d'uscita, e così si sarebbe concluso il primo round.

Ma conservavo la flebile speranza che riuscisse a sfuggirci. Che riuscisse a lasciare la proprietà o a nascondersi o a ingegnarsi in qualche altro modo per uscire da questo casino. Ero certo che non mi sarei mai ripreso dalla sua perdita. Lei era mia.

«Tornerà», gli dissi.

«Come fai a esserne sicuro?».

Lo guardai di sottecchi. «Perché non riesce a dire di no a una sfida». Mi voltai per guardare fuori dalla finestra. «Adesso vai a controllare la ferita di Damon».

Esitò per un momento, come se stesse valutando le possibilità, poi uscì.

«Porca puttana!», si lamentò Damon dal piano di sotto e sentii rumore di piatti che si rompevano.

Non mi curai di nascondere un sorrisetto. Non riuscivo a credere che ci avesse nascosto un'arma. Ero contento che le avessimo dato il pugnale in ogni caso.

Chiusi gli occhi e portai la mano sulla sommità della testa. Cosa diamine dovevo fare?

Come li avrei fermati?

Mi voltai e corsi giù per le scale. Quando raggiunsi nell'ingresso, diretto in cucina, notai alcune gocce del sangue di Damon sul pavimento.

«Non credete di aver vinto, venderò cara la pelle!». Il tono squillante risuonò per la casa. Mi fermai, riconoscendo la voce di Rika.

Sembrava carica di elettricità statica e lontana.

«Non ho nessuna intenzione di venire fino a lì per prenderti», sentii Will ringhiare dalla soglia della cucina.

Strinsi i pugni. *La linea interna.* Will l'aveva trovata.

Tutte le stanze della casa, capanno in giardino compreso, erano collegate da una linea interna. Doveva aver avuto la mia stessa intuizione.

Non aveva un altro posto dove scappare.

«Invece sì che lo farai!», ribatté lei, sfidandolo. «Sei lo scagnozzo del gruppo. Vieni a prendermi, cagnolino!».

Non riuscii a trattenere un sorrisetto. *Brava ragazza.*

«Stupida puttanella che non sei altro!», abbaiò Will. Doveva essere fuori di sé: non si spingeva mai fino all'insulto.

Finché non arrivava la goccia che faceva traboccare il vaso.

Ma poi si intromise un'altra voce, fluida e minacciosa. «Vengo io a prenderti», disse Damon. «E rivoglio indietro il mio sangue».

Strinsi i denti.

Entrando in cucina, trovai Kai che apriva e chiudeva gli armadietti, probabilmente per cercare la valigetta per il primo soccorso, mentre Damon si teneva uno strofinaccio sulla parte bassa del fianco sinistro, chino sull'interfono alla parete.

«Te lo faccio uscire dal culo prima che tu possa mettere il naso fuori dalla tana, Rika», l'avvertì. «Non scappare».

E poi si allontanò e buttò a terra lo strofinaccio, mentre Will cominciava ad applicare un'enorme garza sulla ferita.

Non era troppo grave – il sangue che filtrava attraverso la garza era poco – ma era estesa. L'aveva pugnalato per bene.

Will si dava da fare con le mani sporche di sangue, mentre Damon sbatteva le palpebre e prendeva la sigaretta che aveva acceso, per farne un lungo tiro.

«Tu non vai da nessuna parte», gli dissi, entrando e frugando in uno dei cassetti dell'isola, per prendere l'acqua ossigenata.

«Vaffanculo», ribatté Damon.

Scacciò Will e spense la sigaretta nel lavello, poi si girò dall'altra parte e a grandi passi uscì dalla cucina e attraversò il solarium.

Scattai da dietro il bancone e lo aggguantai per il braccio, sbattendolo contro il muro. Tentò di liberarsi dalla stretta, ma io gli misi subito una mano al collo, incollandolo alla parete. Con l'altra mano, premevo la garza sopra la ferita fresca.

«Vaffanculo», gridò, spingendo via le mie mani, ma io avanzai di nuovo. «Mollami!».

«Eravamo d'accordo».

«Tu eri d'accordo!», replicò. «Io voglio aprirla in due!».

Feci una smorfia, ne avevo abbastanza. Nessuno l'avrebbe toccata, a meno che accettasse le nostre condizioni. Erano questi i patti ma, arrivati a quel punto, i patti erano sciolti. Quella cosa non mi stava più bene.

«Non so nemmeno perché sei qui», sibilò, togliendo le mie mani dalla ferita, ma senza dare cenno di volersi muovere. Si girò e disse agli altri ragazzi: «Lui l'ha passata liscia e non ha dovuto pagare. Non ha scontato un solo giorno: perché dovremmo coinvolgere anche lui?».

Lo guardai a gli occhi socchiusi. «Pensi che gli ultimi tre anni siano stati facili?», attaccai. «Sono stato io a farla arrabbiare. Ce l'aveva con me quella sera e voi ne avete pagato lo scotto. Per tre anni sono stato costretto a vederla, giorno dopo giorno... quella stronzetta bugiarda, manipolatrice e vendicativa. Ce l'avevo lì, a mezzo metro da me, tutte le volte che cenavamo insieme, e io sapevo che era tutta colpa mia». Voltai la testa e guardai Kai, poi Will e poi ancora Damon. «Siete i miei fratelli, siete più che una famiglia. Voi ragazzi siete stati dentro e io ne sono colpevole. Abbiamo pagato tutti».

Lo lasciai andare e indietreggiai, vedendo che fissava un punto imprecisato fra di noi con espressione corrucciata.

Sentivo di doverlo a loro.

L'avevo ferita quella sera, respingendola e comportandomi come uno stronzo, e se si era ribellata era colpa mia. Aveva con sé il telefono. Aveva postato i video.

«Will, vai a prenderla», ordinai.

Non mi sarei mai fidato di lasciare Damon solo con lei in quel capanno.

Will mi girò attorno, si avviò verso la porta del solarium, ma li si fermò, guardando oltre il vetro.

«Sta già venendo qui da sola», disse, leggermente sorpreso.

Cosa? Feci un passo di lato e seguii la direzione del suo sguardo oltre la porta.

Cazzo.

La sua sagoma solitaria avanzava lentamente nell'erba, il mento sollevato, le spalle dritte.

«Avevi ragione», commentò Kai di fianco a me, compiaciuto.

Mi voltai per tornare in cucina, mentre loro tre continuavano a tenere gli occhi fissi su di lei.

Afferrai il bordo del bancone e sentii la porta che si apriva. Li vidi restare immobili come statue, mentre lei entrava senza fretta, oltrepassandoli.

Svoltò a destra, fermandosi sulla soglia della cucina, e mi fissò, con uno sguardo truce che riusciva a mascherare bene quel fondo di dolore che vedevo nei suoi occhi.

Aveva i vestiti umidi, il reggiseno bianco si intravedeva sotto la canotta.

«Dov'è mia madre?», chiese.

Damon, Will e Kai la circondarono, sistemandosi in angoli diversi della cucina, e presero a guardarla.

«È per lei che sei tornata indietro?», domandai.

Ovviamente, ci avrebbe affrontato per sua madre. Era su questo che avevamo contato.

«Non ho paura di voi».

Annuii, incrociando le braccia sul petto. «Questo è quello che credi tu».

Osservandola in quel momento, con i capelli punteggiati da cristalli di pioggia, con il sangue di Damon sulle mani e sul tessuto della canotta e l'espressione determinata negli occhi, non avrei potuto esserne più sicuro.

No, non aveva paura. L'aveva accettata. La stava dominando.

Scappa o gioca. Vaffanculo.

«Dov'è?», insisteva.

«Avrai le risposte quando avrai confessato».

«E ti sarai sottomessa», aggiunse Will.

«A cosa?», biascicò, guardandolo con un'espressione feroce.

«A noi». Le girò attorno, fissandola negli occhi. «Tutti noi».

«Il tuo capriccio ci è costato tre anni, Rika», rincarò Kai, mostrando i denti. «E non sono stati facili. Eravamo affamati, in pericolo e infelici».

«E adesso devi provare tu come ci si sente», aggiunse Damon. Poi si appoggiò al muro e, tenendosi il fianco, cominciò a fissarla.

Kai incombeva su di lei. «Imparerai come tacere e abbassare lo sguardo quando entri in una stanza».

«Imparerai come lottare e resistere perché è quello che piace a *me*», ribatté Damon.

«Ma con me», si avvicinò Will, facendola sussultare, «ti piacerà».

Lei scosse la testa. «Capriccio? Quale capriccio? Non so nemmeno di cosa stiate parlando!».

«Tu arrivi quando lo diciamo noi». Damon appoggiò una mano sull'isola, con una smorfia di dolore. «Te ne vai quando lo diciamo noi. E se fai come ti ordiniamo, ripagherai il debito che hai contratto con noi. Tua madre sarà al sicuro e avrai i soldi per vivere. Hai capito?»

«Sei nostra», le disse Kai. «Ce lo devi, e abbiamo già aspettato abbastanza».

«Ve lo devo per cosa?», gridò lei.

«Ti avevamo portata con noi quella sera», attaccò Will. «Ci fidavamo di te!».

«Non fidarti mai di una donna, cazzo», grugnì Damon, ripetendo le parole di suo padre, senza dubbio.

«Neanche io avrei dovuto fidarmi di voi!», ribatté lei. «Perché voi cosa avete fatto a me?».

Faceva balenare lo sguardo fra Damon, Will e Kai. Io mi paralizzai, chiedendomi cosa stesse succedendo.

«Di cosa sta parlando?», chiesi.

Ma Rika mi ignorò, proseguì dritta come un treno.

«Voi siete stati dentro tre anni? Be', non mi dispiace per voi», ringhiò. «Voi avete fatto un casino, ma… sorpresa! Per una volta avete dovuto pagare le conseguenze delle vostre azioni. Non avete mai dovuto confessare niente. Non c'è nessuno a cui dare colpa se non a voi stessi».

«Tu non sai proprio niente!», sbottò Kai, gridandole in faccia.

Scosse la testa, con un sorriso perfido negli occhi. «Ma davvero?», poi lanciò un'occhiataccia a Damon. «Tu sei finito dentro per aver violentato una ragazza minorenne. Winter Ashby, la figlia del sindaco. C'era il video a provarlo. Cosa c'era da spiegare?».

Sbattei a lungo le palpebre, e intanto nella mia mente riaffiorarono i ricordi della mattina in cui i video erano apparsi.

Mi ero svegliato il giorno di Halloween, il giorno dopo la Notte del Diavolo, e avevo scoperto che alcuni dei nostri video erano stati pubblicati online ed erano sotto gli occhi di tutto il mondo.

Per farla breve, questo aveva causato l'arresto dei miei amici.

Innanzitutto, girare quei video era stata una cosa stupida, ma ci eravamo stati sempre attenti. Tenevamo un telefono dedicato alle serate in cui facevamo casino per conservarne un ricordo. Allora pensavamo di essere intoccabili.

Winter Ashby era stata una delle conquiste di Damon. Se l'era portato a letto volentieri la sera prima, ma era minorenne e suo padre era potente come i nostri.

E odiava la famiglia di Damon.

Il che probabilmente spiegava perché Damon l'avesse scelta come preda, tanto per cominciare.

Non c'era possibilità che suo padre lasciasse cadere le accuse. Aveva visto un'opportunità per abbattere un Torrance e l'aveva fatto.

Guardai Damon e la sua espressione neutra mentre la fissava.

«Non c'è niente da spiegare», rispose con calma. «Hai già detto tutto tu. Avevo puntato una ragazzina e non mi ricordo nemmeno che faccia avesse».

Rika socchiuse gli occhi, probabilmente si aspettava una spiegazione più articolata, ma non era nello stile di Damon. Lui non era tipo da perdersi in chiacchiere. Agiva.

Poi si voltò verso Will e Kai, e riprese a parlare: «E voi ragazzi avete picchiato un poliziotto. Quasi a morte. L'hanno trovato sul ciglio della strada».

Un altro video che era venuto fuori.

«Quel poliziotto», sparò Will, avvicinandosi a lei, «era il fratello di Emery Scott. Il fratello... maggiore... violento, e cazzo se volevo pestarlo a sangue».

Aggrottò le sopracciglia. «Emery Scott?»

«Sì», si intromise Kai. «L'avevamo scoperto all'inizio dell'estate e non ce lo siamo fatti scappare, e non importa cosa ne pensi tu. Lo faremmo ancora».

Rika conosceva Emery Scott – era andata a scuola con lei – e doveva ricordarlo. Will le aveva bruciato il gazebo la Notte del Diavolo. La desiderava da tanto tempo, quindi l'aveva infastidita per attirare la sua attenzione, ma quando aveva scoperto che il fratello la picchiava, Will, Damon e Kai avevano deciso di dargli una bella lezione.

E Damon aveva filmato tutto con il telefono.

Purtroppo, in alcuni punti Will e Kai avevano mostrato il volto alla telecamera. Io non c'ero, perché ero stato al ritiro con la squadra di pallacanestro per quasi tutta l'estate.

La mattina dopo la Notte del Diavolo, il risveglio era stato un incubo. I miei profili sui social media erano invasi da messaggi, post... avevano addirittura caricato qualche articolo. In qualche modo, durante la notte i video del nostro telefono erano apparsi online, e chiunque nel raggio di duemila miglia era al corrente delle nostre bravate. O perlomeno, di quelle dei miei amici.

Non era passato molto prima che la polizia si presentasse a casa loro e li ammanettasse. Eravamo riusciti a cavarcela un sacco di volte, ma in quel momento capimmo subito che eravamo arrivati al punto di non ritorno. Damon si era fatto una ragazza importante, Kai e Will erano fottuti. Non si picchia un poliziotto, indipendentemente da tutto.

Damon era stato condannato a trentatré mesi per violenza su minori, mentre Will e Kai avevano patteggiato a ventotto mesi per aggressione.

Eppure... dopo tutto questo... dopo tutte le avventure alle quali avevo preso parte, ne ero uscito senza un graffio.

Non erano stati postati video miei, e anche se ce n'erano, il mio viso non era mai visibile. Avevo sempre tenuto la maschera.

Non ci avevamo messo molto a capire chi avesse caricato i video.

«E tu ci hai gettati nella fossa dei leoni, perché Michael ti aveva ferita quella notte», accusò Kai. «Ma pensavi davvero che non saremmo venuti a cercarti?».

Rika aggrottò le sopracciglia, con aria confusa.

«Essere un sorcio è una cosa», si intromise Will. «Ma tradire le persone che si fidavano di te è imperdonabile».

«Tradire?», sospirò, poi mi guardò, con un punto interrogativo nello sguardo. «Cosa...?».

Ma Will andava avanti a ruota libera. «Dovrai fare ammenda», ordinò. «E se ti rifiuti, forse tireremo fuori tua madre dal buco dove l'abbiamo messa e le faremo prendere il tuo posto. Sono sicuro che sia brava a letto. Ha incastrato tuo padre, dopotutto».

Rika aveva gli occhi in fiamme, e perse la testa.

Con un grido, scattò in avanti, avventandosi su Will. Cominciò a spingerlo all'indietro, a premere le mani contro il suo petto, facendo leva con tutto il corpo, finché lo mandò a sbattere sul sedere.

Merda.

Lui cadde con un tonfo, e io corsi attorno all'isola e la vidi saltargli subito sopra a cavalcioni, tempestandolo di pugni sul viso, mentre lui cercava di allungare le mani per parare i colpi.

«Vaffanculo», gridò, sollevando le braccia e mandandola a terra.

Prima che uno dei due avesse la possibilità di sferrare un altro attacco, mi portai davanti a lei, bloccandoli entrambi, e la feci alzare.

Lei digrignò i denti, furente di rabbia. Cercò di sfuggirmi passando di lato, ma io la fermai, scuotendo la testa.

La fissai e vidi che faceva un passo indietro per allontanarsi da me.

Abbassai lo sguardo e strinsi i pugni.

Non posso farle del male.

Non avrei mai potuto fargliene.

Non mi importava più cosa ci avesse fatto anni prima, o perché l'avesse fatto. Non mi fidavo di lei, ma…

Non potevo farle del male.

Mi voltai a guardare i miei amici, tenendola ferma dietro di me.

«Maledizione!», abbaiò Will, mentre Kai lo aiutava a rimettersi in piedi.

Si strofinò sotto il naso per pulirsi, spostò la mano, poi se la passò ancora un paio di volte nello stesso punto, osservandosi le dita.

Sanguinava e aveva le lacrime agli occhi.

Damon era ancora in piedi vicino all'isola che si girava fra le dita una sigaretta e soffiava una nuvola di fumo.

Will tirò su col naso. Aveva un po' di sangue sopra il labbro. Poi mi si avvicinò: «Spostati».

Ma io rimasi immobile, con la schiena dritta, sostenendo il suo sguardo.

Mi guardò, scuotendo la testa a mo' di avvertimento. «Michael, non farlo».

Vedendo che non mi spostavo, mi girò attorno per raggiungere Rika, ma io appoggiai le mani sul suo petto e lo spinsi indietro.

Potevano anche cercare di uccidermi, ma per arrivare a lei, sarebbero dovuti passare sul mio cadavere.

«Scegli lei?», disse Kai, formulando la domanda come un'accusa. «Dopo tutto quello che ha fatto? Ti fotterà proprio come ha fatto con noi. Anche noi ci fidavamo di lei».

«Vi fidavate di me?», sbottò Rika, girandomi attorno per mettersi di fronte a loro. Sostenendo il loro sguardo disse: «Ero vostra amica? E di solito rapite le amiche contro la loro volontà e le portate nel mezzo del nulla per divertirvi un po'?».

Socchiusi gli occhi, il cuore prese a martellare.

Poi mi voltai a guardare i miei amici. «Di cosa cazzo sta parlando?».

Capitolo 21
Erika

Tre anni prima

Scappai come un fulmine dal magazzino.

Avevo lo stomaco annodato e le lacrime che mi rigavano il viso, disegnando una linea nera lungo la guancia. Ma non mi importava.

Com'era possibile stare così bene un momento e sentirsi una merda solo un attimo dopo?

Corsi giù per le scale, tenendo le braccia al petto per scaldarmi. Lanciai un'occhiata al séparé dov'erano seduti i ragazzi, ma vidi che era vuoto. Dov'erano andati?

Mi avevano lasciata lì da sola?

Cercai di non sentirmi ferita perché anche Kai, Will e persino Damon mi avevano abbandonata. Proprio come Michael.

Avanzai notando che la mia felpa era ancora lì. Strinsi i denti e la presi, sfilandola dal séparé e marciando verso l'ingresso.

«Stronzi», ruggii sottovoce.

Infilai la felpa facendola passare dalla testa, tirai su il cappuccio e misi le mani in tasca.

Mi fermai, sentendo le dita stringersi attorno a un oggetto duro, di forma rettangolare. Lo tirai fuori e vidi che era il telefono che Will aveva portato in giro per tutta la sera. Quello che aveva usato per registrare gli scherzi.

Mi guardai alle spalle, cercando di capire come avessi fatto a prendere il telefono. Ma poi notai che le maniche erano lunghissime e l'orlo mi arrivava alle cosce.

Avevo la felpa sbagliata.

Alzai un sopracciglio, rimettendo il telefono nella tasca, e puntai verso il parcheggio. Will doveva aver preso la mia per errore.

Doveva ritenersi fortunato che non gettassi quel maledetto telefono – con tutti i loro ricordi – nella spazzatura.

Una pioggerella leggera aveva preso il posto della pioggia scrosciante, ma il freddo mi entrava nelle ossa, così pensai di chiamare mia madre perché mi venisse a prendere.

Ma scartai subito l'idea. Non volevo che si preoccupasse perché ero ancora fuori a un'ora così tarda della notte, dal momento che lei pensava che dormissi dai Crist. E poi… non volevo dare spiegazioni a nessuno. Avevo bisogno di camminare e stare sola.

Non era stato mio per un soffio.

Quando mi aveva seguita al piano superiore nel magazzino poco prima, proprio come avevo sperato che facesse, per tutto il tempo non avevo fatto che immaginare le sue mani su di me. Pregavo nella mia testa che lo facesse.

Solo una carezza, e avrei saputo che mi voleva come io volevo lui e che avrei potuto essere felice.

Poi mi aveva posato una mano sul collo e mi aveva attirata a sé, e capii che ero sua. Era fatta. Adesso sapevo, e non c'era modo di tornare indietro. O di fermarsi.

Perché aveva dovuto rovinare tutto?

Nelle catacombe mi aveva detto che voleva quello che non avrebbe dovuto volere. Voleva vivere senza regole e fregarsene delle aspettative degli altri. Invece poi cosa faceva? Cominciava a mettere dei paletti. Si era legato le mani e aveva legato anche le mie.

Aveva lasciato che la paura di suo padre e la minaccia del fratello ci trattenessero, ma il peggio era che voleva imporre a me le stesse restrizioni alle quali lui stava cercando di sottrarsi.

Non volevo pianificare niente. Non era da Michael e non era da me. Volevo l'emozione e il gioco, le tragedie e le lotte, la passione e il desiderio.

Volevo soltanto farmi desiderare e mandarlo fuori di testa, ma non potevo fare niente se lui cercava di pianificare ogni cosa.

Volevo che fosse tutto fuori dal nostro controllo, perché così non avremmo avuto altra scelta che buttarci.

Ma la cosa era durata poco. Si era tirato indietro, si era frenato, aveva imposto delle regole…

302

Delle regole del cazzo? Come poteva? Quelli non eravamo noi. Noi dovevamo fregarcene di cosa pensavano gli altri e non chiedere mai il permesso a nessuno.

E nel giro di sessanta secondi, ero passata dall'essere quella che gli faceva battere il cuore a non essere nulla più che un giocattolino, compiacente e senza importanza. Sapevo maledettamente bene che uno come Michael Crist non resta casto per un anno, aspettando che la sua fidanzatina compia diciotto anni. Sapevo che mi voleva. L'avevo sentito quando si era messo fra le mie gambe.

Ma solo perché lui si impediva di avermi, questo non significava che lui dovesse negarsi del tutto. Non ero così innocente.

L'indomani mi avrebbe ignorata e sarebbe stato tutto come se quella sera non ci fosse mai stata. Sarei diventata invisibile ai suoi occhi e, anche se non avrei avuto motivo, mi sarei sentita in imbarazzo in sua presenza.

Chinai la testa e i capelli fuoriuscirono dal cappuccio. Mentre percorrevo la strada scura, il soffitto nero rifletteva le luce della luna.

Mi mancava già. E lo odiavo.

Un clacson suonò dietro di me. Mi voltai, e il mio cuore fece un balzo mentre indietreggiavo, assicurandomi di essere lontana dalla strada.

Mi bloccai, vedendo la Mercedes classe G di Michael, e aspettai che si fermasse accanto a me.

Guidava Damon.

«Andiamo», mi disse. «Sali. Ti portiamo a casa».

Mi ritrassi, vedendo Kai sul sedile del passeggero con indosso la maschera. Will era sul sedile posteriore, accasciato, e dava l'impressione di uno che sarebbe crollato nel giro di due secondi. Non vidi Michael.

Scossi la testa. «Non è molto lontano. Va bene così».

Mi voltai per continuare a camminare, ma Damon mi richiamò.

«Michael ci ha detto di accertarci che tu arrivassi a casa. Non importa cos'è successo fra voi due, non ti lasciamo andare a piedi. Sali».

Mi fermai, e nell'oscurità più assoluta di fronte a me posai lo sguardo su quella che sapevo sarebbe stata una camminata di quasi dieci chilometri. Allora non mi avevano abbandonata?

La rabbia si placò. Ero ferita nell'orgoglio, ma quella non era una scusa per essere stupidi.

Distolsi lo sguardo – non volevo che ci leggesse riconoscenza – aprii la portiera posteriore e salii al mio solito posto.

Damon diede subito gas, sfrecciando lungo la strada mentre dallo stereo uscivano le note dei *Feed the Fire* dei Combichrist.

Socchiusi gli occhi e guardai Kai: indossava la maschera e aveva il cappuccio tirato. Mi chiesi perché fosse così silenzioso. Lanciai un'occhiata di sbieco a Will e notai che si abbandonava contro il poggiatesta con gli occhi socchiusi. Guardai di nuovo davanti a me, poi alzai lo sguardo e vidi Damon che mi fissava dallo specchietto retrovisore.

«Perché hai la maschera?», chiesi a Kai.

Ma fu Damon a rispondere. «La notte è ancora giovane», rispose in tono canzonatorio.

Ma improvvisamente avvertii nel petto una sensazione di disagio.

Correvamo lungo la strada deserta. Eravamo sempre più vicini a casa, quindi accantonai la preoccupazione. Probabilmente sarebbero andati da qualche altra parte a divertirsi, ma di sicuro mi stavano portando a casa. Damon era inquietante, proprio come sempre. Ero solo nervosa.

«Lo vuoi, non è vero?». Damon fissava la strada. «Michael, intendo».

Rimasi in silenzio, stringendo i denti e continuai a guardare fuori dal finestrino. Damon non era interessato a niente, ma stava giocando con me; anche se voleva solo parlare, non avevo intenzione di confessare agli amici di Michael che figura da cretina avevo appena fatto.

«Merda!», mugugnò Will, e il suo corpo stanco oscillava insieme alla macchina. «Ha così tanta voglia di lui che potrebbe farsi un cancello».

Entrambi ridacchiarono e io socchiusi gli occhi, cercando di tenere a bada la rabbia. Stavano ridendo di me.

«Non fare lo stronzo, dài», scherzò Damon. «Forse è solo eccitata. Punto. Anche le zoccole hanno delle necessità, in fin dei conti».

Will fece una risata, e io mi paralizzai. Aspettavo solo di veder spuntare casa mia. Cosa diavolo stava succedendo? Non si erano comportati in quel modo in presenza di Michael; e perché Kai non si intrometteva come aveva fatto per tutto il giorno ogni volta che Damon passava il segno?

Lo guardai, accomodato nel sedile del passeggero. Era immobile e silenzioso.

«Stiamo solo scherzando con te», biascicò Will. «Lo facciamo sempre anche fra di noi».

Mi voltai, vedendo che mi indirizzava un sorriso pigro prima di chiudere gli occhi.

«Sai, la cosa di Michael...», continuò Damon, inclinando la testa e rilassandosi contro il sedile. «Anche lui ti vuole. Ti guarda. Lo sapevi?». Mi guardò nello specchietto retrovisore. «Ragazzi, la faccia che faceva mentre ti guardava ballare stasera».

Ma io non stavo più prestando attenzione. Reagii a scoppio ritardato, poi raddrizzai le spalle, continuando a fissare fuori dal finestrino con gli occhi spalancati.

Cosa diavolo stava succedendo? Le lanterne e il cancello di casa mia ci sfrecciarono accanto. Scossi la testa, con il terrore che mi annodava lo stomaco. Avevano oltrepassato casa mia.

«Sì», continuò Damon. «Non fa mai quella faccia per una ragazza. L'ho visto pericolosamente vicino a portarti a casa e farti perdere la verginità».

Avevo il fiato corto. «Kai?», azzardai, ignorando Damon. «Casa mia era più indietro. Cosa sta succedendo?»

«Vuoi sapere perché non ti ha portata a casa?», si intromise Damon, continuando il suo monologo.

E poi chiuse le sicure e io trattenni un respiro, afferrando la maniglia. Lanciai un'occhiata a Will, che aveva la testa ciondolante come un peso morto sul collo. Si era addormentato.

«Non gli piacciono le vergini», terminò Damon. «Non ha mai voluto essere così importante per qualcuno, ed è molto meno complicato sbattersi le persone che sanno che c'è una differenza fra sesso e amore».

«Dove stiamo andando?», chiesi.

Ma lui ignorò la domanda. «Hai visto la ragazza alla vecchia chiesa oggi», rifletteva. «Ti piaceva, non è vero?».

Respirai a fondo. Avevo ormai la gola secca quando svoltò in un oscuro vicolo sterrato.

«Avresti voluto essere al suo posto», dichiarò. «Sbattuta sul pavimento e scopata…».

Gli occhi mi bruciavano, respiravo a fatica, e il mio cuore batteva all'impazzata.

«E sai perché?», continuò. «Perché fa stare bene, e noi ti faremo stare altrettanto bene se ce lo permetti».

Posai lo sguardo su Kai, non riuscivo a smettere di tremare. Perché era così tranquillo?

Non avrebbe permesso che succedesse. *Ti prego.*

«Sai», proseguì Damon, «se i ragazzi lasciano entrare una femmina nel gruppo, ci sono due modi per iniziarla».

Fermò l'auto e guardai fuori dal parabrezza, vedendo i fari che illuminavano gli alberi davanti a noi. Non c'erano altre luci, non c'era niente là fuori. Era buio e isolato.

«O la menano», chiuse la macchina, spense i fari e inchiodò i suoi occhi ai miei nello specchietto retrovisore. «O se la scopano».

Scossi rapidamente la testa, stringendo i pugni. «Voglio andare a casa».

Lui inspirò fra i denti. «Quella non è una delle possibilità, mostriciattolo».

E poi lui e Kai, insieme, si voltarono a fissarmi con gli occhi scuri.

No.

Afferrai la maniglia e cominciai a tirare più e più volte, senza riuscire a smettere di tremare.

Cosa stavano facendo?

«Possiamo prendere quello che vogliamo da te», avvertì Damon, aprendo la portiera. «Uno dopo l'altro, nessuno ti crederebbe, Rika».

Detto questo, scese dall'auto. Dal finestrino vidi che si avvicinava alla mia portiera.

La aprì e io mi ritrassi, gridando, ma lui riuscì a tirarmi fuori.

Con un tonfo chiuse la portiera, mi spinse contro l'auto e premette il suo corpo contro il mio. Sollevai le mani, cercando di colpirlo, ma lui mi afferrò per i polsi tenendo le mia braccia bloccate lungo i fianchi.

«Noi siamo intoccabili», disse sommessamente. «Possiamo fare quello che vogliamo».

Respirai talmente in fretta che mi venne il mal di stomaco. Damon mi premeva addosso con troppa forza, a malapena riuscivo a respirare.

Kai, che era appena sceso dall'auto, arrivò alle spalle di Damon. Mi guardò da dietro la maschera d'argento.

«Kai, ti prego». Implorai il suo aiuto.

Ma lui restò lì in silenzio.

«Non ti aiuterà», intervenne Damon minaccioso.

E a quel punto spinse le mie mani sopra la mia testa, bloccandole all'auto. Lanciai un urlo.

Si avvicinò a me, sussurrandomi contro la fronte: «Ti farò stare benissimo». Poi appoggiò una mano sul mio sedere e, strizzandolo, mi attirò verso il suo cazzo. «Sai che hai voglia di farci un giro».

«Damon», dissi, allontanando la testa di lato, «portami a casa. So che non vuoi farmi del male».

«Ah, davvero?». Era a un millimetro dal mio viso, le sue labbra sfioravano la mia guancia. «Allora perché hai sempre avuto paura di me?».

Rimasi zitta, sapendo di non potergli dare torto. Ogni volta che vedevo Damon percorrere il corridoio a scuola, cambiavo strada. L'unica volta che mi ero ritrovata sola con lui in cucina quando avevo quattordici anni, me l'ero data subito a gambe.

Non gli avevo mai parlato prima di quel giorno, e a quanto pare avevo fatto bene a mantenere le distanze. Ci avrebbe messo meno di un minuto ad avere la meglio su di me quel pomeriggio alla cattedrale.

Ma avevo continuato a tenere viva una speranza.

Per un breve istante quella sera, dopo che avevo infranto il vetro della gioielleria e Damon mi aveva rivolto un piccolo "grazie", avevo pensato che potesse vedermi con occhi diversi. Forse che potesse rispettarmi un po'.

Teneva i miei polsi bloccati, senza smettere di toccarmi il sedere. A un tratto mi baciò la guancia scendendo fino all'orecchio.

«Damon, no!», gridai scuotendo la testa. La paura serpeggiava dentro di me mentre mi contorcevo per sfuggire alla sua presa. «Lasciami andare!».

Posò le labbra sulle mie, premendo contro i miei denti. Il suo corpo schifoso era dappertutto. Non riuscivo a spezzare la sua morsa e respiravo a stento.

Continuai a divincolarmi gridando: «Aiuto!».

«Lui non ti vuole», sussurrò Damon, ignorando le mie proteste. Poi portò una mano sul mio seno, palpandolo con rudezza. «Noi invece sì, Rika. Noi ti vogliamo da morire. Stare con noi sarà come ricevere un assegno in bianco, bella. Puoi avere tutto quello che vuoi». E poi mi morse il labbro inferiore. «Dài».

Voltai la testa di lato per allontanarmi da lui. «Non ti vorrò mai!», ringhiai.

Ma lui mi afferrò per la felpa lanciandomi fra le braccia di Kai, e io restai a bocca spalancata.

«Kai», ansimai. Il mio cuore galoppava mentre, stringendo la sua felpa nel pugno, lo fissavo nelle cavità scure degli occhi.

Cosa stava facendo? Perché non mi dava una mano?

«Allora forse vuoi lui», sentii dire a Damon.

Le braccia di Kai si strinsero attorno a me e io sollevai le braccia per allontanarmi.

«Basta!», gridai e presi a tirare la sua maschera.

Ma non sentii altro che una risata mentre mi faceva girare e mi spingeva avanti, buttandomi a terra.

Atterrai sulle mani.

Una scarica di dolore mi percorse le braccia. Sollevai rapidamente lo sguardo e vidi il cellulare che era nella tasca di Will – nella mia tasca – a qualche metro di distanza. Dovevo averlo fatto cadere quando ero atterrata.

Le foglie umide e fredde facevano capolino tra le mie dita quando le affondai nella terra bagnata. Le mie ginocchia erano gelate a contatto col suolo. Mi voltai rapidamente, cercando di non perderli di vista. Poi lentamente indietreggiai, come un gambero, per raggiungere il telefono.

Kai e Damon erano a pochi metri di distanza e mi stavano guardando. Fu allora che vidi Kai precipitarsi verso di me con uno slancio. Gridai, allungando le mani nel tentativo di prendere il cellulare.

Ma lui planò sopra di me, e io gemetti, i polmoni che si svuotavano sotto il peso del suo corpo. Rimasi senza fiato.

«Pensi di potermi fare del male, puttanella?», mi sussurrò all'orecchio.

«Lasciami!», gridai.

Mi afferrò per i capelli, impugnandoli dalla nuca, e richiamò Damon. «Tienile ferme le braccia!».

«No!», gridai. Tutto il mio corpo era scosso dal tremore e dai gemiti. Il panico mi assalì, ero disperata. Cominciai a spingere e contorcermi contro di lui. «Levati!».

Kai sollevò le mie braccia per spingerle sopra la mia testa, tenendo le mie mani bloccate a terra.

Oddio, come può farmi questo?

Allungò l'altra mano e mi afferrò per il collo, in modo da riuscire a tenermi ferma. Il mio viso era rigato di lacrime.

Ma poi una voce tonante trafisse l'aria. «Basta così».

Kai si immobilizzò e voltò la testa.

Continuai a dimenarmi sotto il suo peso, ma riuscii a sbirciare da sotto il suo braccio per sapere chi l'avesse fermato.

Damon se ne stava lì dietro, con i pugni stretti ai fianchi e gli occhi socchiusi. Si fece avanti, togliendomi di dosso Kai e allontanandolo, poi si chinò e mi tirò su prendendomi per la felpa. «Smetti di frignare», ordinò. «Non volevamo farti del male, ma adesso sai che ne saremmo capaci».

Mi afferrò per i capelli dalla nuca e io gemetti. Poi mi tiro a sé, e il suo respiro caldo mi accarezzò il viso. «Michael non ti vuole e nemmeno noi ti vogliamo. Hai capito? Voglio che tu smetta di guardarci e smetta di seguirci come un patetico cagnolino che aspetta che qualcuno lo noti». E poi mi allontanò con una spinta, sul suo volto si leggeva disprezzo. «Fatti una cazzo di vita, Rika, e stai alla larga da noi. Nessuno ti vuole».

Indietreggiai, guardando sia lui sia Kai e chiedendomi perché si stessero comportando così.

Un patetico cagnolino. Era così che mi vedeva Michael?

Avevo le lacrime agli occhi, ma prima di dare loro la soddisfazione di vedermi crollare, girai sui tacchi e corsi via. Nel bosco, verso casa, il più lontano possibile da loro.

Diedi libero sfogo al dolore che avevo provato nelle ultime due ore. Il mondo attorno a me quasi non esisteva mentre, singhiozzando disperata, percorrevo la strada verso casa.

Sola, così nessuno avrebbe potuto vedermi.

Capitolo 22
Erika

Oggi

«**S**ta mentendo».

Guardai Kai, che mi fissava a occhi socchiusi.

Michael rimase con le braccia incrociate sul petto, un'espressione indecifrabile sul volto.

«Kai era con me», affermò. «Mi ha raggiunto a casa mia, è arrivato subito dopo di me, e ci siamo ubriacati guardando delle partite registrate per tutto il resto della notte. Non avrebbe avuto il tempo di andare a infrattarsi con te in quel cazzo di bosco».

Scossi la testa. «No. Non è vero. Lui c'era!».

«Si sta inventando tutto per salvarsi il culo», si intromise Damon, avvicinandosi agli amici.

«E io di certo non mi ricordo niente», aggiunse Will. «Ricordo il magazzino e poi niente. Ero ubriaco marcio».

Michael distolse lo sguardo, scuotendo la testa, quasi fosse dispiaciuto. «Ammettilo e basta. Hai divulgato i video, e noi lo sappiamo».

Il cuore mi martellava nel petto. «Cosa? Divulgato i video? Voi pensate...», mi bloccai, fissando il vuoto davanti a me.

Ci fidavamo di te...

Il tuo capriccio ci è costato tre anni...

Ce lo devi, e ci è voluto tanto tempo per arrivare...

Chiusi gli occhi, mi sentii soffocare. Per tutto il tempo avevano pensato...

Li guardai ancora. «Voi pensate che sia stata io a postare i video che vi hanno fatti arrestare? È per questo che mi state trattando così?».

Oh, mio Dio!

Michael reagì afferrandomi per i capelli dalla nuca. Feci un gridolino, mentre un velo di sudore mi imperlava la fronte.

«Ce l'avevi tu il telefono di Will», accusò.

Ma io scossi il capo. «Non ce l'avevo io! Non avrei mai fatto una cosa del genere».

«Invece ce l'avevi tu il telefono, perché avevi tu la felpa di Will», dedusse lui. «Damon te l'ha vista addosso. Ammettilo!».

«Sì!», biascicai. «Sì, ce l'avevo io, ma mi è caduto dalla tasca quando cercavo di difendermi da loro!».

«Tu non stavi lottando contro di loro», ringhiò, la voce che mi feriva le orecchie. «Smetti di dire bugie!».

«Lo giuro!».

Mi scagliò lontano da sé, e io affondai le dita nei palmi. Tutto questo non aveva senso.

«Sei già in trappola», disse Will. «Michael dice che Kai era con lui. È per questo che sappiamo che ti stai inventando tutto. Lui non era nemmeno lì».

Picchiai i pugni. «Ma lui c'era! C'eravate tutti, tranne Michael! Tu eri andato in macchina, Damon mi stava minacciando e Kai mi ha afferrata, quando l'ho colpito si è solo messo a ridere e ha detto: "Non puoi farmi male. C'è sempre il diavolo a coprirmi le spalle!". C'eravate tutti, e quando sono caduta a terra ho perso il telefono!».

«"C'è sempre il diavolo a coprirmi le spalle?"», ripeté Kai, che sembrava cadere dalle nuvole. «Di sicuro non l'ho detto. Non ho mai sentito questa frase prima d'ora!».

Scossi la testa, chiudendo gli occhi, disperata. «Invece io sì». Rimasero tutti paralizzati, prima di voltarsi a guardare Michael.

«Mio padre», disse quasi sussurrando, evidentemente a disagio. «Lo dice sempre».

Il calore si diffuse sul mio corpo esausto. Mi costrinsi a fare dei respiri profondi, poi vidi Michael lanciare un'occhiata torva a Kai.

«Trevor», disse a bassa voce.

Lo sguardo di Kai si indurì e Will si avvicinò per capire cosa stesse succedendo.

Trevor?

Ripensai a quella sera. Trevor con la maschera di Kai. Avrebbe mai potuto farlo?

Michael si voltò e vidi che si stava scambiando un'occhiata con Damon.

«Cosa?», ribatté quello.

«Will era ubriaco fradicio», arguì Michael. «Ma tu no. Tu l'hai portata in culo ai lupi anziché diritta a casa, e tu sapevi che dietro quella maschera c'era Trevor».

Damon espulse il fumo della sua sigaretta e la spense sfregandola sul piano dell'isola. «Stai dalla sua parte adesso?»

«Sei tu quello che mi sta mentendo», rispose Michael.

Damon scosse la testa e i suoi amici si voltarono a guardarlo. «Non cambia niente».

Tutti rimasero in attesa, mentre lui se ne stava lì fermo; lo fissai, completamente attonita. Damon non aveva mai finto di essermi amico.

Non sentivo niente.

Ma Trevor...?

Lui mi aveva trattata come una stupida. Ecco perché sussurrava quella sera. Perché non riconoscessi la sua voce.

Pensi di potermi fare del male, puttanella?

In tutti quegli anni non me n'ero accorta. Come doveva essersi divertito.

Damon socchiuse gli occhi, sembrava seccato. «Kai è andato via quasi subito dopo di te quella sera», disse a Michael. «E a quel punto è arrivato Trevor. Stava cercando Rika ed era a pezzi. Qualcuno gli aveva detto che era con noi, così era venuto a prenderla».

Mi voltai e mi misi accanto a Kai.

«Abbiamo scambiato due parole», continuò Damon, «ma poi ho capito che potevamo darci una mano a vicenda. Lui voleva che Rika stesse alla larga da noi, e anche io volevo la stessa cosa. Così abbiamo deciso di strapazzarla un pochino».

«Che problema avevi con me?», gli chiesi.

«Non avevi niente a che fare con noi», mi inchiodò con un'occhiata. «Le donne incasinano sempre tutto. Michael non riusciva

313

a toglierti gli occhi di dosso e anche Kai stava cominciando a notarti».

Kai di fianco a me raddrizzò la schiena, poi spostò il peso da un piede all'altro, a disagio.

«Era solo questione di tempo prima che ci dividessi», sibilò Damon. «Sei una figa da scopare e nient'altro».

Michael si scagliò in avanti. Si avventò su Damon e gli assestò un pugno in faccia, facendolo cadere all'indietro e mandandolo a schiantarsi contro i fornelli.

Lui, però, non diede segno di voler restituire il pugno. Rimase lì fermo, a sbattere le palpebre e respirare velocemente. Forse la ferita gli faceva troppo male, o forse era consapevole di essere in minoranza.

Deglutì e si rimise in piedi, continuando come se niente fosse successo: «Siamo andati alla tua macchina e abbiamo preso le maschere. Se pensava che fossimo io, Kai e Will insieme, se la sarebbe fatta sotto per la paura e non ci avrebbe più dato fastidio. Will era ubriaco fradicio, quindi l'abbiamo caricato in macchina e siamo tornati a prenderla, ma lei se n'era già andata. L'abbiamo raggiunta lungo la strada».

«E avete lasciato la mia felpa nel séparé», si intromise Will. «Insieme al telefono».

«Che io ho trovato e che avevo in tasca mentre tornavo a casa», aggiunsi.

Cristo.

«E poi Trevor ha trovato il telefono quando lei l'ha perso nella colluttazione», finì Kai.

«Così dice lei», ribatté Damon. «Non possiamo fidarci di lei».

«Mi fido molto più di lei che di te!», tuonò Michael.

«Sì, bell'amico del cazzo», ruggì Damon. «È una stronza che non vale niente, e ti farò vedere l'unica cosa per cui è buona».

Damon aggirò l'isola e andò a mettersi di fianco a Michael. Mentre mi veniva incontro, istintivamente mi ritrassi, irrigidendo la mascella, ma Michael lo agguantò mandandolo a sbattere di nuovo contro il bancone della cucina.

Damon ululò, portando la mano alla ferita, ma prima che potesse risollevarsi, Michael gli assestò un gancio destro dritto in faccia, e lui volò sul pavimento. Non appena toccò terra, Michael gli si avventò contro, lo afferrò per i capelli agitando il pugno in aria.

«Stai scegliendo lei?», chiese Damon con voce strozzata, sollevando la mano per prendere il collo di Michael. «Eh? Preferisci credere a lei anziché ai tuoi amici?».

Il pugno di Michael si abbatté sulla mascella di Damon, ma a quel punto Kai e Will si avventarono su di loro per cercare di separarli, mentre Damon tentava con ogni mezzo di respingerli.

Damon avvampò gridando a Michael: «Non sei meglio di noi! Perché l'abbiamo portata qui, eh? Lei non vale un cazzo! E ti sta rendendo debole!».

Michael si preparò a colpirlo di nuovo, liberandosi dalla presa di Will e Kai, ma io non rimasi a vedere cosa sarebbe successo dopo.

Corsi fuori dalla cucina e sfrecciai verso l'ingresso, andando a sbattere contro la parete di fianco alla porta. Aprii il tastierino e digitai il codice per aprire il cancello principale. Presi le chiavi dalla tasca, raggiunsi il portone principale e girai la maniglia. Ma a quel punto qualcosa colpì la porta e rimasi a bocca aperta quando il battente scivolò dalle mie mani e si richiuse.

Tolsi di scatto la mano e restai a guardare il pallone da pallacanestro che aveva colpito la porta rimbalzare sul pavimento e rotolare via.

«Tu non te ne vai», disse Michael alle mie spalle.

Cercai nuovamente di raggiungere la porta, ma lui si avvicinò e mi prese per il braccio, facendomi fare un giro su me stessa.

«Lasciami andare». Cercai di sfilare il braccio dalla sua presa. «Non voglio stare qui!».

«Non ti faremo del male», disse tra i denti. Vidi del sangue sulle nocche della mano che mi teneva stretta. «Nessuno ti farà del male. Te lo giuro».

«Lasciami andare!».

Ma quando vidi, da sopra la sua spalla, quello che stava per capitargli, raddrizzai la schiena e arretrai.

Michael si voltò e si ritrovò faccia a faccia con Damon, che marciava nella nostra direzione ripulendo la bocca dal sangue.

«Vai fuori», ordinò Michael.

Damon lo guardò di sottecchi, poi prese a fissare me, infine afferrò la maniglia mentre Michael mi faceva spostare di lato perché non intralciassi la sua traiettoria.

I suoi occhi mi fissavano, e quello che vi lessi non fu più il vuoto. Il suo sguardo mi trapassò da parte a parte avvolgendosi attorno al mio collo come un serpente.

Spalancò la porta, uscì e la chiuse sbattendola.

Feci un sospiro, le spalle mi ricaddero in avanti.

Ma poi una mano mi accarezzò la guancia e sentii la voce di Michael chiedere: «Stai bene?».

Mi scansai, allontanando con forza la sua mano. «Vaffanculo».

Lasciò cadere la mano e si raddrizzò, mantenendo le distanze. Sapeva di essersi ficcato in un bel guaio. Quello che avevano fatto quella sera era imperdonabile.

«Maledetto Trevor», mugugnò Will, marciando verso l'ingresso. «Roba da non crederci».

«Ci ha sempre odiati», aggiunse Kai, arrivandogli alle spalle.

Michael fece un sospiro e si voltò. Si avvicinò alle scale, poi si sedette e affondò la testa fra le mani. Sembrava l'immagine stessa della sconfitta.

Sì, dev'essere dura capire che hai buttato via tre anni della tua vita odiando la persona sbagliata.

Tutto il mio corpo era percorso dai brividi, e il calore che avevo sentito prima era sparito. I vestiti impregnati di sudore si appiccicavano alla mia pelle.

Tremavo.

Per tutti quegli anni, avevo pensato di essere insignificante per lui. Una bambina sciocca, con cui non valeva la pena che sprecasse il suo tempo. Un errore che aveva fatto una sera di tanto tempo prima, un ricordo ormai sbiadito. Ma adesso sapevo che non solo non era vero, ma che per tre lunghi anni aveva architettato un piano per farmi del male.

E avrebbe permesso anche ai suoi amici di farmi del male.

Con le lacrime agli occhi digrignai i denti, contraendo la mascella per ricacciarle indietro. Non me lo meritavo, cazzo.

Andai lentamente verso Michael e gli chiesi: «Mia madre dov'è?».

316

Si passò le dita fra i capelli e sollevò gli occhi stanchi. «In California», rispose. «È a disintossicarsi a Malibù».

«Cosa?», mi sfuggì dalle labbra.

A disintossicarsi? Mia madre non sarebbe mai stata d'accordo. Non avrebbe mai rinunciato alla sicurezza della sua casa o degli amici. Non avrebbe lasciato quello che le era familiare.

«Ho fatto firmare un'ordinanza a un giudice per costringerla a restare là», spiegò come se mi avesse letto nel pensiero.

Mi avvicinai appena, guardandolo con gli occhi socchiusi. «L'hai costretta?»

«È quello che avrebbero dovuto fare tutti già da tempo», argomentò in tono deciso. «Sta bene. È perfettamente al sicuro, con gente in gamba che si prende cura di lei».

Voltai la testa e chiusi gli occhi, facendo correre una mano tra i capelli.

A disintossicarsi. Allora non le stavano facendo del male. Ma…

Ma se Michael voleva farmi del male – se pensava che l'avessi tradito – perché avrebbe dovuto fare qualcosa che in fin dei conti era d'aiuto a mia madre? Perché non chiuderla in uno scantinato da qualche parte come avevo creduto io?

Incrociai le braccia sul petto. «Perché non sono riuscita a mettermi in contatto con nessuno?».

A quel punto capii perché non riuscivo a parlare con mia madre. Probabilmente non le lasciavano usare il telefono laggiù. Ma che dire della madre di Michael, del cellulare di suo padre, di Trevor, della nostra domestica che era fuori città…

«Perché in realtà non chiamavi nessuno», ammise Michael, guardandomi con espressione incolore. «Alla festa di Trevor, Will è entrato nella tua macchina, ha preso il tuo telefono e ha sostituito i loro numeri con un numero finto. Hai chiamato un telefono falso che avevamo noi».

Strinsi i pugni sotto le braccia incrociate e abbassai lo sguardo. La rabbia mi ribolliva nelle vene. Non riuscivo a guardarlo, tanto ero incazzata.

Come aveva potuto succedere tutto questo? Perché non mi avevano chiesto chiarimenti prima?

«Eravamo assolutamente sicuri che fosse colpa tua», si intromise Will. «Mi sono svegliato, ho visto i video online e sono andato nel panico, ho capito di aver lasciato il cellulare nella felpa al magazzino».

Quasi non riusciva a guardarmi.

«E poi Michael ha visto la felpa appesa a una sedia della cucina la mattina dopo e alla fine, grazie a Damon, abbiamo capito che l'avevi portata a casa tu. Tu eri arrabbiata con Michael e ti sentivi rifiutata, allora noi... abbiamo solo...».

Lasciò la frase in sospeso, non c'era bisogno di aggiungere altro.

Fissai Michael. *Per tutto questo tempo.* In tutti quegli anni avremmo potuto chiarire ogni cosa...

Ma forse lui era fatto così. Andava dritto per la sua strada, incurante delle persone che feriva, credendo sempre di essere nel giusto, senza mai chiedere scusa. Se non altro vidi del rammarico negli occhi di Kai e Will.

Con Michael, niente. Più errori faceva, più andava in giro a testa alta, in modo che nessuno potesse prenderlo in castagna. Così nessuno vedeva nient'altro che lui.

Scossi la testa. Gli occhi mi bruciavano mentre lo guardavo. *Dimmi qualcosa!*

Come faceva a starsene seduto e basta dopo tutto quello che avevamo...?

Mi ero fidata di lui – gli avevo permesso di conoscere delle parti di me che non avevo mai nemmeno lasciato intravedere a nessun altro – e questo era quello che gli era passato per la testa ogni volta che mi aveva sussurrato all'orecchio o mi aveva toccata o baciata o...?

Strinsi i pugni così forte da affondare le unghie nella carne.

«Voglio andarmene», gli dissi, con le lacrime che mi serravano la gola.

«No».

«Voglio andarmene», ripetei, più decisa.

«Non puoi», scosse la testa. «Non ho idea di dove sia Damon. Torneremo tutti in città domani».

Strinsi i denti con forza. *Maledizione a loro.*

Gli girai attorno come una furia, poi salii le scale diretta alla mia camera. Non sopportavo di vedere nessuno di loro.

«Quindi cosa dobbiamo fare adesso?», sentii Kai chiedere alle mie spalle.

«Andiamo a sballarci», disse Will fra i denti.

Corsi nella mia stanza, chiusi la porta a chiave e sistemai una sedia sotto la maniglia.

Capitolo 23
Erika

Oggi

Non avevo nessuna intenzione di restare. Non mi importava come si fossero svolti i fatti o cosa loro avessero da dire. Rivolevo indietro la mia vita.

E se mai avessi pensato di essere in pericolo nel mio appartamento, c'era Alex al sedicesimo piano, quindi avrei potuto accamparmi sul suo divano per un paio di notti. Non ero al sicuro a casa mia. E lo sapevo.

Ma mentre ero china sul lavandino del bagno, il petto scosso dalle lacrime che non volevano scendere, sollevai gli occhi e mi guardai nello specchio.

Avevo la canotta appiccicata al corpo, bagnata, sporca e punteggiata di chiazze di sangue, quello di Damon, i capelli ricadevano come lacci freddi sulle guance, i jeans umidi aderivano alle cosce, facendomi gelare fino al midollo. Strinsi le dita al lavandino e sentii il sangue di Damon raggrumarsi sotto le unghie, insinuarsi sempre più a fondo, fino a diventare l'unica cosa di cui ero consapevole.

Chiusi gli occhi, mentre il mio cuore riprendeva a galoppare.

Mi ero difesa. L'avevo ferito.

E non ero scappata. Non come nel bosco, tre anni prima.

Avere paura non era una debolezza. Ma permetterle di farmi piegare la testa e di zittire la mia voce, sì. La paura non era il nemico. Era il maestro.

Odiavo Michael. Il giorno dopo mi sarei fatta restituire tutto quanto, poi me ne sarei andata. Niente più Delcour, niente più Meridian City, e niente più Thunder Bay. Non vedevo l'ora di andarmene da tutte le cose che mi avevano ferita.

Tremavo, scossa da brividi freddi, con i muscoli esausti, spossati da tutto quello che era successo quella notte. Non riuscivo a pensare. Rimasi lì in piedi. Con calma mi tolsi la canotta sfilandola da sopra la testa, poi, uno alla volta, tutti gli altri vestiti, lasciandoli cadere sul pavimento. Poi accesi l'acqua della doccia.

Solo qualche minuto.

Entrai e mi sedetti sul pavimento color sabbia della doccia, sotto il getto caldo. Quel piccolo nido si riempì di vapore, i capelli si inzupparono all'istante e ricaddero lungo la schiena quando sollevai il mento lasciando che l'acqua calda mi bagnasse la faccia.

Un piacevole formicolio si propagò su tutto il corpo, mentre il cuore cominciava a calmarsi. Strinsi le gambe al petto e sentii che le mie membra riacquistavano calore un po' alla volta.

Michael.

Era stato lui a organizzare tutto. Era lui il responsabile. Mi aveva ordinato lui di raggiungerli lì e io, per amore di mia madre, ci ero andata.

Mi aveva intrappolata, ricattata, e aveva aizzato i suoi amici contro di me.

Lo odiavo.

Mi strofinai con vigore, mi lavai i capelli e il corpo, poi usai una lima per togliermi dalle unghie il sangue di Damon. Uscita dalla doccia, mi vestii e controllai ancora la porta della mia camera, per accertarmi che fosse sempre ben chiusa prima di asciugarmi i capelli.

Ma non appena ebbi finito e spento l'asciugacapelli, percepii una vibrazione sotto i piedi.

Rizzai le orecchie, sentendo un battito indistinguibile che proveniva dal piano inferiore.

Che fosse musica?

Posai l'asciugacapelli e andai verso la porta. Appoggiai l'orecchio e sentii un suono ritmico, veloce e breve, poi alcuni ululati.

Cosa diavolo stanno facendo?

Lanciai la spazzola sul comò, tirai via la sedia da sotto la maniglia e spalancai la porta.

La musica ad alto volume mi colpì immediatamente. Sentii anche delle voci e delle risate.

Molte voci e risate.

Lasciando la porta aperta, corsi alla finestra e guardai il vialetto fuori casa.

C'erano automobili in ogni angolo.

«Non ci credo», mi dissi.

Mi voltai e marciai fuori dalla mia camera e giù per le scale, guardandomi attorno in mezzo alla folla.

Strinsi la mascella. *Cosa diavolo stava succedendo?*

Riconobbi alcune persone che avevano qualche anno meno di me e andavano ancora alle superiori, alcuni studenti universitari a casa per il fine settimana, altri, invece, non avevo proprio idea di chi fossero. Forse venivano dalle cittadine vicine? Gente del posto?

Si aggiravano con in mano bicchieri di birra, chiacchieravano e ridevano, qualcuno cercò anche di chiamarmi per salutare, ma io li ignorai. Attraversai di corsa la casa, entrando e uscendo dalle camere, chiedendomi dove fosse andato a cacciarsi Michael. Il seminterrato e la sala TV erano pieni zeppi di gente che conoscevo a malapena, ma i tre ragazzi non si trovavano da nessuna parte.

Vidi Alex che chiacchierava accanto alla piscina con un paio di ragazzi, ma non ebbi tempo di chiedermi come fosse arrivata con così poco preavviso.

Dove diavolo era Michael?

Il campo.

Mi diressi a grandi passi verso il lato opposto della casa, dove si sentivano già i tonfi della palla che venivano dall'enorme campo da pallacanestro interno di Michael.

Spalancai le porte a doppio battente e sentii gli scricchiolii delle scarpe da tennis che correvano sul parquet del campo, oltre all'eco di una palla da pallacanestro sollevata dai cestoni. C'erano molti ragazzi che correvano sul campo senza maglietta, ne riconobbi alcuni. Erano quelli che stavano frequentando l'ultimo anno alla scuola di Thunder Bay.

Guardando a sinistra, individuai l'area relax, dotata di divani e frigorifero. Michael e Will erano seduti sul divano grande, con davanti un mare di bottiglie e bicchieri, mentre Kai era appoggiato su una poltrona imbottita come se stesse sui carboni ardenti. Aveva i gomiti sulle ginocchia e teneva fra le dita l'orlo di un bicchiere rosso.

Li osservai, fissando incredula lo spettacolo che si apriva davanti ai miei occhi.

Una festa? Stavano bevendo, cazzo?

«Ditemi che non sta succedendo davvero», dissi seccata, fermandomi davanti al tavolo e puntando Michael.

Lui sollevò gli occhi, ma rimase zitto.

«Tu rapisci mia madre», esordii. «Mi bruci la casa, mi rubi i soldi, mi attiri qui e mi attacchi».

«Ci dispiace molto», disse subito Will, e sembrava sincero.

Per cosa?

Aprii la bocca per ribattere, ma ero troppo scioccata. Mi veniva quasi da ridere. Erano dispiaciuti? E con questo volevano sistemare tutto? Will si chinò in avanti e versò qualcosa di alcolico in un bicchiere, che allungò verso di me.

«Vuoi del ghiaccio nella tequila?», chiese con voce gentile.

Ma io mi fiondai in avanti, togliendogli di mano il bicchiere e scagliandolo a terra. La tequila macchiò il tappeto e fece spostare di gran fretta un paio di ragazze che sostavano lì vicino.

Respirando a fondo, sollevai il mento e guardai Michael. «Domani tu mi fai parlare al telefono con mia madre», gli ordinai. «Mi restituisci fino all'ultimo centesimo e contatti un impresario che cominci a ristrutturare casa mia, e a tue spese! Sono stata chiara?»

«L'avremmo fatto comunque», rispose, poi mi studiò con sguardo curioso. «Ma dimmi un po', che cosa succede se non lo facciamo?».

Rimasi in piedi dritta, le braccia incrociate sul petto, le labbra increspate.

«Avete mai ritrovato il telefono?», chiesi. «Ci sono dentro molti altri video, eh?».

La faccia di Michael cambiò lentamente espressione di fronte a quell'insinuazione. Si levò a sedere, appoggiando gli avambracci alle ginocchia. «Stai mentendo».

Sollevai la mano per fissarmi le unghie. «Forse», alzai le spalle.

«O forse so dove Trevor nasconde tutte le cose importanti che lo riguardano. E forse conosco la combinazione della sua cassaforte; sarei pronta a scommettere che, se non ha distrutto il telefono, allora si trova nel suo nascondiglio speciale». Lo guardai senza battere ciglio e senza riuscire a nascondere la soddisfazione che provavo. «E forse, se non ottengo quello che voglio, non sarò gentile e aprirò la cassaforte per usare il telefono contro di te».

Gli si leggeva in faccia che era arrabbiato e non era difficile capire che fosse rimasto di sale. Avevano dato per scontato che il telefono fosse scomparso. Avevano dato per scontato di essere al sicuro.

Ma a giudicare dall'espressione che aveva in quel momento, in quel telefono c'erano altre cose che potevano metterli nei guai.

Kai e Will rimasero immobili, sembrava che avessero perso la loro baldanza.

«Ci stai minacciando». Il tono ostile di Michael mi fece rivoltare lo stomaco.

«No», risposi. «È quello che avete fatto voi a me. Sto semplicemente giocando al vostro gioco».

Fece un profondo respiro e si abbandonò sulla sedia. «Bene», ribatté. «Mamma, casa, soldi. Non è difficile».

Poi schioccò le dita in direzione di un gruppo di ragazze alla sua sinistra, facendone avvicinare una. Una bionda con un vestito blu attillato, che le arrivava solo qualche centimetro sotto il sedere, arrivò ancheggiando e mordendosi il labbro, quasi a nascondere un sorriso quando Michael la prese in braccio.

Mi si spezzò il cuore.

Le cinse la vita tenendola stretta a sé, intanto mi fissava con lo stesso sguardo che mi aveva riservato per tanto tempo. Come se gli stessi tra i piedi.

«Adesso vai a letto», ordinò. «È tardi».

Ero tesa, quasi mi aspettavo di sentire Will ridere per quel commento, ma lui e Kai rimasero seduti in silenzio, a fissare il pavimento.

Non volevo permettergli di vedermi vacillare, a nessun costo, quindi sollevai il mento e mi voltai, uscendo dal campo, mentre il dolore e la rabbia mi pesavano sullo stomaco come un'ancora, come un macigno. E il peso era troppo da sopportare. Non riuscivo a sentire più niente.

Era troppo.

Quella notte ero stata terrorizzata senza motivo, e lui non solo non si era scusato, ma stava facendo tutto quello che poteva per rigirare il coltello nella piaga.

Ma ce li aveva dei sentimenti?

Oltrepassai alcuni invitati e attraversai l'ingresso, corsi su per le scale per rintanarmi nella solitudine della mia camera da letto.

Tenendo le luci spente, chiusi la porta a chiave, poi mi avvicinai al letto e mi sedetti. Lasciai cadere la testa all'indietro e chiusi gli occhi.

Volevo andarmene.

Non mi importava dei soldi o della casa. Sarebbero dovuti venire da me, implorando perché gli concedessi la possibilità di rimediare a tutto quello che avevano fatto.

Sentii bussare alla porta. «Rika?».

Sollevai la testa, sentendo la voce di Kai e intravedendo un'ombra nella luce che filtrava da sotto la porta.

«Rika», disse bussando ancora. «Aprimi».

Il cuore mi batteva all'impazzata. Mi alzai e andai alla porta, girando la maniglia per accertarmi che fosse chiusa a chiave.

«Stai lontano da me, Kai».

«Rika, per favore», mi pregò. «Non ti voglio fare del male. Lo giuro».

Scossi la testa. *Non vuole farmi del male. Cioè non vuoi farmi male più di quanto tu non abbia già fatto?*

Girai la chiave e aprii la porta. Kai era lì: era vestito di scuro e si ergeva in tutta la sua altezza. Indossava un paio di jeans e una maglietta grigia. Aveva la sopracciglia aggrottate, nei suoi occhi c'era un mare di dolore.

«Stai bene?», chiese. Mi parve intimidito.

«No».

«Non ti tocco», promise. «Volevo farti del male perché pensavo che tu ne avessi fatto a me, ma adesso so che non è vero».

«E con questo credi di sistemare tutto?», lo guardai, invasa dalla rabbia. «Di cancellare la tensione e la paura che mi avete messo so addosso?»

«No!», si affrettò a dire. «Volevo solo...».

Chinò la testa, sembrava che faticasse a trovare le parole. Sembrava stanco.

«È solo che non so nemmeno più chi sono», sussurrò.

Lasciai cadere la mano posata sulla maniglia. Le sue parole mi avevano colta di sorpresa. Dopo molti anni, quello era il primo momento di sincerità che potevo condividere con uno di loro. Non stava giocando, non mi stava prendendo in giro.

Mi voltai per tornare al letto, e mi sedetti sul fondo.

Kai entrò in camera mia, riempiendo la soglia e coprendo la luce del corridoio.

«Quella notte, tre anni fa...», cominciai, parlando piano. «Mi sentivo così viva. Avevo bisogno del caos e della rabbia, e voi ragazzi sembravate esattamente uguali a me. Era una sensazione bellissima, quella di non essere più soli».

I miei occhi si velarono, ripensando a come avessi sentito di appartenere a qualcosa, anche se solo per un momento.

«Mi dispiace immensamente, Rika. Avremmo dovuto costringere Michael a parlare con te anni fa». Poi fece un sospiro incerto e si passò le mani fra i capelli. «La tua casa, cazzo», disse come se avesse appena compreso pienamente la portata di quello che avevano fatto.

Strinsi le lenzuola ai lati del mio corpo e fissai il tappeto.

Bene, se non altro stava chiedendo scusa.

Feci spallucce, offrendogli un po' di conforto. «Tu eri in prigione e non potevi confermare che non avevi indossato la maschera al posto di Trevor, quindi forse non avremmo capito comunque cos'era successo veramente».

Non ero sicura del perché volessi farlo sentire meglio. Ma, anche se Michael al tempo mi avesse affrontata, sarebbe stata la mia parola contro quella di Damon e, vedendo che io avevo la felpa, aveva senso che credesse al suo amico.

Ma avrebbe dovuto comunque sentire la mia versione dei fatti. Cosa speravano di ottenere con la vendetta, se non il piacere di torturare qualcun altro? Li avrebbe fatti stare meglio, avrebbe spazzato via quello che era successo o permesso loro di continuare a vivere? I loro mondi erano diventati così piccoli in carcere?

Kai prese la sedia dalla mia scrivania e si abbandonò sulla seduta, posando i gomiti sulle ginocchia.

«Ero arrabbiato con te», mi disse. «All'inizio, ero così arrabbiato perché pensavo che ci avessi smascherati. Ma non volevo vendetta. Non avrei mai fatto niente del genere».

Si interruppe e fissò nel vuoto, e per un momento fu come se se ne fosse andato da un'altra parte.

«Poi le cose sono cambiate», disse con voce profonda e cupa.

Strinsi gli occhi, immediatamente attratta dal suo sguardo distante.

Cosa era cambiato mentre lui era stato lontano?

«Non avrei mai pensato che le persone potessero essere così brutte», mi disse. «Preferirei morire che tornare un'altra volta là dentro».

Rimasi senza parole. Avrei voluto chiedergli di cosa stesse parlando, ma sapevo che non la cosa non avrebbe dovuto avere alcuna importanza per me. Si riferiva alla prigione, ne ero sicura, e sapevo che doveva essere stato difficile stare là dentro. Difficile al punto di trasformare la sua rabbia in sete di vendetta.

Alzai lo sguardo sui suoi occhi stanchi, che una volta erano pieni di vita, e desiderai che non smettesse di parlare. Michael non mi diceva mai nulla – non si apriva mai con me – e il suo racconto suscitava il mio interesse.

«Stai bene?», chiesi.

Ma lui non rispose. Capii che stava andando sempre più alla deriva.

Mi alzai e quando gli fui vicino mi inginocchiai davanti a lui.

«Kai?», chiesi, cercando di incontrare il suo sguardo. «Stai bene?».

Sbatté le palpebre. Odiavo vederlo così affranto. «No», sussurrò.

Non riuscivo nemmeno a farmi guardare negli occhi. Cosa diavolo gli era successo?

Esitava, come se fosse perso nei suoi pensieri. Poi riprese a parlare: «Damon ha perso quel poco di cuore che aveva», spiegò. «Le persone, i problemi... a malapena gli interessano. Non gli importa di niente».

Si passò una mano fra i capelli neri, stringendoli nel pugno. «Will si butta sulla bottiglia e su altre cose, mentre per quanto riguarda me... non voglio avere attorno nessuno se non i ragazzi. Nemmeno la mia famiglia. Non capirebbero».

«Non capirebbero cosa?».

Una risata amara gli scosse il petto. «Vorrei saperlo, Rika. È solo che non riesco a lasciar avvicinare nessuno. Non tocco una donna da tre anni».

Tre anni? Ma erano fuori da mesi. Nessuna in tutto quel tempo?

«Michael dava delle mazzette alle guardie perché ci tenesse al sicuro, ma non riusciva a proteggerci da tutto», proseguì Kai. «Will si spegneva sotto il suo sguardo e io mi chiudevo sempre più in me stesso. Era impotente, non poteva fare nulla, e questo lo faceva sentire in colpa. In colpa, perché pensava di averti aizzata lui. In colpa, perché lui era libero». Fece un respiro profondo prima di proseguire. «Ha escogitato lui il piano. Era qualcosa su cui concentrare le energie e la rabbia. Uno stimolo per spingerci a non mollare. E prima che ce ne rendessimo conto, era diventato il nostro chiodo fisso, e lo rimase per tutti gli anni che trascorremmo là dentro».

E poi sollevò lo sguardo a incontrare i miei occhi. «Mi dispiace così tanto».

Feci un respiro lento. Glielo vedevo negli occhi. *Lo so.*

Allungò la mano e fece correre le dita sul lato del mio viso, togliendomi i capelli dalla faccia. «Non sono riuscito a parlare con nessuno», ammise. «Perché devo riuscirci proprio con la persona che odiavo fino a questa mattina?».

Fu più forte di me. Accennai un sorriso, afferrai la mano che teneva appoggiata sul mio volto e la misi tra le mie, stringendola forte.

Kai era sempre stato unico nel suo genere. Come Michael, era una persona profondamente onesta. Kai era quello buono.

Ma adesso c'era un lato oscuro anche dentro di lui. Poteva aver smesso di farmi la guerra, ma aveva ancora qualcosa che gli ribolliva dentro.

La luce che filtrava dal corridoio scomparve e io e Kai voltammo la testa vedendo una sagoma scura che riempiva la soglia.

«Ti avevo detto di andare a dormire».

Michael.

Lasciai le mani di Kai e mi alzai, con gli angoli della bocca che si sollevavano. «No, tu mi hai detto di andare a letto. E forse era quello che stavo per fare».

Gli lanciai un'occhiata, sperando che cogliesse l'insinuazione.

«Ma voi due non la piantate mai?», ridacchiò Kai alzandosi.

Michael rimase in silenzio mentre Kai mi lanciava un'ultima occhiata, prima di voltarsi e andare verso la porta. Aspettò che il suo amico si muovesse, poi oltrepassò la soglia e scomparve dietro l'angolo.

Michael si voltò ancora verso di me, e il suo gesto avvolse nuovamente la porta nell'oscurità. Avvertii una stretta allo stomaco.

Non mi ero resa conto di quanto mi mettesse a mio agio la presenza di Kai. Ma in quel momento non mi sentivo più così.

Michael non si era cambiato. Indossava ancora i jeans senza maglia. Mi chiesi dove fosse la ragazza che gli aveva messo le mani dappertutto al piano di sotto.

«Vieni qui», mi disse.

E così feci.

Mi avvicinai – andando da lui, proprio come aveva chiesto – poi sorrisi afferrando la maniglia della porta e sbattendola.

Lui allungò una mano per fermarmi, come immaginavo che avrebbe fatto.

«Non avrei permesso che ti accadesse nulla», affermò. «L'ho saputo appena sei entrata dalla porta stasera. Te lo giuro».

«Non m'importa», risposi asciutta. «Non ti voglio qui».

Cercai di chiuderlo fuori, ma lui piazzò una mano sopra il battente. Varcò la soglia aprendo a forza la porta, che richiuse alle sue spalle. Poi mi afferrò, mi fece girare e mi spinse con la schiena contro la porta.

«Li ho fermati», sentivo il suo respiro sulla faccia. «Ho scelto te, non i miei amici».

«Sì, proprio quello che ho visto al piano di sotto», dissi in tono sarcastico, facendo riferimento alla ragazza che poco prima teneva tra le braccia. «Sono stanca dei tuoi giochini, Michael, e sono stanca di te. Vattene».

«Che cosa ti ha detto?», chiese, ignorando la mia richiesta.

Kai? Era uscito dai gangheri perché Kai era venuto a cercarmi?

«Più di quello che dice a te, probabilmente», risposi.

Fece una risata amara, e per la prima volta mi parve che fosse a corto di parole.

«Stanca dei miei giochini, eh? Ma hai imparato a giocare piuttosto bene».

«Non sto giocando ai tuoi giochini. Ti sbagliavi». Incrociai le braccia sul petto. «Vuoi sapere cosa ho imparato? Non vinco se gioco secondo le *tue* regole. Vinco, se ti faccio giocare secondo le *mie*».

Mi trafisse coi suoi occhi scuri, poi rimase senza fiato.

Era seccato.

Risi. Improvvisamente avevo la sensazione di essere alta tre metri. «Guardati», lo schernii, e un senso di euforia cominciò a scorrermi nelle vene. «Stai sudando per stare al passo con me, non è vero?».

Mi mostrò i denti, poi afferrò le mie cosce da dietro. Mi sollevò così, spedendomi ancora contro la porta. Il cuore mi batteva forte nel petto, fino a togliermi il respiro. Una scarica di paura percorse il mio corpo.

Fu più forte di me. Strinsi le caviglie dietro la sua schiena, tenendolo fra le cosce.

«Oddio», mi sussurrò sulle labbra. «Ti voglio».

«E non sei l'unico».

«Kai?», azzardò. «Non guardare lui, Rika».

«Perché no?».

Con un gesto improvviso afferrò il mio labbro inferiore con la bocca e se lo strinse fra i denti. Il calore della sua bocca mandò brividi lungo la mia schiena.

«Perché puoi avere da me tutto ciò di cui hai bisogno», disse stuzzicandomi il labbro superiore con la lingua calda. «E comunque lo faresti solo per dimenticare me, e questo non succederà mai».

Si avventò di nuovo sulla mia bocca, e io gemetti, in preda alle vertigini. Incontrai le sue possenti labbra e piegai la testa a destra per approfondire il bacio. La sua lingua strofinava la mia. Sentivo il fuoco crescere nel mio ventre.

Interruppi il bacio e gettai indietro la testa, in modo che potesse coprirmi il collo di baci. «Sembra una buona idea, per la verità», gemetti, sentendo le sue labbra sulla cicatrice. «Un uomo nuovo. Una bocca nuova».

Strinse i capelli nel pugno, e posò i denti sulla mia pelle in segno di avvertimento. «Non dirlo neanche per scherzo. Se ci provi te ne farò pentire».

E poi si chinò ancora, per succhiare e mordicchiare la mia pelle. Ansimai affondando le unghie nelle sue spalle.

«Oddio», gemetti, premendo contro di lui. «Oh, sì, Kai».

Avvertii il suo respiro rabbioso sulla pelle, le sue mani strinsero il mio sedere tanto forte da farmi male attraverso i pantaloncini del pigiama. I morsi si fecero più profondi e i baci tanto ardenti da bruciare.

Gli tirai i capelli, obbligandolo a buttare indietro la testa, e intanto facevo correre la lingua sul suo labbro inferiore. «Trevor», sussurrai. «Toccami, Trevor».

Ringhiò e si staccò da me, indietreggiando. Tornai in piedi col respiro affannoso, sostenendo il suo sguardo.

«Vaffanculo», abbaiò e poi allungò la mano per scostarmi dalla porta e aprirla. Lo vidi marciare fuori dalla stanza e non riuscii a trattenere un sorriso mentre scappava via.

Immediatamente lo seguii.

«Questo significa che ti arrendi?», chiesi, fingendomi preoccupata.

«No», ribatté amaro, sfrecciando nel corridoio, con i muscoli della schiena contratti. «Si cambia partita. Nuovi giocatori. Ci sono mille altre ragazze qui, Rika».

«E ci sono anche mille altri ragazzi», replicai, seguendolo giù per le scale.

Si fermò nell'ingresso e si voltò a guardami, con un'aria di sfida negli occhi. «Dici davvero?». Poi sorrise e si guardò intorno, prima di rivolgersi alla folla: «Ragazzi, ascoltate!», gridò a tutti gli ospiti presenti. «Rika Fane è di proprietà dei Cavalieri. Se uno di voi proverà a sfiorarla anche solo con un dito, dovrà vedersela con noi!». Poi si voltò di nuovo verso di me, fece un sorrisetto e disse a bassa voce: «Buona fortuna».

Strinsi i denti. *Brutto stronzo.*

Giocare secondo le sue regole, o secondo le mie, non importava più, dal momento che era lui che aveva la squadra più numerosa. *Vaffanculo.*

Si voltò, convinto di essere in vantaggio, e si diresse verso la cucina, lasciandomi lì in mezzo all'ingresso, circondata da gente che mi guardava e pensava dio solo sa cosa.

Proprietà dei Cavalieri? Cristo.

Ma poi ricordai le sue parole e mi fermai. *Se uno di voi proverà a sfiorarla anche solo con un dito...*

Mi sforzai di trattenere un sorriso.

Entrai nel soggiorno, feci balenare lo sguardo sullo spazio circostante, poi andai in cucina, dove finalmente trovai Alex accanto all'isola intenta a versarsi da bere. Indossava un abito nero attillato sostenuto da una spallina sola, l'altra spalla era nuda.

Mi avvicinai e lei sollevò subito lo sguardo. «Ciao! È incredibile, sai? Will mi ha fatta venire a prendere con l'elicottero di suo padre perché potessi essere qui!», disse, posando una bottiglia e prendendone un'altra. «Come se avessi tante opportunità di lavoro con quelli delle superiori. Cioè, sono una persona discutibile, ma di certo non una pedofila».

Sbuffai.

Non tutti i presenti frequentavano le superiori, e senza dubbio Alex non era molto più vecchia di loro. Ma immaginai che fosse abituata a uomini più sofisticati.

Feci un respiro profondo prima che potessi perdere il coraggio.

«Quanto chiedi?», le chiesi.

Posò la vodka e aggrottò le sopracciglia. «Per che cosa nello specifico?»

«Per le donne».

Capitolo 24
Michael

Oggi

C'erano mille altre donne lì, certo. Era un dannato bluff, sempre che ne avessi mai sentito uno. Non riuscivo a toglierle gli occhi di dosso. Avevo due possibilità: avrei potuto ingoiare l'orgoglio ed essere veramente gentile per portarmela a letto quella sera, oppure...

Oppure dovevo ingaggiare un'altra battaglia.

In ogni caso, sapeva come trovarmi. Sapeva che non riuscivo a starle lontano e che era l'unica ragazza che desideravo. Come diavolo era potuto succedere?

Rimasi fuori sul patio con alcuni vecchi amici – dei tipi del posto che lavoravano in città e alcuni amici delle superiori che non erano mai usciti da Thunder Bay – ma non ascoltavo niente di quello che dicevano. Me ne stavo piantato lì, con le braccia conserte sul petto, e la guardavo dalla finestra mentre parlava con Alex accanto all'isola della cucina.

Non riuscivo a credere che mi avesse chiamato Kai. E poi addirittura Trevor, cazzo! Lo aveva fatto apposta, ma perché doveva sfidarmi? Mi voleva, allora perché non cedere e basta?

Ma no, più cercavo di farla sciogliere e di farle dimenticare tutte le stronzate che erano successe durante la serata, più apriva quella boccaccia intelligente per mostrarmi il suo disprezzo. Non riuscivo più a piegarla. Rideva di me.

E se l'avessi corrotta del tutto? E se avesse cominciato ad apprezzare troppo i giochini? E se il fascino della competizione – e della vittoria – fosse diventato più forte del bisogno di me?

E se il suo cuore si fosse indurito tanto da spingerla a chiudersi in se stessa per sopravvivere?

333

E se fossi stato io quello che doveva piegarsi?

Un senso di disagio mi pesava sulle spalle. Mi lasciai sfuggire un sospiro. *Ho bisogno di lei.*

La voglio.

Se non altro quella sera ero al sicuro. Avevo vinto questo round. Nessun ragazzo le sarebbe andato vicino, quindi alla fine sarebbe andata a letto battendo in ritirata.

Non le restavano altre carte da giocare.

Vidi che girava attorno all'isola con Alex, mentre per la casa risuonava la melodia di *Goodbye Agony*; poi, però, Rika si fermò, alzò lo sguardo, incontrò il mio attraverso il vetro e lasciò Alex in piedi in mezzo alla cucina. A quel punto, aprì la porta, mi venne incontro e si chinò.

«Hai detto niente *ragazzi*, vero?», chiese, con fare birichino. «Solo per essere sicura».

Aveva un angolo della bocca sollevato. Poi si voltò e tornò dentro. Vidi che Alex mi lanciava un sorriso compiaciuto, ambiguo, prima di prendere per mano Rika e portarla fuori dalla cucina.

Ma che...?

Mi spostai appena di lato, seguendole con lo sguardo mentre raggiungevano l'ingresso. Rika mi lanciò ancora uno sguardo da dietro le spalle, prima di scomparire sulle scale.

Niente *ragazzi*. Voleva dire...?

Marciai verso la porta, la spalancai e mi fiondai in cucina.

«Ehi, dove stai andando?». Kai mi prese per un braccio per fermarmi. «Dobbiamo parlare di Damon».

«Domani». Mi ritrassi, congedandolo, e mi feci strada verso l'ingresso e su per le scale.

Non sarei riuscito a pensare a Damon in quel momento. Era ferito, non avrebbe fatto nulla quella sera.

Percorsi il corridoio illuminato da una debole luce e mi avvicinai alla camera di Rika. La porta era aperta. Al piano superiore regnava il silenzio, si sentiva solo un'eco distante della musica che pompava al piano di sotto.

Ma quando entrai in camera sua, vidi che era vuota. Le luci erano ancora spente, il letto ancora intatto.

Tornai a guardare verso il corridoio, con gli occhi socchiusi. Dove diavolo era finita?

Spalancai le porte, cercai in camera dei miei genitori, di mio fratello, nella stanza degli ospiti... Ma quando arrivai alla mia camera, notai uno spiraglio di luce che proveniva da sotto la porta.

Allungai lentamente la mano, girai la maniglia e aprii.

E il mio cuore saltò un battito.

«Merda», sussurrai appena, senza fiato.

Alex era seduta sul bordo del letto, Rika stava in mezzo alle sue gambe. Le ragazze si stavano accarezzando a vicenda. Alex teneva le mani sui fianchi di Rika e la fissava. Sembrava molto, molto interessata.

E Rika...

Il cuore mi salì in gola. Entrai nella stanza senza fare rumore, chiudendomi la porta alle spalle.

Rika appoggiò un ginocchio sul letto di fianco ad Alex, spinse i fianchi sul petto di Alex e infilò le dita tra i suoi capelli, per accarezzarle il collo e le spalle.

Alex sollevò appena la canotta grigia di Rika, posandole baci delicati sulla pancia e allungando la punta della lingua per assaggiare la sua pelle.

Tutto il sangue e il calore mi affluì al cazzo, che cominciò a gonfiarsi dolorosamente. Avrebbe vinto lei questo round.

«Che cosa state facendo?». Stavo già sudando. *Gesù*.

Rika sbatté le palpebre guardandomi, gentile e calma. «Si cambia gioco. Nuovi giocatori». Stava ripetendo le mie parole. «Non abbiamo bisogno di te, mi dispiace».

Poi fece un gemito, inarcando il corpo verso la bocca di Alex e gettando indietro la testa.

Grugnii, resistendo all'impulso di sistemarmi il cazzo. Maledetta. Cosa diavolo credeva di fare?

Era davvero pronta a spingersi così in là solo per sfidarmi?

«Siete nel mio letto», feci notare, cercando di sembrare imperturbabile.

Rika sorrise ad Alex, che le stava ancora baciando la pancia. Facevano come se io non ci fossi. «Il tuo letto è più grande», rispose. «Non ti dispiace, vero?».

Contrassi la mascella, vedendo le sue mani scendere a toccare il petto di Alex, afferrarle il vestito, sollevarlo, sfilarglielo.

Ma io quasi non la notai, perché non riuscivo a distogliere lo sguardo da Rika. Indossava ancora i pantaloncini rosa leggeri del pigiama, aveva un'aria così sensuale e innocente, con la pelle e i capelli lucidi. Deglutii, avevo la gola secca. Non sapevo se stesse bluffando per costringermi a reagire, o se lo volesse veramente. Entrambe le possibilità, comunque, l'avrebbero messa in vantaggio. Sapeva di essere più intelligente e più forte.

Le mani d'Alex correvano su e giù lungo le gambe di Rika. Poi cominciò ad abbassarle i pantaloncini, mordicchiandole la pelle sopra l'anca.

«Ah», mugugnò Rika, a occhi chiusi. «Michael». Smisi di respirare. Scossi la testa, con lo stomaco annodato.

Stava vincendo. Stavo giocando la sua partita e io stavo perdendo miseramente. Dio, avevo una maledetta voglia di lei.

Ma non era ancora finita.

Aggirai il letto e presi Alex per il braccio, facendola alzare.

«Vattene», le ordinai.

«Cosa?», disse, con occhi disperati. «Mi stai prendendo in giro?». Probabilmente si stava eccitando e aveva sperato che le lasciassi continuare e restassi a godermi lo spettacolo.

Ma io la spinsi via, senza curarmi della sua delusione. Là fuori c'erano Will, Kai e decine di altri ragazzi, e ragazze. Poteva scegliersi chi voleva.

Alex si infilò il vestito, sbuffando, e uscì sbattendo la porta alle sue spalle. Quando mi voltai, Rika era di fianco al letto, con un sorrisetto sulla faccia. «Sta a te adesso».

Sorrisi tra i denti. La guardai dall'alto del mio metro e novanta e in tono più duro chiesi: «Ti è piaciuto? Fin dove ti saresti spinta con lei?».

Rika si leccò le labbra. «Forse sarei andata oltre», ammise. «O forse sapevo che non avrei dovuto fare proprio niente. Forse ti conosco meglio di quanto tu non creda».

Sollevai una mano per passarle un dito sulla mascella. «Credi?».

Sostenne il mio sguardo. Il suo petto si alzò e abbassò più rapidamente; capii che voleva abbandonarsi contro la mia mano.

Voleva che le dicessi parole dolci e cedessi a lei, e voleva il mio cuore. Era lì che mi stava spingendo.

Ma io volevo giocare.

«Il fatto è...», dissi, con gli occhi ridotti a fessure, «... che abbiamo un problema. Non siete state invitate nel mio letto e siete venute qui senza permesso».

La presi per mano e la spinsi verso l'uscita, sentendola incespicare dietro di me mentre la costringevo a raggiungere la porta.

«Michael!», gridò, vedendo che l'aprivo. «Che cosa stai facendo?».

La trascinai dalla parte opposta del corridoio vuoto, due porte più in là, e la costrinsi a entrare in una camera da letto, spingendola avanti e chiudendomi la porta alle spalle.

«Ecco un letto che conosci molto meglio», indicai il letto di mio fratello. «Entraci».

Si mise di fronte a me, con le mani lungo i fianchi strette a pugno e il respiro pesante. Aveva perso tutta la sua compostezza. Scosse la testa, gli occhi umidi di lacrime.

Perché mi stavo comportando in quel modo? Avrei potuto dirle che la desideravo da morire, che avevo un bisogno irresistibile di lei, e che, dopo quasi una settimana, sentivo ancora il suo sapore. Avrebbe potuto essere sotto di me nel mio letto, proprio in quel momento, e io avrei potuto essere dentro di lei, avrei potuto sentirla gemere, perdersi fra le lenzuola e averla vicina per tutto il resto della notte.

«Michael», implorò con la voce rotta. «Perché ti stai comportando così? Dopo una giornata come quella di oggi e dopo tutto quello che mi hai fatto passare? Perché vuoi farmi ancora altro male?»

«Ti stai arrendendo?».

Cambiò espressione e lasciò cadere la testa, il corpo scosso dai singhiozzi. «Sei malato, Michael. Sei malato». Strinsi i denti, avvicinandomi a lei. «L'anno scorso, quando ho saputo che frequentavi Trevor, odiai quello che mi stavi facendo. Odiavo anche te, ma soprattutto non sopportavo di sapervi insieme. Avrei voluto venire qui dentro e vedere te nel *suo* letto, la faccia che avevi...».

«Perché?», mi interruppe.

337

La fissai negli occhi, sapendo che anche io capivo a malapena la risposta a quella domanda. Fin da quando ero piccolo, ricordo di essere stato arrabbiato. Arrabbiato perché mio padre cercava di modellarmi per rendermi qualcuno che non ero. Arrabbiato perché me la toglieva dalle mani. Arrabbiato perché la spingevano sempre verso Trevor. Arrabbiato perché dovevo andare all'università e lasciarla sola con la mia famiglia.

E poi ero arrabbiato perché mi aveva tradito. O perlomeno così credevo.

Ma per un motivo o per l'altro, la rabbia non mi aveva distrutto. Mi aveva reso me stesso, una persona insolente che sapeva il fatto suo. Avevo tenuto testa a mio padre, preso le mie decisioni, ero invincibile. Ed ero diventato molto bravo a trovare divertimento in altri modi.

Crescendo, ogni volta che entrava in una stanza e mi guardava, desiderando disperatamente che le restituissi lo sguardo, mi sentivo potente se rifiutavo di accontentarla. O quando uscivo dalla stanza come se dentro non ci fosse nessuno.

Amavo dominare quella sua testolina graziosa in un modo che mio fratello non avrebbe mai conosciuto.

E infliggermi qualche tortura, come immaginarla lì dentro insieme a lui, mi fomentava e non mi faceva mai abbassare la guardia. Mi piaceva, perché mi piaceva quello che ero. Mi rendeva forte. Cedere a lei mi avrebbe cambiato?

«Mi piace farmi del male», le dissi. «Ne ho bisogno. Adesso togliti i vestiti e vai dentro il suo letto».

«Michael», sospirò, cercando di ribattere.

Ma io rimasi lì come un muro, inflessibile.

Il suo petto cominciò a salire e scendere più rapidamente, ma mantenne un'espressione calma e le spalle dritte, sostenendo il mio sguardo. La sua bocca era deformata dalla rabbia, ma con un lampo di audacia negli occhi si tolse i vestiti, abbassò le mutandine e andò verso il letto.

Il cuore prese a battermi più in fretta. Incrociai le braccia al petto cercando di restare saldo sulle mie posizioni.

Tirò indietro le lenzuola, con i lunghi capelli biondi che le correvano lungo la schiena, e scivolò dentro il letto. Si sdraiò e sollevò le lenzuola verde scuro fino alla vita, lasciando i seni scoperti.

Portò una mano dietro la testa e mi guardò, invitandomi con i suoi occhi grandi, e appoggiò l'altra mano sulla pancia nuda. Sembrava così morbida, calda e perfetta.

Lui l'aveva vista così. Si era sdraiato accanto a lei, nuda; il rimpianto si impossessò di me, non per la scena che avevo davanti agli occhi, ma perché Rika non avrebbe mai dovuto stare con lui. Avrei potuto averla io – la sua prima volta, e tutto il resto – invece l'avevo lasciata andare tre anni prima.

Se non fosse stato per colpa mia, non si sarebbe mai accontentata di lui.

Perché dovevo essere così contorto? Com'era possibile che la sensazione di potere che sentivo quando fingevo che non esistesse *superasse* le belle sensazioni che mi dava quando la stringevo fra le braccia?

No. Non reggeva il confronto.

Inclinò la testa, i suoi occhi si riempirono di lacrime. «Sono nel suo letto», mi fece notare. «Questa volta non hai intenzione di fare niente per impedirlo? Posso gemere il suo nome o... forse potrei raccontarti delle quattro volte in cui gli ho permesso di avermi nei mesi che abbiamo passato insieme, quando cercavo con tutte le mie forze di non immaginare di essere con te».

I suoi occhi azzurri luccicarono e tremarono, mentre le lacrime cominciavano a scendere lungo le tempie per sparire nei capelli.

«O forse sei più il tipo a cui piace vedere le cose anziché immaginarle?», chiese.

Si sollevò a sedere, abbassò il cuscino e ci si mise a cavalcioni sopra.

Muovendo i fianchi, cominciò a cavalcare come se ci fosse Trevor sotto di lei anziché il cuscino, poi gettò indietro la testa gemendo.

Il suo bel sedere tondo spingeva contro la stoffa, la schiena si inarcava mentre aumentava la velocità, i capelli le ondeggiavano sulla schiena.

Un dolore mi attraversò il petto e strinsi i pugni.

«Rika», mormorai, sentendo di averla persa.

Ma lei mugolò e sussurrò. «Michael».

E io socchiusi gli occhi, avvicinandomi al letto per vederla in faccia.

Aveva gli occhi chiusi. Si abbandonò a un sospiro pesante, con un sorrisino sulla faccia, mentre montava il cuscino. «Michael».

Acquistava velocità e spingeva sempre più forte, mente la sua pancia piatta si alzava e si abbassava, il suo seno pieno ondeggiava a ogni movimento.

Emise un gemito, mentre le sue spinte si facevano più vigorose, il volto contratto per il desiderio. Galoppava sempre più forte. «Oddio, dài, così».

E Trevor era scomparso. Non era più in quella stanza.

Adesso era mia.

Mi slacciai la cintura e lasciai cadere a terra i jeans, inginocchiandomi dietro di lei sul letto.

Avevo perso il conto del punteggio, o a chi stesse la mossa successiva, o anche solo quale partita stessimo giocando.

Vogliamo quello che vogliamo.

Le avvolsi la gola con la mano per tirarla verso di me. La sua testa ricadde sulla mia spalla e il mio pene si raddrizzò subito per sfregarle il sedere.

«Che cosa mi stai facendo?», le chiesi, anche se non mi aspettavo veramente una risposta.

Mi stava facendo a pezzi, e non ero sicuro che mi importasse. Volevo solo bruciare di passione.

Le posai una mano sulla figa, vi infilai due dita e cominciai a farle correre su e giù e a strofinarle il clitoride. Era bagnata.

Lei gemette, voltando la testa verso di me, mentre portava indietro la mano per stringermi la nuca.

«Non sono un pezzo di legno, Michael», sussurrò. «Ho dei sentimenti. Posso giocare, e posso permetterti di possedermi nel letto di tuo fratello o sulla scrivania di tuo padre, persino di usarmi come un oggetto per vendicarti di loro, ma alla fine…», fece una pausa prima di continuare. «Alla fine dei conti sono qui, Michael. Sono ancora qui. Siamo ancora solo io e te».

Sentivo il suo respiro pesante sulla pelle. Chinai la testa, sconfitto. La cinsi con entrambe le mani, tenendo stretto il suo corpo caldo, mentre seppellivo la faccia nel suo collo. Non riuscivo nemmeno a lasciarla andare.

«Solo io e te», ripeteva.

«Giuramelo», le chiesi respirando sulla pelle del suo collo, morbida come la seta.

Ma *giuramelo* che cosa? Che cosa volevo da lei?

Giurami che non mi lascerai mai? Giurami che mi appartieni? Giurami che sei mia?

Sollevai la testa, le torsi le labbra per posarvi un bacio profondo e veloce. Il suo sapore mandò un brivido di piacere al mio cazzo.

Mi tirai indietro, respirando sulle sue labbra. «Giurami che non mi dirai mai di no. Giurami che non ti sottrarrai mai a me».

Afferrò il labbro inferiore con i denti, e cominciò a succhiarlo e a baciarlo. «Non dirò mai di no», rispose, ma poi con un sorriso nella voce aggiunse: «Fintantoché continuerai a farmi gridare di sì».

Gemetti mettendola carponi. La afferrai per i fianchi, la sospinsi indietro, mentre lei apriva spontaneamente le gambe per me.

«Solo finché hai bisogno di me, allora, eh?», dissi in tono ironico, strofinando la punta del membro su e giù sulla sua carne umida. «Solo finché hai bisogno di questo?».

Trovai il punto dov'era calda e bagnata, mi ci spinsi dentro, facendomi strada nel suo corpo stretto, e poi mi tirai indietro, vedendola tremare.

«Michael», mugolò, guardandosi oltre la spalla.

Mi infilai di nuovo dentro di lei, e sentii che lei si stringeva attorno a me. Era così calda che volevo solo affondare nel suo corpo. «Non mi dirai mai di no. Lo sai». E poi mi ritrassi, sentendola gemere per la delusione.

«Michael!». Batté un pugno sul comodino, poi si sollevò di scatto e si voltò per spingermi di nuovo sul letto.

Urtai con la schiena contro il fondo del letto, che mi teneva sollevato per metà. Abbassai la testa sul petto e la vidi strisciare su di me come un animaletto che aveva completamente perso il controllo.

Si mise a cavalcioni sulla mia pancia e io le afferrai le anche, sorridendo e gongolando mentre lei affondava le unghie di una mano nella spalla e con l'altra posizionava il mio cazzo sotto di lei.

Affondò con il corpo sopra di me e io scivolai dentro di lei, stringendole il sedere con le mani e intanto la tiravo in avanti per prendere in bocca un capezzolo. Tirai fuori la lingua, stuzzicando la pelle turgida. Avrei voluto staccarne un morso. Aveva un sapore dannatamente buono.

Inarcò i fianchi, afferrando con una mano il fondo del letto dietro di me e la mia spalla con l'altra. Buttò la testa all'indietro, gemendo, e cominciò a contorcersi e dimenarsi.

«Così». Le afferrai il sedere, spingendola sempre più contro di me. «Così, tesoro. Così sembri fatta su misura per. Me».

Ansimai, con il cazzo bello duro per lei. Tenendo un seno nella mano, lo portai vicino alla bocca, giocando ancora con il capezzolo; la leccai e mordicchiai mentre lei si muoveva sempre più veloce, scopandomi così bene.

«Ah, ah», gridava.

E poi si tuffò in avanti, facendo aderire il petto al mio corpo per baciarmi. Sentivo il suo respiro sulla mia bocca, il calore della sua pelle.

Dio, ero come drogato di lei.

«Nessun altro può darti questo», grugnii in un sussurro, baciandola ancora.

«Michael», ansimò lei debolmente. «Non ho mai voluto nessun altro. Non lo vedi?».

Si tirò indietro, drizzandosi a sedere. La vidi chiudere gli occhi, la sua pelle lucente si muoveva davanti ai miei occhi, i suoi seni ondeggiavano assecondando i suoi movimenti.

Aveva i capelli sciolti sulle spalle che lasciavano scoperta la cicatrice; sollevai la mano per far scivolare il pollice lungo tutta la riga.

«Come sei bella», sospirai.

Lei ansimò, cominciando a muoversi sempre più velocemente. «Oddio», gemette.

Sentii una vampata di calore al cazzo e mi irrigidii, strizzando gli occhi. «Cristo, bimba, farai meglio a rallentare oppure preparati a venire».

«Sto venendo», sospirò. «Sto venendo».

Prese a muoversi con più rapidità e vigore, mentre il sudore le imperlava il collo. Poi venne, conficcando le unghie nelle mie spalle, immobile.

«Oddio!», gridò, continuando a spingere contro di me ancora e ancora.

E con un gemito, mi inarcai per svuotarmi dentro di lei, con gli addominali contratti e ogni muscolo del corpo teso e bruciante.

Cadde su di me, sprofondando con le labbra nel mio collo. Per qualche secondo ci furono solo i nostri respiri, il mio petto che si alzava e si abbassava insieme al suo; non avrei mai voluto muovermi da lì.

Rika. *Mostriciattolo.*

«Non ti perdono per quello che mi hai fatto», sussurrò, la voce ancora tremante dall'orgasmo. «Però hai ragione. Non penso che saprei dirti di no».

Chiusi gli occhi e insinuai una mano fra i suoi capelli, tenendola stretta.

Penso che nemmeno io saprei dirti di no.

Mi strofino la faccia, con un grugnito, ho le palpebre pesanti e la testa mi fa male.

«Merda», impreco e, voltandomi lentamente di lato, mi accorgo di essere nella sala della TV.

«Ci siamo scolati una bottiglia intera?», sento chiedere a Kai.

Piego la testa all'indietro e lo vedo seduto sull'altro divano, con la testa fra le mani. Guardo il tavolo davanti a lui e vedo una bottiglia di Johnnie Walker vuota.

Mi sollevo dal divano e mi metto a sedere, con lo stomaco in subbuglio e un sapore amaro in bocca.

«Dannazione», dice, prendendo il telefono. «Dev'essere davvero dolce per farti bere a quel modo».

«Vaffanculo», mugolo sottovoce.

Lo sento ridere sotto i baffi, mentre cerco di trovare l'equilibrio. La stanza gira, sono a corto di fiato, sento la bile che mi sale in gola, e intanto affiorano i ricordi della notte prima.

Il magazzino. Rika.

L'avevo fra le braccia. Finalmente. Perché ho mandato tutto a rotoli?

Ma poi sento il respiro affannoso di Kai, alzo lo sguardo e vedo che sta fissando il cellulare a occhi spalancati.

«Michael», dice. Sembra spaventato. «Prendi quel cazzo di telefono, sbrigati».

Cerco la felpa che ho tolto la sera prima e frugo nella tasca per prendere il cellulare. Scorrendo lo schermo, vedo un elenco di notifiche, messaggi e tweet lunga un chilometro.

Ma che diavolo è? Il mio cuore comincia a battere all'impazzata. Clicco e leggo parole come "Sbirro", "Violenza su minori" e "Cavalieri".

Cosa?

Ho la bocca secca mentre osservo le immagini di Kai, Will e Damon. Non so cosa diavolo stia succedendo. Perché ci sono queste fotografie online?

«Il telefono», sospira Kai, guardando verso di me, come se gli avessero tolto l'aria dai polmoni.

Clicco sui video, il mio stomaco sprofonda quando vedo Kai e Will insieme allo sbirro. Lo stanno tenendo fermo e intanto lo pestano a sangue. Quando arrivo al video di Damon, il viso della ragazza è perfettamente visibile. Passo in rassegna commenti che usano parole come "stupratore" e "galera" e quelli di altre ragazze che dichiarano di aver subito lo stesso trattamento.

È ovunque. Facebook, YouTube, Twitter... C'è anche un articolo di giornale che parla di noi come di una gang. Una gang del cazzo?

«Cosa cazzo è successo?», grido. «Come ci è finita online questa roba?»

«Non lo so!», esplode Kai, respirando a un chilometro al minuto. «Will...».

Pensiamo entrambi alla stessa cosa. Lui ha il telefono, ma non farebbe mai una cosa del genere! Né a noi né a se stesso.

Ignoro le mie notifiche e lo chiamo per sapere dov'è finito il telefono. Non risponde, ma quando guardo di nuovo lo schermo, vedo dei messaggi non letti di Damon.

"Siamo nella merda fino al collo!", dice il primo.

E poi un altro, spedito qualche minuto più tardi. "Ce l'ha Rika il telefono! Aveva lei la felpa di Will ieri sera!".

Scuoto la testa, incontrando lo sguardo di Kai, e sapendo che ha ricevuto gli stessi messaggi. No. Non lo farebbe mai. Non mi farebbe mai del male.

Lancio il telefono, marciando fuori dalla stanza. Mentre attraverso di corsa la casa, sento bussare pesantemente alla porta.

Il piano inferiore si riempie di voci concitate. Ho l'impressione che le pareti si stiano stringendo su di me e di non avere via di scampo.

Raggiungo la cucina, mi fermo e sento la voce di Trevor.

«E allora sono questi i tipi che vuoi frequentare?», sibila. «Stupratori e criminali?».

So che sta parlando con Rika, ma lei rimane zitta. La vena del mio collo sta pulsando. Sento uno scalpiccio di piedi in giro per la casa. Non c'è bisogno che guardi per sapere che è la polizia. Forse non stanno cercando me, ma di sicuro stanno cercando Kai.

«Michael è una nullità e, se vuoi tanto girargli attorno, farai la stessa fine dei suoi amici», continua Trevor.

«Non mi importa niente di girargli attorno», risponde Rika con una sfumatura acida nella voce. «E i suoi amici hanno avuto quello che si meritavano».

Sento i polmoni svuotarsi. Mi avvicino alla porta, fissandole la schiena. Trevor alza gli occhi per guardarmi e Rika si volta, con il dolore e il dispiacere scritti negli occhi iniettati di sangue. Quasi non riesce a guardarmi.

E poi abbasso lo sguardo e accanto alla sua mano vedo la felpa nera di Will con la manica che si è strappata durante il combattimento con Miles della sera prima.

Stringo i denti così forte che la mascella mi fa male. Indietreggio, sostenendo il suo sguardo. Kai grida in fondo al corridoio, i poliziotti l'hanno trovato, senza dubbio, e io la guardo fisso, con la rabbia che avvolge ogni parte del corpo come un'armatura di ferro.

È colpa mia.

Non potrò mai aggiustare le cose.

Soffriranno perché io mi sono fidato di lei.

Apro gli occhi, getto da parte le lenzuola, sudato.

Il ricordo di quel giorno è come una malattia che non riesco a sconfiggere. Vedere Kai in manette, i miei amici sbattuti sui giornali locali, e sapere con certezza che non sarebbe successo nulla se non l'avessi portata con noi la sera prima.

Quella domenica sarebbero tornati al college e avrebbero continuato a costruire le loro vite, aspettando il momento in cui ci saremmo incontrati di nuovo per fare un po' di casino tutti insieme. Non sarebbe stata la fine di un'era.

Se solo non l'avessi portata con noi.

Voltai la testa e la vidi dormire profondamente accanto a me. Le braccia mi prudevano, tanto era forte il desiderio di stringerla. Aveva le ciglia scure contro la pelle di alabastro e uno spazio minuscolo fra le labbra mentre inspirava ed espirava piano.

Mi voltai di lato e mi sollevai sul gomito. Cominciai ad accarezzarle il viso, poi seguii il profilo della cicatrice sul collo e scesi più giù, per far correre la mano su tutto il resto del corpo.

Mi chinai a baciarle i capelli, inalando il suo odore.

Non aveva colpa di niente.

Era una di noi – era nostra – e non solo avevo una montagna di merda da spalare per aggiustare le cose, ma quasi temevo che quello che avrei fatto non sarebbe bastato. Non sapevo esattamente cosa volessi da lei, ma sapevo che non volevo perderla.

Ed era diventata molto brava a pensare con la sua testa.

La lasciai dormire. Feci una doccia e indossai dei pantaloni neri e una camicia bianca, sapendo di avere degli affari da sbrigare quel giorno.

La casa era un disastro e, dal momento che i miei genitori erano fuori città, anche le domestiche e il cuoco erano in vacanza. Chiamai qualcuno per sostituirli.

Non avevo ancora finito di buttare fuori tutti quelli che erano rimasti a fare baldoria a casa mia che i domestici già stavano trafficando. Cominciarono a pulire dalle stanze principali e a preparare la colazione.

Chiamai il centro in cui era ricoverata la madre di Rika e li informai che la figlia di Christiane Fane voleva mettersi in contatto con lei; poi chiamai un avvocato – non quello di famiglia, uno che non era pagato da mio padre – per discutere gli affari di Rika. Sapevo che non si sarebbe fidata – perché avrebbe dovuto? – ma non volevo nemmeno che tornasse tutto nelle mani di mio padre. Avremmo dovuto provare a contestare il testamento.

Feci riportare tutti i soldi nei suoi conti, cosa abbastanza semplice, perché i ragazzi avevano bluffato la sera prima allo Hunter-Bailey. Non avevamo ancora diviso le quote, quindi ero solo io ad avere accesso a tutto. Riuscii a rimettere a posto ogni cosa e a riattivare le sue carte di credito senza alcuna difficoltà.

Dopo un paio d'ore, mi sedetti al tavolo della sala da pranzo, con davanti una buona colazione; Kai era silenzioso e Will stava smaltendo la sbornia. Sembrava distrutto. Chiese subito di sapere cosa avremmo fatto dopo.

Voleva andare a prendere Trevor.

«Non posso risolvere un casino e fiondarmi subito in un altro», sibilai. Avevo già troppa carne al fuoco.

«Sì, è stata colpa tua», ribatté. «E di Damon, per averti dato informazioni sbagliate. Noi vi abbiamo seguiti, come facciamo sempre», guardò Kai per trovare una spalla. «Ma adesso faccio a modo mio. Vorrei che foste con me. In caso contrario, sopravvivrò lo stesso».

Buttò giù un paio di aspirine con un'intera bottiglia d'acqua.

Sì, era colpa mia. Avevamo fatto del male a Rika, anche se in realtà avremmo dovuto colpire Trevor, ma prima dovevo riprendere fiato.

Allontanai il piatto e mi accomodai sulla sedia. Quando alzai lo sguardo, la vidi ferma sulla soglia.

Incrociai il suo sguardo e il mio cuore perse un battito. Era assolutamente meravigliosa. Come se non avesse sofferto le pene dell'inferno la sera prima.

Aveva fatto la doccia, si era passata un leggero trucco sul viso e si era raccolta i capelli. Indossava un paio di jeans stretti, una camicetta bianca e una giacchetta rossa con le scarpe nere.

Se ne stava andando?

«Rika». Kai si alzò, con aria contrita. «Vuoi qualcosa da mangiare?».

Lo fissai con gli occhi socchiusi.

Ma lei lo ignorò e tornò a guardare me. «Mia madre», disse.

Annuii, prendendo un biglietto dal tavolo e porgendoglielo.

«Qui c'è il numero del suo terapeuta. Sei nella lista dei contatti adesso. Chiama quando vuoi».

Si avvicinò e prese il biglietto, guardandolo.

Ero pronto a scommettere che quello che era successo fra noi nella camera di Trevor la sera prima fosse un capitolo chiuso per il momento. Aveva le idee chiare e ben concentrate sugli affari.

Prima che potesse aggiungere altro, Will le mise un piatto in mano. «Tieni».

Allungò un braccio, prese una cucchiaiata di uova strapazzate e cominciò a riempirle il piatto.

Lei lo fissò sbalordita, e io voltai la testa da un'altra parte, sforzandomi di non ridere.

«Adesso sono stufo di parlare», proseguì Will. Poi si alzò e le servì anche frutta e patate. «Basta fare progetti. Basta aspettare. Basta riordinare tutto e pettinare le bambole. Fatti, non parole», e poi si fermò con la pinza in mano e la guardò. «Ti piace la salsiccia?».

Senza aspettare che rispondesse, con una scrollata di spalle ne mise due nel piatto.

Lei lo fissava come se avesse appena pisciato nel lavandino.

«Sappiamo dov'è e non voglio ucciderlo», sibilò Will, sedendosi. «Ma sicuro come l'oro, ho intenzione di cambiargli la vita per sempre. Come ha fatto lui con noi. Ci state o no?».

Mi abbandonai a un sospiro, socchiudendo gli occhi. Rika rimase lì in piedi ancora per un momento, ma poi si voltò e prese posto a tavola, posando il piatto.

«È mio fratello, okay?», mi intromisi affrontando Will.

Non sapevo quali sentimenti provassi per Trevor, ma era figlio di mia madre – e di mio padre, ovviamente – e fargli male avrebbe ferito anche loro. Non volevo prendere una decisione quel giorno.

Ma Will continuava a parlare. «Tenete lontano da me quel pezzo di merda. Non ti sopporta e tu lo detesti allo stesso modo. L'unico motivo per cui ti trattieni è lei».

E indicò Rika con un cenno della testa.

Rika afferrò lo schienale della sedia, ma senza sedersi. «Io mi chiamo fuori», rispose con calma. «Torno in città oggi e non voglio avere niente a che fare con tutto questo».

«Ma ci sei già dentro fino al collo», ribatté Will. «Sei tu l'unica causa di tutto questo. Se non fossi stata con noi quella sera, Trevor non sarebbe mai venuto. Non fraintendermi. Non ti sto biasimando. E adesso che so che fai parte del gruppo dei bravi ragazzi, posso ammettere che in realtà mi piaci molto. Ma il motivo che ha spinto Trevor ad agire sei tu, e Michael ha in testa solo te. Ha bisogno di stare concentrato, ed è a causa tua se in questo preciso momento non lo è».

«Ma io sono concentrato», sbottai.

«Perfetto!», disse sorridendo. «Allora quando andiamo ad Annapolis?».

Mi passai le mani sul volto, pronto a sferrargli un pugno dritto in faccia.

Rika si scostò dal tavolo, per chiamarsi fuori dalla discussione. «Adesso chiamo mia madre».

Si voltò e uscì dalla stanza, e io guardai subito Kai, che si alzò e prese a seguirla.

Feci per alzarmi anch'io, ma Will mi afferrò per il braccio. «Il tuo campionato inizia a giorni», mi fece notare. «Dobbiamo agire subito».

Tornai a sedere e lo fissai. «Ascoltami adesso, e ascolta bene», lo avvertii. «Trevor non sa nemmeno che lo sappiamo. Non andrà da nessuna parte. La minaccia adesso è Damon. Non abbiamo idea di dove sia ed è arrabbiato. Non sto temporeggiando. Mi sto organizzando».

Poi tirai indietro la sedia e mi precipitai fuori dalla sala da pranzo, attraversai l'ingresso e salii le scale.

Ma prima che potessi arrivare alla stanza di Rika, mi fermai vedendo Kai alla finestra del primo piano, che guardava giù nel vialetto.

«Cosa stai facendo?», chiesi.

Mi avvicinai a lui, seguii il suo sguardo e vidi Rika al telefono, che buttava la borsa sul sedile posteriore dell'auto. Sul sedile del passeggero c'era Alex. Avevo dimenticato che era lì.

«Maledizione».

Damon era lì fuori da qualche parte e non mi fidavo di lui. Non poteva andarsene così da sola.

«Non vuoi provare a fermarla?», chiese Kai in tono di sfida. Sembrava divertito.

«Io...», scossi la testa, appoggiandomi allo stipite. «Non sono sicuro di poterlo fare».

Lo sentii ridere piano. «Finalmente hai trovato una che ti tiene testa, eh?».

Era in piedi vicino alla macchina, parlava al telefono, probabilmente con la madre. Il sorriso che le increspava le labbra mi fece pensare a una Rika più giovane. Più gentile, più felice.

Prima che io cominciassi a esercitare il mio ascendente su di lei.

«Non so cosa fare con lei», dissi a bassa voce.

Mi era entrata dentro, nella testa e...

La guardai, e mi si strinse il cuore vedendole fare il gesto di portare i capelli dietro l'orecchio.

Adesso si stava intrufolando anche in un'altra parte di me.

«Pensi davvero di doverle dimostrare qualcosa?», chiese Kai. «Pensi che non sia stata innamorata di te per tutta la vita semplicemente per come sei?».

Continuai a fissare fuori dalla finestra. Non volevo parlare di queste cose con lui.

«È questo che ti spaventa, vero?», mi punzecchiò Kai.

«Non mi spaventa affatto».

«Spero di no», disse fissandola. «Perché tu l'hai corrotta per benino. È una furia adesso, e fra non molto sarà abbastanza coraggiosa da pretendere quello che vuole. Se non glielo darai, troverà qualcun altro che lo faccia al posto tuo».

Voltai la testa, guardandolo. «Non ho bisogno dei tuoi avvertimenti. Io non perdo».

«Non era un avvertimento», ribatté lui, senza toglierle gli occhi di dosso. «Era una minaccia». E a quel punto mi guardò mentre si girava per andarsene. «Guardati alle spalle, fratello».

Capitolo 25
Erika

Oggi

Abbandonai la testa all'indietro, lasciando che la punta della lama cadesse al suolo mentre cercavo di riprendere fiato.

Odiavo tirare di fioretto da sola.

Odiavo restare bloccata da sola.

Erano passati cinque giorni da quando ero tornata da Thunder Bay; Michael e i ragazzi erano arrivati poco dopo. Quando non ero a lezione, restavo chiusa nel mio appartamento.

Per ordine di Michael.

E se mi allontanavo – per andare in libreria o dal fruttivendolo – mi chiamava o mandava messaggi per chiedere dove fossi. Probabilmente il signor Patterson e Richard lo avvertivano quando non mi vedevano entrare dal portone a una certa ora tutti i giorni.

Stavo cominciando ad averne fin sopra i capelli.

Alex mi aveva invitata a bere un caffè con alcune amiche per il giorno dopo e avevo intenzione di andarci.

Ora che sapevo che mia madre era al sicuro – in effetti mi era parsa piena di speranze ed energia, a giudicare dal tono della sua voce al telefono – volevo guardare avanti. I miei conti erano tornati a funzionare regolarmente e molti impresari stavano valutando la nostra casa a Thunder Bay, pronti a fare delle offerte per la ristrutturazione.

Qualunque cosa Michael stesse tramando con i suoi amici per punire Trevor e Damon, non mi importava. Non volevo prendere parte a niente.

Dal portatile in cucina si diffondevano le note di *You're Going Down* dei Sick Puppies. Rimasi in piedi accanto all'isola a trangugiare una bottiglia d'acqua, con un leggero strato di sudore sulla schiena a rinfrescarmi la pelle.

Avevo passato venti minuti davanti a uno specchio a tutta altezza a controllare il movimento dei piedi e tirare con una pallina da tennis. Poi avevo terminato con alcune sequenze da trenta minuti.

Non facevo gare di fioretto, ma mi piaceva lo stesso perfezionarmi. Mio padre aveva voluto che praticassi questo sport. Avrei potuto smettere in qualunque momento, ma non lo feci mai. Sarebbe stato come chiudere una porta. In un certo senso, come lasciarmi alle spalle mio padre.

Però avrei voluto avere qualcuno con cui esercitarmi, un club o un programma di allenamento in palestra o qualcos'altro. Era noioso fare pratica da soli, il che spiegava perché non mi fossi allenata affatto da quando mi ero trasferita a Meridian City.

Il telefono prese a suonare. Posai la bottiglia d'acqua, vedendo il nome di Michael sullo schermo.

Premetti "Ignora", poi spensi il telefono e lo allontanai.

Ogni volta che mi chiamava o mi mandava un messaggio, aveva delle pretese, dava ordini, e chiedeva aggiornamenti su dove fossi, cosa stessi facendo e se avessi parlato con qualcuno quel giorno. Non mi chiedeva mai come stessi, né mi diceva cose carine.

Poi, finalmente, la sera, faceva la sua comparsa, a orari improponibili e stanco per l'allenamento, e pretendeva di entrare nel mio letto.

Entrava, chiudeva la porta, mi toglieva i vestiti, e tutto quello che mi ero detta in sua assenza per rafforzare la mia determinazione si scioglieva come neve al sole.

Gli stringevo le gambe attorno alla vita permettendogli di portarmi in camera mia.

Aveva vinto, eccomi di nuovo lì a giocare la *sua* partita.

Andai verso il frigorifero a prendere un'altra bottiglia d'acqua, ma quando sentii tre rapidi battiti alla porta d'ingresso, mi bloccai, con i peli della nuca drizzati.

Tutto a posto. Avrebbe potuto essere Damon – o Trevor – ma la porta era chiusa, e nessuno poteva entrare.

Mi avviai lentamente verso il portoncino, stringendo il pugno attorno all'elsa del fioretto, e mi chinai a guardare attraverso lo spioncino.

Buio e nient'altro. I risvolti della giacca, una camicia, poi una strisciolina di pelle liscia e abbronzata. Non riuscivo a vederlo in faccia, con il suo metro e novanta abbondante, ma avrei riconosciuto Michael ovunque.

«Chi è?», chiesi in tono scherzoso.

«Chi pensi che sia?», ribatté. «Apri questa cazzo di porta».

Scossi la testa, ridendo fra me e me. Ogni occasione per infastidirlo era una piccola vittoria.

Socchiusi il portoncino di qualche centimetro e rimasi lì a fissarlo con uno sguardo provocatorio.

«Sei un po' in anticipo, non ti pare?», lo sfidai. «Di solito la scopata la gradisci alle dieci».

Socchiuse gli occhi, sembrava che non fosse per niente divertito. «Fammi entrare».

Ma io scossi la testa, tenendogli testa. «No, credo proprio di no. Stasera non sono dell'umore giusto».

«Non sei dell'umore giusto? E cosa vorresti dire con questo?»

«Significa che non puoi tenermi rinchiusa perché stia al tuo servizio quando ti gira».

Socchiuse gli occhi. «E secondo te è questo che sto facendo?». Spinse la porta per farsi largo ed entrò, costringendomi a indietreggiare. «Pensi che io ti stia nascondendo?».

Fece un altro passo verso di me, ma io immediatamente riempii lo spazio che ci separava con la mia sottilissima spada, per fermarlo. La punta piatta era premuta contro il suo petto, mentre l'elsa era quasi conficcata nel mio, mettendo tra di noi una distanza di un metro.

Fece una risata amara, guardando la mia arma. «I miei giochi sono più divertenti».

Ma io non stavo giocando. «Hai portato fuori Alex», gli rammentai. «La mia prima sera al Delcour, lei aveva un bel vestito, tu un abito elegante, ed eravate appena rientrati da chissà dove. Non mi hai mai portata da nessuna parte».

Spostò la spada e si avvicinò, mettendomi con le spalle al muro.

Portò una mano sopra la mia testa e si chinò, tenendo gli occhi fissi nei miei.

«Allora cosa vuoi?», sibilò. «Fiori? Una cenetta elegante con un bel vestito, una bella scopata educata in una stanza d'albergo? E poi vuoi che ti accompagni alla porta alla fine della serata? Andiamo, Rika. Mi stai deludendo. Quelli non siamo noi».

«Noi?», controbattei. «Non c'è nessun "noi". Non hai idea di cosa mi renda felice e non te ne frega niente».

«Davvero?». Annuì con un sopracciglio alzato in modo sarcastico. «Allora intrufolarci allo Hunter-Bailey per la serata di apertura dei tornei di scherma di stasera non ti renderebbe felice? Perché io ero passato a prenderti per quello».

Spalancai gli occhi e la bocca insieme.

«Ma se preferisci una cena e poi il cinema, va bene», alzò le spalle. «Posso anche andare a comprare un noiosissimo mazzo di fiori del cazzo».

Feci un sorriso smagliante e cominciai a gridare e saltellare, gettandogli le braccia al collo.

Lui cercò di rimanere impassibile e duro, ma vedevo che si sforzava di trattenere un sorriso.

«Fai schifo», lo canzonai.

«Grazie, altrettanto», rispose, avvolgendomi le braccia attorno alla vita. «Non dirmi come devo trattarti, intesi? So esattamente cosa ti piace».

E a quel punto si staccò per darmi una leggera pacca sul sedere. «Adesso fai la doccia e cambiati. Puzzi».

Non riuscivo a togliermi il sorriso dalle labbra, mentre mi voltavo e sfrecciavo verso il bagno.

«Stai su bella dritta», mi rimproverò Michael, lanciando le chiavi al parcheggiatore.

Lo seguii sulle scale dello Hunter-Bailey, raddrizzando immediatamente le spalle e stringendo la sacca verde scuro sulla spalla.

«Sei sicuro che andrà tutto bene?», chiesi, mettendomi davanti a lui.

Michael allungò una mano dietro la mia testa per coprirmi i

capelli con il cappuccio nero dell'ampia felpa che mi aveva fatto indossare.

«E chi ci ferma?», replicò.

Feci una smorfia mentre nascondeva i miei capelli lunghi sotto il cappuccio.

E chi ci ferma? Avrei mai imparato a rispondere a quel modo quando avevo dei dubbi? No, perché ero il tipo che si preoccupa.

«Be', e se invece scoprono che sono una donna?», insistei, con la pelle del viso che pizzicava sotto il tocco delle sue mani.

«In quel caso sorridi e fagli vedere chi sei», rispose. «Il solo modo per scoprire di che cosa siamo capaci davvero è ficcarci in qualche guaio».

Sollevai un sopracciglio. «A volte cacciarsi nei guai può portarti in un *mare* di guai. Ti basta chiedere a Kai e Will».

Mi guardò come se fossi una stupida. «Stai pensando di pestare dei poliziotti o di portarti a letto delle minorenni?».

Alzai gli occhi al cielo.

«Andiamo». Mi prese per mano, trascinandomi verso la scalinata.

Aprì la porta ed entrò, lasciando che io lo seguissi a testa bassa. Sentii dei bicchieri tintinnare e delle risate chiassose provenire dalla sala da pranzo.

L'odore acre dei sigari si levò nell'aria, colpendomi le narici, così feci qualche respiro breve e poco profondo.

Michael appoggiò una mano sulla mia schiena e mi sospinse verso le scale.

«Signor Crist?», lo chiamò una voce maschile. Ci fermammo.

Il cuore mi balzò in gola, ma non mi voltai.

«Secondo il regolamento devono registrarsi tutti, signore», disse l'uomo. Doveva essere uno dei receptionist.

«Il signore è William Grayson III», rispose Michael, con voce calma e sicura.

Sentivo gli occhi di quell'uomo sulla mia schiena.

Dopo alcuni istanti, si schiarì la voce e rispose: «Ma certo, signore».

Un senso di sollievo mi assalì, ma sapevo che lui sapeva. Come poteva essere altrimenti? Bastava che conoscesse Will anche solo un po' per sapere che ero più bassa di parecchi centimetri e avevo quaranta chili di muscoli in meno.

Ma non avrebbe mai contraddetto un socio. Se Michael diceva che ero Will, allora ero Will.

«Andiamo». Michael mi diede un colpetto alla schiena, accompagnandomi verso i gradini.

Correndo su per le scale, strinsi la presa sulla borsa; mentre mi guidava lungo la hall, sentivo rumore di passi sopra di me e un chiacchiericcio provenire dalle stanze che superavamo al nostro passaggio.

«Stammi attaccata», mi disse da sopra la spalla. «Non alzare mai gli occhi».

Tenni lo sguardo per terra e la testa china, limitandomi a guardargli i talloni. Avanzavo lungo i corridoi come la sua ombra. Oltrepassammo una porta e attraversammo un'altra stanza.

Era la palestra. Lo capivo dai pavimenti di legno lucido, dal suono dei colpi contro i sacchi da boxe e dallo scricchiolio delle scarpe da tennis. Come aveva ordinato Michael, non alzai lo sguardo. Raggiunsi lo spogliatoio il più rapidamente possibile, poi lui aprì una porta e mi spinse all'interno.

Mi condusse oltre il bagno turco, la sauna, la spa, con il vapore che saliva dalle piscine come dal calderone di una strega, poi oltre gli armadietti e le poche voci maschili in agguato nella stanza umida. Voltando a destra, arrivammo di fronte a una fila di porte di vetro smerigliato. Michael afferrò la maniglia di una di queste e mi spinse dentro, poi entrò dietro di me e la richiuse alle nostre spalle.

Sollevai lo sguardo, mi voltai e vidi che era una doccia. Il doccino era sul soffitto esattamente sopra di me. C'era un portasapone scavato nel muro che conteneva tre grossi flaconi con dispenser: shampoo, balsamo e docciaschiuma.

Michael prese la mia borsa e la aprì, estraendo i miei pantaloni, la giacca, i guanti, i calzini e le scarpe.

Gettò a terra la borsa, si inginocchiò e cominciò a slacciarmi i pantaloni.

Feci una risata sommessa, prendendogli la mano. «Posso fare anche da sola», protestai.

«Ma voglio farlo io», disse in tono giocoso, facendomi battere forte il cuore.

Sospirai e raddrizzai la schiena, lasciando che mi togliesse scarpe e calze, prima di sfilare i jeans facendoli passare dai piedi. Tolsi felpa e maglietta insieme e le lasciai cadere sul pavimento.

Incrociai le braccia sul petto, aspettando che prendesse i miei pantaloni da fioretto bianchi e mi vestisse, invece i suoi occhi incrociarono i miei mentre faceva scorrere i polpastrelli lungo le mie gambe.

Le sue labbra si incresparono e i suoi occhi nocciola si riempirono di desiderio.

Piegò le dita sotto l'orlo delle mutandine e le sfilò dalle gambe. Io restai ferma a guardare, cercando di mantenere la calma, nonostante le farfalle nello stomaco.

Adoravo che mi guardasse.

La sua rudezza e i suoi modi bruschi rendevano così irresistibili le rare volte in cui era delicato che avrei voluto prendermi a schiaffi. Lui era un sadico, e il mio piccolo cuore non avrebbe dovuto fare altro che battere forte nell'istante stesso in cui i suoi strattoni, le sue strette rudi e le sue spinte lasciavano il posto a carezze delicate, e gli sguardi torvi e le maniere rudi si trasformavano in sussurri.

Caddi a terra, e non cercai nemmeno di impedirmelo.

Avevo la passione e la logica appostate ciascuna su una spalla, come l'angelo e il diavolo dei tempi moderni: una mi diceva di seguire il cuore, l'altra mi diceva che non avrei mai dovuto fidarmi di uno così.

Michael mi passò le mani sulle cosce e io rimasi lì, completamente nuda per lui, mentre mi divorava con occhi eccitati e le sue dita massaggiavano la mia pelle.

«Non pensarci nemmeno», lo rimproverai. «Voglio tirare di fioretto».

Un sorriso si aprì sul suo viso, capendo di essere stato scoperto. «Sei così bella». Fece correre le mani sul mio fondoschiena e, stringendomi i fianchi, sollevò lo sguardo su di me.

Non riuscivo a crederci. Michael Crist era lì in ginocchio e mi diceva che ero bella.

Allontanai le sue mani, con un sospiro. «Vestimi e basta».

Non sapevo con certezza perché mi volesse completamente nuda – senza reggiseno e mutandine – ma se avessi protestato gli avrei rivelato che ero nervosa, ed era l'ultima cosa che volevo.

Se mi voleva nuda sotto la divisa andava bene, era qualcosa che di sicuro sarei riuscita a gestire.

Mi aiutò a mettere le calze e poi i pantaloni. Infilai la giacca con la cerniera sul davanti e raccolsi i capelli in uno chignon in cima alla testa, per poi fermarli con un elastico, fissandoli bene. Infine indossai i guanti bianchi.

Poi mi infilai le scarpe e la maschera, accertandomi di nascondere ogni ciocca di capelli.

«Andiamo». Michael si alzò e si andò verso la porta, prendendomi per mano.

Ma io la ritrassi, sorridendo, anche se non poteva vedere il mio volto sotto la maschera. «Di solito tieni Will per mano?».

Si fermò, come se si fosse reso conto di cosa aveva fatto. «Ottima osservazione».

Aprì la porta delle docce e io lo seguii verso l'uscita: passammo di nuovo gli armadietti, le spa, il bagno turco e la sauna. Quando arrivammo alla porta che conduceva alla palestra, Kai entrò nello spogliatoio con un borsone sulla spalla.

«Ciao, cosa state facendo?», chiese fermandosi di fronte a Michael.

Michael scosse la testa, ignorando la domanda, ma poi Kai posò gli occhi su di me e all'istante li socchiuse.

Senza un attimo di esitazione, allungò la mano, sollevò la maschera, e vide che stringevo le labbra per nascondere un sorriso.

«Carina». Rise, rimettendomi a posto la maschera. «Be', dovrebbe essere divertente».

Scosse la testa divertito e ci girò attorno per dirigersi verso lo spogliatoio. Michael si fece avanti e aprì la porta della palestra.

Mi guidò attraverso un dedalo di tapis roulant, macchine pesi e un grande ring con una scorta di sacchi per la boxe. Poi entrò in un'altra stanza, un po' più scura, con un ampio pavimento di legno, dove alcune persone si stavano già sfidando al fioretto o bighellonavano lì attorno. Tutto attorno alla pedana avevano disposto delle poltrone di pelle marrone imbottite, così alcuni uomini tiravano di scherma, mentre altri bevevano e parlavano.

Michael mi portò verso la parete a cui erano appese una quantità di spade, sciabole e fioretti in bella mostra. Con un gesto mi fece capire che avrei dovuto sceglierne una. Guardai di nuovo gli uomini sulla pedana e notai che tiravano perlopiù di fioretto.

Il mio cuore prese a galoppare quando sentii il clangore delle spade in sottofondo. Allungai la mano per prendere un fioretto con l'impugnatura a pistola.

«Ciao, ti va di fare due tiri con me?», disse una voce maschile alle mie spalle, e io mi voltai, con il cuore che batteva forte in gola.

«Uh...», guardai Michael.

Ma lui sorrise e si chinò. «Divertiti», mi sussurrò all'orecchio prima di allontanarsi.

Cosa? Mi raddrizzai, improvvisamente nervosa. Mi sentivo sola.

«Collins», si presentò il tipo, porgendomi la mano.

Aveva i capelli rosso chiaro, con una calvizie incipiente in cima alla testa e un volto pallido, lucente. Fece un ampio sorriso a labbra serrate e notai che aveva una maschera fissata sotto un braccio e un fioretto in mano.

«Uh», balbettai e poi tesi la mano a mia volta. «Piacere, Erik». E poi abbassai la voce ripetendo per maggior sicurezza. «Erik».

Strinse la mia mano, e per poco non mi slogò il polso agitandola. «Bene, ragazzino, andiamo!», incitò voltandosi e mettendo la maschera sul viso.

Ragazzino? Non sapevo se fosse per la voce o per la costituzione esile, ma se non altro non aveva pensato che fossi una ragazza.

Salimmo sulla pedana e io mi guardai intorno, individuai Michael seduto su una sedia accanto a un tavolo alla mia destra. Un cameriere gli portò da bere e buttò giù un sorso del suo drink, continuando a tenere gli occhi su di me.

Il tessuto ruvido della divisa mi strofinava la pelle, così cominciai ad ansimare, sentendo la cucitura dei pantaloni che sfregava sul clitoride.

Trattenni un gemito, mentre una goccia di sudore mi scendeva lungo la schiena.

«Non credo di conoscerti, è vero?», chiese Collins.

Io mi voltai, mettendomi in posizione di in-guardia. «Vogliamo batterci o cosa?», ribattei, sollevando il fioretto.

Lui ridacchiò e assunse la stessa posizione. «Okay».

Avanzai subito. Cominciai a sfidarlo in posizione di attacco, usando il movimento dei piedi che mi avevano insegnato e con il quale mi ero esercitata per anni. Paravo, muovendo il fioretto a piccoli cerchi e nel frattempo lo costringevo a difendersi, mentre affondavo sempre di più in avanti. Aveva le braccia più lunghe delle mie, e anche le gambe per la verità, quindi mi muovevo in fretta, cercando di essere audace.

Cercavo di essere come il cane di piccola taglia che abbaia forte.

Mi muovevo in tondo lavorando di fioretto, e proprio quando pensavo che il mio sfidante fosse riuscito a mettersi al passo, balzai in avanti allungando la spada e gliela puntai nel petto.

«Wow!», esclamò lui. «Bello».

La lama sottile si piegò e io indietreggiai, espirando. «Grazie».

Prendemmo di nuovo posizione. Duellando, continuavo ad avanzare e indietreggiare. Collins era sempre più a suo agio e più aggressivo.

Lui mi attaccava, io mi difendevo, lui avanzava, io arretravo. Ma poi lo sorpresi con un colpo ben assestato e segnai un punto, colpendolo allo stomaco.

«Maledizione!», ringhiò.

Raddrizzai la schiena, temendo di averlo offeso.

Quando si tolse la maschera, aveva i capelli umidi di sudore e rideva. Mi rilassai.

«Bel duello, ragazzino», si complimentò, con il respiro affannoso. «Ora ho bisogno di bere».

Annuii, sorridendo mentre lo lasciavo scendere dalla pedana. Anch'io avevo la bocca arida, ma non ero ancora pronta a togliermi la maschera per bere qualcosa.

Mi voltai a destra, e in quell'istante mi resi conto di essermi dimenticata di Michael. Stava facendo ruotare il liquore ambrato nel suo bicchiere e intanto mi fissava, con espressione eccitata negli occhi. Non riuscii a calmare il respiro. Ogni centimetro della mia pelle era consapevole della sua presenza.

Ero sudata e gli abiti mi aderivano al corpo. Anch'io ero eccitata e volevo la sua bocca ovunque.

«Combattiamo?», mi chiese un uomo.

Mi voltai e vidi un altro tizio con i capelli neri arruffati e gli occhi scuri.

Annuii, senza dire nulla.

Mi misi in posizione, stando attenta a non invadere lo spazio degli altri tiratori, e iniziai a duellare con lui. Ma ormai non pensavo più a quello che facevo.

Michael, Michael, Michael. C'era solo lui nella mia testa, dentro di me.

Mi sentivo i suoi occhi addosso. Tutto quello che avrei voluto fare era levarmi la divisa e perdermi dentro di lui.

Per sempre.

Che avevo intenzione di fare?

«Ehi, ehi, ehi... vacci piano», protestò il tizio. «Sto cercando di divertirmi, qui».

Lo attaccai con meno furia, affannata. «Scusa».

Io feci due punti e lui uno solo. Ma faticavo a mantenere la concentrazione. Michael mi guardava, e in quel momento invece di pensare al duello e a collezionare punti, volevo qualcos'altro. Il sudore sotto i vestiti pizzicava la mia pelle nuda e le cuciture che mi sfregavano sul clitoride mi facevano bagnare. Sentivo pulsare con forza fra le gambe. Girai di scatto la testa e vidi Michael con la mascella tesa e il petto che si alzava e si abbassava più in fretta.

Aveva un angolo della bocca sollevato con aria di sufficienza e sapeva che mi stavo eccitando.

Ma poi sentii la punta piatta di una spada che mi affondava nella pancia. «Ah!», grugnii, indietreggiando. «Maledizione!».

Il ragazzo rideva di me. Lanciai un'occhiataccia a Michael, vedendo che anche lui rideva sotto i baffi.

Avevo la pelle in fiamme e i nervi a fior di pelle. La tuta e la maschera mi davano la sensazione di essere sepolta sotto un mucchio di coperte, che mi pesavano addosso tanto da soffocarmi. Avrei voluto strapparmi via tutto per riuscire a respirare.

Strinsi i pugni, notando l'espressione di sfida sul volto di Michael. *Oh, no. Stavolta si fa a modo mio.*

«Bel duello», dissi a denti stretti al tizio, poi scesi dalla pedana e mi allontanai.

«Ehi?», lo sentii chiamare.

Ma non mi voltai.

Lanciai la spada verso Michael e lui la prese al volo, poi passai accanto al suo tavolo e uscii dalla stanza, certa che mi avrebbe seguita.

Attraversai la palestra e gli spogliatoi, mi voltai e vidi che mi raggiungeva con gli occhi fiammeggianti. Non aveva con sé il fioretto, quindi doveva averlo lasciato al tavolo.

Riportai lo sguardo di fronte a me e andai verso le docce, sapendo che avremmo avuto un po' di privacy nei box, ma lui mi afferrò per i fianchi e mi bloccò.

Spalancò le porte del bagno turco e mi costrinse a entrare; passai rapidamente uno sguardo in giro per accertarmi che non ci fosse nessuno dentro.

L'enorme stanza con le mattonelle beige era avvolta nel vapore, perciò molte zone erano difficili da ispezionare, con tutta l'acqua che impregnava l'aria. A ogni modo, mi resi conto che la stanza aveva una pianta rettangolare, con delle gradinate, come un teatro, e le panche, disposte su quattro livelli, offrivano un sacco di spazio per sdraiarsi.

Perlomeno era vuota. La porta non si chiudeva a chiave, ma al momento eravamo soli.

Mi voltai e afferrai la maschera dal basso, la sfilai dalla testa e la lasciai cadere al suolo.

«Giochi, giochi, giochi…», lo rimproverai aprendo la cerniera della giacca. «Mi stai facendo diventare matta».

Mi agguantò togliendomi dalle braccia la giacca da fioretto bianca e si avventò con forza sulle mie labbra. La giacca cadde a terra e io lo afferrai per le spalle mentre mi sollevava tirandomi a sé e coprendomi la bocca con il suo sapore e il suo calore. Mi infilò la lingua in bocca, stuzzicò la mia, mentre, con movimenti forti e possenti, prese a divorarmi.

«Mi piace quando diventi matta», disse ritraendosi appena. «E quando ti bagni. Come stai messa là sotto?». Passò la mano sul davanti dei miei pantaloni: non fece fatica a sentire com'ero umida attraverso il tessuto. «Sì. Questi pantaloni ti hanno dato una bella strofinata, eh? Lo avevo immaginato».

Mi tirai su di scatto, andando a sbattere contro di lui che continuava a baciarmi, mordermi e giocare. Mi tolsi l'elastico dai capelli, liberandoli e lasciandoli ricadere sulla schiena.

Le sue mani vogliose correvano sulla mia pelle bagnata di sudore, poi mi tolsero i pantaloni, avvolgendomi le natiche e stringendomi contro il suo corpo.

L'arco duro del suo pene mi stuzzicava il clitoride facendomi gemere. Era così eccitante.

«Potrebbe entrare qualcuno», gli sussurrai contro il collo mentre faceva scivolare lungo le braccia la giacca nera. «Dovremmo andare alle docce».

«No», brontolò a bassa voce. Si aprì la camicia facendo volare i bottoni. «Voglio vederti sudare». Guardai nervosamente la porta di vetro smerigliato, sapendo che sarebbe potuto entrare qualcuno da un momento all'altro; ma sentivo il mio corpo pulsare, i capezzoli inturgiditi per tutto quello sfregamento contro i vestiti e non mi importava di nulla se non di averlo dentro di me.

In un attimo mi liberai di pantaloni, scarpe e calze, e Michael si tolse la camicia prima di prendermi e avvolgermi le gambe attorno al suo corpo.

Rimase lì, al centro della stanza, con le mani strette sul mio sedere. Mi baciò il collo, la mascella e poi ancora le labbra. Sentivo i capelli che si appiccicavano alla schiena. L'aria nella stanza era pesante. Ogni centimetro della mia pelle sembrava destarsi sotto il suo tocco. Gettai indietro la testa.

«Rika», mi sussurrò contro il collo. «Ho bisogno di te. Ho bisogno di te ogni giorno, ogni ora, ogni minuto…».

Raddrizzai il collo e lo strinsi forte, desiderando di poter fermare il tempo.

Lui era tutto.

Era tutta la mia vita, mi sentivo completamente viva solo quando lui mi era vicino. Sapevo che con lui non ci sarebbe stato niente di semplice, ma sapevo anche che senza di lui non ci sarebbe stato niente per cui valesse la pena vivere.

Affondai la testa nel suo collo e chiusi gli occhi, sussurrando: «Ti amo, Michael».

Rimase immobile, non allentò la stretta sul mio corpo, ma sentivo che aveva smesso di respirare.

Di fronte al suo silenzio, le lacrime cominciarono ad affiorare. Continuai a tenerlo stretto a me. *Per favore, non respingermi.*

Non ero pentita di averlo detto. Era quello che sentivo e non potevo più nasconderlo. Ma non riuscivo ad affrontare il suo silenzio. O la verità che nel suo cuore potessero esserci sentimenti diversi da quelli che provavo io.

Ma non ero pentita.

«Rika...», disse, sembrava che fosse a corto di parole.

Ma io scossi la testa e agitando le gambe lo costrinsi a mettermi giù. «Non dire niente», gli dissi, senza guardarlo negli occhi. «Non mi aspetto che tu lo faccia».

Le sue mani premevano ancora sui miei fianchi. Sapevo che mi stava fissando.

«Dille che la ami», riecheggiò una voce profonda. «Santo cielo».

Sollevai di scatto la testa e Michael mi imitò; poi, mentre si metteva a sedere, tra le volute di vapore riuscimmo a distinguere un paio di gambe sulla gradinata più alta.

«Ma è così difficile, cazzo?». Kai appoggiò i piedi sulle mattonelle e si piegò sui gomiti tenendo lo sguardo fisso su Michael. «Sei così tormentato. È davvero così difficile, Michael?».

Il respiro mi si mozzò nel petto. Mi chinai per afferrare la camicia nera di Michael e coprirmi.

Oh mio Dio. Era sempre stato lì? Ma che diavolo?

«Una bella ragazza ti guarda per tutta la vita come se fossi un dio», proseguì Kai, continuando a passare qualcosa di piccolo e rosso da una mano all'altra. «E tu non potrai mai avere niente di meglio, perché non c'è niente di meglio, eppure non riesci ancora a dirlo? Ma lo sai quanto sei fortunato?».

Michael rimase in silenzio, gli occhi ridotti a due fessure, intento a fissare Kai.

Non avrebbe litigato con lui, mai. Prestare attenzione alle accuse di Kai avrebbe dato loro credibilità.

Kai abbassò lo sguardo, serio, senza smettere di passare i misteriosi oggetti rossi da una mano all'altra.

Ma lo sai quanto sei fortunato? È davvero così difficile?

«Cosa sono quelle?», chiesi, stringendomi al petto la camicia.

«Cartucce», rispose.

Cartucce? Le guardai più da vicino, vedendo le punte dorate e le teste rovinate, sfrangiate e lacerate dallo scoppio.

Cartucce. Cartucce di un fucile.

Ed erano state sparate. Il mio cuore cominciò a martellare.

«Perché le hai con te?», chiese Michael.

Ma Kai si limitò ad alzare le spalle. «Non ha importanza».

«Perché le hai con te?», intervenni io.

Sapevo che Kai stava vivendo un tormento interiore, ma perché diavolo aveva con sé delle cartucce di fucile?

«Risalgono all'ultima volta che mio nonno mi ha portato a sparare ai piccioni», spiegò, con voce priva di emozione. «Avevo tredici anni. È stata l'ultima volta che ricordo di essere stato bambino».

Si alzò e prese a scendere le gradinate. Aveva un asciugamani bianco avvolto attorno alla vita e i capelli neri tirati indietro.

«Scusate se non mi sono fatto vedere prima», disse avvicinandosi. «Forse perché...».

Si interruppe, come se avesse pensato che fosse meglio non completare la frase.

«Forse perché cosa?», gli domandai.

Lanciò un'occhiata a Michael prima di distogliere lo sguardo e confessare: «Forse perché volevo sapere se mi sarei eccitato».

Avevo il viso in fiamme. Ricordai quello che mi aveva detto a proposito del fatto che non toccava una donna da tre anni.

Era davvero passato così tanto tempo?

Fece per superarci, ma io con uno scatto mi portai di fronte a lui, senza sapere bene perché.

Era così maledettamente disorientato e diffidente, e se stava per aprirsi, non volevo che si fermasse finché...

Finché non avesse ricominciato a stare bene.

«È successo?», chiesi, con voce appena percettibile. «Ti sei eccitato?».

Si guardò intorno e lo vidi deglutire come se non sapesse nemmeno lui cosa dire. Forse aveva paura di Michael. Forse aveva paura di me.

Non sapevo perché lo stessi facendo, ma mi tolsi la camicia di Michael e la lasciai cadere sul pavimento, sentendo Michael che si irrigidiva di fianco a me.

Kai teneva la testa alta, ma aveva lo sguardo fisso sul pavimento, guardava la camicia.

Tutti i peli della nuca mi si rizzarono. Ero preoccupata per quello che Michael avrebbe potuto dire o fare, temevo che mi odiasse, me c'era qualcosa che mi spingeva ad andare avanti.

Mi avvicinai a Kai, il vapore era come un abito sulla mia pelle, ma lui si rifiutò di alzare gli occhi.

«Perché non mi guardi?», chiesi piano.

Lui accennò una risatina, sembrava nervoso. «Perché sei la prima donna con cui ho parlato da quando sono fuori e ho paura…». Il suo petto si alzava e si abbassava più velocemente. «Ho paura che mi venga voglia di toccarti».

Voltai lentamente la testa verso Michael. Aveva delle goccioline sul petto, e i suoi occhi indagatori mi scrutavano come se stesse aspettando di vedere la mia prossima mossa.

Tornai a Kai, cercando di intercettare il suo sguardo. «Guardami».

Ma lui scosse la testa e tentò di allontanarsi da me. «Dovrei andarmene di qui».

Sollevai una mano e gliela posai sul seno. «Non voglio che tu te ne vada».

Il suo petto si sollevava e si abbassava sotto il mio palmo, tutto il suo corpo era rigido. Continuava a evitare di guardarmi.

Non sapevo cosa avrei fatto dopo o fin dove sarei stata disposta a spingermi, ma sapevo che Michael non mi avrebbe fermata.

E non ero sicura di volere che lo facesse.

«Perché fai così?». Kai alla fine sollevò gli occhi e mi fissò.

«Perché mi sembra giusto», gli dissi. «Ti senti a tuo agio con me?».

Guardò Michael che si era avvicinato a noi, poi riportò lo sguardo su di me. «Certo».

Ma non disse nient'altro, e io mi chiesi di cosa non volesse parlare. Dov'era il vecchio Kai?

Sembrava sempre così solo. Lacrime di tristezza mi salirono agli occhi quando mi resi conto che eravamo tutti cambiati, per sempre. Michael aveva provato odio, perché non riusciva ad accettare di essere impotente. Kai aveva sofferto perché, da quello che potevo intuire, l'avevano spinto oltre il limite di se stesso. E io avevo lottato per tanto tempo per capire chi fossi e quale fosse il mio posto nel mondo.

Eravamo stati tutti tanto soli e persi, a vagare senza scopo, perché nessuno di noi riusciva ad ammettere che in fondo non eravamo soli, e soprattutto che da soli non potevamo essere felici. Io avevo bisogno di Michael, Kai aveva bisogno dei suoi amici e Michael aveva bisogno di...

Non ero sicura di che cosa avesse bisogno. Ma sapevo che anche lui provava qualcosa, provava molte cose, ed era proprio così che volevo che si sentisse. Desideravo anche che Kai lasciasse andare ciò che lo stava trattenendo e volevo che tutti e tre permettessimo al dolore, alla frustrazione di uscire, perché erano rimasti imbrigliati dentro di noi per così tanto tempo, cazzo.

Allungai la mano e misi il braccio attorno al collo di Kai.

Affondai il viso nel suo collo, trattenendo le lacrime, e cominciai a premere il mio corpo contro il suo. Mi aggrappai a lui come se fossi io ad avere bisogno di lui.

«Toccami», sussurrai. «Per favore».

Sentii che aveva il respiro pesante e il collo gli pulsava contro le mie labbra. La pelle aveva l'odore del sale delle spa, e il calore umido del suo corpo si mescolava al mio.

Lentamente si rilassò.

Deglutì e poi sentii che appoggiava le mani sui miei fianchi. Rimase immobile per qualche istante, riprendendo fiato, ma poi le sue dita si allargarono sulla mia schiena, i polpastrelli affondarono nella mia pelle, sempre più forte, mentre il suo desiderio cresceva.

Le carezze scesero più in basso, le mani arrivarono al sedere e io cominciai ad assecondarlo. Abbassai le mani che avevo appoggiato sulle sue spalle e cominciai a sfiorargli il petto, ad accarezzare la pelle liscia della clavicola, i solchi degli addominali e la vita stretta.

«Fa male?», chiese.

Sollevai la testa per guardarlo, ma non era me che stava guardando, bensì Michael.

Voltai la testa, vidi che Michael aveva la bocca leggermente aperta e ansimava.

«Sì», sussurrò, e i suoi occhi incontrarono i miei.

«Ma ti piace», affermai, sentendo la sua mano tracciare una linea sulla mia pancia. «Ti piace quel dolore. Ti eccita».

Presi la mano di Kai e, mettendogli un braccio intorno al collo, rimasi sospesa su di lui. Tenendo la fronte premuta contro la sua, sollevai la sua mano e me la portai sul seno nudo.

Subito fece un respiro profondo e cominciò a tastare lentamente la pelle, mentre il mio capezzolo si induriva e formicolava sotto il suo tocco.

Chiusi gli occhi, il piacere si insinuava nei miei muscoli facendoli galleggiare. «È una sensazione bellissima», gli dissi.

E poi aprii gli occhi, sentendo un petto contro la schiena.

Michael stringeva i miei capelli fra le mani, e quando cominciò ad avvolgere le ciocche attorno alla mano chiusa a pugno, io buttai la testa all'indietro. Poi tirò, costringendomi a piegare il collo all'indietro e a sollevare lo sguardo su di lui.

«Sei perfetta, cazzo», disse e allungò una mano per passarmela fra le gambe.

Posò la bocca sulla mia, mentre Kai mi affondava nel collo. Un gemito di sorpresa mi sfuggì dalle labbra, ma il suono si perse nella gola di Michael.

Oddio. Le mie ginocchia stavano per cedere. Inarcai involontariamente la schiena, facendo di tutto per incontrare la bocca di Michael. Lo baciai e mi gustai quella sensazione, mentre tenevo i seni premuti contro il petto nudo di Kai. Il piacere mi avvolse la pancia come un ciclone che scese fino alle mie gambe, mentre lui mi divorava il collo.

Era troppo. Le loro labbra che mi succhiavano, mi assaggiavano, avide, e si avventavano su di me ancora e ancora, mentre le loro mani palpeggiavano e prendevano quello che desideravano.

Sollevai un braccio per afferrare il collo di Michael e portarlo dietro di me, mentre con l'altra mano presi la nuca di Kai che mi stava davanti.

Michael infilò le dita dentro la figa. Quando le tirò fuori ero tutta bagnata. Avevo la testa leggera e agivo d'istinto: il mio corpo sapeva dove trovare il piacere.

Michael mi affondò la lingua in bocca, facendomi gemere, mentre la pulsazione fra le gambe si faceva più forte e veloce. Kai mi prese un seno in mano e chinò la testa a coprire il capezzolo con la bocca.

«Oddio», mugolai, immobile, mentre Michael continuava a passarmi la lingua sulle labbra.

Con il calore della bocca di Kai e quella di Michael che giocava col mio corpo, ero pronta a esplodere. Con ogni muscolo del bacino teso, sollevai lo sguardo su Michael, implorando: «Ho bisogno di venire».

Palpeggiò il mio sedere, baciando e mordicchiandomi dolcemente le labbra. «Hai sentito, Kai?», chiese, ma guardava ancora me. «Vuole venire».

Sentii Kai che ridacchiava, sospirando contro la mia pelle, mentre passava da un seno all'altro. La sua lingua schizzava fuori, leccava la carne sensibile, prima di prendere tutto il seno in bocca e tirarlo con i denti.

Poi si sollevò e premette il proprio corpo contro il mio, mentre Michael mi stringeva da dietro.

«Hai bisogno di venire?», mi stuzzicò mordicchiandomi la mascella e il mento.

E poi cercò il mio orecchio per sussurrarvi in un gemito: «Ci penso io, piccola. Ti leccherò alla grande». Mugolai, avevo i crampi allo stomaco. Vidi Kai mettersi in ginocchio e fissarmi con gli occhi spalancati, mentre si toglieva l'asciugamano.

Gesù. La sua erezione e le dimensione del membro, pieno e duro, mi mandarono in estasi.

«Aprila per me», disse a Michael.

Michael si chinò, mi afferrò sotto il ginocchio, mi sollevò la gamba, tirandola di lato, e aprì la mia figa per Kai. Non potei fare altro che affondargli le unghie nel collo, dietro di me, e chiudere gli occhi mentre il suo amico mi copriva il clitoride con le labbra, risucchiandolo con forza. Le mie gambe si afflosciarono.

Mi prendeva come se morisse di fame, lavorando di lingua, girando attorno al clitoride, rendendomi tanto eccitata e pronta.

«Ti piace che il mio amico te la succhi?», mi disse Michael all'orecchio in tono provocatorio, afferrandomi le tette con entrambe le mani. «Sì, penso che ti piaccia da morire sentire la sua bocca proprio là sotto».

Mi abbandonai a un gemito, la schiena inarcata e i seni in fuori, mentre la lingua di Kai entrava dentro di me, muovendosi e leccando.

Premevo sempre di più il bacino contro di lui, cercando di farlo restare proprio in quel punto.

Sentivo in grembo un gran calore e la figa mi pulsava. Cominciai a mugolare e ansimare e dimenare i fianchi, inseguendo quell'orgasmo che stava per arrivare.

«Sì, sì», gridai.

Sentii la mano di Michael che scendeva verso le natiche, poi, una volta tra le mie gambe, mi accarezzò.

Si fermò vicino al buco del mio sedere, quello che Kai non stava divorando, e io sbattei le palpebre, quando cominciò a farsi strada dentro di me un filo di panico.

Sentivo la bocca arida, mentre mi premeva in quel punto, e inspirai forte nel momento in cui mise dentro di me la punta di un dito. Poi si fermò, senza spingersi oltre.

«Andiamo», incitava Michael, posando baci delicati sulla mia guancia. «Fammi vedere quanto ti piace che il mio amico ti stia divorando».

«Sì», gemetti, sentendo il clitoride incendiato di desiderio. «Kai, forza, è una sensazione stupenda».

Inarcai i fianchi, stringendo i denti mentre l'orgasmo si avvicinava sempre più.

Forza. Forza. Forza.

«Ah. Oddio!», gridai, stringendo i capelli di Kai, muovendomi e agitandomi mentre l'orgasmo mi scuoteva il corpo, riempiendomi di piacere, che si diffuse in ogni terminazione nervosa e in ogni centimetro di pelle.

Il dito di Michael mi spingeva da dietro, ma non faceva male. Niente affatto.

Anch'io spingevo il sedere contro di lui, sentendo crescere l'eccitazione mentre da entrambi gli accessi desiderio, lussuria e poi soddisfazione entravano dentro di me.

Avevo il cuore che batteva all'impazzata. Mi abbandonai contro il petto di Michael, stremata.

«Kai», disse lui con voce strozzata dietro di me.

Chinai lo sguardo e vidi Kai ritrarsi, gli occhi chiusi per un secondo come se stesse godendo tanto quanto me.

Sollevò una mano, prendendo con facilità il preservativo che Michael gli lanciò.

«Ho bisogno di te», sussurrò Michael contro i miei capelli, sembrava disperato.

Lo sentii che si toglieva i pantaloni e gettava tutto al suolo, mentre Kai si alzava e apriva il preservativo con i denti, infilandolo sul membro teso.

Mi prese per il polso e mi tirò a sé, mi afferrò dietro le cosce e mi sollevò.

Strinsi le gambe attorno alla sua vita e, aggrappata alle sue spalle, fissai i suoi occhi scuri.

«Grazie, Rika», disse, nel suo sguardo si leggeva che era sincero.

E poi mi baciò le labbra mentre si preparava a entrare dentro di me; dapprima si infilò nel mio corpo solo un pochino, poi affondò nella mia carne piano piano e con delicatezza.

Grugnii, sentendolo entrare, e intanto mi prendeva il sedere fra le mani, tenendomi stretta a sé.

«Mi vuoi, Rika?», chiese, mentre diventavamo una cosa sola.

«Sì», annuii, sapendo che era quello che aveva bisogno di sentire.

Lo volevo?

Volevo *questo*. Volevo che io, lui e Michael potessimo trarre qualcosa di buono dagli ultimi tre anni, volevo che sapesse di non essere solo. Che era amato e c'erano delle persone sulle quali poteva contare.

Ma non ero innamorata di lui. Il mio cuore continuava ad appartenere a Michael.

371

Ma era suo amico e io volevo aiutarlo.

Michael mi venne dietro e sentii la sua erezione contro la schiena.

«Sei troppo sexy, cazzo», disse tenendomi i fianchi e baciandomi la spalla. «Abbassa una gamba per me, ma tieniti aggrappata a Kai».

Il mio cuore perse un battito, ma obbedii, sapendo che aveva bisogno che fossi a una certa altezza per fare quello che aveva in mente.

Tenendo una gamba attorno a Kai, che era ancora dentro di me, lasciai cadere la gamba destra, abbassandomi un po'. Kai mi reggeva con forza, tendendo tutti i muscoli delle braccia nello sforzo di tenermi sollevata.

Michael mi strofinò il pene contro il sedere, il corpo già ben bagnato per il vapore e per Kai. Ero molto rilassata per l'orgasmo e troppo stanca per essere spaventata.

Non avevo mai fatto niente del genere prima. Non ero mai stata con due ragazzi – e nemmeno avevo fatto sesso anale – ma sapevo che sarebbe successo.

Kai disse a Michael: «Sbrigati. Devo cominciare a muovermi. È troppo eccitante».

Il pene di Michael premette contro di me e io trattenni il respiro.

«Rilassati, piccola». Michael mi accarezzava il sedere. «Ti giuro che ti piacerà».

Sospirai, costrinsi i muscoli a distendersi e feci di tutto per rimanere immobile, mentre Michael premeva sempre più forte.

Feci una smorfia avvertendo del bruciore, mentre lui spingeva dentro il cazzo. Trattenni il fiato. «Non credo che...».

«Shhh». Michael mi rassicurava sussurrandomi all'orecchio e intanto allungava una mano per giocare con il clitoride. «Hai il sedere così maledettamente stretto. Pensi che ti permetterò di fermarmi dopo che l'avrò assaggiato?».

E poi mi strinse i capelli nel pugno, tirandomi indietro la testa. «Uh?». Mi morse la guancia, provocandomi. «Non può sentirti nessuno se gridi, Rika. Ti scoperemo entrambi e ti godrai ogni secondo. Non verrà nessuno ad aiutarti».

Il cuore mi balzò nel petto. Aprii la bocca, sentendo il clitoride pulsare più forte per la paura. «Sì».

Maledizione a lui.

La paura. Quel maledetto terrore mi eccitava, e lui sapeva esattamente cosa dire perché mi eccitassi ancora.

Lentamente – molto lentamente – si spinse sempre più dentro di me. Ero sempre più eccitata. Kai affondava nel mio collo, succhiando e baciandomi la pelle. Si tirava fuori e poi rientrava, e io assecondavo il movimento, mentre Michael dietro continuava a spingere. Lo sentii gemere mentre si chinava sulla mia bocca.

Si muovevano piano. Trovarono il ritmo giusto, entrando e uscendo dal mio corpo all'unisono; io strinsi di nuovo un braccio attorno al collo di Michael, mentre con l'altra mano attiravo Kai verso di me.

Ero tesa e piena, e tutto il mio corpo bruciava per la frizione della pelle, per il sudore, mentre i capelli mi si appiccicavano al collo e alla schiena.

«Più forte», mugolai, inspirando forte mentre inarcavo la schiena per Michael e affondavo le unghie sulla nuca di Kai.

Iniziarono a muoversi più velocemente, e il punto in cui Michael mi stava entrando dentro bruciava da morire, ma allo stesso tempo era bellissimo. Come se l'orgasmo arrivasse da dieci punti diversi, che confluivano tutti in un unico fulcro, dove si univano per esplodere.

«Gesù». Michael ansimava, con le mani che mi stringevano i fianchi, mentre io assecondavo le sue spinte, prendendo tutto quello che mi stava dando.

«Dio, Rika», mugolò Kai, con una mano sotto la mia coscia all'altezza della vita e l'altra sul mio seno.

Chinò di nuovo la testa, prendendomi in bocca un capezzolo, mentre io spingevo contro di lui, implorando che lo facesse.

Buttai indietro la testa, tenendo le labbra sopra quelle di Michael. «Domani me ne farai una colpa?»

«E se lo facessi?».

Respiravo a fondo, le spinte di Kai e di Michael si facevano più potenti. «Allora me ne andrei», gli risposi. «E senza tornare indietro. Dovresti venire tu a stanarmi, io mi limiterei ad aspettare».

Increspò le labbra in un sorriso prima di passarmi un braccio attorno al collo, sussurrandomi all'orecchio: «Lo volevo quanto te. Volevo vedere quanto male mi avrebbe fatto».

«E ti fa male?».

Smise di respirare, sembrava in pena. «Voglio ucciderlo».

E io sorrisi. «Bene».

Si chinò per baciarmi, e io dovetti costringermi a stare dritta, perché il suo bacio era tanto profondo che lo sentivo fino alle dita dei piedi.

Poi si scostò, lasciando cadere la testa all'indietro e spingendosi dentro di me, avvinto dal piacere. Mi girai, per prendere le labbra di Kai questa volta, gemendo nella sua bocca mentre mi accarezzava la lingua con la sua. Sentivo una pressione avvolgente sulla figa.

Kai mi teneva per i capelli, fronte contro fronte, i nostri respiri caldi si fondevano. «Rika», ansimò. «Gesù, sei così buona. Non posso credere di aver rinunciato a tutto questo per tanto tempo».

Il sudore gli imperlava il corpo. Afferrai il suo labbro inferiore e lo strinsi fra i denti. «Ce l'hai troppo grosso. Fammi venire ancora, Kai».

Impugnò i miei capelli. «Non devi nemmeno chiederlo, bimba».

Cominciò a spingere più forte e io strinsi di nuovo il braccio attorno al collo di Michael. Entrambi mi riempivano, andavano sempre più a fondo colpendo le mie pareti interne.

Mi morsi il labbro inferiore, strizzando gli occhi, mentre il cuore mi batteva all'impazzata e la figa pulsava e vibrava attorno a Kai.

Ma era Michael che sentivo davvero. Lo sentivo nel fondoschiena, la sua pelle nella mia, e tutta la pancia e le cosce mi bruciavano, finché non trovai il ritmo e presi ad assecondare entrambi.

«Oddio», mugolai. «Più forte, più forte!».

«Andiamo, piccola», mi incitava Michael.

«Cosa diavolo sta succedendo qui dentro?», chiese una voce

dietro di noi, e in quel momento realizzai che era entrato qualcuno.

Ma ero su un altro pianeta. Non me ne fregava niente.

«Esci da questa cazzo di stanza!», gridò Michael.

«Oddio!». Kai gettò indietro la testa, muovendosi più forte, e
capii che c'era quasi.

Nessuno degnò di un'occhiata l'intruso, ma sentii che la porta si
chiudeva, quindi seppi che se n'era andato.

«Sì», gridavo. «Sì!».

L'orgasmo giunse al culmine e poi esplose, lungo le cosce, su
per la schiena e dappertutto dentro di me. Mi bloccai, lascian-
dogli briglia sciolta, mentre loro continuavano a entrarmi dentro
ancora e ancora, le sensazioni mi facevano ruotare gli occhi fin
dietro la testa.

Michael.

Dannazione. Non l'avrei mai più ostacolato quando avesse
voluto entrare da quella parte. Era stato il miglior orgasmo che
avessi mai provato.

Michael fece qualche altra spinta dentro di me, poi affondò le
dita nei miei fianchi, graffiandomi la pelle, mentre veniva.

«Cazzo», esclamò con voce strozzata, annaspando e gravando
su di me con tutto il peso del corpo. Poi appoggiò la fronte sulla
mia spalla. «Gesù».

Ma a quel punto Kai mi fece allontanare. Sussultai per il bruciore, mentre Michael usciva da me. Kai mi fece sdraiare sulla
panca piastrellata, mi sollevò il ginocchio, aprendomi le gambe,
mi penetrò di nuovo con una spinta.

Inarcai la schiena, ansimante.

Si sdraiò su di me, facendo aderire il suo corpo al mio, appoggiò
un braccio sopra la mia testa e intanto copriva la mia bocca con
la sua.

Dava spinte vigorose e veloci, come se fosse posseduto, e non
riuscivo nemmeno a sollevare lo sguardo per vedere dove fosse
Michael, perché Kai aveva preso il sopravvento su di me.

Lo sentii gemere nella mia bocca mentre spingeva più forte, ancora e ancora, finché non sussultò e venne, gemendo forte, con
tutto il corpo teso e accaldato.

Mi aggrappai alla sua schiena, continuando a baciargli le labbra immobili, mentre cercava di riprendere fiato.

«Porca puttana», ansimò. «È ancora meglio di quanto ricordassi».

Dopo qualche istante, si rialzò lentamente, scivolando fuori da me, e si sedette.

«Tu stai bene?». Mi guardò con aria preoccupata.

Chiusi le gambe e voltai la testa. Vidi Michael seduto su un sedile piastrellato alla mia destra: ci stava guardando con i gomiti appoggiati alle ginocchia.

Annuii.

Piegando le gambe, alzai lo sguardo sul soffitto immerso nel vapore. Mi sentivo accaldata, piacevolmente esausta e soddisfatta.

Kai si alzò e gettò il profilattico nella spazzatura fuori dalla porta, raccolse da terra il suo asciugamano e se lo avvolse addosso. Poi si sedette accanto a me.

Rimanemmo lì seduti per qualche minuto, aspettando che i battiti del cuore si calmassero.

Fluttuavo come un palloncino. Arrossii ripensando a quello che era appena successo. Avevo il cuore che batteva come una furia e lo stomaco sottosopra.

Cosa avrebbe pensato la gente se ci avesse visti in questo momento?

Alex sarebbe stata orgogliosa. Avrebbe voluto partecipare.

Trevor mi avrebbe dato della puttana.

Mia madre si sarebbe fatta un bicchierino e la signora Crist avrebbe sminuito la cosa come se si fosse appena trovata nel bel mezzo di una battaglia di cuscini.

Ma una sensazione di calma si impossessò di me quando mi accorsi che l'unica opinione di cui mi importava era quella della persona che non mi avrebbe mai fatto provare vergogna. L'unica che mi spingeva sempre a prendere quello che volevo e l'unica che mi aveva chiesto una cosa sola: di non lasciarlo mai.

Di non abbandonare la partita.

Con chiunque altro – in qualunque altro momento – avrei temuto che la nostra relazione fosse in pericolo, o che lui si sentisse minacciato da Kai, ma Michael sapeva in che direzione andava il mio cuore. Non dubitava di me.

Dubitava di se stesso.

Alla fine Kai si alzò, voltandosi verso di me. Aveva gli occhi accesi, un sorriso sulla faccia. Sembrava ringiovanito.

«Non sei preoccupato?», disse, guardando Michael. «Potrei cercare di portartela via».

«Provaci», ribatté Michael.

E Kai sorrise, chinandosi per baciarmi delicatamente le labbra.

«Adesso il tuo pisello funziona», lo avvertì Michael da dietro. «Vai a cercarti qualcun'altra».

Sentii Kai sbuffare, la sua bocca tremava sopra la mia mentre rideva. Scostò le labbra, poi mi guardò con una calma e una sicurezza nuove. «Non ho parole», disse. «Solo "grazie"».

Si voltò e attraversò la porta di vetro smerigliato diretto allo spogliatoio.

Io e Michael rimanemmo in silenzio per qualche istante. Sentii delle voci fuori e improvvisamente ricordai che poco prima ci avevano sorpresi. Qualcuno doveva aver chiamato la sicurezza.

Mi sedetti, feci oscillare le gambe sulla panca, poi mi alzai, con le gambe tremanti e il corpo indolenzito per quello che avevamo appena fatto. Sentivo gli occhi di Michael fissi su di me mentre infilavo gli abiti che avevo abbandonato sul pavimento.

«Sai», esordii, mettendomi i pantaloni. «Non ricordo un momento in cui non ti abbia amato».

Continuai a vestirmi senza guardarlo, infilai la giacca, presi le scarpe e le calze e mi sedetti sulla panca per metterle ai piedi.

«Quando mi guardi», continuai, «quando mi tocchi, quando sei dentro di me, sono perdutamente innamorata della mia vita, Michael. Non vorrei mai essere da nessun'altra parte».

Finii di indossare calze e scarpe e mi chinai per allacciarle.

Una volta finito, mi raddrizzai sulla panca e lo guardai. «Proverai mai le stesse cose per me?», chiesi. «Avrai mai bisogno di me o paura di perdermi?».

Kai mi aveva fatta stare bene. Lui aveva avuto bisogno di me. Mi aveva mostrato gratitudine.

Michael restò con lo sguardo fisso nel mio, senza null'altro che una calma piatta negli occhi. Non riuscivo a capire cosa stesse succedendo dentro di lui.

«Ti permetterai di essere vulnerabile?», insistetti.

E vedendo che lui se ne stava seduto lì, semplicemente, senza rispondere, alla fine mi alzai e mi diressi alla porta.

«Ti aspetto fuori».

Capitolo 26
Erika

Oggi

«Dovremmo studiare stasera», disse Alex mentre camminavamo sul marciapiede, subito dopo la lezione. «Ho una tecnica infallibile: mi concedo di mangiare un dolcetto ogni volta che azzecco la risposta».

Feci una risatina, scuotendo la tesa. «Ma sono domande aperte».

«Merda», borbottò. «Allora ce ne vuole almeno una bustina per ogni domanda».

Svoltò a sinistra e io la seguii verso una piccola zona bar esterna. Lasciò cadere a terra la borsa vicino a un tavolo pieno di ragazze.

«Ciao, Alex», cinguettò una rossa, sollevando lo sguardo, mentre le altre ragazze continuavano a ridere per qualcosa di cui stavano parlando.

«Ciao a tutte», salutò Alex prendendo una sedia. «Lei è Rika». E poi si voltò verso di me. «Rika, ti presento Angel, Becks e Danielle. L'anno scorso vivevamo insieme nello studentato». Si fece più vicina e mormorò mentre prendevamo posto: «Pensano che io abbia un amante ricco e sposato che mi mantiene, quindi acqua in bocca e pensa solo che sei speciale perché mi sono fidata a raccontarti tutto lo schifo, d'accordo?».

Mi lanciò un'occhiata di avvertimento, e io sbuffai, sedendomi sulla sedia.

«Ciao a tutte», dissi, guardandole una dopo l'altra.

Sorrisero e la conversazione riprese, passando dai ragazzi agli esami di metà trimestre. Rimasi seduta in silenzio, cercando di rilassarmi e di assorbire l'energia del tardo pomeriggio che aleggiava attorno a me.

I fischi per chiamare i taxi, i clacson delle auto, le conversazioni che si svolgevano ai tavoli…

Ma a poco a poco, tutti i rumori cominciarono a sbiadire. I discorsi delle ragazze diventarono un'eco lontana. Sentii un calore sul collo, come succedeva ogni volta che stavo seduta ferma, e mi parve di rivivere tutto quello che era successo.

I loro corpi. Il bagno turco. Il sudore.

Chiusi gli occhi, avvertendo ancora dei piccoli dolori, conseguenza di quello che avevamo fatto. Avevo le membra indolenzite e il sapore dei ragazzi ancora in bocca.

Non riuscivo a credere a quello che era successo.

Michael.

La sera prima avevo ingoiato la vergogna e mi ero spinta oltre i limiti, ma non sapevo se l'avessi fatto per mettere alla prova la sua fiducia, il suo amore, o solo per vedere quali emozioni si sarebbero dispiegate fra noi con quell'esperienza. Ne ero uscita con una sola consapevolezza: non ci saremmo fermati davanti a niente.

Se mi amava, saremmo diventati invincibili.

Non era successo niente fra me e Kai, nulla di reale. Era una cosa fra me e Michael, Kai ci aveva solo aiutati.

Mi aveva aiutata a vedere che Michael non era pronto. Non ancora. Aveva bisogno del tira e molla – dei giochi – ne aveva troppo bisogno per abbandonarsi a me.

Il telefono vibrò nella tasca. Lo presi e lessi il nome di Michael sullo schermo.

Ignorai la chiamata, facendo scivolare il cellulare nella borsa. Era già la sesta volta che mi chiamava quel giorno, senza contare i numerosi messaggi che mi aveva inviato, sei dei quali li aveva lasciati nella segreteria.

Sapevo cosa voleva, ma se non mi avesse dato il suo cuore non sarei stata disposta a farmi dare ordini da lui.

«È Michael?», chiese Alex ad alta voce, passandomi uno dei bicchieri d'acqua che il cameriere aveva portato.

Annuii con un lieve cenno del capo e mi abbandonai all'indietro, appoggiando le braccia sulla sedia di ferro battuto.

«Va tutto bene?».

Scossi la testa, socchiudendo gli occhi. Non avevo idea di come parlare di lui.

«No, non va tutto bene», disse una voce maschile profonda alle mie spalle, e io mi paralizzai.

Le altre ragazze al tavolo si zittirono all'istante e alzarono gli occhi. Alex si girò per vedere chi avesse parlato.

Chiusi gli occhi infastidita e mi voltai. Dietro di me, in piedi, c'erano Kai e Will, e una Jaguar nera era parcheggiata sul ciglio del marciapiede.

«Michael sta cercando di mettersi in contatto con te», mi riferì Kai, venendo a mettersi fra la mia sedia e quella di Alex. «Siccome non è riuscito a trovarti, ha mandato noi a cercarti».

«E se io avessi voluto parlargli, gli avrei risposto al telefono», ribattei.

«Pensa che sarebbe meglio se tu andassi a casa ad aspettarlo», consigliò Kai, ma io sapevo che era un ordine. «È preoccupato che tu non sia al sicuro».

«Prendo nota», risposi. «Grazie».

Afferrai il bicchiere d'acqua, congedandolo.

Lui me lo sfilò dalla mano, e io feci una smorfia di fastidio quando il liquido gelato si rovesciò sulle mie dita. Lui svuotò il contenuto sulla piantina in vaso che aveva alle spalle, poi posò il bicchiere sul tavolino con un rumore secco.

Si chinò per guardare le ragazze sedute attorno al tavolo che osservavano la scena con occhi spalancati e immobili.

«Scusateci, signore», sibilò e poi, mentre il suo odore riaccendeva i ricordi della sera prima facendoli tornare in primo piano, mi ringhiò all'orecchio: «È preoccupato per te, Rika».

«Allora deve dirmelo», ribattei. «Non mandare i suoi cani a riportargli indietro l'osso».

Kai si rialzò di scatto. Tirò indietro la mia sedia afferrandomi per il braccio per farmi alzare, e io cacciai un urlo. Mi spinse verso Will, poi raccolse la mia borsa e me la lanciò.

La presi al volo, ma poi con un movimento rapido gliela rilanciai.

«Sali in macchina», ordinò, tenendo la mia borsa con una mano. «Oppure ti ci porto in spalla».

«Rika, tutto bene?». Alex si alzò.

Ma Kai si girò verso di lei, sovrastandola con la sua altezza. «Tu siediti e non metterti in mezzo».

Lei ricadde sulla sedia e, per la prima volta da quando la conoscevo, sembrava spaventata.

«Andiamo». Will mi tirò per il braccio, ma io mi divincolai liberandomi dalla sua stretta, e mi fiondai alla macchina.

Kai mi seguì. Salimmo tutti a bordo, sbattendo le portiere, mentre Will si allontanava dal marciapiedi.

Strinsi i denti, la sagoma slanciata di Kai accanto a me sul sedile posteriore riempiva lo spazio ristretto. Sentivo il suo sguardo fisso sulla mia guancia sinistra.

Allungò una mano e mi afferrò, io lo respinsi, ma lui riuscì a mettermi a sedere sulle sue ginocchia.

Cosa diavolo stava facendo? Pensava che, dopo la sera prima, sarebbe stato libero di mettermi le mani addosso ogni volta che voleva?

«Mentre sei troppo occupata a tenere il broncio», disse, sentivo il suo fiato sulla faccia mente mi teneva la nuca con una mano e mi strizzava la mascella con l'altra, «permettimi di dipingerti il quadro di quello che a quanto pare non è ben chiaro nella tua testolina».

Presi a contorcermi, cercando di colpirlo.

Voltai la testa per liberarmi dalla sua presa, ma era troppo salda.

«Pensa all'ultima volta che hai permesso a Trevor di prenderti», disse con voce dura, sputando ogni parola. «Pensa all'odore che aveva, a com'era sentire il suo sudore e le sue labbra per tutto il corpo, alla forza con cui spingeva dentro il tuo corpicino, mentre godeva come un maiale...».

Ringhiai e lottai, cercando di allontanarmi.

«Vuoi sapere quali parole pronunciava nella sua testa?», disse Kai provocatorio. «Eh?».

Respirai a fondo, la rabbia mi bruciava la pelle come fosse lava.

«Stupida. Maledetta. Puttana», rispose, parlando come Trevor. «Non ha capito proprio un cazzo, questa stupida zoccola imbecille non sa nemmeno che c'ero io dietro la maschera quella sera. Ero sopra di lei, la toccavo. Ma adesso eccomi qui, a ricevere ancora i benefit. Che scema senza cervello».

382

Mi lasciò andare e io mi lanciai verso l'altro lato della macchina, respirando forte, con il fuoco che mi bruciava nelle vene.

Maledetto Trevor.

L'ultima volta che avevamo dormito insieme doveva aver apprezzato molto il fatto di vedermi sottomessa al suo piacere. Cercava di dominarmi e, al contempo, di farmi passare per idiota.

Feci correre una mano fra i capelli, in preda a un senso di frustrazione. La mia schiena era ricoperta da uno strato di sudore freddo.

«Spero che tu adesso sia arrabbiata al punto giusto», proseguì Kai, «perché è esattamente rabbia ciò che prova Michael. Trevor ci ha presi in giro tutti e, a questo punto, dovresti sapere che possiamo combattere i pericoli solo quando li vediamo arrivare. E noi adesso stiamo brancolando nel buio». La sua voce riempiva tutta l'auto, e io mi rifiutavo di guardarlo. «Trevor è imprevedibile e illeggibile, e Damon prova una sola emozione: odio».

Guardai fuori dal finestrino mentre entravamo nella via del Delcour. Aveva ragione. C'era un potenziale pericolo e io mi stavo comportando da immatura.

Ma erano anche loro a trattarmi come se fossi una bambina.

«È così difficile capire che Michael vuole tenere al sicuro la sua ragazza?», chiese Kai, in tono più gentile.

«Forse», ammisi, voltando la testa per guardarlo. «Ma forse voi ragazzi potreste parlare con me come se fossi una persona invece che un burattino? È possibile?».

Lo sguardo di Kai si ammorbidì, indugiando su di me. Trattenni il respiro. Ci fu un istante, credo, in cui entrambi ricordammo la sera prima.

Improvvisamente l'auto si fece troppo piccola.

Will si fermò davanti al Delcour e io scesi, prendendo la borsa.

Sentii Kai dire a Will: «Io controllo l'appartamento. Tu vai a parcheggiare».

Chiusi la portiera con un tonfo, lanciando una rapida occhiata al portiere che mi teneva aperta la porta del palazzo. Mi avvicinai all'ascensore e premetti il pulsante. Kai mi seguì.

«Non devi salire», insistetti. «Credo di essere capace di chiudermi dentro a chiave».

Fece una risatina rilassata. «Non ci vorrà molto. Sono sicuro che dopo passerà Michael a tenerti compagnia».

Entrai in ascensore non appena le porte si aprirono e premetti il tasto "ventuno". Sapevo che Michael era a un allenamento, ecco perché aveva mandato i ragazzi a cercarmi. Ma non ero sicura che l'avrei lasciato entrare dopo.

Se c'era qualcosa di peggio di avere lui che mi teneva sotto una campana di vetro, era che mi mandasse anche gli amici.

Raggiungemmo l'appartamento, e Kai entrò davanti a me, ispezionò tutte le stanze, controllò l'ingresso posteriore e le porte del balcone.

«Sembra che sia tutto a posto», disse prima di attraversare il soggiorno e controllare le serrature del portoncino d'entrata.

«Ma certo», risposi. «Trevor è ad Annapolis e Damon probabilmente è andato a ubriacarsi da qualche parte, sepolto sotto una scorta infinita di prostitute adolescenti a New York City».

Rise, aprì la porta per uscire, ma rimase sulla soglia.

Poi posò gli occhi su di me, con uno sguardo pensieroso, e percorse tutto il mio corpo. Indugiò a lungo su di me, con intensità, e io raggelai sentendo il calore addensarsi tra le cosce e riscendere le mie gambe.

Tornò a guardarmi in faccia. «Potrei restare io con te, se vuoi», propose, con voce profonda e roca.

Sollevai le labbra in un mezzo sorriso, avvicinandomi a lui. «E cosa potremmo fare?».

Aveva un sorriso sensuale sul bel volto. «Potremmo ordinare qualcosa da mangiare», suggerì, e poi lanciò un'altra occhiata piena di desiderio a tutto il mio corpo, «oppure bere qualcosa insieme?».

Mi avvicinai per afferrare la porta. «O forse… mi stai mettendo alla prova. Per vedere se ti inviterei alle spalle di Michael».

«Perché dovrei metterti sotto esame?»

«Perché vuoi più bene a Michael che a me», ribattei.

Abbassò lo sguardo, sorridendo. «Forse», rispose, allungando una mano per passare il pollice sul mio mento. «O forse mi è piaciuto. Forse vorrei vedere cosa si prova ad averti tutta per me questa volta».

Sollevai un sopracciglio, lanciandogli un'occhiata carica di sottintesi.

Lasciò cadere la mano e fece una risata sommessa. «Scusa. Dovevo esserne sicuro».

Lo guardai paziente, sapevo esattamente cosa stava facendo.

Kai non aveva niente di cui preoccuparsi. Amavo Michael e l'avrei lasciato prima ancora di concepire il pensiero di tradirlo. Sapevo che Kai stava mettendo alla prova la mia lealtà per proteggere il suo amico, ma non sarebbe mai stato necessario. Anche se non avevo rimorsi per quello che era successo la sera prima, non sarebbe accaduto mai più. Eravamo amici.

Kai indietreggiò sulla soglia, pronto ad andarsene, ma prima che potessi chiudere la porta disse: «Non era solo Michael, sai?». Mi lanciò uno sguardo obliquo. «Anche io e Will eravamo preoccupati per te. Sei una di noi. Sarebbe difficile...».

E poi abbassò lo sguardo, come se stesse cercando le parole giuste. «Ci sentiamo vicini a te», ammise, guardandomi ancora negli occhi. «Non vogliamo vederti soffrire, hai capito?».

Mi scaldò il cuore sentirgli dire quelle parole, ma non riuscii a trattenermi dal ribattere: «Se sono una di voi, allora perché sono quella che è tagliata fuori da tutti i progetti e che viene sorvegliata a vista?»

«Perché lui ama *te* più di noi», rispose Kai, girandomi contro le parole che io stessa avevo pronunciato.

Volevo crederci. Avevo aspettato di sentirglielo dire da più tempo di quanto lui non immaginasse.

Chiusi la porta a chiave e mi immersi nella pace e nel silenzio. Il telefono vibrò ancora. Quando lo controllai, vidi che era Alex, probabilmente chiamava per verificare che stessi bene.

Ma, a meno che non si trattasse di mia madre, non avevo voglia di parlare con nessuno.

Rimasi in piedi accanto all'isola, pensando ai compiti su cui dovevo cominciare a lavorare, a quello che dovevo leggere per le lezioni dei giorni successivi e al fatto che non controllassi i miei social da più di una settimana.

Ma all'improvviso mi sentii esausta.

Tolsi scarpe e calze, entrai in camera, lasciai cadere il telefono sul comodino e mi abbandonai sul letto. Il mio corpo si fuse con la trapunta fresca e morbida e i miei occhi si chiusero.

«Michael?».

Sollevai la testa dal cuscino e mi guardai attorno, sbattendo le palpebre per aprire gli occhi.

Avevo l'impressione di aver sentito un rumore.

La stanza era buia e silenziosa. Sbirciai fuori dalla porta, nel corridoio, e constatai che anche quello era completamente avvolto nell'oscurità.

Notai una luce che lampeggiava sul telefono, così lo capovolsi, tornando ad appoggiare la schiena al letto. Doveva essere stato quello a svegliarmi.

«Merda».

Strofinai le mani sulla faccia, cercando di svegliarmi del tutto.

Voltai la testa e guardai l'orologio, abbandonandomi a un sospiro scoraggiato. Sei ore. Erano da poco passate le undici.

Non riuscivo a credere di aver dormito tanto a lungo.

Presi il telefono. C'erano parecchi messaggi di Michael, l'ultimo diceva: "Sarebbe meglio che tu aprissi quella cazzo di porta quando vengo io".

Non avevo letto i messaggi per tutto il giorno, ma immaginavo che fossero tutti un'escalation di rabbia, probabilmente giustificata, perché non avevo mai risposto.

Gettai il telefono sul letto, sollevai la schiena e scesi dal letto. A piedi nudi attraversai il corridoio diretta alla cucina, per preparare qualcosa da mangiare.

Avevo saltato la cena e avevo una fame da lupi. Ma poi notai qualcosa con la coda dell'occhio e mi voltai di scatto. Il cuore mi balzò in gola: l'entrata di servizio era spalancata e da lì filtrava la luce dalla scala.

Sulla soglia c'era una sagoma scura, con un cappuccio nero tirato sulla testa, che mi fissava da dietro una maschera bianca. La stessa maschera che indossavano i ragazzi quando mi avevano attirata nella casa dei Crist.

Cominciai ad annaspare, le mani tremavano per l'improvvisa sensazione di pericolo che si insinuava sotto la pelle.

Ma poi mi fermai, i denti stretti, la rabbia che mi tendeva i muscoli.

Michael.

«Cosa vuoi?», chiesi. «Hai bisogno del solito spuntino di mezzanotte?».

Lui e i suoi maledetti giochi. Non era il momento, e poi quella sera non ero dell'umore giusto per le perversioni.

«Vattene di qui, Michael».

Ma poi lui sollevò la mano, affondando la punta di un enorme coltello da macellaio nella parete che costeggiava il corridoio. Il cuore prese a battermi più velocemente. Lo fissai a occhi spalancati. Lo vidi avanzare verso di me, trascinando la lama di metallo sul muro, sul quale tracciava una scia frastagliata.

Lasciai uscire ogni centimetro quadrato d'aria che avevo nei polmoni. «Damon», dissi in un sospiro.

E in quel momento, lui abbassò la mano e si mise a correre, per avventarsi su di me. Un grido di terrore uscì dalle mie labbra, poi mi voltai dall'altra parte, precipitandomi verso la porta.

Andai a sbattere contro il legno, lanciandomi più in fretta che potei sulle serrature, ma fu inutile. Si abbatté sulla mia schiena come una furia, mi cinse il collo con la mano e appoggiò la punta della lama sotto il mio mento.

La sentii pungere la pelle e gridai: «Damon!». Affondai le unghie nella porta. «Non farlo!».

Mi strinse la gola in una morsa, poi la mano che reggeva il coltello scese fino alla mia bocca, per coprirmi le labbra con un fazzoletto soffocante.

«E chi mi fermerà?», mi sussurrò all'orecchio.

E poi diventò tutto nero.

Capitolo 27
Erika

Oggi

Lo sciabordio delle onde.

La mia testa fluttuava e per un momento ebbi la sensazione che volesse abbandonare il mio corpo e librarsi nell'aria. Avvertivo un leggero dolore alla tempia, che in un attimo crebbe d'intensità per diffondersi e invadere tutta la testa, facendomi gemere.

«Cosa diavolo succede?». Sbattei le palpebre per aprire gli occhi, portai una mano sul punto dolente sulla sommità del capo e sussurrai: «Merda».

Mi controllai la mano: non c'erano tracce di sangue, ma in quel punto si sentiva un rigonfiamento.

Damon. Mi bloccai, ricordando che era entrato nel mio appartamento.

«Oh, mio Dio», dissi tra i denti, mettendomi faticosamente a sedere e cercando di mettere a fuoco la stanza. Dove mi trovavo?

Appoggiai le mani sulla morbida stoffa sulla quale ero seduta, mi guardai rapidamente intorno e notai il mobilio e le finiture beige e in legno, le porte di vetro che conducevano a un ponte ligneo, i quadri e le applique dorate, i tappeti e l'aria impersonale ma molto familiare di tutta la stanza.

E poi ai miei piedi sentii un ronzio. Il ronzio dei motori sottostanti.

Il *Pithom*. Eravamo sulla barca dei Crist.

Le volte in cui c'ero stata si contavano sulla punta delle dita – alcune feste e qualche gita lungo la costa – ma la conoscevo bene.

«Sono contento che tu stia bene», sentii alle mie spalle e voltai la testa di scatto.

C'era Damon sul divano, all'estremità opposta rispetto a dove mi trovavo, con le spalle appoggiate al muro e le braccia conserte sul petto, gli occhi neri fissi su di me.

«Cominciavo a preoccuparmi», disse con una calma lugubre nella voce.

Indossava dei pantaloni neri e una camicia bianca, spiegazzata e con il colletto aperto. I capelli neri erano in disordine, come se si fosse appena svegliato, ma i suoi occhi raccontavano una storia diversa. Erano completamente centrati su di me, attenti e pronti. Nessuno avrebbe detto che solo una settimana prima avesse perso tanto sangue per una pugnalata.

«Non ci avevo mai fatto veramente caso prima, ma guardandoti dormire, qui e nel tuo appartamento...». Abbassò lo sguardo per un momento, con aria seria. «Sei molto bella. Lunghi capelli biondi, labbra piene... hai questa calma innocente che ti pervade».

Lo fissai, il cuore mi batteva forte, avevo la nausea. Mi aveva guardata dormire nel mio appartamento? Dio, per quanto tempo era rimasto lì prima che mi svegliassi?

Distolsi lo sguardo per farlo correre di nuovo sulla stanza. Dovevo mettere le mani su qualcosa. Avrei voluto avere con me il pugnale di Damasco.

«Ma sì, così pulita e perfetta», rifletté ad alta voce, allontanandosi dalla parete per girare attorno al divano. «Proprio come ti vuole lui».

Socchiusi gli occhi, mi alzai lentamente in piedi e cominciai a indietreggiare, mentre lui si avvicinava. «Lui chi?», chiesi con voce tremante.

Chi mi voleva pulita e perfetta?

Avevo la testa che pulsava e le vertigini, ma allungai le mani tentando di tenerlo a distanza.

«Solo che adesso non sei più tanto pulita, non è vero?», gongolava lui, ignorando la mia domanda. «Michael ha messo le mani su di te e adesso vai bene per una cosa sola».

«Di che cosa stai parlando?», balzai indietro, con i pugni che si stringevano mentre la paura mi attanagliava le viscere.

«Non preoccuparti, riuscirà comunque a divertirsi un po' con te». Damon avanzava un centimetro dopo l'altro, con un sorriso malato negli occhi. «Ma non sposerà mai la puttana di suo fratello».

Sposare... che cosa?

Poi lanciò uno sguardo alle mie spalle. Quando mi voltai, vidi Trevor in piedi proprio dietro di me.

Così alto e imponente, indossava dei jeans e una polo blu. Aveva ancora i capelli biondi rasati cortissimi, in stile militare. Mi trafisse con lo sguardo, un'espressione compiaciuta negli occhi azzurri.

Scossi la testa. «Trevor?».

Senza esitare nemmeno un istante, abbassò la mano per schiaffeggiarmi. Feci un passo indietro, cercando di non cadere, mentre la testa rimbalzava di lato e la guancia bruciava come se un milione di aghi mi stesse pungendo sotto la pelle. Lacrime di terrore si addensarono nei miei occhi. Portai una mano al viso per sostenerlo, mentre il dolore mi esplodeva nella testa e tutto si annebbiava.

Damon mi afferrò e mi fece girare, caricandomi sulle spalle.

«No!», gridai, spintonandolo dalla schiena e dimenandomi. Tossii, e la bile dallo stomaco risalì alla gola. Vidi che mi stava guidando attraverso un passaggio scuro.

«Damon», dissi con la voce strozzata, sentendo i conati di vomito montare nello stomaco. «Damon, per favore».

Oltrepassammo una porta e io afferrai lo stipite, riuscendo a fermarlo. Scalciando e lottando per liberarmi, gridai: «Lasciami andare, pezzo di merda malato!». Ero stanca di avere paura. «Tu non sei niente! Hai capito quello che ho detto? Non sei niente, solo spazzatura. Spero che tu muoia!».

Tirò con forza, e io persi la presa. Avvertii un dolore lacerante penetrarmi nelle braccia che per poco non si erano staccate dalle giunture.

Mi scaraventò in aria e, quando atterrai su un letto, il respiro mi rimase sospeso in gola. Mi drizzai subito a sedere, ma lui si abbatté di nuovo su di me. Mi afferrò per i polsi e mi fece sollevare dal letto puntando un ginocchio nel mio petto, e con quello mi tenne ferma.

«Damon!», abbaiai, ma il suo peso sul petto mi svuotava i polmoni e riuscivo solo a fare qualche respiro superficiale.

«Non parlare», ringhiò.

Mi agitavo e spingevo con il corpo per alzarmi dal letto, soffocando e tossendo mentre cercavo di inspirare e liberarmi da lui.

«Vaffanculo!», cercai di urlare, ma le parole uscirono strozzate.

Estrasse un oggetto marroncino dalla tasca e mi avvolse qualcosa di ruvido attorno ai polsi.

«No!». Cercai di liberare le mani, di colpirlo con un pugno, di sbarazzarmi di lui in qualche modo o di escogitare qualche altra cosa, ma fu tutto inutile: la sua stretta era troppo salda.

Feci per inspirare, nonostante il peso sul petto, ma avevo il fiato mozzo. Mi legò, fissandomi le mani alla testata del letto.

Studiai rapidamente lo spazio circostante facendovi spaziare lo sguardo e vidi che dietro Damon la parete era coperta per intero da finestre, da cui trasparivano solo l'oscurità e le stelle sospese nel cielo notturno. Sui comodini non c'era niente che potessi usare come arma, ma se fossi riuscita a liberarmi, sicuramente avrei trovato qualcosa in uno dei cassetti del bagno.

«Dove siamo?», chiesi, sentendo la pelle bruciare sotto i nodi che aveva stretto.

«A due miglia al largo della costa di Thunder Bay».

Mi calmai un po' e alzai lo sguardo per fissarlo. In alto mare? Perché?

Pensavo che potessimo essere ormeggiati al porticciolo, dove di solito tenevano lo yacht, ma poteva esserci un solo motivo per cui avesse deciso di prendere il largo.

Lì non ci sarebbe stato nessuno ad aiutarmi.

«Michael…», dissi piano, non ero sicura di cosa volessi chiedere.

«Sarà qui fra poco», disse Damon, ma sembrava che volesse dire: *Sarà finita fra poco.*

Sentii un brivido lungo la schiena e finalmente respirai, colma di gratitudine, quando levò il ginocchio dal mio petto.

Ma la libertà dal suo peso non durò a lungo. Si chinò ancora su di me, costringendomi ad aprire le cosce, e appoggiò il torace fra le mie gambe fasciate dai jeans. Avevo ogni muscolo del corpo in tensione quando si sollevò su entrambe le mani e prese a osservarmi.

«Ora finalmente ti ho tutta per me», mi provocò, con una luce più calda nello sguardo.

Trasalii. Tirai i legacci ed emisi un ululato disperato. Le lacrime scendevano depositandosi sulla mia testa e tra i capelli. Il mio petto si sollevava a ogni respiro, mentre tentavo di liberare le braccia.

«Che lottatrice», si complimentò. «Sapevo che mi sarei divertito tanto con te».

Puntai i piedi nudi contro il materasso. Presi a contorcermi, nello sforzo di inarcare il corpo per scendere dal letto, ma riuscii solo a farlo ridere. Intanto lui premeva con più forza fra le mie gambe. Sentii la sua erezione attraverso i vestiti.

Mi rannicchiai, portando la testa di lato e cercando di affondare nel cuscino, per allontanarmi da lui.

«Continua così», implorò. «Mi piace tanto, Rika».

E poi avvicinò la bocca alla mia guancia. «Andiamo», sospirò, leccandomi la mascella. «Sai cosa sta per succedere. Penso che tu sia preoccupata che ti possa piacere».

Scossi la testa e mi voltai per incontrare di nuovo il suo sguardo. Con gli occhi fissi nei suoi dissi: «Non lo farai. Ti conosco».

«Tu non lo farai». La sua voce si era fatta minacciosa.

Ma io insistetti: «Sei perfido e sei ripugnante, ma non sei cattivo. Pensavo che tu e Kai – o meglio, Trevor – mi avreste fatto del male quella sera, anche se solo per un po'. Non sapevo se fosse uno scherzo o se faceste sul serio, ma non mi sentivo al sicuro. Stavo morendo di paura».

Mi guardò, con la bocca sospesa sulla mia.

«Ma tu non glielo hai permesso», gridai. «Tu non gli hai permesso di farmi del male. Era uno scherzo per te, ma quando hai capito che Trevor si stava spingendo oltre quello che avevate programmato, tu l'hai fermato. Tu non sei cattivo».

Mi passò la lingua sul mento e io strinsi con forza gli occhi, il petto scosso dai singhiozzi. Poi scese sul collo e sul seno, da sopra la camicetta.

«Tu non sei cattivo», dissi tirando ancora i legacci. Sentii la sua lingua circondarmi il capezzolo attraverso la stoffa. «Tu non sei cattivo».

«No, non sono cattivo», disse, sospeso sul mio seno. «Io non sono niente. Sono un pezzo di merda. Sono spazzatura».

Poi si sollevò, scese dal letto e mi guardò dall'alto, con gli occhi gelidi come ghiaccio. «E diventerò il tuo incubo, Erika Fane».

Si voltò, si diresse a una sedia alla mia sinistra e si sedette. Sembrava immerso in una calma preoccupante.

In quel momento vidi davanti ai suoi occhi uno scudo protettivo, così io mi costrinsi a ingoiare il nodo che avevo in gola, temendo che avrebbe smesso di parlare.

Rimase seduto. In attesa.

«E allora?», lo provocai. «Adesso è Trevor che si occupa di te? Hai imparato a essere la puttana di qualcuno in prigione?».

Fece un sorrisetto, abbandonandosi sulla sedia con il braccio appoggiato al tavolino alla sua destra.

«Se tu lo aiuti», sibilai, «li perderai per sempre».

«Chi?»

«I ragazzi», spiegai. «Sono loro la tua famiglia e non ti perdoneranno mai per questo».

Scosse la testa, distogliendo lo sguardo. «È troppo tardi comunque. Non sarà più la stessa cosa adesso».

Aveva lo sguardo distante. Il suo volto fu attraversato da un'espressione di totale risolutezza, come se nulla stesse per finire.

Ma era già finita e Damon si era già perso.

«Sai perché ti avevamo portata là quella sera?», chiese Damon. «Di solito non me ne frega niente di chi si scopa Michael, a meno che lei non mi piaccia e stia aspettando il mio turno. Ma tu eri diversa. L'ho capito quella sera. Da te voleva qualcosa di più del sesso».

Tesi le braccia per tirare i legacci, i fili ruvidi mi si conficcavano nella pelle. «E perché ti dava così tanto fastidio?»

«Perché quando si tratta di donne, non c'è nient'altro oltre alla figa», ribatté. «Ti saresti messa di mezzo. Ci avresti cambiati e avresti rovinato quello che avevamo».

Le rughe sulla sua fronte divennero solchi. Mi fissò. Non capivo di cosa stesse parlando. Come avrei potuto mettermi in mezzo a loro?

«Quando ho incontrato Trevor», proseguì, «pensavamo solo di farti impazzire per un po'. Di spaventarti. Io avrei avuto quello che volevo, cioè tenerti alla larga da Michael e da tutti noi, e tu saresti tornata scodinzolando dal piccolo Trevor Senza Palle, che è sempre stato geloso di suo fratello».

Si leccò le labbra e continuò: «Con Will è stato facile. Era già ubriaco perso e, anche da sobrio, quel cazzone non riesce a fare due più due, quindi una volta messa a Trevor la maschera di Kai, tutto il resto è filato liscio».

«Ma quando siamo arrivati alla radura», mi intromisi, «hai capito che Trevor aveva fatto dei piani dei quali tu eri all'oscuro. Volevi spaventarmi, terrorizzarmi, forse scoparmi se te lo avessi permesso in un momento di debolezza, così mi sarei vergognata a tal punto da non riuscire più a guardare Michael in faccia. Ma non volevi farmi del male». Feci un profondo respiro prima di concludere. «E non vuoi farmi del male neanche adesso».

Con aria assente afferrò qualcosa dal tavolo, scuotendo la testa. «Ma è qui che ti sbagli», disse guardandomi. «Io voglio farti del male. Voglio ucciderti, cazzo, e poi voglio uccidere anche Trevor».

«Trevor?».

Annuì. «Oh, avrà quello che si merita anche lui. Adesso che so che ha rubato il telefono, oh, sì. E anche tu, perché sono dannatamente arrabbiato e non ho niente da perdere. Ho già perso tutto, perché tu hai incasinato tutto, come fanno sempre le donne. Hai diviso i fratelli».

Io non avevo diviso nessuno. Non avevo mai chiesto a Michael di scegliere, né avevo mai voluto rovinare quello che condividevano.

Volevo farne parte. Ero curiosa e volevo divertirmi un po', ma non avevo mai tentato di cambiarli o di fermarli o…

Ma poi mi bloccai, abbassando gli occhi e ricordando il gazebo. Il modo in cui avevo protestato quando non ero d'accordo con quello che Will stava facendo. Come me ne fossi andata quando Michael mi aveva detto di restare. Il modo in cui avevo disprezzato quello che loro stavano facendo.

394

Forse Damon aveva ragione.

Non rimpiangevo di essermi chiamata fuori da quello scherzo. Era merdoso e stupido e sbagliato, e anche se Michael era rimasto al fianco dei suoi amici quella sera, forse a lungo andare sarebbe arrivato al punto di rinnegarli.

Forse, alla fine, dopo altre bravate e altre notti di decisioni prese alla leggera e altri divertimenti ai quali io non volevo prendere parte... forse alla fine sarebbe arrivato un momento in cui Michael avrebbe preferito me a loro.

Non avevo fatto niente di sbagliato, ovviamente. Non era colpa mia, e lo sapevo.

Ma in quel momento, considerando la cosa con gli occhi di Damon – lui sapeva che alla fine sarei entrata nella testa di Michael e sapeva che niente di tutto questo, *niente di tutto questo*, sarebbe successo se non fossi andata con loro quella sera – forse dovevo ammettere di aver avuto almeno una parte di responsabilità. Come aveva detto Will... c'ero già dentro fino al collo.

«Quello che è successo ha fatto male a tutti», dissi guardandolo negli occhi. «Non è me che devi punire».

Rimase calmo e in silenzio per un attimo.

«Forse», rispose alla fine. «Forse sei solo una vittima, come tutti noi».

Un sentimento gli attraversò il volto, una stanchezza che derivava dalla rabbia e dall'odio dietro i quali si era trincerato come una maschera. Ma c'era qualcosa che si muoveva dietro i suoi occhi, un'immagine o un ricordo, ma non riuscivo a capire cosa fosse.

«Adesso non ha più nessuna importanza», disse con voce calma.

Ma prima che avessi la possibilità di chiedergli cosa volesse dire, un'ombra si materializzò sul pavimento, voltai la testa e vidi Trevor sulla soglia.

«State stringendo amicizia?».

La sua voce suonava così serena e leggera, come se non mi avesse appena colpita.

Socchiusi gli occhi, notando che era dimagrito.

Annapolis.

Aspetta, lui non doveva essere lì? Non poteva lasciare l'Accademia ogni volta che voleva. Damon era andato a cercarlo dopo il litigio a casa dei genitori di Michael? Probabilmente era andata così.

Trevor aveva delle cose in sospeso da sistemare e aveva paura che Michael sarebbe andato a cercarlo. Lo stava battendo sul tempo.

Damon si alzò dalla sedia e uscì dalla stanza, e io mi irrigidii, capendo che mi avrebbe lasciata sola con Trevor. Per qualche motivo, mi sentivo più in pericolo.

«Non ti aiuterebbe mai», affermò Trevor, entrando nella stanza. «Lui odia le donne».

Si avvicinò, e io mi arrotolai la corda attorno al pugno e mi sollevai un po' sul letto, per allontanarmi da lui. La mano andò a sbattere contro lo specchio della testata, così mi bloccai, toccandolo con l'unghia.

Vetro.

«Sapevi che aveva dodici anni quando sua madre ha cominciato a scoparselo?».

Il mio cuore perse un battito. Tornai a guardare Trevor, pervasa dall'orrore.

Che cosa?

«E quando ne aveva quindici», proseguì Trevor, «l'ha pestata e ha minacciato di ucciderla se mai fosse tornata. Ho sentito mio padre che parlava con il suo qualche anno fa».

Il mio labbro inferiore tremava. Non sapevo se stesse dicendo la verità, ma perché avrebbe dovuto mentire?

Spiegherebbe il motivo per cui Damon odiava le donne.

«Suo padre ha nascosto la polvere sotto il tappeto e non ne ha più parlato. I ragazzi erano tutto quello che aveva, e tu gliel'hai tolto».

«*Tu* gliel'hai tolto», ruggii, con tutti i muscoli tesi. A quel punto si sedette sul letto.

La mano di Trevor cominciò a risalire la mia gamba. Sferrai un calcio, per spingerlo via, ma lui si limitò a sorridere e a stringermi più forte la coscia, facendomi gridare.

Non riuscivo a credere di avergli permesso di toccarmi. L'anno prima, avevo ceduto alle pressioni che per anni avevano esercitato su di noi, spingendoci a ballare insieme, ad andare alle feste, a farci fotografare insieme. Avevo smesso di lottare contro le perenni insinuazioni che saremmo stati insieme, e alla fine avevo lasciato che succedesse. Trevor mi dava stabilità, mi voleva, e io ero troppo stupida per credere di meritare qualcosa di meglio. Ma soprattutto, Trevor era una distrazione da Michael.

Pensavo che mi avrebbe aiutata a voltare pagina e dimenticare.

Non c'era voluto molto per capire che Trevor non mi dava niente. In una sera soltanto, Michael mi aveva dimostrato che non ero debole. Che ero bella, desiderabile e forte, e anche se quella sera era durata poco, sapevo che quello che sentivo per Trevor non si poteva nemmeno paragonare a tutto quello che Michael rappresentava per me.

Trevor mi voleva solo come un trofeo. Non mi vedeva veramente.

«Come puoi comportarti così?», chiesi. «Che cosa vuoi?»

«Voglio che entrambi perdiate», ribatté. «Non voglio più essere l'ombra di Michael e non voglio più vederti sbavargli addosso». Alzò lo sguardo per posarlo su di me. «Voglio vedervi soffrire entrambi».

Strinsi i denti, tirando sempre più la corda. «Lasciami andare».

Fece scivolare una mano sotto la camicetta e io cercai di divincolarmi. Sentirmi toccare da lui mi faceva accapponare la pelle.

«E per quanto riguarda Damon? Vuole solo fare del male a tutti», rimarcò. «Io e lui siamo una bella coppia».

«Perché ti ha coperto? Sapeva che c'eri tu dietro la maschera quella sera. Perché avrebbe dovuto lasciarmi credere che fossi Kai?».

Trevor alzò le spalle, mentre con la mano scivolava sulla mia pancia. «Michael ti aveva già gettata nel fango. Ti serviva da lezione, dovevi pensare di non avere più nemmeno un amico. E poi», disse con un sorriso, «non gliene frega un cazzo di te. Dopo che lui e gli altri pensavano che tu li avessi sputtanati, probabilmente gli piaceva l'idea che la tua unica minaccia fosse proprio sotto il tuo naso».

Cioè Trevor. Sempre presente. A una porta di distanza. Intento a tessere la sua ragnatela aspettando che io ci cadessi dentro…

«Ma loro pensavano che fossi stata io a prendere il telefono e caricare i video, e tu lo sapevi. E dovevi sapere che sarebbero venuti a cercarmi».

«Questo non sarebbe stato un problema se tu non avessi deciso di lasciare la Brown», ribatté. «Sarei riuscito a tenere a bada Damon, e lui li avrebbe fatti aspettare tutti quanti». Sospirò prima di riprendere il racconto: «Ma tu hai lasciato la mia protezione, così forse ho solo deciso di attendere gli sviluppi. Se ti avessero fatto del male – se Michael ti avesse fatto del male – prima che potessero accorgersi dell'errore, cioè aver fatto ricadere la colpa sulla persona sbagliata, forse tu l'avresti lasciato perdere una volta per tutte».

Si mise a carponi e strisciò sopra di me, il suo volto sopra il mio. «Forse l'avresti finalmente buttato giù dal piedistallo dove l'avevi sempre messo e l'avresti visto per quello che è realmente».

«Che sarebbe?», sibilai.

«Inferiore a me».

All'improvviso sollevò la testa, come se avesse sentito qualcosa. Si precipitò giù dal letto e prese a camminare per la stanza, guardando fuori dalle finestre.

«L'unico errore che ho fatto», precisò, guardando fuori nella notte, «è stato citare mio padre quella sera nel bosco. Altrimenti non avreste mai scoperto niente».

Avevo il corpo scosso dalla paura. Con uno scatto buttai la testa all'indietro e cominciai a dimenarmi e tirare i legacci per l'ennesima volta.

«Allora qual è il piano adesso?», chiesi. «Cosa spereresti di ottenere in questo modo? Michael ha tutto quello che mi appartiene – la casa, le azioni, tutto – e tu non mi avrai mai indietro. Preferirei morire che stare vicino a te».

«Pensi che io rivoglia indietro una come te?». Si voltò, incrociando le braccia al petto. «La puttana di mio fratello?».

Ridacchiò fra sé prima di avvicinarsi al letto.

«Oh, no», rispose con aria compiaciuta. «Posso aspirare a qualcosa di molto meglio di te. E quanto al fatto che Michael abbia tutto, è facile. I morti non possiedono niente».

I morti? Voleva dire...?

Se Michael fosse morto, sarebbe tornato tutto al signor Crist. E se Trevor non mi voleva più, per mettere le mani su quello che era mio, perché potesse impossessarsi di tutto, *anche* io dovevo essere...

Michael.

Con uno strattone alle corde cercai di liberarmi i polsi. «Vaffanculo!», gridai, sentendo lacrime brucianti scivolare sulla guancia e raggiungere il punto in cui mi aveva colpito. I polsi mi facevano male. Forse avevo lacerato uno strato di pelle contorcendoli, ma con un gemito tirai lo stesso, insistendo sempre più forte.

«Ascolta», cinguettò Trevor. «Lo senti questo rumore?».

Non mi fermai, ma lo sentivo. Era il rombo acuto di un motore, ed era sempre più forte.

Più vicino.

Un motoscafo.

Mi bloccai. *No.*

«Sta arrivando», disse Trevor, con gli occhi brillanti di eccitazione.

Poi sollevò il polso per controllare l'orologio. «Sono le undici in punto, bimba», annunciò e poi si chinò, avvicinando la sua faccia alla mia. «Entro le undici e trenta sarete in viaggio tutti e due, destinazione: il fondo dell'oceano».

Capitolo 28
Michael

Oggi

«Più veloce!», gridai, il motoscafo saltava sull'acqua. Vidi lo yacht proprio davanti a noi.

Le luci dello scafo lanciavano un riflesso violetto sull'acqua scura. Sotto quella luce, la grande imbarcazione bianca somigliava a una stella persa nella notte.

«È al massimo della velocità», rispose Will, il volto deformato dalla preoccupazione. «Rilassati. C'è un motivo se ha lasciato quell'appunto. Vuole che la troviamo».

«Questo non significa che non le stia facendo del male», sibilai. «Sbrigati».

Folate di vento ci colpivano mentre correvamo sull'acqua. Per restare fermi, io e Kai ci reggevamo al cruscotto e al parabrezza, mentre il piccolo motoscafo nero guadagnava terreno sul *Pithom*.

Maledetto Trevor.

Quando ero arrivato al suo appartamento, Rika non aveva risposto al campanello, perciò avevo usato la mia chiave. Entrando avevo trovato solo vuoto e oscurità, nessuna indicazione di dove potesse essere, eccetto un messaggio sul pavimento.

Una parola. *Pithom.*

Ero corso fuori dall'appartamento e avevo chiamato la capitaneria di porto. Mentre guidavo per lasciare in tutta fretta la città, mi aveva confermato che quel giorno il *Pithom* era a Thunder Bay e che Trevor, effettivamente, aveva ingaggiato un piccolo equipaggio per portarlo fuori nel pomeriggio. Poi avevo chiamato Will e Kai dicendo che dovevamo incontrarci nella zona portuale dove la famiglia di Kai teneva un motoscafo ormeggiato.

Probabilmente il motoscafo della mia famiglia ce l'aveva Trevor, e anche Damon, che era senz'altro coinvolto.

Ti amo, Michael.

Il petto mi tremava. Mi passai la mano fra i capelli. «Rika», sussurrai fra me. «Ti prego, fa' che stia bene».

Lo yacht diventava più grande via via che ci avvicinavamo. Will rallentò, facendo fare un giro completo all'imbarcazione, fino alla poppa, dove portammo il motore al minimo. Scesi all'istante, mentre Kai fissava una cima.

Vidi il motoscafo rosso della mia famiglia sul lato di sinistra e mi voltai verso Will. «Tu resta qui», gli dissi. «Tieni d'occhio i motoscafi e dai un colpo di corno antinebbia se vedi qualcosa».

Non volevo che Trevor o Damon cercassero di tagliare la corda con lei a bordo.

Annuì, e subito frugò nello scomparto vicino al volante per tenere il corno a portata di mano.

Guardai Kai, indicando in alto. «Il ponte superiore», ordinai. «E tieni gli occhi aperti. Sanno che stiamo arrivando».

Kai salì le scale alla mia destra, mentre io attraversavo il ponte, guardando nella piscina e nel salone. Senza nemmeno battere ciglio, mi costrinsi ad avanzare lentamente, anche se ogni muscolo del mio corpo avrebbe voluto scattare in avanti per mettersi a cercarla.

Avevo una Glock nascosta nei pantaloni, carica con tutti e dieci i colpi, ma la tenevo sotto la maglietta. Era possibile che fossero loro a vedermi per primi e volevo avere dalla mia l'effetto sorpresa.

Lanciai uno sguardo alla telecamera bianca appesa al soffitto, con la pallina che girava e zoomava.

Sapeva che ero lì e sapeva esattamente dove fossi.

Tenendo il passo leggero e gli occhi aperti, attraversai in punta di piedi la stanza e il corridoio appena illuminato. C'erano due cabine sulla sinistra e una sulla destra. Avrebbe potuto essere ovunque, e speravo che Kai, sul ponte superiore, l'avesse già trovata.

Feci un passo a sinistra, afferrai la maniglia, ma sentii un gemito e mi bloccai, restando teso in ascolto.

Seguì un grugnito. Mi voltai verso la cabina dei miei genitori e spalancai la porta.

Rika era stesa sul letto, lottava per liberarsi dai legacci che le stringevano i polsi. Voltò di scatto la testa verso la porta. Quando mi vide trattenne il respiro e il suo volto cambiò espressione.

«Michael», gridò da sotto il fazzoletto. «No, non saresti dovuto venire».

Corsi da lei e mentre armeggiavo con la corda vidi il vetro rotto. «Dio santo, che cosa ti hanno fatto?».

Aveva le mani legate sopra la testa, che sanguinavano, e i capelli madidi di sudore. Piccole macchioline di sangue si erano depositate nelle pieghe delle mani. Teneva nel pugno una scheggia di vetro.

«Dovevo tagliare quest'affare». La voce le tremava. Notai che il vetro della testata era in pezzi. L'aveva rotto, nel tentativo di scappare.

Le tolsi di mano la scheggia e segai quel che restava della corda. «Ti porto subito via di qui. Mi dispiace tanto, piccola».

Fuori il corno suonò, così sollevai di scatto la testa, con il fuoco nelle vene. «Figlio di puttana».

C'era qualcosa che non andava.

Recisi la corda, gettai la scheggia sul letto e sollevai Rika, con il legaccio ancora avvolto attorno ai polsi.

«Vieni qui». Afferrai le sue mani e le feci voltare con i palmi rivolti verso l'alto.

Ma lei le ritrasse. «Sto bene», insistette. «Dobbiamo andarcene di qui. Volevano che tu mi trovassi. Potrebbero essere ovunque».

Le braccia mi facevano male, tanto era il bisogno di tenerla stretta, ma mi trattenni. Non potevamo perdere tempo. Will aveva bisogno di noi e lei stava bene.

Mi voltai senza togliere la mano dal suo polso. Volevo che mi restasse vicina, che mi seguisse a un passo di distanza, mentre oltrepassavo la porta e guardavo a destra e a sinistra per accertarmi che non ci fosse nessuno.

«C'è Damon con Trevor», sussurrò.

«L'avevo immaginato».

«È stato lui a prelevarmi dall'appartamento».

Scossi la testa, cercando di tenere la rabbia sotto controllo. Le mani di Rika era tutte tagliuzzate, segno che aveva già tentato di salvarsi da sola. Non mi aveva aspettato.

Era quello che avevo sempre voluto per lei, non è vero? Che lottasse per difendere se stessa?

Ma in quel momento non provavo altro che rabbia. Me l'avevano portata via e avrebbero potuto portarla via per sempre.

Avevo corso il rischio di non ritrovarla mai più.

«Andiamo», la incitai, trascinandola di nuovo attraverso il salone, verso le porte di vetro scorrevoli e la poppa.

Ma quando arrivammo sul ponte, vidi Kai a terra. Mi drizzai nelle spalle, facendomi coraggio. Aveva il respiro pesante e del sangue fuoriusciva dal naso e dalla bocca. Damon era sopra di lui e mi guardava. Lanciai uno sguardo al motoscafo alle sue spalle.

Era vuoto. Dove diavolo era Will?

Avanzai piano nell'aria immobile, tenendo Rika dietro di me. *Merda.*

Kai e Rika erano feriti, Will era scomparso e non avevo idea di come diavolo avrei fatto a tirare tutti noi fuori da quel casino.

Poi vidi Trevor. Era vicino alla fiancata dello yacht, mi fissava con sguardo compiaciuto.

Agitò il dito piegato a uncino, incitandoci ad avvicinarci.

Rika tentò di aggirarmi, ma io strinsi la presa sul suo braccio, tenendola inchiodata al suolo. Indirizzai lo sguardo verso il punto su cui si concentrava l'attenzione di mio fratello, mi sporsi dalla fiancata e sbirciai di sotto.

«Will». Mi mancò il respiro.

Era dentro l'acqua, con la testa che a malapena spuntava da sopra la superficie. Vidi una corda che affiorava dall'acqua vicino a lui e la seguii fino al fianco della barca, sopra il bordo e sul ponte. L'altra estremità era legata a due blocchi di calcestruzzo fissati ai piedi di Trevor. C'erano anche altri due blocchi con delle corde assicurate.

Gesù.

«Mi ha legato le mani dietro la schiena, amico», gridò Will.

Quindi significava che non avrebbe potuto slegare l'altro capo della corda, che con ogni probabilità era fissato attorno a uno o a entrambi i suoi piedi.

Will rimbalzava in acqua, cercando di stare a galla muovendo le gambe, ma doveva compiere uno sforzo immane.

Mi avvicinai barcollando a Trevor.

Ma lui tese la mano, con cui reggeva una pistola, così mi fermai tenendo lo sguardo fisso su di lui.

«Che cazzo vuoi fare?», gridai.

«Sapevi che la profondità media dell'oceano Atlantico è di 3339 metri?», chiese con calma, ignorando la mia rabbia. «È buio. Freddo. E quando qualcosa cola a picco, non ritorna mai a galla».

E poi guardò Will dentro l'acqua, prima di tornare a rivolgere lo sguardo verso di me. «Non lo trovereste mai».

Lanciai un'occhiata a Kai. Aveva le mani sulle ginocchia, per cercare di stare in equilibrio, ma vedevo il sangue che gli scendeva dal lato della faccia.

«Stai bene?», chiesi subito.

«Sto bene», disse, ma tremava vistosamente.

«Avrei dovuto sbarazzarmi di lei prima del vostro arrivo», continuò Trevor, indicando Rika dietro di me. «Ma suvvia, se tu non avessi potuto assistere, mi sarei portato via metà del divertimento, no?»

«Cosa diavolo stai facendo, Trevor?», chiesi. Portai lentamente la mano dietro le spalle e mi battei sulla schiena, indicandola a Rika.

Lei mi infilò la mano sotto la maglietta ed estrasse la pistola, che mi fece scivolare nella mano dietro la coscia.

«Non lo so», rispose Trevor, simulando confusione. «L'unica cosa certa è che mi sto divertendo».

Che cazzo aveva nel cervello? Mi odiava. Lo sapevo. Ma Will? Kai? Rika? Non poteva farla franca. Aveva perso la testa, cazzo?

«Vai avanti», mi sfidò, puntandomi contro la pistola. «Vieni verso di me. Tu ti prendi un proiettile, ma puoi comunque buttarmi giù».

Scossi la testa e posai lo sguardo su Damon. «Non farlo», lo implorai. «Will e Kai non ti hanno mai fatto del male. Rika non ti ha mai fatto del male».

«Ma far male a loro farà del male a te», ribatté Damon, piantando un piede sulla schiena di Kai e ributtandolo a terra.

Kai grugnì stringendo gli occhi con forza. Dal modo in cui si teneva il fianco, immaginai che avesse alcune costole rotte.

«Tu non hai mai sofferto», sibilò Damon. «Non hai mai dovuto perdere, perciò questo ti cambierà la vita per sempre. Non avresti mai dovuto preferire lei a noi».

«Sei un maledetto vigliacco», gli gridò Kai.

Damon si limitò a guardarlo di traverso, poi tornò a fissare me, un oceano a dividerci. Non lo riconoscevo nemmeno più.

«Dimmi che la lasci andare», implorò. «Dimmi che può tornare tutto com'era alle superiori».

Raddrizzai la schiena, stringendo il braccio di Rika dietro la schiena.

«Lei non c'entra niente con noi e tu le permetti di avere troppo ascendente su di te», proseguì. «Dimmi che non significa niente. Dimmi che sceglieresti noi e non lei. O ancora meglio…». Si fermò, con gli occhi che gli brillavano. «Dimmi che scambieresti Rika con Will o Kai».

Mi si strinse la gola e il cuore prese a martellarmi nel petto.

«Scegli», incalzò Trevor. «Rika potrebbe prendere il posto di Will e voi quattro potreste andare avanti come se tutto questo non fosse successo».

La sentivo respirare dietro di me, respiri veloci e poco profondi. Capii che era in preda al panico.

Riuscivo a sentirla in ogni parte di me. Sulla pelle, nel petto, nelle mani…

La dolcezza delle sue labbra mentre ansimava sulla mia bocca nel bagno turco…

Ti amo, Michael.

«Non faremo niente a Will e Kai», assicurò Damon. «Ma devi sacrificare lei».

Sacrificare lei. Non posso…

Ingoiai il nodo che avevo in gola.

Lei era ovunque. Sempre ovunque. Era così da anni e anni, e non c'era modo di mandarla via. Ogni volta che chiudevo gli occhi, lei era lì.

Sembri tu.

Sedici anni e mi guardava come se fossi Dio.

Tu sei in ogni cosa.

Il momento in cui avevo capito che il suo cuore era mio e non riuscivo ad aspettare di essere dentro di lei.

Sì, mi eccita.

Vederla spingersi oltre quel limite e fidarmi a fare il salto con lei quando per la prima volta l'avevo sentita dentro di me, abbandonata fra le mie braccia. Dio…

Lasciai cadere lo sguardo su Kai, vedendo in lui il mio amico. Sentii Will chiamarci implorante dall'acqua. Cosa cazzo avrei dovuto fare?

Ma Trevor non aspettò una risposta.

Si chinò e issò i blocchi, posandoli sul bordo dello yacht.

«No!», ringhiai, «Aspetta solo…», strinsi i denti, la testa che vagava. «Vaffanculo!».

Se sparavo a uno dei due, avrebbe comunque avuto tempo di far cadere i blocchi e Damon avrebbe ucciso Kai prima di lasciarmi anche solo una possibilità. Forse sarei riuscito a portare via Rika, ma non sarei riuscito a salvare loro.

«Perché fai questo?», sibilai mostrando i denti. «Perché?»

«Per questo!», sbottò infine Trevor, mostrando la sua rabbia. «Per questo, questo qui. Per vederti esattamente come sei ora. Sei così maledettamente disperato. È impagabile».

Tolse le mani dai blocchi, lasciandoli appoggiati sul bordo, dove traballavano e minacciavano di cadere alla minima vibrazione.

«Potrei dire che è perché eri sempre al centro dell'attenzione o per la tua carriera nella pallacanestro», spiegò. «Perché portavi a termine tutte le cose che io non riuscivo nemmeno a cominciare, o perché Rika ti ha sempre amato, e non mi ha guardato nemmeno una volta come guardava te».

Agganciò la pistola al fianco, e il suo sguardo mi oltrepassò per posarsi su Rika, che era venuta a mettersi di fianco a me.

«Ma vuoi sapere la verità?», la guardò. «Penso che sia perché il grande Michael Crist in questo preciso momento non può fare un cazzo di niente e voglio vedergielo scritto negli occhi quando lei saprà di essere vicina al capolinea e tu non potrai aiutarla».

Inspiravo ed espiravo, i polmoni si facevano sempre più piccoli.

«Non preoccuparti», mi rassicurò Trevor. «La seguirai presto».

Poi con uno scatto allungò la mano e spinse i blocchi giù dal bordo.

Emisi un gemito disperato, mi allungai in avanti, sollevai il braccio e sparai tre volte, colpendolo.

Ma non vidi in che punto l'avevo colpito.

Gettai a terra la pistola e corsi verso il bordo, tuffandomi nel momento esatto in cui la testa di Will scompariva sotto la superficie.

Caddi in acqua, il corpo andò subito a fondo e si raffreddò per l'impatto con il mare d'ottobre, gelido e nero.

Aprii gli occhi e vidi Will proprio davanti a me, che colava rapidamente a picco, lottando per liberarsi dalle corde. Scalciai e mi feci strada attraverso l'acqua, mi allungai e lo afferrai per la camicia.

Ma per quanto mi sforzassi di tirarlo su, scalciando e lottando con tutte le mie forze per tornare in superficie, la luce violetta sopra le nostre teste scompariva.

Stavamo affondando.

Mi tuffai di nuovo, mantenendo la presa sui suoi vestiti, coi polmoni tesi al massimo, sempre più a corto di ossigeno. Mi allungai e lo afferrai per il piede, poi tirai la corda, ma il fottuto peso dei blocchi rendeva faticoso disfare i nodi.

Will si contorceva e lottava, tenendo gli occhi in superficie, mentre io tiravo e strattonavo la corda, nel tentativo di liberarlo.

Ma l'acqua diventava sempre più nera. Le luci dello yacht erano scomparse tutte, Rika e Kai erano rimasti soli là sopra.

Un ringhio disperato uscì dalle mie labbra, ma il suono si confuse nell'acqua mentre tiravo e mi dibattevo.

Vaffanculo!

Non potevo lasciarlo andare. *Ti prego.*

Non un'altra volta.

Stringendo la corda fra le dita gelide, continuai ad armeggiare e a tirare, lacerandomi la pelle finché…

Cedette. La corda cedette. La slegai rapidamente, la feci a pezzi lasciando che affondasse insieme ai blocchi nelle profondità nere. Afferrai Will per la vita, tenendolo stretto, e lo trascinai in superficie mentre lui scalciava per affrettare la risalita.

Riemergemmo dall'acqua e ci riempimmo i polmoni di ossigeno. Guardai subito in alto, vidi Kai con le mani strette attorno al collo di Damon. Lo stava spingendo contro il bordo dello yacht, poi prese la mira e gli assestò un cazzotto.

Rika.

«Sali lì sopra!», gridai a Will, indicando il motoscafo.

«E le mani?». Il suo corpo tremava dopo essere rimasto immerso così a lungo nell'acqua gelida.

«Devo andare da Rika». Mi misi a nuotare in direzione dello yacht.

Ma poi qualcosa colpì l'acqua alla mia destra. Sollevai lo sguardo e vidi una corda che scendeva dal fianco dell'imbarcazione.

Ma che cosa…?

Due blocchi sbucarono dal bordo e affondarono nell'oceano, sollevai la testa e vidi Trevor che si sporgeva e intanto spingeva. Ma aveva un sorriso malvagio sul volto.

«Vaffanculo!», gridai. Mi tuffai, buttando le braccia in avanti e l'impatto del mio corpo con l'acqua la sospinse all'indietro. Avanzai a fatica nel mare ghiacciato dibattendomi e calciando.

Rika.

Passai lo sguardo ovunque. Cercavo le sue mani, la maglietta bianca, i capelli, ma…

Nuotavo mi spingevo sempre più a fondo, il più velocemente possibile, guardando da ogni lato, senza sprecare un secondo.

Ma i secondi passavano e io non la vedevo, così la paura cominciò impadronirsi di me. Stavo impazzendo. Dove diavolo era?

Avvertivo la pressione nei polmoni e la vista si annebbiava. Ansimai, avevo bisogno di aria. Lanciai un grido nell'acqua. Tornai rapidamente in superficie e feci un respiro profondo non appena riemersi.

«Rika!», gridai, girando in tondo per vedere se tornava in superficie. «Rika!».

Niente.

Sollevai la testa e vidi Kai sporgersi dal bordo, con il fiato corto e un aspetto esausto.

«Kai, buttati!», gridai. «Non riesco a trovarla!».

Lui alzò lo sguardo, gli occhi socchiusi per la tensione. Non vedevo né Damon né Trevor, ma di loro non mi importava più nulla. Will era ancora legato e Rika era…

Mi rituffai, sentendo in lontananza il tonfo prodotto dal corpo di Kai mentre si tuffava in acqua qualche secondo dopo di me. Scendemmo in profondità, spingendo i nostri corpi nell'acqua e nel buio assoluto.

Così lontano.

Era così lontano, nel profondo del mare.

Era già là sotto, e si allontanava sempre più da me. Non l'avrei mai trovata.

Mai più.

Ti prego, piccola. Dove sei?

Poi il mio cuore si fermò, quando vidi un lampo bianco.

Rika stava risalendo sempre più velocemente, le braccia la spingevano su. Riuscii a vederla che scalciava con le gambe e si faceva più vicina a ogni secondo.

Io e Kai la afferrammo per le braccia e la issammo. Quando riemergemmo dall'acqua, tossì e annaspò, cercando di fare dei respiri. La tenni a galla, accarezzandole il viso.

«Rika», respirai, con il cuore che faceva male come se ci fosse piantato dentro un coltello. «Stai bene? Come…?». Lasciai la domanda a mezz'aria, sentendo lo stomaco aggrovigliato. Ero stato a un passo dal perderla.

Lei annuì e cominciò a tremare, il volto si deformò in una smorfia dolorosa. Poi cominciò a piangere. «Mi ha colpita dopo che gli hai sparato», disse con voce strozzata. «Ho perso i sensi e nel frattempo è riuscito a legarmi. Quando mi sono ripresa, mi stava spingendo giù dal bordo».

La trascinai con me nuotando in direzione dello yacht. Ci issammo sul ponte. Mentre Kai la sorreggeva, la tirai su.

«Come hai fatto a liberarti?», chiesi.

«La scheggia». Aprì il pugno per mostrarmi il pezzo di specchio luccicante. «L'ho presa dopo che tu l'hai buttata sul letto».

La presi e la strinsi in un abbraccio con tanta forza da far tremare il mio corpo.

«Dov'è Damon?», chiesi a Kai. Vidi che tirava su Will e gli slegava le mani.

Ma fu Will a rispondere. «È scappato con il motoscafo del *Pithom* mentre voi ragazzi eravate sotto».

Riuscii solo a chiudere gli occhi e stringere Rika fra le braccia.

Kai e Will salirono le scale fino al primo piano, e io la trascinai con me. Aveva bisogno di una doccia bollente, di un letto caldo e di me.

Mentre attraversavamo il ponte, vidi Trevor steso sul bordo della piscina, sanguinante, che cercava di rialzarsi.

Riusciva a malapena a sollevare la testa.

Non sapevo quanti proiettili l'avessero colpito dei tre che avevo sparato, ma c'era del sangue sul ponte e lui respirava a fatica.

«Michael», disse, annaspando e tenendo la mano sulla ferita che aveva sul petto. «Riporta la barca in porto. Sto sanguinando».

Kai e Will erano vicini e lo guardavano, mentre io tenevo Rika fra le braccia. Dentro di me ribollivano rabbia e odio.

Nessuno si mosse per aiutarlo.

L'aveva quasi uccisa. Aveva cercato di uccidere Will e Kai e minacciato di uccidere anche me.

«Michael», implorò. «Sono tuo fratello».

Rimasi fermo, non vedevo nessun fratello. Vedevo dei blocchi che volavano in mare. Vedevo Rika gettata come se fosse spazzatura e Will mandato a fondo come se non valesse niente.

Avrei potuto perderli. Avrei potuto perderla.

Per sempre.

Dov'era mio fratello in quei momenti?

Qualcosa mi finì negli occhi, ma io non battei ciglio. Forse non sarei stato in grado di scegliere fra la vita di Rika e quella dei miei amici, ma non avevo problemi a scegliere fra loro e mio fratello.

Sollevai il piede, gli piazzai la scarpa sulla spalla e cominciai a spingere.

Con un grugnito rabbioso cercò di afferrarmi la gamba. I suoi occhi si spalancarono per la paura, prima che rotolasse cadendo dentro la piscina. Le sue braccia si agitavano senza tregua mentre andava sempre più a fondo. Cercava di lottare. Cercava di afferrare l'acqua come se fosse una parete da poter scalare.

Ma solo i suoi occhi restarono in superficie mentre veniva risucchiato verso il fondo. Ci guardava vedendo la sua unica speranza di salvezza a pochi metri da sé, ma non sarebbe giunta in suo soccorso.

«Michael», Rika mi guardava, con il respiro pesante. «Tu... per favore. Dovrai conviverci per sempre».

Ma io mi limitai a riportare lo sguardo su Trevor, tenendo i piedi fermi dov'erano.

Sapevo che non voleva che lo facessi. Sapevo che temeva che mi sarei pentito e avrei sofferto per le conseguenze. Sapevo che, qualunque cosa fosse accaduta, Trevor era mio fratello e aveva fatto parte della vita di entrambi.

Lo vidi dibattersi e cercare disperatamente di respirare. Aveva perso sangue e il suo corpo era troppo debole perché potesse salvarsi e nuotare per tornare a galla.

Poi smise di agitarsi e rimase immobile nell'acqua. Chiusi gli occhi e lentamente aprii i pugni.

«Non saresti mai più stata al sicuro», le dissi.

Rika affondò il volto nel mio petto e io la tenni stretta, mentre singhiozzi silenziosi scuotevano il suo corpo.

Mi girai a guardare Kai. «Porta la barca in porto, okay?».

Lui annuì, tenendosi il fianco. «Tu occupati di lei. A questo pensiamo noi».

Afferrai la mano di Rika e la condussi oltre il salone e poi di nuovo lungo il corridoio, fino alla cabina che era riservata a me quando ero sullo yacht.

Mi passai la mano fra i capelli, portando indietro le ciocche bagnate. Avevo la sensazione che il mio cuore stesse per saltare fuori dal petto.

Per poco non l'avevo persa.

Strinsi forte la mano e andai dritto nel bagno, accesi la doccia e cominciai a spalancare gli armadietti. Non sapevo nemmeno io cosa stessi cercando.

«Tieni». Mi avvicinai a lei e le strofinai le braccia. «Stai congelando. Togliti i vestiti». Poi mi voltai, per controllare la temperatura dell'acqua. «La faccio scendere più calda, va bene?»

«Michael», disse dolcemente, cercando di fermarmi.

Ma io continuai, sentendo lo stomaco attorcigliarsi. «Qui abbiamo degli asciugamani per quando avrai finito», indicai un armadietto. «A meno che tu non preferisca fare un bagno. Posso preparartene uno. Forse sarebbe meglio se restassi in ammollo».

«Michael».

«Devo solo…». Mi passai una mano sulla faccia, annaspando alla ricerca delle parole giuste. «Devo solo cercare di trovarti dei vestiti. Credo che mia madre tenga delle cose qui che puoi metterti, quindi…».

«Michael», disse con un tono di voce più alto, allungando una mano per prendermi il volto fra le mani.

Ma io mi scostai, appoggiandomi al lavandino e chinando la testa. Ogni centimetro del mio corpo mi faceva male.

Era quello che voleva? Che io fossi vulnerabile e provassi la paura che avevo avvertito quella sera?

Era questo che provava lei per me?

«Pensavo che te ne fossi andata», dissi, con voce appena percettibile. «L'acqua era così scura e non riuscivo a trovarti. Pensavo che non sarei mai riuscito a raggiungerti».

Si avvicinò a me e di nuovo mi prese il viso tra le mani.

Sollevai lo sguardo sui suoi occhi azzurri, sapendo che mi avrebbero stregato per sempre. E se non fosse mai tornata? Che cosa avrei fatto?

Portai una mano sulla sua nuca e strinsi l'altro braccio attorno alla sua vita. Posai le mie labbra sulle sue e la baciai così profondamente che il calore della sua bocca si diffuse in tutto il mio corpo.

Avrei potuto baciarla per sempre.

Appoggiai la fronte alla sua e feci correre il pollice sul suo viso, accarezzandola. «Ti amo, Rika».

Ti ho sempre amata.

Lei fece un sorriso. Le lacrime le scorrevano sulle guance. Strinse le braccia attorno al mio collo e mi tirò a sé. La abbracciai forte, affondando la faccia nei suoi capelli. Non avrei mai voluto lasciarla andare.

Dopo tutti quegli anni e tutte le volte in cui avrei dovuto capirlo, ero dovuto arrivare a un soffio dal vederla morta perché capissi cosa significava per me. Perché capissi quanto era profondamente legata a ogni momento della mia vita e che era sempre stata lì, proprio sotto il mio naso.

Lei, che a cinque anni pedalava nel vialetto di casa mia. Lei, che imparava a nuotare nella mia piscina. Lei che correva e faceva la ruota nel mio giardino.

Lei, che si mangiava le unghie quando entravo in una stanza.

Lei, che alle superiori se ne stava seduta accanto a mia madre per seguire ogni partita di pallacanestro.

Lei, che non riusciva nemmeno a guardarmi quando uscivo con una ragazza.

E io, che quasi non riuscivo a trattenere un sorriso quando rubava qualche timido sguardo, e quanto era nervosa quando le stavo vicino.

Era sempre lì ed eravamo sempre noi.

Trevor mi aveva fatto venire voglia di rinnegare il mio sentimento, ma era stato vederla con Kai la sera prima a farmi capire fino in fondo che niente avrebbe potuto scuoterci. Lei era mia e io ero suo, e il nostro legame non si sarebbe mai spezzato.

Feci un respiro profondo, sentendo finalmente lo stomaco distendersi. «Ti hanno fatto del male in altri modi?», le chiesi.

Lei si ritrasse scuotendo la testa. «No».

«Damon è ancora là fuori».

«Damon se n'è andato», disse, con sicurezza.

Afferrò l'orlo della mia camicia bagnata e la tirò fin sopra la mia testa.

«Come faremo a dirlo ai tuoi genitori?», domandò, con la preoccupazione scritta sul volto. «Di Trevor?»

«Me ne occuperò io», le dissi, togliendole a mia volta la maglietta. «Non voglio che tu ti preoccupi di niente».

La sollevai, strinsi le sue gambe attorno a me. Seduto sul bordo del lavandino, la tenni stretta a me, semplicemente.

Aveva le labbra sopra le mie, il corpo aderente al mio come se volesse fondersi con me. «Mi ami davvero?».

Chiusi gli occhi, respirandola. «Ti amo da morire», sussurrai tenendola ancora più stretta. «Il mio posto è qui con te».

Capitolo 29
Erika

Oggi

Entrando in casa Crist, feci un sorrisino all'indirizzo di Edward, che prese il mio cappotto e aiutò mia madre con il suo.

Era così bella.

Erano passate tre settimane da quando era tornata dalla clinica della California, e anche se ogni giorno era come una bomba a orologeria, col passare del tempo ero sempre più fiduciosa che non avrebbe avuto ricadute.

Indossava un abito svasato che le fasciava il corpo. Non aveva più l'aria tanto fragile, e le guance colorate le davano dieci anni di meno. Ogni giorno tornava a essere più simile alla madre della mia infanzia.

Io indossavo un vestito color avorio che arrivava al ginocchio e mia madre aveva educatamente fatto presente che poteva essere troppo attillato per una cena del Ringraziamento. Non avevo esitato a farle sapere che a Michael piaceva guardare il mio corpo, e a me piaceva che mi guardasse, punto e basta.

Lei era arrossita e io avevo riso.

«Rika», sentii chiamare la signora Crist.

Sollevai lo sguardo e vidi la madre di Michael che attraversava l'ingresso, tutta agghindata e con l'aspetto elegante che aveva sempre.

«Mia cara, stai benissimo». Mi abbracciò, dandomi un bacetto sulla guancia.

Poi si voltò verso mia madre. «Christiane», disse abbracciandola. «Per favore, vieni a vivere da me. Casa tua non sarà pronta fino all'estate e non vedo motivo per cui non dovresti stare qui».

Mia madre si ritrasse e sorrise. «Mi piacerebbe, ma al momento mi sto godendo tanto la città».

Nessuno era al corrente della vera causa dell'incendio tranne me, Michael, Kai e Will, e siccome la ristrutturazione di casa nostra andava a rilento a causa delle basse temperature, avevo portato mia madre con me a Meridian City. Le avevo assegnato la seconda camera del mio appartamento, ma lei voleva lasciare a me e a Michael la nostra privacy e aveva preferito un albergo.

Ero rimasta lì con lei per un paio di settimane – per assicurarmi che stesse bene – ma a poco a poco mi ero rilassata vedendo che cominciava a frequentare una palestra, tornava in salute, faceva volontariato in un centro di assistenza per tenersi occupata e incontrava nuove persone. Mangiava bene, dormiva anche meglio e sorprendentemente non aveva nessuna fretta di tornare a Thunder Bay.

Alla fine, però, le avevo lasciato il suo spazio ed ero tornata al Delcour. Con gran sollievo di Michael.

Non era contrario al fatto che stessi con lei, ma era ancora preoccupato per la mia incolumità. Attribuiva la colpa al fatto che non sapevamo dove fosse Damon, ma sapevo che c'era sotto dell'altro.

Dopo quello che era successo sullo yacht più di un mese prima, si era svegliato alcune volte nel mezzo della notte, sudato e ansimante. Faceva degli incubi che avevano a che fare con l'acqua. Io che andavo a fondo e lui che mi afferrava per la mano, come aveva fatto quella sera.

Solo che nei suoi incubi non mi trovava. Ero spacciata.

«Signora Crist, si è data molto da fare, a quanto vedo», dissi guardandomi intorno. Ero rimasta senza parole davanti al soggiorno appena ridecorato e tutti gli addobbi festivi sparsi per la casa. C'erano ghirlande e festoni appesi ai muri e alle scale. Alzai lo sguardo e vidi Michael comparire in cima alla scalinata. Scese con il suo completo nero ben stirato e un sorrisino che gli increspava le labbra. Aveva gli occhi fissi su di me. Feci un profondo respiro, sentendo lo stomaco contrarsi, come sempre.

«Be'», disse mestamente la signora Crist. «Ho bisogno di tenermi occupata».

Distolsi lo sguardo da Michael e incontrai gli occhi lucidi di sua madre, pieni di lacrime.

Fui invasa dal senso di colpa. «Mi dispiace moltissimo».

Trevor era pericoloso, ancora più di Damon, perché era bravissimo a nasconderlo. Ma non riuscivo a immaginare cosa volesse dire perdere un figlio. Anche se era come lui.

Speravo di non dover mai provare quello che aveva passato lei.

Ma lei scosse la testa, tirando su col naso. «Non dirlo neanche. Non era colpa tua se mio figlio era quello che era, e voi due ora siete al sicuro», disse e poi aggiunse guardando Michael: «Non farei cambio».

Michael la fissò, un'ombra di rimorso gli attraversò il volto.

Oltre a me, ero abbastanza certa che sua madre fosse l'unica donna che amava. E anche se il suo primo istinto era stato quello di proteggere me, il secondo era stato quello di proteggere lei.

Dopo che Trevor era annegato, Will aveva tentato di convincere Michael a gettarlo nell'oceano sulla via del ritorno, in modo che Michael non dovesse preoccuparsi di raccontare ai genitori che aveva ucciso il fratello.

Michael non volle dargli retta. Non poteva lasciare là fuori il figlio di sua madre. Se non altro, doveva riportarle il corpo, e sapeva che non sarebbe mai riuscito a guardarla giorno dopo giorno e a mentirle.

Quindi, dopo aver riportato in porto lo yacht, avevamo chiamato la polizia e raccontato tutto. Che Trevor mi aveva rapita, che aveva attirato lì Michael e i suoi amici e aveva quasi ucciso me e Will.

Era stato devastante e, anche se la signora Crist era sollevata al pensiero che noi stessimo bene, il dolore sarebbe rimasto vivo per molto tempo a venire.

Il signor Crist, dal canto suo, sembrava più deluso che colpito dal dolore. Aveva solo un figlio adesso e aveva sostituito il sussiego con il quale era solito trattare Michael con un timido tentativo di lasciarsi coinvolgere nella sua vita. Non voleva perder tempo nel riversare su Michael le speranze che una volta aveva riposto in Trevor.

Era un bene che Michael avesse fatto molta pratica nel tenere testa al padre.

416

Mia madre e la signora Crist si diressero in cucina e il padre di Michael si avvicinò tenendo un bicchiere in mano e un sigaro fra le dita.

«Dobbiamo sederci un attimo. Abbiamo delle cose di cui parlare».

Parlava con Michael, ma guardava me, rendendo chiaro a cosa volesse alludere. Dal momento che non avrei sposato Trevor, adesso toccava a Michael realizzare i suoi progetti.

«Cose di cui parlare», gli fece il verso Michael, prendendomi la mano. «Intendi dire il mio futuro e i soldi di Rika? Perché è troppo tardi. Non sono più il suo amministratore. Adesso è tutto a nome suo».

«Che cosa hai fatto?», ringhiò suo padre.

Io sorrisi, lasciandomi trascinare via da Michael. «Vorrei sedermi a discutere del mio futuro la prossima volta che verrà in città», dissi al signor Crist, facendogli sapere che adesso ero io la responsabile degli affari della mia famiglia.

C'erano molti immobili che lui e mio padre avevano in comproprietà, quindi non avevo scelta se non lavorare con lui. Ma non ero una pedina da sposare e muovere.

Adesso lo sapevo.

Io e Michael entrammo in sala da pranzo. Will e Kai erano già a tavola e parlavano reggendo un bicchiere tra le mani, mentre i loro genitori e molte altre persone erano raccolte a piccoli gruppi sparsi per la stanza.

I camerieri svolazzavano avanti e indietro, portando vassoi di antipasti e riempiendo bicchieri di champagne.

Kai ci venne incontro, con Will al seguito.

«Ho trovato Damon», disse subito Kai a Michael.

«E dov'è?», chiesi.

«A San Pietroburgo».

«In Russia?», disse Michael, con un'espressione stupefatta. «Perché mai?».

Kai proseguì: «L'ufficiale che lo sorveglia per la condizionale è venuto a cercarlo. Damon non si è presentato all'appuntamento, così gli hanno controllato il passaporto e l'hanno trovato lì», spiegò. «Non è strano. È da lì che vengono i parenti di suo padre,

417

quindi è in territorio amico. Lì loro non possono andare a cercarlo, ovviamente, ma noi sì».

Scossi la testa. «Lasciatelo in pace e basta».

Michael si voltò a guardarmi, a occhi bassi. «Non voglio aspettare che si faccia vedere di nuovo qui, Rika. È pericoloso».

«Non tornerà indietro», affermai. «Non vuole certo fallire per la terza volta. Lasciatelo stare e voltiamo pagina».

Kai e Michael mi osservarono per alcuni istanti, speravo che capissero anche quello che non stavo dicendo.

C'era stato troppo dolore.

Troppi anni e troppo tempo perso.

Avevamo tutti bisogno di ricominciare a vivere.

Damon non avrebbe più cercato di farmi del male. Un altro tentativo dopo due fallimenti l'avrebbe fatto sembrare patetico. Se n'era andato.

E da quando avevamo trovato il telefono della Notte del Diavolo proprio dove immaginavo – nella cabina di Trevor a bordo del *Pithom* – e l'avevamo distrutto, non c'era più niente a trattenerci. Era ora che ricominciassimo a divertirci.

«Allora cosa facciamo adesso?», chiese Will.

Michael sollevò gli angoli della bocca. «La cosa che sappiamo fare meglio, immagino. Facciamo un po' di casino».

E poi indicò con il mento le due cameriere alle spalle di Kai e Will.

I ragazzi si girarono e videro due studentesse universitarie con indosso delle gonne a tubino nere, delle camicette bianche e dei gilet neri. Cercavano di nascondere il sorriso mentre le osservavano accendere le candele e controllare l'allestimento dei tavoli.

«Cena ritardata per noi?», chiese Michael.

Kai si voltò di nuovo, il petto scosso da una sorda risata. «Quanto tempo ti serve?», chiese, indietreggiando con sguardo malizioso.

«Un'ora».

Kai e Will si voltarono con dei ghigni da idioti sul volto, seguirono le ragazze e scomparvero in cucina.

Guardai Michael con gli occhi socchiusi, confusa.

«Andiamo», mi tirò per la mano. «Voglio che tu veda una cosa».
E poi mi trascinò fuori dalla sala da pranzo.

Scesi dall'auto, le foglie che frusciavano sotto i tacchi, mentre tenevo il cappotto avorio stretto al petto e sbattevo la portiera.

Era una giornata limpida, in cielo non c'era neanche una nuvola, se non le nuvolette del mio fiato. Quando sollevai lo sguardo vidi alcuni ponteggi, dei teli impermeabili e dei piccoli bulldozer gialli tutto attorno alla vecchia chiesa.

«Cosa stanno facendo?», chiesi.

Forse la stavano demolendo, o no?

«La sto ristrutturando», rispose, prendendomi la mano e guidandomi oltre l'ingresso principale.

Entrai e mi guardai subito intorno, notando tutto il lavoro che gli operai avevano già fatto.

Le panche rotte e divelte che si trovavano sulla balconata erano state eliminate e tutta la spazzatura e i mucchi di detriti che coprivano il pavimento erano scomparsi del tutto. Il vecchio altare e tutto quello che lo circondava erano stati rimossi e adesso c'era una porta vera a chiudere l'ingresso alle catacombe. C'erano teli impermeabili appesi sulle fenditure del tetto e delle pareti e un nuovo pavimento di cemento, pulito e solido.

A destra e sinistra, alcune impalcature salivano fino al tetto. Vidi anche un'intelaiatura di legno, come se stessero aggiungendo un secondo piano.

Non c'erano operai al lavoro, probabilmente perché era il giorno del Ringraziamento.

«Ristrutturando?», ripetei, ancora confusa. «Per fare cosa? Una chiesa, un sito storico…?».

Aprì la bocca, facendo un respiro profondo, come se fosse un po' preoccupato. «Una… casa», rispose alla fine.

«Una casa? Non capisco».

Fece una risata e si avvicinò a me. «Avrei dovuto parlartene, ma io…», si guardò attorno. «Volevo tanto vivere qui e speravo che anche tu lo volessi».

Mi paralizzai.

«Con me», aggiunse.

Vivere qui? Con lui?

Cioè, sì, in pratica già vivevo con lui nel suo attico in città, ma avevo ancora il mio appartamento e questa era una casa. Tutta un'altra storia.

Amavo l'idea di trasformarla in una casa. Per quanto strano potesse sembrare agli altri, alcuni dei miei ricordi preferiti con Michael li avevo costruiti lì. Adoravo quel posto.

Ma... sarebbe stata casa sua e io avrei vissuto lì? Oppure casa nostra? Poteva farmi fare le valigie ogni volta che voleva?

Oppure quella casa significava altro, qualcosa di più importante?

«E cosa vorrebbe dire esattamente?», mi mossi appena, con il cuore che batteva più velocemente.

Tenne gli occhi sui miei e si avvicinò lentamente, avanzando e spingendomi indietro. Aprii la bocca, urtando contro una colonna di pietra.

Con sguardo malizioso, si chinò e sussurrò: «Voltati».

Esitai, chiedendomi cosa stesse architettando, ma...

Non mi tiravo mai indietro di fronte a una sfida.

Mi voltai lentamente, lasciando che mi prendesse le mani e le appoggiasse alla colonna davanti a me. Poi mi passò un braccio attorno alla vita e si appoggiò con il petto alla mia schiena, stuzzicandomi il collo con le labbra. Non avevo più freddo.

«Significa che voglio continuare a giocare», disse con voce profonda e piena di calore. «Significa che fino a quando la casa non sarà finita e noi saremo pronti a ristabilirci qui, il mio appartamento è il tuo appartamento, il mio letto è il tuo letto e non avrò occhi che per te».

Mi baciò il collo, e le sue labbra calde mi mandarono brividi per tutto il corpo. «Significa che farò del mio meglio per farti arrabbiare a ogni occasione, perché non c'è niente di meglio che vederti dare fuori di matto». Percepii un sorriso nella sua voce. Infilò una mano fra le mie cosce. «E che farò tutto il possibile per ricordarti quanto sono carino, in modo che tu non possa smettere di pensare a me quando non siamo insieme».

Trattenni il respiro, sentendo le dita che risalivano piano lungo la coscia, facendomi già eccitare.

«Significa che tu finirai la scuola, ma ti chiedo cortesemente di occuparti di me prima, e dei compiti poi, quando torni a casa». Continuò passandomi il pollice sul clitoride attraverso le mutandine. «E significa che dovrai costantemente guardarti alle spalle. perché non sai cosa ho in serbo per te, perché ti starò sempre addosso».

E poi sollevò l'altro pugno e lo guardai con gli occhi spalancati mentre allargava le dita e davanti a me apparve qualcosa di luccicante.

Smisi di respirare, mentre mi metteva l'anello alla mano sinistra e continuava a sussurrarmi all'orecchio: «E lo vorrai in ogni secondo, perché so che cosa ti piace, Rika, e non posso vivere senza di te».

Tremavo, gli occhi mi si riempirono di lacrime mentre mi cingeva con entrambe le braccia e si aggrappava a me come se ne andasse della sua vita.

«Ti amo», mi sussurrò nel collo.

Oddio. Spostai la mano, tenendolo stretto con la mano destra mentre mi guardavo l'anello nella sinistra.

Sentii un'ondata di calore nel petto e smisi di respirare. *Lo conosco questo anello.*

Era una fascetta di platino con un gruppo di diamanti, che somigliava un po' a un fiocco di neve. Ce n'era uno nel mezzo, con altri dieci attorno, e poi aveva ancora un altro cerchio di circa venti diamanti all'esterno.

«Questo è uno degli anelli che ho preso la Notte del Diavolo», dissi con voce tremante mentre alzavo lo sguardo su di lui. «Pensavo che tu avessi restituito tutto».

«È quello che ho fatto», annuì. «Ma questo l'ho comprato».

«Perché?».

Perché avrebbe dovuto comprare un anello per una persona che odiava? Doveva essere successo dopo che i video erano esplosi online, quindi non aveva alcun senso.

Strinse le braccia attorno a me. «Non lo so. Forse non riuscivo a lasciar andare un pezzo di quella sera». Poi si chinò, sussurrandomi all'orecchio: «O forse, da qualche parte nel profondo del mio cuore, sapevo che sarebbe arrivato questo momento».

Sorrisi, con le lacrime che mi rigavano il volto. Era perfetto. L'anello, la casa, anche la proposta.

Mi aveva promesso di farmi arrabbiare, ma anche di essere buono e di esserci sempre per me.

Ma dovevo chiedermi... ci saremmo riusciti veramente? A continuare a giocare? A tenere viva l'eccitazione? E la passione?

«La gente non vive come noi, Michael», voltai la testa per guardarlo di nuovo. «Va al cinema, si fa le coccole davanti al camino...».

«Ti scoperò davanti al camino», ribatté, facendomi voltare. E mentre io ridevo, fece un sorrisetto intrigante.

Ma poi mi si avvicinò posando le labbra sulla mia fronte, e lentamente disse: «A noi non importa cosa fa l'altra gente, Rika. Non permettiamo alle loro regole di limitarci. Non è importante cosa possiamo o non possiamo fare. Chi può fermarci?».

Gli strinsi le braccia attorno al collo. Ero al colmo della gioia. Gettai la testa all'indietro a fissare il soffitto alto.

«Cosa ne dici?», chiese.

Feci un profondo respiro, l'eccitazione mi scorreva nelle vene. «Casa nostra», pensai ad alta voce. «Non riesco a credere che sia nostra». E poi incontrai il suoi occhi. «Ti amo».

Prese il mio viso fra le mani e mi baciò, con il suo calore che mi pervadeva tutto il corpo. «Anche io ti amo», mi disse. «Quindi è un sì?».

Annuii. «Sì». Ma poi spalancai gli occhi tirandomi indietro. «Le catacombe!», dissi subito. «Non le devono riempire, vero?».

Rise. «No. Rimarranno accessibili».

Lasciai cadere le braccia e mi avvicinai alla porta, mi tolsi il cappotto e lo appesi a una sporgenza nella parete.

«Ehi, cosa stai facendo?», chiese.

Mi voltai, inclinando la testa con fare riluttante. «Ti sei dimenticato di metterti in ginocchio».

Lui grugnì. «Mi sembra un po' tardi, Rika. Ho già fatto la mia proposta».

«Puoi ancora metterti in ginocchio comunque», e agitai un dito piegato a uncino, voltandomi di nuovo.

«Be', l'impresario ha detto che potrebbe passare oggi per fare delle ulteriori verifiche», mi ammonì.

Ma io sorrisi e, aprendo la porta, gli lanciai un'occhiata di sfida da sopra la spalla. «Vuoi dire che ti arrendi?».

Scosse la testa, lo sguardo birichino negli occhi mi diceva tutto quello che dovevo sapere mentre avanzava verso di me.

Era sempre un gioco con lui.

E grazie ai suoi insegnamenti, in quel momento era così anche con me.

Mi aveva corrotta.

Epilogo
Michael

L'odore dei gigli e della pioggia mi colpì alle narici. Inseguii quel profumo, seppellendo il volto nel cuscino.

Rika.

Avevo le palpebre pesanti per il sonno. Allungai una mano, passandola sulle lenzuola lisce per cercarla nel letto di fianco a me.

Ma non era lì.

Sbattei le palpebre, costringendomi ad aprire gli occhi. La sveglia prese a suonare. Mi girai e mi sollevai su un gomito, voltando rapidamente la testa per cercarla.

La vidi.

Mi rilassai, un sorriso che affiorava sulle labbra mentre la guardavo nella doccia, quella che avevo messo nella camera da letto come optional nel mio appartamento del Delcour.

Il nostro appartamento.

Nel giro di un mese, dopo la brutta esperienza sullo yacht, l'avevo fatta trasferire. Dormiva qui comunque tutte le notti, e dal momento che Will voleva starci vicino, aveva preso lui l'appartamento di Rika.

Kai, dal canto suo, aveva preferito mantenere le distanze. Aveva comprato un vecchio immobile vittoriano dall'altro lato della città, e non avevo capito bene perché. Avrebbe potuto scegliere l'appartamento che preferiva qui, e non vedevo il valore del mostro di cemento nero che aveva comprato. Avrebbe dovuto essere decretato inagibile.

Ma per motivi tutti suoi, voleva stare da solo.

Rika si passò una spugna sulle braccia, si insaponò, e io mi voltai di fianco, tenendo la testa sollevata su una mano per guardarla.

Doveva avermi sentito, perché si voltò e mi sorrise da sopra la spalla.

Mise il piede sul bordo della vasca e si chinò per far correre la spugna lungo la gamba, lentamente e con fare malizioso, sapendo l'effetto come mi faceva con quei sorrisini falsamente innocenti.

L'acqua le cadeva a cascata sul corpo, ma non aveva i capelli bagnati, perché li aveva legati in un morbido chignon. E nonostante l'erezione che cresceva sotto le coperte e l'odore del suo corpo che riempiva la stanza, rimasi immobile, limitandomi a guardarla.

Presto sarei stato ricompensato per la pazienza.

A volte mi bastava guardarla. Dovevo tenere gli occhi su di lei, perché era ancora così difficile credere che fosse reale. Che fosse qui e che fosse mia.

Mi ero chiesto un migliaio di volte come fossimo giunti a questo punto. Come fossimo riusciti a trovarci e ad arrivare qui.

Lei avrebbe detto che era stata la Notte del Diavolo.

Senza i fatti di quella notte, non l'avrei sfidata. Non avrebbe imparato a essere forte e combattere o a essere fedele a se stessa e salvarsi.

Non saremmo stati incollati palmo a palmo, cercando di buttare a terra l'altro, e non ci saremmo trasformati nelle persone che eravamo diventate. *Tutto accade per un motivo*, era solita dire.

Diceva anche che io l'avevo plasmata. Che avevo creato un mostro, e che da qualche parte fra sangue, lacrime, lotta e dolore avevamo capito che era amore. Che tutte le scintille nascono da una fiamma.

Ma quello che non ricordava era… che la nostra storia era cominciata molto prima di quella notte.

Io sono fuori dalla mia classe G nuova, appoggiato all'auto con le braccia incrociate sul petto. Ho delle cose da fare e posti in cui andare e non ho tempo per queste sciocchezze.

Voltando il palmo, guardo il cellulare e il messaggio che viene ancora da mia mamma.

"Bloccata in città, Edward è impegnato. Vai a prendere Rika all'allenamento di calcio, per favore? Alle 8".

Alzo gli occhi al cielo e controllo l'ora sul telefono. Otto e quattordici. Dove diavolo è finita?

Kai, Will e Damon sono già alla festa e io sono in ritardo, e per quale motivo? Ah, ma certo. Immagino che avere sedici anni e aver finalmente ottenuto uno straccio di patente significhi fare da autista alle tredicenni con madri che non riescono ad alzare i loro culetti ubriachi per andare a riprenderle da sole.

Rika esce dal campo di calcio, indossa ancora la divisa rossa e bianca e i parastinchi. Si blocca vedendomi lì in piedi.

Ha gli occhi rossi come se avesse pianto, e capisco che è a disagio da come si irrigidisce.

Ha paura di me.

Trattengo un sorriso. Mi piace che sia sempre consapevole della mia presenza, anche se non lo ammetterei mai a voce alta.

«Perché sei venuto tu a prendermi?», chiede con un filo di voce, i capelli raccolti in una coda di cavallo, con qualche ciocca sfuggita a incorniciarle il viso.

«Credimi», ribatto con tono sarcastico. «Avrei qualcosa di meglio da fare. Sali».

Mi volto ad aprire la portiera e salgo in macchina.

Avvio il motore e ingrano la marcia, come se non volessi aspettarla, e la vedo che si affretta a girare attorno alla macchina, apre la portiera del passeggero e sale.

Si allaccia la cintura e si fissa le gambe, rimanendo in silenzio.

Sembra sconvolta, ma non penso che abbia a che fare con me.

«Perché stai piangendo?», le chiedo, cercando di comportarmi come se non mi importasse, che risponda o no.

Il mento le trema. Porta le mani al collo, toccando la cicatrice ancora fresca dell'incidente che ha ucciso suo padre solo un paio di mesi prima. «Le ragazze mi prendono in giro per la cicatrice», risponde piano.

E poi si volta a guardarmi, sembra ferita. «È davvero tanto brutta?».

La guardo, arrabbiato. Vorrei far tacere quelle ragazze.

Ma reprimo le mie emozioni e alzo le spalle, comportandomi come se non m'importasse niente dei suoi sentimenti.

«È grande», rispondo, uscendo dal parcheggio.

Si volta dall'altra parte, le spalle si incurvano per la tristezza, e china la testa.

Così dannatamente a pezzi.

Cioè, certo, ha perso il padre da poco, sua madre è tutta presa dalla sua tristezza e dal suo egoismo, ma ogni volta che vedo Rika, somiglia a una piuma pronta a volare via con un soffio di vento.

Passaci sopra. Piangere non ti aiuterà.

Rimane seduta in silenzio, così piccola di fianco a me, che adesso sono quasi un metro e ottanta. E anche se Rika non è bassa, sembra una cosa che si è sciolta e sta per scomparire del tutto.

Scuoto la testa, controllando ancora una volta l'ora sul telefono. Cazzo, è tardi.

Poi sento suonare un clacson e sollevo gli occhi, vedo dei fanali che corrono verso di me. «Merda!», *grido, pestando sul freno e girando il volante per sterzare.*

Rika inspira e afferra la portiera, mentre vedo un'auto ferma nel mezzo della strada di campagna, e un'altra che invece sbanda davanti a me e poi scappa via. Mi fermo di lato con uno stridore di pneumatici, i nostri corpi spingono contro le cinture di sicurezza per la frenata brusca.

«Gesù», *impreco, vedendo una donna inginocchiata in mezzo alla strada.* «Che cazzo fa?».

Le luci posteriori dell'altra macchina si fanno sempre più piccole in lontananza. Mi guardo sopra la spalla, non vedo arrivare altre auto.

Apro la portiera e scendo dalla macchina. Sento che Rika alle mie spalle fa lo stesso.

Mi dirigo verso il centro della strada e avvicinandomi vedo su cosa si sta chinando la donna.

«Non posso credere che quel deficiente se ne sia andato così», *si arrabbia, voltandosi per guardarmi.*

Un cane, in bilico fra vita e morte, è steso sulla strada, guaisce mentre fatica a fare dei brevi respiri superficiali. Perde sangue dall'addome, e si intravedono le sue interiora.

È solo un cuccioletto, una specie di Spaniel. Il mio stomaco si aggroviglia di fronte a quel respiro stentato.

Sta morendo.

Il tipo che è sfrecciato via deve averlo investito.

«La bimba non dovrebbe stare seduta in macchina?», *chiede la donna, guardando Rika di fianco a me.*

Ma io non degno Rika di uno sguardo. Perché devono cercare tutti di proteggerla? Mia madre, mio padre, Trevor... l'hanno solo indebolita.

I figli della signora sono seduti in macchina, la chiamano. Abbasso lo sguardo sul cane, lo sento guaire e lo vedo tremare e lottare per la vita.

«Lei vada», le dico indicando i bambini in macchina. «Vedo se riesco a trovare un ambulatorio veterinario aperto».

Lei mi lancia un'occhiata, sospesa fra incertezza e gratitudine. «Sei sicuro?», chiede calmando i bambini con un'occhiata.

Annuisco. «Sì, porti via i bambini».

Si alza lanciando un'occhiata triste al cane, con gli occhi lucidi, e poi si volta e sale in macchina. «Grazie», grida.

Aspetto che se ne vada e mi rivolgo a Rika: «Vai a sederti in macchina».

«Non voglio».

Socchiudo gli occhi e le ordino. «Subito».

Mi guarda con aria disperata e gli occhi pieni di lacrime, ma alla fine si volta e corre in auto.

Mi inginocchio, metto la mano sulla testa del cagnolino, sentendo la pelliccia morbida fra le dita, e lo accarezzo dolcemente.

Le sue zampe tremano mentre lui si sforza di respirare. Il suono simile a un rantolo nella gola mi fa annebbiare la vista e battere il cuore per il dolore.

«Va tutto bene», dico piano, con una lacrima che mi scende sulla guancia.

Impotente. Odio sentirmi impotente.

Chiudo gli occhi, gli accarezzo la testa e poi faccio scendere lentamente la mano.

Lungo la nuca, lungo la testolina...

Gli cingo il collo con le dita e stringo con tutta la forza che ho.

Sussulta, il corpo trema solo un pochino e usa le ultime gocce di energia per lottare.

Ma non c'è quasi più niente per cui lottare.

Il mio corpo brucia, ogni muscolo è in tensione. Indurisco la mascella, cercando di trattenermi ancora un secondo.

Solo un secondo in più.

Stringo forte gli occhi, con le lacrime in gola.

Sento uno spasmo e poi... finalmente... il cane si affloscia, la vita l'ha abbandonato del tutto.

Faccio un respiro tremante e tiro via la mano.

Vaffanculo.

La gola mi si riempie di bile acida e nella bocca sento delle ondate di nausea. Faccio un sospiro, ma devo sforzarmi di respirare a fondo per ricacciarla indietro.

Passo le mani sotto il corpo del cane e lo sollevo, pronto a portarlo alla macchina, ma non appena mi giro, mi blocco. C'è Rika a pochi metri da me e so che ha visto tutto.

Mi guarda come se l'avessi tradita.

Distolgo gli occhi, indurendomi, le giro attorno e metto il cane nel baule della classe G.

Chi diavolo si crede di essere per giudicarmi? Ho fatto quello che dovevo fare.

Estraggo un asciugamano dalla sacca – prima di andare a prendere Rika avevo appena finito l'allenamento di pallacanestro – e ci avvolgo il cane. Prendo un altro asciugamano e con quello rimuovo le macchie di sangue dalle mani, poi distendo anche quello e chiudo il portellone.

Risalgo in macchina e avvio il motore, mentre Rika apre la portiera del passeggero e si accascia, senza dirmi una parola.

Parto come un razzo, stringendo il volante. Il suo silenzio pesa come gli insulti e i rimproveri di mio padre.

Ho fatto la cosa giusta. Vaffanculo. Non me ne frega un cazzo di quello che pensi.

Respiro a fondo, sempre più arrabbiato a ogni secondo che passa.

«Tu pensi che il veterinario che ha fatto l'eutanasia al tuo gatto un anno fa sia meglio di me?», parto alla carica, lanciandole delle occhiate mentre fisso la strada. «Eh?».

Stringe le labbra e vedo che altre lacrime le salgono agli occhi. «L'hai fatto a mani nude», piange, voltandosi verso di me e gridando: «L'hai ucciso tu. Io non avrei mai potuto fare una cosa del genere!».

«Ed è per questo che sarai sempre debole», ribatto. «Sai perché la maggior parte della gente è infelice al mondo, Rika? Perché non ha

429

il coraggio di fare l'unica cosa che potrebbe cambiare la loro vita. Quell'animale stava soffrendo e guardarlo faceva soffrire anche te. Adesso non sta più soffrendo».

«Io non sono debole», rilancia, ma ha il mento che le trema. «E quello che hai fatto mi ha resa infelice. Non mi ha fatta stare meglio per niente».

Faccio un sorriso perfido. «Pensi che io sia cattivo? Hai un'opinione peggiore di me adesso? Allora sai una cosa? Non me ne frega un cazzo di cosa pensi. Sei solo un peso morto tredicenne al quale la mia famiglia deve badare, e non diventerai nient'altro che una copia diciottenne di quell'ubriacona di tua madre!».

I suoi occhi si riempiono di lacrime, sembra che stia per andare in pezzi.

«Solo che probabilmente tu non riuscirai a incastrare un marito ricco con quella cicatrice», tuono.

Fa un respiro profondo, sembra scioccata. Il suo viso si deforma, il suo corpo è scosso dai singhiozzi. Afferra la maniglia e comincia a tirare e spingere, cercando di uscire dall'auto.

«Rika!», grido.

Sto andando quasi a cento chilometri orari, cazzo!

Allungo di scatto una mano, la afferro per il polso e l'auto sbanda. Inchiodo con uno stridore di gomme.

Lei avanza a tentoni, sblocca la portiera e salta giù, poi scappa fra gli alberi.

Metto l'auto in folle e inserisco il freno a mano, apro la portiera e salto fuori.

«Torna in macchina!», le grido sbattendo la portiera.

Lei si gira. «No!».

La rincorro. «Dove cazzo credi di andare? Ho delle cose da fare! Non ho tempo per queste menate!».

«Vado a trovare mio padre», grida da dietro la spalla. «Vado a casa a piedi».

«A piedi un bel niente. Sali su quella cazzo di macchina e smetti di farmi girare le palle».

«Lasciami stare!».

Mi fermo, furente. Il cimitero è appena oltre la collina, ma è buio pesto fuori.

Scuoto la testa, tornando indietro. «Bene!», *abbaio.* «Vai a trovare tuo padre, allora!».

Mi volto, mi fiondo alla macchina e salgo, lasciandola lì fuori.

Mentre avvio il motore ho un attimo di esitazione. È buio. Lei è sola.

Ma vaffanculo. Se vuole fare la bimba viziata non è colpa mia.

Ingrano la marcia e mi precipito verso la strada, diretto a casa.

Lasciando la macchina accesa, salto giù e vado al capanno del giardino, prendo una pala e torno all'auto.

Il freddo di ottobre mi congela le orecchie, ma tutto il resto del corpo è ancora accaldato per la sfuriata.

Mi ha guardato esattamente come ha sempre fatto mio padre. Come se tutto quello che faccio fosse sbagliato.

Imbavaglio quello che ho dentro: la rabbia e questo bisogno che non riesco a spiegare. Qualcosa dentro di me spinge verso l'autodistruzione, vuole combinare dei casini e vuole fare cose che gli altri non farebbero.

Non voglio fare male alla gente, ma più passa il tempo, più mi sembra che il concetto stia cercando di uscire dalla mia testa.

Voglio il caos.

E sono stanco di essere impotente. Sono stanco di essere tenuto sotto controllo.

Ho cercato di fare la cosa più difficile oggi. La cosa che nessun altro farebbe, ma che doveva essere fatta.

E lei mi ha guardato proprio come fa lui. Come se avessi qualcosa che non va.

Gettando la pala in macchina, mi fiondo giù per il vialetto e vado nell'unico posto che mi viene in mente.

St. Killian.

Parcheggio fuori dalla chiesa, tenendo i fari accesi, e raggiungo la fiancata.

Qui comincio a scavare la buca. Il cane non aveva il collare e non può restare esposto all'aria tanto a lungo perché io possa trovarne il proprietario, quindi devo seppellirlo.

E questo è l'unico posto che mi piace, quindi ha senso come luogo di sepoltura.

Dopo aver scavato un buca profonda poco più di mezzo metro, ritorno in macchina e apro il portellone. Sento delle notifiche dal cellulare sul sedile anteriore.

Probabilmente i ragazzi si stanno chiedendo dove diavolo sia finito.

Sarei dovuto andare a casa a prendere una scorta di carta igienica, della pittura spray e dei chiodi per gli scherzi della Notte del Diavolo. La stessa cagata noiosa che facciamo sempre prima di andare a ubriacarci al magazzino.

Prendo fra le braccia il cane, lasciandolo avvolto negli asciugamani e lo porto alla buca, mi inginocchio e lo depongo con delicatezza.

Il sangue ha impregnato gli asciugamani e mi tinge di rosso la mano. Me la pulisco nei jeans e poi prendo di nuovo la pala e riempio la buca.

Quando ho finito rimango lì, chino sul lungo bastone di legno della pala, e fisso la collinetta di terra appena fatta.

Sei debole.

Nullità.

Smetti di farmi girare le palle.

Le ho detto le stesse cose che mio padre dice a me. Come ho potuto arrivare a tanto?

Non è debole. È una bambina.

Sono arrabbiato con mio padre e mi fa arrabbiare che lei riesca a spingermi fino al limite. Fin da quando eravamo piccoli.

E sono arrabbiato per essere cresciuto così infastidito da tutto. Non ci sono molte cose che mi facciano stare bene.

Ma non avrei dovuto ferirla. Come ho potuto dirle quelle cose? Io non sono lui.

Faccio un sospiro e vedo la nuvoletta di vapore che mi esce dalla bocca. Si gela lì fuori, e il freddo alla fine mi penetra nelle ossa, ricordandomi che l'ho lasciata là.

Sola.

Al buio.

Al freddo.

Salgo in macchina, gettando la pala nel baule, e prendo il telefono per controllare l'ora.

Un'ora.

L'ho lasciata un'ora fa.

432

Risalgo, avvio l'auto e metto la retromarcia, vado indietro e svolto. Inserendo la prima, esco dalla radura, percorro la vecchia strada sterrata. Dallo specchietto retrovisore vedo la chiesa scomparire nel buio.

Corro lungo la superstrada e oltrepasso il cancello della comunità, svolto in Grove Park Lane e lo percorro fino alla fine, dove si trova il cimitero di St. Peter.

Rika doveva aver tagliato per i boschi ed essere entrata al cimitero dal retro, ma io sono arrivato in macchina e so esattamente dove andare.

La lapide di suo padre non è lontana dalla cappella della mia famiglia. Avrebbe potuto permettersi qualcosa di altrettanto appariscente, ma Schrader Fane non era uno stronzo megalomane come gli uomini della mia famiglia. Bastava un semplice segno, era tutto quello che sembrava appropriato per rispettare le sue volontà testamentarie.

Percorro il vialetto buio. Ci sono solo alberi e un mare di pietre grigie, bianche e nere a sinistra e a destra.

Mi fermo in cima a una collinetta, parcheggio e spengo l'auto. Ho già visto qualcosa che assomiglia a un paio di gambe nell'erba più avanti.

Gesù.

Corro nell'erba fra le lapidi, vedo Rika stesa sulla tomba del padre, raggomitolata e con le mani strette al petto.

Mi fermo e la guardo dormire. Per un momento vedo la neonata di tanto tempo prima.

Mi appoggio a un ginocchio, passo le mani sotto il suo corpo e la sollevo, così piccola e leggera.

Lei si agita fra le mie braccia. «Michael?», dice.

«Shhh», la calmo. «Ti tengo io».

«Non voglio andare a casa», protesta, allungandosi per posare una mano sulla mia spalla con gli occhi ancora chiusi.

«Nemmeno io».

Vedo una panchina di pietra a qualche metro di distanza sulla collinetta e la porto lì. Mi sento in colpa perché la sua pelle è gelata. Non avrei dovuto lasciarla sola.

Quando ci sediamo sulla panchina, la prendo in braccio e lei ap-

433

poggia la testa al mio petto. La stringo, cercando di calmarla o fare qualcosa per farla stare meglio.

«Non avrei dovuto dirti quelle cose», ammetto con voce roca. «La cicatrice non è brutta».

Mi cinge la vita con le braccia e stringe forte, tremando. «Tu non chiedi mai scusa», afferma. «A nessuno».

«Non sto chiedendo scusa», ribatto, quasi scherzando.

In realtà sto chiedendo scusa. Mi sento uno schifo, ma ho difficoltà ad ammettere di aver fatto qualcosa di sbagliato. Probabilmente perché mio padre non manca mai di farmelo notare in ogni caso.

Ma lei ha ragione. Non chiedo mai scusa. La gente si prende la merda che concedo, ma lei no. Lei è scappata via. Al buio. Dentro un cimitero.

«Hai avuto fegato», le dico. «Invece io no. Sono solo un vigliacco che se la prende con i bambini».

«Non è vero», risponde, e capisco che da qualche parte c'è un sorriso.

Ma lei non vede quello che vedo io. Non è nella mia testa. Sono un codardo, sono uno stronzo, e sono perennemente, maledettamente irritato.

Stringo la presa su di lei, cercando di scaldarla. «Posso dirti una cosa, piccola?», le chiedo, e un groppo sta per serrarmi la gola. «Ho sempre paura. Faccio quello che mio padre mi dice di fare. Mi alzo e parlo, oppure resto zitto, e non dico mai di no a quello che lui vuole. Non mi difendo mai».

Le ho detto che era debole. Invece quello sono io. Sono io debole. Odio quello che sono. Mi entra tutto nella testa, non ho nessun controllo.

«Nessuno mi vede, Rika», le confido. «Esisto solo come un suo riflesso».

Solleva leggermente la testa, con gli occhi ancora chiusi.

«Non è vero», sussurra assonnata. «Sei sempre la prima persona che noto in una stanza».

Aggrotto le sopracciglia per la tristezza e volto la testa, temendo che noti il mio respiro pesante.

«Ti ricordi quella volta che tua mamma ha detto a te e ai tuoi amici di portare me e Trevor in gita con voi l'estate scorsa?», chie-

de. «Ci avete permesso di fare tutto. Ci avete lasciati avvicinare al bordo della scogliera. Scalare i massi. Hai permesso a Trevor di dire parolacce...». Ha le dita sulla mia schiena, che mi stringono la maglietta. «Ma non ci permettevi di allontanarci troppo. Hai detto che dovevamo conservare l'energia per il viaggio di ritorno. È così che sei fatto».

«Che cosa vuoi dire?».

Inspira a fondo e poi espira. «Be', è come se stessi risparmiando energia per qualcosa. Sei trattenuto», dice, accoccolandosi contro di me per mettersi comoda. «Ma non ha alcun senso. La vita è una e non c'è nessun viaggio di ritorno. Che cosa stai aspettando?».

Per un istante mi trema il petto. La fisso negli occhi. Le sue parole mi piombano addosso come un tir.

Che cosa sto aspettando?

Le regole, le restrizioni, le aspettative e quello che tutti considerano accettabile erano cose che mi avevano trattenuto, ma erano tutte cose plasmate da altre persone.

Restrizioni di altre persone. Regole e aspettative di altre persone.

Ed erano tutte illusioni. Esistevano solo se io lo permettevo.

Aveva assolutamente ragione.

Mi importava di quel che mi avrebbe fatto mio padre?

Voglio quello.

Non puoi averlo.

Be', e cosa succede se io me lo prendo comunque?

Voglio fare quello.

Non puoi.

E chi mi fermerà?

Gesù, ha ragione. Cosa diavolo sto aspettando? Cosa può fare lui?

Voglio un po' di casino, un po' di problemi, un po' di divertimento, la possibilità di andare dove mi porta il cuore... chi diavolo mi può fermare?

Ogni muscolo contratto del mio corpo si rilassa lentamente e i nodi che mi stringono lo stomaco cominciano a sciogliersi. La mia pelle brucia, sento la pancia che si aggroviglia, e mi costringo a trattenere un sorriso.

E inspiro a fondo, riempiendo i polmoni di aria fresca, che ha il sapore dell'acqua in un deserto.

Sì.

Tenendola sempre stretta fra le mie braccia, mi alzo e la porto in macchina.

Non mi curo di portarla a casa. Non voglio che stia da sola.

La porto a casa mia. L'ingresso è buio, perché sono quasi le dieci. Mio padre senza dubbio rimane in città a dormire e mia madre probabilmente sta per andare a letto. Ma salendo le scale, la incontro nel corridoio, con Rika addormentata tra le mie braccia.

«Sta bene?». Mia madre ci corre incontro. Ha già indosso la camicia da notte e tiene in mano un libro.

«Sta bene», rispondo entrando in camera mia.

Mi avvicino al letto, la deposito sopra la trapunta e la copro con la coperta che è piegata in fondo al letto.

«Perché non la metti in una delle stanze degli ospiti?», suggerisce mia madre.

Ma faccio segno di no con la testa. «Ci dormirò io stanotte. Lasciale la mia stanza. Ha bisogno di sentirsi al sicuro».

E poi guardo mia madre. «Però dovrebbe avere una camera tutta per sé qui».

Si ferma spesso a dormire da quando suo padre è morto e, visto come si sta comportando sua madre, non credo che le cose cambieranno presto.

Dovrebbe avere uno spazio dove sentirsi a casa anche qui.

Mia madre annuisce. «È una buona idea».

Passo accanto a mia madre e prendo dall'armadio un paio di jeans e una maglietta puliti. «Poverina», mia madre le accarezza i capelli. «È così fragile».

«No, non è vero», la correggo. «Non tenerla sotto una campana di vetro».

Dalla sedia accanto alla porta prendo la felpa nera col cappuccio e vado a cambiarmi in bagno. Ho ancora il sangue del cane che mi imbratta i jeans.

Dopo aver infilato i vestiti puliti, chiamo Kai. Dall'altra parte sento la musica alta e tante voci in sottofondo.

«Hai ancora quelle maschere che abbiamo usato per giocare a paintball lo scorso fine settimana?», chiedo, mettendo il portafogli nei jeans nuovi e passandomi le dita fra i capelli.

«Sì, sono nel baule della macchina», risponde.

«Bene. Prendi i ragazzi, ci vediamo da Sticks».

«E che cosa facciamo?»

«Quello che vogliamo», rispondo.

E poi riaggancio, torno nella mia stanza e lancio un'ultima occhiata a Rika che dorme sul mio letto.

Sollevo gli angoli della bocca, non vedo l'ora di godermi la serata.

Mi ha corrotto.

Playlist

Bodies, Drowning Pool
Breath of Life, Florence & the Machine
Bullet with a Name, Nonpoint
Corrupt, Depeche Mode
Deathbeds, Bring Me the Horizon
The Devil in I, Slipknot
Devil's Night, Motionless in White
Dirty Diana, Shaman's Harvest
Feed the Fire, Combichrist
Fire Breather, Laurel
Getting Away with Murder, Papa Roach
Goodbye Agony, Black Veil Brides
Inside Yourself, Godsmack
Jekyll and Hyde, Five Finger Death Punch
Let the Sparks Fly, Thousand Foot Krutch
Love the Way You Hate me, Like a Storm
Monster, Skillet
Pray to God (feat. HAIM), Calvin Harris
Silence, Delerium
The Vengeful One, Disturbed
You're Going Down, Sick Puppies
37 Stitches, Drowning Pool

Grazie per aver letto il libro e grazie per le recensioni. Il vostro sostegno e i vostri commenti sono i regali più belli che possiate fare a uno scrittore.

Ringraziamenti

Per prima cosa, ai lettori. Tanti di voi sono stati presenti, hanno condiviso il loro entusiasmo con me e offerto sostegno, ogni santo giorno. Vi sono grata per la fiducia che continuate a riservarmi. Grazie. So che le storie che racconto non sono sempre facili, ma io le amo, e sono felice che valga lo stesso anche per molte altre persone.

Alla mia famiglia. Mio marito e mia figlia tollerano i miei orari folli, le carte dei dolci e il mio bisogno di estraniarmi ogni volta che penso a un dialogo, a una svolta nella trama, o a una scena che mi è appena venuta in mente mentre stiamo cenando. Entrambi sopportate così tanto, perciò grazie per l'amore che mi date.

A Jane Dystel, la mia agente alla Dystel and Goderich Literary Management: non potrei mai abbandonarvi, perciò rassegnatevi a dovermi sopportare.

Alla House of PenDragon: siete la mia isola felice. Be', voi e Pinterest. Grazie perché rappresentate per me la rete di sostegno di cui ho bisogno e grazie per essere sempre positivi.

A Vibeke Courtney, la mia editor indipendente, che passa sotto la lente d'ingrandimento ogni mia mossa. Grazie per avermi insegnato a scrivere e a esporre i concetti con ordine.

A Ing Cruz di As the Pages Turn Book Blog: sai offrire sostegno con la bontà del tuo cuore, e io non potrò mai ripagarti abbastanza. Grazie per il battage pubblicitario che organizzi a ogni pubblicazione, i blog tour, e perché sei al mio fianco fin dall'inizio.

A Milasy Mugnolo, che legge le bozze e mi offre sempre quel pizzico di sicurezza di cui ho bisogno, e fa in modo che io abbia sempre almeno una persona con cui parlare quando firmo i libri.

A Lisa Pantano Kane, che mi sfida con le domande difficili.

A Lee Tenaglia, che fa lavori artistici meravigliosi per i libri. Le tue bacheche di Pinterest sono la mia droga! Grazie. Dovresti veramente metterti in affari. Dovremmo parlarne.

A tutti i blogger, troppi per poterli citare tutti, ma voi sapete chi siete. Vedo i post e gli hashtag e tutta la mole di lavoro che fate. Trascorrete il tempo libero leggendo, scrivendo recensioni e promuovendo libri, e lo fate gratis. Siete la linfa vitale del mondo letterario, e chissà cosa faremmo senza di voi. Grazie per il vostro instancabile lavoro. Lo fate per passione, e proprio per questo è ancora più incredibile.

A Samantha Young, che mi ha sciocato quando ho letto in un tweet che stava leggendo *Falling Away* e io credevo che lei non sapesse nemmeno chi fossi.

A Jay Crownover che mi si è avvicinata mentre firmavo dei libri, si è presentata e ha detto che amava i miei libri (io sono rimasta lì a fissarla).

Ad Abbi Glines, che ha dato ai suoi lettori un elenco di libri che ha letto e amato, uno dei quali era il mio.

A Tabatha Vergo e Komal Petersen, le autrici che per prime mi hanno contattato dopo la prima pubblicazione per dirmi che amavano *Mai per amore*.

A Tijan, Vi Keeland e Helena Hunting, perché ci siete quando ho bisogno di voi.

A Eden Butler e N. Michaels, che sono sempre pronti a leggere i miei libri senza preavviso e mi danno la loro opinione.

A Natasha Preston, che mi sostiene.

Ad Amy Harmon, per l'incoraggiamento e il sostegno.

E a B.B. Reid per aver letto il libro, condiviso le signore con me e avermi spiegato come funziona Calibre nel cuore della notte.

Il riconoscimento dei colleghi è una conferma. La positività è contagiosa, quindi grazie ai colleghi autori che diffondono amore.

A ogni autore e aspirante scrittore: grazie per le storie che avete condiviso, molte delle quali mi hanno resa una lettrice felice in cerca di una splendida evasione e una scrittrice migliore, che cerca di essere all'altezza dei vostri standard. Scrivete e create e non fermatevi mai. La vostra voce è importante, e quando viene dal cuore è buona e giusta.

Indice

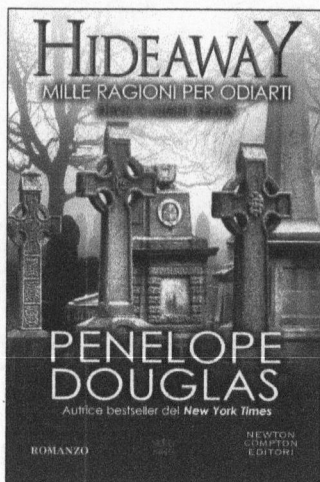

Penelope Douglas
Mille ragioni per odiarti
Hideaway

Volume di 448 pagine. Euro 3,90

Banks non è una ragazza come le altre. Preferisce di gran lunga starsene da sola senza che nessuno le si avvicini, piuttosto che parlare con gli altri. Vive nelle vicinanze di un hotel abbandonato e tetro, circondato da un alone di mistero. Un mistero che qualcuno proveniente dal suo passato vuole conoscere, anche a costo di metterla in pericolo.

Kai è uscito di prigione e deve fare i conti con i suoi demoni. E così si ritrova faccia a faccia con Banks. In tutti gli anni trascorsi dietro le sbarre, Kai non ha mai smesso di pensare a lei. Il nuovo incontro tra i due non scatena delle semplici scintille, ma un vero e proprio incendio. Lasciarsi andare alla passione, però, non sarà così facile, perché entrambi hanno dei segreti. E nessuno di loro è disposto a condividerli tanto facilmente.

NEWTON COMPTON EDITORI

Penelope Douglas
L'errore che rifarei
Kill Switch

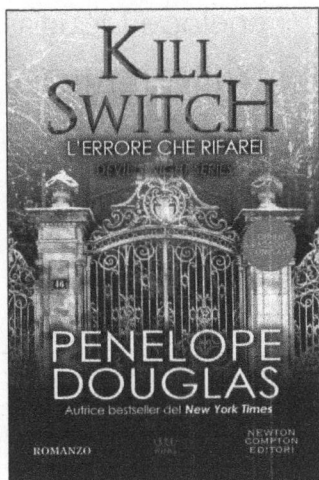

Volume di 512 pagine. Euro 3,90

Sono stata io a mandare Damon in prigione. Sono passati tre anni da allora. Pensavo che nel frattempo sarei riuscita a scomparire nel nulla, o che lui avrebbe smesso di odiarmi. Ma mi sbagliavo. Il suo rancore è persino aumentato, al punto da progettare un piano perfetto per distruggermi. La sua vendetta va oltre ogni mia immaginazione. Vuole farla pagare a tutti quelli che l'hanno tradito. La paura sembra essere la sola emozione che ci lega. Ma, nonostante tutto, Damon è diventato parte di me. E non posso fare nulla per sottrarmi al nostro destino.

NEWTON COMPTON EDITORI

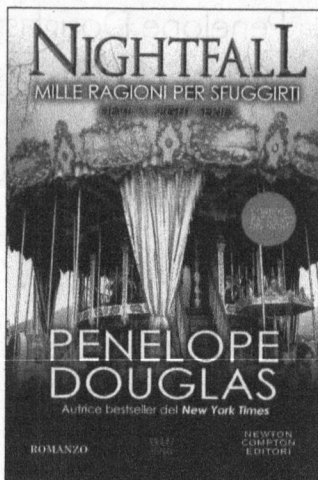

Penelope Douglas
Mille ragioni
per sfuggirti
Nightfall

Volume di 608 pagine. Euro 3,90

La chiamano Blackchurch. Una villa isolata in un posto remoto e segreto dove i ricchi e i potenti mandano i figli indisciplinati perché possano essere rieducati a dovere lontano da occhi indiscreti. Anche Will Grayson è rinchiuso lì: è sempre stato un ribelle. Spericolato, selvaggio, sprezzante del pericolo. Non si è mai attenuto a nessuna regola, se non a quelle che lui stesso stabiliva. Ma la sua famiglia non aveva nessuna intenzione di continuare a rovinare la propria reputazione a causa sua. Al liceo ci frequentavamo in segreto, ci incontravamo in ogni angolo buio dell'edificio. Nessuno doveva scoprire che il ragazzo più popolare della scuola desiderava proprio me, una piccola nerd silenziosa e timida. Ero la sua preda perfetta. Eppure sapeva anche essere affettuoso, e desideroso di proteggermi. La verità è che fa bene a odiarmi. È tutta colpa mia. I video. Gli arresti. È tutta colpa mia... eppure non mi pento di niente. Ma adesso che anche io sono intrappolata tra le mura di Blackchurch, le porte della gabbia dorata di Will si apriranno, e niente sarà più come prima.

NEWTON COMPTON EDITORI